UNE PARTIE DU TOUT

Vous pouvez consulter le site de l'auteur à l'adresse suivante :
www.stevetoltz.com

STEVE TOLTZ

UNE PARTIE DU TOUT

Traduit de l'anglais (Australie)
par Jean Léger

RETIRÉ DE LA COLLECTION UNIVERSELLE
Bibliothèque et Archives nationales du Québec

belfond
12, avenue d'Italie
75013 Paris

Titre original :
A FRACTION OF THE WHOLE
publié par Spiegel & Grau,
une division de Random House Inc., New York

Cet ouvrage a été traduit avec le concours du gouvernement australien et de l'Australia Council (fonds de soutien aux arts et à la culture).

Ce livre est une œuvre de fiction. Les noms, les personnages, les lieux et les événements sont le fruit de l'imagination de l'auteur ou utilisés fictivement. Toute ressemblance avec des personnes réelles, vivantes ou mortes, des événements ou des lieux serait pure coïncidence.

Si vous souhaitez recevoir notre catalogue
et être tenu au courant de nos publications,
vous pouvez consulter notre site internet
www.belfond.fr
ou envoyer vos nom et adresse, en citant ce livre,
aux Éditions Belfond,
12, avenue d'Italie, 75013 Paris.
Et, pour le Canada,
à Interforum Canada Inc.,
1055, bd René-Lévesque-Est,
Bureau 1100,
Montréal, Québec, H2L 4S5.

ISBN 978-2-7144-4400-4
© Steve Toltz 2008. Tous droits réservés.

Et pour la traduction française
© Belfond, un département de place des éditeurs, 2009.

À Marie

1

VOUS N'ENTENDREZ JAMAIS PARLER D'UN SPORTIF qui a perdu l'odorat dans un accident tragique. La raison ? Pour que l'univers puisse nous enseigner de cruelles leçons dont nous ne tirerons d'ailleurs jamais profit, le sportif doit perdre ses jambes, le philosophe son esprit, le peintre ses yeux, le musicien ses oreilles, le chef cuisinier ses papilles. Ma leçon à moi ? J'ai perdu ma liberté et je me suis retrouvé dans cette étrange prison où le plus difficile, à part s'habituer à ne rien avoir dans les poches et à être traité comme un chien qui a pissé dans une église, c'est l'ennui. Je suis capable de supporter la brutalité enthousiaste des gardiens, les érections qui ne servent à rien et même la chaleur suffocante. (Apparemment, l'air conditionné heurte l'idée que la société se fait du châtiment – comme si rien qu'en étant un peu au frais on échappait aux conséquences d'un meurtre.) Mais comment tuer le temps ? Tomber amoureux ? Il y a une gardienne dont le regard indifférent est séduisant, mais je n'ai jamais été bon dragueur – quand on me dit non, je n'insiste pas. Dormir toute la journée ? Chaque fois que je ferme les yeux, je vois le visage menaçant qui m'a hanté toute ma vie. Méditer ? Après tout ce qui s'est passé, je sais que l'esprit ne vaut pas la membrane sur laquelle il est imprimé. Il n'y a pas de distractions ici – pas assez, en tout cas – pour éviter une introspection catastrophique. Et je ne peux pas non plus refouler les souvenirs à coups de bâton.

Il n'y a plus qu'à devenir fou ; facile, dans un théâtre où l'apocalypse se joue toutes les deux semaines. La nuit dernière, le spectacle était particulièrement réussi : je m'étais presque endormi quand le bâtiment s'est mis à trembler et que cent voix en colère se sont mises à hurler comme une seule. Je me suis raidi. Une émeute, encore une révolution mal pensée. À peine deux minutes plus tard, ma porte s'est ouverte d'un coup de pied et une grande silhouette est apparue, avec un sourire qui semblait purement décoratif.

« Ton matelas. J'ai besoin.

— Pourquoi ?

— Nous foutre le feu à tous matelas, a-t-il dit les pouces en l'air, comme si ce geste représentait le summum de l'accomplissement humain.

— Et moi, je suis censé dormir où ? Par terre ? »

Il a haussé les épaules et commencé à parler dans une langue que je ne comprenais pas. Il avait des grosseurs bizarres au cou ; quelque chose de terrible se passait sous sa peau. Ici, tous les gens sont en mauvais état, et leurs malheurs tenaces les ont physiquement déformés. Les miens aussi : mon visage est comme un grain de raisin flétri sur un corps de vigne.

J'ai rembarré le prisonnier et continué à écouter le chaos familier de la foule. C'est là que j'ai eu l'idée que je pouvais finalement tuer le temps en écrivant mon histoire. Bien sûr, il faudrait que je la gribouille accroupi derrière la porte, et seulement la nuit, et que je la cache dans l'espace humide entre les toilettes et le mur, en espérant que mes geôliers ne soient pas du genre à se mettre à quatre pattes. J'en étais là de mon plan quand les émeutiers ont fait s'éteindre les lampes. Assis sur mon lit, je contemplais fasciné le rougeoiement des matelas en flammes qui illuminait le couloir lorsque j'ai été interrompu par deux prisonniers patibulaires et mal rasés qui sont entrés dans ma cellule et m'ont regardé comme si j'étais un panorama montagnard.

« C'est toi le type qui veut pas donner son matelas ? » a grogné le plus grand des deux, qui avait l'air de se réveiller tous les matins depuis trois ans avec la même gueule de bois.

J'ai dit que c'était moi.

« Pousse-toi.

— C'est juste que j'allais m'allonger. » Les deux prisonniers ont lâché un rire profond et inquiétant, qui sonnait comme du jean qu'on déchire. Le plus grand m'a poussé et a tiré le matelas tandis que l'autre restait figé comme s'il avait gelé et attendait de décongeler. Il y a certaines choses pour lesquelles je risquerais ma peau, mais pas pour un matelas défoncé. Le tenant entre eux, les prisonniers se sont arrêtés à la porte.

« Tu viens ? m'a demandé le plus petit.

— Pour faire quoi ?

— C'est ton matelas, a-t-il dit simplement. C'est ton droit d'y foutre le feu. »

J'ai gémi. L'homme et ses codes de conduite ! Même dans un enfer dépourvu de lois, l'homme doit s'accorder un peu de dignité, tant il tient à se distinguer de la bête.

« Je passe mon tour.

— Comme tu veux. » Il semblait un peu déçu. Il a marmonné quelque chose dans une langue étrangère à son acolyte, qui a rigolé quand ils sont sortis.

Il se passe toujours quelque chose ici – s'il n'y a pas d'émeute, alors quelqu'un tente de s'évader. Ces efforts inutiles m'aident à voir l'aspect positif de l'emprisonnement : contrairement à ceux qui s'arrachent les cheveux dans la bonne société, ici nous n'avons pas honte de notre malheur quotidien ; nous savons à qui nous en prendre, c'est quelqu'un de visible, quelqu'un qui porte des bottes bien cirées. C'est pourquoi, tout bien réfléchi, la liberté me laisse froid. Parce que là-bas, dans le monde réel, la liberté signifie qu'il faut assumer la paternité d'une histoire, même si l'histoire est à chier.

Par où commencer ? Pas facile de négocier avec les souvenirs : comment choisir entre ceux qui meurent d'envie d'être racontés, ceux qui mûrissent encore, ceux qui se racornissent déjà, et ceux que le langage va passer à la moulinette et pulvériser ? Une chose est sûre : ne pas écrire à propos de mon père nécessiterait un effort de discipline mentale au-dessus de mes capacités. Toutes mes pensées non papa me semblent être une stratégie évidente pour m'éviter de penser à lui. Et pourquoi l'éviter, de toute façon ? Mon père m'a puni parce que j'existais, et maintenant c'est mon tour de le punir pour son existence. Ce n'est que justice.

Mais la vraie difficulté est que je me sens rapetissé par nos vies. Elles sont disproportionnées. Nous avons peint sur une toile plus grande que celle que nous méritions, à travers trois continents, de l'anonymat à la célébrité, des villes aux jungles, des véritables guenilles aux guenilles de créateurs, trahis par nos maîtresses et par nos corps, humiliés à une échelle nationale puis cosmique, sans même une caresse pour nous encourager en chemin. Nous étions des paresseux engagés dans une aventure, flirtant avec la vie mais trop timides pour aller jusqu'au bout. Alors, comment raconter notre hideuse odyssée ? « Reste simple, Jasper. Rappelle-toi, les gens adorent – préfèrent, même – la simplification des événements complexes. » En plus, mon histoire est sacrément bonne, et vraie. Je ne sais pas pourquoi, mais ça semble important pour les gens. Personnellement, si quelqu'un me disait : « J'ai une histoire géniale à te raconter dont chaque mot est un mensonge absolu ! », je serais tout ouïe.

Je suppose que je devrais simplement l'avouer : ce livre va parler autant de mon père que de moi. Je hais le fait que personne ne soit capable de raconter sa vie sans faire une star de son ennemi, mais c'est comme ça. Le fait est que l'Australie entière méprise mon père, peut-être plus que n'importe qui, de même qu'elle adore son frère, mon oncle, peut-être plus que n'importe qui. Je ferais bien de rétablir la vérité sur eux deux, même si je n'ai pas l'intention de saper votre amour pour mon oncle ou démolir votre haine pour mon père, particulièrement si c'est une haine féroce. Je ne veux pas tout gâcher si votre haine vous permet de déterminer plus rapidement qui vous aimez.

Je dois aussi préciser une chose, une bonne fois pour toutes :

On ne retrouvera jamais le corps de mon père.

Durant la plus grande partie de ma vie, je n'ai jamais su s'il fallait plaindre, ignorer, adorer, juger ou assassiner mon père. Sa conduite déroutante m'a rendu perplexe jusqu'à la fin. Il avait des idées contradictoires sur tout et n'importe quoi, notamment mes études : après huit mois de maternelle, il a décidé qu'il ne voulait plus que j'aille en classe parce que le système éducatif était « débilitant, destructeur pour l'âme, archaïque et terre à terre ». Je ne vois pas comment on pouvait qualifier d'archaïque et de terre à terre la peinture avec les doigts. Salissante, oui. Destructrice pour l'âme, non. Il m'a retiré de l'école avec l'intention de m'instruire lui-même, et, au lieu de me laisser peindre avec les doigts, il m'a lu les lettres que Vincent Van Gogh avait écrites à son frère Théo juste avant de se couper l'oreille, et aussi des passages de *Humain, trop humain* afin qu'ensemble nous puissions « sauver Nietzsche des nazis ». Puis papa s'est laissé distraire par l'activité chronophage qui consiste à regarder dans le vide, et je suis resté à me tourner les pouces, regrettant qu'ils ne soient pas couverts de peinture. Six semaines plus tard, il m'a reposé à la maternelle. Mais soudain, pendant la deuxième semaine de cours préparatoire, alors que je commençais presque à vivre une vie normale, il est entré dans la classe et m'a arraché de nouveau à ma chaise, cette fois-ci parce qu'il craignait de laisser mon esprit impressionnable « dans les plis du slip de Satan ».

Là, il le pensait vraiment et, à la table bancale de notre cuisine, tout en faisant tomber ses cendres de cigarette dans une pile d'assiettes sales, il m'a enseigné la littérature, la philosophie, la géographie, l'histoire, et une matière sans nom qui consistait à lire les journaux, à m'aboyer dessus en me parlant de la manière dont les médias « attisent la panique morale », et à exiger que je lui dise pourquoi les gens se laissent paniquer, moralement. Parfois, il me faisait cours dans sa chambre, parmi des centaines de livres d'occasion, de portraits de poètes défunts aux visages graves, de flûtes à bière vides, d'articles découpés, de vieilles cartes, de peaux de banane durcies et noircies, de boîtes de cigares non fumés et de cendriers pleins de cigares fumés.

Un exemple de leçon typique :

« OK, Jasper. Voici ce qui se passe : le monde ne se délite plus imperceptiblement, maintenant il s'écroule avec fracas ! Dans toutes les villes du monde, l'odeur de hamburger parade effrontément dans la rue à la recherche de vieux amis ! Dans les contes de fées d'antan, la vilaine sorcière était laide ; dans ceux d'aujourd'hui, elle a les pommettes hautes et des implants de silicone ! Les gens n'ont pas de mystère parce qu'ils ne la ferment jamais ! Croire nous éclaire autant qu'un bandeau sur les yeux ! Tu m'écoutes, Jasper ? Plus tard, tu te promèneras en ville tard le soir, et une femme en train de marcher devant toi tournera la tête et traversera la rue juste parce que certains individus de ton sexe violent les femmes et tripotent les enfants ! »

Chaque cours était ahurissant et couvrait un éventail de sujets.

Papa a essayé de m'encourager à engager avec lui des dialogues socratiques, mais il finissait par tenir seul les deux rôles. Dès qu'un orage nous plongeait dans le noir, il allumait une bougie qu'il plaçait sous son menton pour me montrer comment selon la lumière un visage humain devient un masque diabolique. Il m'a appris que si je devais prendre rendez-vous avec quelqu'un, je devais refuser de me plier à la « stupide habitude humaine » de choisir arbitrairement une heure basée sur des intervalles de quinze minutes. « Ne prends pas rendez-vous à sept heures quarante-cinq ou à six heures et demie, mais plutôt à sept heures douze ou à huit heures trois. » Si le téléphone sonnait, il le décrochait sans parler – puis, quand le correspondant disait allô, il adoptait une voix aiguë et hésitante pour dire : « Papa pas là. » Même alors, je savais qu'un adulte qui imite son fils âgé de six ans pour se cacher du monde est grotesque, mais, bien des années plus tard, je me suis retrouvé à faire la même chose, sauf que c'était lui que j'imitais. « Mon fils n'est pas là. C'est à quel propos ? » ai-je dit d'une voix tonitruante. Papa hochait la tête. Il approuvait plus que tout le fait de se cacher.

Ces leçons se sont poursuivies également à l'extérieur, où papa a tenté de m'enseigner l'art du troc, même si nous ne vivions pas dans ce genre de société. Il me prenait par la main pour aller acheter le journal, hurlant au vendeur éberlué : « Pas de guerres ! Pas de cracks boursiers ! Pas de criminels en fuite ! Pourquoi vous faites payer aussi cher ? Il ne s'est rien passé ! »

Je me souviens aussi quand il m'asseyait sur une chaise en plastique jaune pour me couper les cheveux ; pour lui, c'était un des actes de la vie si éloigné de la neurochirurgie qu'il refusait de croire qu'un homme avec une paire de mains et une paire de ciseaux ne soit pas capable de couper les cheveux. « Je ne vais pas gaspiller de l'argent chez le coiffeur, Jasper. C'est pas sorcier. À l'évidence, on s'arrête au cuir chevelu. » Mon père, ce philosophe – il ne pouvait pas faire une simple coupe de cheveux sans réfléchir à sa signification. « Les cheveux sont le symbole de la virilité et de la vitalité, bien que des gens très mous aient les cheveux longs, et que la Terre soit pleine de chauves bourrés d'énergie. Pourquoi les coupons-nous, d'ailleurs ? Qu'avons-nous contre les cheveux ? » disait-il en s'y attaquant à grands coups de ciseaux très aléatoires. Papa coupait aussi les siens, souvent sans l'aide d'un miroir. « Ils n'ont pas besoin de gagner des prix, disait-il, il faut juste les raccourcir. » Les coupes délirantes et inégales du père et du fils incarnaient l'une des idées favorites de papa, idée que je n'ai vraiment comprise que bien plus tard : avoir l'air fou rend libre.

À l'heure du coucher, les leçons du jour étaient couronnées par une histoire de son invention. Beurk ! C'était toujours sombre et terrifiant, et ça mettait en scène un protagoniste qui était évidemment mon substitut. Par exemple : « Il était une fois un petit garçon nommé Kasper. Les amis de Kasper pensaient tous la même chose d'un gros garçon qui habitait la même rue. Ils le détestaient. Kasper voulait rester ami avec le groupe, et donc il se mit à détester lui aussi le gros garçon. Puis, un beau matin, à son réveil, Kasper découvrit que son cerveau avait commencé à se putréfier jusqu'à ce qu'il finisse par lui sortir du derrière en douloureuses sécrétions anales. » Pauvre Kasper ! Il en prenait plein la figure. Dans cette série d'histoires, il était tué par balle, poignardé, matraqué, plongé dans des mers bouillantes, traîné sur un champ de verre pilé ; il avait les ongles arrachés, les organes dévorés par des cannibales ; il se volatilisait, explosait, implosait, succombait bien souvent à de terribles convulsions et perdait l'ouïe. La morale était toujours la même : Si on suit l'opinion publique sans penser par soi, on connaît une mort soudaine et atroce. Pendant de longues années, être d'accord avec quiconque sur quoi que ce soit, même sur l'heure, m'a terrifié.

Kasper ne triomphait jamais vraiment. Certes, il remportait de petites batailles de temps à autre et recevait des récompenses (deux pièces d'or, un baiser, l'approbation de son père), mais jamais, pas une fois, il ne gagna la guerre. Je me rends compte aujourd'hui que c'était parce que la philosophie de papa lui avait valu peu de victoires dans son existence : ni amour, ni paix, ni succès, ni bonheur. L'esprit de papa était incapable de concevoir une paix durable ou une victoire qui ait un sens ; cela ne faisait pas partie de son expérience. C'est pourquoi Kasper était condamné d'avance ; il n'avait pas la moindre chance, le pauvre gars.

Un jour, papa est entré dans ma chambre avec une petite boîte à chaussures vert olive sous le bras et m'a annoncé : « La leçon d'aujourd'hui porte sur toi. » Ç'a été l'un des cours les plus mémorables.

Il m'a emmené dans le parc situé en face de notre immeuble – un de ces parcs tristes et mal entretenus qui semblent avoir été le théâtre d'une bataille entre enfants et junkies, et où les enfants se seraient fait botter le cul. De l'herbe morte, des toboggans cassés, deux pneus-balançoires balancés par le vent au bout de vieilles chaînes rouillées.

« Écoute, Jasper, a dit papa en s'asseyant sur un banc. Il est temps que tu apprennes comment tes grands-parents ont merdé, pour pouvoir comprendre ce que tu as fait des échecs de tes prédécesseurs : est-ce que tu as suivi la même pente ou rebondi sur leurs erreurs et commis tes propres gaffes gigantesques dans une orbite opposée ? Nous rampons tous faiblement pour nous éloigner des tombes de nos grands-parents tandis que le triste exploit de leur mort résonne encore à nos oreilles et que nous avons dans la bouche l'arrière-goût de l'offense la plus grave qu'ils aient perpétrée contre eux-mêmes : la honte de leurs vies non vécues. Seule l'accumulation régulière de regrets et d'échecs et la honte de nos vies non vécues nous permet de les comprendre. Si par quelque excentricité du destin nous vivions des existences enchanteresses, allant joyeusement d'un succès magistral à l'autre, nous ne les comprendrions jamais ! Jamais ! »

Il a ouvert la boîte à chaussures et en a sorti un paquet de photos. « Je veux que tu regardes quelque chose... Voici ton grand-père », a-t-il poursuivi en brandissant le cliché noir et blanc d'un jeune homme barbu appuyé à un réverbère. Le jeune homme ne souriait pas, et on aurait dit qu'il s'adossait à ce réverbère par crainte de tomber.

Papa m'a ensuite montré la photographie d'une jeune femme au visage ovale quelconque et au faible sourire. « C'est ta grand-mère », a-t-il dit avant de passer rapidement en revue les photos suivantes, comme si on le chronométrait. Ces aperçus d'un passé monochrome m'ont dérouté. Leurs expressions étaient immuables : mon grand-père arborait en permanence une grimace angoissée, et le sourire de ma grand-mère était plus déprimant que si elle avait constamment froncé les sourcils.

Papa a sorti une autre photo. « C'est mon père numéro deux. Mon vrai père. Les gens pensent toujours que le biologique est plus "vrai" qu'un homme qui t'a élevé, mais ce n'est pas une virile goutte de sperme qui nous éduque n'est-ce pas ? »

Il m'a mis le cliché sous les yeux. Deux visages ne pouvaient pas être plus diamétralement opposés : contrastant avec l'air solennel de mon premier grand-père, celui-ci se fendait d'un large sourire, comme si on l'avait photographié le plus beau jour de sa vie, mais aussi le plus beau jour de toutes les vies du monde. Il portait un bleu de travail éclaboussé de peinture blanche, avait des cheveux blonds ébouriffés et dégoulinait de sueur.

« À vrai dire, je ne regarde pas beaucoup ces photos parce que tout ce que je vois, quand je regarde les photographies des morts, c'est qu'ils sont morts, a commenté papa. Je me fiche que ce soit Napoléon ou ma mère, ce sont simplement les Morts. »

J'ai appris ce jour-là que ma grand-mère était née en Pologne au moment malheureux où Hitler anéantissait ses illusions de grandeur en les mettant en pratique – se révélant un leader convaincant avec un chic pour le marketing. Tandis que les Allemands gagnaient du terrain, les parents de ma grand-mère ont fui Varsovie, la trimbalant à travers l'Europe de l'Est, et, après quelques mois atrocement pénibles, ils sont arrivés en Chine. C'est là qu'a grandi ma grand-mère pendant la guerre, dans le ghetto de Shanghai. Elle a été élevée en polonais, en yiddish et mandarin, subissant les maladies moites de la saison des pluies, un rationnement sévère et les raids aériens américains – mais elle a survécu.

Après l'arrivée à Shanghai des troupes américaines, apportant avec elles la mauvaise nouvelle de l'Holocauste, de nombreux membres de la communauté juive ont quitté la Chine pour les quatre coins du monde. Mes quatre arrière-grands-parents, respectivement propriétaires d'un cabaret polyglotte à succès et d'une boucherie kascher, ont décidé de rester. Cela convenait parfaitement à ma jeune grand-mère, déjà amoureuse de mon grand-père, comédien dans le théâtre de ses parents. Puis, en 1956, alors qu'elle n'avait que dix-sept ans, ma grand-mère est tombée enceinte, obligeant sa famille et celle de mon grand-père à hâter les préparatifs de mariage, ainsi qu'on procédait dans l'Ancien Monde si on ne voulait pas que les gens se mettent à compter sur leurs doigts. La semaine suivant son mariage, la famille a décidé de retourner en Pologne pour élever l'enfant, ce paquet de cellules qui allait devenir mon père, au pays natal.

Ils n'y ont pas été accueillis à bras ouverts, c'est le moins qu'on puisse dire. Culpabilité, ou crainte d'une vendetta, ou simplement mauvaise surprise de voir débarquer sur le pas de la porte une famille qui annonce « Vous occupez ma maison », ils étaient de retour au pays natal depuis moins de dix minutes quand, devant ma grand-mère, ses parents ont été battus à mort avec un tuyau en fonte. Ma grand-mère a décampé mais son mari est resté, et il a été tué par balle pour avoir prié en hébreu face à leurs dépouilles, avant d'avoir pu dire « Amen », ce qui fait que le message n'a pas été transmis (« Amen », c'est comme cliquer sur « envoyer » pour un email.) Soudain veuve et orpheline, ma grand-mère s'est enfuie de Pologne pour la seconde fois de sa jeune existence, cette fois sur un bateau en partance pour l'Australie et, après deux mois occupés à fixer la décourageante circonférence de l'horizon, elle a ressenti les premières contractions, juste au moment où quelqu'un s'écriait : « La voilà ! » Tout le monde a couru se pencher au-dessus du bastingage. Des falaises abruptes couronnées de bouquets d'arbres dessinaient la côte. L'Australie ! Les passagers les plus jeunes ont poussé des cris de joie. Les plus âgés savaient que le secret du bonheur est de ne pas trop espérer : ils ont poussé des huées.

« Tu me suis ? » m'a demandé papa, s'interrompant. « Voici les composantes de ton identité. Polonais. Juif. Persécuté. Réfugié. Ce ne sont qu'une partie des légumes avec lesquels nous faisons un bouillon Jasper. Tu piges ? »

J'ai acquiescé. Je pigeais. Papa a poursuivi.

Elle parlait à peine un mot d'anglais, pourtant ma grand-mère s'est mise en ménage avec mon grand-père numéro deux seulement six mois plus tard. La lignée de ce dernier remontait à la dernière cargaison de prisonniers anglais largués sur le sol australien. Doit-on en éprouver de la honte ou de l'orgueil ? Ça se discute. Même s'il est vrai que certains criminels ont été déportés pour un crime aussi insignifiant que le vol d'une miche de pain, l'ancêtre de mon grand-père n'était pas de ceux-là – ou peut-être que si, mais il avait alors également violé trois femmes ; et s'il a piqué un pain en retournant chez lui après les viols, on ne le saura jamais.

Mon grand-père numéro deux n'a pas perdu de temps à faire sa cour. Hériter d'un enfant qui n'était pas de lui ne l'a apparemment pas perturbé et, un mois après avoir rencontré ma grand-mère, armé d'un dictionnaire de polonais et d'une grammaire anglaise, il lui a demandé de l'épouser. « Je ne suis qu'un gagne-petit, ce qui signifie que ce sera nous contre le monde et que le monde gagnera probablement haut la main à chaque fois, mais nous n'abandonnerons jamais le combat, quoi qu'il arrive, qu'est-ce que vous en dites ? » Elle n'a pas répondu. « Allez. Dites juste : "Oui, je le veux" *(I do)*, l'a-t-il suppliée. Ça vient du verbe vouloir *(to do)*. Pour l'instant, c'est tout ce que vous avez besoin de savoir. Après, on passera à "Je l'ai voulu" *(I did)*. »

Ma grand-mère a évalué la situation. Elle n'avait personne pour garder son bébé si elle se mettait à travailler et elle ne voulait pas que son enfant grandisse pauvre et sans père. Elle a pensé : « Est-ce que je suis suffisamment insensible pour épouser un homme que je n'aime pas vraiment, pour le bien de mon fils ? Oui, je le veux. » Puis, regardant le visage où on ne lisait pas le bonheur, elle a pensé : « Ce pourrait être pire », expression apparemment inoffensive, mais en réalité effrayante, dans toutes les langues.

Il était au chômage quand ils se sont mariés, et, en s'installant dans son appartement, ma grand-mère a découvert avec consternation qu'il était rempli d'un terrifiant pot-pourri de jouets machos : carabines, copies de pistolets anciens, maquettes d'avions de guerre, poids et haltères. Quand il était occupé par la musculation, le kung-fu ou l'entretien de son fusil, son mari sifflotait joyeusement. Dans les moments où la frustration du chômage s'installait et où il était absorbé par la colère et la dépression, il sifflotait sombrement.

Puis il a trouvé un boulot dans l'administration pénitentiaire de la Nouvelle-Galles du Sud, près d'une petite ville à quatre heures de là. Il n'allait pas travailler à la prison, il allait aider à la construire.

Du fait qu'un établissement pénitentiaire s'élèverait bientôt dans la périphérie, une publication acerbe de Sydney a désigné l'endroit (dans lequel mon père devait grandir) comme le coin le moins séduisant de toute la Nouvelle-Galles du Sud.

La route descendait pour pénétrer en ville et, lorsque mes grands-parents sont arrivés en voiture, ils ont vu les fondations de la prison au sommet d'une colline. Entouré d'arbres géants et muets, le bâtiment à moitié construit a donné à ma grand-mère l'impression qu'il était à moitié démoli, et elle a songé que c'était un mauvais présage. C'est également mon impression, si on considère que mon grand-père est venu dans cette ville pour bâtir une prison et que c'est dans une prison que j'écris. Le passé est vraiment une tumeur inopérable qui métastase le présent.

Ils ont emménagé dans une maison recouverte de planches qui ressemblait à une boîte et, le lendemain, tandis que ma grand-mère explorait la ville, effrayant sans le vouloir les habitants avec son aura de survivante, mon grand-père a commencé son nouveau travail. Je ne sais pas exactement quel rôle il avait, mais apparemment pendant les mois qui ont suivi, il a parlé sans cesse de portes fermées à clé, de couloirs glacés, de dimensions de cellules et de fenêtres à barreaux. Quand la construction a touché à sa fin, il était complètement obsédé par les prisons et empruntait à la nouvelle bibliothèque des livres sur leur construction et leur histoire. Au même moment, ma grand-mère mettait autant d'énergie dans l'apprentissage de l'anglais, ce qui a déclenché une nouvelle catastrophe.

À mesure que croissait sa compréhension de l'anglais, elle a commencé à comprendre son mari.

Ses plaisanteries se sont révélées stupides et racistes. Sans compter que certaines n'étaient même pas des plaisanteries, mais de longues histoires sans rime ni raison que mon grand-père terminait par quelque chose du genre : « Et alors je lui ai dit : "Ah ouais ?" » Elle s'est rendu compte qu'il se plaignait sans arrêt de son sort. Quand il n'était pas méchant, il était simplement banal ; quand il n'était pas paranoïaque, il était ennuyeux. Bientôt, sa conversation a enlaidi son beau visage ; son expression s'est faite cruelle, sa bouche semi-ouverte lui a donné l'air stupide. À partir de là, chaque jour s'est avéré pire que le précédent à cause de la nouvelle barrière qui s'était élevée entre eux – celle qui consiste à parler la même langue.

Papa a rangé les photographies dans la boîte avec un air sombre, comme si, après avoir tenté un retour aux sources, il s'était rappelé sur place que c'était le point d'eau qu'il aimait le moins au monde.

« OK, voilà tes grands-parents. Tout ce que tu as besoin de savoir, c'est qu'eux aussi ont été jeunes. Sache qu'ils n'avaient pas l'intention d'incarner la décrépitude ni même de s'accrocher particulièrement à leurs idées jusqu'au dernier jour. Sache qu'ils avaient peur que le temps vienne à leur manquer. Sache qu'ils sont morts et que les morts font des cauchemars : ils rêvent de nous. »

Il m'a fixé un instant, attendant que je dise quelque chose. Maintenant, bien sûr, je sais que tout ce qu'il m'a raconté alors n'était qu'une introduction. Mais sur le coup, je n'ai pas compris qu'après un bon monologue purificateur papa attendait seulement que je l'incite à entamer le suivant. Je me suis contenté de désigner les balançoires et lui ai demandé de me pousser.

« Tu sais quoi ? il m'a lancé. Peut-être que je vais te remettre sur le ring pour un autre round. »

Il me renvoyait à l'école. Sans doute parce qu'il était sûr que j'y apprendrais la deuxième partie de cette histoire, que j'y trouverais forcément un autre ingrédient capital pour ma soupe identitaire.

Un mois après avoir intégré ma nouvelle école, je tentais encore de m'habituer à évoluer parmi d'autres enfants, et j'ai décidé que je ne comprendrais jamais pourquoi, après m'avoir ordonné de mépriser ces gens, papa m'ordonnait à présent de me fondre dans la mêlée.

Je ne m'étais fait qu'un ami, mais j'essayais d'en avoir plus, parce que pour survivre il n'en faut pas moins de deux, au cas où il y en aurait un qui tombe malade. Un jour, à l'heure du déjeuner, j'ai observé deux garçons derrière la cantine qui se disputaient un pistolet à eau noir.

L'un d'eux a dit : « Tu fais le flic. Je veux être Terry Dean. »

L'autre : « Non, c'est toi le flic. Moi, je suis Terry Dean. »

Moi aussi je voulais jouer. J'ai dit : « Peut-être que je devrais être Terry Dean. C'est mon nom, de toute façon. » Ils m'ont regardé avec cette expression narquoise et supérieure qu'arborent les enfants de huit ans.

« Je m'appelle Jasper Dean, j'ai ajouté.

— Tu es de la même famille ?

— Je ne crois pas.

— Alors, tire-toi. »

Cela m'a blessé.

« Eh bien, je vais être le flic alors. »

Cela a attiré leur attention. Tout le monde sait qu'aux gendarmes et aux voleurs le voleur est par défaut toujours le héros tandis que les flics sont de la chair à canon. On n'a jamais assez de chair à canon.

Nous avons joué durant toute l'heure du déjeuner, et quand la cloche a retenti, j'ai trahi mon ignorance en demandant : « Qui est Terry Dean ? », question qui a outré mes camarades de jeux.

« Merde ! Tu sais même pas qui c'est ?

— C'est le type le plus méchant de la Terre.

— C'était un braqueur de banques.

— Et un tueur ! » Là-dessus, ils ont décampé sans dire au revoir, comme les copains qui vous laissent en plan pendant une soirée en boîte parce qu'ils ont fait une touche.

Cet après-midi-là, en rentrant, j'ai trouvé papa occupé à taper sur le bord d'un meuble avec une banane qui rendait un son dur.

« J'ai congelé une banane, a-t-il annoncé avec nonchalance. Prends-en une bouchée... si t'es cap.

— Est-ce que je suis de la famille du célèbre braqueur de banques Terry Dean ? »

La banane est tombée comme un parpaing. Papa a pincé les lèvres tout en creusant les joues, et une petite voix gênée sortie d'on ne sait où, presque inaudible, a dit :

« C'était ton oncle.

— Mon quoi ? Mon oncle ? J'ai un oncle ? j'ai demandé, incrédule. Et c'est un célèbre braqueur de banques ?

— C'était. Il est mort. C'était mon frère. »

Ainsi, Terry Dean, le tueur de flics, braqueur de banques, héros de la nation, fierté du gagne-petit, était mon oncle, le frère de mon père – et il allait jeter une ombre oblongue sur nos deux vies, une ombre qui pendant longtemps nous empêcherait de bronzer correctement.

Si vous êtes australien, vous aurez certainement entendu parler de Terry Dean. Si vous vivez ailleurs, ce ne sera pas le cas ; parce que, bien que l'Australie soit une contrée fertile en événements, ce qui s'y passe est à peu près aussi captivant qu'un journal étranger titrant « *Une abeille est morte en Nouvelle-Guinée après avoir piqué un arbre par erreur* ». Ce n'est pas notre faute : nous sommes trop loin. C'est ce qu'un célèbre historien australien a appelé la « tyrannie de la distance ». Ce qu'il voulait dire, c'est que l'Australie est comme une vieille femme seule qui meurt dans son appartement ; si tous ses habitants avaient soudain un infarctus au même moment, et si le désert de Simpson mourait de soif, et que les forêts tropicales se noyaient dans leur humidité, que la barrière de corail saignait à mort, il pourrait se passer plusieurs jours avant que l'odeur envoyée à nos voisins par les vents du Pacifique n'oblige quelqu'un à appeler la police. Sinon, nous devrions attendre que l'hémisphère Nord s'étonne de voir le courrier s'empiler.

Papa refusait de me parler de son frère. Chaque fois que je lui demandais de me donner des détails, il soupirait longuement et profondément comme si c'était un contretemps de plus dont il n'avait pas besoin ; je me suis donc embarqué dans mes propres recherches.

J'ai commencé par interroger mes camarades de classe, mais leurs réponses différaient à tel point que j'ai dû les écarter toutes. Puis j'ai examiné la misérable collection de photos de famille que j'avais entraperçues, celles de la boîte à chaussures verte fourrée dans le placard de l'entrée. Cette fois-ci, j'ai remarqué que trois d'entre elles avaient été massacrées pour décapiter une des personnes photographiées. On ne peut vraiment pas dire que l'opération avait été faite en douceur : sur deux des clichés, on voyait encore le cou et les épaules, et le troisième consistait en deux morceaux maladroitement assemblés par des bandes inégales de papier adhésif brun. J'en ai conclu que mon père avait voulu effacer toute image de mon oncle afin de pouvoir l'oublier. L'inutilité de la tentative était évidente ; quand on fait autant d'efforts pour oublier quelqu'un, ces efforts eux-mêmes deviennent un souvenir. Puis il faut oublier l'oubli, et cela aussi est mémorable. Heureusement, papa ne pouvait pas effacer les articles de journaux que j'ai dénichés à la bibliothèque municipale et qui décrivaient les frasques de Terry, ses meurtres en série, sa traque, sa capture et sa mort. J'ai fait des photocopies que j'ai collées sur le mur de ma chambre et, la nuit, je me racontais que j'étais mon oncle, le criminel le plus féroce, le premier à avoir enterré un corps et attendu qu'il pousse.

Pour tenter d'accroître ma popularité, j'ai parlé à toute l'école de mes liens de parenté avec Terry Dean, et, sauf à engager un attaché de presse, j'ai tout fait pour répandre cette nouvelle. Pendant un moment, ç'a été un véritable événement, et l'une des pires erreurs que j'aie jamais commises. Au début, j'ai inspiré la peur et le respect à mes pairs. Mais ensuite, les gosses de tous âges sont sortis du bois pour se mesurer à moi. Certains voulaient se faire une réputation en frappant le neveu de Terry Dean. D'autres avaient envie d'effacer de mon visage le sourire de fierté qui devait avoir grossi mes traits de façon peu attirante. J'ai réussi à éviter un certain nombre de bagarres à force de persuasion, mais un jour mes assaillants m'ont piégé en ignorant l'horaire réservé aux dérouillées : celles-ci, en principe, ont toujours lieu après l'école, jamais le matin avant qu'un enfant de huit ans n'ait pris son café. Bref, ce matin-là, ils étaient quatre cogneurs à la mine patibulaire, les poings serrés. J'étais fichu. Acculé. On y était : mon premier combat.

Il y a eu un attroupement. Les enfants psalmodiaient comme dans *Sa Majesté des mouches.* J'ai cherché du regard des alliés. Pas de chance : tous voulaient me voir m'effondrer en hurlant. Je ne l'ai pas pris personnellement. C'était mon tour, point final. Croyez-moi : la joie des enfants qui regardent un combat est indescriptible. C'est pour eux un orgasme de Noël fulgurant. Et c'est la nature humaine encore non diluée par l'âge et l'expérience ! L'humanité tout juste sortie de sa boîte ! Quiconque affirme que c'est la vie qui fait les monstres devrait étudier la nature spontanée des enfants, cette portée de chiots qui n'a pas encore eu sa dose d'échecs, de regrets, de déceptions et de trahisons, mais ne s'en comporte pas moins comme une meute de chiens sauvages. Je n'ai rien contre les enfants, simplement je ne jurerais pas qu'il n'y en aurait pas un pour rigoler si je marchais sur une mine.

Mes ennemis se sont rapprochés. Nous étions à quelques secondes du début du combat, et probablement à tout autant de sa fin. Je n'avais nulle part où m'enfuir. L'étau s'est resserré. J'ai alors arrêté une décision colossale : je ne me défendrais pas. Je ne me comporterais pas en homme. Je ne me comporterais pas en battant. Bon, je connais des gens qui aiment les histoires de types qui compensent par le courage leur manque de force, comme mon oncle Terry. On respecte ceux qui tombent au combat, non ? Mais ces nobles créatures n'en prennent pas moins une sacrée raclée, et je ne voulais de raclée d'aucune sorte. Je me suis aussi rappelé ce que papa m'avait appris lors d'un de nos cours à la table de cuisine : « Écoute, Jasper. La fierté est la première chose dont tu dois te débarrasser dans la vie. Elle est là pour te donner une bonne opinion de toi-même, mais c'est comme si tu mettais un costume à une carotte blette pour l'emmener au théâtre et faire croire que c'est une grosse légume. Le premier pas de la libération de soi consiste à se libérer du respect de soi-même. Je comprends pourquoi il est aussi utile à certains : quand les gens n'ont rien, il leur reste leur fierté. C'est pour ça qu'on a servi aux pauvres le mythe de la dignité, parce que les placards étaient vides... Tu m'écoutes ? C'est important, Jasper. Je ne veux pas que tu aies quoi que ce soit à voir avec la dignité, la fierté ou le respect de toi-même. Ce sont des instruments destinés à te monter le bourrichon. »

Je me suis assis en tailleur, le dos voûté. Puis je me suis affaissé. Il leur faudrait se pencher pour me frapper à la mâchoire. L'un d'eux s'est aussitôt mis à genoux. Ils se sont relayés, ont essayé de me redresser ; je me suis fait lourd. L'un d'eux a dû me tenir, mais j'étais devenu visqueux, et je leur ai glissé entre les doigts pour retomber par terre. Je n'en ai pas moins pris une bonne raclée, et j'étais étourdi par les coups de poing que je recevais, mais ils étaient mal ajustés, confus. Mon plan a fini par fonctionner : ils ont jeté l'éponge et m'ont demandé ce que j'avais. Pourquoi je refusais de me battre. En réalité, j'étais trop occupé à combattre mes larmes, mais je n'ai rien dit. Ils m'ont craché dessus puis m'ont abandonné à la contemplation de la couleur de mon sang. Sur le blanc de ma chemise, il brillait d'un rouge lumineux.

À mon retour, j'ai trouvé mon père debout devant mon lit, fixant d'un regard plein de mépris les coupures de journaux sur le mur.

« Grands dieux. Qu'est-ce qui t'est arrivé ?

— Je ne veux pas en parler.

— On va te nettoyer.

— Non, je veux voir ce qui arrive au sang quand il sèche toute la nuit.

— Parfois il devient noir.

— Je veux voir ça. »

J'étais sur le point d'arracher les photos de l'oncle Terry quand papa a dit : « J'aimerais que tu les enlèves », donc, bien sûr, je les ai laissées en place. Puis papa a ajouté : « Il n'était pas comme ça. Ils en ont fait un héros. » Soudain, je me suis retrouvé à aimer de nouveau mon oncle dégénéré :

« Mais c'est un héros.

— C'est son père qu'un garçon doit voir comme un héros, Jasper.

— Tu es sûr de ça ? »

Papa s'est tourné et a jeté un grognement dédaigneux en direction des gros titres.

« Tu ne peux pas savoir ce qu'est un héros, Jasper. Tu as grandi à une époque où ce mot a été dévalorisé et dépouillé de tout sens. Nous sommes en train de devenir la première nation à la population exclusivement constituée de héros qui se glorifient les uns les autres. Bien sûr, nous avons toujours fait de nos meilleurs sportifs des héros hommes et femmes – si tu réalises un bon temps à un marathon pour ton pays, tu es aussi héroïque que rapide ; mais maintenant il suffit d'être au mauvais endroit au mauvais moment, comme ce pauvre type pris dans une avalanche. Le dictionnaire le qualifierait de survivant, mais l'Australie s'empresse d'en faire un héros parce qu'il en sait quoi, le dictionnaire ? Et n'importe qui revenant d'un conflit armé est également qualifié de héros. Par le passé, il fallait avoir accompli des actes de bravoure particuliers pendant la guerre ; à présent, il faut juste se pointer : quand il y a une guerre, on dirait que l'héroïsme consiste à faire acte de présence.

— Qu'est-ce que ça a à voir avec oncle Terry ?

— Eh bien, il entre dans la dernière catégorie de l'héroïsme. C'était un meurtrier, mais il choisissait bien ses victimes.

— Je ne pige pas. »

Papa s'est tourné vers la fenêtre, et j'ai vu à la façon dont ses oreilles bougeaient de haut en bas qu'il se parlait avec cette manière étrange de remuer les lèvres tout en gardant les sons à l'intérieur. Il a fini par s'exprimer comme un être normal.

« Les gens ne me comprennent pas, Jasper. Ça ne me gêne pas, c'est juste parfois irritant, parce qu'ils croient me comprendre. Mais ils ne voient que la façade que j'offre en société, et, en vérité, j'ai très peu modifié le personnage de Martin Dean au cours des années. Oh, bien sûr, une retouche par-ci par-là, tu sais, pour rester en phase, mais pour l'essentiel il est demeuré intact depuis le premier jour. On dit toujours qu'on ne change pas de caractère, mais c'est surtout le personnage qui reste identique, pas la personne : sous ce masque figé vit une créature qui évolue comme une folle, au fil de mutations incontrôlées. Crois-moi : l'individu le plus constant que tu connaisses est très probablement un parfait inconnu sur lequel éclosent et fleurissent toutes sortes d'ailes, de branches et de troisièmes yeux. Tu pourrais être assis à côté de cette personne dans un bureau pendant dix ans sans remarquer les éruptions de croissance qui ont lieu juste sous ton nez. Sincèrement, celui qui prétend qu'un ami n'a pas changé depuis des années est tout bonnement incapable de faire la différence entre un masque et un visage.

— Bon Dieu, de quoi tu parles ? »

Papa s'est avancé vers mon lit et, après avoir plié l'oreiller en deux, s'est allongé et a pris ses aises.

« Je suis en train de dire que j'ai toujours caressé le rêve d'offrir en direct à quelqu'un l'histoire de mon enfance. Par exemple, savais-tu que mes imperfections physiques ont failli avoir ma peau ? Tu connais l'expression "Des comme lui il n'y en a plus, on a jeté le moule"... Eh bien, c'est comme si on avait récupéré un moule balancé aux ordures et qu'on l'avait réutilisé pour me fabriquer, même s'il était fêlé et déformé par le soleil, si des fourmis s'y étaient introduites et si un vieux pochard avait pissé dessus. Tu ne savais probablement pas non plus que les gens m'ont toujours malmené parce que j'étais intelligent. Ils disaient : "Tu es trop intelligent, Martin, deux fois trop intelligent, trop intelligent pour ton bien." Je souriais et me disais qu'ils se trompaient. Comment peut-on être trop intelligent ? Est-ce que ça n'est pas comme être trop beau ? ou trop riche ? ou trop heureux ? Je n'avais pas réalisé que les gens ne pensent pas, ils répètent. Ils n'analysent pas, ils régurgitent. Ils ne digèrent pas, ils copient. À l'époque, je ne comprenais que très vaguement que choisir entre diverses options n'a rien à voir avec le fait de réfléchir par soi-même. La seule véritable façon de réfléchir par soi-même, c'est de créer des options qui t'appartiennent, des options qui n'existaient pas jusque-là. C'est ce que m'a appris mon enfance, et c'est ce qu'elle devrait t'apprendre, Jasper, si tu m'écoutes jusqu'au bout. Ensuite, quand les gens parleront de moi, je ne serai pas le seul à savoir qu'ils se plantent sur toute la ligne. Pigé ? Quand les gens parleront de moi devant nous, on pourra se jeter des regards en coin, glousser comme des malades ; et peut-être qu'un jour, après ma mort, tu leur diras la vérité, tu révéleras tout de moi, tout ce que je t'aurai appris, et peut-être qu'ils se sentiront couillons, ou peut-être qu'ils hausseront les épaules et diront : "Ah vraiment ? Intéressant...", avant de retourner à leur jeu télévisé. Mais de toute façon, c'est à toi de choisir, Jasper : je ne veux en aucun cas te forcer à dévoiler les secrets de mon cœur et de mon âme si tu ne sens pas que cela te rendra plus riche, spirituellement ou financièrement.

— Papa, tu vas me parler d'oncle Terry, oui ou non ?

— Est-ce que... Qu'est-ce que tu crois que je viens de dire ?

— Je n'en ai absolument aucune idée.

— Alors assieds-toi, ferme-la, et je vais te raconter une histoire. »

Ça y était. Le moment était venu pour papa de lâcher sa version de l'histoire de la famille Dean, une version aux antipodes des racontars mythologisants de la nation. Il a commencé à parler. Il a parlé non-stop jusqu'à huit heures du matin, et je n'ai ni vu ni entendu s'il respirait sous tous ces mots ; en revanche, je l'ai senti à coup sûr. Quand il a eu terminé, c'était comme si j'avais traversé la tête de mon père et que j'en étais ressorti diminué d'une certaine façon, juste légèrement moins sûr de mon identité que lorsque j'y étais entré. Je pense, pour rendre justice à son monologue-fleuve, que vous devez l'entendre avec ses propres mots – les mots qu'il m'a légués, qui sont devenus miens, les mots que je n'ai jamais oubliés. Ainsi vous ferez connaissance de deux personnes pour le prix d'une. Ainsi vous pourrez l'entendre comme moi, partiellement comme étant l'histoire de Terry Dean, mais surtout comme le récit de l'enfance peu commune de mon père, pleine de maladies, de flirts avec la mort, de visions mystiques, d'ostracisme et de misanthropie, suivie dans la foulée d'une adolescence pleine d'abandon, de gloire, de violence, de douleur et de mort.

Bref, vous connaissez le topo. Toutes les familles ont une histoire de ce genre.

Le moriage

On n'a pas arrêté de me poser la même question. Tout le monde veut savoir la même chose : à quoi ressemblait Terry Dean quand il était enfant ? Les gens s'attendent à des histoires de gosse violent ou de nourrisson corrompu jusqu'à la moelle. Ils s'imaginent un criminel miniature occupé à perpétrer des actes immoraux dans son parc entre deux tétées. C'est ridicule ! Est-ce au pas de l'oie que Hitler allait retrouver le sein de sa mère ? OK, c'est vrai, il y avait des signes, si vous suivez cette voie : à l'âge de sept ans, quand Terry faisait le flic aux gendarmes et aux voleurs, il te relâchait si tu lui graissais la patte avec une sucette. À cache-cache, Terry se planquait comme un évadé. Et alors ? Cela ne signifie pas que la prédisposition à la violence est inscrite dans notre ADN. Oui, les gens sont toujours déçus quand je leur dis que pour autant que je sache Terry était un bébé normal ; il dormait, il pleurait, il mangeait, il chiait, il pissait, et il prenait graduellement conscience qu'il était une entité différente, disons, du mur (dans l'existence, c'est ta première leçon : tu n'es pas le mur). Petit garçon, il gambadait en poussant des hurlements aigus comme peuvent le faire les enfants. Il adorait se fourrer des substances toxiques dans la bouche (l'instinct d'un bébé pour le suicide est tranchant comme un rasoir) et il avait le don troublant de se mettre à pleurer juste au moment où nos parents s'endormaient. Au dire de tous, c'était un bébé comme tous les autres. C'est moi qui étais remarquable, pour mes inaptitudes tout au moins.

Avant l'arrivée de Terry, nos vies étaient dominées par la maladie. Aujourd'hui, je m'étonne d'en avoir su si peu sur mon état de santé, et d'avoir voulu en savoir si peu. Seuls les symptômes m'intéressaient (violentes douleurs abdominales, crampes musculaires, nausées, vertiges). Je me fichais pas mal des causes. Elles ne me concernaient pas. Encéphalite ? Leucémie ? Insuffisance immunitaire ? Je ne le sais toujours pas. Quand j'ai finalement désiré connaître les réponses, tous ceux qui auraient pu me les donner étaient morts depuis longtemps. Les médecins avaient bien des théories, mais je me rappelle qu'ils n'arrivaient pas à trancher. Je me souviens seulement de certaines expressions, telles qu'« anormalité musculaire », « désordre du système nerveux » et « euthanasie », qui avaient à l'époque peu d'impact sur moi. Je me rappelle avoir été percé d'aiguilles et obligé d'avaler des pilules de la taille et de la forme d'un pouce enflé. Je me souviens que lorsqu'ils me faisaient des radios les médecins s'empressaient de se planquer comme s'ils avaient allumé la mèche d'un feu d'artifice.

Tout cela se passait avant la naissance de Terry.

Puis un jour mon cas a empiré. Je respirais avec difficulté. Il me fallait des siècles pour avaler ; ma gorge était un désert et j'aurais vendu mon âme pour un peu de salive. Ma vessie et mes intestins n'en faisaient qu'à leur tête. Un médecin à la mine de papier mâché venait me voir deux fois par jour, parlant à ma mère inquiète au pied de mon lit comme si j'étais dans la pièce à côté. « On pourrait l'hospitaliser, disait-il, mais à quoi bon ? Il est mieux ici. »

C'est alors que j'ai commencé à me demander si j'allais mourir et si on allait m'enterrer dans le nouveau cimetière de la ville nouvelle. On y abattait encore des arbres, à l'époque où j'étais à l'article de la mort. Je m'inquiétais : « Est-ce qu'il sera terminé à temps ? » Si je crevais avant, on expédierait mon corps au cimetière d'une ville éloignée dans laquelle je n'avais jamais vécu, et dont la population passerait devant ma tombe sans penser : « Je me souviens de lui. » Intolérable ! Donc, je me suis dit que si je repoussais la mort encore deux semaines, si je ne me trompais pas dans mon timing, je serais peut-être le premier corps à faire d'un terrain désert un cimetière en activité – le cadavre inaugural. Comme ça, on ne m'oublierait pas. Oui, je faisais des projets dans l'attente de la mort. Je pensais à tous les vers et tous les asticots qui grouillaient dans ce terrain, et au festin qui les attendait. Pas de grignotage, les asticots ! Il y a de la chair humaine qui arrive ! Ne vous coupez pas l'appétit !

Étendu sur mon lit tandis que le soleil se glissait entre les rideaux, je tendais sans cesse les bras pour ouvrir les rideaux afin de demander aux passants : « Et ce cimetière ? Ça avance ? » Je me tenais au courant. Les nouvelles étaient bonnes. Les arbres avaient disparu. Des grilles en fer rivées à des blocs de pierre étaient érigées à l'entrée. Des dalles de granite étaient arrivées de Sydney, il ne leur manquait plus qu'un nom ! Les pelles se tenaient prêtes. Ça n'arrêtait pas !

C'est alors que j'ai appris une terrible nouvelle. J'ai entendu mes parents discuter dans la cuisine. D'après mon père, la vieille femme qui tenait le pub du coin avait souffert d'une attaque massive en pleine nuit. Pas petite, massive ! Je me suis péniblement redressé. Quoi ? « Oui, a continué mon père, sa vie ne tient qu'à un fil. » Elle n'était pas seulement aux portes de la mort, elle y tambourinait ! Oh non ! Catastrophe ! Ç'allait être une course au finish ! Qui arriverait en tête ? La vieille bique avait presque quatre-vingts ans : elle s'entraînait à mourir depuis bien plus longtemps que moi. La nature était de son côté. Du mien, seulement la chance. J'étais trop jeune pour mourir de vieillesse, mais trop vieux pour la mortalité infantile. J'étais bloqué dans cet intervalle terrible où on ne peut pas faire autrement que respirer.

Le lendemain, quand mon père est venu me voir, je lui ai demandé comment la vieille s'en tirait. « Pas bien, a-t-il répondu, on pense qu'elle ne passera pas le week-end. » Je savais qu'il me restait à vivre au moins une semaine, dix jours peut-être. J'ai frappé le lit. Déchiré les draps. Il a dû me retenir. « Qu'est-ce qui te prend ? » Je lui ai lâché le morceau, lui expliquant que si je devais mourir, je voulais être le premier au cimetière. Il m'a ri au nez, le salopard. Il a appelé ma mère. « Devine ce que ton fils m'a dit ? » Puis il le lui a raconté. Elle m'a regardé avec une pitié infinie, s'est assise au bord du lit et m'a serré dans ses bras comme si elle voulait m'empêcher de tomber.

« Tu ne vas pas mourir, mon chéri. Tu ne vas pas mourir.

— Il est très malade, a remarqué mon père.

— La ferme !

— Il vaut mieux se préparer au pire. »

Le lendemain, mon père a rapporté mes paroles à ses collègues. Eux aussi ils ont ri, les salopards. Le soir, ils l'ont raconté à leurs femmes. Elles ont ri elles aussi, les salopes. Elles ont trouvé ça adorable. Est-ce que les enfants ne disent pas des choses trop mignonnes ? Bientôt, la ville entière riait. Puis ils ont cessé de rire et se sont interrogés. C'était une bonne question, ont-ils décidé : qui serait effectivement le premier ? Ne devrait-il pas y avoir une cérémonie pour commémorer le cadavre inaugural ? Pas seulement un enterrement ordinaire. Un vrai show ! Avec tout plein de monde ! Peut-être une fanfare ? Le premier enterrement est un événement, pour une ville : une ville qui enterre les siens est une ville vivante. Seules les villes mortes exportent leurs morts.

On a commencé à prendre de mes nouvelles de partout. On venait en foule voir le phénomène. Je les entendais demander à ma mère : « Comment il va ? — Il va très bien ! » répondait-elle, tendue. Ils forçaient le chemin jusqu'à ma chambre. Il leur fallait s'en assurer par eux-mêmes. Des dizaines de visages défilaient, me jetant des regards pleins d'espoir. Ils venaient me voir, prostré, immobile, mourant. Ce qui ne les empêchait pas de beaucoup bavarder. Quand les gens pensent que vos jours sont comptés ils se montrent vraiment très gentils avec vous. C'est seulement quand vous essayez de vous faire une place au soleil qu'ils sortent leurs griffes.

Il n'y avait que les adultes, bien sûr ; les gosses de la ville ne supportaient pas d'être dans la même pièce que moi. J'en ai tiré une règle fondamentale : les bien portants et les malades ne sont pas égaux, quoi qu'ils puissent avoir en commun.

Apparemment, tout le monde harcelait la vieille. J'entendais dire qu'ils se massaient autour de son lit en regardant leurs montres. Je ne comprenais pas pourquoi cette histoire les intéressait autant. Mais ensuite j'ai appris qu'on avait fait des paris. La vieille était favorite. Moi, j'étais l'outsider. Je courais à 100 contre 1. Presque personne n'avait misé sur moi. Je suppose qu'aucun joueur, pas même dans une partie de Devine qui va mourir le premier ?, n'aime penser à la mort d'un enfant. C'est un peu difficile à digérer.

« Il est mort ! Il est mort ! » a crié une voix un après-midi. J'ai pris mon pouls : il battait encore. Je me suis redressé et j'ai appelé par la fenêtre le vieux George Buckley, notre plus proche voisin.

« Qui ? Qui est mort ?

— Frank Williams ! Il est tombé du toit ! »

Frank Williams habitait à quatre maisons de la nôtre. Depuis ma fenêtre, j'ai vu la ville entière se précipiter vers sa maison. Ils venaient tous voir. Je voulais voir, moi aussi. Je me suis extirpé de mon lit et me suis traîné comme une limace visqueuse sur le plancher de ma chambre et le long du couloir, jusqu'à la porte d'entrée, puis à l'extérieur dans le soleil éblouissant. Mon pantalon de pyjama ne tenait pas en place, mais c'est toujours le cas. Tout en me tortillant sur la pelouse mitée, j'ai songé à Frank Williams, dernier inscrit et vainqueur surprise de notre petite compétition. Le père de quatre enfants. Ou cinq ? Tous des garçons. Il essayait sans arrêt de leur apprendre à faire du vélo. Quand ce n'était pas l'un qui passait sous ma fenêtre en zigzaguant avec une grimace crispée et surexcitée, c'était l'autre. J'avais toujours détesté les fils Williams d'être aussi lents à apprendre. Maintenant, je les plaignais. Personne ne devrait perdre un parent par maladresse. Toute leur vie, ces garçons allaient être obligés de dire : « Ouais. Mon père est tombé d'un toit. Il a perdu l'équilibre... Quoi ? Quelle importance ce qu'il faisait là-haut ? » Pauvres gosses. Ce n'est pas parce qu'on nettoie une gouttière qu'on est obligé de mourir. Il n'y a aucune gloire là-dedans.

La horde de curieux accroupis autour du mort n'a pas prêté attention au petit ver malade qui rampait vers eux. Je me suis glissé entre les jambes de Bruce Davies, le boucher de la ville ; il a baissé les yeux au moment où je les levais et nos regards se sont croisés. Je me suis dit que quelqu'un devrait le sommer de s'éloigner de la carcasse de notre voisin. Je n'aimais pas la lueur qui brillait dans l'œil de ce boucher.

J'ai regardé de plus près. Frank avait la nuque brisée. Sa tête était renversée dans une mare de sang noir et pendait mollement entre ses épaules. Quand une nuque se brise, elle se brise vraiment. J'ai regardé d'encore plus près. Ses yeux étaient grands ouverts mais vides, une caverne stupéfiante. J'ai songé que je serais bientôt à sa place. Le même néant m'envelopperait exactement comme il l'avait enveloppé lui. À cause de la compétition et du rôle que j'y jouais, j'ai considéré sa mort non seulement comme un aperçu de la mienne, mais aussi comme un écho. Frank et moi nous trouvions dans le même pétrin, enchaînés l'un à l'autre dans une sorte de mariage macabre pour l'éternité – le moriage, je l'appelle maintenant, l'affinité que les vivants ont avec les morts. Ce n'est pas donné à tout le monde : on la sent ou non. Tout petit je la sentais et je la sens encore, je la sens profondément ; ce lien sacré et insidieux je le sens, je sens que les morts attendent que je les rejoigne dans l'union sacrée du moriage.

J'ai posé la tête sur les genoux de Frank, fermé les yeux, et me suis laissé bercer par les voix autour.

« Pauvre Frank.

— Il a bien profité de la vie.

— Qu'est-ce qu'il faisait sur ce toit ?

— Il avait quarante-deux ans.

— C'est mon échelle !

— Quarante-deux ans, c'est jeune. Il n'a pas profité de l'existence. C'est l'existence qui a profité de lui.

— J'aurai quarante-quatre ans la semaine prochaine.

— Qu'est-ce que tu fais ?

— Lâche ça !

— C'est mon échelle. Je lui ai prêtée l'année dernière, mais quand je lui ai demandé de me la rendre il m'a juré qu'il l'avait déjà fait.

— Et les garçons ?

— Oh, purée... les garçons.

— Qu'est-ce qui va leur arriver ?

— Ça ira. Ils ont encore leur mère.

— Mais ils n'auront pas cette échelle. Elle est à moi. »

Là, je me suis endormi.

Pour me réveiller au lit, plus malade que jamais. Le médecin a déclaré qu'en me traînant sur un demi-kilomètre pour voir mon premier cadavre j'avais retardé ma guérison, comme s'il s'agissait d'une pendule dont j'aurais avancé l'heure pour économiser la lumière du jour. Après son départ, ma mère s'est assise au bord de mon lit, son visage tourmenté à un centimètre du mien, et elle m'a annoncé d'une voix presque coupable qu'elle était enceinte. J'étais trop faible pour la féliciter, je me suis contenté de rester là pendant qu'elle me caressait le front, ce qui me plaisait beaucoup et me plaît toujours, même s'il n'y a rien d'apaisant à se caresser soi-même le front.

Les mois suivants, alors que mon état empirait progressivement, ma mère s'asseyait près de moi et me laissait toucher son ventre qui gonflait horriblement. Parfois, je sentais le coup de pied ou peut-être le coup de tête du fœtus. Un jour où elle me croyait endormi, je l'ai entendue murmurer : « Quel dommage que tu ne puisses pas faire sa connaissance ! »

Puis, alors que j'étais au plus bas et que la mort se léchait les babines, quelque chose d'inattendu s'est produit.

Je ne suis pas mort.

Mais je ne m'en suis pas sorti non plus.

Tout à fait par accident, j'ai choisi la troisième option : je suis tombé dans le coma. Adieu le monde, adieu la conscience, adieu la lumière, désolé, la mort, bonjour, l'éther. C'était un sacré truc : caché pile entre les bras ouverts de la mort et les bras croisés de la vie, je ne me trouvais nulle part, absolument nulle part. Je vous le dis, on ne peut même pas accéder aux limbes quand on est dans le coma.

Le coma

Mon coma n'avait rien à voir avec ceux sur lesquels j'ai lu des choses depuis : il paraît qu'il y a des gens qui tombent dans le coma pendant qu'ils racontent une blague et qui se réveillent quarante-deux ans après pour livrer la chute. Pour eux, ces décennies d'oubli sont un instant de néant, comme s'ils venaient de traverser une des galeries de Carl Sagan[1], comme si le temps s'était enroulé sur lui-même et qu'ils l'avaient parcouru en un seizième de seconde.

Décrire les pensées, les visions et les sensations à l'intérieur de ce coma est quasi impossible. Ce n'était pas le néant, car on y trouvait plutôt pas mal de choses (quand tu es dans le coma, même le n'importe quoi est bienvenu), mais j'étais trop jeune pour tirer parti de l'expérience. Je peux néanmoins dire que j'ai eu autant de rêves et de visions que si j'avais englouti un plein canyon de peyotl.

Non, je n'essaierai pas de décrire l'indescriptible – je dirai juste qu'il y a des sons que j'ai entendus alors que je ne peux pas les avoir entendus, et des choses que j'ai vues alors que je ne peux pas les avoir vues. Ça va

1. Scientifique et astronome américain. *(N.d.T.)*

paraître fou, ou, pire, mystique, et tu sais que ce n'est pas mon genre, mais voilà : si tu considères l'inconscient comme un grand tonneau, dans le cours normal des choses le couvercle est ouvert et les objets, les visions, les sons, les expériences, les mauvaises vibrations et les sensations s'y déversent aux heures de veille. Mais, quand il n'y a plus d'heures de veille, plus du tout, pendant des mois ou même des années, et que le couvercle est scellé, il est possible que l'esprit, comme une âme en peine cherchant à tout prix à faire quelque chose, plonge profondément dans le tonneau, jusqu'au fond de l'inconscient, et en ressorte des réserves laissées là par les générations précédentes. C'est une explication jungienne et je ne suis même pas certain d'aimer Jung, mais à part lui je vois très peu de choses sur ces étagères qui pourraient expliquer ce que j'ai vu alors que je ne peux pas l'avoir vu, ou justifier ce que j'ai entendu alors que je ne peux pas l'avoir entendu.

Je vais tâcher de le formuler autrement. Il y a une nouvelle de Borges qui s'intitule *L'Aleph*. Dans cette histoire, l'Aleph, caché sous la dix-neuvième marche de l'escalier d'une cave, est un ancien portail mystérieux qui ouvre sur tous les points de l'univers – je ne plaisante pas, *tous* les points – et, si tu regardes à travers, tu vois, eh bien, absolument tout. Je fais l'hypothèse que, quelque part dans les parties anciennes de nous-mêmes se trouve un portail similaire, caché dans une fente ou une crevasse ou dans les plis de la mémoire de notre naissance. Normalement, nous ne l'atteignons jamais parce que les affaires courantes de la vie empilent dessus des montagnes de cochonneries. Je ne dis pas que j'y crois, je te donne seulement la meilleure explication concernant le fatras extraordinairement étourdissant de visions et de sons qui passaient en un éclair en tourbillonnant devant l'œil et l'oreille de mon esprit. Si l'esprit peut avoir des yeux, pourquoi pas des oreilles ? Tu penses probablement qu'il n'existe pas une chose telle que le nez de l'esprit, non plus. Eh bien, si ! Et comme Borges dans son histoire, je ne peux pas décrire cela précisément parce que mes visions étaient simultanées, alors que le langage, étant par essence successif, m'oblige à le consigner de cette façon. Il faudra donc que tu utilises ton imagination, Jasper, quand je te raconterai un milliardième de milliardième de milliardième de ce que j'ai vu.

J'ai vu toutes les aubes se lever trop tôt, tous les midis te rappeler que tu ferais bien de te presser, et tous les crépuscules murmurer : « Je ne crois pas que tu vas y arriver », et tous les minuits dire en haussant les épaules : « Tu auras plus de veine demain. » J'ai vu toutes les mains qui ont fait signe à un inconnu en le prenant pour un ami. J'ai vu tous les yeux qui ont cligné pour faire comprendre que leur insulte était une plaisanterie. J'ai vu tous les hommes nettoyer le siège des toilettes avant d'uriner, mais jamais après. J'ai vu tous les hommes seuls regarder les mannequins dans les vitrines des grands magasins et constater : « Je suis attiré par un mannequin. Ça devient triste. » J'ai vu toutes sortes de relations amoureuses triangulaires, quelques rectangulaires et une hexagonale démente dans l'arrière-salle d'un café parisien qui sentait la sueur. J'ai vu tous les préservatifs mis à l'envers. J'ai vu tous les conducteurs d'ambulance coincés dans les embouteillages pendant leurs jours de congé et qui rêvaient d'avoir un mourant sur leur banquette arrière. J'ai vu tous ceux qui donnent aux pauvres faire un clin d'œil au ciel. J'ai vu tous les bouddhistes piqués par des araignées qu'ils n'avaient pas voulu tuer. J'ai vu toutes les mouches se cogner inutilement contre toutes les moustiquaires, et toutes les puces se marrer en se baladant sur les chiens et les chats. J'ai vu toutes les assiettes cassées dans tous les restaurants grecs, et tous les Grecs qui pensaient : « Notre culture est une chose, mais elle commence à coûter cher. » J'ai vu tous les gens seuls effrayés par leurs chats. J'ai vu tous les landaus, et ceux qui disent que tous les bébés sont des amours n'ont pas vu ceux que j'ai vus. J'ai vu tous les enterrements, et toutes les connaissances des défunts profiter de leur demi-journée de congé. J'ai vu tous les articles d'astrologie prédisant qu'un dixième de la population recevrait la visite d'un parent qui viendrait lui emprunter de l'argent. J'ai vu toutes les contrefaçons des tableaux de maître, mais aucune de grand livre. J'ai vu tous les panneaux interdisant l'entrée ou la sortie, mais aucun interdisant l'incendie ou le meurtre. J'ai vu tous les tapis avec des brûlures de cigarette et tous les genoux avec des brûlures de tapis. J'ai vu tous les vers disséqués par des enfants curieux et d'éminents savants. J'ai vu tous les ours polaires et les grizzlis et koalas utilisés pour décrire les gros qu'on a envie de prendre dans ses bras. J'ai vu tous les hommes laids draguer toutes les femmes heureuses qui avaient commis l'erreur de leur sourire. J'ai vu l'intérieur de toutes les bouches et c'est vraiment dégoûtant. J'ai vu toutes les visions aériennes de tous les oiseaux qui pensent que l'humanité a l'air drôlement active pour un ramassis de têtes sur lesquelles chier…

Qu'est-ce que j'étais censé faire de tout ça ? Je sais que la plupart des gens l'auraient considéré comme une vision divine. Ils auraient même peut-être trouvé là-dedans Dieu, qui leur sautait dessus comme un diable hors de sa boîte. Pas moi. Je n'y ai vu que l'homme, son bruit et sa fureur insignifiants. Ce que j'ai vu a façonné ma perspective du monde, certes, mais je ne pense pas que c'était un don surnaturel. Une fille m'a dit un jour que c'était ignorer le message de Dieu, et que je devrais sentir mon âme déborder de spiritualité. Ça a l'air formidable, mais qu'est-ce que j'y peux ? J'en suis incapable. S'il a voulu me transmettre un message dans tout ce bruit visuel, Dieu s'est trompé de type. Mon incapacité à faire un acte de foi est ancrée dans mon ADN. Désolé, Seigneur. Je présume que le buisson ardent de l'un est le projecteur de l'autre.

J'ai dû passer six mois dans cet état. Dans le monde extérieur j'étais lavé, nourri par des tuyaux ; mes intestins et ma vessie étaient vidés, mes extrémités massées et mon corps manipulé comme bon semblait à mes soignants.

Puis les choses ont changé : l'Aleph, si c'était bien lui, s'est retrouvé aspiré dans sa cachette de façon aussi peu cérémonieuse qu'inattendue et en un instant toutes les visions ont disparu. Qui sait quel mécanisme s'est mis en marche pour le couvercle du tonneau – en tout cas, il s'est ouvert suffisamment pour qu'un courant de bruit vienne m'inonder : j'ai recouvré l'ouïe. J'étais parfaitement éveillé, toujours aveugle, muet et paralysé, mais j'entendais. Et ce que j'entendais était une voix d'homme parfaitement claire que je n'ai pas reconnue, et ses mots étaient puissants, anciens et terrifiants :

« Que se voilent les étoiles de son aube, qu'elle attende en vain la lumière et ne voie pas s'ouvrir les paupières de l'aurore : car elle n'a pas fermé sur moi la porte du ventre maternel pour cacher à mes yeux la souffrance. Pourquoi ne suis-je pas mort au sortir du sein ? »

J'étais peut-être paralysé, mais j'ai senti mes organes internes trembler. La voix a poursuivi :

« Pourquoi donner à un malheureux la lumière, la vie à ceux qui ont l'amertume au cœur ? Qui aspirent après la mort sans qu'elle vienne et la recherchent plus avidement qu'un trésor ? Ils se réjouiraient et exulteraient s'ils trouvaient la tombe. Pourquoi donner la vie à l'homme qui ne trouve plus sa route et que Dieu enferme de toutes parts ? »

Plus tard, j'ai découvert que la voix appartenait à Patrick Ackerman, l'un des conseillers municipaux, qui me lisait la Bible de bout en bout. Comme tu sais bien, Jasper, je ne crois ni au sort ni au destin, mais il me paraît très intéressant qu'au moment même où mes oreilles se sont ouvertes à l'écoute ce soient ces mots qui les aient accueillies.

Avec le retour de la conscience et de l'ouïe, j'ai su instinctivement que la vision reviendrait bientôt, suivie par la capacité de me caresser. En bref, la vie. J'étais sur le chemin du retour.

Mais avant d'arriver, il y avait un long chemin à parcourir, et ce chemin a été pavé de voix. Une véritable cavalcade – de vieilles voix séduisantes, de jeunes voix expressives, des voix éraillées par un cancer de la gorge –, et les voix étaient pleines de mots et les mots me racontaient des histoires. Des années après seulement, j'ai appris que la ville avait fait de moi une sorte de projet communal. Un médecin avait déclaré qu'on devait me parler, et comme notre ville à peine sortie du bush était en train de mourir du chômage, toutes ces âmes à demi altruistes qui n'avaient rien à faire de leurs journées sont accourues en masse. Et le plus drôle, c'est que pas un de ceux à qui j'ai posé la question ensuite ne pensait que j'écoutais vraiment. Pourtant, si. Je faisais plus qu'écouter ; j'absorbais. Et plus qu'absorber ; je mémorisais. Parce que le détail étrange dans tout ça, c'est que les livres qu'on m'a lus quand j'étais dans le coma se sont imprimés dans ma mémoire en lettres de feu, peut-être parce que j'étais aveugle et paralysé. Une sorte d'éducation surnaturelle : ces livres qu'on m'a lus, je peux te les citer mot à mot.

À mesure que les gens ont compris que je n'allais pas mourir du jour au lendemain et que je pourrais rester éternellement dans cet état de pétrification, le nombre de voix a diminué jusqu'à ce qu'il n'y en ait plus qu'une : celle de ma mère. Pour le reste de la ville, je n'étais plus qu'un bout de bois, mais ma mère a continué à me faire la lecture. Ma mère, une femme qui n'avait quitté son pays natal que quelques années auparavant et n'avait jamais lu un livre en anglais de sa vie en a déchiffré des centaines. Et, conséquence inattendue, tandis qu'elle garnissait mon esprit de mots, de pensées, d'idées et de sensations, elle a garni aussi le sien. Comme si d'énormes camions de mots étaient venus déverser leur contenu directement dans nos cerveaux. Toute cette imagination débridée a illuminé nos esprits et en a repoussé les frontières par d'incroyables récits de hauts faits, d'amours douloureuses, par des descriptions romantiques de lointains pays, de philosophies, de mythes, d'histoires de nations qui s'édifient, qui chutent, s'érodent et sombrent dans l'océan, par des aventures de guerriers et de prêtres, de fermiers et de monstres, de conquérants et de barmaids, et de Russes cinglés qui donnaient envie de s'arracher les cheveux. C'est un prodigieux bric-à-brac de légendes que ma mère et moi avons découvert simultanément, et ces écrivains, ces philosophes, ces conteurs et ces prophètes sont devenus nos idoles.

Ce n'est que bien après, quand la santé mentale de ma mère a commencé à poser problème, que j'ai songé à ce qui avait pu arriver à sa conscience solitaire et frustrée lorsqu'elle lisait tous ces livres étonnants à son fils inerte. Qu'ont signifié ces mots pour elle, dans le silence douloureux de ma chambre où gisait là, comme un gigot de mouton, le fruit de ses entrailles ? Quand son esprit a enduré le martyre de la croissance comme un corps écartelé sur le chevalet de torture – fracassant les confins de ses idées cimentées grâce à ces vérités magnifiques et brutales ? Ça a dû être un lent, un troublant tourment. Au vu de ce qu'elle est devenue, de la tragédie démente qu'a été la fin de sa jeune vie, je peux imaginer chez ma mère le ravissement atroce de la lectrice qui découvre pour la première fois toutes les divagations de l'âme et les reconnaît comme étant les siennes.

Le jeu

Peu après mon huitième anniversaire, je me suis réveillé. Comme ça. Quatre ans et quatre mois après avoir plongé dans le coma, j'en suis ressorti. Non seulement mes yeux voyaient, mais mes paupières clignaient. J'ai ouvert la bouche et demandé un cordial – j'avais envie de quelque chose de sucré. Il n'y a que dans les films que les gens qui reprennent conscience demandent de l'eau. Dans la réalité, on veut un cocktail avec des morceaux d'ananas et une petite ombrelle en papier.

Il y a eu beaucoup de visages joyeux dans ma chambre durant la semaine où j'ai réintégré le monde des vivants. Les gens semblaient sincèrement contents de me voir, et ils me souhaitaient tous la bienvenue, comme si je revenais d'un long voyage et qu'ils aient attendu les cadeaux. Ma mère me serrait contre elle et couvrait ma main de baisers mouillés que je pouvais maintenant essuyer sur mon pyjama. Même mon père jubilait, il n'était plus le malheureux beau-père d'un phénomène de foire, L'Incroyable Enfant Endormi... Mais le petit Terry de quatre ans s'était planqué. Ma renaissance soudaine l'avait traumatisé. Ma mère s'est essoufflée à lui crier de venir faire la connaissance de son frère, mais Terry est resté introuvable. J'étais encore trop fatigué et faible pour m'en formaliser. Plus tard, quand tout est parti à vau-l'eau, j'ai réfléchi à ce que Terry avait sans doute ressenti à devoir grandir à côté d'un cadavre, et à entendre : « La momie terrifiante qui est là, c'est ton frère. » Ça avait dû être glaçant, surtout la nuit quand la lune éclairait mon visage figé et mes globes oculaires immobiles fixés sur le pauvre gosse comme s'ils s'étaient solidifiés exprès pour le regarder.

Le troisième jour de ma résurrection, mon père a fait une entrée fracassante et déclaré : « On va te lever. »

Ma mère et lui m'ont attrapé par les bras et m'ont aidé à sortir du lit. Mes jambes étaient de tristes choses mortes, et il leur a fallu me traîner comme si j'étais un copain beurré qu'ils sortaient d'un bar. Puis mon père a eu une idée. « Eh ! Tu as probablement oublié à quoi tu ressembles ! » Exact. J'avais oublié. La vague image d'une figure de petit garçon dérivait quelque part dans mon esprit, mais je n'aurais pas su dire si c'était moi ou quelqu'un qui jadis me détestait. Mon père m'a tiré jusqu'à la salle de bains, mes pieds nus traînant derrière moi, pour que je puisse me regarder dans un miroir. Un spectacle dévastateur. Même les gens laids reconnaissent la beauté quand ils ne la voient pas.

Terry ne pouvait pas éternellement m'éviter. Il était temps que nous soyons présentés l'un à l'autre dans les règles. Lorsque les habitants ont cessé de me féliciter pour mon réveil, il est entré dans la chambre et s'est assis sur son lit, rebondissant en rythme, les mains pressées sur les genoux comme pour les empêcher de s'envoler.

Je me suis aplati comme une crêpe, les yeux fixés au plafond, et j'ai tiré le drap sur moi. J'entendais mon frère respirer. Je m'entendais respirer moi aussi – comme tout le monde : l'air sifflait bruyamment dans ma gorge. Je me sentais maladroit et ridicule. J'ai pensé : « Il parlera quand il sera prêt. » Mes paupières pesaient une tonne, mais je ne leur ai pas donné la satisfaction de se fermer. Je craignais que le coma n'attende que ça.

Il a fallu une heure à Terry pour parcourir la distance qui nous séparait.

« Tu as bien dormi. »

J'ai acquiescé sans savoir quoi répondre. La vue de mon frère était suffocante. J'étais rempli d'une étrange tendresse et j'aurais voulu le prendre dans mes bras, mais j'ai décidé qu'il valait mieux conserver mes distances. Surtout, je n'en revenais pas que nous soyons aussi différents. D'accord, nous n'avions pas le même père, mais on aurait dit que ma mère n'avait eu aucun gène dominant à transmettre. Alors que j'avais la peau grasse et olivâtre, le menton pointu, des cheveux bruns, des dents légèrement protubérantes et des oreilles rabattues sur le crâne comme si quelqu'un allait me dépasser, Terry avait d'épais cheveux blonds, des yeux bleus, un sourire de carte postale et une peau claire parsemée d'adorables taches de rousseur orange ; ses traits étaient parfaitement symétriques, comme ceux d'un mannequin.

« Tu veux voir mon trou ? il a soudain demandé. J'ai creusé un trou dans le jardin.

— Plus tard, mon vieux. Je suis un peu fatigué. »

Mon père, debout sur le pas de la porte, m'a fait les gros yeux et lancé d'un ton renfrogné :

« Vas-y. Tu as besoin de prendre l'air.

— Pas tout de suite. Je me sens trop faible. »

Déçu, Terry a donné une claque sur ma jambe atrophiée et est sorti en courant pour jouer. J'ai regardé par la fenêtre cette petite boule d'énergie qui écrasait les plates-bandes, bondissait et jaillissait tel un éclair du trou qu'il avait creusé. Pendant ce temps, mon père est demeuré sur le seuil, avec un regard brûlant et des ricanements tout paternels.

Voilà : je m'étais penché au-dessus de l'abîme, j'avais regardé la mort dans ses yeux jaunes, et maintenant que j'étais de retour dans le monde des vivants, est-ce que j'avais envie de soleil ? D'embrasser les fleurs ? De courir, jouer, crier : « Je suis vivant ! Vivant ! » ? Eh bien non. J'avais envie de rester au lit. Difficile d'expliquer pourquoi. Tout ce que je sais, c'est qu'une puissante paresse s'était insinuée en moi pendant mon coma, une paresse qui coulait dans mes veines et se solidifiait au cœur de mon être.

Six semaines seulement s'étaient écoulées depuis mon réveil groggy quand – alors que la douleur que me causait la marche donnait à mon corps l'apparence d'un eucalyptus tordu par le feu – mes parents et mes médecins ont décidé qu'il était temps que je retourne à l'école. L'enfant qui avait passé une bonne partie de sa vie à dormir était censé se réinsérer sans se faire remarquer dans la société. Les élèves m'ont d'abord accueilli avec curiosité. « Tu rêvais ? » ; « Tu entendais les gens te parler ? » ; « Montre-nous tes escarres ! Montre-nous tes escarres ! » Mais s'il y a bien une chose que le coma ne t'apprend pas, c'est comment te fondre dans le paysage (à moins que tout le monde autour de toi ne soit en train de dormir). J'avais quelques jours pour y arriver. Apparemment, j'ai loupé le coche de manière spectaculaire puisqu'il n'a pas fallu deux semaines pour que commencent les offensives. Les bourrades, les coups, l'intimidation, les insultes, les huées, les croche-pieds, la langue tirée et, pire que tout, le silence atroce : il y avait presque deux cents écoliers dans notre école et ils m'ont tous froidement tourné le dos. Le genre de froid qui brûle comme du feu.

J'attendais avec impatience la fin des cours pour pouvoir me mettre au lit. Je voulais y passer tout mon temps. J'adorais être allongé, la lampe de chevet allumée, avec juste un drap, les couvertures repoussées en tas au pied du lit comme des bourrelets. Mon père, qui était alors au chômage (la prison était terminée et avait été inaugurée en grande pompe tandis que j'étais dans le coma), faisait irruption à toutes les heures du jour en hurlant : « SORS DU LIT, BORDEL ! IL FAIT UN TEMPS MAGNIFIQUE, DEHORS ! » Sa fureur était multipliée par dix quand elle se dirigeait contre Terry, lui aussi au lit. Vois-tu, c'est peut-être difficile à croire aujourd'hui, mais je ne sais pourquoi, aussi invalide juvénile que j'ai été, je suis parvenu à être un héros pour mon frère. Il m'adorait. Il m'idolâtrait. Quand je restais couché toute la journée, Terry restait couché toute la journée. Quand je vomissais, Terry s'enfonçait les doigts dans la gorge. Quand je frissonnais de fièvre, roulé en boule sous les draps, Terry était recroquevillé et frissonnait aussi. C'était adorable.

Mon père a eu une trouille dingue pour Terry, son véritable fils, et il a concentré toute sa force mentale sur la prédiction d'avenirs terribles, tous à cause de moi.

Un jour, il a eu une idée et, pour un père, ce n'était pas une mauvaise idée. Si votre enfant a une obsession malsaine, la seule façon de l'en détourner est de la remplacer par une obsession saine. L'obsession que mon père a choisie pour faire passer à Terry l'envie d'être handicapé était aussi australienne qu'une piqûre d'araignée à toile-entonnoir au genou.

Le sport.

C'était Noël. Terry a reçu un ballon de football. Mon père lui a dit : « Eh bien, on va faire quelques passes, d'accord ? » Terry a refusé parce qu'il savait que je resterais à l'intérieur. Mon père a insisté et il a tiré Terry, qui donnait des coups de pied et hurlait, dehors, au soleil. Je les ai observés par la fenêtre. Terry faisait semblant de boiter. Dès que mon père lui lançait le ballon, Terry partait à sa poursuite en se déhanchant comme un malheureux.

« Arrête de boiter, maintenant !

— Je ne peux pas !

— Ta jambe n'a rien !

— Si ! »

Mon père a craché, écœuré, et est rentré en grommelant, échafaudant des ruses, ainsi que le font tous les pères par amour. Il a décidé que son beau-fils malsain serait tenu pour un temps à distance de son fils sain : il voyait la maladie comme un mélange de paresse et de faiblesse, comme un penchant, et dans notre maison on ne pouvait pas tousser sans qu'il en déduise que nous étions pourris de l'intérieur. Il ne manquait pas de compassion en temps normal et il avait eu sa part de difficultés, mais il n'avait jamais été malade, pas un seul jour de sa vie (excepté les nausées dues à une facture impayée), et jamais il n'avait été en contact avec quelqu'un de souffrant. Même ses parents étaient morts sans avoir à subir une longue maladie (accident de bus). Comme je te l'ai déjà dit : si mon enfance m'a appris une chose, c'est que la différence entre les riches et les pauvres n'est rien. C'est le gouffre entre les bien portants et les malades qu'il est impossible de combler.

Le lendemain matin, mon père, traînant deux valises, et mon frère, traînant la jambe, sont montés dans la voiture familiale et ont disparu dans de folles volutes de poussière. À leur retour, deux mois plus tard, Terry m'a raconté qu'ils avaient suivi l'équipe de football locale dans tout l'État, sans rater un match. Au bout de deux semaines, les joueurs les ont remarqués, et, touchés par la dévotion d'un enfant apparemment infirme, ils ont fait de mon petit frère boiteux leur mascotte officieuse. À la première occasion, mon père a ouvert son cœur aux joueurs : il leur a parlé de moi et de mon influence insidieuse sur Terry, et les a suppliés de l'aider à réhabiliter la chaleureuse fougue australienne qui avait quitté la jambe gauche de son plus jeune fils. L'équipe tout entière a relevé le défi et répondu fièrement à son appel ; ils ont porté Terry sur le vert immaculé de la pelouse et, dans la chaude haleine du soleil, lui ont enseigné les éléments les plus subtils du jeu, ce qui a incité Terry à boiter de moins en moins par désir de les impressionner. Après deux mois passés sur la route, il ne boitait plus et était devenu un véritable petit sportif. Mon père n'était pas un imbécile : Terry était mordu.

À son retour, mon frère s'est inscrit au club de football local. On la jouait viril à cette époque – les parents regardaient les têtes cabossées de leurs enfants entrer en collision dans des crépuscules frisquets d'automne, et se trémoussaient d'extase. Leurs gosses faisaient leurs preuves, et, même quand ils sortaient du terrain la tignasse couverte de sang séché, personne ne pouvait être plus content qu'eux. En Australie, comme partout ailleurs, les rites de passage ont leur importance.

Tout le monde a vite compris que Terry était un joueur-né, une star sur le terrain. Le regarder plaquer, passer, feinter, esquiver et louvoyer à travers les légions maigrichonnes de petits athlètes t'aurait filé un strabisme. Il courait comme un possédé avec une concentration absolue. En fait, sur le terrain, Terry changeait de caractère et de nature. Alors qu'il faisait le clown dans n'importe quelle situation, pendant le jeu il n'avait aucun sens de l'humour ; une fois la partie engagée, il était aussi sérieux à propos de ce solide ballon ovale qu'un chirurgien cardio-vasculaire au sujet d'un cœur, tout aussi ovale mais spongieux. Comme moi, et probablement comme tous les Australiens, Terry faisait preuve d'une opposition innée à l'autorité. La discipline était contraire à sa nature. Si on lui avait dit de s'asseoir alors qu'il tirait une chaise, il l'aurait probablement jetée par la première fenêtre venue. Mais en autodiscipline c'était un maître zen. On ne l'arrêtait pas. Terry continuait à courir autour du jardin alors que la lune énorme s'élevait dans le ciel comme une bulle de savon. Pendant les orages, il rechargeait ses batteries en faisant des pompes et des abdos, et, quand le soleil s'enfonçait derrière la prison, il pataugeait à travers des touffes épaisses d'herbe mouillée et des mares de boue.

Au cours de l'été, Terry a intégré l'équipe locale de cricket. Là encore, il a brillé dès le premier jour. Lorsqu'il lançait, son bras était rapide et précis ; lorsqu'il battait, il était meurtrier et puissant ; lorsqu'il courait après la balle, son œil était vif et ses réflexes immédiats. Son naturel n'était pas naturel. Tout le monde parlait de lui. Et quand on a inauguré la nouvelle piscine, devine qui a été le premier dans l'eau ? Le type qui l'avait construite. Et devine qui a été le deuxième ? Terry ! Je te le demande : est-ce qu'un corps peut être génial ? Les muscles ? Les nerfs ? Les os ? Si tu l'avais vu dans cette piscine ! Et ce calme... Au départ d'une course, alors que les autres tremblaient sur leurs plots, Terry se tenait là comme s'il attendait le bus. Mais soudain le coup de pistolet résonnait ! Et alors il était si prompt que tu ne te serais pas souvenu de l'avoir vu plonger, il filait dans l'eau comme s'il était tiré par un jet ski. Pour que Terry puisse jouir des encouragements de son héros, j'allais à ses compétitions, me cachant à moitié au fond des tribunes, hurlant plus fort que tout le monde. Dieu, quelles fêtes, ces courses de natation ! Rien que de t'en parler, c'est comme si j'y étais : l'écho des corps éclaboussés et des pieds trottant sur le carrelage glissant de la piscine couverte, l'âcre puanteur du chlore qui rendrait nostalgique un embaumeur, le bruit de succion du bonnet qu'on enlève, celui des gouttes d'eau tombant d'une paire de lunettes de natation. Ces garçons adoraient ça. C'était comme si on leur avait dit : « Les êtres humains ont besoin d'eau pour vivre, alors plongez ! » Et ils plongeaient. Et ils étaient heureux.

Et Terry était le plus heureux de tous. Mais pourquoi ne l'aurait-il pas été ? Star de foot, star de cricket, star de natation. La ville tenait sa première célébrité locale, d'autant plus remarquable que c'était un garçon âgé de seulement sept ans. Sept ans ! Rien que sept ans ! Le Mozart du sport, un prodige tel qu'on n'en avait jamais vu. La ville l'adorait ; tous ces yeux énamourés qui le caressaient, l'encourageaient ! Inutile de nier que c'était de la vénération pure et simple. Le journal du coin faisait lui aussi tout un plat de l'étonnant Terry Dean. Quand l'un des magazines de Sydney publia un article sur les jeunes athlètes les plus susceptibles d'entrer dans l'histoire du sport en nommant Terry, mon père faillit mourir de ravissement.

Au cas où tu te poserais la question, il n'y avait pas de rivalité fraternelle entre nous, pas le moindre brin de jalousie de ma part, et même si je me sentais abandonné comme une voiture carbonisée dans une banlieue en ruine, j'étais fier de mon frère, le héros sportif. Mais j'étais inquiet, aussi ;

j'étais le seul à remarquer que le talent et une constitution athlétique n'étaient pas tout ce qui liait Terry au sport.

Ce n'est pas la façon dont il jouait qui m'avait mis la puce à l'oreille, mais la façon dont il se comportait en tant que spectateur. Tout d'abord, on ne pouvait pas lui tirer un mot avant un match. C'était le seul moment où je le voyais manifester quelque chose qui ressemblait à de l'anxiété – et je l'ai vu devant un tribunal au moment où il attendait sa condamnation à perpétuité, donc je sais de quoi je parle.

Lorsque nous arrivions à un match de foot, il était pris d'une profonde excitation – pour Terry, un stade vide était un endroit mystérieux, mystique. Le match commençait, et il se tenait assis bien droit, impatient, la bouche semi-ouverte et les yeux rivés sur la moindre action. Il était réellement ému et avait l'air d'entendre une langue qu'il était le seul à comprendre. Il était habité par une intensité silencieuse, comme s'il regardait quelque chose de sacré – comme si marquer un but dans les trente dernières secondes était une action immortelle. Après un match, gagné ou perdu, son âme tout entière semblait emplie de satisfaction. Il était pris d'une ferveur religieuse ! Lorsque son équipe marquait un but, il frissonnait véritablement. Je l'ai vu de mes propres yeux, et on pourra dire ce qu'on veut, un petit garçon qui frissonne de ferveur religieuse, ça te fout tout simplement les jetons. Il ne supportait pas quand il y avait match nul. On ne pouvait pas lui parler, après. Les erreurs d'arbitrage le mettaient aussi dans une violente colère. Je disais : « On rentre ? » et il se tournait lentement vers moi, les yeux emplis de tristesse, le souffle court ; il avait l'air de souffrir. À la maison, après un match décevant, nous devions tous marcher sur la pointe des pieds (ce qui n'est pas facile quand on se déplace avec des béquilles).

Comme je te l'ai dit, Terry et moi étions physiquement différents. Ses gestes étaient coulés, sans effort, directs et agiles, tandis que les miens étaient laborieux, douloureux, hésitants et inadaptés. Mais nos différences ressortaient beaucoup plus dans nos obsessions, et des obsessions contraires peuvent être un véritable motif de discorde. Par exemple, si tu as un ami obsédé par le fait de n'avoir pas trouvé l'amour et un autre qui est un acteur dont la seule inquiétude est de savoir si Dieu lui a donné le nez qu'il faut, un muret s'élève entre eux et les conversations se réduisent à des monologues antagonistes. D'une certaine façon, c'est ce qui est arrivé entre Terry et moi. Terry ne parlait que de héros sportifs. Je m'y intéressais, mais la fonction principale d'un héros, c'est de te permettre d'imaginer que ses faits héroïques sont les tiens. Le fait est que je ne ressentais qu'un plaisir insignifiant à m'imaginer en train de marquer un but ou de parcourir un mille cinq cents mètres en moins de quatre minutes. Rêver de foules en délire criant : « Incroyable comme il est rapide, non ? » ne me satisfaisait pas plus que ça. De toute évidence, j'avais besoin d'un autre genre de héros.

L'obsession de Terry pour tout ce qui touchait au sport a peu à peu dominé son existence ; tout, depuis les repas jusqu'au fait d'aller au cabinet, représentait un contretemps fâcheux entre deux matchs, deux entraînements ou deux réflexions sur le sport. Les jeux de cartes l'ennuyaient ; les livres l'ennuyaient, le sommeil l'ennuyait, Dieu l'ennuyait, la nourriture l'ennuyait, l'affection l'ennuyait, nos parents l'ennuyaient, et à la fin moi aussi je l'ai ennuyé. Nous avons commencé à nous disputer pour des choses stupides, surtout à propos de mon attitude : maintenant qu'il s'amusait en compagnie d'enfants qui ne passaient pas leur temps à gémir dans leur lit, ma négativité envahissante et mon inaptitude à la joie lui pesaient. Il s'est mis à me critiquer pour la moindre chose : il n'aimait pas la façon dont je tapotais doucement l'épaule des gens avec ma béquille pour leur demander de me céder le passage, il n'aimait pas la façon que j'avais de découvrir rapidement ce dont les gens étaient le plus fier et de le tourner en ridicule immédiatement pour les ébranler, il était fatigué de la profonde suspicion que j'entretenais à propos de tout, depuis les portes d'églises jusqu'aux sourires.

Malheureusement, en l'espace de quelques mois, Terry a fini par me voir pour ce que j'étais : un gosse de onze ans grincheux, aigri, dépressif, agressif, fier, laid, méchant, myope, misanthrope – tu vois le genre. L'époque où il me suivait partout, imitant ma toux et faisant semblant de partager mes douleurs abdominales n'a plus été qu'un tendre et lointain souvenir. Bien sûr, rétrospectivement, je sais que la colère et les reproches de Terry provenaient de la frustration et de l'amour ; il ne comprenait pas pourquoi je ne pouvais pas être aussi insouciant et heureux que lui, mais à l'époque j'ai cru qu'il me trahissait. Il m'a semblé que toutes les injustices du monde s'abattaient sur moi telle une bourrasque.

Après avoir perdu mon unique allié, je n'ai plus eu qu'une envie : me cacher. Mais la saloperie, c'est que dans une petite ville l'anonymat n'existe pas. L'obscurité, si. L'anonymat, non. C'est vraiment chiant de ne pas pouvoir marcher dans la rue sans que quelqu'un te dise bonjour en souriant. Le mieux que tu puisses faire, c'est d'aller dans un endroit que tout le monde déteste. Eh oui, même dans une petite ville il y a des quartiers que les gens évitent en masse – dresses-en la liste et là tu pourras vivre ta vie tranquillement sans avoir à t'enfermer dans ta chambre. Lionel Potts avait ouvert un tel lieu en ville. Personne n'y mettait jamais les pieds parce que Lionel Potts était l'homme le plus méprisé de la région. Tout le monde lui en voulait. Je ne comprenais pas pourquoi. On disait que c'était un « salaud de riche ». On pensait : « Pour qui il se prend, celui-là, à ne pas avoir de problèmes de fin de mois ? Quel toupet ! »

Pour moi, Lionel Potts devait cacher quelque chose de secret et de sinistre. Je ne pouvais pas croire qu'on le haïssait parce qu'il était riche ; j'avais remarqué que la plupart des gens meurent d'envie d'être riches eux aussi, sinon ils n'achèteraient pas de billets de loterie, ni n'échafauderaient des plans pour faire rapidement fortune, ni ne parieraient aux courses. Il me paraissait absurde que les gens haïssent la chose même à laquelle ils aspirent.

Le café de Lionel Potts était mal éclairé, et ses tables sombres et ses longs bancs en bois lui donnaient l'air d'une taverne espagnole ou d'une étable pour humains. Il y avait des fougères, des tableaux d'hommes à cheval, sur leur trente et un, et une série de photographies noir et blanc d'un bosquet d'arbres très vieux et majestueux qui s'étaient trouvés à l'emplacement de l'actuelle pharmacie. L'endroit était vide du matin au soir ; j'étais l'unique client. Lionel se plaignait à sa fille qu'il lui faudrait bientôt fermer, et il me dévisageait avec curiosité, se demandant certainement pourquoi j'étais le seul en ville à ne pas me conformer au boycott. Parfois sa fille me regardait, elle aussi.

Caroline avait onze ans, elle était grande et mince et se tenait toujours appuyée au comptoir, la bouche entrouverte comme si elle était surprise. Elle avait des yeux verts et des cheveux de la couleur d'une délicieuse pomme golden. Sa poitrine était plate, ses bras et ses épaules musclés. Je me rappelle m'être dit qu'elle me ficherait probablement une raclée si nous devions nous battre et que ce serait extrêmement gênant. À onze ans, elle possédait un atout qu'ont peaufiné les défilés de mode parisiens : une moue. Je ne le savais pas à l'époque, mais la moue suggère une insatisfaction temporaire qui vous incite à la satisfaire. On se dit : « Si seulement je pouvais satisfaire cette moue, je serais heureux. » Dans l'histoire de l'évolution, la moue est une légère anomalie toute récente. L'homme du paléolithique n'en a jamais entendu parler.

Je m'asseyais dans le coin le plus sombre du café et la regardais remonter de la cave des cageots de bouteilles. Ni elle ni son père n'étaient aux petits soins pour moi ; je n'avais pas droit à un traitement de faveur parce que j'étais leur unique client, mais je buvais des milk-shakes et des Coca-Cola, je lisais des livres, réfléchissais et, un carnet de notes vierge devant moi, je tâchais de mettre en mots les visions qui m'étaient venues pendant le coma. Chaque jour Caroline m'apportait à boire, mais j'étais trop timide pour lui parler. Quand elle disait : « Salut », je répondais : « OK. »

Un jour, elle s'est assise en face de moi avec un rire cruel au bord de l'explosion.

« Tout le monde trouve ton frère génial », elle a dit. J'ai failli tomber de ma chaise, tant j'avais peu l'habitude qu'on m'adresse la parole. J'ai repris mon sang-froid et déclaré sagement :

« Eh bien, tu sais comment sont les gens.

— Je trouve que c'est un frimeur.

— Eh bien, tu sais comment sont les gens.

— Et grande gueule.

— Eh bien... »

Et voilà. La seule personne en ville qui n'était pas en extase devant mon frère a été la fille que j'ai choisi d'aimer. Pourquoi pas ? Même les

Kennedy ont dû connaître une certaine rivalité fraternelle. Caroline allait aux matchs comme tout le monde, mais je voyais qu'elle détestait vraiment Terry ; dès que la foule sautait et l'applaudissait, elle restait aussi immobile qu'un rayonnage de bibliothèque, ne bougeant que pour poser la main sur sa bouche comme si elle venait d'apprendre une mauvaise nouvelle. Et quand Terry entrait en trombe dans le café afin de me ramener à la maison pour le dîner, tu aurais dû la voir ! Elle n'arrivait pas à lui parler ni même à le regarder, et j'ai honte de dire que je trouvais cette scène délicieuse parce que pendant cinq minutes Terry goûtait un peu la grenouille gluante que je devais misérablement avaler jour après jour.

C'est pourquoi Caroline Potts restera dans l'histoire comme ma première amie. Nous parlions tous les jours dans ce café sombre, et j'ai enfin pu donner libre cours à de nombreuses pensées emmagasinées jusqu'alors, de sorte que j'ai ressenti une amélioration sensible de mon état mental. Je la retrouvais avec les paumes moites et ma lubricité prépubère, et, même lorsque je marchais lentement vers elle, la vue de son visage légèrement androgyne qu'éclairait un sourire me prenait aux tripes, comme si elle s'était jetée sur moi. Bien sûr, je savais que nous étions amis parce qu'elle aussi était solitaire, mais je crois qu'elle appréciait vraiment mes remarques sarcastiques, et nous étions en accord total quand nous bavassions de manière obsessionnelle au sujet de la dévotion idiote et illimitée que la ville portait à mon frère. Je lui ai dévoilé l'unique secret que je savais sur lui : l'inquiétant respect religieux qu'il portait au sport. J'étais ravi de ne pas être le seul à savoir que quelque chose ne tournait pas rond chez Terry Dean, mais, peu après avoir fait la connaissance de Caroline, il est arrivé une chose terrible, et ensuite tout le monde a été au courant.

C'était lors d'un goûter d'anniversaire. L'hôte avait cinq ans, une grande occasion. J'avais raté le mien au même âge à cause du coma. Je n'allais pas à celui-ci avec plaisir, parce que je pressentais un truc glauque. Tu vois ce que je veux dire ? Le moment où l'innocence d'un jeune enfant montre des signes de fatigue et où il commence, avec tristesse et inquiétude à se demander pourquoi il est soudain tiraillé entre deux choses contradictoires : l'ambition et l'envie de dormir plus longtemps. Déprimant. Mais je n'avais plus mes béquilles et je ne pouvais plus utiliser ma maladie comme prétexte pour éviter la vie. Terry, de son côté, était si excité qu'à l'aube il attendait déjà devant la porte dans ses habits du dimanche. Arrivé à ce point de mon récit, il te faut la réponse à cette irritante question : Quel genre d'enfant était Terry Dean ? Était-ce un marginal ? Un petit con buté contestataire ? Non, ça c'était moi.

Quand nous sommes arrivés à l'anniversaire, le bruit des rires nous a guidés à travers la maison fraîche et claire jusqu'à l'arrière, où les enfants étaient assis dans le grand jardin dépourvu de barrières, devant un magicien paré d'une cape noir et or tape-à-l'œil. Il exécutait toutes sortes de tours minables. Une fois ses colombes épuisées, il s'est mis à lire les lignes de la main. Crois-moi, si tu n'as jamais vu ça, il n'y a rien de plus stupide qu'un diseur de bonne aventure dans un goûter d'enfants. « Tu seras grand et fort, je l'ai entendu dire, mais seulement si tu manges tous tes légumes. » Cet imposteur avait de toute évidence été briefé par les parents et il escroquait les gosses en leur refilant un avenir bidon. C'est démoralisant de voir des mensonges et de la corruption à un anniversaire d'enfant, mais ce n'est pas surprenant.

Puis nous avons joué à Passe le paquet : tout le monde, assis en cercle, se refourgue un cadeau minable enveloppé dans du papier journal comme un poisson mort, et, dès que la musique s'arrête, celui qui tient le paquet enlève une couche de papier. C'est un jeu d'avidité et d'impatience. J'ai fait sensation en l'arrêtant pour lire le journal. Il y avait un gros titre sur un tremblement de terre en Somalie : sept cents morts. Les enfants m'ont hurlé de passer le paquet, leurs récriminations violentes résonnant dans mes tympans. Je te le dis : les jeux d'enfants, c'est pas drôle. Pas question de déconner. J'ai tendu le paquet à mon voisin, mais chaque fois qu'on enlevait une feuille, je la ramassais dans l'espoir d'en apprendre plus à propos du tremblement de terre. Les autres se foutaient de la vie de sept cents de leurs congénères ; ils voulaient juste le cadeau. Il est finalement apparu : un pistolet à eau d'un vert fluorescent. Le gagnant a poussé des hourras. Les perdants aussi ont poussé des hourras, mais dents serrées.

Le soleil de novembre nous faisait transpirer, alors certains enfants ont sauté dans la piscine bleu clair pour jouer à Marco Polo : un enfant nage les yeux fermés et essaie d'attraper les autres qui ont les yeux ouverts. Il crie : « Marco ! » et ils crient en retour : « Polo ! » S'il s'exclame : « Poisson hors de l'eau ! » et qu'à cet instant il ouvre les yeux et aperçoit un enfant qui n'est pas dans la piscine, ce dernier devient la pauvre andouille qui doit nager les yeux fermés. Je ne vois pas le rapport avec la vie et l'époque de Marco Polo, mais j'ai l'impression qu'il y a une critique quelque part là-dessous.

Alors que Terry rejoignait les autres dans la piscine, je me suis résigné à participer à un autre jeu cruel : une chose abominable appelée Chaises musicales. Quand la musique s'arrête, chacun doit sauter sur un siège, mais il manque une chaise par rapport au nombre de joueurs. Les leçons de la vie ne cessent pas durant un goûter d'enfants. La musique reprend. On ne sait jamais quand elle va s'arrêter. On est à cran pendant tout le jeu, la tension est insupportable. Tout le monde danse en rond autour des chaises, mais ce n'est pas une danse joyeuse. Tout le monde a le regard fixé sur la mère qui s'occupe de la radio, la main sur le bouton du volume. De temps à autre, un enfant réagit avec trop de précipitation et se jette sur une chaise. On lui crie dessus. Il se relève d'un bond. C'est la honte. La musique continue. Les visages se convulsent, terrifiés. Personne ne veut être exclu. La mère torture les enfants en faisant semblant de baisser le volume. Les enfants préféreraient la voir morte. Ce jeu est une allégorie de la vie : il n'y a pas assez de chaises ni de bons moments, pas assez de nourriture, pas assez de joie, ni de lits, ni de boulot, ni de rires, ni d'amis, ni de sourires, ni d'argent, ni d'air pur à respirer… Et pourtant la musique continue.

J'ai été exclu parmi les premiers. J'étais en train de me dire que dans la vie il faut toujours avoir sa propre chaise avec soi afin de ne pas être obligé de partager les réserves communes en voie d'épuisement, quand j'ai entendu un grand vacarme du côté de la piscine. J'ai accouru. Les bras de Terry étaient plongés dans l'eau et deux petites mains émergeant des profondeurs cristallines essayaient de lui arracher les yeux. La scène n'était pas sujette à interprétation : Terry s'employait à noyer quelqu'un.

Les autres enfants étaient debout sur la pelouse, bouche ouverte, poissons hors de l'eau. Un adulte consterné a plongé, séparé les enfants et les a remontés sur la terre ferme, la mère horrifiée du garçon sur le point d'être noyé a giflé Terry. Plus tard dans l'après-midi, au milieu d'un petit groupe de parents scandalisés, Terry a expliqué pour sa défense qu'il avait vu sa victime tricher.

« Je ne trichais pas ! s'est écrié l'autre.

— Je t'ai vu ! Tu avais l'œil gauche ouvert ! a gueulé Terry.

— Et alors, mon gars ? a dit mon père, ce n'est qu'un jeu. »

Ce que mon père ignorait, c'est que l'expression « Ce n'est qu'un jeu » n'aurait jamais aucun sens pour Terry Dean. Pour Terry, la vie était un jeu et les jeux seraient toujours la vie, et si je n'avais pas pigé cela, je n'aurais pas utilisé cette information pour assouvir mon triste fantasme de vengeance, ce qui a modifié l'existence de mon frère de manière inattendue.

Voici un des souvenirs qui pourraient me rendre aveugle – ceux où mes pires impulsions se sont combinées pendant un instant remarquablement honteux. Cela s'est produit un mois plus tard seulement, quand, après des années de cours particuliers entre les séances d'entraînement, Terry est enfin entré à l'école (événement que j'avais appréhendé, ayant jusqu'alors réussi à cacher mon impopularité spectaculaire à ma famille). Dave et Bruno Browning, des faux jumeaux, m'avaient attaché à la grosse branche d'un arbre situé derrière le gymnase. Ces jumeaux n'étaient pas seulement les terreurs officielles de l'école, ils étaient aussi voleurs, criminels et émeutiers en herbe, et j'avais toujours estimé que leur place était en prison ou dans une tombe si peu profonde que les gens, en marchant dessus, piétineraient leurs visages glacés et sans vie. Pendant qu'ils terminaient leurs nœuds, je leur ai dit : « Comment vous saviez que c'était mon arbre préféré ? Oh mon Dieu, quelle vue ! C'est magnifique ! » J'ai poursuivi mon petit discours désinvolte tandis qu'ils redescendaient. « Sincèrement, les gars, vous ne savez pas ce que vous perdez ! » J'ai levé les pouces à l'attention du petit attroupement au pied du tronc.

Mon sourire figé a fondu à la vue du visage de Terry levé vers moi au milieu de l'assemblée. Parce qu'il était un héros sportif, on s'est écarté pour le laisser passer. J'avais du mal à retenir mes larmes, mais j'ai poursuivi mon numéro : « Eh, Terry, c'est fantastique. Pourquoi tu ne viens pas me voir un de ces quatre ? »

Il a grimpé à l'arbre, s'est assis sur la branche à côté de la mienne et a entrepris de défaire les nœuds.

« Qu'est-ce qui se passe ?

— Qu'est-ce que tu veux dire ?

— Tout le monde te déteste !

— OK. Je ne suis pas populaire. Et alors ?

— Pourquoi tout le monde te déteste ?

— Il faut bien qu'ils détestent quelqu'un. Qui est-ce qu'ils vont détester, sinon ? »

Nous sommes restés dans l'arbre tout l'après-midi, cinq heures durant, dont deux pendant lesquelles j'ai souffert de terribles vertiges. La cloche sonnait régulièrement, et nous regardions les enfants passer d'une classe à une autre, obéissants mais décontractés comme des soldats en temps de paix. Dans le silence, toutes nos différences paraissaient soudain futiles. Le fait que Terry se soit assis sur la branche à côté de moi était un geste de solidarité formidablement significatif. Sa présence me signifiait : « Tu es seul, mais pas complètement seul. Nous sommes frères et rien ne peut changer cela. »

Le soleil se déplaçait dans le ciel. Des vents rapides emportaient de légers nuages. J'ai observé mes camarades comme à travers un double vitrage à l'épreuve des balles, et je me suis dit qu'il n'y avait pas plus de possibilité de communication entre nous qu'entre une fourmi et une pierre.

Même après trois heures, lorsque les cours ont pris fin, Terry et moi n'avons pas bougé, assistant en silence à un match de cricket qui avait commencé sous nos pieds. Bruno, Dave et cinq ou six autres garçons s'étaient rangés en arc de cercle, courant, sautant et plongeant dans la poussière comme si le corps humain était indestructible. Ils poussaient des rugissements en crescendo, et de temps à autre les jumeaux levaient les yeux et chantonnaient mon prénom. J'ai grimacé à l'idée de toutes les dérouillées qui m'attendaient encore, et les larmes me sont montées aux yeux. Des larmes de peur. Comment me sortir de cette situation ? J'ai regardé ces terreurs… Si seulement j'avais pu posséder des pouvoirs dangereux et mystérieux qu'ils auraient ressentis jusque dans leurs entrailles ! Je les ai imaginés chantonnant leurs sarcasmes la bouche pleine de sang.

Soudain, j'ai eu l'idée.

« Ils trichent, j'ai affirmé à Terry.

— Ah oui ?

— Ouais. Je déteste les tricheurs, pas toi ? »

La respiration de Terry est devenue lente et irrégulière. C'était remarquable à voir : son visage crépitait comme de l'huile bouillante dans une poêle chaude.

Sans tomber dans le mélodrame, je suis sûr que le destin tout entier de la famille Dean s'est décidé cet après-midi-là dans l'arbre. Je ne suis pas fier d'avoir incité mon petit frère à attaquer mes tortionnaires, et bien évidemment, si j'avais pu savoir qu'en utilisant le respect fanatique qu'il avait pour le sport je passais commande de dizaines de sacs mortuaires aux fabricants, je m'en serais probablement dispensé.

Je ne peux pas t'en dire beaucoup plus sur ce qui s'est passé ensuite. Je peux te dire que Terry est descendu de l'arbre, qu'il a arraché la batte de cricket à un Bruno médusé et lui en a donné un coup sur la tempe. Je peux aussi te dire que la bagarre n'avait pas commencé depuis plus de quinze secondes que Dave, le plus laid des faux jumeaux, a sorti un couteau à cran d'arrêt et l'a enfoncé dans la jambe de Terry. Je peux te dire à quoi a ressemblé le cri parce que c'était le mien. Terry n'a pas émis le moindre son. Alors même que sa blessure pissait le sang et que je descendais de l'arbre pour le tirer de là, il a conservé le silence.

C'est le lendemain, à l'hôpital, qu'un médecin peu compatissant a déclaré à Terry avec désinvolture qu'il ne jouerait plus jamais au football.

« Et la natation ?

— Peu de chances.

— Le cricket ?

— Peut-être.

— Vraiment ?

— Je ne sais pas. On peut jouer au cricket sans courir ?

— Non.

— Alors non. »

J'ai entendu Terry déglutir. Nous l'avons tous entendu. C'était assez bruyant. Son doux visage d'enfant de huit ans s'est durci à la seconde. Nous avons été témoins de l'instant précis où il a été arraché à ses rêves. La seconde d'après, ses larmes coulaient, et il a émis d'atroces sons gutturaux que j'ai eu le malheur de réentendre une ou deux fois depuis : les bruits inhumains qui accompagnent l'arrivée soudaine du désespoir.

La philosophie

Le vœu que Terry avait fait jadis avait été exaucé : il était devenu un invalide, exactement comme son grand frère. Seulement, maintenant que la santé m'était revenue, Terry se retrouvait seul. Il a utilisé mes anciennes béquilles pour aller de A à B, mais parfois il préférait rester en A des jours d'affilée, et puis, quand il n'a plus eu besoin des béquilles, il a utilisé une canne en bois sombre verni. Il a débarrassé sa chambre de tout le bazar qui rappelait le sport : les affiches, les photos, les coupures de journaux, son ballon de foot, sa batte de cricket et ses lunettes de natation. Terry voulait oublier. Mais comment l'aurait-il pu ? On ne peut pas fuir sa propre jambe, particulièrement une jambe qui porte le poids de rêves brisés.

Ma mère a essayé de consoler son fils (et elle-même) en l'infantilisant – elle lui cuisinait ses plats préférés (haricots blancs à la sauce tomate et saucisses) tous les jours, elle tentait de le serrer contre elle, lui parlait comme à un nourrisson, et n'arrêtait pas de lui caresser les cheveux. S'il l'avait laissée faire, elle lui aurait caressé le front jusqu'à ce que la peau s'en détache. Mon père était déprimé lui aussi – il boudait, mangeait trop, buvait des litres de bière, et étreignait les trophées sportifs de Terry comme des bébés morts. Il s'est mis à grossir. Pris d'une frénésie boulimique il avalait chaque repas comme si c'était le dernier. Pendant les premiers mois c'est le ventre qui a tout pris, et cette soudaine altération a fait trembler sa charpente naturellement mince ; mais finalement celle-ci s'est déformée, sa taille et ses hanches se sont mises à l'unisson, s'élargissant jusqu'à mesurer exactement six millimètres de plus que l'encadrement d'une porte standard. Les reproches qu'il me faisait – avoir été la cause de cette calamité – lui remontaient un peu le moral. Et ce n'est pas une de ces révélations qui ont besoin d'une psychothérapie pour refaire surface : il ne refoulait pas ses accusations, il les exprimait ouvertement, à table, agitant dans ma direction une fourchette menaçante comme un exorciste brandit son crucifix.

Heureusement, le retour d'une vieille obsession l'a bientôt distrait : la prison sur la colline. Le directeur et lui étaient compagnons de beuverie et depuis des années ils jouaient au billard, misant pour plaisanter cent mille dollars sur chaque partie. Le directeur devait une somme astronomique à mon père. Un jour mon père, à la surprise de son ami, a exigé d'être payé. En guise d'espèces sonnantes et trébuchantes, il a conclu avec le directeur un marché étrange et sinistre : il oublierait les vingt-sept millions de dollars que celui-ci lui devait en échange d'une copie des dossiers des prisonniers. Depuis que l'avenir de son fils s'était écroulé, la seule chose dont mon père était fier, c'était la part qu'il avait prise dans la construction de cette prison, accomplissement personnel qu'il pouvait voir depuis le pas de la porte. En conséquence de quoi, bien sûr, il estimait avoir le droit de savoir qui en étaient les hôtes. Le directeur a photocopié les dossiers, et nuit après nuit mon père s'est immergé dans l'histoire des meurtriers, des violeurs et des voleurs, et se les est représentés en train de secouer les barreaux que lui-même avait soudés. À mon avis, cela a signé le début de la fin pour mon père, même si une dégringolade incroyablement longue restait encore à venir. C'est aussi l'époque où il a commencé à se déchaîner en public contre ma mère au point qu'elle ne supportait plus de sortir avec lui. Ils ne se voyaient donc plus qu'à la maison, et les rares fois où ils se rencontraient dans la rue, ils étaient empruntés et d'une politesse à faire peur. Ce n'est que chez nous qu'ils redevenaient eux-mêmes et fulminaient, s'insultant *ad nauseam*.

Les choses ont été bizarres à l'école pendant un certain temps aussi. Comme tu le sais, je n'ai jamais pu entrer dans le rang, je n'ai même pas pu m'y glisser. Terry, quant à lui, avait été accepté à bras ouverts dès le premier jour ; mais, au cours de l'année qui a suivi la perte athlétique de sa jambe, il s'est lui-même exclu. J'ai gardé l'œil sur lui tandis qu'il clopinait dans la cour de récréation, écrasant du bout de sa canne les orteils de ses camarades en s'appuyant de tout son poids. Personnellement, je ne crois pas que c'était seulement sa déception qui le rendait froid et mauvais. C'était une réaction à l'incessante compassion qu'il devait affronter. Vois-tu, les gens étaient tous très gentils avec lui à cause de cette perte, l'accablant sous des monceaux de bonté qui l'exaspéraient. Pour lui, c'était la pire des choses. Certaines personnes répugnent corps et âme à être plaintes. D'autres, comme moi, se vautrent avec avidité dans la pitié, surtout parce que, après s'être apitoyés sur eux-mêmes si longtemps, il leur paraît juste que tout le monde finisse par s'y mettre aussi.

Bruno et Dave jetaient des regards menaçants à Terry chaque fois qu'ils le croisaient. Il relevait le défi et les gratifiait de son sourire le plus mielleux. Ce qui dégénérait en un échange de regards fixes, un de ces combats virils qui paraissent très ridicules aux passants. Plus tard, en talonnant Terry dans les couloirs de l'école, j'ai compris qu'il suivait Bruno et Dave partout où ils allaient. Que leur voulait-il ? Se venger ? Un match retour ? Je l'ai imploré de les laisser tranquilles. « Tire-toi, Marty », il m'a craché en guise de réponse.

Je suis retourné dans l'arbre. Cette fois-ci, j'y suis monté de mon plein gré. C'était devenu mon repaire secret. J'avais appris une bonne leçon : les gens ne regardent pratiquement jamais en l'air. Sait-on pourquoi ? Peut-être qu'ils cherchent au sol un aperçu de ce qui les attend. Et ils ont bien raison. Je crois que quiconque prétend considérer l'avenir mais n'a pas un œil sur la poussière a la vue courte.

Un beau jour, perché dans mon arbre, j'ai entendu du remue-ménage : les écoliers couraient en tous sens dans la cour de récréation, entraient et sortaient des salles de classe en hurlant. J'ai tendu l'oreille de cette façon bizarre qu'ont les êtres humains de pouvoir le faire quand ils le veulent. Ils criaient mon prénom. J'ai serré si fort la branche que mon corps est devenu une pelote d'échardes. Tous les élèves me cherchaient. Pour quoi ? Pourquoi maintenant ? Deux écoliers se sont arrêtés sous l'arbre pour reprendre leur souffle et j'ai appris la nouvelle : Bruno et Dave me priaient de les rejoindre derrière le gymnase de l'école. « C'est pas trop tôt », ont-ils commenté. D'après l'opinion générale, ils allaient me réduire en bouillie. Chacun voulait apporter sa contribution.

Puis une fille m'a aperçu, et deux minutes plus tard une foule me portait sur ses épaules comme si j'étais un héros, alors qu'en réalité ils livraient de la viande aux bouchers. Ils sautillaient comme des chiots en me remettant à Bruno et Dave qui attendaient derrière le gymnase. « Le voilà ! » se sont écriés mes porteurs, me laissant tomber sans cérémonie dans la poussière. Je me suis relevé lentement, juste pour le plaisir. On aurait pu jouer à guichets fermés – ça allait être le spectacle le plus couru de la ville.

« Martin, a crié Dave, si quelqu'un… n'importe qui… ose te toucher… ou te frapper… ou te pousser… ou même te regarder juste d'un drôle d'air, tu viens me voir et JE L'ANÉANTIS ! Tu comprends ? »

Je ne comprenais pas. La foule non plus.

« Tu es à présent sous notre protection, OK ? »

J'ai dit OK.

Dave a brusquement fait face à la foule restée silencieuse.

« Ça pose un problème à quelqu'un ? »

Ça ne posait de problème à personne. Ils se tortillaient comme au bout d'un hameçon.

« Bien. »

Dave a ensuite ajouté pour moi : « Cigarette ? »

Je n'ai pas bougé. Il a dû me la fourrer dans la bouche et l'allumer.

« Maintenant, aspire. »

J'ai aspiré et toussé violemment. Dave m'a donné une tape amicale dans le dos. « T'es réglo, mon pote », a-t-il dit avec un sourire carnassier. Puis il est parti. La foule ne s'est pas dispersée, trop abasourdie. J'ai conservé avec peine mon équilibre. J'avais cru que j'allais être tabassé, et non sauvé. Désormais, j'étais une espèce protégée. Mon ego a gonflé comme un poisson-lune. Je me suis tourné vers la horde confondue et l'ai défiée du regard. Tous ont regardé ailleurs, jusqu'au dernier.

Terry Dean, qui avait alors huit ans, avait fait un pacte avec les diables pour son frère âgé de douze ans, et c'est ce qui m'a sauvé la peau. Il m'avait vu tantôt me planquer derrière les poubelles, tantôt souffrir d'assurer la corvée monotone de l'invisibilité, et – en frère loyal qu'il était – il leur avait proposé un marché : s'ils m'offraient leur protection, il rejoindrait leur équipe de cinglés. Il a suggéré de devenir leur apprenti, un élève malfrat. Qui sait pourquoi ils avaient accepté. Peut-être son courage leur avait-il plu. Peut-être qu'ils avaient été ébranlés par l'audace de sa demande. Quoi qu'il en soit, quand ils lui ont demandé d'écrire avec son sang un petit mémo détaillant le contrat, Terry, sans hésiter, s'est coupé avec un couteau Stanley et a commencé à écrire. Le pacte gisait là, rouge sur blanc.

Voilà comment mon frère a fait une entrée prématurée dans une vie de crimes. Durant les deux années suivantes, il a passé tout son temps après l'école avec Bruno et Dave, et, comme il était trop jeune pour sortir seul à leurs heures, j'ai dû me joindre à eux. Au début, les jumeaux ont essayé de m'obliger à faire leurs courses, mais Terry est intervenu et j'ai eu la permission de lire sous un arbre, même pendant les bagarres. Et il y avait toujours des bagarres. Le gang ne dormait pas bien s'il n'avait pas défoncé une tronche à un moment ou à un autre de la journée. Une fois affrontés tous les candidats de la ville, Bruno a volé la Land Rover de son père pour les emmener casser des gueules dans les villes avoisinantes. Il y avait plein de gosses avec qui se battre. Toute ville a ses durs à cuire, une nouvelle génération de taulards en herbe.

Chaque après-midi, ils apprenaient à Terry à se battre. Ils avaient construit tout un système philosophique fondé sur la violence et le combat, et, à mesure que les poings de Terry devenaient des parpaings osseux, Bruno et Dave jouaient au couple de duettistes, l'un posant une question, l'autre y répondant.

« À quoi servent tes mains ?

— À serrer les poings.

— À quoi servent tes jambes ?

— À donner des coups de pied.

— Et les pieds ?

— À écraser les gueules.

— Les doigts ?

— À arracher les yeux.

— Les dents ?

— À mordre.

— La tête ?

— À mettre des coups de boule.

— Les coudes ?

— À défoncer les mâchoires. »

Etc.

Ils prêchaient pour un corps humain servant non seulement d'arme, mais aussi d'arsenal bien rempli, et, tandis que je les regardais fourrer ce credo onctueux dans le crâne de Terry, je pensais à mon corps à moi – un arsenal dirigé vers l'intérieur, contre moi-même.

Quand ils ne se battaient pas, ils volaient – tout et n'importe quoi. Incapables de déterminer la valeur marchande de leurs prises, ils fauchaient des pièces de voiture, des accessoires autos inutilisables, des fournitures scolaires, du matériel de sport. Ils entraient par effraction dans des boulangeries pour voler du pain, et s'il n'y avait pas de pain ils volaient la pâte ; ils entraient par effraction dans les quincailleries pour voler des marteaux, des échelles, des ampoules électriques et des pommes de douche ; ils entraient par effraction dans les boucheries pour voler des saucisses, des crochets à viande et des gigots d'agneau ; ils volaient des timbres et les lettres non réclamées au bureau de poste ; ils s'introduisaient dans les restaurants chinois pour prendre des baguettes, de la sauce hoisin et des biscuits. Et, à la station-service, ils volaient de la glace, cherchant ensuite frénétiquement un acquéreur avant qu'elle ne fonde.

Si par malchance tu te trouvais dans les parages après une de leurs expéditions, tu devais t'attendre à faire tes emplettes. Leurs techniques de vente étaient impressionnantes. Pour Bruno et Dave, les affaires étaient toujours florissantes parce qu'ils avaient découvert un créneau : les enfants terrifiés.

Terry s'y est mis, lui aussi, entrant par les fenêtres et les conduits d'aération, s'introduisant dans les endroits difficiles d'accès, tandis que j'attendais dehors et les suppliais intérieurement de se grouiller. Je suppliais si fort que je me faisais du mal. À mesure que les mois passaient, alors que Terry développait ses muscles, son agilité et ses talents de combat au corps à corps, j'ai décliné de nouveau. Mes parents, qui craignaient un retour de mon ancienne maladie, ont appelé le médecin qui s'est montré perplexe. « On dirait que ce sont les nerfs, mais qu'est-ce qui peut rendre nerveux un enfant de douze ans ? » Il a scruté mon cuir chevelu avec curiosité. « Qu'est-ce qui est arrivé à tes cheveux ? On dirait qu'ils tombent. » J'ai haussé les épaules et regardé autour de moi comme si je les cherchais. « Quoi ? a crié mon père. Il perd ses cheveux ? Oh mon Dieu, quel enfant ! » Une boîte de Pandore d'angoisse existentielle s'ouvrait chaque fois que je voyais mon frère voler, mais quand il se bagarrait, c'était mon âme tout entière qui se faisait un sang d'encre. Chaque jour quand nous rentrions à la maison, je suppliais Terry d'arrêter. J'étais absolument convaincu que mon frère allait mourir sous mes yeux. Compte tenu de son âge et de sa taille, Bruno et Dave l'avaient armé d'une batte de cricket qu'il faisait tournoyer tandis qu'il poussait un cri de guerre et s'élançait en boitillant à toute allure sur ses ennemis. Il était rare qu'un adversaire reste campé là pour voir ce qu'il allait faire, mais certains tenaient bon et, au cours d'un combat, Terry a reçu un nouveau coup de couteau. Le souffle coupé, je me suis jeté dans la mêlée pour le sortir de là. Bruno et Dave lui ont filé des claques pour lui redonner du courage et l'ont renvoyé se battre alors que le sang continuait à couler. J'ai protesté en hurlant jusqu'à ce que je n'aie plus de voix, et que je ne puisse plus hurler que de l'air.

Ce n'étaient pas des bagarres de cours de récréation, mais de véritables guerres des gangs. Je regardais les visages hargneux de ces jeunes lorsqu'ils se lançaient à l'assaut, follement heureux. Leur indifférence à la violence et à la douleur me laissait pantois. Je ne comprenais pas ces êtres qui se faisaient mutuellement mordre la poussière avec le plus grand bonheur. Et la façon dont ils chérissaient leurs blessures, c'était déconcertant : ils regardaient leurs plaies béantes comme des amants qui se retrouvent après une longue séparation. C'était même dingue.

Caroline ne les comprenait pas non plus. Elle était furieuse que j'aie laissé mon petit frère se joindre à ces voyous, même si elle était contente que le gang me protège. Ses remontrances me donnaient longtemps les joues toutes rouges : son attention était tout ce dont j'avais besoin. Je continuais à me complimenter pour mon amitié avec Caroline. Nos conversations étaient la meilleure chose au monde, la seule que j'aimais dans mon existence, en particulier depuis que tous les après-midi Bruno et Dave m'envoyaient d'une chiquenaude des cigarettes allumées et me menaçaient d'ingénieuses tortures – ma préférée ? Être enterré vivant dans un cimetière pour chiens et chats. Ils ne mettaient jamais leurs menaces à exécution parce que Terry leur avait fait clairement comprendre que si j'avais la moindre égratignure il les quitterait. À l'évidence, les jumeaux savaient détecter le talent. Pour eux, Terry était un criminel prodige ; sinon, pourquoi ces deux brutes lui auraient-elles obéi ? Si tu leur avais demandé pourquoi, ils auraient peut-être dit que c'était un mélange d'énergie, de sens de l'humour, d'enthousiasme dans l'exécution des ordres, de manque total de peur. Quoi qu'il en soit, sa présence les rassurait, même si pour cela ils devaient supporter le frère aîné maussade qui ne faisait que lire. Mes livres leur donnaient vraiment de l'urticaire. Le plus drôle, c'est qu'ils pensaient que c'était moi qui étais inhumain parce que j'étais toujours plongé dans les bouquins que j'empruntais à la bibliothèque.

« Comment tu sais lesquels choisir ? Qui te le dit ? » Dave m'a demandé un jour.

Je lui ai expliqué qu'il y avait une ligne directrice.

« Si tu lis Dostoïevski, il parle de Pouchkine, alors tu vas lire Pouchkine qui parle de Dante, et tu te mets à lire Dante et...

— D'accord !

— Tous les livres d'une certaine façon parlent d'autres livres.

— J'ai pigé ! »

C'était une recherche infinie, et infiniment fructueuse : les morts me propulsaient dans le temps, à travers les siècles ; mais tandis que Bruno fulminait, sidéré, contre le respect que j'éprouvais pour une chose aussi inerte et peu virile qu'un livre, Dave était intrigué. Parfois il se laissait tomber à côté de moi après une bagarre et, alors que le sang lui coulait sur le visage, il me demandait : « Dis-moi ce que tu lis. » Et je lui répondais, tout en gardant un œil sur Bruno qui se consumait d'une haine ignorante chauffée à blanc. Il a taillé mes livres en pièces plus d'une fois. Plus d'une fois j'ai regardé, horrifié, l'un de mes précieux volumes tomber du haut d'une falaise. Adieu *Crime et châtiment* ! Adieu *La République* de Platon ! Si les pages se déployaient comme des ailes pendant leur chute, elles ne volaient pas pour autant.

Les garçons m'avaient demandé de faire le guet en cas d'arrivée de la police ou de touristes, tout en lisant, et Terry m'avait donné un coup de coude qui signifiait : « Rends ce petit service pour qu'on ait la paix. » J'avais donc accepté, même si j'étais un guetteur épouvantable. J'étais trop occupé à observer leur gang et à en tirer des conclusions que je brûlais de partager : Bruno, Dave et Terry avaient gagné la suprématie sur le district, et maintenant qu'ils étaient sans rivaux ils se morfondaient. Ils avaient de grands projets : ils voulaient grimper l'échelle de la pègre – ce qui, je suppose, constitue plutôt une descente –, mais ils n'avaient pas de but, mouraient d'ennui et ignoraient pourquoi. Moi, je savais pourquoi, et je ne supportais pas qu'on ne me le demande pas. Après un raid dans le cabanon de mon père, j'avais même trouvé la solution.

Un jour, malgré moi, j'ai ouvert la bouche et poussé mon frère dans une nouvelle et terrible direction.

« Je sais pourquoi vous vous ennuyez.

— Il parle ! a crié Dave.

— Ouais, a lâché Bruno, maintenant, ta gueule !

— Une seconde, a répliqué Dave, je veux entendre ce qu'il a à dire. Vas-y, petit sac à merde, dis-nous pourquoi on s'ennuie.

— Vous avez cessé d'apprendre. » Personne n'a pipé ; j'ai donc bravé le silence et poursuivi : « Vous êtes arrivés à un palier. Vous savez vous battre. Vous savez voler. Vous faites la même chose à longueur de journée. Plus rien ne vous stimule. Il vous faut un mentor. Vous avez besoin de quelqu'un sur le lieu du crime qui vous dise comment parvenir au niveau supérieur. »

Tout le monde a digéré ma proposition en silence. Je suis retourné à mon livre, mais j'ai fait semblant de lire. J'étais trop excité ! Une rivière brûlante s'écoulait goutte à goutte dans mes veines. C'était quoi, cette sensation ? Elle était flambant neuve.

Bruno a lancé une pierre qui est venue frapper l'arbre à quelques centimètres au-dessus de ma tête.

« Regarde autour de toi, tête de nœud. On n'est pas dans la grande ville ici. Putain, où est-ce qu'on va trouver quelqu'un comme ça ? »

Sans lever les yeux de mon livre, et sans rien laisser paraître du feu intérieur qui me consumait, j'ai désigné le chef-d'œuvre de mon père – la prison sur la colline.

La création

« Et comment on va savoir à qui demander de nous former ? a renchéri Dave.

— Je sais déjà », j'ai répondu.

Le cabanon de mon père contenait tous les détails possibles sur la prison et sur la vie qu'on y menait – y compris, grâce à sa suprématie au billard sur le directeur, les dossiers des prisonniers eux-mêmes. Après avoir conçu mon idée, j'avais étudié chaque dossier de la ménagerie d'ordures qui résidait là-haut et j'avais volé celui du type qui gagnait haut la main.

« J'ai commencé par éliminer les criminels en col blanc, ceux qui battent leurs femmes, et tous ceux qui ont commis un crime passionnel.

— Et ?

— Et j'ai aussi exclu les violeurs.

— Pourquoi ?

— Parce qu'il n'y a vraiment rien à gagner dans ce rayon.

— Alors, t'en as trouvé un ou non, bon Dieu ? » a gueulé Bruno.

J'ai posé mon livre et tiré le dossier de mon sac. Mon cœur battait si fort que je le sentais contre ma poitrine. J'ai fait glisser les pages sur l'herbe jusqu'à Bruno, et, la bouche sèche comme une serviette neuve, j'ai annoncé : « Voici votre homme. »

Bruno a jeté un œil. Les autres se sont approchés. Le détenu s'appelait Harry West ; il était condamné à perpétuité. Tous les crimes répertoriés, il les avait commis : vol à la tire, coups et blessures, vol avec effraction, possession illégale d'armes à feu, voies de fait, violence ayant entraîné une mutilation, possession de drogue, trafic de drogue, tentative de corruption de magistrat, corruption de magistrat, évasion fiscale, recel, vente d'objets volés, incendie criminel, vol simple, homicide par imprudence, meurtre – toute la panoplie. Il avait mis le feu à des bordels. Il avait tiré sur un homme dans un bar parce que celui-ci dansait le fox-trot pendant une valse. Il avait poignardé un cheval sur un champ de courses. Il avait cassé des bras, des jambes, des pieds, des orteils, des ligaments, des fragments, des particules, de la matière ; son casier judiciaire remontait cinquante ans en arrière.

« Pourquoi lui ?

J'ai sauté sur mes pieds.

« La pègre a la main sur les industries du jeu et de la prostitution. Bordels, clubs, bars de strip-tease – c'est là qu'a lieu l'action. Il faut trouver quelqu'un qui a des liens avec tout ça. Et quelqu'un qui est un criminel de carrière. Vous ne voudriez pas d'un petit malfrat qui n'a rien dans la cervelle ! »

Il faut bien reconnaître que je connaissais mon sujet. Les gars étaient impressionnés. Ils se sont à nouveau penchés sur la vie et l'œuvre de Harry West. Apparemment, il avait séjourné plus de la moitié de son existence en prison. Une vie plutôt sédentaire.

J'ai poursuivi : « Impossible de connaître sa position au sein de la pègre, mais même s'il ne faisait que répondre au téléphone, il y est depuis assez longtemps pour savoir comment fonctionne le système. Je vous le dis, c'est votre homme ! »

J'étais électrisé. Personne ne m'avait jamais vu comme ça. Ils me scrutaient. Une petite voix dans ma tête me reprochait de les encourager, mais j'avais passé toute ma vie éveillée à couver des idées bizarres, et personne, sinon Caroline, n'en avait jamais entendu une seule jusque-là.

« On le fait », a dit Bruno, et, immédiatement, mon estomac s'est serré. Pourquoi ? Une étrange réaction se produisait en moi. Dès que mon idée a été acceptée, je ne l'ai plus aimée. Elle m'a semblé soudain stupide, vraiment horrible. Je l'aimais beaucoup plus quand elle se baladait toute seule dans ma tête. Maintenant qu'elle apparaissait au grand jour, j'étais responsable d'un concept sur lequel je n'avais plus aucun contrôle.

J'ai livré alors mon premier combat sur les idées, un combat qui devait durer toute mon existence : celui qui détermine les idées à faire connaître et les idées à enterrer, brûler, détruire.

Comme Bruno et Dave avaient un casier judiciaire, il valait mieux que ce soit Terry qui aille rendre visite à Harry West et revienne faire part au gang de ses découvertes. Tôt un matin avant l'école, au milieu de l'hiver, j'ai accompagné Terry à la prison. Je voulais y aller, non seulement parce que c'était mon idée, mais aussi parce que je n'avais jamais été au Palais (comme on l'appelait souvent, à la maison) que mon père avait bâti.

Ce jour-là, la prison était invisible depuis la ville. Une masse de brouillard gris avalait la moitié de la colline, et la brume descendait en serpentant à notre rencontre tandis que nous montions péniblement vers elle. Arrivés à mi-chemin, nous avons fait face à ce mur mouvant. Le brouillard roulait sur lui-même en formant des nœuds. Nous nous sommes engouffrés en plein dans cette purée de pois et nous n'avons plus rien vu pendant vingt bonnes minutes. Histoire de rendre l'ascension plus difficile, il avait plu, et la route en terre qui menait en lacet au sommet était devenue une rivière de boue. Tout en marchant, je me maudissais. J'aurais mieux fait de fermer ma grande gueule !

Quand la lourde grille a émergé de la brume, un long frisson m'a parcouru. Terry m'a lancé un grand sourire optimiste. Pourquoi n'était-il pas inquiet ? Comment la même situation peut-elle serrer la gorge de l'un et faire sauter de joie l'autre ?

Derrière la grille se tenait un gardien solitaire. Il a considéré avec curiosité les deux garçons appuyés contre.

« Nous voudrions voir Harry West, j'ai dit.

— Qui dois-je annoncer ?

— Martin et Terry Dean. »

Le gardien nous a jeté un regard plein de suspicion.

« Vous êtes de la famille ?

— Non.

— Alors, pourquoi est-ce que vous voulez le voir ?

— On fait un exposé à l'école », a expliqué Terry en me lançant un clin d'œil furtif. Derrière les grilles, une bourrasque a dispersé le brouillard, et pour la première fois nous avons vu de près cette prison qui avait permis à un magazine du dimanche de qualifier notre ville d'« endroit le moins agréable de toute la Nouvelle-Galles du Sud ». D'ici, le Palais ressemblait moins à un château fort que depuis la ville. En fait, ce n'était pas un mais quatre grands bâtiments en briques rouges de dimensions égales, aussi inoffensifs et laids que notre école, et, sans les barbelés en arrière-plan, la prison avait l'air aussi ordinaire qu'un centre administratif.

Le gardien s'est penché en avant, pressant la tête contre les barreaux glacés.

« Un exposé pour l'école, hein ? Quel sujet ?

— La géographie », a répondu Terry.

L'homme s'est gratté le crâne d'un air pensif. La friction de son cuir chevelu faisait sans doute démarrer son cerveau comme un moteur de hors-bord.

« D'accord. »

Il a déverrouillé la grille qui a frémi. J'ai frémi moi aussi quand Terry et moi avons pénétré dans l'enceinte de la prison.

« Suivez le chemin jusqu'au prochain poste », a indiqué le gardien derrière nous.

Nous avons avancé lentement. Le sentier était cerné de hauts grillages surmontés de fil de fer barbelé. Derrière celui de droite se trouvait une cour en béton dans laquelle déambulaient les prisonniers, qui flanquaient au brouillard des gifles léthargiques. Leurs uniformes en denim leur donnaient l'air de fantômes bleus flottant dans un monde souterrain.

Nous sommes arrivés au deuxième poste de garde.

« Nous venons voir Harry West. »

Le gardien barbu avait une expression triste et fatiguée. On voyait qu'il était sous-payé, incompris, et que cela faisait une décennie que personne ne l'avait pris dans ses bras. Il a plongé les mains dans mes poches et les a fouillées sans même un bonjour. Il a mis également les mains dans les poches de Terry, qui a gloussé.

Une fois qu'il a eu terminé, le gardien a dit :

« Ça va, Jim, tu peux les faire entrer. »

Un homme est sorti de la brume. Nous l'avons suivi à l'intérieur. Le brouillard a suivi lui aussi ; il était partout, s'immisçant à travers les barreaux des fenêtres, se traînant en minces pistes le long des étroits couloirs. On nous a menés au parloir.

« Attendez ici. »

La pièce était vide, hormis une longue table avec des chaises des deux côtés. Nous nous sommes assis côte à côte, pensant que Harry West se mettrait en face, mais j'ai commencé à m'inquiéter. Que se passerait-il s'il s'asseyait à côté de nous et que nous nous retrouvions en rang d'oignons à fixer le mur ?

« Filons d'ici », j'ai dit.

Avant que Terry n'ait pu répondre, Harry West est entré et nous a jeté depuis la porte un regard noir. Son nez semblait avoir été écrasé, puis redressé, puis de nouveau écrasé. Son visage avait une histoire à raconter, une histoire de poings. Comme il s'approchait, j'ai remarqué que, tout comme Terry (et tout comme moi auparavant), Harry boitait affreusement. Il traînait sa jambe comme si c'était une valise. Tu sais comment certains animaux traînent leur anus par terre pour marquer leur territoire ? Eh bien, on aurait dit que Harry faisait la même chose, qu'il creusait des sillons sur le sol poussiéreux avec cette jambe. Heureusement, il a pris une chaise face à nous ; mais quand je l'ai vu de front, j'ai réalisé que son crâne était terriblement déformé, pareil à une pomme dont on aurait croqué une bouchée.

« Qu'est-ce que je peux faire pour vous, les gars ? » a-t-il demandé gaiement.

Terry a mis longtemps avant de parler, mais il a fini par se décider :

« Eh bien, monsieur, mes amis et moi, on a un gang en ville, et on fait un peu dans le cambriolage et la bagarre de rue, même si parfois ça se passe dans le bush, et, euh… »

Il s'est arrêté, hésitant.

J'ai pris la parole :

« Le gang est jeune. Inexpérimenté. Il a besoin d'être guidé. Il a besoin des conseils de quelqu'un qui est dans la partie depuis un certain temps. Pour tout vous dire, il cherche un mentor. »

Harry a réfléchi un bon moment. Il a gratté son tatouage, qui a refusé de s'effacer. Il s'est levé pour aller à la fenêtre.

« Foutu brouillard. On n'y voit rien. C'est une petite ville plutôt merdeuse que vous avez là, non ? Pourtant, ça ne me gênerait pas d'y jeter un coup d'œil. »

Brusquement, il s'est retourné et nous a souri, découvrant une bouche où il manquait une dent sur deux. Il s'est exclamé :

« Ceux qui disent que les jeunes ne prennent pas d'initiatives ont la tête dans le cul ! Vous me redonnez foi en la vie, les gars ! Au cours des ans, j'ai connu des tas de jeunots pleins d'avenir, et pas un ne m'a demandé mon avis. Pas un. J'ai jamais rencontré quelqu'un qui ait le cran de dire : "Je veux apprendre. Apprends-moi." Non, tous ces salopards là-bas, dehors, ce sont des flemmards. Ils ne font qu'obéir aux ordres. Ils savent casser une jambe, c'est sûr ! mais il faut leur dire laquelle. Ils savent creuser une tombe aussi, mais si tu n'es pas sur leur dos, ils vont te la creuser en plein milieu d'un jardin public, à deux rues des poulets. Putain, ils le feraient en plein jour si je ne les harcelais pas sans arrêt : "La nuit, imbéciles ! Faites ça la nuit !" Ce sont les pires feignasses qui soient. Et sans aucune loyauté ! Incroyable ! Combien de mes anciens collègues sont venus me voir depuis que je suis enfermé dans ce misérable trou ? Pas un ! Pas une lettre ! Pas un mot ! Vous auriez dû les voir avant de faire ma connaissance ! Ils volaient leur aumône aux mendiants ! Je les ai pris sous mon aile, j'ai essayé de leur montrer les ficelles. Mais ils ne veulent pas connaître les ficelles ! Ils veulent boire, jouer et passer la journée au pieu avec des putes. Une heure ou deux, c'est suffisant, non ? Eh, vous avez des armes ? »

Terry a secoué la tête. Apparemment, Harry s'échauffait ; il avait emmagasiné tout un tas de trucs qui ne demandaient qu'à sortir.

« Eh bien, ce sera votre première mission. Procurez-vous des armes ! Il vous faut des armes ! Un tas d'armes ! Et voilà votre première leçon : une fois que vous aurez les armes, trouvez des planques où les cacher dans toute la ville. Derrière les pubs, dans les arbres, sous les bouches d'égout, dans les boîtes aux lettres. Parce que si vous vous embarquez dans une vie de crime, vous ne saurez jamais quand vos ennemis vont attaquer. Vous ne pourrez plus vivre sans regarder par-dessus votre épaule. Vous êtes prêts à ça ? Il vous faudra de la souplesse dans le cou, croyez-moi. Où que vous alliez – au pub, au cinéma, à la banque, chez le dentiste –, dès que vous entrerez quelque part, il vous faudra un mur sur lequel vous appuyer. Soyez prêts. Sur le qui-vive. Ne laissez personne passer derrière vous, vous m'entendez ? Même quand vous vous faites couper les cheveux : obligez toujours le coiffeur à rester face à vous. »

Harry a violemment plaqué les mains sur la table et s'est penché.

« C'est comme ça qu'on vit, nous autres. Les gens ordinaires ne tiendraient pas le coup, mais nous, on doit être durs, et prêts à vivre dos au mur avec les yeux qui lancent des éclairs et les doigts qui nous démangent. Après un moment ça devient automatique, vous savez. Vous développez un sixième sens. C'est vrai. La paranoïa fait évoluer un homme. Mais ça, on ne vous l'apprend pas en classe ! Don de voyance, perception extrasensorielle, télépathie : nous autres criminels, on a des âmes prophétiques. On sait ce qui va arriver, avant même que ça arrive. Il faut bien : question de survie. Les couteaux, les balles, les poings, ils surgissent de partout. Tout le monde veut voir votre nom sur une pierre tombale, alors faites gaffe, les gars ! C'est une putain de vie de chiottes ! Mais il y a des bons côtés. On ne veut pas vivre comme tout le monde. Il suffit de jeter un coup d'œil par la fenêtre pour vous en rendre compte. Je vais vous dire ce qu'il y a de l'autre côté : un tas d'esclaves amoureux de la liberté qu'ils croient avoir. Mais ils se sont enchaînés à un boulot ou à un autre, ou à une bande de salopards. Ils sont prisonniers eux aussi, seulement ils ne le savent pas. Et c'est ça que le monde du crime est en train de devenir : une routine ! une corvée ! Tout ça manque de peps ! d'imagination ! de chaos ! C'est verrouillé de l'intérieur. Enchaîné à la roue ! Aucune surprise. C'est pourquoi, si vous suivez mon conseil, vous aurez un créneau. Ils ne s'y attendront pas. Le plus malin, c'est de les surprendre, c'est ça le truc. De la matière grise, des muscles, du courage, l'envie d'en découdre, l'amour du pognon : tout ça, ce sont des qualités excellentes et nécessaires. Mais l'imagination ! Voilà ce qui manque à l'univers du crime ! Regardez les chefs d'accusation : vol, vol aggravé, vol avec effraction, jeu, drogue, prostitution. Vous appelez ça innover ? »

Terry et moi nous sommes regardés, décontenancés. Impossible d'arrêter cette éruption de mots.

« Dieu, c'est bon de vous voir, les gars. Vous m'avez regonflé ! Requinqué ! Et comment ! Juste quand les choses commençaient à avoir un goût de rassis, vous m'avez donné de l'espoir ! L'organisation est en ruine. Personne n'a envie d'idées neuves. Tout ce qu'ils veulent, c'est encore et toujours la même chose. Ils sont leurs pires ennemis. C'est la faute à leur appétit – insatiable ! Ce qui m'amène au deuxième conseil : contenez votre appétit, et vous vivrez centenaires. Accumulez ce qu'il vous faut pour vivre confortablement, et ensuite amusez-vous pendant un moment. Brûlez comme une chaudière et cachez ensuite votre lumière au monde. Ayez la force d'éteindre votre propre flamme. Vous comprenez ? Retraite et attaque ! Retraite et attaque ! C'est la clé de tout ! Et restez toujours en petit nombre, c'est un autre conseil. Plus vous êtes nombreux, plus vous avez de chances de vous faire doubler et de vous retrouver morts dans le fossé. Vous savez pourquoi ? Parce que tout le monde veut être au sommet ! Tout le monde ! Et voilà la leçon suivante : ne soyez pas au sommet. Soyez à la marge ! C'est ça, vous m'avez bien entendu. Laissez les autres passer leur temps à se charger comme des taureaux. Gardez la tête baissée et faites votre boulot. Il n'y a rien, mes magnifiques petits malfrats, rien de plus important : évitez l'échelle, cette traîtresse ! C'est le meilleur conseil que je puisse vous donner. J'aurais aimé que quelqu'un m'en dise autant quand j'avais votre âge. Je ne serais pas ici. Si seulement j'avais su que c'était l'échelle qui m'aurait à la fin ! Les barreaux de cette échelle, ce sont des lames ! »

J'avais du mal à suivre. Qu'est-ce que je fichais là à écouter ce fou alors que j'aurais dû être à l'école ?

« Écoutez. Croyez-moi : ne vous faites pas un nom, soyez aussi anonymes que possible. Tout le monde vous dira que le plus important, c'est la réputation : autre piège ! Tout le monde veut être Capone, Netti ou Squizzy Taylor. Ils veulent que leurs noms résonnent pour l'éternité, comme celui de Ned Kelly. Eh bien, je vais vous dire : la seule façon d'être immortels, c'est de vous faire massacrer par une pluie de balles. C'est ça que vous voulez ? Bien sûr que non. Et encore un conseil. Vous êtes prêts ? Ne laissez pas le monde savoir qui est le patron. Ça les rendra malades ! Ils n'en dormiront plus ! Créez un gang sans chef. Donnez l'impression que vous appartenez à une coopérative criminelle démocratique ! Ça leur fera tourner la tête. Ils ne verront pas sur qui tirer. Voilà un conseil indiscutable, les gars. Ne cherchez pas la notoriété. Soyez une entité sans visage ! En fait, soyez une non-entité. Vous leur apprendrez, à ces clowns. Laissez-les spéculer, mais ne les laissez pas savoir. Le paradoxe de l'univers du crime, c'est qu'on a besoin d'une réputation pour faire les choses, et que quand on en a une, on est mort. Mais si votre réputation est mystérieuse, si vous êtes dans une société secrète, comme les Templiers… vous savez qui étaient les Templiers ? Bien sûr que non. Eh bien…

— Les Templiers étaient un ordre militaire fondé en 1118 pendant les croisades. »

Harry a rivé son regard au mien.

« Quel âge tu as ?

— Quatorze ans.

— Un garçon instruit ! Merveilleux ! Voilà ce qui manque à la classe criminelle : quelques foutus malins.

— Je suis ici seulement pour apporter un soutien moral. Le crime, c'est le truc de Terry.

— Ah, dommage, dommage. Eh bien, assure-toi que ton frère reçoive de l'instruction. On a assez de têtes vides comme ça dans le business, c'est sûr. Terry, écoute ton frère, OK ?

— OK.

— C'est parfait. Vous avez bien fait de venir me voir, les gars. Tous les autres vous auraient servi en resucée un tas de conneries qui vous auraient conduits droit au cimetière, ou ici avec moi.

— C'est l'heure ! a crié un gardien dans le couloir.

— Bon, apparemment, c'est la fin de la leçon pour aujourd'hui. Revenez la semaine prochaine, et je vous dirai comment obtenir la coopération des flics et la conserver.

— J'ai dit, c'est l'heure ! » Le gardien se trouvait maintenant à la porte et clignait des yeux d'un air irrité.

« OK, les gars, vous avez entendu le patron. Tirez-vous. Mais revenez, j'ai encore plein de trucs à vous dire. Et, on ne sait jamais, peut-être qu'un jour on pourra travailler ensemble. C'est pas parce que je suis emprisonné à vie que je ne sortirai pas un de ces quatre. La vie ne signifie pas vraiment la vie. Ce n'est qu'une façon de parler. Ça signifie une éternité qui est en fait plus courte que la vie, si vous voyez ce que je veux dire... »

Harry parlait encore quand nous avons quitté la pièce.

Bruno et Dave ont jugé que les conseils de Harry ne valaient rien. Une figure anonyme ? Une coopérative criminelle démocratique ? Qu'est-ce que c'était que cette merde ? Bien sûr que leurs noms résonneraient dans l'éternité ! L'infamie faisait partie de leurs priorités. Non, la seule chose qui a plu à Bruno et Dave dans le monologue d'Harry, c'est sa référence à l'accumulation et à la planque d'armes à feu. « On n'est rien sans les armes. Il faut qu'on passe au niveau supérieur », a chanté Bruno. J'ai tremblé à l'idée de ce que ce niveau supérieur supposait, et je n'ai pas vu comment les raisonner, d'autant que c'était moi qui leur avais suggéré de rencontrer Harry. Je ne suis pas arrivé non plus à convaincre mon frère de renoncer à une vie de violence. C'était comme persuader un homme de petite taille de grandir. Pourtant, je savais que Terry n'était pas cruel, juste téméraire. Il se fichait de son bien-être physique et étendait cette indifférence au corps des autres.

Il est allé voir Harry une fois par mois, toujours seul. Même s'il me le demandait, et même si les délires du prisonnier semblaient souvent pleins de bon sens, j'ai refusé de retourner à la prison. Selon moi, Harry était un dangereux maniaque et/ou un idiot indécrottable. Je pouvais me passer de l'écouter pour l'éternité.

Cela dit, environ six mois après notre première visite, j'y suis retourné, cette fois sans Terry. Pourquoi ? Parce que Harry avait demandé à me voir. J'ai accepté à contrecœur, parce que mon frère m'avait supplié, et quand Harry est entré en clopinant dans le parloir, j'ai remarqué qu'il avait de nouvelles entailles et des bleus tout frais sur le visage.

« Tu devrais voir l'autre type. En fait, il a plutôt bonne mine », a dit Harry en s'asseyant. Il m'a dévisagé avec curiosité. Je lui ai retourné son regard avec impatience. Nos regards n'avaient rien en commun.

« Eh bien, Martin, tu sais ce que je vois quand je te regarde ? Je vois un gosse qui veut rester caché. Regarde : tu as couvert une partie de ta main avec ta manche, tu es voûté... "Voilà, je me dis, un gosse qui veut être invisible."

— C'est pour ça que vous avez voulu me voir ?

— Terry parle beaucoup de toi. Il m'a tout raconté à ton sujet. Ça m'a m'intrigué.

— C'est cool.

— Il m'a dit que tu n'avais pas d'amis. »

Je n'ai pas su quoi répondre.

« Regarde comme tu plisses ton visage ! Très légèrement. Presque rien. Juste dans les yeux. Tu me juges, hein ? Te gêne pas, petit misanthrope. Bien évidemment, j'ai déjà été jugé, rejugé, passé en jugement et condamné ! Dieu, c'est la première fois que je vois une créature à ses débuts aussi perturbée. Très précoce, hein ?

— Qu'est-ce que vous voulez ? Je vous ai déjà dit que le crime ne m'intéressait pas.

— Mais moi, je m'intéresse à toi. Je veux voir comment tu te débrouilles là-bas dans le grand méchant monde. Certainement pas comme ton frère. C'est un caméléon, remarquablement adaptable, et un chien très fidèle, gai comme un pinson. Ton frère a une nature formidable, quoique... » Harry s'est penché en avant : « Il y a quelque chose d'instable chez lui. Tu as remarqué, bien sûr. »

J'avais remarqué.

« Il n'y a pas beaucoup de choses qui t'échappent, je parie. Non, je n'utiliserai pas ce cliché, en disant que tu me rappelles moi quand j'étais enfant, parce que, franchement, ce n'est pas le cas. Tu me rappelles moi tel que je suis maintenant, un homme en prison, et c'est sacrément effrayant de faire cette comparaison, Martin, tu ne trouves pas ? vu, eh bien, que tu n'es qu'un gosse. »

Je comprenais ce qu'il voulait dire, mais j'ai fait semblant du contraire.

« Toi et ton frère, vous êtes uniques. Ni lui ni toi n'êtes influencés d'aucune manière par ceux qui vous entourent. Vous n'essayez pas de les imiter. Vous restez à part, même l'un de l'autre. Ce genre de trait férocement individualiste est rare. Vous êtes tous les deux des meneurs-nés, tu sais.

— Terry peut-être.

— Toi aussi, Marty ! Le problème, mon pote, c'est que tu es en pleine cambrousse ! Le genre de disciple que tu pourrais te dégotter ne pousse pas par ici. Avoue, tu n'aimes pas beaucoup les gens, hein ?

— Ils sont OK.
— Tu te crois supérieur à eux ?
— Non.
— Alors, pourquoi tu ne les aimes pas ? »

Je me suis demandé si je devais me confier à ce cinglé. Personne ne s'était jamais intéressé à ce que je pensais ou ressentais. Personne ne s'était intéressé à moi, en fait. J'ai lâché :

« Parce que, d'une, je suis jaloux de leur bonheur. Et, de deux, ça me rend furieux qu'ils semblent s'être fait une idée de tout avant d'y avoir réfléchi.

— Continue.

— Ils s'occupent tout le temps, et avec n'importe quoi, pour tenter de ne pas penser à leur existence. Sinon, pourquoi ils fracasseraient la tête de leurs voisins parce qu'ils soutiennent une équipe de foot rivale, si ça ne leur évitait pas de penser à la mort qui les attend au tournant ?

— Tu sais ce que tu es en train de faire ?
— Non.
— Tu es en train de philosopher.
— Non, pas du tout.
— Mais si. T'es un philosophe.
— Non ! »

Je ne voulais pas être un philosophe. Ils ne font que rester posés sur leur cul à penser. Ils deviennent obèses. Ils ne savent rien faire de manuel comme désherber un jardin.

« Si, Martin, tu es un philosophe. Je ne dis pas que tu es un bon philosophe, juste que tu es naturellement philosophe. Ce n'est pas une insulte, Marty. Écoute. On m'a souvent traité de criminel, d'anarchiste, de rebelle, parfois de déchet humain, mais jamais de philosophe, ce qui est dommage parce que c'est ce que je suis. J'ai choisi une vie hors du courant non seulement parce que le courant me fait vomir, mais aussi parce que je questionne la logique du courant, et pas seulement ça – je ne sais même pas si le courant existe. Pourquoi je devrais m'enchaîner à la roue quand la roue elle-même est peut-être une construction de l'esprit, une invention, un rêve commun destiné à nous asservir ? » Harry m'a soufflé sa mauvaise haleine de fumeur au visage. « Toi aussi, tu as senti ça. Comme tu dis, tu ne sais pas pourquoi les gens agissent sans penser. Tu te demandes pourquoi. Pour toi, c'est une question importante. Maintenant, je te demande : Pourquoi le pourquoi ?

— Je ne sais pas.

— Si, tu sais. N'aie pas peur, Martin. Dis-moi : Pourquoi le pourquoi ?

— Eh bien, d'aussi loin que je me souvienne, l'après-midi, ma mère me donnait du lait froid. Pourquoi pas chaud ? Pourquoi du lait ? Pourquoi pas du jus de noix de coco ou du lassi à la mangue ? Un jour, je lui ai posé la question. Elle a répondu que c'était ce que buvaient les enfants de mon âge. Une autre fois, au dîner, elle m'a reproché de mettre mes coudes sur la table. Je lui ai demandé pourquoi. Elle a dit : “C’est grossier.” J’ai dit : “Grossier pour qui ? Pour toi ? De quelle manière ?” Encore une fois elle a séché, et quand je suis allé au lit à sept heures “parce que les enfants de moins de sept ans vont au lit à sept heures”, j’ai compris que je suivais aveuglément les ordres d’une femme qui elle-même suivait aveuglément des on-dit. J’ai songé que peut-être les choses n’avaient pas forcément à être comme ça. Elles pourraient être d’une autre manière. De n’importe quelle autre manière.

— Alors, tu penses que les gens ont accepté des trucs qui ne sont peut-être pas vrais ?

— Mais ils sont obligés de les accepter, sinon ils ne peuvent pas vivre leur vie au quotidien ! Ils doivent nourrir leur famille. Et mettre un toit au-dessus de leurs têtes. Ils ne peuvent pas se payer le luxe de rester assis à se demander pourquoi. »

Harry a applaudi, ravi.

« Et maintenant tu adoptes le point de vue opposé pour faire entendre le contre-argument ! Tu discutes avec toi-même ! Ça aussi, c’est la marque du philosophe !

— Je ne suis pas un putain de philosophe ! »

Harry est venu s’asseoir à côté de moi, son visage tuméfié, effrayant, tout proche du mien.

« Écoute, Marty. Laisse-moi te dire quelque chose. Ta vie ne va pas s’améliorer. En fait, pense au pire moment de ta vie. Tu y penses ? Eh bien, laisse-moi te dire : Ça ne va pas arrêter d’être pire.

— Peut-être.

— Tu sais que tu n’as pas la plus petite chance d’être heureux. »

C’était une nouvelle dérangeante, et je l’ai mal prise, peut-être parce que j’avais le sentiment désagréable que Harry me comprenait. Les larmes me sont venues aux yeux mais je les ai refoulées. Puis j’ai réfléchi aux larmes. Que mijotait l’évolution quand elle a créé un corps humain incapable de cacher sa tristesse ? Est-il crucial pour la survie de l’espèce que nous ne puissions cacher notre mélancolie ? Pourquoi ? En quoi pleurer est-il un bénéfice de l’évolution ? Parce que cela inspire la sympathie ? Est-ce que l’évolution est machiavélique ? Après avoir bien pleuré, on se sent toujours vidé et épuisé, parfois gêné, particulièrement si les larmes viennent après avoir regardé une publicité télévisée pour du thé en sachets. L’évolution veut-elle nous rabaisser ? Nous humilier ?

Et merde.

« Tu sais ce que tu devrais faire ? m’a demandé Harry.

— Quoi ?

— Te suicider.

— C’est l’heure ! a crié le gardien.

— Deux minutes encore ! » a crié Harry en retour.

Nous sommes restés là à échanger des regards furieux.

« Ouais, je te conseille de te suicider. C'est la meilleure chose à faire. Il y a sans doute une falaise ou quelque chose du haut de quoi tu peux sauter, dans le coin. »

Ma tête a bougé légèrement, mais ce n'était ni un acquiescement ni un tremblement. C'était une légère résonance.

« Vas-y seul. Quand personne n'est avec toi. Ne laisse pas de lettre. Beaucoup de suicidés potentiels passent si longtemps à composer leurs ultimes paroles qu'ils finissent par mourir de vieillesse ! Fais pas cette erreur. Quand il s'agit de se supprimer, la préparation équivaut à de la procrastination. Ne dis pas adieu. Ne prends rien avec toi. Va seulement au bord de la falaise seul en fin d'après-midi – l'après-midi est préférable parce qu'il est accroché solidement à la fin d'un jour où rien dans ta vie n'a changé pour le meilleur, de sorte que tu ne souffres pas de la tendre illusion de potentiel et de possibilité qu'apporte souvent le matin. Donc te voilà au bord de la falaise maintenant, et tu es seul, et tu n'effectues pas de compte à rebours, à partir de dix ou de cent, et tu n'en fais pas tout un plat, tu y vas juste. Ne prends pas ton élan, tu n'es pas aux Jeux olympiques, c'est un suicide, donc tu marches juste au-delà du bord de la falaise comme si tu montais dans un bus. Tu es déjà monté dans un bus ? Très bien. Alors tu sais de quoi je parle.

— J'ai dit : C'est l'heure ! » a crié le gardien, cette fois-ci depuis la porte.

Harry m'a lancé un regard terrible qui a déclenché dans mes intestins une réaction en chaîne.

« Eh bien, a-t-il ajouté, je suppose que le moment est venu de nous dire adieu. »

Les endroits d'où sauter ne manquent pas quand on habite une vallée. Notre ville était entourée de falaises. J'ai grimpé au sommet de la plus abrupte que j'ai pu trouver, une montée épuisante, presque verticale jusqu'à la crête plantée de grands arbres. Après avoir quitté la prison, j'avais dû reconnaître que Harry avait raison : j'étais probablement un philosophe, ou du moins un éternel outsider, et la vie n'allait pas devenir plus facile pour moi. Je m'étais séparé du courant, j'avais éjecté ma nacelle du vaisseau principal. À présent, je dérivais dans un espace qui ouvrait devant moi son vide infini et menaçant.

L'humeur du matin qui s'éclaircissait était peu propice au suicide, mais peut-être était-ce seulement ce qu'il voulait me faire ressentir. J'ai jeté un dernier regard autour de moi, et vu dans le lointain brumeux l'arête déchiquetée des collines avoisinantes avec, au-dessus, le ciel qui ressemblait à une baie vitrée inaccessible. Une petite brise apportait par vagues le parfum tiède des fleurs, et je me suis dit : « Les fleurs sont merveilleuses, mais pas suffisamment pour excuser la somme suffocante de tableaux et de poèmes qu'elles inspirent, alors qu'il n'y a quasiment pas de tableaux ni de poèmes sur les enfants qui se jettent du haut des falaises. »

Je me suis approché du précipice. En haut des arbres, on entend
le bruit des oiseaux. Ils ne pépiaient pas, ils se déplaçaient seuleme
faisant tout bruisser autour d'eux. Par terre, des scarabées bruns farfouillaient dans la poussière sans songer à la mort. Je n'avais pas l'impression que je raterais grand-chose. L'existence est humiliante, de toute façon. Si quelqu'un nous voyait construire, pourrir, créer, dégénérer, croître et flétrir comme nous le faisons, il ne devait pas arrêter de se marrer. « Alors, pourquoi pas ? Qu'est-ce que je sais du suicide ? Seulement que c'est un acte mélodramatique, un peu comme admettre que la chaleur est insupportable et qu'il vaut mieux se tirer de cette cuisine de dingues. Et pourquoi un adolescent de quatorze ans ne se suiciderait-il pas ? Ceux de seize ans n'arrêtent pas de le faire. Peut-être que je suis en avance sur mon époque. Pourquoi ne pas mettre fin à tout ça ? »

Je suis allé jusqu'au bord, et j'ai songé qu'en me voyant, après, Caroline pleurerait : « J'ai aimé cette bouillie de débris humains. » J'ai fixé le vide terrifiant, mon estomac a fait un bond, toutes mes articulations se sont bloquées et j'ai eu cette horrible pensée : « Tu fais l'expérience de la vie seul, et quel que soit ton degré d'intimité avec quelqu'un, il reste toujours une partie de toi et de ton existence à jamais secrète. Tu meurs seul, cette expérience n'appartient qu'à toi, et même avec une dizaine de spectateurs qui t'aiment, ton isolement de la naissance à la mort n'est jamais complètement découvert. Et si la mort représentait le même esseulement, cette fois-ci pour l'éternité ? Une solitude incommunicable, cruelle et infinie. Nous ne savons pas ce qu'est la mort. Peut-être que c'est ça. »

Je me suis éloigné de la falaise et j'ai couru dans la direction opposée, ne m'arrêtant que pour trébucher sur une grosse pierre.

Le lendemain, je suis retourné voir Harry pour lui faire part de mes réflexions ; il n'a pas paru surpris de me voir.

« Donc tu ne l'as pas fait ? Tu crois que tu vas attendre d'avoir touché le fond pour mettre fin à tes jours ? Eh bien, laisse-moi te faire gagner du temps : il n'y a pas de fond. Le désespoir est sans fond. Tu n'arriveras jamais aussi bas, et c'est pour ça que je sais que jamais tu ne te suicideras. Seuls ceux qui sont attachés aux choses triviales se tuent, mais toi, tu ne feras pas ce geste. Jamais. Vois-tu, ceux qui vénèrent la vie de famille et ce genre de trucs seront les premiers à se passer la corde au cou, mais ceux qui se fichent de leurs amours et de leurs biens, ceux qui savent parfaitement à quel point tout ça manque de sens sont les mêmes qui n'arrivent pas à passer à l'acte. Tu sais ce qu'est l'ironie ? Eh bien, tu viens d'en avoir un exemple. Si tu crois en l'immortalité, tu peux te tuer, mais si pour toi la vie est une brève danse entre deux vides immenses à quoi l'humanité est injustement condamnée, tu n'oseras pas. Écoute, Marty, tu es dans une situation intenable. Tu n'as pas les ressources pour vivre une vie bien remplie, mais tu ne peux pas te résoudre à mourir. Alors, que faire ?

— Je ne sais pas ! J'ai quatorze ans !

— Toi et moi, on est dans le même bateau. Ici, dans cette prison, un homme ne peut pas vivre comme il faut. Il ne peut pas rencontrer de filles, ni se faire la cuisine, ni se faire des amis, ni aller danser, il ne peut pas effleurer la surface des choses de la vie pour ramasser des feuilles et de merveilleux souvenirs. Donc, moi, tout comme toi, je ne peux pas vivre. Et, comme toi, je ne peux pas mourir. Je te le redemande : Que faire ?

— Je ne sais pas.

— Crée !

— Ah.

— Tu sais dessiner ou peindre ?

— Pas du tout.

— Tu peux inventer des histoires à coucher sur le papier ?

— Non.

— Tu sais jouer la comédie ?

— Non.

— Tu peux écrire de la poésie ?

— Non.

— Tu sais jouer d'un instrument ?

— Absolument pas.

— Tu sais dessiner des bâtiments ?

— J'ai peur que non.

— Bon, quelque chose te viendra. En fait, je pense que tu le sais déjà.

— Non.

— Si.

— Vraiment, non.

— Tu sais que si. Maintenant, dépêche-toi. Sors d'ici. Je suis sûr que tu es pressé de commencer.

— Non, parce que je ne sais pas de quoi vous parlez ! »

J'ai quitté la prison tout étourdi et vidé, au bord soit d'une crise de nerfs, soit d'une merveilleuse découverte. « Crée », avait dit le mec.

Créer quoi ?

J'avais besoin de réfléchir. J'avais besoin d'une idée. Je suis rentré péniblement et j'ai arpenté les cinq rues minables de notre petite ville. Quand j'arrivais au bout de l'une d'elles, au moment de pénétrer dans le bush, je tournais les talons et me remettais à déambuler. Pourquoi ne voulais-je pas m'aventurer dans le bush qui cernait notre ville ? En fait, j'aurais bien voulu tirer mon inspiration du puits de Dame Nature, mais, pour être honnête, cette salope me laisse indifférent. Ç'a toujours été ainsi, et il en sera toujours ainsi. En fait, il ne me vient aucune idée géniale lorsque je regarde les arbres ou un couple d'opossums en train de baiser. Certes, l'ange qui dort dans ma poitrine se réveille comme celui de tout un chacun quand il est confronté à un coucher de soleil à vous couper le souffle ou à un ruisseau bouillonnant, mais ça ne me mène nulle part. C'est bien joli, une herbe qui frissonne, mais mon esprit reste vide. Socrate devait penser la même chose quand il a dit : « Les arbres dans la campagne ne m'apprennent rien. » Instinctivement, je savais que je ne pouvais tirer mon inspiration que de l'homme et de ses inventions. Ce n'est pas romantique, mais je suis comme ça.

Je me suis arrêté au carrefour et j'ai regardé les gens vaquer d'un pas traînant à leurs occupations. J'ai regardé le cinéma. J'ai regardé le grand magasin. J'ai regardé le coiffeur. J'ai regardé le restaurant chinois. Que tout cela ait jailli de la soupe fondamentale était pour moi un mystère profond et insoluble. Je ne m'étonne en rien qu'un buisson soit issu du big-bang, mais qu'un bureau de poste existe parce qu'en explosant une supernova a rejeté du carbone est un phénomène si monstrueux que j'en ai la tête qui tourne.

Puis elle m'est venue.

On appelle ça l'inspiration : des idées soudaines qui explosent dans ton cerveau, juste au moment où tu es persuadé d'être un imbécile.

J'avais mon idée, et c'était une idée du tonnerre. Je suis rentré au pas de course en me faisant la réflexion que Harry nous donnait à tous deux, Terry et moi, des leçons, différentes. Pour être sincère, je ne crois pas que Terry ait rien appris de Harry. Oh, quelques trucs pratiques, bien sûr, mais rien de philosophique, rien d'essentiel !

Premier projet

Je ne suis pas bricoleur de nature. La liste des objets que j'ai fabriqués dans ce monde est brève : il y a, éparpillés dans différentes décharges du pays, un cendrier difforme, une écharpe inachevée, un crucifix tordu sur lequel seul un chat pourrait se sacrifier pour les futurs péchés de chatons à naître, un vase biscornu, et l'objet que j'ai confectionné le soir de ma visite à Harry dans sa prison puante : une boîte à idées.

Je l'ai montée avec optimisme. Une vraie caverne : cinquante centimètres de long, trente de large, suffisamment spacieuse pour accueillir littéralement des milliers d'idées. Elle ressemblait à une énorme tête carrée et, après l'avoir vernie, j'ai pris la scie et élargi les deux extrémités de la fente de cinq centimètres, de sorte qu'on aurait dit une bouche qui souriait. J'ai d'abord envisagé de la fixer au bout d'un pieu et de la planter quelque part en ville, mais quand tu fabriques un objet destiné au public, il faut penser aux vandales ; n'importe quel endroit sur Terre – et même au-delà – a les siens.

Imagine le plan de la ville : une large rue principale bordée d'arbres avec quatre rues plus petites qui se rejoignent au milieu. À ce carrefour se trouvait l'épicentre : la mairie. Personne ne pouvait aller où que ce soit sans passer devant. Oui, il fallait la mairie pour donner un air officiel à la boîte à idées. Mais pour qu'on ne puisse pas l'enlever facilement, elle devait faire partie du bâtiment, faire corps avec la mairie elle-même. Il fallait qu'elle soit soudée, c'était évident, seulement, essaie de souder du bois sur du béton ! Ou de la brique !

J'ai cherché dans le jardin des morceaux de tôle ondulée qui n'avaient pas trouvé leur place sur le toit du cabanon de mon père. À l'aide de sa scie à métaux, j'en ai fait quatre pièces et, avec son chalumeau, j'y ai encastré les quatre côtés de la boîte ; j'ai mis un cadenas sur le tout et, à trois heures du matin dans l'air brumeux de la nuit, alors que tout le monde dormait en ville et que les lumières étaient éteintes, j'ai soudé la boîte au pied de la rampe de l'escalier menant à la porte de la mairie.

J'ai ensuite placé la clé du cadenas dans une enveloppe que j'ai posée devant la porte de Patrick Ackerman, notre peu brillant conseiller municipal. Sur l'enveloppe figurait son nom, et à l'intérieur les mots suivants :

Je vous confie la clé qui ouvrira le potentiel de notre ville. Vous êtes le maître de la clé. N'abusez pas de votre privilège. Ne soyez ni lent, ni paresseux, ni négligent. Votre ville compte sur vous.

J'ai estimé que c'était un petit mot élégant. Tandis que l'aube se levait sur la colline et que la prison baignait dans une sinistre lueur orange, je me suis assis sur les marches et j'ai composé les suggestions inaugurales. Il fallait qu'elles soient magnifiques ; il fallait qu'elles soient inspirantes, motivantes et aussi raisonnables. Je me suis donc retenu d'y inclure mes idées les plus bizarres et irréalisables : par exemple, faire quitter cette lugubre vallée à la ville pour l'installer plus près de l'eau – une bonne idée, mais qui excédait la juridiction et le pouvoir de nos trois conseillers municipaux, dont l'un n'avait plus été vu depuis la dernière grosse averse. Non, les premières suggestions devaient donner le ton et encourager la population à suivre. C'était :

1. Tourner à notre avantage cette étiquette infamante : « L'endroit le moins séduisant de toute la Nouvelle-Galles du Sud ». Il faut s'en glorifier. Mettre des pancartes. Peut-être même exagérer afin d'en faire une attraction touristique unique.

2. Pour Jack Hill, notre coiffeur. Nous admirons que vous continuiez à nous couper les cheveux malgré votre arthrite galopante, mais il en résulte que les habitants de cette ville ont droit aux coupes les plus laides, inégales et carrément les plus mystérieuses au monde. Vous nous transformez en monstres. S'il vous plaît, accordez la retraite à vos ciseaux tremblants et embauchez un apprenti.

3. Pour Tom Russel, propriétaire de notre grand magasin, Russel et Fils. D'abord, Tom, vous n'avez pas de fils. Mais vous n'avez pas non plus de femme, et maintenant que vous vieillissez, il semble que vous n'aurez jamais de fils. Certes, vous avez un père, et il est possible que vous-même soyez le fils auquel se réfère votre enseigne, mais, d'après ce qu'on m'a dit, votre père est mort depuis longtemps, des décennies avant votre installation ici, donc ce titre est inapproprié. Deuxiè-

mement, Tom, qui fait votre inventaire ? Rien qu'hier, j'ai vu dans votre magasin des articles qu'aucun être humain sur cette Terre ne peut utiliser. Tonneaux vides, gobelets en étain gigantesques, tue-mouches en forme de pinces et, Dieu, que vos souvenirs sont bizarres ! Généralement, on achète une tour Eiffel en France, à la tour Eiffel, pas dans les petites villes australiennes. Je sais que c'est un grand magasin, mais vous avez dépassé le concept. Votre magasin est plus « vague » que « grand ».

4. Pour Kate Milton, gérante du Paramount, notre cinéma local adoré. Lorsqu'un film a été projeté pendant huit mois, Kate, vous pouvez être à peu près sûre que nous l'avons tous vu. Commandez-en d'autres, pour l'amour du Ciel ! Une fois par mois serait bien.

Après avoir relu mes propositions, j'ai décidé qu'il en fallait une de plus. Une qui fasse de l'effet.

Je n'arrivais pas à exprimer clairement ce qui n'allait pas chez les habitants de ma ville, en tout cas à un niveau plus profond que les coupes de cheveux ratées et les supermarchés vagues – des problèmes plus essentiels, des problèmes existentiels. Je n'arrivais pas à trouver une suggestion qui les concerne directement. Il était tout simplement impossible de désigner le soubassement rocheux de l'existence, montrer la fêlure et espérer que nous puissions en sonder la signification sans que tout le monde ne se vexe. J'ai donc songé à une façon de l'évoquer de manière indirecte. J'ai supposé que leurs problèmes concernaient des priorités qui avaient besoin d'être réévaluées – auquel cas il fallait avant tout changer leur vision du monde et comprendre ce qui en était exclu.

Tel était donc l'objectif : rectifier leur perspective, si possible. Ce qui m'a mené à la suggestion numéro cinq.

5. Sur Farmer's Hill, construire un petit observatoire.

Je n'ai pas fourni d'explications, et me suis contenté d'ajouter les citations suivantes, tirées respectivement d'Oscar Wilde et de Spinoza : « *Nous sommes tous dans le caniveau, mais certains regardent les étoiles* » et : « *Regardez le monde dans la perspective de l'éternité.* »

Après avoir relu les suggestions, je les ai glissées avec une satisfaction extrême dans la fente de ma toute nouvelle contribution à la ville.

La boîte à idées a fait parler d'elle. Patrick Ackerman a tenu un meeting impromptu où il a lu mes suggestions d'une voix solennelle, comme si elles venaient d'en haut et non d'en bas, où je me tenais assis. Personne ne savait qui avait installé la boîte à cet endroit. Ils ne sont pas arrivés à se mettre d'accord. La liste des auteurs possibles n'excédait pas huit noms, mais aucun n'était sûr. Ils ne m'ont absolument pas soupçonné. Même si cela faisait un bail que j'étais sorti du coma, tous me croyaient encore endormi.

Chose étonnante, l'affaire a enthousiasmé Patrick Ackerman. Il était de ces meneurs qui désirent désespérément faire preuve d'originalité et d'allant, mais les motivations et les idées lui manquaient, et il a donc semblé adopter ma boîte à idées comme un cerveau de substitution. Il a fait taire avec violence toute moquerie ou opposition et, sous le choc de cet accès d'enthousiasme inattendu, le conseil a accepté chacune de mes propositions. Hallucinant ! Je ne m'y attendais vraiment pas. Par exemple, ils ont décidé que Paul Hamilton, le fils unijambiste et chômeur de Monica et Richard Hamilton, commencerait sur-le-champ à travailler chez le coiffeur. Que Tom Russel avait un an pour retirer « et Fils » de ses enseignes, ou se marier afin de se reproduire, ou adopter un enfant, pourvu qu'il soit blanc et originaire d'Angleterre ou d'Europe du Nord. Que Kate Milton, la gérante du cinéma, se procurerait au moins un nouveau film tous les deux mois. Incroyable ! Mais le vrai choc restait à venir. On a décidé de tracer immédiatement des plans pour construire un observatoire sur Farmer's Hill, et même si les mille dollars budgétés étaient dérisoires, l'esprit y était. Je n'arrivais pas à y croire. Ils allaient réellement le faire !

Patrick a décrété que la boîte ne serait ouverte qu'une fois par mois et qu'il s'en chargerait. Il parcourrait les suggestions pour vérifier qu'elles ne contenaient rien d'inconvenant et elles seraient ensuite lues en public, discutées et débattues avant que chacun des conseillers vote lesquelles retenir et lesquelles écarter.

C'était fabuleux ! Je peux t'assurer que j'ai eu quelques autres succès dans mon existence depuis, mais aucun ne m'a donné le sentiment de satisfaction absolue que m'a fait éprouver cette première victoire.

Si les plans de l'observatoire devaient mettre un certain temps à voir le jour, mon idée d'utiliser le titre douteux d'« endroit le moins tentant de toute la Nouvelle-Galles du Sud » pour attirer les touristes a été immédiatement appliquée. On a érigé des panneaux aux deux extrémités de la ville.

Puis on a attendu l'arrivée des touristes.

Chose étonnante, ils n'ont pas tardé.

Quand ils descendaient de voiture, les habitants de la ville affichaient leur mine la plus lugubre et adoptaient une démarche traînante.

« Eh, comment c'est ici ? Pourquoi est-ce que c'est si terrible ? demandaient les touristes.

— C'est comme ça, c'est tout », leur répondait-on d'un ton cafardeux.

Au cours de leur excursion, ils voyaient sur chaque visage une effroyable expression de désespoir et de solitude. Au pub aussi, les gens du coin feignaient d'être malheureux.

« Comment est la nourriture ici ?

— Abominable.

— Je peux avoir juste une bière, alors ?

— On la coupe avec de l'eau et vous la payez plus cher. OK ?

— Ben, c'est vraiment l'endroit le moins tentant de toute la Nouvelle-Galles du Sud ! »

Ce n'est qu'après le départ des touristes que les sourires revenaient et que chacun avait l'impression d'avoir fait une blague formidable.

Chaque mois, on a attendu avec impatience l'ouverture de la boîte à idées, et le plus souvent, elle était pleine à ras bord. Les réunions étaient ouvertes à tous, et généralement tout le monde devait rester debout. Le conseiller Ackerman annonçait d'abord sa déception devant les objets trouvés dans la boîte qui n'étaient pas des suggestions : pelures d'orange, oiseaux morts, journaux, paquets de chips, chewing-gums, puis il lisait les suggestions – une impressionnante collection de projets. On aurait dit que chacun se laissait prendre au jeu. On commençait à entrevoir la possibilité pour la ville d'atteindre un niveau supérieur, de s'améliorer, d'évoluer. Les gens se baladaient avec de petits carnets et on les voyait s'arrêter brusquement au milieu de la rue ou s'appuyer à un réverbère ou encore s'accroupir sur le trottoir, frappés par une idée subite. Tout le monde notait ses idées, et avec quel mystère ! L'anonymat de la boîte permettait aux gens d'exprimer leurs besoins et leurs désirs, et, franchement, ils ont mis sur le tapis les requêtes les plus incongrues.

En premier sont venues les suggestions pratiques touchant à l'infrastructure et aux questions municipales : supprimer toutes les interdictions de stationner, baisser les taxes et le prix de l'essence, et mettre la bière à un cent. On a suggéré d'accéder à l'indépendance par rapport à la grande ville en ayant notre propre hôpital, notre propre tribunal et nos propres gratte-ciel. Il y a eu des propositions pour organiser des divertissements communs tels que barbecues, feux d'artifice et orgies romaines, et d'innombrables autres portant sur la construction de meilleures routes, d'un hôtel de la monnaie, d'un stade de football, d'un champ de courses et, même si la ville était dans les terres, d'un pont maritime. Une liste sans fin proposait des idées qui ont fini par être absurdes tant les moyens financiers de notre municipalité n'étaient pas à la hauteur.

Une fois fatigués par les problèmes municipaux, les gens se sont rapidement tournés vers la médisance.

On a suggéré que Mrs Dawes ne devrait pas se pavaner comme si elle était « supérieure à tout le monde » ; que Mr French, l'épicier local, arrête de faire croire qu'il était « mauvais en calcul » chaque fois qu'il était pris à voler le client en lui rendant la monnaie ; et que Mrs Anderson cesse immédiatement de fourrer la photo de son petit-fils sous le nez de tout le monde parce que, même s'il n'avait que trois ans, on en avait « vraiment assez de voir sa tête ». Les choses ont pris ce tour quand Patrick Ackerman a été frappé par une pneumonie et que son second, Jim Brock, l'a remplacé. Jim était vieux, aigri, méchant, et il a lu les suggestions les plus grossières, personnelles, stupides et provocantes d'une voix innocente, mais on entendait son sourire, même si on ne le voyait pas. Jim était un véritable fouille-merde, et comme l'anonymat garantit la sincérité (Oscar Wilde disait : « Donnez un masque à un homme et il dira la vérité »), chacun en ville s'en est donné à cœur joie.

Une suggestion disait : *Linda Miller, espèce de pute. Arrête de baiser nos hommes ou on se mettra toutes ensemble pour te couper tes gros nichons.*

Et celle-ci : *Maggie Steadman, vieille bique. Tu ne devrais pas avoir le droit de te garer en ville si tu n'es pas capable d'évaluer les distances.*

Et encore : *Lionel Potts devrait cesser d'exhiber son fric et d'acheter tout en ville.*

Et une autre : *Andrew Christianson, tu n'as pas de cou ! Je n'ai aucune suggestion pour remédier à ça, je voulais juste le faire remarquer.*

Celle-ci : *Mrs Kingtson, cessez de nous embêter avec vos inquiétudes concernant la fidélité de votre mari. Il a une haleine d'œuf pourri chié par un cul suintant. Vous n'avez pas à vous inquiéter.*

Ou bien encore : *Geraldine Trent, bien que tu jures « Je ne le dirai à personne », tu es une abominable commère et tu as trahi la confiance d'à peu près tout le monde en ville. P.-S. : Ta fille est une droguée et une lesbienne. Mais ne t'en fais pas, je ne le dirai à personne.*

Les gens en sont venus à craindre la lecture des suggestions au cas où ils en feraient l'objet. Ils ont commencé à se sentir vulnérables, mis à nu, et à se jeter des regards soupçonneux dans les rues jusqu'à ce qu'ils passent moins de temps à se fréquenter et de plus en plus à se cacher chez eux. Ça m'a rendu furieux. En l'espace de quelques mois, ma boîte à idées avait vraiment fait de notre ville l'endroit le moins tentant de toute la Nouvelle-Galles du Sud et même du monde entier.

Entre-temps, les jumeaux avaient atteint l'âge de seize ans et célébré l'événement en quittant l'école. Bruno et Dave faisaient des économies pour acheter des armes à feu et se préparaient à s'installer à Sydney, où Terry voulait les suivre. Quant à moi, j'étais enfin parvenu à m'extraire du gang. Je n'avais aucune raison de prétendre que j'améliorais quoi que ce soit en surveillant Terry ; Bruno en était arrivé au point où il avait envie de « vomir ses tripes » quand il me voyait et, franchement, j'en avais ma claque d'eux tous. Le bénéfice que j'avais tiré de mon association avec la bande était fermement assuré : mes camarades me laissaient en paix, je ne me réveillais plus chaque matin avec la peur au ventre, de sorte que j'ai enfin eu l'esprit libre pour autre chose. C'est seulement quand la peur te quitte que tu te rends compte du temps qu'elle te prend.

Je passais chacune de mes millisecondes libres avec Caroline. J'étais fasciné non seulement par son visage affriolant et par son corps de plus en plus attrayant, mais aussi par ses particularités. Elle était obsédée par l'idée que les gens lui cachaient des choses. Elle les obligeait à raconter leurs histoires ; elle pensait que les adultes qui avaient vécu dans des endroits et des villes diverses avaient expérimenté tout ce que la vie peut offrir, et elle voulait tout savoir à ce sujet. C'est pourquoi elle ne s'intéressait pas aux enfants. Ils ne savaient rien. Il était plus facile de faire parler les adultes. Ils semblaient toujours en quête d'un réceptacle où déverser les eaux usées de leurs existences. Mais après les avoir recueillies, elle les jetait avec un regard peu convaincu qui disait très clairement : « C'est tout ? »

Elle lisait aussi, seulement elle ne glanait pas dans les livres les mêmes choses que moi. Elle était obsédée par la vie des personnages, la façon dont ils mangeaient, s'habillaient, buvaient, voyageaient, exploraient, fumaient, baisaient, s'amusaient et aimaient. Elle avait faim d'exotisme. Elle voulait connaître le monde. Elle voulait faire l'amour dans un igloo. La façon dont Lionel Potts encourageait sa fille était comique. « Un jour je boirai du champagne la tête en bas accrochée à un trapèze, disait-elle. — Très bien ! Je sais que tu y arriveras ! C'est important d'avoir des objectifs ! Vois les choses en grand ! » discourait-il sans fin. Elle le faisait démarrer au quart de tour.

Mais Caroline n'était pas désespérée comme je l'étais. Elle trouvait dans les choses une beauté que j'étais incapable de distinguer. Des tulipes dans un pot, des vieux se tenant par la main, une moumoute apparente – le plus petit truc pouvait la faire pousser des cris de ravissement. Et les femmes l'adoraient. Caroline ajustait leur chapeau et leur cueillait des fleurs. Mais quand elle était seule avec moi, elle était différente. Je savais que sa douceur, la façon dont elle se comportait avec nos concitoyens était un masque. C'était un bon masque, le meilleur qui soit : un véritable mensonge. Son masque était un tissu de lambeaux arrachés à toutes les belles parties d'elle-même.

Un matin, en me rendant chez elle, j'ai découvert Terry en train de jeter des cailloux dans le parterre sous les fenêtres de la façade.

« Qu'est-ce que tu fais ?

— Rien.

— Terry Dean ! Arrête de jeter des pierres dans notre jardin ! a crié Caroline d'une fenêtre du premier étage.

— Nous sommes dans un monde libre, Caroline Potts !

— Tu oublies la Chine !

— Qu'est-ce qui se passe ? j'ai demandé.

— Rien. Je peux jeter des pierres ici si je veux.

— Je suppose que oui. »

Caroline regardait depuis sa fenêtre. Elle m'a salué. Je lui ai rendu son salut. Puis Terry l'a saluée lui aussi, mais son salut était sarcastique, si tu peux imaginer pareille chose. Caroline lui a répondu avec un salut ironique, ce qui est totalement différent. Je me suis demandé ce que Terry pouvait avoir contre Caroline.

« Rentrons à la maison, j'ai dit à Terry.

— Pas tout de suite. Je veux continuer à jeter des pierres.

— Laisse-la tranquille, j'ai répliqué, contrarié. C'est mon amie.

— Et alors ? » Terry a craché, lâché ses pierres et il est parti. Je l'ai regardé s'éloigner. Qu'est-ce qui se passait ? Je n'en avais aucune idée.

Bien sûr, à l'époque je ne savais rien des amours enfantines. J'ignorais totalement, par exemple, qu'on pouvait exprimer son amour par des agressions puériles et des manifestations de rancœur.

C'est à ce moment-là que je suis allé voir Harry, sans savoir que cette visite serait la dernière. Il m'attendait au parloir, la bouche grande ouverte, impatient comme s'il avait placé un coussin péteur sous mon matelas et attendait de savoir s'il avait fonctionné. Vu que je gardais le silence, il a déclaré :

« Tu as foutu un sacré bordel en bas !

— De quoi vous parlez ?

— De la boîte à idées. Ils sont devenus fous, non ?

— Comment vous êtes au courant ?

— Oh, on voit un tas de choses d'ici », il a répondu de sa voix de valse à trois temps. Ce n'était pas vrai. On ne voyait foutrement rien. « Ça va mal finir, évidemment, mais tu ne peux pas t'en vouloir. C'est pour ça que je t'ai appelé aujourd'hui. Je voulais te dire de ne pas t'en faire.

— Vous ne m'avez pas appelé.

— Ah non ?

— Non.

— Eh bien, je n'ai pas appelé les nuages non plus, mais ils sont là, a-t-il rétorqué, et il a désigné la fenêtre. Tout ce que je veux dire, Marty, c'est que tu ne dois pas laisser cette histoire te détruire. Rien ne ronge l'âme d'un homme de manière plus vorace que la culpabilité.

— De quoi je dois me sentir coupable ? »

Harry a haussé les épaules, mais c'était le haussement d'épaules le plus lourd de sens que j'aie jamais vu.

Il est apparu que ce haussement d'épaules était justifié ; en créant une chose aussi inoffensive qu'une boîte vide, j'avais de nouveau donné au destin de ma famille le coup de pouce qui allait lui faire prendre une très désagréable direction.

Tout a commencé un mois plus tard, quand le nom de Terry est apparu pour la première fois dans la boîte à idées.

> Mr Dean devrait apprendre à faire preuve d'autorité. Son fils, Terry Dean, est tombé sous l'influence de personnes irrémédiablement engagées sur la mauvaise pente. Mais Terry est jeune. Il n'est pas trop tard. Il a seulement besoin que ses parents le remettent dans le droit chemin, et si ces derniers sont incapables de le faire, nous trouverons quelqu'un qui s'en chargera.

Toute l'assistance a applaudi. Les habitants de la ville considéraient la boîte comme une sorte d'oracle. Étant donné que les suggestions ne sortaient pas directement de la bouche de nos voisins mais étaient cérémonieusement extraites de cette boîte pour être lues par la voix autoritaire de Jim Brock, on les prenait plus au sérieux qu'elles ne le méritaient, et souvent on les suivait religieusement, avec une soumission effrayante.

« Ce n'est pas ma faute si la somme titanesque d'efforts qui consiste à élever ses fils dans le respect de la morale est gâchée par l'influence écrasante de leurs pairs, a commenté mon père ce soir-là au dîner. Une seule mauvaise fréquentation, et votre gosse peut être déstabilisé à vie. »

Nous avons tous écouté avec une vive inquiétude en regardant ses pensées tourbillonner autour de son crâne comme de la poussière dans le vent.

Le lendemain, il est arrivé dans la cour de récréation à l'heure du déjeuner. Terry et moi nous sommes aussitôt planqués, mais ce n'était pas nous qu'il cherchait. Son carnet sur les genoux, il s'est assis sur la balançoire et a regardé les enfants jouer. Il dressait une liste des garçons qui feraient de bonnes fréquentations pour ses fils. Bien sûr, les gosses ont dû le prendre pour un fou (c'était avant l'époque où ils l'auraient simplement pris pour un pédophile), mais à le voir faire ces fervents efforts pour nous mettre Terry et moi sur le droit chemin, je l'ai plaint autant que je l'ai admiré. De temps à autre, il appelait un garçon avec qui il bavardait, et je me rappelle avoir été secrètement impressionné par le sérieux avec lequel il se vouait à ce projet totalement loufoque.

Va savoir de quoi ils ont parlé au cours de ces entrevues informelles ; en tous cas, au bout d'une semaine la liste de mon père comptait quinze amis potentiels : de braves garçons d'excellente famille. Il nous a présenté le résultat de ses recherches intensives. « Voilà des amis pour vous. Liez-vous d'amitié avec eux. »

Je lui ai expliqué qu'on ne se fait pas des amis en claquant des doigts.

« Ne me dis pas ça, a aboyé mon père. Je sais ce que c'est que de se faire des amis. Tu vas leur parler et c'est tout. »

Il n'a pas lâché le morceau. Il exigeait des comptes rendus. Des résultats. Il voulait voir des amitiés pour la vie défiler sous ses yeux, et c'était un ordre ! Finalement, Terry a obtenu de son gang qu'ils « persuadent » deux gosses innocents figurant sur la liste de venir dans notre jardin après l'école. Ils y sont restés, tremblants, tout l'après-midi, ce qui a calmé mon père un moment.

Mais pas la boîte à idées. Toute la ville voyait que Terry continuait à fréquenter Bruno et Dave.

Est alors arrivée la proposition suivante : *Je suggère que, même si ses parents ne sont pas religieux, Terry pourrait bénéficier de conseils spirituels. Il n'est pas trop tard. Terry peut encore être réformé.*

De nouveau, mon père s'est montré furieux, mais aussi étrangement obéissant. Il en a dès lors été ainsi : tandis que la quantité de suggestions touchant les errements de Terry augmentait, et que notre famille faisait l'objet d'une attention et d'une surveillance constantes, mon père avait beau maudire la boîte et le « serpent » qui l'avait mise là, il n'en obéissait pas moins.

De retour de la mairie, mon père s'est disputé avec ma mère. Elle voulait qu'un rabbin vienne parler à Terry. Il pensait qu'un prêtre serait plus approprié. À la fin, ma mère a eu gain de cause. Un rabbin est venu faire un sermon sur la violence. Les rabbins en savent beaucoup sur la violence, parce qu'ils travaillent pour une divinité célèbre pour sa colère. Le problème, c'est que les juifs ne croient pas à l'enfer, ils n'ont donc pas à leur disposition la carte de la peur toute prête que les catholiques peuvent tirer à tout moment de leur manche pour pervertir le système nerveux de la jeunesse. Tu ne peux pas t'adresser à un jeune juif en lui disant : « Tu vois ce puits de feu ? C'est là que tu vas finir. » Il faut lui raconter des histoires de vengeance du Tout-Puissant en espérant qu'il comprendra où tu veux en venir.

Ça n'a pas été le cas de Terry, et d'autres suggestions n'ont pas tardé à arriver ; mais ne crois pas qu'elles étaient toutes dirigées contre mon frère : un soir, au milieu de l'été, mon nom est apparu.

Quelqu'un devrait dire au jeune Martin Dean qu'il est grossier de fixer les gens. (Ces premiers mots ont suscité un applaudissement général.) *C'est un garçon grincheux qui indispose tout le monde par ses regards furieux. Et il n'arrête pas d'embêter Caroline Potts.*

Je te le dis, je sais ce qu'est l'humiliation, mais rien n'a jamais surpassé ce moment mortifiant.

Un mois plus tard, une nouvelle suggestion destinée à la famille Dean a été tirée de la boîte, cette fois-ci dirigée, aussi incroyable que cela puisse paraître, contre ma mère :

> Mrs Dean devrait arrêter de perdre son temps à excuser le fait que son mari et ses enfants sont irrécupérables. Terry n'est pas juste « farouche », il est dégénéré. Martin n'est pas « original », il est sociopathe. Et leur père n'a pas « beaucoup d'imagination », c'est un menteur éhonté.

Notre famille était bel et bien une cible populaire, et nos concitoyens semblaient ne pas vouloir lâcher Terry. Ma mère a commencé à s'inquiéter pour lui et j'ai commencé, moi, à m'inquiéter de cette peur maternelle. Elle était terrifiante. Ma mère s'asseyait sur le lit de Terry pendant qu'il dormait et murmurait : « Je t'aime » sans discontinuer, de minuit jusqu'à l'aube, comme si elle essayait de transformer le caractère de son fils de manière inconsciente avant qu'on ne s'occupe de son cas. Elle avait compris que les habitants faisaient de la transformation de Terry une de leurs priorités. Il avait été leur fierté numéro un, et maintenant il était leur déception numéro un ; et quand il a semblé évident que Terry trafiquait toujours avec le gang, à voler et se battre, une autre idée a été mise en avant pour régler le problème : *Je suggère qu'on emmène ce renégat de Terry dans la prison sur la colline pour qu'il apprenne de la bouche d'un prisonnier les horreurs de la vie carcérale. Peut-être que la peur réussira là où la raison a échoué.*

Pour plus de sûreté, mon père m'a obligé à venir moi aussi, au cas où j'aurais voulu suivre mon frère dans la carrière criminelle. Nous avons gravi le chemin qui menait à la prison, notre véritable école, sur la route en terre qui entaillait la colline comme une blessure ouverte.

Nous devions rencontrer le pire criminel de la prison. Il s'appelait Vincent White. Il ne s'était pas marré à l'intérieur : sept coups de couteau, la face ouverte en deux, un œil crevé, et une lèvre qui ballottait comme une étiquette qu'on a envie d'arracher. Nous nous sommes assis tous trois devant lui au parloir. Terry avait déjà rencontré Vincent, avec Harry. « Un peu surpris que tu veuilles me voir, a dit aussitôt Vincent. Vous avez eu une dispute d'amoureux, Harry et toi ? » Terry a secoué la tête de manière imperceptible, tâchant de lui faire signe, mais l'œil valide de Vincent était occupé à considérer mon père. « Qui c'est qu'est avec toi ? Ton daron ? »

Mon père nous a arrachés à la prison comme si elle était en feu, et, de ce jour, les garçons Dean ont eu interdiction de rendre visite à qui que ce soit. J'ai essayé deux ou trois fois d'aller voir Harry, mais on m'a refoulé. Un coup terrible pour moi. Plus que jamais, j'avais un besoin désespéré de ses conseils. Je savais que les choses progressaient en un crescendo dangereux qui n'allait évidemment pas décroître en notre faveur. Peut-être que si j'en avais eu la présence d'esprit, j'aurais encouragé mon frère à quitter la ville quand, peu après l'incident de la prison, il a eu l'occasion d'échapper au terrible bordel que j'avais créé.

C'était un vendredi après-midi, et Bruno et Dave sont arrivés dans une jeep volée, chargée de leurs affaires ainsi que des affaires d'autres personnes. Ils ont klaxonné. Terry et moi sommes sortis.

« Viens, mon pote, on se tire de cette ville de merde, a crié Dave à Terry.

— Je ne viens pas.

— Pourquoi ?

— Comme ça.

— Dégonflé !

— Tu ne la baiseras jamais, tu sais », a ajouté Bruno.

Terry n'a pas répondu.

Bruno et Dave ont fait hurler le moteur et démarré dans un crissement de pneus. Nous les avons regardés disparaître. J'étais impressionné de voir comment, après toute la douleur, les chagrins, les drames et les angoisses qu'ils ont causés, les gens peuvent quitter votre vie sans autre cérémonie. Terry a observé, impassible, la route vide.

« Qui tu ne vas pas baiser ?

— Personne.

— Moi non plus. »

La prochaine réunion à la mairie devait avoir lieu le lundi suivant, et nous l'appréhendions tous. Nous savions que l'oracle aurait une nouvelle suggestion pour Terry Dean. En y arrivant, nous avons évité le regard de tous ces visages hostiles ; on aurait dit qu'ils avaient eu durant l'enfance un accès de rage qu'ils avaient soigneusement conservé depuis. Ils s'écartaient à mesure que nous avancions. Il n'y avait plus que quatre places devant, et mes parents et moi en avons pris trois. Terry était resté à la maison ; il boycottait la réunion, avec raison. Assis sur la chaise en bois inconfortable, les yeux mi-clos, j'ai regardé sous mes paupières baissées une photographie de la reine le jour de son vingt et unième anniversaire. Elle paraissait avoir peur, elle aussi. La reine et moi attendions impatiemment tout en écoutant les suggestions. Ils avaient gardé celle de Terry pour la fin. *Je suggère que Terry Dean soit interné à l'asile psychiatrique de Portland pour y être traité par une équipe de psychiatres pour son attitude violente et antisociale.*

Je me suis rué hors de la salle pour rejoindre la clarté inattendue du soir ; le ciel nocturne était illuminé par une lune énorme, moins pleine que grosse, qui surplombait les rues désertes. Mes pas étaient le seul bruit en ville, excepté les aboiements d'un chien qui m'a suivi un moment, excité par ma panique. Je n'ai cessé de courir que lorsque j'ai atteint la maison – non, je ne me suis pas arrêté là : j'ai franchi le seuil au pas de charge et traversé le vestibule en trombe avant de faire irruption dans notre chambre. Terry lisait, assis sur son lit.

« Il faut que tu te tires », j'ai crié.

J'ai trouvé un sac de sport et y ai fourré ses vêtements.

« Ils arrivent ! Ils vont te mettre dans un asile psychiatrique ! »

Terry m'a regardé et a dit :

« Stupides salopards. Caroline était là ce soir ?

— Oui, mais... »

J'ai entendu des bruits de pas dans le couloir. « Cache-toi ! » j'ai murmuré. Mais Terry n'a pas bougé. Les pas étaient presque à la porte. « Trop tard ! » j'ai ajouté. La porte s'est ouverte brutalement et Caroline est entrée en courant.

« Il faut que tu te tires ! » elle a crié.

Terry a levé sur elle des yeux brillants. Cela l'a déstabilisée. Ils se sont fixés sans bouger, sans rien dire, comme deux mannequins plantés sans soin. J'ai été tenu totalement à l'écart de l'énergie qui emplissait la pièce. Ç'a été un grand choc. Caroline et Terry avaient le béguin ? Quand est-ce que c'était arrivé ? J'ai résisté à une forte envie de m'arracher un œil et de le leur montrer.

« Je l'aide à faire ses valises », j'ai dit, rompant le charme. Ma voix était méconnaissable. Terry plaisait à Caroline, peut-être même qu'elle l'aimait. J'étais furieux ! J'avais l'impression que toute la pluie du monde s'était déversée sur moi. J'ai toussé impatiemment. Aucun des deux ne m'a regardé ni n'a montré le moindre signe qu'ils me savaient là.

Caroline s'est assise au bord du lit et a pianoté sur la couverture.

« Il faut que tu t'en ailles, elle a dit.

— Où est-ce qu'on va ? »

J'ai regardé Caroline pour voir sa réaction.

« Je ne peux pas partir. Mais je viendrai te voir.

— Où ?

— Je ne sais pas. Sydney. Va à Sydney.

— Et grouille-toi d'y aller ! » J'ai hurlé si fort que nous n'avons pas entendu les pas.

Deux hommes sont entrés, éclaireurs enthousiastes d'une foule chauffée à blanc. Ils ont joué le rôle d'un service de taxi musclé. Terry s'est débattu inutilement, alors qu'il apparaissait de plus en plus de gens aux visages hostiles et déterminés. Ils l'ont traîné dehors tandis qu'il donnait des coups de pied en criant, son visage saigné à blanc dans la lumière lunaire.

Caroline n'a pas pleuré, mais elle a gardé la main devant sa bouche, le souffle coupé, pendant vingt minutes, pendant que, pris de frénésie, je hurlais à me rendre aphone contre mes parents qui suivaient passivement la scène.

« Qu'est-ce que vous faites ? Ne les laissez pas l'emmener ! »

Mon père et ma mère sont restés tapis comme des chiens craintifs. Ils avaient peur d'aller contre l'ordre de l'oracle et la volonté irrésistible de nos concitoyens. Ils étaient sous l'emprise de l'opinion générale.

Mon père a dit : « C'est pour son bien. Il est déséquilibré. Ils sauront le guérir. »

Il a signé les papiers nécessaires sous le regard de ma mère, résignée. Tous deux affichaient une grimace obstinée qu'on n'aurait pas pu leur décrocher à coups de marteau.

« Il n'a pas besoin qu'on le guérisse ! Je crois qu'il est déjà guéri ! Il est amoureux ! »

Personne ne m'a écouté. Caroline et moi nous sommes demeurés côte à côte tandis qu'on emmenait Terry à l'asile. J'ai observé mes parents, aux âmes irrémédiablement timorées, d'un regard incrédule. Et je n'ai pu qu'agiter inutilement le poing, en me disant que l'empressement des gens à devenir des esclaves est incroyable. Bon Dieu ! Parfois ils se débarrassent de leur liberté si rapidement qu'on jurerait qu'elle les brûle.

Transcendance

Ce n'est pas que la folie soit contagieuse, même si l'Histoire est littéralement jonchée de récits d'hystérie collective – comme l'époque où tous les Occidentaux portaient des mocassins blancs sans chaussettes –, mais dès que Terry a disparu dans la maison des fous, la nôtre est également devenue un lieu d'obscurité. D'abord, mon père a repris ses esprits une semaine plus tard et fait tout son possible afin de sortir Terry de l'hôpital, mais pour découvrir qu'une fois qu'on a confié quelqu'un à leurs soins les services hospitaliers considèrent ces soins aussi sérieusement que l'argent que leur donne l'État pour les administrer. Ils ont décrété que mon petit frère était un danger pour lui-même et pour les autres – les autres étant surtout le personnel soignant, auquel il s'opposait dans l'intention de s'enfuir. Mon père s'est adressé au tribunal et a consulté de nombreux avocats, mais il a bientôt compris qu'il avait perdu son fils à cause d'une bureaucratie tatillonne. Il était coincé. En conséquence, il s'est mis à boire de plus en plus, et les efforts que ma mère et moi avons faits pour tenter de ralentir le mouvement de sa spirale descendante n'ont abouti à rien : on ne peut pas empêcher quelqu'un de tenir le rôle du père alcoolique en lui faisant remarquer que c'est un cliché. Par deux fois au cours des mois qui ont suivi l'internement de Terry, mon père a perdu la tête et frappé ma mère, la faisant tomber par terre ; mais on ne peut pas demander à quelqu'un de quitter le rôle du mari violent comme on ne peut pas convaincre une femme de quitter le foyer en lui assurant qu'elle souffre du syndrome de l'Épouse battue. C'est peine perdue.

Comme mon père, ma mère a oscillé entre tristesse et démence. Deux nuits après le départ de Terry, je m'apprêtais à aller me coucher quand j'ai dit : « Peut-être que je ne vais pas me laver les dents. Pourquoi est-ce que je devrais le faire ? Qu'elles aillent se faire foutre. J'en ai marre des dents, j'en ai marre de mes dents, j'en ai marre des dents des autres. Les dents sont un fardeau, et j'en ai marre de les polir chaque soir comme si c'étaient les joyaux de la couronne. » Quand j'ai jeté, dégoûté, ma brosse à dents, j'ai vu une ombre à l'extérieur de la salle de bains. « Oui ? » j'ai lancé à l'ombre. Ma mère est entrée et s'est mise derrière moi. Nous nous sommes observés dans le miroir de la salle de bains.

« Tu parles tout seul, elle a constaté en posant la main sur mon front. Tu as de la fièvre ?

— Non.

— Un peu chaud.

— Je suis un mammifère, j'ai murmuré entre mes dents. À sang chaud.

— Je vais à la pharmacie te chercher un médicament.

— Mais je ne suis pas malade.

— Tu ne le seras pas si on le traite tout de suite.

— Traiter quoi tout de suite ? » j'ai demandé, scrutant son visage plein de tristesse. Ma mère avait décidé de réagir au fait d'avoir mis son fils à l'asile en devenant une maniaque de mon bien-être. Ce n'est pas arrivé progressivement mais subitement, lorsque j'ai découvert que je ne pouvais pas la croiser dans l'escalier sans qu'elle m'étouffe dans ses bras, ni quitter la maison sans qu'elle ait boutonné ma veste jusqu'en haut – et, comme il restait quand même un peu de cou exposé aux éléments, elle a cousu un bouton supplémentaire pour que je sois toujours couvert jusqu'à la lèvre inférieure.

Elle allait presque chaque jour en ville rendre visite à Terry et rentrait toujours avec de bonnes nouvelles qui me paraissaient toujours mauvaises.

« Il va un peu mieux », disait-elle d'une voix égarée.

J'ai rapidement découvert qu'elle me mentait. On m'avait interdit d'aller à l'hôpital, craignant que la faiblesse de mon psychisme ne me permette pas de supporter cette épreuve. Mais Terry était mon frère, et un beau matin j'ai exécuté tous les préparatifs qu'un garçon sensé doit faire pour aller à l'école, puis, quand le bus est arrivé, je me suis caché derrière un buisson d'épineux que je devais brûler plus tard pour m'avoir piqué. Ensuite je suis parti pour l'hôpital, pris en stop par un réparateur de réfrigérateurs qui s'est moqué pendant tout le trajet des gens qui ne dégivrent pas leur appareil.

J'ai eu un choc en voyant mon frère. Son sourire était un peu trop large, ses cheveux étaient négligés, ses yeux vagues, son teint pâle. On lui faisait porter une chemise d'hôpital pour qu'il comprenne bien qu'il était trop déséquilibré pour avoir droit à une braguette à fermeture Éclair ou à boutons. Ce n'est que lorsqu'il a fait allusion à ce que les électrochocs devaient coûter en électricité que j'ai été convaincu que cette expérience n'allait pas le détruire. Nous avons déjeuné dans une pièce étonnamment confortable, pleine de plantes en pots, avec une grande baie vitrée qui offrait une vue parfaite sur un adolescent souffrant d'un délire de persécution.

Quand j'ai évoqué la boîte à idées, Terry s'est renfrogné.

« Quel connard d'enculé a pu y mettre cette suggestion ? J'aimerais bien le savoir. »

Au moment où je partais, il m'a dit qu'il n'avait pas reçu une seule visite de notre mère et que, même s'il ne lui en voulait pas, il pensait que les mères étaient censées être meilleures que ça.

Quand je suis rentré, elle était dans le jardin. Il avait plu tout l'après-midi. Elle avait enlevé ses chaussures et enfonçait ses orteils dans la boue. Elle m'a pressé de faire la même chose parce que, elle a dit, la boue froide qui glisse entre les orteils procure un plaisir inimaginable. Elle avait raison.

« Où est-ce que tu vas tous les jours ? je lui ai demandé.

— Rendre visite à Terry.

— Je l'ai vu aujourd'hui. Il m'a dit que tu n'y es jamais allée. »

Au lieu de répondre, elle a enfoncé les pieds dans la boue aussi profondément que possible. Je l'ai imitée. Une cloche a retenti. Nous avons tous deux levé les yeux sur la prison, et l'avons regardée un long moment comme si le son avait tissé un sentier invisible sur le ciel. La vie là-haut était réglée par différentes cloches qu'on entendait dans chaque maison de la ville. Cette cloche signifiait que l'exercice de l'après-midi allait commencer. Bientôt, une autre cloche sonnerait pour y mettre fin.

« Il ne faut pas que tu le dises à ton père.

— Quoi ?

— Que j'ai été à l'hôpital.

— Terry me dit que tu n'y as pas été.

— Non, à l'hôpital normal.

— Pourquoi ?

— Je crois que j'ai quelque chose.

— Quoi ? »

Dans le silence qui a suivi, elle a regardé ses mains. Elles étaient blanches, ridées et parcourues de veines bleues aussi épaisses que des cordons téléphoniques. Le souffle court, elle a répondu : « J'ai les mains de ma mère ! » avec surprise et dégoût, comme si les mains de sa mère n'avaient pas été de vraies mains, mais des mottes de merde en forme de mains.

« Tu es malade ?

— J'ai un cancer. »

Quand j'ai ouvert la bouche, les mauvais mots sont sortis. Des mots terre à terre, pas ceux que je voulais vraiment prononcer.

« Est-ce que c'est quelque chose qu'on peut opérer avec un bistouri ? »

Elle a secoué la tête.

« Tu en as pour combien de temps ?

— Je ne sais pas. »

Ç'a été un moment affreux qui est devenu pire à chaque seconde. Mais est-ce qu'on n'avait pas déjà eu cette conversation auparavant ? J'éprouvais une étrange sensation de déjà-vu. Pas de celles où tu as l'impression que tu as déjà vécu tel événement, mais le sentiment que tu as déjà vécu la sensation de déjà-vu à propos de cet événement.

« Ça va être dur », elle a dit.

Je n'ai pas répondu. C'était comme si quelque chose de glacé avait été injecté dans mes veines. Mon père est sorti par la porte de derrière, traînant des pieds, en pyjama, et il est resté là tristement, un verre vide à la main.

« J'ai besoin de boire quelque chose de froid. Tu as vu la glace ?

— Essaie le freezer, elle a répondu, puis elle m'a murmuré : Ne me laisse pas seule.

— Quoi ?

— Ne me laisse pas seule avec lui. »

Alors, j'ai fait un truc incroyable que je n'arrive toujours pas à piger.

J'ai pris la main de ma mère dans les miennes et j'ai dit :

« Je jure que je resterai avec toi jusqu'au jour de ta mort.

— Tu le jures ?

— Je le jure. »

J'avais à peine prononcé ces mots que cette idée m'a paru très mauvaise, autocastratrice même – mais quand ta mère mourante te demande de lui apporter un dévouement éternel, qu'est-ce que tu vas répondre ? « Non » ?, particulièrement depuis que je savais que son avenir était l'exact opposé du bonheur ? Que lui préparait-il ? De longues années d'une lente déchéance entrecoupées de périodes de faux espoirs et de fausse convalescence, la reprise de la dégénérescence, tout cela sous le poids d'une douleur croissante et de l'angoisse de la mort qui n'allait pas approcher silencieusement, mais arriverait de loin au son des trompettes.

Alors, pourquoi avoir fait ce serment ? Ce n'est pas que j'ai ressenti de la pitié ou que j'ai été submergé par l'émotion. C'est juste que je semble éprouver au fond de la répulsion à l'idée qu'une personne puisse être laissée seule face à la souffrance et à la mort, parce que moi-même je détesterais être laissé seul face à la souffrance et à la mort ; et cette révulsion est si profondément ancrée en moi qu'il n'y a eu aucun mérite à jurer fidélité à ma mère, puisque cela n'était pas un choix moral mais plutôt un réflexe moral. Bref, j'ai le cœur tendre, mais ça me laisse de marbre.

« Tu as froid ? » elle m'a demandé soudain. J'ai dit que non. Elle a désigné la chair de poule que j'avais sur l'avant-bras. « Rentrons », et elle a passé un bras autour de mes épaules comme si nous étions deux copains de beuverie qui s'apprêtaient à faire une partie de billard. Tandis que nous nous dirigions vers la maison, et que la cloche de la prison résonnait de nouveau dans la vallée, j'ai eu la sensation qu'un mur avait été élevé entre nous, ou bien qu'il avait disparu, et je ne suis pas arrivé à décider laquelle de ces deux possibilités était la bonne.

Depuis que Terry était à l'hôpital, je passais presque tous mes après-midi avec Caroline. Fait peu surprenant, nous parlions interminablement de Terry. Bon Dieu, quand j'y pense, il n'y a pas eu une période de ma vie où je n'ai pas été obligé de parler de ce salopard ! C'est difficile de continuer à aimer quelqu'un, même après sa mort, quand on est forcé de bavasser tout le temps à son propos.

Chaque fois que Caroline prononçait le nom de Terry, je sentais les molécules de mon cœur se briser et se dissoudre dans mon sang, mon centre émotionnel se ratatiner petit à petit. Caroline avait un dilemme : devait-elle être la petite amie d'un gangster fou ? Bien sûr, le côté dramatico-romantique de la chose l'émoustillait ; mais dans la tête de Caroline, il y avait aussi une voix de la raison, celle qui avait l'effronterie de rechercher son bonheur, et c'était cette voix qui la déprimait. Qui la rendait malheureuse. J'écoutais sans l'interrompre. Bientôt, j'ai été capable de lire entre les lignes : Caroline envisageait sans peine des équipées à la *Bonnie and Clyde*, mais à l'évidence elle ne croyait pas vraiment en la chance de Terry. Il était déjà derrière les barreaux et il n'avait pas encore été arrêté. Cela ne collait pas très bien avec ses plans.

« Qu'est-ce que je vais faire ? » pleurait-elle en faisant les cent pas.

J'étais dans le pétrin. Je la voulais pour moi. Je voulais le bonheur de mon frère. Je voulais le voir à l'abri. Je ne voulais pas qu'il vive une vie de crime et de danger. Mais, surtout, je voulais Caroline pour moi.

« Pourquoi tu ne lui envoies pas un ultimatum ? » j'ai dit avec une certaine appréhension, agité, sans savoir vraiment quelle cause je servais.

C'était la première suggestion concrète que je faisais, et elle a sauté dessus à pieds joints.

« Qu'est-ce que tu veux dire ? Lui demander de choisir entre le crime et moi ? »

L'amour est puissant, je l'admets, mais la dépendance aussi. Je pariais que la dépendance aberrante de Terry au crime était plus forte que son amour pour elle. C'était un pari amer et cynique que je faisais avec moi-même, un pari que je n'avais aucun moyen apparent de gagner.

Vu que je passais la plupart de mon temps chez Caroline, Lionel Potts est devenu l'unique allié de ma famille. Dans l'intention de faire sortir Terry de l'asile, il a téléphoné pour nous à divers cabinets d'avocats et, ces tentatives ayant échoué, s'est arrangé par l'intermédiaire d'un associé pour que le psychiatre le plus renommé de Sydney aille bavarder avec Terry. C'est comme ça que les psychiatres évaluent un patient : ils arrivent en tenue décontractée pour bavarder comme un vieil ami. Ce psychiatre-là – un homme dans la quarantaine au visage mou et fatigué – a ensuite poussé jusqu'à chez nous pour nous faire part de ses conclusions. Tandis que nous prenions le thé au salon, il nous a appris ce qu'il avait trouvé sous le capot de Terry.

« Terry m'a facilité la tâche, bien plus que la majorité de mes patients – non qu'il ait particulièrement conscience de ce qu'il est, pour être sincère, mais parce qu'il a fait preuve d'une candeur incroyable et d'une bonne volonté totale pour répondre sans hésitation ni détour à toutes mes questions. En vérité, c'est probablement le patient le plus franc que j'ai jamais eu. D'ailleurs je voudrais vous dire que vous avez accompli un boulot extraordinaire en élevant un garçon aussi sincère et honnête.

— Alors il n'est pas fou ? a demandé mon père.

— Oh, ne vous méprenez pas. Il est totalement cinglé. Mais honnête !

— Nous ne sommes pas des gens violents. Toute cette histoire est un véritable mystère pour nous.

— Il n'y a aucune vie qui soit un mystère. Croyez-moi, il y a de l'ordre et de la structure dans la boîte crânienne la plus chaotique. Deux événements ont prédominé dans la vie de Terry. Le premier, je ne l'aurais pas cru si je n'avais pas eu une foi absolue en sa sincérité. »

Le médecin s'est penché en avant et a ajouté presque dans un murmure :

« Est-ce qu'il a vraiment passé les quatre premières années de sa vie dans la même chambre qu'un garçon comateux ? »

Mes parents ont sursauté et se sont regardés.

« Il ne fallait pas ? a interrogé ma mère.

— Nous n'avions pas de place, a expliqué mon père. Où est-ce qu'on aurait dû mettre Martin ? Dans le cabanon ?

— Terry m'a décrit la scène d'une façon si frappante que j'en ai eu la chair de poule. Je sais que la chair de poule n'est pas une réaction professionnelle, mais c'est comme ça. Il a parlé d'yeux révulsés qui réapparaissaient spontanément dans leurs orbites pour le fixer. De soubresauts et de spasmes soudains, de radotages incessants… » Le psychiatre s'est tourné vers moi.

« Ce ne serait pas vous le comateux ?

— Si. »

Il m'a désigné et a déclaré :

« Si vous voulez mon avis, ce cadavre qui respirait à peine a donné au jeune Terry ce que je ne peux qualifier autrement que de "chocottes permanentes". C'est cela, plus que tout autre épisode, qui l'a amené à se retirer dans un monde imaginaire qui lui est propre et où il tient le premier rôle. Voyez-vous, il existe des traumas qui affectent les gens, des traumas soudains, mais aussi des traumas prolongés et insistants, et souvent ce sont les plus insidieux, parce que leurs effets se développent avec tout le reste, et font partie de celui qui en souffre tout autant que ses dents.

— Et l'autre événement ?

— Sa blessure, son incapacité à continuer le sport. Au plus profond de lui-même, malgré son jeune âge, Terry était convaincu qu'exceller dans cette discipline était la raison pour laquelle il était sur Terre. Et quand on l'en a privé, de créateur il est devenu destructeur. »

Personne n'a dit mot – nous étions trop occupés à digérer cette révélation.

« Je pense qu'au début, quand Terry a découvert qu'il ne pourrait plus jouer au foot ni au cricket, ni nager, il a choisi la violence comme une sorte de version pervertie de ce qu'il savait faire : montrer son habileté, a énoncé le psychiatre avec une fierté qui semblait déplacée étant donné les circonstances. Il ne s'agissait que de crâner, purement et simplement. Voyez-vous, sa jambe inutile était une insulte à son image. Il ne pouvait pas accepter cette impuissance sans rétablir sa capacité à agir. Il a donc agi, violemment, avec la violence d'un homme à qui on retire la possibilité de s'exprimer de manière positive.

— Mais qu'est-ce que vous racontez là ? a demandé mon père.

— Et comment il arrête d'être infirme ? j'ai demandé.

— Eh bien voilà : c'est de transcendance que vous parlez.

— Une transcendance qui pourrait être trouvée, par exemple, dans l'expression de l'amour ?

— Oui, je suppose. »

Cette conversation était vraiment déroutante pour mes parents, car ils n'avaient jamais vu fonctionner mon cerveau auparavant. Ils en avaient vu l'enveloppe, mais pas le contenu. La solution m'a paru évidente : ce n'était ni un médecin, ni un prêtre, ni un rabbin, ni un dieu, ni mes parents, ni une frayeur, ni une boîte à idées, ni même moi, qui pouvaient changer Terry. Non, le seul espoir qu'avait Terry de s'amender était Caroline. Son seul espoir était l'amour.

Je ne l'avais pas vu en construction. Il était invisible depuis la ville, à cause du haut mur d'arbres au feuillage épais qui se trouvait au sommet de Farmer's Hill. Mais, un samedi soir, tout le monde a emprunté la piste qui y montait pour son inauguration. Vous auriez dû nous voir tous sortir de la ville en file indienne comme pour un exercice d'incendie qu'on ne prend pas au sérieux. Personne ne faisait ses blagues habituelles, il y avait quelque chose de différent dans l'air. Nous la sentions tous – l'attente. Certains ignoraient ce qu'était un observatoire, et ceux qui le savaient étaient excités à juste titre. La chose la plus exotique qu'on puisse trouver dans une ville du bush c'est le chop suey que servent les restaurants chinois qui y pullulent. Ça, c'était autre chose.

Puis nous l'avons vue : une grande coupole.

On avait abattu tous les arbres qui se trouvaient devant parce qu'avec les télescopes même une feuille ou une branche peuvent obscurcir la galaxie. Les murs extérieurs, peints en blanc, étaient encadrés de briques de cinq par dix et le toit était en zinc. Du télescope lui-même, je savais peu de chose, sinon qu'il était épais, long et blanc, qu'il possédait un simple miroir sphérique posé sur un socle isolé afin d'éviter la transmission des vibrations, qu'il pouvait recevoir des extensions, pesait plus de cent vingt-cinq kilos, était à dix degrés de l'horizon sud, ne pouvait absolument pas être pointé sur les douches des filles dans le gymnase de l'école, était enchâssé dans une coupole en fibre de verre et qu'il possédait un toit en verre qui se soulevait sur une charnière. Pour bouger le télescope, si on voulait zyeuter un autre coin de la galaxie ou suivre la course de corps célestes, l'idée de moteurs de rotation avait été abandonnée au profit de l'« huile de coude ».

Nous sommes tous montés un par un jusqu'au gros œil.

Il fallait gravir une petite échelle. Chacun a regardé par l'œilleton et, une fois son temps écoulé, en est redescendu extatique, comme lobotomisé par l'immensité de l'univers. C'est une des nuits les plus étranges que j'aie vécues dans cette ville.

Puis ç'a été mon tour. Le spectacle a dépassé mes attentes. J'ai vu un nombre colossal d'étoiles : des à peine visibles, vieilles et jaunes ; des chaudes et brillantes ; des bouquets d'étoiles jeunes et bleues. J'ai vu des traînées de globules et de poussière, de sombres ruelles sinueuses serpentant parmi des gaz lumineux et des lumières stellaires éparpillées, des visions qui m'ont rappelé celles de mon coma. Je me suis dit : « Les étoiles sont de petits points. » Puis que chaque être humain était un point lui aussi, mais j'ai dû reconnaître avec tristesse que la plupart de nous ne pourraient même pas illuminer une pièce : nous sommes trop petits pour être des points.

Je suis cependant revenu au télescope, soir après soir, me familiarisant avec le ciel du Sud, mais j'ai fini par comprendre qu'observer l'univers en expansion c'est comme regarder l'herbe pousser, alors j'ai décidé d'observer mes concitoyens. Après être montés, avoir jeté un coup d'œil jusqu'aux confins de notre galaxie, émis un sifflement et être redescendus, ils sortaient s'asseoir sur les bancs pour fumer une cigarette et bavarder ; c'est probablement leur ignorance de l'astronomie qui faisait dévier la conversation sur d'autres sujets ; c'est une des disciplines où le défaut de connaissances triviales, inutiles – comme, par exemple, le nom des étoiles –, est un énorme avantage. Alors que la chose importante ce n'est pas comment les étoiles s'appellent, mais ce qu'elles impliquent.

Les gens ont commencé à utiliser de magnifiques litotes pour qualifier l'univers, du genre : « Sacrément grand, non ? », mais je pense qu'ils étaient volontairement laconiques. Une crainte respectueuse et émerveillée les submergeait, et, de même qu'un rêveur sorti du sommeil reste sans bouger dans son lit pour retourner dans son rêve, ils ne voulaient pas risquer de se réveiller. Mais, lentement, ils se sont mis à parler, et ce n'était pas des étoiles ou de leur position dans l'univers. Je les ai entendus, éberlué, dire des choses telles que :

> « Je devrais passer plus de temps avec mon fils. »
> « Quand j'étais jeune, je regardais les étoiles aussi. »
> « Je ne me sens pas aimée. Je me sens seulement appréciée. »
> « Je me demande pourquoi je ne vais plus à l'église. »
> « Mes enfants ne sont pas comme je m'y attendais. Ils sont plus grands, peut-être. »
> « J'aimerais partir en vacances avec Carol, comme on faisait au début de notre mariage. »
> « Je ne veux plus être seul. Mes vêtements sentent mauvais. »
> « Je veux accomplir quelque chose. »
> « Je suis devenu si paresseux. Je n'ai rien appris depuis que j'ai quitté l'école. »
> « Je vais planter un citronnier, pas pour moi, pour les enfants de mes enfants. Le citron, c'est l'avenir. »

Ça m'a follement excité. L'infinité de l'univers les avait amenés à se regarder, sinon depuis la perspective de l'éternité, du moins avec un peu plus de clarté. Pendant quelques minutes, ils avaient été remués jusqu'au tréfonds d'eux-mêmes, et je me suis soudain senti récompensé et dédommagé pour tous les dégâts qu'avait causés ma boîte à idées.

J'ai réfléchi, moi aussi.

Un soir, une fois redescendu de l'observatoire, je me suis retrouvé frigorifié dans le jardin, à minuit, m'inquiétant de l'avenir de notre famille et essayant de trouver des idées pour la sauver. Malheureusement, la banque à idées était vide. J'avais fait trop de retraits. Et puis, comment sauver une mère mourante, un père alcoolique, un frère criminel et fou ? À cause de ces angoisses, j'allais y laisser mon estomac et mon urètre.

J'ai versé un seau d'eau dans un fossé peu profond au fond du jardin, tout en songeant : « Je ne peux peut-être pas donner une vie meilleure à mes proches, mais je peux encore faire de la boue. » La poussière s'est mêlée à la terre et s'est épaissie de manière appropriée. J'y ai plongé mes pieds ; c'était froid et gluant. La nuque me picotait. J'ai remercié ma mère à haute voix de m'avoir révélé les bienfaits de la boue. Il est si rare que les gens donnent de vrais conseils pratiques ! Généralement ils disent des choses comme : « Ne t'inquiète pas » et « Tout ira bien », ce qui n'est non seulement d'aucune utilité, mais qui en plus est exaspérant, et il faut attendre qu'ils aient une maladie en phase terminale pour pouvoir leur rendre la pareille avec quelque plaisir.

Usant de toute ma force, je me suis enfoncé plus profondément dans la boue, jusqu'aux chevilles. Je voulais aller plus loin dans la vase froide. Beaucoup plus loin. Il me fallait plus d'eau. Beaucoup plus. C'est alors que j'ai entendu quelqu'un qui courait dans le bush, et j'ai vu des branches frissonner comme d'horreur. Un visage est apparu : « Marty ? »

Harry a surgi dans la lumière de la lune. Il portait sa tenue de prisonnier, et avait de profondes entailles ensanglantées.

« Je me suis évadé ! Qu'est-ce que tu fais ? Tu te rafraîchis les pieds dans la boue ? Attends. » Harry est venu plonger ses pieds nus à côté des miens dans le fossé. « Ça va mieux. Alors voilà : j'étais allongé dans ma cellule à me dire que les meilleures années de ma vie étaient derrière moi et qu'elles n'étaient pas si bonnes que ça. Puis j'ai pensé que tout ce qui m'attendait c'était de pourrir en prison jusqu'à la fin de mes jours. Tu as vu la prison, c'est un endroit impossible. J'ai pensé que si je n'essayais pas au moins de me tirer je ne me le pardonnerais jamais. Bien. Mais comment ? Au cinéma, les prisonniers s'évadent toujours en se cachant dans la camionnette du blanchisseur. Est-ce que ça pouvait marcher ? Non. Tu sais pourquoi ? Parce que peut-être qu'avant les prisons faisaient laver le linge à l'extérieur, mais nous on le fait à l'intérieur ! Donc il ne fallait pas compter là-dessus. Deuxième possibilité, creuser un tunnel. J'ai creusé assez de tombes dans ma vie pour savoir que c'est un boulot emmerdant qui bousille le dos, et en plus je n'ai jamais creusé plus loin que deux mètres, assez pour cacher un corps. Qui sait vraiment ce qu'il y a en dessous ? De la lave en fusion ? Une couche impénétrable de minerai de fer ? »

Harry a regardé ses pieds. « Je crois que la boue est en train de sécher. Sors-moi de là », a-t-il dit, me tendant les bras comme s'ils étaient à vendre. Je l'ai aidé et il s'est affalé sur un petit monticule herbu.

« Trouve-moi quelque chose à me mettre, et une bière si tu en as. Dépêche-toi. »

Je me suis glissé en douce dans la penderie de mon père ; il dormait sur le ventre, d'un profond sommeil d'ivrogne, avec un ronflement si sonore que j'ai failli vérifier si son nez n'était pas branché sur un ampli. J'ai pris un vieux costume et des bières dans le réfrigérateur. Quand je suis revenu, Harry était de nouveau dans la boue jusqu'aux chevilles.

« D'abord, j'ai simulé une maladie : d'horribles douleurs abdominales. Quoi utiliser d'autre ? Un mal au dos ? Une infection de l'oreille interne ? Est-ce que j'allais me plaindre d'avoir vu une goutte de sang dans mon urine ? Non, il fallait qu'ils croient que c'était une question de vie ou de mort. C'est comme ça que je me suis retrouvé à l'infirmerie, à trois heures du matin, alors qu'il n'y avait qu'un seul gardien. Me voilà donc à l'infirmerie, plié en deux de douleur. À cinq heures environ le gardien va pisser. Immédiatement je bondis du lit, je force la pharmacie, je tire tous les tranquillisants liquides que je trouve, je le pique à son retour et je pars à la recherche d'un autre pour qu'il m'aide à sortir de là. Je savais que je ne pourrais jamais me tirer sans l'aide d'un maton, mais ces salopards se sont révélés incorruptibles, pour la plupart. En fait non, ils sont bien corrompus, c'est juste qu'ils ne m'aimaient pas. Mais deux semaines avant j'avais appelé tous ceux à qui j'avais rendu service par le passé, et un vieux pote m'avait trouvé des informations sur la famille d'un surveillant. J'avais choisi un nouveau, Kevin Hastings ; ça ne faisait que deux mois qu'il est là, donc il était moins susceptible de comprendre quelque chose. C'est hilarant comme ces salopards se croient anonymes en prison. Tu leur fous vraiment les chocottes quand tu leurs dis que tu sais comment ils baisent leurs femmes, pendant combien de temps, etc. Quoi qu'il en soit, Hastings s'est révélé parfait. Il avait une fille. Je n'aurais rien fait, mais il fallait que je lui foute la trouille de sa vie à cet enculé. Et même s'il ne mordait pas à l'hameçon, qu'est-ce que j'avais à perdre ? Est-ce qu'ils prendraient vraiment la peine de me filer une nouvelle condamnation à perpétuité ? J'en ai déjà six ! » Harry a réfléchi un instant, puis il a murmuré : « Je vais te dire quelque chose, Marty : perpétuité, ça finit comme liberté. »

J'ai acquiescé. Ça paraissait juste.

« Donc, bref, je vais voir Hastings et je lui chuchote : "Sors-moi de là maintenant, sinon ta délicieuse petite Rachael va passer un agréable moment avec un type très malade que je connais." Il a blêmi, m'a donné les clés, m'a laissé lui filer un coup sur le tarin pour qu'on ne le soupçonne pas, et voilà tout ! Je ne suis pas fier de moi, mais c'était juste une menace. Quand je serai en sûreté, je l'appellerai pour lui dire de ne pas s'en faire à propos de sa fille.

— C'est bien.

— Alors, qu'est-ce que tu vas faire, Marty ? Je suppose que tu ne veux pas venir avec moi ? Devenir un complice ? Qu'est-ce que tu en dis ? »

Je lui ai parlé de mon engagement envers ma mère qui m'empêchait de quitter la ville pour le moment.

« Attends, quel genre d'engagement ?

— Eh bien, c'est plutôt un serment.

— Tu as fait un serment à ta mère ?

— Qu'est-ce que ça a de si bizarre ? »

En quoi était-ce tellement extraordinaire ? Ce n'était pas comme si j'avouais que j'avais couché avec elle. J'avais seulement juré de ne pas la quitter.

Harry n'a pas répondu. Il avait la bouche entrouverte et je sentais ses yeux sonder mon crâne. Il m'a donné une claque sur l'épaule. « Eh bien, je ne peux pas te persuader de renoncer à un serment, hein ? »

Je suis tombé d'accord.

« Alors, bonne chance, mon pote, il a dit avant de disparaître dans le bush obscur. À la prochaine », a hurlé sa voix désincarnée. Il est parti sans même demander de nouvelles de Terry.

Une semaine plus tard, ma mère est entrée dans ma chambre avec une grande nouvelle. « Ton frère rentre aujourd'hui. Ton père est allé en prendre livraison », elle a annoncé, comme si c'était un colis longtemps attendu. Terry était devenu pour nous une sorte de personnage fictif pendant l'année de son absence, et le psychiatre, en le réduisant à un catalogue de symptômes, l'avait privé de son individualité. Certes, la complexité de sa psychose nous impressionnait – il était un dommage collatéral dans la guerre entre chacun de ses instincts les plus profonds –, mais elle posait une question qui nous taraudait : Quel Terry reviendrait à la maison ? Mon frère, le fils de ma mère, ou le destructeur impuissant qui recherchait désespérément la transcendance de son moi ?

Nous étions sur des charbons ardents.

Je n'étais pas préparé à ce que j'ai vu lorsqu'il est entré par la porte de derrière : il avait l'air si heureux qu'on aurait cru qu'il revenait des îles Fidji où il aurait passé son temps à boire des margaritas dans des noix de coco. Il s'est assis à la table de la cuisine et a dit : « Alors, quel genre de festin vous avez préparé pour le retour du fils prodigue ? Du veau gras ? » Ma mère était dans un tel état qu'elle s'est écriée : « Du veau gras ? Où est-ce que je vais trouver ça ? » et Terry a bondi de sa chaise, l'a serrée dans ses bras, l'a fait tournoyer autour de la pièce. Elle a failli crier de terreur tant elle était effrayée par son propre fils.

Après avoir mangé, Terry et moi avons emprunté l'étroite route en terre qui menait en ville. Le soleil cognait. Toutes les mouches de la région sont venues nous souhaiter la bienvenue. Il les a écartées d'un geste et a dit : « Voilà un geste qu'on ne peut pas faire quand on est attaché à un lit. » Je lui ai appris l'évasion sournoise de Harry et son apparition dans la boue la même nuit.

« Et tu as vu Caroline ?

— De temps en temps.

— Elle va bien ?

— Allons voir.

— Attends. À quoi je ressemble ? »

Je l'ai examiné des pieds à la tête et j'ai hoché la tête. Comme d'habitude, il était bien. Non, mieux que bien. Terry ressemblait déjà à un homme tandis que moi, plus près que lui de l'âge d'homme, je ressemblais à un garçon atteint d'une maladie du vieillissement. Nous nous sommes dirigés en silence vers la ville. Qu'est-ce que tu dis à quelqu'un qui revient de l'enfer ? « Est-ce qu'il faisait assez chaud pour toi ? » Je crois que j'ai fini par bafouiller un truc du genre : « Comment ça va ? » en insistant sur le « va », et il a marmonné que les « bâtards » ne l'avaient pas « brisé ». J'ai su qu'il avait vécu une expérience qu'il ne pourrait jamais communiquer.

Nous sommes arrivés en ville, et Terry a jeté un regard de défi à tous ceux qu'il croisait. Il y avait de l'amertume et de la colère dans ce regard. Il était clair que le « traitement » de l'hôpital n'avait rien fait pour apaiser son indignation. Il en voulait à tout le monde. Il avait choisi de ne pas rendre mes parents responsables de sa condamnation, mais avait dirigé sa fureur contre tous ceux qui avaient suivi le mot d'ordre de la boîte à idées.

Tous, sauf un. Lionel Potts nous a accueillis avec de grands gestes. « Terry ! Terry ! » Il était le seul en ville à être content de le voir. Ç'a été un soulagement bienvenu que de ressentir la force de son enthousiasme enfantin. Il était le genre d'homme avec qui vous échangez des propos sur la météo et que vous quittez le sourire aux lèvres. « Les fils Dean, de nouveau réunis ! Comment vas-tu, Terry ? Dieu merci, tu es sorti de cet enfer. Foutu endroit, non ? Tu as donné mon numéro de téléphone à cette infirmière blonde ?

— Désolé, mon pote, a répondu Terry. Il faudra d'abord te faire interner si tu veux t'amuser. »

Lionel était donc allé voir Terry.

« Je le ferai peut-être, Terry. Elle valait le coup, je crois bien... Eh, Caroline est au café, pour fumer. Elle fait semblant de se cacher, et moi, je fais semblant de ne rien voir. Tu l'as vue ?

— On y va.

— Parfait ! Attends ! » Lionel a sorti un paquet de cigarettes. « Celles-là sont légères. Tu veux bien essayer de lui faire abandonner les Marlboro normales ? Si ça ne t'ennuie pas, une petite complicité.

— Pas du tout. Comment va ton dos ?

— Mal ! J'ai l'impression que mes épaules sont des étaux. Une masseuse municipale, voilà le genre de suggestion qui ferait du bien », a dit Lionel tout en massant ses épaules à deux mains.

Terry et moi avons atteint le café. Il était fermé. Il était toujours fermé, maintenant ; le boycott avait gagné. Caroline se cachait à l'intérieur ; le café serait sa planque jusqu'à ce que son père arrive à le vendre. Nous l'avons vue par la fenêtre : elle était allongée sur le bar, en train de fumer, essayant de faire des ronds. C'était adorable. Elle ne parvenait qu'à former des demi-cercles tourbillonnants. J'ai frappé à la vitre et tendu main pour la poser sur l'épaule de mon frère en un geste de soutien fraternel, mais elle n'a rencontré que du vide. En me retournant, j'ai vu Terry qui s'éloignait rapidement, et le temps que Caroline ouvre la porte et sorte dans la rue, il avait disparu.

« Qu'est-ce qui se passe ? elle a demandé.

— Rien.

— Tu veux entrer ? Je fume.

— Peut-être plus tard. »

En repartant, j'ai senti une mauvaise odeur dans l'air, comme si des oiseaux pourrissaient au soleil.

Terry était assis sous un arbre, tenant dans sa main une pile de lettres. Je me suis assis à côté de lui sans rien dire. Il regardait les lettres.

« C'est elle qui les a écrites. »

Des lettres de Caroline ! Des lettres d'amour, sans doute.

Je me suis allongé sur l'herbe et j'ai fermé les yeux. Il n'y avait pas de vent et presque pas de bruit. J'avais l'impression d'être dans la salle des coffres d'une banque.

« Je peux jeter un œil ? » j'ai demandé.

Une tendance masochiste en moi mourait d'envie de mettre la main sur ces lettres puantes. J'avais une folle envie de voir comment elle exprimait son amour, même s'il ne m'était pas destiné.

« Elles sont personnelles. »

Quelque chose me rampait dans le cou, peut-être une fourmi, mais je n'ai pas bougé – je ne voulais pas lui concéder une victoire morale.

« Eh bien, tu peux résumer ? j'ai insisté.

— Elle dit qu'elle ne vivra avec moi que si j'abandonne le crime.

— Et tu vas le faire ?

— Ouais, je pense. »

Je me suis recroquevillé un peu. Bien sûr, j'étais content que Terry soit sauvé par la femme qu'il aimait, mais j'étais incapable de me réjouir. Le succès d'un frère est l'échec d'un autre. Je n'avais pas cru qu'il en aurait le courage.

« Seulement, il y a une chose… », il a poursuivi.

Je me suis redressé et je l'ai observé. Il avait le regard lourd. Peut-être que l'hôpital l'avait changé, après tout. De quelle façon exactement, je ne le savais pas. Peut-être qu'en lui quelque chose de fluide s'était durci ou quelque chose de solide avait fondu. Terry a regardé en direction du centre-ville. « Il y a une chose que je dois faire d'abord, il a dit. Juste une petite chose illégale. »

Juste une chose. Ils disent tous ça. Juste une et après une autre, et avant d'avoir dit ouf, ils ressemblent à une boule de neige qui roule en amassant de la neige jaune.

« Eh bien, fais ce que tu veux, j'ai répondu, sans vraiment l'encourager, mais sans le décourager non plus.

— Peut-être que je ne devrais pas.

— Peut-être.

— Mais j'en ai vraiment envie.

— Eh bien, j'ai répété, et ensuite, en choisissant très soigneusement mes mots, j'ai ajouté : Parfois les gens ont besoin de faire des choses, tu sais, pour sortir de leur système les choses qu'ils ont besoin de faire. »

Qu'est-ce que je racontais ? Rien du tout. Je ne pouvais pas conseiller à Terry un plan d'action. Je me justifiais de la trahison fraternelle déraisonnable que j'étais en train d'accomplir.

« Ouais », il a lâché, perdu dans ses pensées.

Je me tenais là comme un panneau de stop même si j'étais en train de dire : « Vas-y ! »

Terry s'est levé et a retiré l'herbe de son jean. « Je te verrai un peu plus tard », il a conclu, et il s'est éloigné lentement dans la direction opposée au café des Potts. Il traînait, en fait, je pense, parce qu'il voulait que je l'arrête. Je n'ai pas bougé.

La trahison peut prendre des aspects très divers. Tu n'es pas forcé d'en faire étalage comme Brutus, tu n'es pas forcé de laisser planter quelque chose dans le dos de ton meilleur ami ; et une fois ton acte accompli, tu peux rester là à tendre l'oreille pendant des heures sans entendre non plus le coq chanter. Non, les trahisons les plus insidieuses se font simplement en laissant le gilet de sauvetage sur son cintre parce que tu te persuades qu'il n'est probablement pas à la taille du type en train de se noyer. C'est comme ça que nous dérapons et, tandis que nous glissons, nous attribuons les problèmes du monde au colonialisme, à l'impérialisme, au capitalisme, au corporatisme, à la bêtise de l'homme blanc et à l'Amérique, mais il n'est pas nécessaire de donner un nom au responsable. L'intérêt individuel : voilà la source de notre déclin. Et il ne commence pas dans les salles des conseils d'administration ni dans celles des conseils de guerre. Il commence chez soi.

Quelques heures plus tard a retenti l'explosion. Par ma fenêtre, j'ai vu d'épais nuages de fumée qui s'élevaient en spirales dans la nuit baignée par la lune. Mon estomac s'est serré tandis que je me précipitais au centre-ville. Je n'ai pas été le seul. Tous les habitants s'étaient rassemblés devant l'hôtel de ville. Tous avaient l'air horrifié, cette expression favorite des foules rassemblées pour contempler une tragédie. Je me suis approché. Ma boîte à idées empoisonnée avait disparu. La rue était jonchée de bouts de bois.

Une ambulance venait d'arriver, mais pas pour la boîte. Un homme était étendu sur le trottoir, le visage couvert d'un linge blanc trempé de sang. J'ai d'abord cru qu'il était mort, mais il a enlevé le linge et son visage est apparu, ensanglanté et couvert de brûlures causées par la poudre. Non, il n'était pas mort. Il était aveugle. Il était en train de mettre une suggestion dans la boîte quand elle lui avait explosé au visage.

« Je ne vois rien ! Putain, je ne vois rien ! » il a crié, paniqué.

C'était Lionel Potts.

Il y avait plus de cinquante hommes et femmes, et dans leurs yeux luisait une espèce d'excitation, comme s'ils étaient venus danser dans les rues par une nuit enchanteresse. À travers la foule, j'ai vu Terry assis dans le caniveau, la tête entre les jambes. L'horreur de cette terrible coïncidence l'avait submergé : Lionel avait été l'unique lumière brillante dans un monde plein de faibles loupiotes, et mon frère lui avait arraché les yeux. Ça faisait bizarre de voir les échardes de ma boîte à idées jonchant le trottoir et la façon dont Terry était écroulé dans le caniveau, Lionel allongé par terre, Caroline penchée sur lui. Il m'a semblé que tous mes proches avaient explosé eux aussi. La fumée s'élevait encore, tournoyant dans la lumière bleuâtre, et elle sentait le soufre.

Seulement cinq jours plus tard, toute la famille s'est retrouvée en habits du dimanche.

Les tribunaux pour mineurs ressemblent aux tribunaux normaux. L'État a essayé sur Terry toutes sortes de chefs d'accusation comme une femme riche fait passer divers costumes à son gigolo préféré : tentative de meurtre, homicide involontaire, coups et blessures volontaires – le ministère public n'arrivait pas à se décider. On aurait dû m'arrêter moi aussi. Je ne sais pas si l'« incitation au crime par amour » est punie par la loi, mais elle devrait.

Terry a été condamné à trois ans de réclusion dans un centre de détention pour délinquants juvéniles. Quand on l'a emmené, il m'a fait un petit clin d'œil. Puis il a disparu, juste comme ça. Nous sommes restés là, serrés les uns contre les autres, totalement ahuris. Je te le dis, les roues de la justice tournent peut-être lentement, mais quand l'État veut te mettre à l'ombre, ces roues sont aussi rapides que des comètes.

La démocratie

Après l'accident de Lionel, des questions ont commencé à me hanter, et après l'incarcération de Terry, ces questions m'ont poursuivi sans relâche. « Je dois faire quelque chose. Mais quoi ? Je dois être quelqu'un. Mais qui ? Je ne veux pas imiter la stupidité des gens qui m'entourent. Mais la stupidité de qui devrais-je imiter ? Et pourquoi est-ce que j'ai la nausée la nuit ? Est-ce que j'ai peur ? Est-ce que la peur me rend anxieux ? Comment puis-je penser clairement si je suis anxieux ? Et comment puis-je comprendre quoi que ce soit si je ne peux pas penser clairement ? Et comment vais-je fonctionner dans ce monde si je ne peux rien comprendre ? »

C'est dans cet état de siège que je suis arrivé à l'école, mais je n'ai pas pu me décider à entrer. Pendant une bonne heure je suis resté à fixer les vilains bâtiments en brique, les écoliers stupides, les arbres de la cour de récréation, les pantalons en polyester marron des professeurs qui bruissaient sur leurs grosses cuisses quand ils se rendaient d'un air décidé d'une salle de classe à l'autre et je me suis dit : « Si j'étudie dur, je passerai mes examens, mais après ? Qu'est-ce que je fais entre ce moment et celui de ma mort ? »

Quand je suis revenu à la maison, ni ma mère ni mon père n'ont paru très affectés par ma décision d'abandonner l'école. Mon père lisait les journaux locaux. Ma mère écrivait une lettre à Terry, une longue lettre, de quarante pages ou plus. J'avais jeté un œil, mais je n'avais pu aller au-delà du premier paragraphe gênant dans lequel elle avait écrit : *Je t'aime je t'aime mon fils adoré ma vie mon amour qu'as-tu fait mon amour mon fils si beau ?*

« Vous ne m'avez pas entendu ? J'ai dit que je quittais l'école », j'ai répété en un murmure vexé.

Ils n'ont pas réagi davantage. Ce qui manquait évidemment dans le silence était la question : Qu'est-ce que tu vas faire maintenant ? « Je vais m'engager dans l'armée ! » j'ai crié, ridicule, dans le seul but de produire une réaction.

Ça a marché, mais à la manière d'un pétard mouillé. Mon père a fait : « Ah ! », et ma mère a tourné à demi la tête vers moi et déclaré d'une voix basse et sévère : « Non. » Et voilà.

Rétrospectivement, je vois à quel point j'avais besoin d'attention, après une vie passée à jouer les petits caractères sous les gros titres de mon frère. Je ne vois pas d'autre raison à la décision obstinée, impétueuse et autodestructrice de mettre ma menace à exécution. Deux jours plus tard, au bureau de recrutement de l'armée australienne, je me suis retrouvé à donner des réponses stupides à des questions stupides.

« Dis-moi, mon gars, d'après toi, qu'est-ce qui constitue le tissu d'une armée ? m'a demandé l'officier recruteur. — Le coton léger ? » j'ai proposé, et après ne pas avoir ri pendant dix secondes d'affilée, il m'a confié en ronchonnant au médecin. Malheureusement, ç'a signé la fin de mon aventure. J'ai brillamment raté l'examen d'aptitude physique. Le médecin m'a ausculté d'un air ahuri, et a conclu qu'il n'avait jamais vu en temps de paix un corps en aussi mauvais état.

Contre toute attente, j'ai mal pris ce rejet et sombré dans une profonde dépression ; j'ai alors perdu mon temps trois ans, durant lesquels j'ai tourné autour des questions qui avaient tourné autour de moi, même si je n'ai jamais trouvé les réponses dont j'avais besoin. Tout en cherchant, j'allais me promener. Je lisais. J'ai appris l'art de lire en marchant. Je m'allongeais sous les arbres pour regarder à travers un voile de feuilles les nuages se traîner dans le ciel. J'ai passé des mois entiers à penser. J'ai découvert plus encore sur les propriétés de la solitude – à quel point on peut la comparer à une lente pression des testicules par une main tout juste sortie du réfrigérateur. Pendant cette période j'ai adopté différents masques : timide, gracieux, pensif, enjoué, jovial, frêle – des masques simples, dotés d'une seule caractéristique. D'autres fois j'ai essayé des masques plus compliqués : sombre et enjoué, vulnérable et gai, fier mais songeur. J'ai fini par les abandonner parce qu'ils exigeaient trop d'énergie. Crois-moi : les masques complexes coûtent la peau des fesses en frais d'entretien.

Les mois ont passé en gémissant, se muant en années. Je traînais et traînais, rendu fou par l'inutilité de ma vie. N'ayant aucun revenu, je vivais chichement. Je piquais des mégots dans les cendriers des pubs. Je laissais mes doigts devenir jaune rouille. Je regardais mes concitoyens d'un air stupide. Je dormais dehors. Je dormais sous la pluie. Je dormais dans ma chambre. J'apprenais des leçons précieuses sur la vie, du type : Une personne assise sera huit fois plus susceptible de te donner une cigarette qu'une personne qui marche, et vingt-huit fois plus qu'une personne dans une voiture coincée dans un embouteillage. Pas de fêtes, pas d'invitations, pas d'amis. J'ai appris qu'il est facile de s'écarter. Battre en retraite ? Facile. Se cacher ? se dissoudre ? s'extraire ? Simple. Quand tu te retires du monde, le monde se retire aussi, en égale mesure. Toi et le monde, c'est un pas de deux. Je ne cherchais pas les ennuis, et qu'ils ne me trouvent pas me déprimait. Ne rien faire est pour moi aussi tumultueux que travailler à la Bourse de New York le matin d'un krach. Je suis comme ça. Il ne m'est donc rien arrivé durant trois ans, et ç'a été très très stressant.

Les habitants de la ville se sont mis à me considérer avec une sorte d'horreur. J'avoue que je faisais piètre figure à cette époque : pâle, pas rasé, décharné. Un soir d'hiver, j'ai appris qu'on m'avait officieusement proclamé premier SDF cinglé de la ville, même si j'avais encore un domicile.

Et cependant les questions demeuraient, et chaque mois j'exigeais des réponses de manière plus bruyante et insistante. J'ai connu une période où je scrutais sans arrêt des étoiles intérieures, mes pensées, impulsions et actions. J'errais dans la crasse et la poussière, me farcissant la tête de littérature et de philosophie. C'est Harry qui m'avait fait connaître Nietzsche à l'époque où j'allais lui rendre visite en prison. « Frédéric Nietzsche, Martin Dean, avait-il dit, faisant les présentations tout en me jetant un livre. “Les gens en veulent toujours à celui qui choisit pour sa vie des valeurs très individuelles ; à cause du traitement extraordinaire que s'accorde cet homme, ils se sentent dégradés, ordinaires” », avait-il déclamé, citant son idole.

Depuis, j'avais dévoré bien des livres de philosophie de la bibliothèque municipale et il me semblait que la philosophie consistait en discussions mesquines à propos de choses impossibles à savoir. Je pensais : « Pourquoi perdre son temps sur des problèmes insolubles ? Quelle importance que l'âme soit faite d'atomes ronds et lisses ou de Lego ? On ne peut la sonder, alors autant laisser tomber. » J'ai découvert aussi que, génies ou pas, de Platon jusqu'à nos jours, la plupart des philosophes sapaient leurs propres théories, parce que presque personne ne semblait vouloir commencer à partir de rien ou endurer l'incertitude. Chez chacun, les préjugés, l'intérêt personnel et les désirs se dessinaient clairement. Et Dieu !

Dieu ! Dieu ! Les esprits les plus brillants pondent toutes ces théories compliquées avant de conclure : « Mais admettons qu'il y a un Dieu et admettons qu'il est bon. » Pourquoi admettre quoi que ce soit ? Pour moi, c'était bien l'homme qui avait créé Dieu à son image. L'homme n'a pas l'imagination nécessaire pour inventer un Dieu complètement différent de lui, raison pour laquelle sur les tableaux de la Renaissance Dieu ressemble à une version maigrichonne du Père Noël. Hume dit que l'homme ne fait que couper et coller, qu'il n'invente pas. Les anges, par exemple, sont des hommes avec des ailes. De la même manière, le yéti est un homme avec de grands pieds. C'est pourquoi je voyais la plupart des systèmes philosophiques « objectifs » truffés des peurs, des pulsions, des préjugés et des aspirations humaines.

La seule chose valable que j'ai faite, ç'a été de lire des livres à Lionel, qui avait irrémédiablement perdu la vue ; et par un après-midi pluvieux, j'ai failli perdre ma virginité avec Caroline, événement qui lui a fait quitter précipitamment la ville en pleine nuit. Voici ce qui s'est passé.

Nous essayions de lire un livre à son père, mais il nous interrompait sans arrêt pour se convaincre que sa vie avait changé en mieux : Lionel faisait tout son possible pour accepter la cécité. « Ces visages qui me jugeaient ! Ces regards condescendants, depuis le jour où je suis arrivé dans cette ville pourrie ! Plus jamais je ne serai obligé de les voir ! Dieu merci, leur vue me rendait malade ! » Lionel reconnaissait enfin l'antipathie massive et automatique que les gens avaient pour lui comme si sa personnalité était une extension de son compte en banque. Ils ne voulaient pas le connaître, ni lui ni son histoire. Il leur était égal que deux ans avant qu'il ne s'installe dans notre ville on ait découvert que la mère de Caroline avait accumulé un plein panier de tumeurs inopérables qui poussaient en elle comme des prunes. Il leur était égal qu'elle ait été une femme froide et névrotique, et que le fait de mourir ne l'ait pas rendue plus douce. Ils ne croyaient pas qu'un homme aussi riche ait des qualités qui puissent engendrer de la compassion. Il était confronté au préjugé le plus puant qui soit : le préjugé contre la richesse. Au moins, un raciste, un homme qui déteste les Noirs par exemple, ne nourrit pas le secret désir d'être noir. Son préjugé, même vilain et stupide, est entier et sincère. Mais celui qui hait le riche et qui sauterait pourtant sur l'occasion d'échanger sa place avec lui est un cas typique de dépit.

« Eh, je ne serai plus obligé non plus de voir la déception sur un visage ! Maintenant, quand je laisse tomber quelqu'un, s'il ne crie pas : "Ahhhhhhhhhh", je n'en éprouverai aucun remords ! Que les regards désapprobateurs aillent se faire foutre ! Je suis libre… ! »

Lionel a fini par s'endormir. Tandis qu'il ronflait comme s'il n'était qu'un nez géant, nous, nous sommes allés à pas de loup dans la chambre de Caroline. Elle avait décidé d'oublier complètement Terry, mais elle parlait tant de l'oublier que c'était la seule chose à laquelle elle pensait. Elle radotait, et même si j'adorais le son de sa voix spongieuse, il fallait que je la fasse taire. J'ai allumé une cigarette à moitié fumée que j'avais trouvée dans une flaque et fait sécher au soleil. Tout en tirant dessus, j'ai senti ses yeux sur moi, et quand j'ai levé la tête, j'ai vu sa lèvre inférieure se recourber légèrement, comme une feuille frappée par une unique goutte d'eau.

Soudain, elle a baissé la voix : « Qu'est-ce qui va t'arriver, Martin ?

— À moi ? Je ne sais pas. Rien de mal, j'espère.

— Ton avenir ! Ça me rend malade d'y penser !

— Eh bien, n'y pense pas ! »

Elle s'est jetée dans mes bras. Puis elle s'est un peu reculée, et nous nous sommes regardés et nous avons inspiré le souffle de l'autre. Alors, elle a fermé les yeux et m'a embrassé – mes yeux à moi étaient grands ouverts. Elle les a ouverts elle aussi, et je les ai vite fermés comme si je faisais semblant de dormir. Toute cette affaire était incroyable ! Mes mains ont cherché ses seins, geste que j'avais toujours voulu faire, même avant leur existence. Pendant ce temps, ses mains sont descendues directement à ma ceinture, et elle a tâtonné pour la défaire. Un instant, j'ai cru qu'elle comptait me frapper avec. Puis je me suis mis au diapason, et j'ai relevé sa jupe et baissé sa culotte. Nous nous sommes écroulés sur le lit comme deux soldats mortellement touchés. Là nous avons combattu, cherchant fébrilement à nous débarrasser de nos vêtements indésirables, quand elle s'est soudain détachée de moi et a hurlé : « Qu'est-ce qu'on est en train de faire ? » Et avant que j'aie pu répondre, elle s'est enfuie en pleurant.

Pendant une demi-heure je suis resté allongé sur son lit, perplexe, à renifler son oreiller, et comme elle ne revenait pas je me suis rhabillé et assis sous mon arbre préféré pour ruminer ma frustration et arracher des mauvaises herbes.

La semaine suivante, j'ai évité Caroline. Comme c'était elle qui avait piqué une crise, c'était à elle de me chercher. Puis, le samedi, Lionel m'a appelé, paniqué : il n'arrivait pas à trouver sa brosse à dents et, même s'il était aveugle, il ne voulait pas attraper une gingivite pour autant. Je suis allé chez lui et j'ai trouvé sa brosse qui flottait parmi les fèces dans les toilettes. Je lui ai dit que j'étais désolé, mais qu'il devait faire une croix dessus, pas littéralement bien sûr.

« Elle est partie, il a dit. Hier matin je me suis réveillé, et il y avait quelqu'un que je ne connaissais pas qui respirait dans ma chambre. Je reconnais les gens à leur respiration, tu sais. J'ai eu la trouille de ma vie. J'ai crié : "Qui êtes-vous, bordel ?" Elle s'appelait Shelly, c'était une infirmière que Caroline avait engagée pour moi. J'ai crié à Shelly de dégager, et elle est partie, la salope. Je ne sais pas ce que je vais faire. J'ai peur, Martin. L'obscurité, c'est ennuyeux, et plutôt marron en fait.

— Où est allée Caroline ?

— Qu'est-ce que j'en sais ! Mais je suis sûr qu'elle s'amuse. Voilà ta récompense pour une éducation libérale, je suppose. La libération.

— Je suis sûr qu'elle reviendra bientôt », j'ai menti. Je savais qu'elle ne reviendrait jamais. J'avais toujours su que Caroline disparaîtrait un jour, et ce jour était enfin arrivé. Les mois suivants, nous avons reçu des cartes postales du monde entier. La première représentait un fleuve à Bucarest, avec le mot « Bucarest » imprimé en travers, et au dos Caroline avait griffonné : « Je suis à Bucarest ! » Toutes les deux semaines, il en est venu de semblables d'Italie, de Vienne, de Varsovie et de Paris.

Pendant ce temps, je suis allé voir Terry régulièrement. C'était un long trajet, il fallait prendre le bus jusqu'à Sydney, traverser la ville en métro, puis reprendre un bus pour une banlieue pauvre. Le centre de détention ressemblait à un pâté de maisons de petite taille. Chaque fois que j'apposais ma signature sur le registre, le directeur m'accueillait comme si j'étais le patriarche d'une illustre famille et me menait lui-même jusqu'au parloir, à travers un dédale de couloirs, où je me sentais physiquement menacé à tout moment par de jeunes criminels aussi furieux que s'ils avaient été arrêtés pour avoir traversé l'Himalaya à pied. Terry m'attendait au parloir. Parfois il avait des hématomes violets tout frais autour des yeux. Un jour, à mon arrivée, j'ai vu sur sa joue l'empreinte d'un poing qui commençait lentement à disparaître. Il m'a jeté un regard intense. « Caroline est venue me voir avant son départ, et elle m'a dit que même si j'ai rendu son père aveugle, elle m'aimera toujours. » Comme je ne réagissais pas, il a ajouté que ce crime était à son avis un aller simple pour la vie criminelle. « On ne coupe pas les ponts avec la société. On les fait sauter. » Il parlait rapidement, comme s'il dictait dans l'urgence. Il était pressé de se justifier, de se confier, d'obtenir mon approbation pour son nouveau plan. Tu vois, il était en train de recoller les morceaux de cette boîte à idées pour construire l'histoire de sa vie. Il avait disposé les pièces d'une manière qui lui permettait de continuer à vivre.

« Tu ne peux pas juste te tenir tranquille et t'appliquer à étudier ? je l'ai supplié.

— Mais j'étudie. On est quelques-uns à avoir de grands projets pour le jour où on sortira, il m'a répondu avec un clin d'œil. J'ai rencontré deux mecs qui m'apprennent une bricole ou deux. »

Je suis parti en me tordant les mains et en réfléchissant aux centres de détention, maisons de correction et autres prisons. C'est dans ces endroits que les criminels débutants se font la plupart de leurs relations. L'État n'arrête pas de mettre en contact les criminels dangereux ; il les branche direct sur le réseau.

Si mon père avait cherché une idée pour accélérer sa chute, entrer dans une entreprise de désinfection était la bonne. Ces dernières années il était devenu l'homme à tout faire de la ville, tondant les pelouses, réparant les clôtures, faisant un peu de maçonnerie ; mais aujourd'hui il avait enfin trouvé le métier parfait : l'extermination de la vermine. Il respirait des émanations toxiques toute la journée, maniait des substances empoisonnées telles que le DDT et de petites pilules bleues mortelles, et j'avais l'impression que sa propre toxicité le ravissait. Quand il rentrait il tendait les mains en disant : « Ne me touchez pas ! Ne m'approchez pas ! J'ai du poison sur les mains ! Vite ! Que quelqu'un ouvre les robinets ! » Parfois, s'il était d'humeur particulièrement espiègle, il nous pourchassait, ses mains empoisonnées en avant, et menaçait de nous toucher la langue. « Je vais t'attraper la langue ! Tu es foutu !

— Pourquoi tu ne portes pas de gants ? hurlait ma mère.

— Les gants, c'est pour les proctologues ! » répliquait-il, tout en nous courant après. J'en ai déduit que c'était sa manière bizarre à lui d'affronter le cancer de ma mère : faire comme si elle était un enfant malade et lui le clown venu lui remonter le moral. Elle avait fini par lui apprendre la mauvaise nouvelle, et tandis qu'il poussait la compassion jusqu'à éviter de la frapper quand il était soûl, le cancer de ma mère et son cycle récurrent de traitement, rémission et rechute le rendaient de plus en plus instable. Pendant que mon père nous menaçait de ses mains empoisonnées, ma mère me lançait de longs regards durs, me donnant l'impression d'être le miroir qui renvoie au mourant l'image de sa mort.

C'était ainsi, chez nous : ma mère mourait à petit feu, mon père était porteur de toxines mortelles, et Terry allait d'hôpital psychiatrique en prison... Ce qui était auparavant un milieu toxique métaphoriquement le devenait littéralement.

Quand Terry a été libéré du centre de détention, l'espoir m'est revenu, sans aucune raison, qu'il se serait racheté et pourrait même venir m'aider à m'occuper de notre mère mourante. Je me suis rendu à une adresse qu'il m'avait donnée au téléphone. Pour y arriver il m'a fallu faire quatre heures de trajet jusqu'à Sydney, puis changer de bus et voyager encore une heure jusqu'à une banlieue au sud de la ville. Elle était tranquille et verte, les habitants se promenaient et lavaient leurs voitures, et un livreur de journaux tirait un chariot jaune, jetant négligemment les journaux qui atterrissaient avec une précision admirable sur le paillasson de chaque maison, la première page sur le dessus. Un break Volvo beige était garé devant la maison où résidait Terry. Un arroseur automatique aspergeait avec langueur une pelouse entretenue au millimètre près. Un vélo d'enfant argenté était posé contre les marches menant à la véranda. C'était bien la bonne adresse ? Était-il possible qu'une famille petite-bourgeoise ait adopté Terry par erreur ?

Une femme avec des bigoudis dans ses cheveux bruns, vêtue d'une robe de chambre rose, m'a ouvert la porte. « Je suis Martin Dean », j'ai bégayé avec incertitude, comme si je n'étais pas sûr de mon identité. Son bon sourire a disparu tellement vite que je me suis demandé si je ne l'avais pas imaginé. « Ils sont à l'arrière », a-t-elle dit. Tout en me précédant dans un couloir sombre, elle s'est débarrassée des rouleaux et des cheveux – une perruque. Ses vrais cheveux, retenus en un chignon serré par des épingles, étaient d'un roux flamboyant. Elle a aussi enlevé la robe de chambre rose et révélé des dessous noirs qui collaient à un corps tout en courbes que j'aurais bien emporté chez moi pour en faire un oreiller. Comme je la suivais dans la cuisine, j'ai vu qu'il y avait des impacts de balle dans les murs, les placards, les rideaux ; la lumière se déversait à travers les petits cercles parfaits et étendait en diagonale ses câbles d'or. Une grosse femme à demi nue était assise à la table, la tête dans les mains. Je suis passé devant elle pour sortir dans le jardin. Terry faisait tourner des saucisses sur un barbecue. Un fusil de chasse était appuyé contre la barrière en bois à côté de lui. Deux hommes au crâne rasé buvaient de la bière, allongés dans des transats.

« Marty ! » a hurlé Terry avant de venir à grands pas me serrer contre lui. Le bras posé sur mes épaules, il m'a ensuite présenté avec enthousiasme. « Les gars, voici mon frère, Marty. C'est lui qui a eu toute la matière grise, et moi j'ai eu ce qui restait. Marty, voici Jack, et ce type à l'air tout timide, là-bas, c'est Hache à Viande.

J'ai adressé un sourire nerveux aux deux armoires à glace en gardant pour moi la réflexion qu'on avait rarement besoin d'une hache pour couper de la viande, et, à voir mon frère vigoureux et musclé, je me suis automatiquement redressé. Depuis quelques années j'avais remarqué que je me tenais légèrement voûté, de sorte qu'à une certaine distance je faisais environ soixante-treize ans.

Terry a ajouté : « Et maintenant, la cerise sur le gâteau... »

Il a ôté sa chemise et j'ai titubé de surprise. Terry était devenu fou de tatouages ! Il était couvert de la tête aux pieds d'un labyrinthe de dessins déments. Lorsque j'allais lui rendre visite, j'avais déjà remarqué les tatouages qui dépassaient de ses manches, mais je n'avais encore jamais vu ce qu'il avait fait subir au reste de son corps. À présent, je discernais, de sa pomme d'Adam à son nombril : un tigre de Tasmanie rugissant, un ornithorynque hargneux, un émeu poussant des grognements menaçants, une famille de koalas brandissant des couteaux, un kangourou aux gencives dégouttant de sang avec une machette dans la poche. Une ménagerie australienne ! Je ne m'étais pas rendu compte à quel point mon frère était patriote. Il a bandé ses muscles et on aurait dit que les animaux enragés respiraient : il avait appris à se contorsionner pour les rendre vivants. L'effet était aussi magique que terrifiant. Toutes ces couleurs qui ondoyaient m'ont fait tourner la tête.

« Il commence à y avoir un peu trop de monde dans le vieux zoo, non ? m'a demandé Terry, anticipant ainsi ma désapprobation. Oh, devine qui est là. »

Avant que j'aie pu répondre, une voix familière s'est élevée de quelque part au-dessus de nous. Harry était penché à une fenêtre du premier étage, souriant si largement qu'il avait l'air d'avaler son nez. Une minute plus tard, il a franchi d'un bond le seuil de la cuisine pour venir nous rejoindre. Il avait beaucoup vieilli depuis la dernière fois que je l'avais vu.

Chacun de ses ultimes cheveux s'était teinté d'un gris lugubre, et les traits de son visage fatigué et ridé semblaient avoir été poussés plus profondément à l'intérieur de son crâne. J'ai remarqué que sa claudication s'était aggravée elle aussi : il traînait la jambe comme si c'était un sac de briques.

« On la fait, Marty ! s'est-il écrié.

— Vous faites quoi ?

— La coopérative démocratique du crime ! C'est un moment historique ! Je suis content que tu sois là. Je sais que nous ne pouvons pas te forcer à te joindre à nous, mais tu peux être témoin, non ? Dieu, c'est merveilleux que ton frère soit sorti ! J'ai passé un sale moment. On se sent seul quand on est en cavale. » Harry m'a expliqué comment il avait évité la police en leur donnant par téléphone des indications anonymes sur sa position. À Brisbane et en Tasmanie, des patrouilles fouillaient chaque rue. Harry a explosé de rire à cette idée. « Les flics sont si faciles à semer ! De toute façon, j'attendais seulement que Terry sorte. Et maintenant nous voici ! C'est comme chez les Grecs ! On se réunit à quatre heures tous les après-midi au bord de la piscine. »

J'y ai jeté un coup d'œil. C'était un bassin posé sur le sol, à l'eau d'un vert perfide. Une cannette de bière flottait à la surface. À l'évidence, la démocratie ne s'encombrait pas d'hygiène. Cet endroit était un véritable égout. La pelouse était une vraie forêt vierge, il y avait des boîtes à pizza vides et des impacts de balle partout, et je voyais dans la cuisine la pute assise à la table se gratter mollement.

Terry lui souriait à travers la vitre. J'ai posé ma main sur son épaule. « Je peux te parler ? »

Nous sommes allés de l'autre côté de la piscine. Il y avait un barbecue en brique où des saucisses carbonisées dépérissaient au soleil.

« Terry, qu'est-ce que tu es en train de faire ? Pourquoi tu n'abandonnes pas le crime pour trouver un boulot normal quelque part ? La coopérative ne fonctionnera jamais, tu dois le savoir… De plus, Harry est cinglé », j'ai ajouté, bien qu'en vérité, à voir la lueur sauvage dans les yeux de mon frère je commençais à soupçonner que le vrai fou c'était lui, et que Harry n'était qu'un vieux bouc aux idées bizarres.

« Et toi ? a répliqué mon frère.

— Quoi, moi ?

— Qu'est-ce que tu fais de ta vie ? Ce n'est pas moi qui suis enfermé dans une cage – c'est toi. Ce n'est pas moi qui vis dans une ville que je déteste. Ce n'est pas moi qui ignore mon potentiel. Quel est ton destin, mon pote ? Quelle est ta mission dans la vie ? Ta place n'est pas dans cette ville. Tu ne peux pas y traîner éternellement. Tu ne peux pas protéger maman de papa, ni de la mort. Tu dois larguer les amarres. Il faut que tu vives ta vie. La mienne est toute tracée, plus ou moins. Mais toi – c'est toi qui te tournes les pouces. »

Je suis resté sans voix. Le petit salopard avait raison. C'est moi qui étais coincé. Je ne savais pas où aller, ni quoi faire. Je ne voulais pas me retrouver enchaîné à un boulot, mais je n'étais pas non plus un criminel. Et puis, j'avais fait à ma mère un serment qui me posait de plus en plus problème.

« Marty, tu as pensé à l'université ?

— Je n'irai pas à l'université. Je n'ai même pas terminé l'école.

— En tout cas, mon pote, il faut que tu fasses quelque chose, merde ! Pourquoi, déjà, tu ne quittes pas la ville ?

— Je ne peux pas.

— Et pourquoi, bordel ? »

En dépit du bon sens, j'ai révélé à Terry le serment que j'avais fait. Je lui ai expliqué que j'étais bel et bien coincé. Salement et irrémédiablement coincé. Qu'est-ce que je pouvais faire ? Laisser ma mère mourir seule avec mon père qui s'en foutait ? La femme qui m'avait fait la lecture durant toutes ces années de coma ? La femme qui avait tout risqué pour moi ?

« Comment va-t-elle ? a demandé Terry.

— Elle va bien, vu son état », j'ai dit, mais je mentais. L'imminence de la mort avait sur ma mère un effet étrange. De temps à autre elle venait me faire la lecture en pleine nuit. C'était insupportable. Cela me rappelait cette autre prison, cette mort vivante et pourrie : le coma. Parfois, en pleine nuit, j'étais réveillé par une violente secousse. C'était ma mère qui voulait s'assurer que je n'étais pas de nouveau tombé dans le coma. Je n'arrivais plus à dormir.

« Qu'est-ce que tu vas faire ? a voulu savoir Terry. Rester là-bas jusqu'à ce qu'elle meure ? »

C'était une pensée horrible, à la fois qu'elle meure un jour et que j'aie fait ce serment qui m'étouffait. Comment continuer ainsi sans succomber à l'envie la plus ignoble qui soit : « Eh, m'man. Grouille-toi de mourir ! » ?

Après cet échange, Terry m'a découragé de lui rendre visite. Sur son insistance, nous nous sommes rencontrés à des matchs de cricket ou de rugby, selon la saison. C'est à ces occasions qu'il m'a tenu au courant des bouffonneries de la coopérative démocratique. Il m'a raconté qu'ils changeaient tout le temps de méthode : jamais deux fois la même chose, ou sinon pas de la même manière. Par exemple, un jour, ils se sont fait deux banques à la suite. La première en fin de matinée, où ils ont fait irruption affublés de passe-montagnes, et ont obligé employés et clients à s'allonger face contre terre. La seconde à l'heure du déjeuner, où ils portaient des masques de gorille, ne parlaient que russe entre eux, et ont obligé les employés et les clients à se mettre en cercle en se tenant la main. Ils laissaient les autres criminels tranquilles. Ils étaient rapides. Efficaces. Et, surtout, anonymes. C'est Harry qui avait eu l'idée de leur faire apprendre en langues étrangères les quelques mots nécessaires pour perpétrer un vol. Ils pouvaient donc dire en plusieurs langues : « Prends l'argent », « Dis-leur de mettre les mains en l'air », « Allons-y » ; ce genre de choses. Harry avait vraiment un don pour brouiller les pistes. Il avait aussi dégotté des mouchards qu'il désinformait. Et les quelques ennemis que

Harry gardait de l'ancien temps, ils les ont attaqués au moment où ils étaient le plus vulnérables : quand ils avaient plus de deux fers au feu.

Seul problème : l'établissement de la coopérative démocratique, la réalisation du rêve de Harry, semblait exacerber sa paranoïa légendaire. Impossible de passer derrière lui ! Il se glissait le long des murs, et si jamais il se trouvait dans un espace ouvert, il tournoyait comme une toupie. La foule le paniquait, et quand il était pris dans un rassemblement il était agité de spasmes violents. Le plus drôle c'était quand il pissait dans la nature. Il refusait d'aller derrière un arbre, parce que alors il aurait exposé son dos. Il s'appuyait dos à l'arbre, une main sur la queue, l'autre sur un calibre 45. Chez lui, il avait mis au point tout un système de sonnettes accrochées à des cordes ; on ne pouvait pas entrer dans sa chambre sans déclencher l'alarme. Il vérifiait dans les journaux chaque jour si on faisait mention de son nom. Il les feuilletait frénétiquement, les yeux exorbités.

« Ne sous-estime pas la portée des infos, m'a dit un jour Harry. Ça a sauvé la peau de bien plus d'un homme. La police essaie toujours de prouver que son enquête progresse : "On a trouvé un témoin, on a relevé tel et tel indice." Ça, et le besoin insatiable du public pour de nouvelles infos qui n'ont rien à voir avec lui, c'est du pain bénit pour un type dans mon genre. Tu crois que c'est moi le paranoïaque ? Regarde plutôt les gens. Ils exigent des nouvelles fraîches sur les enquêtes en cours, parce qu'ils pensent que les autorités leur cachent des informations sur des criminels qui sont dans leurs jardins avec leurs flingues et leurs queues sortis, prêts à passer à l'action. »

Harry accusait les autres membres de la coopérative d'avoir des intentions mercenaires. Il disait qu'il sentait la cupidité sur eux tous, qu'elle leur collait à la peau comme des gouttes de sueur. « Mille dollars en poche, ça ne vous suffit pas ? » criait-il. Il prédisait que leur petit aréopage allait descendre en flammes. La démocratie dans le crime ne se révélait pas différente des démocraties partout ailleurs : une idée sublime en théorie, souillée par la réalité qui est qu'au plus profond de soi-même personne ne croit vraiment que tous les hommes sont nés égaux. La coopérative se disputait sans arrêt sur la répartition des profits et la distribution de sales boulots, comme écrire les numéros de série d'un millier d'appareils volés. Ses membres étaient en train d'apprendre qu'à l'instar des États la démocratie mue par le profit crée l'inégalité, encourage l'avidité et l'impatience, et, parce que personne ne va voter pour être celui qui nettoie les toilettes publiques, mène à l'apparition de factions qui se liguent contre les membres les plus faibles et les moins populaires. De plus, Harry sentait que l'anonymat les frustrait. Car Harry découvrait tout par les narines. « Tu es le pire, il affirmait, désignant Terry.

— Mon pote, j'ai pas ouvert la bouche, objectait Terry.

— Pas besoin ! Je le sens ! »

Et peut-être bien que c'était vrai. Harry ne m'avait-il pas dit jadis que la paranoïa au long cours conférait des pouvoirs télépathiques ? Peut-être qu'il y avait vraiment quelque chose. Peut-être que Harry voyait vraiment l'avenir. Ou peut-être qu'il ne faisait qu'exprimer l'évidence : mon frère avait des idées bizarres, et ces idées le mèneraient à sa perte ainsi qu'à celle de tous ses compagnons. Pour être sincère, à l'époque, la chose ne m'est pas apparue évidente. Je n'ai pas vu arriver la catastrophe. Au fond, peut-être que Bob Dylan avait tort : peut-être qu'il faut être météorologue pour savoir de quel côté le vent souffle.

Second projet

Normalement, il y a ta vie, et tu allumes la télévision et il y a les nouvelles, et même si elles sont graves, même si le monde est au fond des chiottes, même si cette information a un impact sur ton existence, ta vie reste une entité séparée. Pendant la guerre, il faut bien que tu laves ton slip, non ? Et même si un trou dans la couche d'ozone est en train de tout rôtir, est-ce que tu n'es pas toujours obligé de te disputer avec tes proches et t'excuser ensuite alors que tu n'en penses pas un mot ? Bien sûr que si, et généralement il n'y a pas de trou assez grand pour interrompre cette interminable affaire qu'est l'existence ; mais il y a des exceptions, de lugubres occasions dans la vie de quelques malheureux salopards élus, où les nouvelles des journaux et celles de leurs chambres se croisent. Je vais te dire : c'est un moment épouvantable quand tu es obligé de lire le journal pour te tenir au courant de ton propre combat.

Ça a commencé loin de la maison. Un matin, les gros titres ont annoncé à grands cris que des membres importants de l'équipe australienne de cricket avaient été surpris à accepter des pots-de-vin de la part de bookmakers pour perdre des matchs internationaux. C'était une grande nouvelle, peut-être plus qu'elle ne le méritait, principalement parce que si le sport, ainsi qu'on l'a dit, est la religion nationale en Australie, alors c'était comme si tous les fondamentalistes chrétiens avaient découvert que Dieu avait créé des arbres et des montagnes sans se laver les mains au préalable. Elle a fait un sacré grabuge. Il y a eu scandale, indignation publique, déception massive, bruits de sabre ; et partout on a déclaré que cette affaire était dégoûtante, pourrie, corrompue, et entachait le sport à l'encre indélébile. Les voix à la radio ont exigé du sang. On voulait entendre craquer des cervicales : celles des bookmakers et celles des vrais traîtres, les joueurs eux-mêmes. Les politiciens eux aussi ont réclamé le sang et la justice, et juré d'aller au fond des choses, et le Premier ministre lui-même a promis « une enquête complète et exhaustive sur la corruption dans le milieu sportif ».

Pour moi, ce scandale n'était qu'un bruit de fond. J'étais trop préoccupé par mes propres problèmes : ma mère qui était mourante s'enfermait comme une reine folle, mon père disparaissait dans une bouteille, et mon frère vadrouillait avec un flingue dans une main et une hache dans l'autre.

Le dimanche suivant Terry et moi nous sommes rencontrés au match qui opposait l'Australie au Pakistan. On avait cru que ce match serait annulé, mais les prévenus étant innocents jusqu'à preuve du contraire : il aurait lieu comme prévu. Le ciel était bleu et l'air printanier. Le genre de journée qui vous laisse croire que rien ne peut arriver. À mon entrée, j'ai juste ressenti l'appréhension que je ressens toujours dans un groupe de cinq mille personnes prêtes à mettre en commun leur fureur sans préavis.

Quand les joueurs sont entrés sur le terrain, le public les a hués car c'étaient ceux qui étaient impliqués dans le scandale. Certains ont ignoré le public, d'autres ont fait un bras d'honneur. C'était formidable. J'adore huer. Qui n'aime pas ça ? Certaines huées étaient pleines à craquer de colère tandis que d'autres étaient du genre bon enfant, mêlées de rire. Assis à côté de moi, Terry est demeuré muet.

Quand le capitaine s'est levé pour servir, il y a eu non seulement des huées mais aussi des sifflets, et les gens ont jeté des objets sur le terrain, du genre cannettes de bière et chaussures – leurs propres chaussures ! Un spectateur a enjambé la barrière, couru sur le terrain et essayé de plaquer le capitaine. Ensuite, une foule de mordus de cricket s'est déversée elle aussi sur le terrain. Quelqu'un a sifflé, et le match a été annulé. Alors Terry s'est tourné vers moi : « Allons-y. » J'ai pensé qu'il voulait dire : « On rentre » et j'ai acquiescé, mais avant que je comprenne ce qui se passait, Terry a dévalé les gradins en direction de la pelouse. J'ai essayé de le suivre, mais pendant un long moment je ne l'ai pas vu dans le tumulte de la foule qui était descendue de tous les côtés et empêchait l'équipe de cricket de sortir. C'était très tribal et éprouvant pour les nerfs. Tu sais comment sont les émeutes. Puis j'ai entendu un hurlement différent du murmure habituel des multitudes furieuses. J'ai vu ce qu'ils regardaient, et cette image est restée imprimée sur mes rétines : Terry avait sorti un revolver et le pointait sur le capitaine australien. Les yeux de mon frère étaient grands ouverts et clairs, son visage rafraîchi, comme s'il venait de se baigner dans une eau cristalline. Il arborait un air d'auto-admiration qui ne lui ressemblait pas. La foule observait, pétrifiée. Ils voulaient fuir, mais la curiosité voulait qu'ils restent. La curiosité l'a emporté. Les policiers tâchaient de se frayer un chemin jusqu'à la pelouse quand mon frère a tiré dans le ventre du capitaine de l'équipe de cricket d'Australie.

Je ne sais pas comment nous nous sommes sortis de là. Je me rappelle qu'en me voyant dans la foule Terry m'a fait signe. Je me rappelle avoir couru. Je me rappelle que Terry a ri et suggéré qu'on se sépare, et que juste avant de disparaître il a dit : « Voyons s'il est capable de perdre le match contre sa mort. »

Il n'y a pas eu d'histoire plus importante en Australie avant ou après. Pas même la Fédération n'a obtenu autant de presse. Et le pire c'est qu'ils avaient des photos. Quelqu'un en avait pris une de Terry les yeux brillants, son arme à bout de bras, un bon sourire sur le visage comme s'il s'apprêtait à donner au capitaine un conseil amical. Tous les journaux et toutes les chaînes de télévision ont diffusé ce cliché. À partir de là, Terry a été un homme traqué. Le véritable début de son infamie.

Notre petite ville s'est trouvée inondée de policiers et de journalistes. Les journalistes étaient une plaie. Ils refusaient de considérer « Allez vous faire foutre » comme une citation valable. Les policiers eux aussi étaient irritants. Ils m'ont posé toutes sortes de questions, et pendant un moment c'est moi qui ai été soupçonné. J'ai reconnu être allé au match avec mon frère, mais déclaré que je l'avais perdu de vue dès qu'il s'était mêlé à la foule. Non, je ne savais pas où il habitait. Non, nous n'étions pas proches. Non, je ne savais pas qui étaient ses amis ni ses associés. Non, je ne savais pas où il avait trouvé l'arme. Non, je ne savais même pas qu'il avait une arme. Non, je ne m'attendais pas à avoir des nouvelles de lui. Non, si j'en avais je n'appellerais pas la police parce qu'après tout c'était toujours mon frère. Oui, j'avais entendu parler d'obstruction à la justice. Oui, je savais ce qu'était un complice. Oui, je serais prêt à aller en prison mais je préférerais m'abstenir.

La police a aussi cuisiné ma mère, mais elle a refusé de répondre à leurs questions les plus simples – quand l'inspecteur principal lui a demandé l'heure, elle n'a même pas voulu la lui donner.

Terry ne pourrait plus jamais revenir à la maison. C'est ce qui a achevé ma mère. Elle était inconsolable et s'est mise à passer la plupart de ses nuits dans l'ancien lit de Terry. Elle lui faisait un de ses plats favoris à chaque repas et, peut-être pour se punir, elle a collé sur le réfrigérateur avec un aimant en forme d'ananas l'article avec la photo de Terry. Elle était obsédée par cette photo. Un matin, je suis descendu et j'ai vu qu'elle la regardait. J'ai dit : « Laisse-moi la jeter. » Elle ne m'a pas répondu, mais quand j'ai tendu le bras pour m'en emparer, elle m'a donné un coup de coude dans l'estomac. Ma propre mère ! Plus tard, aux environs de quatre heures du matin, je me suis réveillé ; elle se tenait assise au bord de mon lit.

« Qu'est-ce qu'il y a ?

— Tu te rappelles *William Wilson* de Poe, et *Le Double* de Dostoïevski ? »

C'étaient des livres qu'elle m'avait lus lorsque j'étais dans le coma. Je m'en souvenais parfaitement, presque mot pour mot.

« Je crois que Terry a un double. »

J'ai secoué la tête : « Je ne pense pas.

— Écoute-moi. Tout le monde a un double quelque part dans le monde. C'est ce qui s'est passé. Terry n'a tiré sur personne. C'était son double !

— M'man, j'étais là. C'était Terry.

— Je reconnais qu'il lui ressemble. C'est le rôle des doubles. Des sosies. Des sosies identiques. Pas des demi-sosies.

— M'man... »

Avant que j'ajoute quoi que ce soit, elle avait disparu.

Mais où était Terry ? Chez Harry ? Le lendemain matin, au petit déjeuner, j'ai décidé d'aller voir moi-même. Quand je suis sorti, j'ai vu que les reporters étaient rentrés chez eux, mais dans le bus qui me menait en ville, l'idée m'est venue que j'étais probablement suivi. J'ai passé en revue les voitures qui se trouvaient derrière moi et je l'ai repérée : une Commodore bleue. Je suis descendu à l'arrêt suivant et je suis allé au cinéma. C'était une comédie à propos d'un mari qui meurt mais revient hanter sa femme chaque fois qu'elle regarde un autre homme. Tout le monde riait sauf moi : je trouvais ça grotesque et cela me faisait vraiment détester les morts, espèces de sales égoïstes. Deux heures plus tard je suis ressorti, la voiture était toujours là. Il fallait absolument que je les sème. Je suis entré dans la boutique d'un tailleur. J'ai essayé une veste de smoking. Elle m'allait bien sauf que les manches étaient un peu courtes. Par la vitrine, entre les jambes d'un mannequin, j'ai vu mon limier bleu. J'ai demandé s'ils avaient une seconde entrée, même si je voulais l'utiliser comme sortie. Il y en avait une. Dans la ruelle, il y avait une autre Commodore, seulement celle-ci était blanche avec des sièges en cuir dont je pouvais presque sentir l'odeur. Je l'ai dépassée d'un pas vif et me suis engagé dans la rue à la recherche d'une autre boutique.

Toute la journée s'est écoulée ainsi. C'était très, très irritant. Impossible de les semer. Ils semblaient deviner chacun de mes gestes. Découragé, j'ai pris le bus qui me ramenait chez moi et décidé que je réessaierais une fois que l'histoire de Terry Dean se serait un peu tassée, qu'elle aurait perdu de sa fraîcheur. « Elle finira bien par passer. Le public souffre de troubles déficitaires de l'attention. Il est réputé pour cela. » Mais je ne savais pas que l'histoire de Terry Dean ne s'arrêterait pas là parce que son personnage principal ne s'arrêterait pas là.

Le lendemain il y avait plus de nouvelles, et plus de policiers et de reporters. Les deux bookmakers impliqués dans l'affaire avaient été découverts morts chez eux. Des témoins avaient vu sur le lieu du crime un jeune homme correspondant à la description de Terry. Dans les journaux et à la radio les mots utilisés pour décrire mon frère indiquaient un changement subtil dans l'opinion publique : il n'était plus un « fou solitaire », mais un « justicier ».

Ensuite, la nation a eu les yeux rivés sur l'enquête visant la corruption dans le monde sportif, qui a été conduite à une vitesse inhabituelle. Il n'échappait à personne que tout bookmaker ou joueur de cricket qui serait nommé dans le rapport deviendrait une cible potentielle pour Terry Dean, le Justicier en liberté.

Le rapport a été publié. Des noms ont été cités. Trois joueurs de cricket supplémentaires ont été mentionnés : certains pour avoir volontairement perdu, d'autres pour avoir donné des informations. D'autres bookmakers sont aussi apparus sur la liste. Tout le monde se tenait sur ses gardes. Joueurs et bookmakers ont été placés sous protection policière vingt-quatre heures sur vingt-quatre. Les policiers étaient certains d'attraper bientôt Terry Dean, parce qu'ils avaient bien compris que mon frère avait entamé quelque chose qu'il pensait devoir terminer. Mais Terry avait une longueur d'avance sur eux.

En fait, personne ne s'est intéressé de près à l'enquête sur la corruption dans le sport. Les gens ont lu ce qui concernait les joueurs et attendu impatiemment que Terry agisse. Mais le Premier ministre avait promis une enquête exhaustive, et on a bien fourni une enquête exhaustive – qui contenait également des sections et sous-sections détaillant la corruption dans les courses de chevaux, le rugby, le football australien, le football, les jeux du Commonwealth, les jeux de boule, le billard, le vélo, l'aviron, la boxe, la lutte, la régate, le hockey, le basket... Chaque sport où un Australien courait, transpirait ou tenait des couilles qui n'étaient pas les siennes y figurait.

La première fois que Terry a révélé l'ampleur de sa passion ç'a été avec le meurtre d'un jockey du nom de Dan Wonderland. Il avait été battu et obligé d'avaler une quantité de tranquillisants pour chevaux qui aurait décimé tout un troupeau affolé. Le lendemain matin, j'ai scruté la photo de cet homme dont mon frère avait pris la vie, dans l'espoir d'y déceler quelque chose de mauvais, quelque chose d'évident montrant sans équivoque que ce salopard méritait de crever. Elle avait été prise après une de ses victoires : il levait les bras, avec un sourire radieux. Même si je n'avais pas su que mon frère l'avait tué, j'aurais remarqué quelque chose d'infiniment triste dans le visage de ce jockey, l'air d'un homme qui vient de réaliser le rêve de sa vie et prend soudain conscience que ce rêve n'avait vraiment rien d'extraordinaire.

Le lendemain, il y a eu un autre meurtre : le poids moyen Charlie Pulgar, qui avait plongé au cours d'un combat de manière flagrante puisqu'il était tombé quand, au son de la cloche, son adversaire avait frappé ses gants l'un contre l'autre. Avec l'aide de Terry, Charlie Pulgar a plongé pour la dernière fois – du toit de son immeuble de dix-sept étages, dans le flot continu de la circulation.

Alors que les enquêteurs commençaient à anticiper les futures actions de Terry, il a changé à nouveau de tactique. L'enquête avait aussi révélé des détails sur un nouveau phénomène insidieux dans le monde du sport professionnel : le dopage. Terry avait découvert qui achetait et administrait les médicaments : les entraîneurs. Des hommes qui avaient toujours travaillé sans relâche dans les coulisses sont passés de l'ombre à la lumière ; leurs mâchoires carrées et leurs visages hagards sont apparus de plus en plus dans les journaux, à mesure qu'ils mouraient les uns après les autres.

Mais le plus dangereux dans la croisade de Terry, c'était que les bookmakers ne se laissaient pas faire. Leurs liens avec la pègre leur garantissaient des armes et des protections, et des comptes rendus de mitraillages dans les arrière-salles des restaurants ont filtré dans les journaux. Terry avait violé la dernière des lois de Harry – non seulement il était aussi loin que possible de l'anonymat, mais il s'était attiré les foudres du monde du crime. Il n'était pas juste sur l'échelle, il la secouait comme un prunier. Outre la police d'État et la police fédérale, la mafia voulait sa peau.

Mes parents ont subi l'épreuve à leur façon. Plutôt que de regarder l'horrible vérité en face, ils ont renforcé leurs illusions. Tandis que ma mère poursuivait obstinément sa théorie du double, mon père imprimait à toute cette sale affaire une tournure positive, réalisant des prouesses. Si Terry tirait dans la jambe d'un policer, mon père louait sa clémence pour ne pas avoir visé le cœur. Si Terry tirait dans le cœur d'un policier, mon père le louait pour son adresse. À l'entendre, la façon dont son fils échappait à la police était une preuve de son intelligence, de son habileté et de sa supériorité en tout.

Lionel Potts m'appelait cinq fois par jour, me suppliant de venir lui donner les toutes dernières nouvelles. Pendant que je lui lisais tous les comptes rendus des journaux, il enlevait ses lunettes noires. Ses yeux morts semblaient voir à des kilomètres, et il se laissait aller en arrière dans son fauteuil, secouant vigoureusement la tête. « Je connais un avocat formidable – il défendrait Terry. Je regrette seulement de ne pas le lui avoir recommandé la dernière fois. J'étais un peu énervé. Après tout, il m'avait rendu aveugle. Il n'empêche que cet avocat serait parfait pour lui. » J'écoutais Lionel jacasser en grinçant des dents. J'en avais par-dessus la tête. Aussi dingue que cela paraisse, j'étais mort de jalousie. Terry était en train de faire quelque chose de sa vie. Il avait trouvé sa vocation ; folle et sanglante peut-être, mais c'était quand même une vocation et il la suivait scrupuleusement.

Chaque matin je me précipitais chez le marchand de journaux pour apprendre quelles atrocités il avait commises. Toutes ses victimes ne mouraient pas : le joueur de billard dont la boule blanche avait volontairement suivi la noire n'avait que le bras droit cassé et, bizarrement, il se mit, ainsi que d'autres victimes de Terry, à le soutenir dans sa croisade. Sous les huées du public, ils confessèrent leurs péchés et déclarèrent que Terry Dean était en train de faire le ménage dans une institution qui avait jadis été propre, mais était maintenant souillée par l'appât du gain.

Et ils n'étaient pas les seuls : les sportifs, les commentateurs, les intellectuels, les présentateurs d'émissions télé, les écrivains, les universitaires, les politiciens et les animateurs de radio – tout le monde parlait d'éthique sportive, d'idéaux, de héros et du courage australien. Terry avait lancé un débat dans la nation et tous les sportifs, hommes ou femmes, se tenaient à carreau.

Un jour, pendant cette période de chaos, Caroline est revenue en ville, traînant une valise. J'étais assis sur les marches de la mairie, occupé à compter les rides de mon index, quand je l'ai vue apparaître au bout de la rue. Elle a accéléré et a jeté ses bras autour de mon cou, me couvrant les joues de baisers platoniques. J'ai alors su que nous ne parlerions jamais de cette nuit dans sa chambre. Je l'ai examinée des pieds à la tête. Elle était devenue une vraie femme, avec des changements étranges : ses cheveux étaient plus clairs, presque blonds, et alors que son visage était plus plein et sa lèvre inférieure plus mûre, il m'a semblé que quelque chose l'avait quittée : une lumière, ou un élan. J'ai songé que peut-être au cours de ses voyages elle avait vu quelque chose qui avait fait fuir cette lumière.

« Tu sais, pour Terry ? je lui ai demandé.

— C'est incroyable.

— C'est pour ça que tu es rentrée ?

— Non, je ne l'ai su qu'en voyant un journal à l'aéroport, et le conducteur du bus m'a raconté le reste... On ne parle pas de l'Australie en Europe, Marty. C'est bizarre. Personne ne sait rien de nous. »

C'est avec sa réflexion que j'ai découvert que vivre en Australie c'est comme avoir une chambre retirée dans une immense maison. « Parfait pour nous », j'ai pensé.

« Je ne suis revenue que pour emmener papa. Je repars avec lui.

— Où ?

— À Paris. »

J'ai écrit mon nom par terre à l'aide d'un bâton. Martin Dean. De petits tas de poussière l'encerclaient.

« Tu as de ses nouvelles ? elle m'a demandé.

— Non.

— Il va se faire tuer.

— Probablement. »

À côté de mon nom, j'ai écrit le sien. Nos noms étaient allongés côte à côte.

« Il fait quelque chose d'important, elle a dit.

— C'est un assassin.

— Mais il croit.

— Et alors ?

— Alors rien. Il croit en quelque chose, c'est tout.

— Les violeurs et les pédophiles croient aussi en quelque chose. Hitler croyait en quelque chose. Chaque fois que Henry VIII coupait la tête d'une de ses épouses il croyait en quelque chose. Ce n'est pas difficile de croire en quelque chose. Tout le monde croit en quelque chose.

— Pas toi.

— Non, pas moi. »

Les mots avaient quitté ma bouche avant que je me rende compte de ce que j'avais dit. À la réflexion, j'ai compris que c'était absolument vrai. Je n'aurais pas pu nommer une seule chose en quoi je croyais. Pour moi, un pour cent de doute a le même effet que cent pour cent. À partir de là, comment croire en quoi que ce soit qui pourrait être tout autant vrai que faux ?

J'ai dessiné un cœur autour de nos noms dans la poussière.

« Si tu avais des nouvelles de Terry, tu me le dirais, pas vrai ? »

J'ai rapidement recouvert de poussière nos noms. Quel idiot ! Elle ne m'aimait pas. Elle l'aimait lui. Je suis devenu rouge de confusion.

« Tu as eu des nouvelles de lui. »

Elle a attrapé mon poignet mais je me suis dégagé.

« Non.

— Si !

— Non, je te dis ! »

Elle m'a attirée à elle, a pris mon visage dans ses mains et m'a donné un long baiser sur les lèvres qui m'a laissé abasourdi et muet. Je n'arrivais pas à rouvrir les yeux.

« Si tu vois Terry, donne-lui ça pour moi. »

Ça, ça m'a rouvert les yeux. J'ai souri pour ne pas baver de rage. Je la détestais. J'aurais voulu la jeter dans la poussière. Elle me regardait avec une sorte de concentration vague, comme si elle calculait en rêvassant. J'ai lâché quelque chose du genre : « Je te hais et je te haïrai jusqu'à la fin des temps », et j'ai pris la direction de chez moi, même si c'était le dernier endroit où j'avais envie d'aller. Ma maison s'était transformée en un lieu historique d'importance mineure – comme les toilettes du restaurant utilisées par Hitler avant l'incendie du Reichstag –, et les journalistes étaient de retour avec leurs mauvaises manières et zéro empathie, hurlant leurs questions stupides à nos fenêtres.

Quand je suis arrivé, il était évident que mon père en avait assez. Il se tenait à la porte, vacillant, ivre. Son visage était paralysé comme s'il avait le tétanos.

« Vous voulez entrer, connards ? Eh bien, allez-y ! » a-t-il crié.

Les journalistes se sont observés les uns les autres avant de pénétrer timidement dans la maison. Ils pensaient que c'était un piège. Ce n'en était pas un. C'était seulement un homme au bord du précipice de la folie.

« Tenez. Prenez une photo de ça », a ajouté mon père en ouvrant les placards de la cuisine. Il a arraché le parquet. Les a conduits dans notre chambre. Leur a fourré un slip de Terry sous le nez. « Sentez ! Sentez ! » Il mettait tout sens dessus dessous. « Il faut que vous voyiez d'où il vient. » Mon père a déboutonné sa braguette, sorti son sexe, et l'a agité dans tous les sens. « Tenez, espèces d'asticots ! C'était un spermatozoïde délinquant ! C'est lui qui est arrivé le premier à l'ovule ! C'est de là qu'il est sorti ! Filmez-le ! Filmez, espèces de parasites malpropres ! » Les journalistes étaient pliés en quatre tandis que ma mère les poursuivait à travers la maison. Mais ils ne voulaient pas sortir. Le désespoir aviné et larmoyant de cet homme était l'événement le plus formidable depuis des siècles. Ne voyaient-ils pas que ma mère pleurait ? Oh si, très bien : dans leurs zooms.

Une fois que nous les avons eu repoussés sur la pelouse, j'ai tenté de les raisonner.

« Je vous en prie, rentrez chez vous.

— Où est ton frère ?

— Là ! » J'ai désigné l'espace situé derrière eux. Ils ont bêtement tourné la tête. Quand ils m'ont refait face, j'ai dit : « Je vous ai eus. »

Une toute petite victoire.

Je n'avais pas menti à Caroline : durant tout ce temps je n'avais eu aucune nouvelle de Terry ou de Harry et je n'étais toujours pas parvenu à trouver leur planque en banlieue. Je me sentais isolé et ma curiosité naturelle me consumait. J'en avais assez de me fier à des articles de journaux et à des potins. J'avais besoin d'un scoop de première main. Je suppose qu'une partie de moi désirait aussi prendre part à l'action d'une certaine manière, sinon en qualité de tueur, du moins en tant que témoin. Jusqu'alors j'avais participé d'une façon ou d'une autre à tout ce qui était arrivé dans la vie de Terry. Je voulais revenir dans la course. Je savais qu'à l'instant où je mettrais le pied dans son monde ma vie serait changée à jamais.

Et j'avais raison.

Il était temps de faire une nouvelle tentative ; je ne pouvais pas être certain que la police s'était fatiguée de me surveiller. J'ai passé l'après-midi à tracer une piste labyrinthique dans le bush, puis j'ai traversé une grande clairière vide, me retournant de temps à autre. Rien. Personne. Juste pour être sûr, j'ai fait à pied les huit kilomètres qui me séparaient de la ville suivante. Là, j'ai pris le bus.

J'ai été surpris de voir que la pelouse de la planque n'était plus aussi nickel. Le break avait disparu. Les volets étaient tirés. Apparemment, ceux qui avaient joué à la gentille petite famille avaient eu des problèmes.

La porte s'est ouverte dès que je me suis engagé dans l'allée. Harry devait me surveiller par la fenêtre.

« Vite ! Entre ! Entre ! »

Je me suis hâté et Harry a verrouillé la porte derrière moi.

« Il est ici ? j'ai demandé.

— Non, putain, et il ferait mieux de ne pas mettre un orteil dans mon périmètre s'il ne veut pas se prendre une balle dans la tête ! »

J'ai suivi Harry dans le salon, où il s'est écroulé dans le canapé. Moi aussi. « Marty, ton frère ferait n'importe quoi pour attirer l'attention. Je ne peux pas l'en empêcher. La coopérative est en ruine ! C'est un désastre ! Mon rêve ! Tout ça est un terrible échec. Terry a tout foutu en l'air. Il veut être célèbre, hein ? Il a négligé tous mes conseils. Je croyais qu'il était comme mon fils. Mais mon fils ne me pisserait pas à la gueule comme ça. Je veux dire, je n'ai pas d'enfants, mais quand tu as des gosses tu ne t'attends pas à te faire pisser dessus ! Les deux premières années, d'accord, mais après tu baisses la garde. Et tu as vu pour quoi il a foutu tout ça en l'air ? Il fait la peau de sportifs, de joueurs de foot, de bookmakers. Il ne les dépouille même pas, il les descend pour aucune raison ! Où est le fric dans tout ça ? Et tu sais quoi ? Tu as vu les journaux ? Le monde entier croit que c'est son gang. Pas le mien, le sien ! Eh bien, ce n'est pas le sien. C'est le mien ! Le mien, bordel ! OK, je voulais que nous soyons anonymes, mais pour ça nous devons tous être anonymes ; et si c'est pas possible, alors je veux la reconnaissance que je mérite ! À présent, il est trop tard. Il me fait de l'ombre. Et les flics que je connais depuis cinquante ans sont persuadés que je travaille pour lui ! C'est pas une claque dans la gueule, ça ? C'est humiliant ! Mais j'ai un plan. J'ai besoin de ton aide... Viens, je veux te montrer quelque chose. »

Il s'est levé et a clopiné en direction de sa chambre. Je l'ai suivi. C'était la première fois que j'entrais dans sa chambre. À part son lit, elle était complètement vide. Il était anonyme même dans sa propre chambre.

Il a sorti de sous son matelas une épaisse liasse de papiers.

« J'ai cru que la coopérative anonyme du crime serait un cadeau unique à faire au monde. Mais maintenant je vois qu'elle était condamnée dès le départ. Ça n'aurait jamais marché. Tu ne peux pas aller contre la nature humaine. Les gens pensent qu'ils ont besoin des feux de la rampe pour grandir. Personne ne supporte l'anonymat. Donc voilà le plan B, une solution de rechange sur laquelle je travaille depuis dix ans. Quelque chose qui n'a jamais été fait. Personne n'y a jamais pensé. Ce sera mon testament. C'est ça, Marty. Mais j'ai besoin de ton aide. Je ne peux pas le faire seul. C'est là que tu interviens. »

Il m'a donné un coup dans la poitrine avec la liasse de papiers.

« C'est quoi ?

— Ceci, mon garçon, est ma grande œuvre. Un manuel pour criminels ! Tout ce que j'ai appris je l'ai écrit ici. Ça va être un livre ! Un livre scolaire ! J'ai écrit le manuel du crime ! L'œuvre de référence ! »

J'ai pris la collection de feuilles manuscrites et choisi une page au hasard.

Le kidnapping

Si les médias ont vent de l'histoire, vous allez vous retrouver dans de sales draps au cas où vous n'auriez pas choisi votre victime avec sagesse. Ne prenez jamais quelqu'un de jeune et de séduisant : la dernière chose dont un kidnappeur a besoin, c'est de l'indignation publique...

... trouvez un endroit adéquat où planquer vos victimes... évitez la tentation d'utiliser une chambre de motel ou d'hôtel au cas où la victime se dégagerait de ses liens assez longtemps pour commander un en-cas ou des serviettes propres.

« Comme tu vois, Marty, il faut que ces idées soient développées et regroupées en chapitres... »

J'ai pris une autre page.

Oh, le joli feu : tout sur l'incendie volontaire

Tout le monde aime regarder un incendie, même vous. Évitez cette tentation ! Après avoir mis le feu à un bâtiment, ne vous installez pas au coin de la rue pour admirer la conflagration... C'est un piège classique... la plupart des incendiaires ont été arrêtés à quelques mètres du lieu du crime, et la police est toujours à la recherche du type louche qui dit aux badauds : « Si ça c'est pas du feu ! »...

Son chef-d'œuvre était écrit sur des bouts de papier, au dos de reçus, sur des serviettes, des essuie-mains, des journaux, du papier toilette et des centaines de feuilles libres, des rames entières. Il y avait des instructions, des diagrammes, des organigrammes, des pensées, des réflexions, des maximes et des aphorismes sur tous les aspects possibles de la vie criminelle. Chaque remarque possédait un titre souligné, seul indice qui permettait de mettre un peu d'ordre dans ce chaos.

L'effraction

N'entrez pas dans une maison à moins d'être sûr que l'occupant n'est pas sorti juste acheter une bouteille de lait... soyez rapide... ne vous arrêtez pas pour passer en revue les titres des livres sur les étagères...

« Bien sûr, il y a eu des livres innombrables traitant du crime – mais ce sont soit des études sociologiques soit des manuels à l'usage des criminologues ou de la police qui, en gros, sont destinés à lutter contre le crime. Il n'existe pas de livre par et pour les criminels. » Harry a fourré les papiers dans une serviette marron qu'il a bercée contre lui comme si c'était un bébé. « Je te le confie. »

J'ai pris la serviette. Elle était lourde, le poids du sens de la vie de Harry.

« Comme je ne fais pas ça pour l'argent, je partagerai avec toi fifty-fifty. »

— Harry, je ne suis pas sûr de vouloir m'en occuper.

— Qui se fout de ce que tu veux ? J'ai un tas de connaissances à partager ! Il faut que je les communique avant de mourir ! Sinon, j'aurai vécu pour rien ! Si c'est l'argent que tu veux, oublie les cinquante pour cent. Prends tout ! Je m'en fous ! Vraiment. Tiens. »

Harry a couru jusqu'au lit et secoué un oreiller jusqu'à ce que de l'argent se répande par terre. Ensuite, il s'est accroupi et a bondi dans la pièce pour ramasser les billets. « Tu veux du cash ? Tu veux ma chemise ? Tu veux mon cœur ? Tu n'as qu'à le dire. C'est à toi. Seulement, pour l'amour de Dieu, aide-moi ! Aide-moi ! Aide-moi ! » Il m'a fourré l'argent sous le nez. Comment j'aurais pu lui refuser mon aide ? J'ai pris l'argent et son œuvre en songeant qu'il serait toujours temps de changer d'avis.

Ce soir-là, dans la cabane de mon père, je me suis penché, incrédule, sur les gribouillages de Harry. Certaines notes étaient courtes et vraisemblablement destinées aux crétins.

Le vol de voiture

Si vous ne savez conduire qu'une automatique, ne volez pas de voitures à boîte mécanique.

D'autres étaient plus profondes et traitaient non seulement de la méthode, mais aussi de la psychologie des éventuelles victimes.

Le vol à la tire

Attention ! Quoi que le bon sens nous dise, les gens sont prêts à risquer leur vie pour courir après les deux dollars qui sont dans leur portefeuille ou leur sac... et si l'agression a lieu en plein jour, ils sont particulièrement furieux... L'audace d'un criminel qui vole tandis que le soleil est au zénith les irrite au point qu'ils vous courront après comme des héros de film d'action, même si vous tenez un couteau ou un revolver... et puis, l'ennui d'avoir à annuler une carte de crédit et l'idée de faire la demande d'un nouveau permis de conduire sont si insupportables que les gens sont prêts à mourir pour l'éviter... Dans leur esprit, une mort douloureuse et lente par coups de couteau est infiniment préférable à une confrontation avec les bureaucrates de la préfecture de police... C'est pourquoi vous devez être aussi en forme qu'un coureur de marathon.

Je n'arrivais pas à décider si c'était nul ou brillant. Je me suis mis debout avec l'intention de faire une pause, mais je me suis retrouvé penché sur les notes de Harry à les lire fiévreusement. Il y avait dans cette folie quelque chose qui me fascinait. Un scénario semblait émerger de tout ça : mon père avait construit une prison ; Terry était devenu un criminel sous l'influence d'un prisonnier qu'il avait connu dans la prison construite par mon père. Et moi ? Peut-être que mon rôle était là. Peut-être que ce livre représentait enfin ce sur quoi je pourrais jouer ma vie, quelque chose à emporter avec moi dans la chaudière glacée et solitaire de la mort. Je ne suis pas parvenu à m'arracher à ma lecture. Les pages me faisaient signe comme la lumière qui joue sur une pièce de monnaie au fond d'une piscine. Je savais qu'il fallait que je plonge pour voir si la pièce avait de la valeur, ou si c'était juste un bout de papier d'aluminium apporté là par le vent.

J'ai allumé une cigarette et je suis sorti regarder le ciel. C'était une nuit sombre, avec juste trois étoiles et pas les plus connues. J'ai mis une main dans ma poche et j'ai tâté le tas de billets froissés. Après tous mes sermons à Terry, comment pouvais-je agir ainsi ? Cela ne ferait-il pas de moi un hypocrite ? Et alors ? L'hypocrisie est-elle si terrible ? N'est-elle pas une preuve de souplesse ? Si tu t'en tiens à tes principes, est-ce que ça ne signifie pas que tu es rigide et obtus ? Oui, j'ai des principes, et alors ? Est-ce que ça signifie que je dois m'y tenir dans toutes les circonstances de mon existence ? J'ai choisi les principes inconsciemment pour guider ma conduite, mais le conscient ne peut-il pas passer outre l'inconscient ? Qui est le patron ici, de toute façon ? Est-ce que je dois faire confiance à mon jeune moi pour qu'il me dicte les règles de conduite de toute une vie ? Et est-ce que je ne pourrais pas me tromper sur tout ? Pourquoi me lier aux rêvasseries de mon cerveau ? Est-ce que je ne suis pas en train, à cet instant même, de rationaliser parce que je veux cet argent ? Et pourquoi ne pas rationaliser ? Posséder un esprit rationnel n'est-il pas un bénéfice de l'évolution ? Le poulet ne serait-il pas plus heureux s'il en avait un lui aussi ? Ainsi, il pourrait dire aux hommes : « Est-ce que vous voulez bien arrêter de me couper la tête pour voir si je vais courir décapité ? Ça va vous amuser combien de temps ? »

Je me suis frotté le crâne. Je sentais les signes avant-coureurs d'une migraine existentielle à me rendre aveugle.

J'ai arpenté la route sombre qui menait en ville. Avec sa célébrité toute neuve, Terry avait donné un visage au monde du crime. Avec son livre, Harry et moi lui donnerions un cerveau. J'étais heureux de prendre part à une entreprise qui me dépassait. Les lumières de la ville se sont éteintes l'une après l'autre, mais je voyais la silhouette de la prison sur la colline. Elle était immense et grotesque, comme l'énorme tête en pierre d'un dieu, en train de s'éroder sur une falaise. J'ai dit tout haut : « Pourquoi ne pas faire ce que je veux ? Qu'est-ce qui m'en empêche ? »

J'ai senti dans ma gorge une boule de la taille d'un poing. C'était la première fois que je me questionnais avec une telle rigueur, et j'ai eu l'impression que les questions étaient articulées par quelqu'un de plus âgé que moi.

J'ai poursuivi mon monologue à haute voix : « Les gens se fient trop à eux-mêmes. Ils mènent leur vie en fonction de ce qu'ils prennent pour la vérité, et si je me mets à la recherche d'une façon de vivre qui me permette de contrôler mon existence, je perds vraiment le contrôle, parce que la chose que j'ai décidée, ma vérité, devient le maître et je deviens son serviteur. Et comment puis-je être libre d'évoluer si je me soumets à un maître, n'importe lequel, même si ce maître c'est moi ? »

Mes propres mots me faisaient peur, parce que leurs implications commençaient à m'apparaître. « Anomie, aboulie, chaos, confusion, contusion », j'ai déclaré à personne, à la nuit. Je me faisais tourner en rond. Ma tête m'élançait. J'avais le genre de pensées qui causent ce genre de désagrément.

Tout à coup, avec une clarté aveuglante, j'ai compris que Harry était un génie. Un prophète, peut-être même un martyr – on verrait ça plus tard, selon la nature de sa mort. Il innovait. C'est pourquoi il m'avait choisi, pour être celui qui descendrait de la montagne ses stupides tables de la Loi. Il me montrait la voie. Par exemple, il me montrait qu'on n'a pas besoin d'un dieu pour innover, créer, invertir, détruire, briser et inspirer, un homme peut le faire aussi bien, et à son rythme. Pas en six jours comme Qui-Tu-Sais. Pas besoin de se presser. Et même si, à la fin de mes peines, je ne finissais que par inspirer la haine ou l'indifférence, je devais essayer, je l'ai su alors, parce que c'était mon éveil, et que l'éveil consiste bien en cela : se réveiller. Il est inutile de s'éveiller pour arrêter le réveil et se rendormir.

C'étaient de grandes pensées, vraiment obèses. J'ai trouvé par terre une cigarette à moitié fumée. La tenir m'a donné une impression de puissance, comme s'il s'agissait d'une torche olympique. Je l'ai allumée et me suis baladé en ville. Il faisait froid. Je tapais des pieds et gardais les bras sous les aisselles pour me réchauffer. Le livre de Harry était le premier petit pas d'une révolution sans nom et j'avais été choisi grâce à l'excellence de mon esprit. J'avais envie de me congratuler sans remords. Si j'avais pu, j'aurais embrassé mon cerveau comme du bon pain. Je me sentais vieux de milliers d'années. Je me sentais plus vieux que la Terre. J'étais submergé par la force et la puissance des mots et des idées. J'ai songé à mon père, mon père numéro un, en Pologne, et à sa folie : mourir pour un dieu. Quelle raison stupide de mourir : pour un dieu, un dieu minable ! J'ai hurlé à un arbre : « Je veux mourir parce que je suis une créature avec une date limite de vente ! Je veux mourir parce que je suis un homme et que c'est ce que font les hommes ; ils s'écroulent, pourrissent, disparaissent ! » J'ai poursuivi ma déambulation en maudissant la stupidité aveugle de mon père. « Mourir pour une idée ! Prendre une balle pour une divinité ! Quel imbécile ! »

Il n'y avait de réverbères que dans la grand-rue – les autres routes étaient laissées à la merci de la lune et des étoiles et, quand il n'y avait ni l'une ni les autres, il faisait noir comme dans un four. Les arbres s'agitaient dans le vent d'ouest. Je me suis assis sur la véranda d'une maison et j'ai attendu. Quoi ? Pas quoi : qui ? C'était la maison de Caroline. J'ai soudain compris que les romantiques étaient des têtes de nœud. Il n'y a rien de merveilleux ni d'intéressant à aimer sans retour. Je trouve que c'est à chier, juste à chier. Aimer quelqu'un qui ne te rend pas ton affection est peut-être excitant dans les livres, mais dans la vie c'est d'un ennui insoutenable. Je vais te dire ce qui est excitant : les nuits de sueur et de passion. Mais rester assis sur la véranda d'une femme qui dort sans rêver de toi est chiant et tout simplement pitoyable.

J'attendais que Caroline se réveille et sorte sur la véranda pour me prendre dans ses bras. Je pensais que le pouvoir de mon esprit était si puissant que je pouvais la faire sortir de son sommeil et l'attirer à la fenêtre. Je lui ferais part de ces idées géniales, et elle saurait enfin qui j'étais. Je pensais que je valais autant que mon esprit et qu'elle serait éblouie par les deux ; j'oubliais complètement mon corps et mon visage, qui n'étaient pas si terribles. Je suis allé à la fenêtre, et, en voyant mon reflet, j'ai changé d'avis. J'ai pris le chemin du retour. Voilà ce qu'a été mon éveil, mon gars ! C'est pour ça que je te le raconte. Harry, le pauvre Harry, a été d'une importance capitale, un esprit sans entraves. Jusqu'à ce que je le rencontre, tous les esprits que je connaissais étaient entravés, d'une manière choquante. La liberté d'esprit de Harry était enivrante. Absolument fidèle à lui-même, qui fonctionnait avec sa propre vapeur. C'était la première fois que je rencontrais un esprit hors du temps, indifférent à l'influence de son environnement.

De retour à la maison, je me suis de nouveau absorbé dans les notes de Harry. Elles étaient incroyablement stupides ! Ce livre, son manuel pour les criminels, c'était une aberration. Il ne devrait pas exister. Il ne pouvait pas exister. C'est pour ça que je devais l'aider à lui donner vie. Il le fallait ! J'ai divisé le texte en deux grandes parties : Crime et Châtiment. Puis, à l'intérieur de ces parties, j'ai fait des chapitres, des index, et ajouté des notes en bas de page, exactement comme pour un vrai manuel. Je me suis conformé scrupuleusement aux notes de Harry. De temps à autre, alors que je tapais, je tombais sur un passage qui déclenchait mon rire, un grand rire qui me faisait mal aux abdominaux. C'était merveilleux ! Époustouflant ! Les mots se sont gravés dans mon esprit.

À propos des effractions

Une fois à l'intérieur, soyez rapide et méthodique. Portez des gants et gardez-les. Ne les enlevez sous aucun prétexte. Vous seriez surpris du nombre de cambrioleurs qui ôtent leurs gants pour se curer le nez. Je ne saurais trop insister : ne laissez d'empreintes digitales nulle part ! Pas même dans votre nez !

J'ai tout tapé, mot pour mot. Rien éludé. Je ne me suis arrêté que lorsque j'ai eu terminé, sans m'interrompre pour dormir. J'étais plein d'une électricité impossible à couper. Voilà encore un passage dont je me souviens :

À propos de la corruption

Lorsqu'on corrompt un représentant de la loi, une technique répandue consiste à laisser tomber l'argent à ses pieds et à lui demander d'un air dégagé : « C'est vous qui avez laissé tomber ça ? » C'est risqué parce qu'il peut vous répondre : « Oui, merci », et vous arrêter après avoir empoché l'argent. En cas d'incertitude, je recommande de dire simplement : « Bon. Vous acceptez les pots-de-vin ou quoi ? » De cette façon, s'il ne les accepte pas et vous accuse de « tentative de corruption », vous pouvez vous défendre en expliquant que vous ne lui avez jamais proposé de pot-de-vin et que, en réalité, vous preniez des renseignements sur l'intégrité de la personne qui vous arrêtait et ne cherchiez qu'à démasquer l'hypocrisie.

Sa logique était infaillible. Même les titres des chapitres me faisaient bondir de joie :

Les crimes sans motif : pourquoi ?
Le vol à main armée : les retraits sont plus gratifiants que les dépôts
Le crime et la mode : les passe-montagnes sont toujours de saison
La police et vous : comment repérer un flic pourri à ses chaussures

Le chapitre intitulé : *« L'art du pickpocket : un rapport très étroit »* comportait cette phrase : « S'il y a un zip, ce n'est pas une poche. Enlevez immédiatement votre main ! » Rien à redire, si ? Je me rappelle certains titres des autres chapitres. Il y avait :

> L'agression : faites des bleus à vos ennemis
> La culpabilité : chargez vos amis
> Homicide par imprudence : oups !
> Évasion : marchez, ne courez pas
> L'amour : le vrai mouchard
> Crimes passionnels : meurtre à sang chaud
> Crimes pervers : réservé aux amoureux

C'était un travail exhaustif. Il n'avait rien oublié. Il n'y avait pas de crime trop petit, ainsi qu'il était établi dans le chapitre 13 : « *Infractions et crimes gratuits* » : traverser en dehors des clous, traîner de manière suspecte, taguer, abandonner ses papiers gras, effectuer une virée dans une voiture volée et se mettre à poil en public. Quand Harry disait que c'était une œuvre de référence, il ne plaisantait pas !

J'ai quitté la maison à l'aube, la tête pleine de questions. Harry parviendrait-il à faire publier son livre dément ? Quel éditeur voudrait s'en charger ? Comment réagirait le public ? Lorsque je suis sorti, j'ai remarqué un feu de camp qui fumait dans le matin froid et, à côté, quatre journalistes endormis sous un arbre. Quand étaient-ils arrivés ? J'ai frissonné. S'ils se trouvaient là, c'était parce que Terry avait commis un nouveau crime, ou avait été arrêté ou était mort. J'ai eu une folle envie de les secouer pour leur demander laquelle des trois hypothèses était avérée, mais je n'ai pas osé, pas alors que je me rendais chez Harry, un fugitif de moindre calibre, certes, mais fugitif quand même. J'ai laissé les journalistes à leur sommeil, en leur souhaitant les pires cauchemars, et je me suis dirigé vers l'arrêt de bus.

J'ai entendu des pas derrière moi. J'ai grimacé, m'attendant à voir la police ou un troupeau de reporters. Ce n'était ni l'un ni l'autre. C'était ma mère dans sa chemise de nuit beige, pieds nus. On aurait dit qu'elle n'avait pas dormi depuis plusieurs décennies. Elle aussi avait dû éviter les journalistes.

« Où vas-tu à une heure pareille ? Tu vas voir Terry ?

— Non, m'man, je ne sais pas où il est. »

Elle m'a agrippé le bras. J'ai vu quelque chose de terrible dans ses yeux. Ils semblaient avoir tant pleuré qu'ils avaient vidé son corps de tout son sel et autres minéraux essentiels. Elle m'a expliqué d'un air sombre : « Il y a eu une autre attaque. C'était à la radio. C'est encore un joueur de cricket – on l'a trouvé le crâne défoncé et une balle de cricket dans la bouche. Ils disent que c'est ton frère qui est responsable. Pourquoi, pourquoi est-ce qu'ils racontent ça ?

— Probablement parce que c'est lui. »

Elle m'a violemment giflé. « Ne dis pas ça ! C'est un mensonge ! Trouve Terry et dis-lui d'aller à la police. S'il se cache, ça ne fait que lui donner l'air d'être coupable. »

Le bus est arrivé pendant qu'elle continuait à dégoiser de manière hystérique. « Et si tu n'arrives pas à le retrouver, alors pour l'amour de Dieu trouve ce double ! »

Je suis monté dans le bus et me suis assis. Comme il s'éloignait, j'ai regardé ma mère par la fenêtre. Elle avait une main posée sur le tronc d'un arbre tandis que de l'autre elle retirait le gravier incrusté dans la plante de ses pieds.

Quand je suis arrivé devant chez Harry il m'a jeté un regard furieux par la fenêtre. En m'approchant de lui, j'ai résisté au violent désir de le serrer dans mes bras.

« Qu'est-ce que tu fous ici ? il a hurlé. J'espérais ne pas te voir avant que tu aies terminé ! Tu as changé d'avis, c'est ça ? Salaud ! Traître ! Tu as eu une crise de conscience ! Pourquoi tu n'entres pas au couvent, sale hypocrite ? »

Me forçant à ne pas sourire, j'ai sorti le manuscrit de la serviette marron et je l'ai agité sous son nez. Ses yeux se sont agrandis.

« C'est... ? »

Je n'ai pas pu contenir plus longtemps mon sourire.

« Si vite ?

— C'était facile, vu la qualité de l'œuvre. »

Harry s'est jeté sur le manuscrit et l'a feuilleté fiévreusement. Lorsqu'il a atteint la fin, il est revenu à la première page. Il m'a fallu un moment avant de réaliser qu'il s'apprêtait à lire le livre en entier. Je suis allé dans le jardin inondé de soleil. La piscine était maintenant un énorme marais fétide. La pelouse était couverte de mauvaises herbes. Les montants métalliques des fauteuils en feuilles de bananier étaient bruns de rouille. Je me suis allongé sur l'un d'eux et j'ai regardé le ciel. Des nuages en forme de ventres maternels défilaient. Mes paupières se sont fermées et je me suis laissé dériver en direction du sommeil. Avant de l'atteindre, dans le monde du demi-rêve, j'ai cru voir Terry qui se cachait dans un nuage. Je l'ai vu tirer le voile duveteux sur son visage chaque fois qu'un avion passait. Puis je me suis endormi.

Je me suis réveillé en sueur. Le soleil pesait sur moi. Clignant des yeux dans la lumière féroce, je ne voyais que la silhouette de la tête de Harry. Elle paraissait énorme. Quand il s'est penché dans l'ombre, j'ai constaté qu'il m'adressait un grand sourire. Il s'est assis sur le bord de mon fauteuil et m'a serré fort dans ses bras, me couvrant de baisers. Il m'a même embrassé sur la bouche, ce qui était révoltant, mais j'ai accepté ce baiser vu l'esprit qui l'inspirait.

« Tu m'as rendu un service formidable, Martin. Je ne l'oublierai jamais.

— Il y a eu une autre attaque.

— Ouais, j'ai entendu ça à la radio. Quel connard stupide !

— Des nouvelles ? Une idée de l'endroit où il pourrait être ? »

Harry a secoué la tête avec tristesse. « C'est devenu une vedette de première. Il ne pourra pas échapper très longtemps à la police. Les visages célèbres font de mauvais fugitifs.

— Tu crois que s'ils l'attrapent il se laissera arrêter sans faire des vagues ?

— Sûrement pas, il a lâché en saisissant son manuscrit et en le caressant comme si c'était une cuisse. Viens. Allons faire notre raz de marée perso. »

Trouver un éditeur n'allait pas être facile, et pas seulement à cause du contenu explosif : Harry était en cavale. Si je me présentais chez un éditeur avec son nom sur le manuscrit, nous risquions peut-être plus qu'un simple refus. Un éditeur pourrait appeler la police : un double refus ! Après bien des discussions, j'ai persuadé Harry que nous devions garder son identité secrète jusqu'à la toute dernière minute – nous tairions le nom de l'auteur jusqu'au moment de l'impression. Mais Harry voulait quand même venir avec moi choisir l'éditeur le plus digne de son œuvre. Cela semblait difficile : il était recherché – pas autant que Terry, mais la police n'oublie pas les fugitifs juste parce que la presse n'en fait pas ses choux gras. De plus, l'état de sa jambe avait tant empiré qu'il pouvait à peine marcher. Malheureusement, rien de ce que j'ai pu dire ne l'a dissuadé de guider personnellement son testament jusqu'aux presses. Il le jugeait trop important pour être confié à des mains inexpérimentées.

Nous sommes donc sortis le jour suivant. Avec sa claudication et sa barbe hirsute, on aurait dit un clochard. Je lui ai suggéré de se raser et de se rendre plus présentable, mais il a déclaré avec insistance que les auteurs avaient toujours eu l'air asocial, et que c'était en fait tout bénef pour nous s'il ressemblait à une poubelle. Malgré le soleil brûlant, il a enfilé un vieux manteau et caché un fusil à canon scié dans la poche intérieure. Je n'ai rien dit. « On y va, alors. » J'ai offert de servir de béquille humaine et il s'est appuyé sur moi de tout son poids, en s'excusant abondamment. J'avais l'impression de trimbaler un cadavre.

L'immeuble du premier éditeur était si chic qu'on aurait cru qu'il fallait payer rien que pour y entrer, et le hall était plein de miroirs pour prouver au visiteur qu'il avait l'air d'un plouc. Nous sommes montés au vingtième étage en partageant l'ascenseur avec deux hommes incarcérés dans leur costume. Les bureaux de l'éditeur occupaient tout l'étage. Le haut du crâne de la réceptionniste a demandé si nous avions un rendez-vous. Le peu de son visage que nous pouvions voir a souri cruellement quand nous avons bafouillé un « non ». « Eh bien, il est trop occupé pour vous recevoir aujourd'hui », a-t-elle assené d'une voix qui n'était pas ouverte à la discussion. Harry s'est lancé dans son numéro.

« Je vais vous dire une chose : vous avez là une occasion que vous vous mordrez les doigts d'avoir laissée passer. Exactement comme l'éditeur qui a refusé ce livre célèbre qui a vendu des milliards d'exemplaires. C'était quoi le titre de ce livre, Martin ? Tu sais, celui qui a été refusé et qui a été acheté à des milliards d'exemplaires ? »

Je ne savais pas, mais j'ai cru bon de jouer le jeu en nommant le plus grand best-seller de tous les temps.

« La Bible.

— Oui, bon Dieu, c'est ça. La Bible ! Apparemment, la réceptionniste n'avait pas voulu laisser entrer l'apôtre, même s'il avait une mine d'or dans les mains.

— Oh, pour l'amour de Dieu ! » a soupiré la réceptionniste. Elle a jeté un coup d'œil sur son agenda. « Il a un rendez-vous en fin de journée, et si celui-ci ne dure pas trop longtemps, vous pourrez le voir cinq minutes avant son départ.

— Ça me convient très bien, ma bonne dame », a déclaré Harry avec un clin d'œil.

Je l'ai aidé à s'asseoir dans la salle d'attente. Nous avons attendu.

Harry tremblait, les mains profondément plongées dans son manteau, ce qui m'a rendu nerveux, sachant ce qu'il y avait dedans. Ses dents étaient serrées comme si quelqu'un lui avait demandé douze heures auparavant de sourire pour la photo et qu'il attendait encore que le petit oiseau veuille bien sortir.

« Ça va ? » je lui ai lancé.

Je voyais que sa paranoïa fonctionnait à cent pour cent. Ses yeux sautaient dans la pièce tandis que ses cervicales faisaient pivoter sa tête du couloir à la porte. Vers l'heure du déjeuner, j'ai remarqué que Harry avait mis ses doigts dans ses oreilles. Quand j'ai voulu savoir pourquoi il a marmonné quelque chose à propos d'un bruit. Je n'entendais rien. Un quart de seconde plus tard il y a eu un grand boum. J'ai tendu le cou et par l'une des portes j'ai vu un jeune homme donner de gros coups de pied dans une photocopieuse. J'ai jeté un regard incrédule à Harry et me suis souvenu qu'il nous avait dit, à Terry et moi lors de notre première visite dans sa prison, que la télépathie était très développée chez les criminels professionnels. « La paranoïa au long cours favorise la perception extrasensorielle », il avait ajouté, ou quelque chose dans le genre. Est-ce que c'était vrai ? À l'époque, je ne l'avais pas pris au sérieux, mais à présent je ne savais plus que penser. J'ai scruté son visage. Il a hoché la tête avec une suffisance presque imperceptible.

À cinq heures moins cinq, on nous a introduits dans le bureau de l'éditeur. Tout te donnait l'impression d'être petit et sans importance. La pièce était spacieuse, silencieuse, climatisée, moquettée de neuf, et à la place de la fenêtre se trouvait un mur en verre impossible à ouvrir pour sauter, même si on avait voulu. Au mieux, on pouvait y coller son visage pour rêver qu'on tombait. L'éditeur a pris un air sérieux comme si on lui avait dit que s'il souriait il perdrait tout ce pour quoi il avait trimé.

« Vous avez écrit un livre. Je publie des livres. Vous pensez que ça fait de nous des partenaires idéaux ? Non. Il va falloir que ce que vous me proposez me renverse, et on ne me renverse pas facilement », il a prévenu.

Harry a exigé que l'éditeur jette un rapide coup d'œil au livre. L'éditeur a ri sans sourire. Harry a sorti sa petite phrase sur les occasions ratées qui est allée droit au cœur de l'éditeur, celui dans sa poche arrière. Il a pris le manuscrit et l'a parcouru en faisant claquer sa langue comme s'il appelait son chien. Il s'est levé et s'est appuyé au mur de verre pour poursuivre sa lecture. J'ai craint que le verre ne se brise et qu'il n'aille s'écraser sur le trottoir. Après une minute, il nous a jeté le manuscrit comme s'il lui salissait les mains.

« C'est une plaisanterie ?

— Je vous jure que non.

— Publier ça ce serait du suicide. Vous apprenez aux gens à enfreindre la loi !

— Pourquoi il me dit de quoi parle mon livre ? » m'a demandé Harry.

J'ai haussé les épaules.

« Sortez d'ici avant que j'appelle la police ! » a crié l'éditeur. Dans l'ascenseur, Harry tremblait de fureur.

« Ce connard », il a marmonné. Je me sentais moi aussi ébranlé et je ne connaissais pas grand-chose au monde de l'édition, mais j'ai essayé de lui expliquer que nous devions nous attendre à des refus. « C'est normal. On ne peut pas espérer faire mouche au premier coup. » Au premier étage, l'ascenseur s'est arrêté.

— Pourquoi on s'arrête ? » m'a hurlé Harry.

Les portes se sont ouvertes et un homme est entré. « Vous ne pouvez pas descendre un putain d'étage à pied ? » lui a crié Harry, et l'homme est ressorti d'un bond juste avant que les portes ne se referment.

Une fois dans la rue, impossible de trouver un taxi. Il n'était vraiment pas indiqué de traîner avec un fugitif recherché, mais ni lui ni moi ne semblait capable de matérialiser un taxi en claquant des doigts.

« On a été refaits ! a murmuré Henry.

— Quoi ?

— Ils sont après moi !

— Qui ?

— Tous ! »

Il avait perdu la boule. Il essayait de se cacher derrière moi, mais la foule nous entourait. Il me tournait autour comme un requin. Il se faisait trop remarquer dans sa tentative paniquée de demeurer discret.

« Là ! » il a hurlé, et il m'a poussé dans le flot de la circulation jusqu'à un taxi. Nous nous y sommes engouffrés tandis que les voitures pilaient en klaxonnant.

Après cela je me suis montré intraitable : Harry devait rester à la maison. Je refusais tout simplement de continuer à l'aider s'il insistait pour m'accompagner. Il a opposé peu de résistance. Ce dernier incident avait ajouté dix-sept années à ses traits. Même lui le voyait.

Les semaines suivantes ont été un cauchemar. Je me suis traîné de bureau en bureau dans le brouillard. Ils se ressemblaient tous. Je n'arrivais pas à m'habituer au silence qui y régnait. Tout le monde parlait en chuchotant, et à voir comme ils marchaient sur la pointe des pieds, s'il n'y avait pas eu la sonnerie du téléphone on se serait cru dans une église. Les réceptionnistes affichaient toutes le même sourire de mépris. Souvent, j'attendais avec d'autres auteurs. Ils étaient identiques. Tous suintaient la peur et le désespoir, et avaient l'air si affamés qu'ils auraient abandonné leurs droits d'auteur à leurs enfants pour un bonbon, les pauvres types.

Dans l'une des maisons d'édition, alors que j'attendais pour la seconde journée consécutive et que je n'avais toujours pas d'audience avec Sa Majesté, j'ai échangé mon manuscrit avec celui d'un écrivain pour tuer le temps. Son histoire avait pour cadre une petite ville de province, et ses héros, un médecin et une institutrice enceinte, se croisaient tous les jours dans la rue mais étaient trop timides pour se dire bonjour. Illisible. Il n'y avait presque que des descriptions. J'ai repris espoir quand, à la page 85, l'auteur a daigné ajouter une pincée de dialogue. Ce roman était un véritable pensum mais son auteur était assis à côté de moi et j'ai donc été obligé de m'accrocher par politesse. De temps à autre nous nous lancions un coup d'œil pour voir comment nous avancions. Finalement, à l'heure du déjeuner, il m'a demandé : « C'est un livre particulier. C'est une satire ?

— Pas du tout. Le vôtre est intéressant aussi. Les personnages sont muets ?

— Pas du tout. »

Nous nous sommes rendu nos manuscrits et avons regardé notre montre.

Tous les matins j'endurais les quatre heures de trajet en bus qui me menaient à Sydney, où je passais la journée à écumer les maisons d'édition. La plupart me riaient au nez. L'un d'eux a dû contourner son bureau pour le faire parce que mon nez était trop loin. C'était décourageant. De plus, les éditeurs n'appréciaient pas que je ne veuille leur révéler le nom de l'auteur qu'au jour de l'impression. Cela les rendait soupçonneux. Beaucoup craignaient que ce ne soit une sorte de piège pour les mettre dans la merde. Je n'avais jamais vu une bande plus graisseuse de marchands paranos, stupides et dénués d'imagination. Ceux qui prenaient le manuscrit au sérieux, qui ne pensaient pas que c'était un canular, une blague ou un complot, me traitaient de tous les noms. Ils trouvaient que cette œuvre était une abomination et qu'en essayant de la diffuser je me comportais en anarchiste aussi dangereux qu'irresponsable. Avant de me jeter à la rue ils disaient tous la même chose : de leur vivant ce livre ne serait jamais publié. Je suppose que cela signifiait qu'une fois morts, après eux le déluge : on pouvait tirer la chasse après avoir balancé le monde aux chiottes.

Harry prenait mal la chose. Il piquait des colères, m'accusait d'être paresseux ou de saboter les réunions par mon ineptie. Une vraie claque dans la figure ! Je me cassais le cul pour fourguer son bouquin, et c'était le bouquin qu'ils n'aimaient pas ; moi, je n'avais rien à faire dans l'histoire. Mais, après le dixième refus, il s'est mis à accuser l'édition australienne plutôt que moi. « Peut-être qu'on devrait aller en Amérique. La liberté d'expression a le vent en poupe là-bas en ce moment. Ils ont un truc qui s'appelle le droit à la presse libre. Ils ont des amendements pour l'appliquer. Les idées sont encouragées à s'épanouir. Ici, les éditeurs sont aussi rassis que des miettes de pain vieilles d'une semaine. Ce pays est si foutrement conservateur que ça donne envie de vomir. On se demande comment quelqu'un arrive à publier quoi que ce soit. » Il avait peut-être raison. Peut-être que les éditeurs locaux avaient simplement peur. Mais quand il a commencé à parler de m'acheter un billet d'avion pour New York j'ai fait tout mon possible pour descendre l'idée en flammes. Je ne voulais pas aller à New York. Je ne pouvais quitter ni ma mère malade ni Terry, où qu'il soit. J'étais convaincu qu'un jour, bientôt, mon frère aurait besoin de mon aide, peut-être pour lui sauver la vie. Il fallait que je reste dans les parages.

Caroline ne se sentait pas le même devoir. Lionel et elle se sont présentés à ma porte dans la quasi-obscurité du crépuscule pour me faire leurs adieux. Ils avaient vendu la maison et partaient s'installer à Paris. Lionel m'a pris dans ses bras pendant que Caroline secouait la tête. « Je ne vais pas attendre de voir Terry se faire tuer, elle a dit. — Personne ne te le demande », j'ai répliqué, même si j'y avais déjà pensé. Il s'est mis à bruiner. Elle m'a serré dans ses bras elle aussi, bien que ce ne soit pas le genre d'étreinte dont j'avais besoin, et alors que je la regardais guider son père aveugle dans la nuit, j'ai eu l'impression d'avoir renoncé définitivement à toute humanité. J'ai crié : « Salut ! » tandis qu'ils disparaissaient dans l'obscurité, comme si je voulais dire en réalité : « Allez, je ne suis pas un homme, de toute façon. Il n'y a rien d'humain en moi, alors tirez-vous. »

Une semaine plus tard, j'étais chez Harry en train de regarder la télévision quand Terry a téléphoné. Après l'avoir bien engueulé, Harry m'a lancé le combiné.

« Tu tiens le coup ? j'ai demandé, frénétique. On dit que tu as reçu une balle.

— À la cheville ! Tu as déjà entendu parler d'un truc pareil ? Écoute, ne t'en fais pas pour moi, mon pote. J'ai une nana qui fait des merveilles avec la teinture d'iode. Je suis fatigué, c'est tout, sinon je suis OK.

— Tu es célèbre.

— C'est dingue, non ?

— Tu vas te faire pincer.

— Je sais.

— Alors, qu'est-ce que tu vas faire ?

— Écoute. Je suis en train de faire quelque chose ici, quelque chose d'important, je crois. Tout le monde se tient à carreau. Personne ne triche. Personne ne fait de coups tordus. Personne n'arnaque personne. Personne ne baise personne. Le sport est en train de se réformer. Tout le monde prend la morale au sérieux.

— Comment tu peux parler de morale ! Tu es un meurtrier, tu tues de sang-froid ! Tu devrais te rendre.

— Tu es fou ? C'est ça que je suis. C'est la mission qui m'a été échue.

— Caroline est rentrée. »

Il a respiré un grand coup. Je l'ai entendu qui marchait, tirait une chaise et s'asseyait.

« Où elle est ? Est-ce qu'elle sait ? Tu peux lui faire passer un message ?

— Elle est repartie. »

Il a respiré à nouveau, plus profondément cette fois, et j'ai attendu trente bonnes secondes avant de l'entendre souffler. Il a ouvert une cannette de quelque chose, en a avalé peut-être la moitié. Il ne parlait toujours pas. L'absence de Caroline semblait nous peser plus qu'un meurtre.

« Bon, tu vas arrêter ou non ?

— Écoute, Marty, un jour tu comprendras. Le jour où tu croiras en quelque chose. Oups. Faut que j'y aille. On livre la pizza.

— Eh, je crois en... »

Clic.

J'ai raccroché et donné un coup de pied dans le mur. Il est normal de croire que les lois de la physique ne s'appliquent pas et que ton pied furieux est capable de traverser la brique, quand tu es en colère... Tout en soignant mon orteil blessé, je me sentais dans tous mes états. Le ton de profonde autosatisfaction dans la voix de Terry avait suffi à m'énerver. Il ne m'avait pas laissé la moindre occasion de lui dire que j'avais trouvé une foi. Moi aussi j'étais en train de faire quelque chose d'important. Il ne savait pas que j'avais été irrésistiblement attiré par ce livre de Harry et que je faisais tout pour aboutir à sa publication. Mais comment aurait-il pu ? Je n'aboutissais pas à sa publication. Et pourquoi ? Terry faisait tout son possible pour assassiner des sportifs, mais est-ce que je faisais vraiment tout mon possible pour le livre ? L'idée a commencé à me tarauder que je n'étais pas capable de m'investir à fond, de m'engager avec une dévotion totale sur une voie dans laquelle il était impossible de faire demi-tour. Terry démontrait une absence de pitié et une obstination absolues dans la poursuite de son but et il me fallait appliquer la même obstination implacable dans la poursuite de ma voie, sinon je n'étais qu'un hypocrite inutile et peureux de plus refusant de monter en première ligne s'exposer pour sa cause.

J'ai pris une décision capitale.

Si le prochain éditeur refusait le livre, je n'accepterais tout simplement pas son refus. Je refuserais son refus. Je ne considérerais pas « non » comme une réponse. Je ne considérerais pas « jamais » comme une réponse. J'exigerais la publication, et si cela signifiait que je devais prendre l'éditeur en otage jusqu'à ce que le livre soit en librairie, eh bien soit. Je n'aurais aucun mal à trouver un pistolet : chez Harry, il suffisait d'ouvrir un tiroir ou de plonger la main dans le sucrier pour tomber sur un semi-automatique. Bien sûr, je méprisais les armes à feu et tout ce qui va avec, comme les blessures et la mort, mais l'idée de violer un autre des dix commandements me plaisait assez, puisque déjà je n'honorais plus mon père. De toute façon, ils ne peuvent pas te damner pour *deux* éternités, si ?

Ce soir-là, avant de rentrer, pendant que Harry était assommé par la vodka et les somnifères, j'ai plongé la main dans le sucrier. Le pistolet que j'en ai tiré était couvert de cristaux collants. Je les ai fait tomber dans ma tasse de thé. J'ai eu le goût du flingue sur la langue.

Je suis parti le lendemain alors qu'il faisait encore nuit. Terry n'avait pas fait parler de lui depuis au moins une semaine et les journalistes ne campaient plus dans notre jardin, même s'ils y avaient laissé des mégots mouillés de rosée. J'ai pris le bus jusqu'à la ville. Les bureaux de l'éditeur suivant sur ma liste étaient juste en face de la gare centrale. Avant d'entrer dans l'immeuble j'ai jeté un coup d'œil aux horaires des trains au cas où je serais obligé d'opérer une retraite hâtive. Toutes les trois minutes, un train était en partance, si je n'étais pas trop regardant sur la destination. J'ai acheté une flopée de billets, qui m'ouvriraient tous les horizons.

Dans le hall, un tableau noir sous verre dressait la liste des résidents de l'immeuble en lettres blanches. Au quatrième se trouvait mon dernier espoir : Strangeways Publicati ns[1]. Il n'était pas très difficile de comprendre pourquoi la lettre « o » manquait : au sixième étage était installée la Coopérative Voodoo tandis qu'au second c'était les Détachants Ooooups.

J'ai pris l'ascenseur jusqu'au quatrième. Il y avait des toilettes au bout du couloir. Je suis entré et j'ai tenu ma tête au-dessus de la cuvette pendant les vingt minutes nécessaires pour établir ma stratégie avant de retourner dans le couloir et de me diriger vers la porte de Strangeways Publications. Avant de frapper, j'ai plongé la main dans mon sac. Le pistolet était toujours là, mais le sucre avait disparu : il n'avait plus rien de doux.

J'ai frappé. Une voix m'a prié d'entrer.

Un homme était occupé à lire à un bureau. Sans lever la tête il m'a fait signe de m'asseoir, mais j'étais trop nerveux. Mes genoux refusaient de plier. Ils s'étaient bloqués. J'ai regardé autour de moi. Le bureau n'était pas plus grand qu'un placard, et c'était une porcherie. Des journaux

1. Les Publications de l'étrange. *(NdT.)*

étaient empilés du sol au plafond. Dans un coin il y avait un tas de vêtements et une valise marron. La fenêtre était fermée et l'air confiné. L'éditeur avait la quarantaine. Ce qu'il lisait le faisait sourire comme un bouc sénile. Une brosse à dents et un bol blanc plein d'une eau verte étaient posés sur le bureau. La brosse à dents m'a donné envie de vomir. Il y avait un cheveu dessus.

« Que puis-je faire pour vous ? » il m'a demandé en levant la tête.

J'ai fourré la main dans mon sac, tâté le pistolet et sorti le manuscrit. Je l'ai jeté sur le bureau et y suis allé de mon boniment habituel : l'auteur, qui devait demeurer anonyme pour l'instant, cherchait l'éditeur qu'il fallait pour un chef-d'œuvre sans précédent, et à cause du caractère sensible du sujet je ne pouvais pas lui laisser le manuscrit, mais s'il avait une once de curiosité et s'il ne voulait pas rater la chance la plus sensationnelle de sa vie il fallait vraiment qu'il y jette un coup d'œil maintenant, pendant que j'attendais. J'avais si souvent tenu ce discours que je l'ai débité sans réfléchir. Durant tout ce temps il m'a fixé d'un regard à moitié éméché, souriant comme un vieux bouc qui pense à une baignoire pleine de mousse.

« Eh ben, jetons-y un coup d'œil. »

Il l'a ouvert à la première page. Par la fenêtre derrière lui j'ai vu un train qui entrait en serpentant dans la gare. L'éditeur a feuilleté les pages centrales, gloussé, puis refermé le manuscrit.

« Une satire, hein ? J'aime les satires. Celle-ci est bien écrite et très marrante mais, pour être sincère, ce n'est pas pour mon catalogue. »

Ma main, serrée sur le pistolet, était tout en sueur.

« Merci quand même d'être venu. »

Je n'ai pas bougé. Une minute est passée en se traînant. Des yeux, il me faisait signe de sortir. J'ai ignoré le message.

« Écoutez, il a dit. J'ai quelques difficultés en ce moment. Je ne pourrais même pas publier ma propre notice nécrologique, alors je vous suggère de vous tirer. »

Je n'ai toujours pas bougé. C'était comme si l'air s'était solidifié et me retenait prisonnier.

« Vous savez ce que j'étais en train de lire quand vous êtes entré ? Non ? Rien – voilà ! Je faisais semblant de lire pour avoir l'air occupé. C'est triste, non ? » Comme apparemment je ne respirais même pas, il a ajouté : « Regardez ça. »

Une pile de livres s'élevait à côté de son bureau ; il a saisi celui du dessus et me l'a tendu. J'y ai jeté un coup d'œil. C'était un manuel de biologie.

« À Londres, je travaillais pour la presse populaire. C'était il y a longtemps. » Il a contourné son bureau et s'est assis dessus, ses yeux faisant vivement le tour de la pièce. « C'est une petite maison d'édition. Rien d'extraordinaire. Nous publions des livres de classe. Physique, biologie, chimie, les sujets habituels. Moi et ma femme, nous possédions chacun une moitié de l'affaire. L'argent qu'elle avait hérité de son père et mon argent, économisé à la sueur de mon front. Pendant dix ans nous avons dirigé notre petite affaire. Bien sûr, nous avions nos différends conjugaux et j'ai fait de petites imprudences, mais j'étais prudemment discret là-dessus, alors où était le mal ? Seulement, regardez ça. Gavez-vous des instruments de ma destruction ! » Il a désigné le livre de biologie que je tenais : « Page 95. »

Je l'ai ouvert à la page 95. C'était une illustration du corps humain avec toutes ses parties étiquetées et leurs fonctions expliquées. On aurait dit un mode d'emploi pour chaîne stéréo. « Vous voyez quelque chose d'inhabituel ? »

Je ne voyais rien d'inhabituel. C'était un corps humain standard. Certes, il lui manquait quelques éléments courants comme les poignées d'amour, les rides et les vergetures, mais sinon il était relativement complet.

« Elle l'a fait exprès, elle savait que je serais trop bourré pour vérifier avant l'impression.

— Je ne vois rien.

— Le cerveau ! Regardez comment elle a appelé le cerveau ! »

J'ai regardé. « Testicule ». Et, à la place des testicules, il n'y avait pas écrit seulement « cerveau » mais « cerveau de Stanley ». Et presque chaque organe était une critique des mauvaises habitudes de Stanley : le cœur, ou les reins, les poumons, les intestins, tout ce que vous voudrez, était accompagné d'une note décrivant sa consommation d'alcool excessive, son régime alimentaire malsain, son agressivité et ses carences sexuelles. Ça n'en finissait pas. Je comprenais à présent en quoi cela n'était pas tout à fait adapté aux écoliers.

« Elle m'a sabordé. Tout ça parce que je couchais avec une serveuse du bar au coin de la rue. OK, je n'aurais pas dû, mais me faire perdre mon gagne-pain... Dix mille livres à pilonner ! Et je ne peux faire de procès à personne parce que j'ai signé le bon à tirer. J'ai livré moi-même les épreuves à l'imprimeur. Bien sûr, elle aussi a tout perdu, mais elle s'en fout. Ça montre à quel point les femmes sont vindicatives. Ça valait le coup, elle me dit, juste pour me flanquer par terre. Vous avez déjà entendu quelque chose d'aussi venimeux ? Certainement pas. Maintenant, j'attends que mes créanciers frappent à la porte. Je ne peux même pas payer le loyer de ce bureau. Donc, même si je serais ravi de publier votre délicieuse satire...

— Ce n'est pas une satire.

— Non ?

— Non. »

Il a baissé les yeux sur le manuscrit qu'il a feuilleté rapidement.

« C'est sérieux ? »

J'ai acquiescé.

« Alors ce serait un manuel pour jeunes criminels ? »

J'ai acquiescé de nouveau.

« Publier ça serait un coup à nous faire arrêter tous les deux.

— Je suis prêt à prendre le risque si vous l'êtes aussi. »

Il s'est calé dans son fauteuil : « Quelle histoire ! » Il a regardé de nouveau le manuscrit et, un peu plus tard, a lâché : « Eh ben dites donc ! »

Il a fermé un instant les yeux avant de les rouvrir. L'instant m'a paru infini mais il ne l'était probablement qu'à demi.

« Pourquoi êtes-vous venu me voir ?

— Tous les autres ont dit non.

— Évidemment. » Il a gloussé.

Cela semblait lui faire un immense plaisir.

Puis sa bouche s'est élargie en un sourire, et il a bondi sur ses pieds comme s'il répondait à l'appel du devoir. Son sourire n'a cessé de s'élargir jusqu'à ce que sa bouche me fasse mal.

J'ai couru d'une traite chez Harry et monté les marches en trébuchant. J'étais si excité que j'en ai presque oublié le code, trop compliqué. Quatre coups, un coup, une pause, trois coups, puis ma voix disant : « Hé, Harry, c'est moi, Martin. » À mon sens, on aurait pu faire ça tout aussi bien sans les coups, mais Harry était inflexible. Évidemment, je me suis emmêlé les pinceaux : deux... silence... trois... non... il valait mieux tout recommencer... J'ai entendu le bruit de mauvais augure d'un fusil à pompe qu'on armait. « C'est moi Harry ! » j'ai dit, paniqué. M'étant rendu compte de mon erreur, je me suis baissé, attendant la giclée de balles. Elle n'est pas arrivée. Une série de clics et de glissements. Harry se pliait à l'ennuyeuse routine du déverrouillage. Cela lui a pris plus de temps que d'habitude. Il devait avoir ajouté quelques verrous. La porte s'est ouverte sur Harry en sous-vêtements, son fusil dans une main et une hache dans l'autre. Ses yeux étaient pleins de feu et de peur. J'étais fou d'impatience. Je lui ai appris la nouvelle.

« J'ai trouvé un éditeur. Il adore ! Il est anglais, donc il a été élevé dès le biberon au scandale ! Il n'a pas peur de s'exposer en première ligne. Il adore vraiment ton bouquin ! Il mise tout dessus ! Le livre part direct chez l'imprimeur ! »

Harry était trop étonné pour parler. Il était congelé sur place. Tu as déjà vu un homme congelé par une bonne nouvelle ? C'est hilarant.

« Quèèèè... qu'est-ce que tu as dit ?

— On a réussi ! Ton livre va être un livre ! »

Le soulagement, la crainte, l'amour, la terreur et l'exaltation se sont disputés ses traits. Même l'égocentrique le plus sûr de lui doute secrètement. C'était cette partie de sa personne qui était en tumulte. C'était tellement inattendu ! Les pouvoirs divinatoires de Harry avaient un angle mort à cause de cette voix pessimiste qui criait plus fort que les murmures prophétiques de son troisième œil. Harry riait et pleurait. Il a levé son fusil et tiré. Le plafond est descendu en larges fragments de plâtre. C'était terrifiant. Il m'a serré dans ses bras. Nous avons dansé dans l'entrée, mais c'était difficile d'y prendre plaisir parce que Harry tenait toujours le fusil et la hache. Il a essayé de m'embrasser à nouveau sur la bouche, mais cette fois-ci j'étais prêt. Je lui ai tendu ma joue. Il m'a embrassé l'oreille. Comme nous continuions à tourner, la jambe folle de Harry a fait valser la table basse. Ça y était ! Son livre ! Son bébé ! Son testament ! Son immortalité !

Les quelques semaines suivantes ont passé dans un brouillard. Époque palpitante ! J'allais presque chaque jour au bureau de Stanley. Nous préparions tout ensemble : choix des caractères, réorganisation des chapitres. Il m'a prié de demander une préface au « mystérieux auteur », et Harry s'y est collé, travaillant jour et nuit, sans me laisser rien lire.

Stanley avait vendu tout ce qu'il possédait pour pouvoir payer les imprimeurs. « Ils vont tomber des nues, il n'arrêtait pas de dire. Ça va être la folie quand le livre sortira en librairie. Puis il sera interdit. Publicité gratuite ! Rien ne vaut la censure pour faire exploser les ventes. On criera à l'outrage aux bonnes mœurs ! Les exemplaires interdits seront diffusés sous le manteau ! Le livre vivra dans l'ombre et poussera comme un champignon à la cave ! Ensuite, une voix solitaire s'écriera : "Oh ! C'est l'œuvre d'un génie !" Et les têtes qui se secouaient de dégoût se mettront à hocher leur assentiment ! Notre défenseur sera peut-être quelqu'un qui ne croira pas un mot de ce qu'il dit. Ça n'a pas d'importance. Heureusement qu'il y a certains critiques qui se croient obligés d'aller à contre-courant, quel qu'en soit le sens. Par exemple, ce pourrait être : "Aime ton prochain", alors le critique dirait : "Non ! Déteste-le, ce minable !" »

Stanley délirait ainsi chaque jour. C'était toujours le même discours. Il prédisait de grandes choses pour le livre de Harry tout en me pressant de lui révéler le nom de l'auteur. « Rien à faire, je répondais. Le jour de la publication seulement », et Stanley donnait un coup de poing à son bureau. Il faisait tout ce qu'il pouvait pour me l'arracher. « Je suis en train de me mouiller, là, Marty, comment savoir si l'auteur n'est pas pédophile ? Je veux dire, le scandale est une chose, tu sais que je ne le crains pas, mais personne ne touchera le livre si les mains de l'auteur ont tripoté un gosse. »

Je lui donnais ma parole que Harry n'était qu'un voleur et un meurtrier tout ce qu'il y a de plus ordinaire.

Un beau jour, la femme de Stanley est venu voir ce qu'il mijotait. C'était une femme mince et séduisante avec un nez pointu qui semblait moins sculpté qu'aiguisé à la meule. Elle a fait le tour du bureau et tenté de jeter un œil au manuscrit qui était dessus, mais Stanley l'a recouvert d'un journal.

« Qu'est-ce que tu veux, vieille rosse ?

— Tu mijotes quelque chose. »

Il n'a pas répondu, se contentant de lui décocher un sourire qui disait : « Peut-être, ma salope, mais ce ne sont pas tes foutus oignons. »

Elle s'est tournée vers moi et s'est mise à me scruter. « Je vous connais...

— Je ne crois pas.

— Vous ne m'avez pas demandé de l'argent un jour dans un train ? »

J'ai affirmé que je n'avais jamais demandé d'argent à personne dans un train, ce qui n'était pas vrai parce que j'avais un jour demandé de l'argent à quelqu'un dans un train.

« Bon, la visite est terminée, a déclaré Stanley, la prenant par les épaules et la poussant hors du bureau.

— OK, OK ! J'étais juste venue te proposer de divorcer !

— Quand tu voudras. Mais je préférerais être veuf.

— Va te faire foutre et crève, salopard ! »

Une fois qu'il l'a eu sortie dans le couloir, il lui a claqué la porte au nez et m'a lancé : « Appelle un serrurier, il faut qu'on fasse changer les serrures. Et après, on reprend le boulot. »

Stanley avait confié deux petites tâches à Harry. La première était le titre, et Harry m'avait tendu une liste de suggestions. *Manuel pour les criminels, Manuel pour jeunes criminels, Le Manuel du crime pour les jeunes criminels et les débutants, Le Crime : Comment s'y prendre, Violons la loi sans compter, Le Crime pour les nuls, Guide pratique du crime, Mode d'emploi pour hors-la-loi, L'Illégalité les doigts dans le nez...* et ainsi de suite.

Puis est venu le problème de la préface. Harry m'avait donné sa première version en me demandant de la passer telle quelle à Stanley. Même si j'avais voulu, je n'aurais pas pu la modifier. C'était l'épanchement d'un homme au bord de la démence :

> Certains hommes sont mis sur Terre pour faire des lois destinées à briser l'esprit de leurs congénères. Puis il y a ceux qui sont ici pour avoir l'esprit brisé par ceux qui sont ici pour les briser. Puis il y a ceux qui sont ici pour violer les lois qui brisent les hommes qui brisent l'esprit de leurs congénères. Je suis l'un de ces hommes.
>
> L'AUTEUR

Stanley la lui a renvoyée en lui demandant de réessayer. La deuxième tentative de Harry n'a pas été meilleure.

> Ils vous ont à l'œil. Ils vous ont sur leur liste. Ils veulent transformer le sang de votre sperme en machines à vapeur qui produisent l'énergie pour éclairer leurs vies. Eh bien, je suis ici pour vous dire que si vous lisez ce livre et suivez ses conseils, vous pouvez vous remplir les poches pour changer, et laisser les enfants d'un autre porter les tables de pierre pour les gros contremaîtres égyptiens. Je dis : Pourquoi ne pas les dégommer les premiers ?
>
> L'AUTEUR

Stanley ne pensait pas que l'amertume ou la folie feraient vendre. Je comprenais son point de vue. Aussi doucement que possible, j'ai demandé à Harry de réessayer une dernière fois. J'ai lu sa troisième tentative dans le bus qui m'emportait vers la ville.

> Ah-ha ! Adorez-moi, espèces de salauds !
>
> L'Auteur

J'ai déchiré le papier et j'ai composé une préface que j'ai attribuée à Harry.

> Le monde est plein aux as, si plein aux as qu'on pourrait croire qu'il y en a pour tout le monde. Mais non. Certains sont donc obligés de prendre ce qu'ils peuvent sans suivre les règles parce que les règles disent qu'ils ont droit à presque rien. La plupart s'engagent sur ce chemin sans guide ni carte. En écrivant ce livre, je n'essaie pas de provoquer une révolution ; je ne fais que venir en aide aux défavorisés qui ont pris cette route moins fréquentée, l'éclairant un peu pour montrer les trous et les embûches, dresser les poteaux d'entrée et de sortie, et indiquer les limitations de vitesse.
>
> Bonne route à vous, jeunes voyous, bonne route…
>
> L'Auteur

Enfin est arrivé le jour de l'impression. Je devais révéler le nom de l'auteur à Stanley. Harry et moi attendions dans le jardin en fumant cigarette sur cigarette en guise de petit déjeuner. Il avait dépassé les limites de l'anxiété, ses mains tremblaient vigoureusement. Nous essayions tous deux de ne pas le remarquer, et quand je devais lui allumer ses cigarettes, nous prétendions que c'était parce que je jouais à être son valet de chambre. Je disais : « Voilà, Monsieur », et il répondait : « Merci, mon petit. »

Au-dessus de nous, le ciel était d'une étrange couleur, du même vert d'algues que sa piscine.

« Cet éditeur… on peut lui faire confiance ? m'a demandé Harry.

— Totalement.

— Il va nous baiser ?

— Non.

— La prochaine fois que tu lui parleras, dis-lui que j'ai tué dix-sept hommes, deux femmes et un enfant.

— Tu as tué un enfant ?

— Enfin… un jeune adulte. »

Harry m'a tendu une feuille sur laquelle était écrite la liste de ses remerciements. Je l'ai prise et je suis parti accomplir notre destin en balançant les bras. On marche comme ça quand on fait le sale boulot du destin.

Dans son bureau, Stanley était trop excité pour rester assis. Les deux minutes qui ont suivi mon arrivée, il a fait trois fois l'aller-retour porte-fenêtre, en effectuant avec ses mains des gestes bizarres comme s'il étranglait des poulets.

« On y est, mon pote. Les imprimeurs attendent. Je suis prêt pour le nom maintenant.

— OK, le voilà. L'homme qui a écrit le *Manuel du crime* s'appelle Harry West. »

La bouche de Stanley s'est ouverte et est demeurée ainsi tandis qu'il exhalait un long souffle.

« Qui ?

— Harry West !

— Jamais entendu parler. »

J'ai décliné son casier judiciaire sans rien omettre. « Harry West », a répété Stanley, d'un ton un peu déçu tandis qu'il écrivait le nom. Puis, avec les informations que je lui ai données, il a composé une biographie de l'auteur :

Harry West est né à Sydney en 1922. Au cours des cinquante-cinq années qui ont suivi il a violé toutes les lois de l'hémisphère Sud. Il s'est évadé de prison il y a deux ans, et en ce moment il est occupé à fuir la justice.

« Harry a écrit une liste de remerciements qu'il veut qu'on mette au début, j'ai dit.

— Parfait. »

Stanley y a jeté un œil. C'était juste une page des remerciements habituels qui précèdent l'œuvre d'une vie.

> Je désire remercier mon père pour m'avoir donné le goût de la violence, mon grand-père pour avoir donné à mon père le goût de la violence, qui à son tour me l'a donné. Je n'ai pas d'enfants, j'ai donc dû le transmettre à des connaissances et à des passants. Je voudrais aussi remercier le système pénal de Nouvelle-Galles du Sud pour m'avoir appris l'injustice ; la police de Nouvelle-Galles du Sud pour son infatigable corruption et son inlassable brutalité ; la violence au cinéma pour avoir désensibilisé mes victimes de sorte qu'elles mettent plus longtemps à dire aïe ; mes victimes pour avoir perdu ; ceux qui m'ont vaincu pour m'avoir montré qu'il n'y a pas de déshonneur à recevoir une balle dans la cuisse ; et enfin mon conseil éditorial, ami et frère en isolement, Martin Dean.

« Tu es sûr que tu veux ton nom là-dessus ? m'a demandé Stanley.

— Pourquoi pas ? » j'ai répliqué stupidement. J'avouais pratiquement que j'hébergais un fugitif et que je faisais publier son chef-d'œuvre.

« Je pense, j'ai ajouté.

— Penses-y une seconde de plus. »

J'y ai pensé. Est-ce que je faisais une erreur ? Il était évident qu'il n'y avait pas de véritable raison pour que je sois cité. Mais c'était mon travail à moi aussi. Je m'étais échiné pour amener le livre là où il était, et je voulais que le monde le sache.

« Ouais, laisse-le.

— OK, eh bien, nous sommes tous prêts. Je vais donner ça aux imprimeurs. Ensuite, je peux le rencontrer ?

— Je ne suis pas sûr que ce soit une très bonne idée pour l'instant.

— Pourquoi ?

— Il n'est pas bien, il est un peu… à cran. Peut-être quand le livre sera sorti. Il sort quand, d'ailleurs ?

— Dans trois semaines.

— Je n'arrive pas à y croire.

— Je veux, mon neveu. » Juste avant de sortir, Stanley s'est tourné vers moi avec une expression étrange et lointaine sur le visage : « Dis à Harry que je pense que c'est un génie. »

J'ai assuré que je transmettrais.

« Qu'est-ce qu'il a dit quand tu lui as appris mon nom ? Quelle tête il faisait ? Dis-moi tout. N'omets rien, m'a lancé Harry, debout sur le pas de sa porte, d'une voix essoufflée, alors que je remontais l'allée.

— Il a été impressionné, il avait entendu parler de toi.

— Bien sûr qu'il avait entendu parler de moi. Un homme ne tue pas régulièrement pendant cinquante ans sans se faire un nom. Alors, il sort quand en librairie ?

— Dans trois semaines.

— Trois semaines ! Putain ! »

Il n'y avait plus qu'à attendre. Tout était fait. J'éprouvais ce sentiment de satisfaction et de relâchement qui vient avec l'accomplissement d'un boulot. À présent je comprenais ce qu'avaient dû ressentir tous les esclaves égyptiens quand la pierre pointue avait été posée au sommet de la pyramide de Gizeh et qu'ils avaient dû attendre pour voir si elle ne faisait pas la culbute. Mais j'éprouvais aussi un sentiment d'inquiétude. Pour la seconde fois de ma vie, après la boîte à idées, j'avais pris part à quelque chose qui avait un sens ; maintenant, qu'est-ce que j'allais bien pouvoir faire ? L'ambition qui montait dans ma poitrine n'avait plus de débouché. C'était agaçant.

Après quelques heures passées à imaginer notre succès phénoménal pendant une minute et notre abominable échec la minute d'après, je me suis traîné chez moi pour m'occuper de ma mère. La chimiothérapie et un bombardement régulier de radiations l'épuisaient, elle avait perdu du poids et des cheveux, et elle se déplaçait en se tenant aux murs. Il était clair que le corps qu'elle habitait devenait rapidement inhabitable. La seule surprise agréable était mon père, qui se révélait proche de l'être humain, et d'un de ceux qui sont agréables, en plus. Il se montrait bien plus gentil, aimant et efficace que ma mère et moi nous y étions attendus. Alors, est-ce que j'avais vraiment besoin de traîner là tout le temps ?

Maintenant que j'avais été dans le monde, chaque fibre de mon être se rebellait à l'idée de passer une seconde de plus dans cette misérable ville. C'est pour ça que tu ne dois jamais faire de serment. Tu ne sais jamais ce que les fibres de ton être vont avoir envie de tricoter plus tard.

Ces semaines d'attente ont été une torture, compliquée et raffinée. J'avais toujours su qu'il y a mille quatre cent quarante minutes dans une journée, mais pendant ces trois semaines je les ai senties, intensément. J'étais aussi fébrile que des fils électriques dénudés. J'arrivais à grignoter mais pas à manger. À fermer les yeux mais pas à dormir. À rester sous la douche mais pas à me mouiller. Les jours se dressaient tels des monuments à l'éternité.

Cependant, comme par magie, le jour de la parution est arrivé. À trois heures du matin, j'ai attrapé le bus. En chemin, j'ai eu l'impression confortable d'être une célébrité qui vient de s'asseoir dans un endroit public et attend seulement que quelqu'un se retourne et hurle : « Eh ! C'est Untel ! » C'était moi : j'étais Untel. Une sensation agréable.

Une ville est un endroit étrange pour l'aube. On dirait que le soleil n'arrive pas à pénétrer dans les rues froides, et elle a mis deux heures à s'éclairer. Dans George Street je suis passé devant un groupe de fêtards effondrés les uns sur les autres qui s'embrassaient et maudissaient la venue du jour. Ils m'ont gratifié d'une chanson avinée sur laquelle j'ai fait quelques pas de danse qui ont dû leur plaire car ils m'ont acclamé. Je leur ai rendu leurs acclamations. C'était joyeux.

La librairie Dymocks avait promis de mettre un exemplaire en vitrine. J'étais en avance de deux heures. J'ai fumé quelques cigarettes. J'ai souri, juste pour faire quelque chose. J'ai repoussé mes lunules. Un fil de ma chemise m'a occupé de huit heures à huit heures trente. Puis, quelques minutes avant neuf heures, une femme est apparue dans la librairie. Je ne sais pas comment elle était entrée. Peut-être qu'il y avait une porte de service. Peut-être qu'elle y avait dormi. Mais qu'est-ce qu'elle faisait là ? Elle était juste appuyée au comptoir, comme si elle était une cliente. Et puis, qu'est-ce qu'elle fabriquait avec la caisse ? Est-ce que c'est vraiment important, à cette heure-ci ? Quand les librairies ont un nouveau livre à mettre en vitrine, ça devrait être leur priorité. C'est évident !

Elle s'est mise à genoux et a ouvert avec un couteau un carton. Elle en a sorti une poignée d'exemplaires et s'est dirigée vers la vitrine. Ça y était ! Elle est montée sur le petit podium et a disposé les exemplaires. Quand j'ai vu les livres, mon cœur m'a lâché.

Voici ce que j'ai lu :

Manuel du crime, par Terry Dean

Quoi ? QUOI ? J'ai dû m'approcher pour regarder de plus près. Terry Dean ? TERRY DEAN ! Comment diable était-ce arrivé ? Je me suis précipité sur la porte. Elle était verrouillée. J'ai donné un grand coup sur la vitrine. Le verre a tremblé. La femme m'a scruté de l'autre côté de la vitre.

« Qu'est-ce que vous voulez ?

— Ce livre ! Le *Manuel du crime* ! Il faut que je le voie !

— Nous ouvrons dans dix minutes.

— J'en ai besoin maintenant ! » j'ai crié tout en cognant à la porte. Elle a marmonné dans sa barbe une insulte cruelle. Je crois que c'était : « Cinglés de lecteurs. » Je ne pouvais rien faire. Elle refusait d'ouvrir la porte. J'ai couru à la vitrine et collé mes globes oculaires contre le verre. Sur la couverture, il était aussi écrit, en couleurs, sur une grosse étoile :

Un livre écrit en cavale par Terry Dean !

Je ne comprenais rien. Nulle part il n'était fait mention de Harry. Merde ! Harry ! Il... Une porte de plomb s'est fermée avec fracas dans ma tête. Mon cerveau refusait de me laisser penser à Harry. C'était trop risqué.

À neuf heures pile, la librairie a ouvert et je me suis précipité à l'intérieur, j'ai attrapé un exemplaire du *Manuel du crime*, et je l'ai compulsé frénétiquement. La notice sur l'auteur était complètement différente. C'était l'histoire de la vie de Terry et la dédicace disait simplement : « À Martin, mon frère et conseiller éditorial ».

Stanley nous avait doublés ! Mais comment ? Je n'avais jamais dit que j'étais le frère de Terry !

J'ai donné de l'argent à l'employée et je suis sorti en trombe sans attendre la monnaie. J'ai couru jusqu'au bureau de Stanley. Quand j'y ai fait irruption, il était debout derrière sa table et parlait au téléphone. Il disait : « Non, il ne peut donner aucune interview. Il ne peut pas, c'est tout. Il est en cavale, voilà pourquoi. »

Il a raccroché et m'a adressé un sourire triomphal. « Le téléphone n'arrête pas de sonner ! C'est dément ! Bien mieux que ce à quoi je m'attendais !

— Qu'est-ce que tu as fait !

— Je te garantis qu'il ne restera plus un exemplaire en fin d'après-midi. Je viens de commander une réimpression de cinquante mille. Ce n'est que le premier jour, et c'est déjà un énorme succès !

— MAIS CE N'EST PAS TERRY QUI L'A ÉCRIT !

— OK, ça va, Martin. Je sais que tu es le frère de Terry. Tu as essayé de me le cacher, vilain garçon. En fait, tu le croiras ou pas, tu sais qui m'a mis la puce à l'oreille ? Ma putain d'ex-femme ! Elle a vu ta tête dans les journaux. Ça lui est revenu deux heures après son départ l'autre jour, et elle m'a appelé en exigeant de savoir ce que je m'apprêtais à publier concernant Terry Dean. Alors j'ai pigé. Bien sûr ! C'était évident ! Harry West était le pseudonyme de Terry Dean ! On a connu mieux comme anagramme, mais ça le fait. Sauf que les pseudonymes ne vendent pas de livres, mon ami. Pas quand l'auteur est aussi célèbre que ton frère ! »

Je me suis approché du bureau de Stanley en me demandant si j'étais assez fort pour le soulever et écrabouiller son propriétaire avec.

« Écoute-moi, salopard de merde, j'ai grogné. Terry ne l'a pas écrit ! C'est Harry ! Oh, mon Dieu ! Harry ! Harry va péter un plomb !

— Ah bon ? Et qui est ce Harry ?

— Le mentor de Terry. »

Stanley m'a regardé avec curiosité pendant un long moment.

« Allez, mon pote, laisse tomber.

— Je te le dis. T'as merdé ! Harry va péter un câble ! Il va nous réduire en bouillie, espèce d'imbécile ! »

Le visage de Stanley hésitait entre le sourire et la grimace. Il a fini par se décider pour une inconfortable combinaison des deux.

« Tu es sérieux ?

— On ne peut plus sérieux.

— Tu dis donc que Terry n'a pas écrit ce livre ?

— Terry ne pourrait pas écrire son nom sur la neige avec sa pisse !

— Vraiment ?

— Vraiment !

— Ah », a fait Stanley avant d'enfouir son visage dans un tas de papiers. Il a pris un crayon et s'est mis à gribouiller quelque chose. Je le lui ai arraché des mains. Voici ce qu'il avait écrit : « Oups ! »

« Oups ! Oups ? Tu ne comprends rien ? Tu ne connais pas Harry ! Il va me tuer ! Et après il te tuera ! Et après il tuera Terry et il se tuera !

— Pourquoi il ne peut pas passer en premier ? » s'est écrié Stanley. Il s'est levé, a boutonné sa veste, puis l'a déboutonnée avant de se rasseoir. Il avait enfin la sagesse de paniquer.

« Tu n'as même pas pensé à vérifier mon histoire ? Tu n'as pas pensé à te renseigner sur Harry ?

— Écoute… Attends…

— Rappelle-les !

— Qui ?

— La presse ! Les imprimeurs ! Tout le monde !

— Attends un peu !

— Fais-le !

— Je ne peux pas !

— Mais c'est un mensonge !

— Assieds-toi. Calme-toi. Il faut qu'on réfléchisse. Est-ce qu'on réfléchit ? Réfléchissons. OK. Réfléchis. Tu réfléchis ? Moi pas. Je n'ai pas une pensée dans la tête. Arrête une seconde de me regarder. Je n'arrive pas à réfléchir quand on me regarde. Retourne-toi. Sérieusement, Martin, retourne-toi. »

À contrecœur, j'ai pivoté de façon à faire face au mur. J'avais envie de me fracasser la tête contre la cloison. Incroyable ! Terry était de nouveau parmi nous – occupant le devant de la scène. Et moi, quand viendrait mon tour ?

Stanley s'est mis à débiter à toute allure des idées qui ont empuanti la pièce. « OK. OK. OK. Donc… ce que nous espérions, avec le *Manuel du crime*, c'était un scandale littéraire. Spectaculaire. Discutable. Polémique. Ça, c'est fait. Mais maintenant il se révèle que l'auteur n'est en fait pas l'auteur. Cela signifie… que nous avons en plus du scandale une supercherie littéraire.

— Une quoi ?

— OK. Tu peux te retourner. »

Quand je lui ai fait face, Stanley me souriait de nouveau, l'air triomphant. « Deux pour le prix d'un ! s'est-il écrié.

— Stanley…

— C'est génial ! Ça va bien nous servir. Dis à Harry d'être patient – dans un an ou deux, nous laisserons échapper l'info. Il sera célèbre.

— Un an ou deux ?

— Oui, pourquoi se presser ?

— Tu ne piges toujours rien ! Harry va croire que j'étais dans le coup. Il va croire que je l'ai trahi ! Ce livre, c'est son testament au monde ! Tu dois lui dire ! Tu dois lui dire que c'est ta faute ! Que tu as fait une erreur ! Imbécile ! Il va nous tuer !

— Et alors ? Qu'il vienne ! Je n'ai pas peur ! Si je dois mourir, que ce soit pour un livre ! Oui, ça me plaît ! Que ce soit pour ce livre. Oui ! Amène-le-moi ! »

Stanley tenait son poing en l'air comme si c'était un trophée qu'il venait de remporter. Tu peux croire ça ? J'étais dans la pire situation imaginable, et en compagnie d'un homme qui venait d'y trouver une raison de mourir. Il irradiait la plénitude de manière aussi inappropriée que dégoûtante. J'aurais voulu lui arracher les lèvres.

J'ai pris un taxi pour aller chez Harry en me disant que j'allais devoir faire très, très attention. Harry m'aimait, et je l'aimais, mais cela ne signifiait pas qu'il ne me collerait pas une balle entre les deux yeux. C'est ça l'amour, après tout. J'ai baissé la vitre du taxi. L'air était incroyablement immobile, comme dans une pièce sans fenêtres. Rien ne bougeait. C'était comme si le sas du monde avait été hermétiquement scellé et que nous étions tous enfermés à l'intérieur.

J'ai fait le code secret, puis le code pas si secret, celui que n'importe qui peut faire. J'ai beuglé son nom. J'ai beuglé une excuse. Ç'a été un gaspillage de beuglements : il n'était pas là. Que faire ? Un taxi est passé, je suis retourné en ville où j'ai erré dans les rues, immergé dans mon tumulte. Le taux d'activité me donnait le tournis et j'étais irrité que personne d'autre ne semble perdu. Les gens étaient un peu tristes et seuls peut-être, mais ils savaient où ils allaient. Je me cognais exprès contre eux, dans l'espoir irrationnel de susciter une sorte de réaction sympathique. Les visages citadins prennent un air suprêmement cruel et indifférent quand tu erres parmi eux en proie à une crise existentielle. Le fait que personne ne s'arrête pour te tenir la main est déprimant.

Je suis entré dans un pub, le Park View, j'ai pris un siège au bar et ne me suis pas appesanti sur l'absence de parc ou de vue. J'ai commandé une bière. Une chanson passait à la radio, une jolie chanson d'amour gaie qui détonnait avec mon humeur. J'ai vidé rapidement la bière. Le pub était désert à part deux vieux pochards qui se chamaillaient à propos de quelqu'un du nom de Gazza ; l'un d'eux pensait que Gazza était l'esclave de sa nouvelle femme tandis que l'autre soutenait qu'il la menait par le bout du nez. Quoi qu'il en soit, le résultat était que Gazza ne venait pas aussi souvent que par le passé, et que ce n'était plus la même chose sans lui. J'ai hoché tristement la tête et regardé mon verre vide comme si c'était la dernière fois qu'il me faisait du tort.

Puis la radio a diffusé les infos et mes oreilles se sont mises en alerte maximale. Terry Dean avait écrit un livre scandaleux qui enseignait aux criminels en herbe comment violer la loi. Et, dernière nouvelle, l'éditeur du *Manuel du crime* avait été arrêté.

Ça alors ! Stanley en prison ! Bien fait. Au moins, cela le mettrait à l'abri de Harry pour un moment, même s'ils ne pourraient pas le retenir longtemps : quand la police traque quelqu'un qu'elle ne peut pas trouver, elle se console en arrêtant quelqu'un qui a un lien avec lui.

Alors que j'imaginais Stanley derrière les barreaux, et que je pouvais me préparer à être le prochain qu'ils alpagueraient vu que j'étais cité dans les remerciements, la dernière nouvelle est arrivée : Harry West était monté en haut du pont du Port de Sydney armé jusqu'aux dents et menaçait de sauter. Une petite précision qui mettait tout en perspective : si Harry West concrétisait sa menace, il serait la première personne à se suicider du pont du Port en direct devant les caméras de la télévision. Oui, c'était évident. Terry l'avait privé de la coopérative démocratique et Stanley lui avait coupé le *Manuel du crime* sous le pied. Harry voulait à tout prix laisser un testament, n'importe lequel. La première personne à se suicider en sautant du pont de Sydney, et en couleurs en plus ! Pas étonnant que Harry ait emporté là-haut son arsenal ; quiconque tenterait de sauter avant lui, Harry le descendrait avant qu'il pose un orteil sur le parapet.

Je me suis précipité à l'extérieur, j'ai bondi dans un taxi et pris la direction du pont. S'il était armé, il y avait un risque qu'il me descende, mais il fallait que je lui explique que tout ça était une erreur qui pourrait être réparée dans un ou deux jours. J'avais le sentiment écœurant que quelque chose de terrible allait arriver sur ce pont. Il allait se balancer à la flotte, cela semblait inévitable. Mais connaissant Harry il voudrait entraîner autant d'âmes que possible avec lui dans l'abîme. Il voulait repeindre le port en rouge (sang), je le savais.

Le soleil de midi dans les yeux, j'ai vu le pont dans le lointain. Des policiers bloquaient l'entrée des deux côtés et se grattaient la tête pour savoir que faire des gens coincés au milieu. Paniqués, ils essayaient de diriger les conducteurs, mais il y avait trop de chaos. Un des flics, déboussolé, semblait désigner l'eau comme direction possible.

Quand j'ai quitté mon taxi pris dans l'embouteillage, le chauffeur m'a fait comprendre qu'il n'appréciait pas que je mette fin à notre relation de façon aussi inopinée. Des gens en uniforme se déversaient de partout. Policiers, pompiers, ambulances et camions télé slalomaient parmi les voitures arrêtées. Les services d'urgence étaient perdus. Personne ne savait ce qu'il était censé faire. La victime visée était aussi le coupable présumé. Déroutant. Il avait une arme, mais il menaçait juste d'en faire usage contre lui-même. Ils voulaient le descendre, mais on ne descend pas un homme qui menace de se suicider : c'est précisément ce qu'il veut.

Je me suis faufilé entre les voitures immobilisées et me suis rapidement trouvé devant une rangée de policiers. Je me suis glissé sous le long ruban jaune, et j'ai expliqué au flic qui me hurlait dessus que j'étais un ami intime de Harry West et que je pourrais peut-être le persuader de descendre. Ils m'ont laissé passer.

Je l'ai vu, tout en haut. Ce n'était qu'un point minuscule, semblable à un petit marié en plastique sur un gâteau de mariage. Le chemin jusqu'à lui serait long, mais je devais le faire.

Il soufflait un vent terrible. Il était difficile de résister. Tandis que je grimpais, mon estomac est devenu l'organe dominant et je n'ai plus senti que ses gargouillements. En dessous, je voyais l'océan, les banlieues vertes, un petit nombre de maisons. Le vent faisait grincer le pont tout entier, et de son mieux pour me déséquilibrer. J'ai songé : « Qu'est-ce que je fous ici ? Ce n'est pas mes oignons ! Pourquoi je ne le laisse pas juste faire son plongeon ? » J'ai aussi pensé que c'était ma faute, que j'étais responsable de Harry comme des gens qu'il pourrait tuer. Mais pourquoi ? Où était ma place dans tout ça ? Je n'étais pas une figure christique, je n'avais pas le complexe du sauveur. La race humaine tout entière pourrait attraper une angine carabinée que je n'en aurais rien à cirer.

Les ruminations de ce genre et la prise de conscience que les hommes de ma vie, Harry, Terry et Stanley, m'entraînaient dans l'abîme avec leurs petits projets auraient cependant dû être sauvegardées pour après l'événement – pendant qu'on boit une bonne tasse de chocolat chaud, pas pendant l'événement, au bord d'un précipice terrifiant. J'avais suspendu mon ascension pour méditer sur la signification existentielle de tout ce fatras. Comme d'habitude, je n'avais pas pu m'en empêcher. Sur cette échelle en métal branlante, je me suis dit : « Le rêve de l'un est l'ancre de l'autre. L'un nage, l'autre coule, et dans la piscine du nageur en plus : une insulte multipliée par deux. » Mais, entre-temps, le vent a menacé de me faire boire la tasse. J'ai compris alors que réfléchir sur le sens d'une action en plein milieu de celle-ci n'est pas une chose à faire.

J'ai repris mon ascension. À présent, je l'entendais. Harry a hurlé, et le vent m'a apporté sa voix avant que j'aie pu voir son visage. Je crois que c'était Harry. Sinon, c'était le vent qui venait de me traiter de salopard.

Ma chaussure a glissé. J'ai regardé l'eau et tremblé de la tête aux pieds : elle ne bougeait pas et ressemblait à une dalle de béton bleu.

« Merci pour le coup de couteau dans le dos, mon pote ! »

Harry était penché sur le garde-fou en acier, celui auquel je me cramponnais, les jointures blanches. Traîner sa mauvaise jambe jusqu'ici avait dû être un cauchemar. C'était peut-être à cause de la fatigue qu'il se laissait balancer par le vent, qui menaçait de le faire basculer.

Son visage s'était ratatiné. Il avait tant grimacé qu'il l'avait cassé. Ses rides avaient lâché. « Harry, c'était une erreur.

— Ça n'a plus d'importance.

— Mais on peut arranger ça ! Descends, et tout le monde saura que c'est toi qui as écrit le livre !

— C'est trop tard, Martin ! Je l'ai vue !

— Quoi ?

— L'heure de ma mort !

— Quand ?

— Quelle heure il est, là ?

— Harry, ne saute pas !

— Je ne sauterai pas, je vais tomber ! Tu ne peux pas dire à quelqu'un de ne pas tomber ! C'est l'affaire de la gravité, pas la mienne ! » Il a ri de peur, d'hystérie, fixant toutes ces armes pointées sur lui. Sa paranoïa avait enfin atteint l'illumination. Ses fantasmes paranoïaques et la réalité connaissaient une fusion absolue.

« Je tombe... Je disparais... il y a une autre guerre... un tremblement de terre... et le retour de la Madone... sauf que c'est une chanteuse... mais toujours vierge... et maintenant la révolution sexuelle... et des jeans passés à la pierre ponce... »

Ses pouvoirs extrasensoriels fouillaient l'infini, l'aveuglant sur le présent. Ses petits yeux agités, qui clignaient sans cesse d'habitude, avaient finalement gelé ; ils voyageaient, explorant et voyant tout. Tout.

« Les ordinateurs... tout le monde en a un... chez soi... et tout le monde est gros... si gros... »

Il avait perdu la tête, pronostiquant comme un fou ! Devant lui se déroulait l'avenir de l'homme. Il feuilletait les pages ! Cela le dépassait ! « Elle est morte ! Elle est morte ! » Qui ? Il ne comprenait pas ce qu'il voyait. « Une troisième guerre mondiale ! Une quatrième ! Une dixième ! Ça ne finit jamais ! Ils sont morts ! » Qui est mort ? « L'astronaute ! Le Président ! La princesse ! Un autre Président ! Ta femme ! Toi ensuite ! Et ton fils ! Tout le monde ! Tout le monde ! » Ça continuait pendant des centaines, peut-être des milliers d'années. L'humanité allait donc s'obstiner, après tout. Ses yeux progressaient dans l'espace et le temps. Il n'en ratait pas une miette...

Le ligne de communication de Harry avec l'infini a été brisée par la plainte des sirènes qui ont recommencé à se faire entendre. Nous avons baissé les yeux et vu la police et les camions de transmission télé qui reculaient. Il se passait quelque chose. Tout le monde s'en allait.

« Où diable allez-vous ? a hurlé Harry au monde d'en bas.

— Ne bouge pas. Je vais voir. »

À mi-chemin, je suis tombé sur un reporter pétrifié qui, atteint de vertige, était incapable de bouger.

« Qu'est-ce qui se passe ?

— Vous n'avez pas entendu ? Ils ont coincé Terry Dean ! Il a pris des otages ! Ça va barder ! »

La voix du reporter était excitée, mais il avait le visage figé de celui qui conduit un corbillard. Je suis remonté vers Harry.

« Alors ? il a demandé.

— Terry », j'ai répondu, craignant sa réaction.

Harry a baissé la tête et regardé avec mélancolie le dernier reporter qui se hâtait de partir.

« Mon pote, j'ai dit. Il faut que j'aille voir si je peux aider Terry.

— Très bien. Vas-y.

— Je suis désolé, je…

— Va ! »

Je suis redescendu, les yeux fixés sur le garde-fou et sur mes pieds, et avant d'avoir atteint le bas j'ai entendu un coup de feu, le bruit d'un corps qui fendait l'air, et un bruit d'éclaboussure qui ressemblait plus à un bruit sourd.

C'était fini.

C'était Harry.

« Adieu, Harry. »

La police avait coincé Terry dans un bowling. Je savais que l'Australie tout entière s'y précipiterait comme l'eau d'une baignoire qu'on débouche, avec mon frère dans le rôle du siphon, et j'ai donc sauté dans un taxi en promettant au chauffeur d'inimaginables richesses s'il pouvait, avec son V6, s'approcher autant que faire se peut de la vitesse de la lumière. Quand votre mission est de sauver votre frère, vous ne comptez pas les centimes, et chaque fois que son pied touchait le frein je lui jetais de l'argent sur les genoux. Mais lorsqu'il a tendu la main vers le plan de la ville, j'ai arraché exactement un tiers de ce qui me restait de cheveux. C'est mauvais signe quand le chauffeur se tourne pour regarder le nom d'une rue qu'il vient de passer.

Pourtant, chercher son chemin est vite apparu inutile. Une véritable cavalcade de véhicules et de corps déferlait dans la même direction : voitures de police, ambulances, camions de pompiers, jeeps de l'armée, camions de télé, camionnettes de vendeurs de glaces, spectateurs, jardiniers, rabbins, tous ceux qui à Sydney possédaient une radio et étaient déterminés à prendre part à un événement historique.

Tout le monde veut un fauteuil d'orchestre pour assister à l'Histoire en marche. Qui aurait refusé la chance de voir l'arrière du crâne de Kennedy exploser si on lui avait donné un ticket pour Dallas en 63 ? Les gens qui y étaient en parlent comme si leurs vêtements étaient tachés de la cervelle de JFK. Pareil pour Berlin en 89 : on croirait que c'est leurs coups de coude incessants qui ont fait tomber le Mur. Ils ne veulent rien rater, pour ne pas être comme quand on éternue au moment d'un petit tremblement de terre et qu'on se demande pourquoi ça hurle tout autour. La capture ou peut-être même la mort de Terry Dean étaient le tremblement de terre le plus important en Australie depuis cinquante ans, raison pour laquelle on se précipitait à ce bowling par tous les moyens possibles.

J'ai bondi hors du taxi et glissé de manière disgracieuse sur les capots des voitures, me fêlant la hanche sur le rétroviseur d'une Ford. Je l'ai vu, le bowling. On aurait dit que toute la police de Nouvelle-Galles du Sud était là. Les tireurs d'élite prenaient position sur le toit et dans les arbres du jardin d'en face, un jardin pour enfants. Un tireur escaladait la cage aux écureuils, deux autres se tenaient en équilibre sur une balançoire à bascule.

Je ne pouvais pas traverser la foule. J'étais coincé. J'ai crié : « Je suis Martin Dean ! Le frère de Terry Dean ! » Ils ont pigé, et je me suis frayé un chemin jusqu'à ce que je sois de nouveau immobilisé. Mais quelques personnes autour de moi se sont chargées de me faire entrer comme si c'était la mission de leur vie, me soulevant au-dessus de la foule : j'ai chevauché une centaine d'épaules comme un dieu du rock. Je me rapprochais, mais parfois la foule me poussait dans une autre direction. À un moment j'ai avancé en crabe, pas droit devant moi. J'ai hurlé : « En avant ! En avant ! » comme si j'étais le capitaine Ahab et que ce bowling était ma grande baleine blanche.

Puis la foule a crié quelque chose de nouveau : « Laissez-la passer ! Laissez-la passer ! » J'ai regardé autour de moi. Je n'arrivais pas à voir de qui ils parlaient. « C'est sa mère ! La mère de Terry Dean ! » Alors je l'ai vue qui venait de la direction opposée, s'élevant et s'abaissant sur cette houle de mer humaine. Elle m'a fait signe. Je lui ai répondu. Nous étions tous deux propulsés vers le destin de notre famille. Je l'entendais, maintenant. Elle criait : « C'est le double ! Le double ! On l'a coincé ! » Elle avait perdu la tête. Et on nous poussait si vite à présent que nous avons failli entrer en collision. Ils nous ont lâchés devant un cordon de police. Les forces de l'ordre tentaient de contenir la foule et les médias à la fois. Les deux groupes hurlaient au scandale. Nous nous sommes faufilés parmi les policiers. Là, ils nous ont bombardés de questions. Nous leur avons montré nos cartes d'identité. Ce que je voulais, c'était entrer, mais ma mère ne m'aidait pas avec ses divagations à propos du double ; elle était bien la mère de Terry, disait-elle, mais l'homme qui était dans le bowling n'était pas son fils. Les flics ne comprenaient rien. J'ai dû hurler plus fort qu'elle : « Je peux le persuader de sortir sans dommage ! Donnez-moi une chance ! » Mais les flics voyaient les choses autrement. Ils ne voulaient pas que Terry sorte vivant de ce bowling. J'ai dû la jouer fine. « Alors, c'est ça ? Vous voulez en faire un martyr ? Vous voulez que son nom reste dans l'Histoire comme celui d'un hors-la-loi massacré par la police, un de plus ? Si vous le tuez, personne ne se rappellera ses crimes ! Vous allez en faire un héros ! Comme Ned Kelly ! Et c'est vous qui serez les méchants. Laissez-le passer en procès pour que toute sa brutalité soit révélée. Alors, le héros sera l'homme qui l'a capturé vivant ! N'importe qui peut descendre un homme, comme n'importe qui peut descendre un sanglier et crier partout : "Je l'ai eu ! Je l'ai eu !" Mais capturer un sanglier à mains nues, pour ça il faut des couilles ! »

J'ai fait tout ce discours la main collée sur la bouche de ma mère, qui me mordait cruellement. Elle était vraiment devenue folle. « Tirez pour tuer ! elle a hurlé quand j'ai enlevé ma main. — Vous n'êtes pas sa mère ? » ont demandé les flics, perplexes. Ils n'arrivaient vraiment pas à comprendre le sens de cette histoire de jumeau maléfique.

Tenant le sort de mon frère entre leurs mains, ils ont conféré, avec des murmures mauvais, presque violents.

« OK, vous pouvez entrer », ils m'ont dit. Cette permission incluait malheureusement ma mère.

Le bowling était au premier étage. Il y avait un policier sur chaque marche de l'escalier en béton, les yeux lançant des éclairs. J'ai songé : « Ces hommes sont incroyablement dangereux, comme ces doublures qui rêvent de devenir des stars, bien déterminées à ne pas se laisser avoir par le trac grâce à leurs égos galopants. » Tandis que nous montions, un inspecteur nous a mis au parfum. D'après ce qu'il savait, Terry était entré dans le bowling pendant que Kevin Hardy, triple champion du monde, s'entraînait. Des rumeurs infondées avaient prétendu que, durant une compétition, Brock aurait payé quelqu'un derrière les quilles pour descendre du bout d'un manche à balai celles qu'il avait manquées. Comme ces accusations ne tenaient pas vraiment la piste, Terry n'était pas venu le tuer : il s'était contenté de lui casser les trois doigts qui serrent la boule, plus l'auriculaire, au cas où il aurait été un de ces rares joueurs qui utilisent le petit doigt pour imprimer à la boule un mouvement supplémentaire. Ensuite, Terry avait été tenté par deux jolies filles qui travaillaient derrière le comptoir. Il était incapable de résister aux groupies, cet atout indéniable de la célébrité. Pour son malheur, une fois son choix fait entre les deux filles, celle qu'il n'avait pas retenue avait appelé la police presque immédiatement, de sorte que lorsque Terry avait eu cassé les doigts de Kevin, baisé la groupie et été prêt à partir, il était déjà pris au piège.

Maintenant, il était agenouillé au milieu de la dernière piste, revolver au poing, un bouclier de quatre otages devant lui. Les policiers étaient partout, on voyait même le canon noir d'un fusil sortir d'entre les quilles.

Ils le tenaient, et j'ai tout de suite compris que s'ils avaient pu tirer ils l'auraient fait, mais Terry était bien caché derrière une rangée de visages déformés par la terreur.

« Vous ! » a crié ma mère. La police l'empêchait d'avancer. Ils pensaient que Terry était capable de tirer sur sa propre mère, particulièrement vu sa théorie démente selon laquelle il n'était pas son vrai fils, mais quelque clone trompeur.

« Terry, j'ai crié, c'est moi, Marty. » Je n'ai rien pu ajouter, car ma mère s'y est mise :

« Qui êtes-vous ? elle a crié.

— Maman ? Bon Dieu, Marty, sors-la d'ici, tu veux ? »

Terry avait raison, bien sûr. Quand un homme se prépare à son dernier combat il ne veut pas que sa mère traîne dans les parages.

J'ai tenté de la faire partir mais elle n'a rien voulu entendre. « Arrêtez de vous cacher derrière ces pauvres gens, espèce d'imposteur !

— M'man, sors d'ici ! a insisté Terry.

— Ne m'appelez pas "m'man !" Je ne sais pas qui vous êtes ni comment vous avez eu le visage de mon fils, mais vous ne pouvez pas me tromper !

— Terry, rends-toi ! j'ai lancé.

— Pourquoi ?

— Ils vont te tuer !

— Et ? Écoute mon pote, la seule chose qui me tracasse, c'est que tout ça devient un peu ennuyeux. Attends un instant. »

On a entendu des murmures frénétiques du côté du bouclier humain. Soudain, ses composants ont commencé à bouger. Ils se sont approchés doucement des boules, puis sont revenus sur la piste. Et elle est partie ! Une boule a jailli au centre de l'allée. Terry jouait au bowling ! Les yeux des policiers ont suivi la boule qui glissait vers les quilles. Il y a eu un silence profond qui touchait au religieux. Un strike ! Terry avait réussi ! Il avait descendu les dix quilles ! On aurait dit que la foule criait d'une seule voix, ce qui m'a fait penser que si l'homme seul est souvent stupide, en groupe c'est un débile profond. C'étaient des policiers qui arrivaient au terme d'une longue chasse à l'homme, mais c'étaient aussi des Australiens amateurs de sport – et rien ne fait battre le cœur plus vite qu'une victoire, aussi assoiffé de sang que soit le vainqueur.

À l'instant où la boule a frappé les quilles, une balle a frappé Terry. Avec ce lancer, il avait cru pouvoir s'échapper, mais tous les policiers ne sont pas si faciles à duper ni fans de bowling.

Allongé sur la piste, couvert de son sang, il a hurlé : « Ma cheville ! Encore une fois dans la cheville ! Pile au même endroit, espèce de bâtards ! Jamais elle ne guérira ! » Il est resté là tandis que quarante policiers se jetaient sur lui, chacun dans l'espoir d'être celui qui l'escorterait au-dehors sous l'éclat aveuglant des flashs des paparazzi, et d'obtenir ainsi sa petite dose d'immortalité.

Je ne suis expert ni en linguistique ni en étymologie, et je ne saurais absolument pas dire si le mot « banane » était vraiment la meilleure collection de syllabes disponibles pour décrire un long fruit jaune arqué, mais je peux affirmer que la personne qui a inventé l'expression « cirque médiatique » savait vraiment de quoi elle parlait. Il n'y a simplement pas de meilleur moyen pour décrire une bande de journalistes réclamant à grands cris déclarations et photos, même si « primates médiatiques », « émeute médiatique » ou « explosion d'une supernova médiatique » pourraient tout autant faire l'affaire. Devant le tribunal où devait avoir lieu le procès de Terry, il y en avait des centaines – des hommes et des femmes au visage suant et au regard concupiscent, qui poussaient, jouaient des coudes et vociféraient, leur comportement minable déshonorant la race humaine au nom de l'intérêt public.

Dans la salle de tribunal il n'y avait pas de sièges pour le public. Comme Terry n'a réfuté aucune des accusations, ç'a plus été une procédure qu'un procès, et son avocat désigné d'office a été là pour le piloter à travers la bureaucratie du système plutôt que pour l'épauler dans sa défense. Terry n'avait pas de défense. Il a tout reconnu ; il y était obligé – son infamie en dépendait. Nier ce qu'il avait essayé de faire aurait été l'équivalent des Croisés expliquant leur incursion dans le monde islamique pour justifier qu'ils étaient juste partis faire une grande balade.

Terry, méfiant, était assis à côté de son avocat, et quand le juge a commencé à parler, il s'est frotté les mains comme si on allait le condamner à manger deux boules de glace à la vanille. D'une voix lente et solennelle, pareil à un acteur chevronné à qui est offerte la seule et unique chance de déclamer le monologue de Hamlet, le juge a projeté sa voix jusqu'au fond de la salle avec ces mots : « Je vous condamne à la prison à vie. » C'était un véritable morceau de bravoure. Tout le monde a laissé échapper le murmure typique qui suit une condamnation, même si ce n'était que pour la forme. Personne n'était surpris. Il n'aurait pas pu en être autrement. Ce qui m'a surpris, cependant – on pourrait se dire pourtant que j'étais habitué au goût des ironies qui sortaient de la centrifugeuse cosmique –, c'est que la prison dans laquelle Terry devait purger sa peine était celle de notre ville.

Eh oui.

Notre prison. Dans notre ville.

Automatiquement, j'ai cherché mon père dans la salle. Terry était condamné à passer le reste de sa vie dans la prison que son père avait bâtie, la prison qui se trouvait à cinq cents mètres de notre porte.

Avec leur fils prodigue de retour à la maison mais pas chez lui, puisque détenu dans un bâtiment que nous pouvions voir à la fois de la véranda et de la fenêtre de la cuisine, le contrôle vacillant que ma mère et mon père avaient sur leur santé mentale s'est relâché à un rythme alarmant. S'il leur était réconfortant de savoir Terry à l'abri des tireurs d'élite de la police, l'avoir si près et hors d'atteinte était un véritable supplice de Tantale. Impossible de dire lequel de mes parents s'était éloigné le plus de la lumière et de la vie ; ils se dissolvaient si vite, chacun à sa triste façon, qu'on aurait cru qu'ils étaient en compétition. C'était comme vivre avec deux fantômes qui auraient récemment accepté leur mort et renoncé à essayer de se mêler aux vivants, admettant enfin leur transparence.

Avec un air bizarre de joie mêlée de démence, ma mère a entamé un nouveau projet : elle a encadré toutes les photos de Terry et moi enfants, et en a couvert chaque espace de mur disponible dans la maison. Il n'y avait pas de photo de nous au-delà de l'âge de treize ans, comme si en grandissant nous l'avions trahie. Et je vois encore mon père assis dans le coin droit de la véranda, là où la cime des arbres ne cachait pas la prison, jumelles pressées contre les globes oculaires, essayant d'apercevoir son fils. Il passait tant de temps chaque jour à regarder dans ces jumelles que, lorsqu'il les posait enfin, il avait du mal à nous distinguer. Parfois il s'écriait : « Le voilà ! » Je me précipitais pour regarder, mais il me refusait toujours la permission d'emprunter ses précieuses jumelles. « Tu as fait assez de dégâts comme ça », me disait-il de manière inexplicable, comme si mon regard était celui d'une vieille pythie. Après un moment, j'ai cessé de demander, et quand j'entendais mon père crier : « Le revoilà ! Il est dans la cour ! Il raconte une blague à un groupe de détenus ! Ils rient ! Il a l'air de s'amuser comme un fou ! », je ne bougeais pas un muscle. Bien sûr, j'aurais pu avoir mes propres jumelles, mais je n'osais pas ; j'avais peur de le contredire, peur de constater que le vieux avait fini par perdre la boule. En vérité, je ne pensais pas qu'il voyait quoi que ce soit.

Notre ville est devenue un lieu de pèlerinage pour les journalistes, historiens, étudiants, et les flopées de femmes aux courbes langoureuses, bien coiffées et maquillées à la truelle qui se présentaient aux portes de la prison pour rendre visite à Terry. La plupart étaient refoulés et finissaient par errer dans la ville, beaucoup serrant dans leurs mains la première et unique édition du *Manuel du crime*. Le livre s'était arraché le jour de sa sortie et avait rapidement été interdit pour toujours. C'était déjà un objet de collection. Les fans obsédés ratissaient la ville à la recherche de devine qui ? Moi ! Ils voulaient que moi, qui avais été conseiller éditorial, je le signe ! Au début, j'ai été ravi d'être enfin le centre de l'attention, mais je ne l'ai bientôt plus supporté. Chacun de ces mordus de l'autographe me harcelait de questions interminables sur Terry.

Terry, toujours.

C'est dans cette foule de débiles accros aux stars que je suis tombé sur Dave ! Il portait un costume sans cravate et ses cheveux étaient soigneusement peignés en arrière. Il s'était vraiment fait propre. Il commençait une nouvelle vie. Apparemment il avait trouvé Dieu, ce qui le rendait moins violent, mais pas moins insupportable. Je n'arrivais pas à m'en défaire, il était absolument décidé à me sauver. « Tu aimes les livres, Martin. Tu les as toujours aimés. Mais est-ce que tu as lu celui-là ? C'est un bon livre. En fait, c'est le Bon Livre. » Il tenait une bible si près de mon visage que je n'ai pas su s'il voulait que je la lise ou que je la mange.

« J'ai vu ton frère ce matin, il m'a dit. C'est pour ça que je suis revenu. Je l'ai induit en tentation et maintenant il faut que je l'en sorte. » Ce discours biblique m'a irrité et j'ai préféré changer de sujet en demandant des nouvelles de Bruno. « Mauvaises nouvelles, je le crains, a répondu Dave avec tristesse. Il a été tué par balle au cours d'un combat au couteau... Martin, comment va ta famille ? En toute honnêteté, rencontrer Terry n'était que la moitié de ma mission. Je suis aussi venu voir tes parents pour les supplier de me pardonner. »

Je l'en ai fortement dissuadé, mais il était inébranlable. C'était la volonté de Dieu, affirmait-il, et je n'ai pas pu trouver d'argument persuasif contre cela sinon que ce n'était pas ce que j'avais entendu dire. Ah, les timbrés religieux ! Il ne leur suffit pas de croire en Dieu, il faut qu'ils aillent jusqu'à lire dans Son vaste esprit. Ils croient que la foi leur donne accès à Sa glorieuse liste de choses à faire.

En définitive, Dave n'est pas venu à la maison ; par chance, il a croisé mon père devant la poste, et avant qu'il ait même pu tirer sa bible de sa poche revolver, les mains de mon père étaient autour de sa gorge. Le pauvre ne s'est pas défendu. Il pensait que c'était la volonté de Dieu qu'il soit étranglé sur les marches de la poste ; et quand mon père l'a fait tomber et lui a donné des coups de pied au visage, il a pensé que Dieu s'était ravisé.

Vois-tu, mon père avait réellement une liste, et Dave y figurait. Elle était tombée de sa poche pendant la bagarre, et je l'avais ramassée. Elle comportait six noms.

Les gens qui ont détruit mon fils
(sans ordre particulier) :
1. ~~Harry West~~
2. Bruno
3. Dave
4. L'inventeur de la boîte à idées
5. Le juge Philip Krueger
6. Martin Dean

Étant donné que mon père ne s'était pas gêné pour me reprocher le moindre regard et le moindre geste durant la plus grande partie de ma vie, la présence de mon nom sur sa liste ne m'a pas surpris. J'avais de la chance qu'il ne se rende pas compte que j'y étais en fait deux fois.

Après la bagarre, mon père a disparu dans la nuit en marmonnant des menaces. « Je vous aurai jusqu'au dernier ! » il a crié, à personne, à la nuit. La police est arrivée, à son habitude, comme les éboueurs après une fête de rue, et dès que Dave a retrouvé son souffle, il a crié : « Je ne porterai pas plainte ! Laissez-le revenir ! Vous allez contre la volonté de Dieu ! »

J'ai grimacé, espérant pour Dave que Dieu n'écoutait pas son délire présomptueux. Je ne crois pas que Dieu ait plus d'affection que quiconque pour les sycophantes.

Pour te dire la vérité, cet épisode m'a sauvé de la mort par ennui. Avec le *Manuel du crime* terminé et promptement enterré, Caroline partie, Terry enfermé et Harry mort, la ville avait peu de choses à m'offrir. Mes amours étaient tous hors de portée et je n'avais rien pour me tenir occupé. En bref, il ne me restait aucun projet.

Pourtant, je ne pouvais pas m'en aller. Certes, il me serait difficile de supporter encore très longtemps la cohabitation avec les morts vivants, mais que faire de la promesse regrettable de ne quitter ma mère sous aucun prétexte ? Sans nul doute, alors qu'elle déclinait de manière aussi déplaisante, la chose était impossible. S'il n'y avait rien que je puisse faire pour améliorer son état ou alléger sa souffrance de quelque façon, j'avais bien conscience que ma présence dans la maison lui apportait une paix considérable.

Jasper, sais-tu combien il est pesant de rendre quelqu'un heureux par ta seule présence ? Non, probablement pas. Eh bien, ma mère était toujours visiblement émue par ses fils – on ne pouvait s'y tromper, à voir la lumière dans ses yeux chaque fois que Terry ou moi entrions dans une pièce. Quel lourd fardeau pour nous ! Nous avions le sentiment que nous devions entrer dans ladite pièce au risque d'être tenus pour responsables de sa tristesse. Quel ennui ! Bien sûr, quand quelqu'un a besoin de toi au point où ta propre existence fait office de béquille, ce n'est pas mauvais pour l'estime de soi. Mais alors, Jasper, sais-tu ce que c'est de voir cet être cher se détériorer sous tes yeux ? As-tu jamais essayé de reconnaître quelqu'un de l'autre côté de la rue sous une pluie battante ? On en était là. Le corps de ma mère était devenu trop maigre pour supporter la vie. Et avec l'approche de sa mort venait l'approche de la mort du besoin de m'avoir à son côté. Mais il n'a pas disparu tranquillement. Loin de là. Le cours de sa vie avait produit deux choses : Terry et moi, et non seulement Terry lui avait glissé entre les doigts depuis longtemps, mais il se morfondait juste hors de sa portée. Restait moi. De ses deux garçons, dont elle avait déclaré un jour qu'elle aurait voulu les « épingler à sa peau pour ne jamais les perdre », j'étais le seul à sa disposition, la seule chose qui lui conférait un sens. Je n'allais pas l'abandonner, même si l'idée que j'attendais impatiemment sa mort dans cette maison poussiéreuse me révoltait.

En plus, j'étais fauché. Je ne pouvais partir nulle part.

Deux jours plus tard, une lettre arrivée par la poste a compliqué la situation. Elle provenait de Stanley.

> Cher Martin,
>
> Eh bien ! Quelle merde !
>
> Le livre est épuisé, retiré des librairies, de la circulation. L'État me fait un procès, ce salopard. Quant à toi, tu es peinard, pour cinq minutes

environ. Si j'étais à ta place, je me ferais oublier pendant un moment. Quitte ce continent, Martin. J'ai écouté ces clowns très attentivement. Ils n'en ont pas fini. Ils croient qu'ils vont obtenir assez de presse sur cette affaire pour le restant de leurs jours. Ils vont vouloir ta peau. Je t'avais dit de ne pas mettre ton foutu nom sur le livre ! Maintenant, ils te tiennent pour avoir abrité un fugitif et corrigé sa syntaxe. Les flics ne comprennent rien au monde de l'édition. Ils cherchent un moyen de contrer la défense, qui prétend que tout s'est fait par courrier. De plus, qu'est-ce que tu dis de ça ? ils ne veulent pas entendre parler de Harry. Ils me filent une claque chaque fois que je prononce son nom. Ils refusent de croire que Terry n'a pas écrit le livre. Je présume qu'ils pensent que ça donne plus d'importance à l'affaire. Merde. Pas étonnant que le monde soit un tel bordel. Comment s'attendre à ce que quelqu'un agisse correctement quand ils n'ont tous qu'une envie : te pousser pour se mettre devant les projecteurs ? Bon, c'est comme ça.

Sincèrement, Martin, écoute mon conseil : QUITTE CE PAYS. Ils sont à tes trousses avec une sacoche pleine d'accusations à la noix.

Je te donne tout ce qu'ont rapporté les premières ventes. Ne crois pas que je sois généreux. À vrai dire, c'est inutile que je m'accroche à cet argent puisque les tribunaux me prendront tout quoi qu'il arrive. Mais je sais combien tu as mis dans ce livre. Je sais ce que cela signifiait pour toi. Et puis, je veux te remercier pour la plus formidable aventure de ma vie. Nous avons réalisé quelque chose ! Nous avons fait un sacré boucan ! Pour la première fois, j'ai eu l'impression d'être engagé dans un truc qui avait un sens. Pour cela, je te remercie.

Tu trouveras un chèque de quinze mille dollars. Prends-le et va-t'en. Ils sont après toi, Martin. Ils arrivent bientôt.

Très cordialement,

Stanley

J'ai secoué l'enveloppe en papier kraft et quelque chose d'agréable en est tombé. Le chèque. Quinze mille dollars. Pas une somme colossale, mais pour un homme qui avait l'habitude de recycler les vieux mégots, elle était considérable.

Donc c'était dit : je partais. Au diable ma promesse – je la violais. Je ne pensais pas que je ferais du bien à ma mère en pourrissant dans une cellule à côté de son autre fils pourrissant. De plus, la prison était le truc de Terry. Moi, je n'aurais pas tenu le temps d'une douche.

Je n'étais même pas monté le voir depuis qu'il était là-haut. Cela peut paraître bizarre, après toute l'inquiétude qu'il m'avait causée et le soin que j'avais mis à le rechercher, mais franchement, j'en avais ras le bol de Terry Dean. Le soutien du public avait fini par me taper sur les nerfs. Et à présent je ne pouvais rien faire pour lui. J'avais besoin de souffler. Cependant j'avais reçu un mot et je me rappelle avoir pensé que c'était la première fois que je voyais son écriture.

Cher Marty,

Qu'est-ce que c'est que cette histoire de livre ? Tout le monde n'arrête pas d'en parler. Si tu as une minute, arrange ça, tu veux ? Je ne veux pas être connu comme écrivain. Je veux être le justicier qui a libéré le sport des mains sales de la corruption. Pas le type qui a gribouillé un livre débile.

La prison : bof. Mais je vois notre maison de là-haut. Le directeur me traite bien du fait que je suis une sorte de célébrité, et il m'a prêté ses jumelles l'autre jour. Devine ce que j'ai vu ! Papa qui me regardait avec des jumelles ! Bizarre !

Quoi qu'il en soit, n'oublie pas de te tirer d'ici et de faire quelque chose de ta vie. La politique, mon pote. Je crois que c'est ce qui te convient. Tu es le seul qui ait un cerveau dans toute cette bande d'abrutis.

Je t'embrasse,

Terry

P.-S. Viens me voir un de ces jours.

J'ai commencé immédiatement à préparer mon départ. J'ai déniché une vieille valise marron dans laquelle j'ai jeté quelques vêtements ; ensuite, j'ai regardé ma chambre à la recherche de souvenirs mais je me suis arrêté, car le souvenir, c'est la mémoire. Au diable la mémoire ! Je ne voulais pas trimbaler mes souvenirs partout avec moi. Ils étaient trop pesants.

« Qu'est-ce que tu fais ? » m'a demandé ma mère. Je me suis brusquement retourné, l'air honteux, comme si elle m'avait surpris en train de me masturber.

« Je m'en vais.

— Où ?

— Je ne sais pas. Peut-être à Paris, j'ai dit, me surprenant moi-même. Je vais retrouver Caroline Potts et lui demander de m'épouser. »

Elle n'a pas répondu, se contentant de se balancer d'avant en arrière.

« On déjeune dans une demi-heure.

— OK. » Lorsqu'elle a disparu, la gueule grande ouverte de ma valise m'a jeté un regard accusateur.

Après un déjeuner silencieux, je suis monté une dernière fois au sommet de la colline pour faire mes adieux à Terry. C'était le jour le plus chaud de l'été, si chaud qu'on aurait pu faire frire du lard sur une feuille. Le vent était chaud lui aussi, comme si j'étais à l'intérieur d'un sèche-cheveux. La sueur me coulait dans les yeux. Lorsque j'ai pénétré dans l'enceinte de la prison la nostalgie m'a serré le cœur un bon coup et je me suis rendu compte que les mauvais moments vous manquent autant que les bons parce qu'au bout du compte ce qui vous manque vraiment, c'est le temps.

Le gardien a refusé de me laisser entrer.

« Pas de visites. Terry est au mitard.

— Pourquoi ?

— Il s'est battu.

— Et combien de temps il va y rester ?

— Je sais pas. Un mois ?

— Un mois ! Au mitard ! C'est illégal !

— Je sais pas. »

Bon Dieu ! Je ne pouvais pas attendre un mois pour lui dire adieu. J'avais très peur de freiner mon élan.

« Eh bien, vous pouvez lui dire que son frère est venu lui dire au revoir ?

— Mais son frère n'est pas venu.

— Je suis son frère.

— Ah. Et qu'est-ce que je dois lui dire ?

— Dites-lui que j'ai changé de continent.

— Mais là vous êtes de retour, hein ? Combien de temps vous êtes parti ?

— Je ne sais pas. Deux ans peut-être. Mais quand vous le verrez, mettez tout ça au futur, OK ?

— Pourquoi ?

— C'est une blague entre nous.

— D'accord. Je dirai que son frère change de continent pendant deux ans, a-t-il dit avec un clin d'œil.

— Parfait. » J'ai tourné le dos à la prison et descendu la colline sans arbres qui m'offrait une vue complète et dégagée de notre ville. Jolie ville. Jolie petite ville.

« Va te faire foutre, jolie petite ville.

J'espère que tu seras dévorée par les flammes. »

Tandis que je marchais dans les rues, j'ai élaboré divers fantasmes de vengeance dans lesquels je revenais riche et couronné de succès, mais j'ai vite abandonné cette idée. En vérité, tout ce que j'avais jamais voulu c'était que tout le monde m'aime et revenir riche et couronné de succès n'a jamais gagné les cœurs.

Comme je songeais à ces pensées vaines, j'ai senti quelque chose de bizarre qui provenait de mon intérieur, et un bruit étrange comme celui d'un nain en train de se gargariser dans mon abdomen. La sensation est rapidement devenue une douleur abominable. Je me suis plié en deux et me suis appuyé d'une main contre un réverbère. Que se passait-il ? On aurait dit que toutes les glandes de mon corps s'étaient mises à sécréter de l'acide sulfurique. Tout aussi soudainement, la douleur a disparu et je suis retourné chez moi titubant d'étourdissement.

Dans ma chambre, la douleur est réapparue plus vive que jamais. Je me suis étendu et j'ai fermé les yeux, persuadé qu'une sieste de vingt minutes suffirait à m'en débarrasser.

Mais ce n'était que le début.

Au matin, j'étais toujours souffrant. Une maladie de dingue m'avait brusquement terrassé avec des crampes d'estomac débilitantes, des vomissements, puis de la fièvre. Au début, on a diagnostiqué une grippe, mais ma mère et moi étions inquiets ; c'étaient les symptômes dont j'avais souffert enfant et qui m'avaient mené tout droit dans les bras noirs de l'épouvantable coma. J'ai été de nouveau alité, et j'ai craint que ma brève lueur ne s'éteigne de manière prématurée, et chaque fois que je chiais tout ce que je pouvais à cause des crampes d'estomac, je chiais tout ce que je pouvais de peur. La maladie et la peur me rendaient incontinent. C'est allongé sur mon lit que j'ai compris que la maladie est notre état naturel. Nous sommes toujours malades, mais nous ne le savons pas. Ce que nous entendons par santé, c'est notre incapacité à détecter notre détérioration physique.

Je veux que tu saches que je ne suis pas d'accord avec la théorie selon laquelle toute maladie a sa source dans l'esprit. Chaque fois qu'on me dit ça, et qu'on impute la maladie aux « pensées négatives », je rumine l'une des pensées les plus laides, les moins charitables, les plus hargneuses de mon répertoire de pensées laides, peu charitables et hargneuses. Je pense : « J'espère te voir à l'enterrement de ta fille de six ans pour que tu puisses m'expliquer comment elle a fabriqué sa leucémie. » Comme je te disais, pas très gentil tout ça, mais tu vois à quel point cette théorie me rend furieux. La vieillesse n'a aucune valeur pour ces fous. Ils estiment que la matière décline parce qu'elle est triste.

Le problème avec les gens c'est qu'ils sont tellement amoureux de leurs croyances que leurs épiphanies doivent être absolues, sinon rien. Ils sont incapables d'accepter que leurs vérités puissent n'être qu'un seul élément de la vérité. Il est donc possible que certaines maladies naissent effectivement dans l'esprit ; et comme le désespoir rend encore plus désespéré, j'étais même prêt à attribuer mon état à une cause surnaturelle.

Quant tu souffres atrocement, faire ton propre diagnostic te soulage un peu ; tu as l'illusion de reprendre un peu le contrôle, mais si tu n'en sais pas plus sur les subtilités du corps humain que sur les moteurs à réaction il faut faire travailler tes neurones. J'ai tout d'abord médité sur la bonne vieille anxiété. Mais à part le souci épuisant que me causait ma mère et ma crainte d'être éventuellement impliqué dans une enquête de police, je n'étais pas si anxieux que ça. En vérité, j'étais très soulagé qu'une porte de cellule ait claqué au nez de Terry. Cette porte signifiait la fin de mes jours d'inquiétude. J'étais soulagé qu'il soit enfermé.

Le second niveau de mes investigations m'a mené dans le monde spirituel. Voilà ce que j'ai pensé : j'avais cherché à briser l'engagement que j'avais pris vis-à-vis de ma mère, et si c'était la cause de ma maladie, j'avais le choix entre des racines psychologiques ou surnaturelles. Peut-être que inconsciemment je m'étais rendu malade. Peut-être que mon corps s'était révolté contre cette trahison. Ou que, de façon surnaturelle, le lien avec ma mère était si puissant que notre engagement m'avait condamné à tenir parole. Peut-être que je me trouvais sous le coup de la malédiction d'une mère polonaise et que je ne le savais pas.

Quoi qu'il en soit j'étais réellement malade. J'avais tous les symptômes possibles et imaginables : vomissements, diarrhée, crampes d'estomac, fièvre, étourdissements, essoufflements, troubles de la vision, douleurs articulaires, muscles plaintifs, orteils douloureux, dents castagnettes, langue chargée. Tout, excepté le saignement des globes oculaires, mais je ne doutais pas que cela arriverait bientôt. J'étais si faible que je ne pouvais pas me lever pour aller aux toilettes. À côté de mon lit se trouvaient deux pots blancs : un pour le vomi, l'autre pour la pisse et la merde. Je restais étendu dans une sorte de stupeur, reluquant ma valise à moitié faite et regardant des souvenirs d'enfance délétères défiler dans le brouillard. J'étais revenu au point de départ ! Cette prise de conscience était ce qu'il y avait de plus douloureux, et une seule idée m'obsédait : j'avais gâché mes années de santé à traîner mon ennui au lieu d'escalader l'Everest.

Ma mère est entrée dans ma chambre avec une brassée de livres et a recommencé à me faire la lecture comme autrefois. À peine vivante elle-même, elle a entamé cette activité sous la pâle lumière de la lampe par un choix de mauvais augure, *L'Homme au masque de fer*. Dans l'état d'hébétude où j'étais, j'avais peu de mal à imaginer un appareil métallique similaire enserrant ma pauvre tête. Elle a lu du soir au matin et, au bout d'un moment, elle s'est mise à dormir dans le lit de Terry à côté du mien, de sorte que nous étions presque toujours ensemble.

Elle parlait souvent de sa première vie à Shanghai, quand elle était encore enceinte de possibilités et non pas de moi. Elle évoquait abondamment le père numéro un et se rappelait leurs moments d'intimité – quand, par exemple, il lui avait caressé les cheveux en prononçant son nom comme s'il était sacré. C'est la seule fois où elle avait aimé entendre son propre nom. Elle m'a dit que j'avais la même voix que lui et, un soir, elle m'a demandé de l'appeler par son prénom. Cela m'a mis très mal à l'aise, étant déjà familiarisé avec l'œuvre de Freud, mais je l'ai fait pour la rendre heureuse. Alors elle a commencé à se décharger à mon chevet d'un tas d'abominables confessions :

« J'ai l'impression que j'avais pris un mauvais virage, mais que j'étais allée trop loin pour avoir l'énergie de faire demi-tour. Je t'en prie, Martin, rappelle-toi cela : il n'est jamais trop tard pour faire demi-tour si tu as pris la mauvaise direction. Même s'il te faut dix ans pour revenir sur tes pas, fais-le. Ne reste pas coincé parce que le chemin du retour te paraît trop long ou trop sombre. N'aie pas peur de ne rien avoir. »

Et aussi :

« Je suis restée fidèle à ton père pendant toutes ces années, bien que je ne l'aime pas. Maintenant je vois que j'aurais dû baiser à droite et à gauche. Ne laisse pas la morale t'empêcher de vivre ta vie. Terry a tué ces hommes parce que c'est ce qu'il voulait faire de sa vie. Si tu as besoin de tricher, triche. Si tu as besoin de tuer, tue. »

Et encore :

« J'ai épousé ton père par peur. Je suis restée par peur. La peur a guidé ma vie. Je ne suis pas une femme courageuse. C'est terrible d'arriver à la fin de sa vie pour se rendre compte qu'on est lâche. »

Je ne savais jamais quoi dire quand ma mère se soulageait ainsi ; je me contentais de sourire à son visage qui avait jadis été un jardin bien entretenu, et je tapotais ses mains osseuses, un peu gêné, parce que c'est gênant de regarder une vie qui se scrute en bout de course et comprend que tout ce qu'elle a à emporter dans la mort est la honte de ne pas avoir pleinement vécu.

Un jour, j'ai imaginé que j'attendais mon exécution après un long et coûteux procès. Je me suis dit : « Par temps clair tu peux te voir mourir. » J'ai pensé à Caroline, aussi – que je ne la reverrais peut-être plus, qu'elle ne comprendrait jamais l'étendue et la profondeur de mes sentiments, que je mourrais vierge. Bon sang ! J'ai respiré un grand coup. Une odeur répugnante et nauséabonde flottait dans l'air. Elle m'appartenait.

Étais-je en train de rêver ? Je ne les avais pas entendus entrer, mais au-dessus de moi se tenaient deux hommes en uniforme brun, sans la veste, les manches de chemise roulées, la sueur leur coulant dans les yeux. L'un d'eux était si prognathe que je n'ai pas su s'il fallait lui serrer la main ou le menton. L'autre avait de petits yeux dans une petite tête, et un petit nez au-dessus d'une petite bouche avec des lèvres si minces qu'elles semblaient avoir été dessinées au crayon 2B.

« Nous voudrions vous parler, Mr Dean », a dit le menton. Je me souviens de cette phrase parce que c'est la première fois de ma vie qu'on m'appelait Mr Dean. Ça ne m'a pas plu. « Vous m'entendez ? De quoi souffrez-vous ?

— Maladie infantile, a répondu ma mère.

— Il n'est pas un peu vieux pour ça ?

— Écoutez, Mr Dean. Nous aimerions que vous nous disiez quelle est la nature exacte de votre collaboration au livre.

— Quel livre ? » j'ai gémi d'un air obtus.

Le petit a essuyé la sueur de son visage et l'a étalée sur son pantalon. « Ne jouez pas au plus fin, Mr Dean. Vous avez réalisé un travail de relecture éditoriale considérable sur le *Manuel du crime* pour Terry Dean.

— Harry West.

— Quoi ?

— Le *Manuel du crime* a été écrit par Harry West, pas par Terry Dean.

— Le type qui a sauté du pont du Port, a constaté le menton à lèvres minces. Faire porter la responsabilité à un mort qui ne peut pas corroborer vos propos est un peu trop facile. Ça ne me plaît pas.

— Est-ce qu'une chose doit vous plaire pour devenir un fait ? » j'ai demandé, et, avant qu'ils puissent répondre, j'ai ajouté : « Excusez-moi une minute. » Je sentais que mon déjeuner avait envie de prendre l'air. J'ai attrapé un pot et vomi dedans. Un long fil argent de salive reliait ma lèvre inférieure au bord du pot.

« Écoutez, Dean. Vous allez faire une déposition, oui ou non ? »

J'ai désigné le pot : « Je viens de la faire.

— Bon. Inutile d'être agressif, a dit l'un. Nous ne vous accusons de rien, nous faisons seulement une enquête préliminaire. Pourriez-vous nous dire comment exactement vous avez travaillé sur le livre ? Où vous rencontriez-vous avec Terry ?

— Votre frère n'est pas l'homme le plus cultivé du monde, Mr Dean, a renchéri l'autre. Il devait y avoir beaucoup de fautes d'orthographe, d'erreurs grammaticales et de ce genre de choses. »

J'ai observé ma mère qui regardait par la fenêtre, plongée dans une sorte de transe, pendant qu'ils insistaient :

« On s'est renseignés : les correcteurs travaillent en étroite collaboration avec leurs auteurs.

— Est-ce que votre frère avait un complice ? Nous enquêtons sur de nouveaux crimes. »

J'ai gardé le silence, mais moi aussi j'avais lu les petits caractères dans les journaux. Tout comme les artistes, les meurtriers sont séduits par le mélange éblouissant et inattendu de l'originalité et du succès : quelques prétendus criminels s'étaient mis à plagier les meurtres de Terry depuis son arrestation, mais il leur manquait l'étincelle et l'innovation, et au fond ce n'était qu'un pastiche médiocre des idées et méthodes de mon frère. Quand on avait retrouvé le champion d'échecs d'Australie avec le fou et deux pions logés dans la gorge, le pays y avait prêté peu d'attention, entre autres parce que l'aspirant redresseur de torts ne savait pas que les échecs sont un jeu, et non un sport.

Finalement, un des policiers a déclaré : « Nous reviendrons quand vous vous sentirez un peu mieux, Mr Dean. »

Après leur départ, mon père a débarqué dans le couloir vêtu de son pyjama, traînant les pieds, et il s'est arrêté à la porte pour nous observer, ma mère et moi, une expression énigmatique sur le visage ; puis il est reparti du même pas traînant. Mais je n'ai rien perçu de sinistre dans cette expression ; malgré l'amertume et le ressentiment qu'il avait envers moi, j'étais toujours son fils d'une certaine façon, et je n'avais jamais pris trop au sérieux sa liste, ni la possibilité que sa folie puisse l'amener à me faire réellement et volontairement du mal.

Le lendemain matin, j'ai entendu ma mère m'appeler, moitié murmure moitié gargouillement, et une fois les yeux ouverts j'ai vu ma valise fermée et posée à la porte avec mes bottines marron pointées vers le couloir. Le visage blanc comme un linge de ma mère se trouvait au-dessus du mien. « Vite. Il faut que tu t'en ailles tout de suite », elle a dit, le regard fixé non pas dans mes yeux, mais sur une autre partie de mon visage, mon nez peut-être. « Qu'est-ce qui se passe ? » j'ai demandé d'une voix enrouée, mais elle s'est contentée d'arracher les draps et de me tirer par le bras avec une force surprenante. « C'est l'heure de partir, Marty. Prends le bus tout de suite. » Elle a déposé un baiser sur mon front en sueur. « Je t'aime beaucoup, mais ne reviens pas ici. » J'ai essayé de me lever ; impossible. « Nous avons fait un long chemin ensemble, Marty. Je t'ai porté, tu te souviens ? Mais je ne peux pas te porter cette fois-ci. Il va falloir que tu y ailles tout seul. Allez, bouge-toi. Tu vas rater le bus. » Elle m'a soulevé doucement en me tenant par la nuque.

« Je ne comprends pas. »

Il y a eu des pas dans le couloir, le parquet qui craquait. Ma mère a rejeté les draps sur moi et sauté dans le lit de Terry. Le visage de mon père est apparu à la porte. Il m'a vu à moitié assis dans mon lit.

« Ça va mieux ? » il a demandé.

J'ai secoué la tête, et quand il est reparti j'ai constaté que ma mère faisait semblant de dormir.

Plus tard, je n'en ai gardé qu'un souvenir vague et fugitif, mais une sensation persistait, celle d'arriver en plein milieu d'une représentation de Harold Pinter et d'être mis en demeure par un tribunal d'expliquer la pièce sous peine de mort. Ma mère, quant à elle, semblait ne rien se rappeler, et quand je lui en ai parlé elle m'a affirmé que j'avais été toute la nuit en proie au délire, et que j'avais bavassé comme un fou. Je n'ai plus su que croire.

Le lendemain, les choses sont allées de pire en cataclysmique.

Il faisait chaud, quarante degrés. Un vent du sud brûlant soufflait par la fenêtre ouverte. Ma mère a apporté de la soupe de tomates que mon père avait faite. J'en ai bu deux cuillerées que je n'ai pas pu garder. J'ai vomi. Ma tête pendait au-dessus du pot et je l'ai laissée là, à fixer bêtement la figure kaléidoscopique de mon vomi. Mais là, dans le dégueulis, j'ai vu peut-être la chose la plus horrible de ma vie – et pourtant depuis j'ai vu des chiens sciés en deux.

Deux. Pastilles. Bleues.

Oui, de la mort aux rats.

Pendant un moment, j'ai cherché à comprendre comment j'aurais pu les avaler par inadvertance. Mais comme je n'avais pas posé un orteil hors de mon lit depuis le début de ma maladie, j'ai bien été obligé d'évacuer cette hypothèse. Cela ne laissait qu'une réponse possible. Mon estomac s'est serré. On m'empoisonnait. Mon père était en train de m'empoisonner.

Pas la peine de tourner autour du pot : les sentiments humains peuvent être ridicules. Si je repense à ce moment, à ce que j'ai ressenti quand j'ai compris que mon père m'assassinait lentement, je dois admettre que je n'éprouvais aucune colère. Aucune indignation. Je me sentais blessé. C'est ça. Le fait que cet homme avec qui j'avais passé toute ma vie, l'homme qui avait épousé ma mère et m'avait servi de père, soit en train de m'empoisonner me froissait. Ridicule !

J'ai lâché le pot et le vomi s'est répandu sur le tapis et écoulé entre les lames du parquet. J'ai regardé et regardé encore, pour trouver chaque fois confirmation que je n'hallucinais pas, ainsi que ma mère me l'avait assuré le soir précédent.

Et ma mère ? Quel rôle avait-elle joué ? Elle savait, à l'évidence, c'est pour cela qu'elle avait voulu que je file, puis s'était brusquement ravisée, craignant que si le meurtrier apprenait que je m'enfuyais il n'abandonne immédiatement son plan de longue haleine et se contente de me transpercer les entrailles d'un coup de couteau ou de m'étouffer avec mon oreiller.

Bon Dieu ! Quel pétrin !

Garder ton calme pendant que ton beau-père t'assassine est tout simplement impossible. Regarder ton assassin faire la grimace en épongeant ton vomi peut être comique, si on l'aime macabre, mais c'est aussi tellement terrifiant que tu as envie de te mettre en position fœtale et d'y rester jusqu'à la prochaine ère glaciaire.

Je ne suis pas arrivé à le quitter des yeux. J'étais consumé par la curiosité perverse de voir ce qu'il allait faire. Je devais dire quelque chose, mais quoi ? Te confronter à ton assassin est une affaire délicate : tu n'as pas envie de provoquer ton propre meurtre juste pour déballer ce que tu as sur le cœur.

« La prochaine fois, essaie de viser », il a dit d'un ton uni.

Je n'ai pas fait de commentaire. Je me suis contenté de le regarder comme s'il m'avait brisé le cœur.

Quand il a quitté la pièce, la raison m'est revenue. Que diable allais-je faire ? Il paraissait sensé qu'en tant que victime potentielle je me retire du lieu du futur crime. Oui, il était temps de tester la théorie qui attribue une force surhumaine aux gens dont la vie se trouve menacée. Mon corps étant en panne, j'ai compté sur ma volonté de vivre pour me sortir de ce drame de famille shakespearien. Je me suis mis debout en m'appuyant sur la table de chevet. J'ai grimacé de douleur tandis que mon estomac se contractait et se tordait horriblement. Je suis allé jusqu'à ma valise, qui n'avait pas été défaite depuis l'épisode de la nuit précédente. J'ai enfoncé péniblement les pieds dans mes bottines et me suis mis à marcher avec beaucoup de difficulté : quand il y a un certain temps que tu n'as pas porté de chaussures, tes sandales te semblent aussi lourdes qu'un parpaing. Le plus discrètement possible, je me suis glissé dans le couloir. Il y avait une dispute au salon. Tous deux criaient, ma mère pleurait. J'ai entendu un bruit de verre brisé. Ils en étaient venus aux mains. Ma mère lui avait peut-être révélé qu'elle connaissait son plan ? À la porte, j'ai posé la valise et me suis dirigé vers la cuisine. Que pouvais-je faire d'autre ? Impossible de laisser ma mère aux mains de ce psychotique. Mon parti était clair : je devais tuer mon père (par alliance).

Je te l'assure, j'ai mis plus de temps à choisir un plat dans un menu qu'à prendre cette décision. Ayant toujours dû combattre le vice pernicieux qu'est l'indécision – depuis le jour où ma mère m'a balancé sous le nez les tétons rouge vif de deux nénés pleins de lait en me disant : « Choisis » –, le fait d'avoir soudain opéré un choix rapide, même s'il était atroce, m'a donné un sentiment de puissance suprêmement satisfaisant.

Dans la cuisine, j'ai saisi le couteau à découper. Il sentait l'oignon. Par la porte entrebâillée, j'ai vu mes parents qui se battaient. Ils ne lésinaient pas. Mon père avait frappé ma mère bien des fois auparavant, tard le soir, dans l'intimité de leur chambre, mais pas depuis qu'elle lui avait appris son cancer. Ma mère l'a griffé, autant que le lui permettait son état de demi-morte, et en retour il l'a giflée d'un revers de la main si puissant qu'elle est tombée par terre en un tas informe.

Ma force retrouvée, j'ai fait irruption d'un pas mal assuré, mais j'ai gardé la main bien serrée sur la poignée du couteau. Ils m'ont vu, ma mère d'abord, mon père ensuite ; aucun n'a fait attention au couteau. Ils étaient tellement absorbés par leur cauchemar personnel que j'aurais pu tout aussi bien tenir une plume.

« Martin ! Sors d'ici ! » a gémi ma mère.

En me voyant, le visage de mon père s'est transformé d'une manière étonnante : il s'est contracté jusqu'à se réduire de moitié. Mon père a regardé ma mère, saisi une chaise et l'a brisée sur le sol ; les fragments ont volé autour d'elle.

« Ne t'approche pas d'elle ! je lui ai hurlé d'une voix cassée et chevrotante.

— Martin… » Sa voix était bizarre.

Ma mère sanglotait, hystérique.

« J'ai dit : Recule ! » j'ai répété.

Alors il a déclaré d'une voix aussi explosive qu'une grenade : « Ta cinglée de mère a mis de la mort aux rats dans ta nourriture ! »

Je suis resté là, planté comme un mur.

« C'est toi », j'ai dit.

Il s'est contenté de secouer tristement la tête.

Je me suis tourné, déconcerté, vers ma mère qui cachait son visage d'une main. Les larmes coulaient à flots et son corps était secoué de sanglots. J'ai aussitôt compris qu'il disait vrai.

« Pourquoi ? » a hurlé mon père, en donnant un coup de poing dans le mur à côté d'elle. Elle a poussé un hurlement. Il m'a regardé avec tendresse et confusion, et a sangloté : « Martin, pourquoi ? »

Ma mère tremblait. Sa main libre tenait un exemplaire des *Trois Mousquetaires*. C'était le livre qu'elle avait l'intention de me lire ensuite. « Pour pouvoir me soigner », j'ai murmuré.

Il m'a jeté un regard vide. Il n'avait pas pigé. Il n'avait pas pigé du tout.

« Je suis désolé, fiston. » C'était la première fois de sa vie qu'il me manifestait son amour.

C'en était trop. J'ai titubé à travers la cuisine, le couloir, et, attrapant ma valise au passage, je me suis précipité à l'extérieur.

Si j'avais été dans un état tant soit peu raisonnable, j'aurais immédiatement remarqué que quelque chose clochait. Mais je me suis déplacé dans une sorte d'hébétude, avec la chaleur du jour sur le visage. J'ai marché et marché à toute vitesse, comme si j'étais porté par un puissant courant. Mes pensées se brisaient en deux, puis se dédoublaient – la colère se scindait en horreur et en rage, puis en pitié et en dégoût, et ainsi de suite. Tout ce temps j'ai continué à marcher, me sentant plus fort à chaque pas. Je suis arrivé au sommet de Farmer's Hill.

Et je l'ai vu.

Le ciel.

De gros cônes de fumée dense s'élevaient en spirale pour finir par former d'étroits sentiers. Des couches d'orange brumeux recouvrant des doigts gris qui se tendaient sur l'horizon.

Et je l'ai sentie.

La chaleur.

J'ai grimacé. La terre était en feu !

Un feu de brousse.

Un gros !

Depuis le sommet de la colline, j'en ai aperçu un second en une rapide série d'images déchirantes dont j'ai su immédiatement qu'elles ne quitteraient jamais mon esprit. J'ai vu le feu se séparer en deux : une moitié s'est précipitée en direction de la maison de mes parents, l'autre en direction de la prison.

J'ignore ce qui m'a pris pendant que je regardais ce feu encercler ma ville, mais je me suis convaincu qu'il était en mon pouvoir de sauver au moins une partie de ma famille. Je savais que je ne pourrais pas aider Terry. Et que mon frère meure de manière aussi violente que désagréable dans la prison que mon père avait aidé à bâtir donnait à l'affaire une conclusion si nette que mon choix était clair. Je tenterais de sauver ma mère, même si elle venait juste d'essayer de me tuer, et mon père, même s'il ne l'avait pas fait.

La saison des feux de brousse avait commencé tôt cette année-là. Des températures extrêmes et des vents puissants s'étaient combinés pour faire éclater de minuscules incendies à la périphérie de la Nouvelle-Galles du Sud tout au long de l'été. Une bourrasque suffit à attiser les feux isolés, les métamorphosant rapidement en enfers incontrôlables. Ça arrive toujours de cette façon. L'incendie a plus d'un tour dans sa manche enflammée : il jette des braises en l'air. Les braises sont alors transportées par le vent quelques kilomètres plus loin dans le but précis de provoquer de nouveaux incendies, de sorte que, lorsque le Feu principal prend, son enfant fait déjà rage et ôte des vies. L'Incendie n'est pas empoté. Il évolue comme un fou.

Un nuage opaque de fumée s'étendait sur la ville. J'ai couru en direction de la maison de mes parents, passant devant des arbres, des poteaux et des lignes électriques abattus. Les flammes avançaient des deux côtés de la route. La fumée me léchait le visage. Je n'y voyais rien. Je n'ai pas ralenti.

Les arbres tombés en travers de la route la rendaient impraticable. J'ai pris un sentier qui traversait le bush. Je ne voyais pas le ciel, seulement un épais rideau de fumée. Tout autour de moi, ça craquait comme si quelqu'un sautait sur de vieux journaux. Des débris enflammés traversaient la cime des arbres. Impossible de savoir de quel côté aller, jusqu'à ce qu'une voix familière crie : « Stop ! »

Je me suis arrêté. D'où venait la voix ? Difficile de savoir si elle venait de loin ou si elle était seulement dans ma tête.

« Prends à gauche, a dit la voix. À gauche. »

En temps normal, une voix impérieuse qui ne se présentait pas m'aurait fait prendre le chemin inverse, mais j'ai senti que celle-ci avait mon intérêt à cœur. Terry était mort, je le savais, et cette voix était la sienne, elle portait les derniers mots qu'il m'adressait en partance pour l'autre monde.

J'ai donc pris à gauche et vu au même moment l'autre sentier consumé par les flammes.

Au tournant suivant je suis tombé sur un groupe d'hommes qui arrosaient des arbres. Ils tenaient des pythons gonflés et furieux sortis du ventre de deux camions de pompiers et avaient des linges mouillés sur la bouche. J'aurais bien aimé en avoir un. Puis je me suis dit : « Tu es en sécurité tant que tu ne veux pas ce qu'a ton voisin. »

« Martin ! quelqu'un a lancé.

— Ne va pas par là ! quelqu'un d'autre a crié.

— Mon père et ma mère sont là-dedans ! » j'ai répondu, et comme je continuais à courir, j'ai cru entendre de nouveau la voix familière : « Salue-les pour moi ! »

Alors que je courais, j'ai vu le feu qui passait le lit asséché d'un ruisseau, et la carcasse d'un mouton rôti. J'ai dû ralentir. La fumée s'était épaissie, impossible de repérer où étaient les flammes. Mes poumons étaient en feu. Je savais que si je ne trouvais pas bientôt une bouffée d'air pur, c'était la fin. J'avalais et vomissais de la fumée. Mélangée à des carottes.

Quand j'ai atteint ma rue, un mur de flammes en bloquait l'entrée. Il y avait un groupe de gens de l'autre côté. Le mur de feu était semblable à un pont-levis relevé. J'ai plissé les yeux pour me protéger de la chaleur intense tandis que de la fumée jaune et noir passait sur les gens à gros bouillons.

« Vous avez vu mes parents ?

— Qui êtes-vous ?

— Martin Dean !

— Marty ! » Ça ressemblait à la voix de ma mère, mais le feu avalait les mots. Puis l'air s'est fait immobile.

« Le vent ! » a crié une voix. Ils se sont figés, attendant de voir quelle direction allait prendre le feu. Une haute flamme se tenait derrière eux, prête à bondir. J'ai eu l'impression d'être un homme sur le point d'être guillotiné et qui espère qu'on pourra lui recoller la tête ensuite. Une brise chaude a léché mon visage.

Avant que je puisse hurler, les flammes se sont jetées sur moi. En un quart de seconde, ma tête brûlait. Tout aussi rapidement, le vent a changé de direction, et les flammes ont bondi vers le groupe. Cette fois-ci, elles ont poursuivi leur chemin.

Les yeux et les poumons emplis de fumée, les cheveux en flammes, j'ai hurlé de douleur. J'ai arraché mes vêtements, je me suis jeté au sol et j'ai frotté ma tête dans la poussière. Il m'a fallu quelques secondes pour m'éteindre, mais ç'a suffi pour que le feu me dévore une oreille et me roussisse les lèvres. À travers mes paupières gonflées, j'ai vu l'ouragan enflammé se jeter sur le groupe, mes parents inclus, et les engloutir. Nu et brûlé, je me suis traîné à genoux et j'ai recommencé à hurler, d'une rage impuissante et frénétique.

La plupart des prisonniers avaient pu s'échapper, excepté ceux qui étaient au mitard, donc coincés au sous-sol. Le temps pour les sauver avait manqué.

Ainsi que je m'en doutais, Terry était mort.

Alors que de petits foyers brûlaient encore à la périphérie de la ville, les médias n'ont pas perdu de temps à monter en épingle la mort de Terry Dean dans sa prison. Il n'était plus qu'un tas de cendres. Après le passage des photographes de la police pour prendre des photos de la cellule, j'y suis entré. Les os étaient là aussi. Mais l'essentiel était bien en cendres. Avec un balai, une pelle et une petite boîte en carton, j'ai ramassé mon frère. Ce n'était pas facile : une partie de ses cendres s'était mêlée à celles du bois des lits superposés. Pauvre Terry. On ne pouvait pas le distinguer d'un lit. C'est vraiment triste.

J'ai laissé les os. À l'État de les enterrer. J'ai pris le reste. Comme je disais, l'essentiel était dans les cendres.

Autour de la prison, d'autres cendres, noires, tourbillonnaient follement dans l'air, s'élevaient dans le ciel, et quand le vent est retombé elles se sont déposées sur le sol, sur les voitures et sur les journalistes. Des braises rougeoyantes parsemaient le bitume brûlant. J'ai scruté les hectares noirs d'herbe brûlée, les collines grillées et les débris calcinés des maisons ; tout était couvert de cendres fumantes. Toutes les odeurs étaient âcres. Toutes les couleurs inquiétantes.

Mère morte. Père mort. Frère mort. Caroline partie. Lionel parti. Ville disparue. Promesse disparue elle aussi ; le lien sacré enfin brisé.

Libre.

On avait appris qu'un homme était en train de cuire un steak sur les braises de sa maison. Les reporters faisaient cercle autour de lui. Ils trouvaient ça hilarant. J'imagine que ça l'était.

Un bref orage a éclaté. Un groupe de survivants qui se tenait parmi les restes de la ville débattait de l'origine de l'incendie. Moi, je pensais que c'était un pyromane. C'est presque toujours un pyromane. Qu'est-ce qu'ils ont ces putains de pyromanes ? À mon avis, ce ne sont pas des envoyés de Lucifer, mais des individus stupides qui s'emmerdent : il n'y a pas plus mortel comme combinaison. Et quoi qu'ils aient vécu dans l'enfance ils émergent de l'adolescence sans compassion aucune. Nous sommes cernés par les gens stupides qui s'emmerdent et qui sont sans pitié. Nous ne pouvons jamais attendre que quiconque se conduise correctement. Il faut toujours être aux aguets. Le meilleur exemple ? Ça n'arrive pas tous les jours, mais de temps à autre des gens chient dans la piscine municipale. Pour moi, ça veut tout dire.

Mais les survivants de la ville, eux, affirmaient que cette fois-ci ce n'était pas un pyromane.

C'était l'observatoire.

Mon sang s'est figé.

Je me suis approché pour mieux entendre.

Avec le temps, l'attrait de la nouveauté s'était dissipé, et l'observatoire était tombé en ruine, là-haut sur la colline, abandonné à la nature. Le toit qui protégeait le télescope se soulevait grâce à une charnière. *Quelqu'un l'avait laissé ouvert.* Les lentilles avaient concentré le soleil d'été en un rayon de lumière brûlant qui avait mis le feu à la structure, le vent était venu apporter sa contribution, et nous nous étions ramassé cette catastrophe.

C'était l'observatoire.

Mon observatoire !

L'observatoire dont j'avais suggéré la création était la cause directe de la mort de ma mère, de mon père et de mon frère. Ç'a été le dernier clou sur le cercueil issu de cette odieuse boîte à idées qui avait dressé la ville contre ma famille, mis mon frère à l'asile puis dans une maison de redressement, et maintenant dans la tombe (au sens figuré et au sens propre, dans une boîte en carton qui avait jadis contenu des raisins secs). Avec l'observatoire, j'avais cru pouvoir améliorer l'âme des gens, au lieu de quoi je n'étais arrivé qu'à accélérer leur disparition. Quand mon frère était entré à l'hôpital, j'aurais dû détruire la boîte à idées qui l'y avait envoyé ; et quand lui l'avait détruite, aveuglant ainsi notre seul ami, j'aurais dû sur l'instant détruire tout ce qui avait trait à elle, car cette boîte qui me rappelait soudain celle qui était maintenant dans mes mains qui contenait mon frère.

J'ai poursuivi mon chemin.

Je n'oubliais pas les conseils de Stanley, ni l'insistance des policiers et leur volonté de me poursuivre en justice. Il était temps de partir pour de bon. De plus, il n'y avait plus rien à apprendre ici. Il était temps de voyager dans de nouveaux pays pour y prendre de vieilles habitudes. De nouveaux désirs ! De nouvelles déceptions ! De nouvelles épreuves et de nouveaux échecs ! De nouvelles questions ! Est-ce que le dentifrice aurait le même goût partout ? Est-ce que la solitude serait moins amère à Rome ? Et la frustration sexuelle moins pénible en Turquie ? Ou en Espagne ?

J'y ai réfléchi en traversant le silence de la ville morte, la ville sans rêves, la ville noire et carbonisée comme un toast trop cuit. Ne le gratte pas ! Ne le garde pas ! Jette ma ville à la poubelle. Elle est cancérigène.

Les braises de mon enfance se muaient en grumeaux durs et froids. Aucun vent ne pouvait leur insuffler la vie, désormais. Elle avait disparu. Je n'avais personne au monde. L'Australie était toujours une île, mais je n'y étais plus naufragé. J'avais enfin pris la mer. Et elle était sans fin, la mer au-delà. Sans horizon.

Personne ne me connaissait là où j'allais ; personne ne connaissait mon histoire, l'histoire de mon frère. Ma vie était réduite à une anecdote secrète que je pouvais révéler ou garder cachée. Tout dépendait de moi.

J'ai parcouru la longue route sinueuse et poussiéreuse qui m'entraînait hors de la ville.

J'avais l'impression de quitter un parc d'attractions sans en avoir essayé aucune. Alors que j'avais toujours détesté cette ville, les gens, leurs existences, je n'en avais pas moins vécu à leurs côtés. Mais je ne m'étais pas immergé dans le courant de la vie, et c'était regrettable parce que même si la vie est le pire parc d'attractions du monde, si tu prends la peine d'y passer vingt-deux ans tu peux au moins faire un tour de manège. Mais le hic c'est que toutes les attractions me rendaient malade. Que faire ?

Je me suis souvenu que je tenais toujours Terry dans une boîte.

Je n'avais pas l'intention de faire une dépression à force de me demander ce que je pourrais faire de mon petit frère réduit en cendres : j'allais simplement m'en débarrasser, rapidement, secrètement, sans cérémonie. Si un enfant me croisait dans la rue, je lui donnerais la boîte. Si je voyais un rebord de fenêtre approprié, je la laisserais là. J'ai poursuivi ces pensées jusqu'à ce que je sois si fasciné par l'idée des cendres en général que la soif m'a pris.

Un peu plus loin se trouvait une station-service qui faisait aussi épicerie. Le réfrigérateur était au fond. J'ai pris un Coca dans l'allée. En me retournant, j'ai vu à côté de moi une étagère qui contenait des petits pots d'épices indiennes, du poivre de Cayenne et des herbes d'Italie. Tout en veillant à ne pas me faire remarquer par le propriétaire, j'ai ouvert les pots un par un et en ai vidé la moitié par terre. Puis j'ai versé les cendres de Terry à la va-vite, en m'en balançant du coup la moitié sur les pieds. Lorsque j'ai eu fini, je suis sorti avec mon frère sur les chaussures, et alors – j'ai cette image dans la tête pour toujours – j'ai épousseté mon frère de mes chaussures et terminé en les lavant dans une flaque proche, laissant ainsi ses derniers restes flotter dans une petite mare d'eau de pluie au bord de la route.

C'est drôle.

Les gens m'ont souvent demandé : « Il était comment, Terry Dean, enfant ? » Mais personne ne m'a jamais posé cette question, bien plus pertinente : « Et en flaque ? »

La réponse : « Immobile, brun cuivré et étonnamment opaque. »

La fin !

Derrière la fenêtre, l'aube rose éclairait le jardin et probablement plus loin, au moins jusqu'à la boutique au coin de la rue. Ignorant le concept de la grasse matinée, les oiseaux matinaux pépiaient leurs habituels pépiements de l'aube. Papa et moi gardions le silence. Parler pendant les dix-sept heures au cours desquelles il m'avait raconté presque chaque minute de ses vingt-deux premières années sur Terre l'avait exténué. L'écouter avait eu le même effet sur moi. Je ne sais pas qui de nous deux était le plus épuisé. Soudain, le visage de papa s'est éclairé : « Eh, tu sais quoi ?

— Quoi ?

— Le sang a coagulé ! »

Le sang ? Quel sang ? Ah, c'est vrai, je m'étais battu, non ? Je m'étais fait tabasser par mes pairs, non ? J'ai porté la main à mon visage. Il y avait effectivement une substance dure et croûteuse sur ma lèvre. J'ai couru dans la salle de bains pour me regarder. Waouh ! En effet, pendant que papa me racontait son histoire, le sang sur mon visage était devenu noir et globuleux. J'étais horrible à voir. J'ai souri pour la première fois depuis longtemps, bien avant le début de l'histoire.

« Tu veux que je te prenne en photo avant que tu te laves ? m'a demandé papa depuis ma chambre.

— Nan, tu auras d'autres occasions.

— C'est bien vrai. »

J'ai pris le coin d'une serviette, je l'ai humecté d'eau chaude et j'ai fait disparaître la croûte. Tandis que l'eau faisait virer le sang noir au rouge et tachait la serviette blanche, j'ai pensé à l'histoire de papa : celle de Terry Dean. Il me semblait que je n'en avais pas appris tellement sur oncle Terry, contrairement à ce que pouvait laisser croire un monologue de dix-sept heures, mais j'en avais appris énormément sur mon père.

J'avais le sentiment dérangeant que chacun de ses mots était peut-être vrai. En tout cas, il y croyait. Un homme de trente-deux ans qui met son âme de trente-deux ans dans la bouche d'un enfant a quelque chose de grotesque, même s'il s'agit du petit garçon qu'il a été. Mon père était-il un anarchiste de huit ans ? Un misanthrope de neuf ans ? Ou alors le garçon de l'histoire était-il une invention inconsciente, celle d'un homme qui du haut de son expérience du monde d'homme essayait de donner un sens à son enfance, oblitérant au passage toutes les pensées ou perspectives réellement expérimentées à cette époque ? Pourquoi pas. Après tout, le souvenir est sans doute la seule chose au monde que nous pouvons vraiment manipuler afin de ne pas avoir à nous jeter un regard rétrospectif et de penser : « Quel trou du cul ! »

Mais papa n'était pas du genre à embellir ses souvenirs. Il aimait préserver tout dans son état naturel, de ses cheveux à son passé. C'est ainsi qu'instinctivement je savais que chaque mot qu'il prononçait était vrai, et c'est pourquoi ça me rend encore malade quand je me rappelle la révélation choquante qui a suivi, une bombe terrible à propos de la femme la plus importante dans ma vie par son absence : ma mère.

2

JE PRENAIS UNE DOUCHE DE QUARANTE-CINQ MINUTES. Je sais que c'est faire preuve d'un impardonnable manque de considération pour l'environnement, mais j'avais lu dans le *New Scientist* que dans deux milliards d'années l'univers aurait atteint la limite de son extension et commencerait à se contracter comme un élastique, que les aiguilles du temps repartiraient en arrière, et (en conséquence) que l'eau finirait par retourner à la pomme de douche.

« Jasper ! J'avais complètement oublié ! j'ai entendu papa crier.

— Je suis sous la douche !

— Je sais. Tu sais quel jour on est ?

— Non.

— Devine.

— Le 2 décembre.

— Non. Le 17 mai ! Je ne peux pas croire que je l'avais complètement oublié ! Grouille-toi ! »

J'ai fermé le robinet. « Je sors tout de suite. »

17 mai : l'anniversaire de ma mère. Sans aucune raison, papa lui achetait toujours un cadeau. Sans aucune raison, il me faisait toujours ouvrir le paquet. Je ne savais jamais si je devais dire merci. Généralement, c'était un livre ou des chocolats, et après que je l'avais ouvert et avais dit quelque chose du genre : « Joli cadeau », papa suggérait que nous le lui donnions en personne. Ce qui signifiait un petit voyage au cimetière. Ce matin-là, puisqu'il n'avait pas fait attention à la date, papa a couru dans toute la maison à la recherche de quelque chose à emballer. Il a fini par trouver une bouteille de whisky dans laquelle restaient deux bonnes rasades. Je l'ai observé pendant qu'il l'emballait avec nervosité, et quelques secondes plus tard il m'a regardé la déballer avec impatience :

« Joli cadeau. »

Ma mère était enterrée dans un cimetière juif, hommage probable à mes grands-parents. Au cas où vous l'ignoreriez, dans la religion juive on doit mettre un vieux caillou sur la tombe de ses proches. Je n'ai jamais vu de raison de chicaner sur d'anciennes traditions loufoques aussi peu exigeantes que celle-ci, et je suis donc allé dans le jardin en me demandant quel genre de caillou crasseux ma mère pourrait bien vouloir en gage de ma dévotion.

Une fois parvenus à destination, il nous a fallu un certain temps pour repérer la tombe. Nous nous sommes perdus dans le labyrinthe des pierres grises, et nous avons fini par la trouver là où elle avait toujours été, entre Martha Blackman qui avait respiré pendant quatre-vingt-dix-huit ennuyeuses années et Joshua Wolf dont le cœur s'était injustement arrêté de battre à l'âge de douze ans. Nous avons regardé la dalle qui portait son nom.

Astrid.

Pas de nom de famille, pas de date de naissance ni de mort – juste son prénom qui, tout seul sur la pierre tombale, en disait plus qu'une longue épitaphe.

J'ai essayé d'imaginer ce qu'aurait été la vie avec une mère. Je n'y suis pas arrivé. La mère que je pleurais était un amalgame de souvenirs fabriqués, de photos d'actrices de cinéma muet et de la représentation tendre et aimante de l'archétype maternel. Elle se métamorphosait constamment, une image en perpétuel mouvement.

À côté de moi, papa sautillait comme s'il attendait le résultat d'un match. Il s'est avancé pour enlever les feuilles d'automne en forme d'étoile qui recouvraient la pierre tombale.

Je l'ai regardé. Lui, il a regardé ses pieds. « Hé ! » j'ai crié.

Il s'est tourné vers moi, surpris, et a lâché d'un ton cassant : « Ne crie pas comme ça dans un cimetière, espèce de vampire. Tu veux que je meure de peur ?

— Tes pieds ! » j'ai crié en les désignant. Il a levé les semelles pour voir s'il y avait de la crotte de chien.

« Tu lui marches dessus !

— Non. »

Pourtant, il était bien debout sur ma mère. N'importe quel imbécile l'aurait vu.

« Bordel, tu es sur sa tombe ! Tire-toi ! »

Papa a souri mais ne s'est pas déplacé d'un iota. Je l'ai attrapé par le bras et l'ai tiré sur le côté. Ça l'a fait rire.

« Eh ! Du calme, Jasper. Elle n'est pas là.

— Comment ça, elle n'est pas là ?

— Elle n'est pas enterrée là.

— Quoi ?

— Je veux dire qu'il y a un cercueil. Seulement il est vide.

— Vide ?

— Et tu veux savoir le pire ? Il faut payer autant que s'il y avait un corps à l'intérieur ! J'avais toujours cru que c'était au poids, mais apparemment pas. »

J'ai regardé son visage sans joie, horrifié. Il a secoué la tête, portant le deuil de son argent.

« OÙ EST MA MÈRE, BORDEL ? »

Papa m'a expliqué qu'elle était morte en Europe. Il n'a pas voulu m'en révéler beaucoup plus. Il avait acheté la concession pour moi, pensant qu'un petit garçon avait le droit de pleurer sa mère dans un cadre approprié. Où l'aurais-je fait sinon ? Au cinéma ?

Quand ma mère était évoquée, papa ne me disait jamais rien sur elle sinon qu'elle était morte et que le problème avec les morts c'est qu'ils ne peuvent pas te faire à manger. Ce que je ne comprends pas aujourd'hui c'est à quel point j'ai pu réprimer ma curiosité ; je suppose que, comme il était muet sur ce thème, papa m'avait convaincu qu'il était grossier d'aller fureter dans les vies achevées. Ma mère était un sujet qu'il avait mis sur l'étagère du haut, hors de portée des questions. Sans rechigner, j'avais accepté qu'il ne fallait sous aucun prétexte se renseigner sur la destruction de quelqu'un censé être indestructible.

Mais là, en apprenant soudain que j'avais pleuré un trou vide tout ce temps, la colère s'est muée en une curiosité brûlante. Dans la voiture qui nous ramenait du cimetière, j'ai dit à mon père que si j'étais assez vieux, à neuf ans, pour pleurer une mère disparue, j'étais assez vieux pour connaître quelque chose sur elle.

« C'était juste une femme que j'ai vue un certain temps.

— Juste une femme ? Vous n'étiez pas mariés ?

— Mon Dieu, non. Jamais je n'ai mis les pieds près d'un autel.

— Alors, est-ce que… tu sais… tu l'aimais ?

— Je ne sais pas comment répondre à cette question, Jasper. Je ne sais vraiment pas.

— Essaie.

— Non. »

Ce soir-là, j'ai entendu des bruits de marteau. Dans la salle de bains, papa posait des rideaux devant le miroir.

« Qu'est-ce que tu fais ?

— Tu me remercieras un jour

— Papa, parle-moi un peu d'elle. Comment elle était ?

— Tu penses encore à ça ?

— Oui.

— Ça devrait aller. »

Papa a terminé de clouer, fixé la tringle et tiré les rideaux beiges sur le miroir à l'aide d'un cordon.

« Pourquoi les gens ont-ils besoin de se regarder pendant qu'ils se brossent les dents ? Ils ne savent pas où sont elles sont ?

— Papa !

— Quoi ? Bon Dieu ! Qu'est-ce que tu veux savoir, des informations factuelles ?

— Est-ce qu'elle était australienne ?

— Non, européenne.

— D'où exactement ?

— Je ne sais pas exactement.

— Comment tu peux ne pas savoir ?

— Pourquoi tu t'intéresses tant à ta mère tout à coup ?

— Je ne sais pas, papa. J'imagine que je suis tout simplement sentimental.

— Eh bien, pas moi. » Et il m'a montré une vision familière : son dos.

Les mois suivants, j'ai insisté, parlementé, harcelé, et je suis parvenu à extraire au compte-gouttes les maigres informations suivantes : ma mère avait été belle sous certains angles, elle avait beaucoup voyagé, n'aimait pas qu'on la prenne en photo de la même façon que la plupart des gens n'aiment pas qu'on leur prenne leur argent. Elle parlait couramment plusieurs langues, avait entre vingt-six et trente-cinq ans quand elle était morte, et même si on l'appelait Astrid ce n'était probablement pas son vrai nom.

« Ah, et elle haïssait Eddie, papa a ajouté un beau jour.

— Elle le connaissait ?

— J'ai fait la connaissance d'Eddie plus ou moins à la même période.

— À Paris ?

— Juste en dehors de Paris.

— Qu'est-ce que tu faisais juste en dehors de Paris ?

— Tu sais. Comme d'habitude. Je me promenais. »

Eddie, le meilleur ami de papa, était un Thaï mince avec une moustache peu convaincante. Il semblait toujours être en plein cœur de la fleur de l'âge et pas un jour de plus. À côté de mon père blême, il ressemblait à un médecin en compagnie d'un patient. De toute évidence, il fallait que j'interroge Eddie sur ma mère – que je trouve quel était le problème. Il faisait de fréquents voyages inexpliqués sur d'autres continents, et je n'avais jamais su s'il voyageait pour les affaires, le plaisir, par impatience, pour un génocide ou par défi. Eddie avait une façon d'être catégoriquement vague – il n'allait jamais jusqu'à dire, par exemple, qu'il allait voir des parents dans la province de Chiang Mai, en Thaïlande, mais si vous insistiez il admettait être allé « en Asie ».

J'ai attendu six mois qu'Eddie refasse surface. Pendant ce temps, j'ai préparé une liste de questions, passant et repassant l'interview avec lui dans ma tête, réponses comprises. J'ai anticipé, à tort, une histoire d'amour atroce où ma sainte mère s'était martyrisée dans un scénario à la Roméo et Juliette. J'ai imaginé que les amants maudits avaient fait un pacte de double suicide tragiquement romantique, et que papa avait flanché à la dernière minute.

Finalement, un matin, alors que j'étais en train de me brosser les dents dans la salle de bains avec les rideaux tirés, j'ai entendu la voix d'Eddie appeler : « Marty ! Tu es là ? Je parle à un appartement vide ? »

J'ai accouru dans le salon.

« Te voilà, Jasper. » Comme d'habitude, avant que j'aie pu dire : « Non, s'il te plaît », il a saisi le Nikon qui pendait à son cou et m'a pris en photo.

Eddie était un dingue de photographie, et ne pouvait pas passer cinq minutes sans me tirer le portrait. C'était un homme orchestre fabuleux : un œil sur l'objectif de son Nikon, il pouvait fumer une cigarette, nous photographier et se passer la main dans les cheveux en même temps. Même s'il disait que j'étais photogénique, je ne pouvais pas le contredire – il ne me montrait jamais le résultat. J'ignorais s'il développait ou non la pellicule, ni même s'il y en avait une dans son appareil. C'était juste un exemple supplémentaire de son goût du secret pathologique. Eddie ne parlait jamais de lui. Ne racontait jamais comment étaient les choses à son époque. On ne savait même pas s'il avait une époque. Il était, corps et âme, distant.

« Comment va ton père ? Toujours dans les parages ?

— Eddie, tu as connu ma mère ?

— Astrid ? Bien sûr. Quel dommage, hein ?

— Je ne sais pas. Vraiment ?

— Qu'est-ce que tu veux dire ?

— Parle-moi d'elle.

— D'accord. »

Eddie s'est laissé tomber sur le canapé et a tapoté le coussin à côté de lui. Je m'y suis jeté, plein d'impatience, ignorant à quel point notre conversation allait être peu satisfaisante : j'avais complètement oublié qu'Eddie était le pire conteur qui soit.

« Je l'ai rencontrée à Paris avec ton père. Je crois que c'était en automne parce que les feuilles étaient marron. Je crois que les Américains utilisent le mot *fall* pour cette saison-là… La "chute"… un mot magnifique, à mon sens. Personnellement, j'aime l'automne, et aussi le printemps. L'été, je tolère juste les trois premiers jours, et après ça je cherche une chambre froide où me planquer.

— Eddie…

— Oh, excuse-moi. Je me suis écarté de mon sujet, non ? J'ai oublié de te dire ce que je pense de l'hiver.

— Ma mère.

— Oui. Ta mère. C'était une belle femme. Je ne pense pas qu'elle était française mais elle en avait le physique. Les Françaises sont petites et minces avec une poitrine plutôt menue. Si tu veux de grosses poitrines, il faut passer la frontière et aller en Suisse.

— Papa m'a dit que tu avais connu ma mère à Paris.

— C'est juste. J'étais à Paris. Paris me manque. Tu savais qu'en France ils ne disent pas la même chose que nous quand ils sont dégoûtés. Tu ne peux pas dire : "*Yuck !*" Personne ne comprendra. Il faut dire : "Beurk !" C'est bizarre. Pareil quand tu te fais mal. C'est : "Aïe !", pas : "*Ow !*"

— Qu'est-ce que mon père faisait à Paris ?

— Il faisait rien à l'époque, le même genre de rien que maintenant. Sauf qu'alors il le faisait en français. Bon, en réalité, il ne faisait pas rien. Il gribouillait sur son petit carnet vert.

— Tous les carnets de papa sont noirs. Il utilise toujours les mêmes.

— Non, celui-là était résolument vert. Je le vois dans ma tête. C'est dommage que tu ne puisses pas voir les images que j'ai dans la tête. Elles sont bougrement pittoresques. J'aimerais qu'on puisse projeter sur un écran toutes les images qu'on a dans la tête et vendre des billets. La somme que le public serait prêt à payer déterminerait vraiment ta propre valeur. »

Je me suis levé du divan en disant à Eddie de continuer sans moi, je suis allé vers la chambre de mon père et me suis tenu sur le seuil, fixant bêtement le chaos et le désordre immenses qui contenaient peut-être l'histoire secrète de ma mère dans un carnet vert. Normalement, je n'entre pas dans la chambre de mon père pour la même raison qu'on ne va pas engager la conversation avec un homme assis sur la cuvette des W.-C., mais l'affaire était suffisamment importante pour m'obliger à violer ma propre règle. J'ai pénétré dans les entrailles à ciel ouvert de mon père et dans sa tempête de sable mugissante ; le simple fait de dormir ici était un exploit.

Je me suis mis au travail. D'abord il a fallu que je me fraie un chemin à travers des piles de journaux jaunis qui auraient pu rivaliser avec les archives de la bibliothèque municipale, si nombreux qu'ils jonchaient le sol jusqu'au lit. J'ai marché sur les journaux et sur des objets dont je ne pouvais pas imaginer qu'il les avait trouvés ailleurs qu'à la poubelle, et d'autres qu'il ne les avait pas arrachés à la bouche des gens. Sur mon chemin, j'ai retrouvé des choses que je croyais depuis longtemps perdues : la sauce tomate, la moutarde, toutes les petites cuillères, les cuillères à soupe et les grandes assiettes. J'ai ouvert une de ses penderies, et sous un tas de vêtements qui ressemblait à un corps avachi j'ai déniché la première pile de carnets – il devait y en avoir une centaine. Ils étaient tous noirs. Noir, noir, noir. Dans le seconde penderie, encore une centaine, encore noirs malheureusement. Je suis entré dans la penderie (elle était très profonde). Là, j'ai découvert une pile de magazines, mais j'ai préféré ne pas m'y attarder : sur toutes les photos, papa avait découpé les yeux. Aucune importance. Un homme peut lire un magazine et tenter d'enlever les yeux s'il a l'impression qu'ils le fixent avec insolence, n'est-ce pas ? J'ai pénétré plus avant dans la penderie (c'était vraiment une grande penderie). Une nouvelle boîte a révélé une autre pile de carnets, ainsi que tous les yeux découpés dans les magazines. Ils m'ont fixé d'un regard implacable tandis que je farfouillais dans les carnets, et ils ont paru – comme moi – ébahis à la vue d'un carnet vert coincé sous le rabat en carton au fond de la boîte.

Je l'ai pris et je me suis tiré de cette pièce suffocante. J'entendais Eddie dans le salon, qui parlait toujours tout seul. Je suis parti examiner le carnet vert dans ma chambre.

Les coins étaient usés. En l'ouvrant, j'ai vu qu'à certains endroits l'encre avait coulé, mais l'écriture demeurait lisible. Les lettres, petites et nettes au début, étaient de plus en plus grandes et déformées ; et plus loin, alors que l'écriture couvrait la page en diagonale, c'était comme s'il avait écrit sur le dos d'un chameau, lui-même à la proue d'un navire voguant par gros temps. Certaines pages tenaient à peine par une agrafe, et quand le carnet était fermé, les coins en dépassaient comme des signets.

Il y avait une page de titre en français : « Petites misères de la vie humaine ».

Le titre m'a donné la nausée, comme s'il me préparait à l'histoire de ma venue au monde – l'histoire enfermée dans le journal que j'ai retranscrit ci-dessous pour vous.

Petites misères de la vie humaine

11 mai

Paris : parfait endroit où être seul & malheureux. Londres trop lugubre pour y être une épave avec dignité. Ô Londres ! Ville sinistre ! Froid nuage gris ! Basse couche de brume et de brouillard ! Profond gémissement ! Soupir de tristesse crachinant ! Maigre patrimoine héréditaire ! Ville à carrières ! Ville à paillettes ! Empire déchu ! Ville de pin-up en page 3 ! La leçon tirée de Londres : l'enfer n'est pas rouge et brûlant, mais froid et gris.

Et Rome ? Pleine de prédateurs sexuels qui vivent avec leur mère.

Venise ? Trop de touristes aussi bêtes que les croyants qui donnent à manger aux pigeons italiens tandis que chez eux ils les snobent.

Athènes ? Partout des policiers en patrouille à cheval, ne s'arrêtant que pour laisser crotter leur monture dans les rues pavées – des tas de crottin si gigantesques qu'on finit par penser qu'il n'y a pas de meilleur laxatif au monde que le foin.

L'Espagne ? Dans les rues, odeur de chaussette frite dans l'urine – trop de catholiques baptisés dans la pisse. Mais le vrai problème c'est qu'on est constamment frustré par des feux d'artifice : la puanteur sexuelle des fiestas pleines d'explosions est comme du sel sur la blessure de la solitude.

Mais Paris – beau pauvre laid opulent vaste complexe gris pluvieux & français. On voit des femmes incroyables, des parapluies, des mendiants, des rues bordées d'arbres, des bicyclettes, des flèches d'église, des Africains, des dômes sinistres, des balcons, des pots de fleurs cassés, une grossièreté dont l'écho durera l'éternité, des piétons sans but, des jardins majestueux, des arbres noirs, de mauvaises dents, des boutiques luxueuses, des socialistes dont les mains montent le long des cuisses d'intellectuelles, des artistes qui manifestent, de mauvais conducteurs, des toilettes payantes, des puanteurs de fromage en vitrine, des écharpes pleines d'esprit, des ombres d'odeurs corporelles dans le métro, des cimetières chics, des travestis élégants, de la lumière filtrée, des taudis, la saleté, le désir, des lampadaires artistiques, le flegme multicolore de gros fumeurs passifs, des visages déments aux terrasses des cafés, des cols hauts, des chocolats chauds, des gargouilles de mauvais goût, des bérets en velours, des chats émaciés, des pickpockets prenant la fuite avec les entrailles scintillantes de riches touristes allemandes et de grands monuments phalliques dans les squares & les sex-shops.

Ce n'est pas une rumeur : les Parisiens arrogants et fiers philosophent sans qu'on les y invite, assis jambes croisées à la terrasse des cafés – mais pourquoi lorsque j'entends quelqu'un sortir un formidable argument philosophique j'ai la même impression que quand je vois un chien habillé par son maître ?

J'ai avec moi la dernière carte postale de Caroline. Typique de Caroline. « Suis à Paris » & une adresse, une banlieue sinistre juste aux portes de la ville. Je vais aller lui dire que mon frère est mort, l'homme qu'elle aimait, et alors... mais PAS ENCORE – les déclarations d'amour maladroites sont très risquées pour le cœur. Dois-je la voir ? Dois-je attendre ? Le problème avec la plupart des gens c'est qu'ils n'ont JAMAIS été coupés en deux, pas vraiment, pas au milieu comme moi, ils ne se sont JAMAIS déchirés en petits morceaux, n'ont JAMAIS écouté les factions rivales qui étaient CHACUNE si convaincante ET dans son droit qu'ils ne savent pas ce que c'est d'avoir le cerveau & le corps qui veulent DEUX choses chacun ce qui fait QUATRE idées irrésistibles d'un coup.

Je me demande si je recherche Caroline en particulier ou juste quelqu'un qui m'a connu avant les cinq dernières minutes.

4 juin

Ce matin réveillé par des rires d'enfants – ça m'a tué. Pire – découvert qu'une décision avait été prise dans ma tête pendant la nuit – aujourd'hui Martin Dean va aller voir Caroline Potts & lui déclarer son amour et sa dévotion éternels. Je suis resté au lit à m'emplir l'estomac de papillons. Pensé que toutes les décisions capitales de ma vie sont des ordres issus des sommets les plus élevés de la hiérarchie du soi – quand les commandants en chef tonnent que faire ? Je me suis rasé j'ai bu du vin éventé & je me suis habillé. Dans la tête 2 souvenirs fragmentaires de Caroline. 1. son sourire, mais pas son visage souriant, juste le sourire comme un dentier suspendu. 2. ses poiriers – son kilt qui lui tombait aux aisselles – bon Dieu ce jeu d'enfant innocent me donnait envie de lui sauter dessus avec autant de brutalité que de sincérité.

Suis allé dans les entrailles de la ville puis voyage suffocant en métro hors de Paris. Vu quatre personnes av. une tête chevaline. Un dur de 14 ans a essayé de me faire les poches, ce qui m'a révélé que je connais pas le mot français pour Hey !

Enfin assis sur un mur bas devant un petit immeuble à multiples fenêtres, tous les volets clos comme pour toujours. Dur de croire que ce bâtiment crasseux a abrité la femme que j'aime. Le commandant sentant que j'allais traîner m'a hurlé dans les oreilles et je me suis avancé d'un pas décidé jusqu'à la porte où j'ai frappé. Me suis aussi mordu la lèvre inférieure bien que le commandant ne me l'ait pas ordonné.

Poignée de la porte a tourné avec lenteur & insensibilité pour prolonger douleur immaculée. Enfin ouverte sur petite grosse femme aussi large que longue – en d'autres termes, un carré parfait.

« Oui ?

— Caroline Potts, elle est là ? » j'ai demandé en une parfaite traduction en anglais d'un français grammaticalement correct. La femme a baragouiné quelque chose dans sa langue & a secoué la tête. Caroline n'était plus ici.

« Et Monsieur Potts ? L'aveugle ? »

Elle m'a fixé d'un regard vide.

« Aveugle. Pas d'yeux. Pas d'yeux », j'ai répété bêtement, pensant : Est-ce que je peux entrer sentir son oreiller ?

« Hello ! » a crié quelqu'un d'une fenêtre à l'étage. Un visage asiatique était penché là à la recherche d'un corps qui aille avec. « Attendez ! » a dit le visage qui a descendu l'escalier à toute vitesse.

« Vous cherchez la fille et l'aveugle ?

— Oui !

— Je suis Eddie.

— Et alors ?

— Alors rien. La fille est partie il y a un mois après que l'aveugle est mort.

— Mort ? Vous êtes sûr ?

— Évidemment que je suis sûr. J'étais à son enterrement. Comment vous appelez-vous ?

— Martin. Comment il est mort ?

— Je les regardais de ma fenêtre. Chaque jour elle allait avec lui faire les courses pour qu'il ne tombe pas dans les nids-de-poule du trottoir, mais ce jour-là il y est allé seul – il a dû être dérouté parce qu'il est allé jusqu'au milieu de la chaussée et il est resté planté là.

— Il a été renversé par une voiture ?

— Non, il a eu une crise cardiaque. Il est enterré dans le cimetière du coin. Vous voulez voir sa tombe ? Je pourrais vous emmener. Venez », il a dit en boutonnant son manteau mais j'ai hésité. Quelque chose chez lui me troublait : ses mains faisaient des gestes délicats & sa voix prenait un ton conciliant comme si nous nous étions disputés et qu'il voulait se réconcilier avec moi. « On va voir votre cher ami ? » il m'a demandé d'une voix douce & j'ai pensé : Je n'aime pas cet homme, non que j'aie la moindre raison de ne pas l'aimer. Et alors ? Il y a des gens que je n'ai pas aimés qui ne m'auraient même pas reconnu lors d'une séance d'identification au poste de police.

Sous un ciel gris sombre nous avons remonté la rue de la même couleur dans un silence de mort jusqu'au sommet de la colline. Le cimetière n'était qu'à cent mètres – un endroit pratique où mourir. Sur sa tombe il n'y avait que son nom et ses dates & rien d'autre pas de petits traits d'esprit rien. Je me suis demandé si Lionel était mort sur le coup ou si dans son dernier soupir il avait dit quelque chose du genre « Il faut que j'achète du lait » et alors j'ai pensé à toutes les morts que je connaissais – comment Harry avait choisi la sienne & comment Terry avait probablement été choqué par la sienne & comment la mort de mes parents avait dû être une surprise désagréable comme une facture dans le courrier qu'ils pensaient avoir déjà payée.

Eddie m'a invité à boire du vin chaud. Sa petite pièce chichement meublée sentait une combinaison d'écorces d'orange brûlées et de joue de vieille femme qu'on est forcé d'embrasser dans une réunion de famille. Moquette couverte de grosses taches huileuses, l'endroit témoignait éloquemment de la maladresse des divers occupants.

Nous avons mangé des sandwichs en buvant du vin chaud. Eddie faisait partie de ces gens qui savent résumer leur vie en moins d'une minute. Né en Thaïlande. Étudié la médecine – jamais pratiqué. Beaucoup voyagé. Essaie Paris maintenant.

Rien à redire.

La conversation coulait comme l'eau d'une chasse. Il me regardait avec une telle intensité que j'avais l'impression que mes yeux étaient des miroirs dans lesquels il vérifiait sa coiffure.

La nuit est venue rapidement – j'étais énervé qu'il n'allume pas la lumière. J'ai jeté un coup d'œil à un interrupteur sur le mur, mais je craignais de bouger. Si cet idiot préférait la joie lourde de l'ombre, eh bien je m'y ferais. Enfin il a allumé une lampe dans son dos. Une petite lumière a brûlé et est devenue immense dans mes yeux.

« Alors, tu as eu une déception aujourd'hui, il a dit.

— Oui, je pensais qu'elle serait là. »

Il a ri avec des spasmes violents, un rire pareil à un défaut congénital.

« Je parle de la mort de ton ami.

— Ah, oui, ça aussi.

— Tu aimes cette fille ?

— C'est une vieille amie du pays.

— L'Australie », il a dit d'un air narquois, comme si mon pays était une vieille chose qu'il avait jadis possédée mais qu'il avait jetée depuis. J'ai dit oui oui & il a continué à me poser des questions. Qu'est-ce que je faisais à Paris ? Combien de temps je resterais ? Où est-ce que j'habitais ? Est-ce que je travaillais ? Pourquoi pas ? & ainsi de suite. Il m'a proposé de l'aide. Argent, boulot, logement. Je l'ai remercié en lui disant qu'il commençait à se faire tard.

« Ça t'embêterait beaucoup que je te prenne en photo ?

— Oui.

— Oh, allez. C'est juste un passe-temps que j'ai. » Il a souri. J'ai cherché autour de moi une preuve de ce qu'il avançait – une photo peut-être – mais les murs étaient nus & quand il est allé dans l'autre pièce prendre son équipement comme il disait, j'ai frissonné parce que dès que j'entends le mot équipement je vois d'énormes tenailles rutilantes av. une goutte de sang qui perle.

« Je crois qu'il faut que je m'en aille.

— Juste une petite photo. Je serai bref », il a dit av. un sourire aussi coincé qu'une fenêtre figée à l'espagnolette juste repeinte.

Pendant qu'il préparait la prise de vue, j'étais sûr qu'il allait me demander d'enlever mes vêtements. Il n'arrêtait pas de parler : « Il faut vraiment que tu me dises s'il y a quelque chose que je peux faire pour toi », me convainquant non seulement qu'il allait me demander de me déshabiller mais qu'en plus il allait le faire lui aussi. Il a allumé une autre lumière – une unique ampoule qui dispensait un milliard de watts – & il a pris une photo de moi assis sur la chaise, & debout & mettant mon manteau & passant la porte.

« Viens dîner demain soir.

— OK », ai-je menti & je suis sorti en vitesse & sur le chemin j'ai fait un crochet par le cimetière pour un adieu final à Lionel où j'ai essayé d'être solennel & de ressentir REMORDS TRISTESSE PERTE QUELQUE CHOSE j'ai respiré un grand coup ce qui ne m'a rien fait je ne sentais RIEN d'autre qu'un pur dégoût de moi-même – j'avais procrastiné si longtemps que j'avais raté ce qui aurait pu être le tournant de ma vie quand est-ce que le suivant va se présenter ? Je m'étais imaginé notre réunion des milliards et des milliards de fois, Caroline avait été la raison essentielle de ma présence en Europe ou pour le dire simplement d'être en vie et par peur et indécision je l'avais ratée.

J'ai donné un coup de pied à la pierre tombale en un accès de rage impuissante puis me suis rappelé Lionel. Essayé d'être triste de nouveau mais n'avais pas de place dans mon cœur pour le pleurer. Trop occupé à faire mon deuil de l'amour.

Hommage insensible à mon vieil ami interrompu par des pas légers sur l'herbe – Eddie en bas du cimetière mains dans les poches me fixant. J'ai fait mine de ne pas l'avoir vu & me suis enfui dans la nuit en pensant aux tenailles.

Moi encore

Peux pas prétendre que les petits malheurs des autres ne m'amusent pas énormément parce que c'est le cas – pas la mort ni la maladie mais quand l'argent de quelqu'un est avalé par un téléphone public qui ensuite refuse de fonctionner, putain, c'est marrant.

J'ai trouvé un endroit ingénieux où réfléchir – à l'intérieur des églises fraîches et sombres de Paris. Bien sûr les croyants aussi bêtes que les patriotes parlent entre eux mais bas comme s'ils étaient av. Dieu. Stupide comme on croit que Dieu n'entend nos pensées que lorsque nous nous les lui adressons à lui <u>en particulier</u> & pas quand nous réfléchissons nos sales petites pensées dans des scénarios quotidiens du genre j'espère que Fred va bientôt mourir pour que je puisse avoir son bureau, il est vraiment plus agréable que le mien. Le sens de la foi, c'est qu'il est entendu av. Dieu qu'il n'écoutera pas sans y être invité les murmures que notre esprit s'adresse.

Café Gitane

Des mois que je n'ai pas écrit. Fou de solitude fou d'indécision fou d'yeux imaginaires. Journées passées à marcher réfléchir lire manger boire fumer & généralement essayer de forcer le cadenas de la vie mais c'est difficile quand on est l'arme émoussée dont aucune guerre n'a voulu. Espère que je ne souffrirai pas des mêmes problèmes dans l'avenir, peux pas penser à quelque chose de pire (non que je sois contre les problèmes – je sais bien que j'en aurai toute ma vie c'est juste que je ne veux pas que ce soient toujours les mêmes. Espère que des afflictions atroces différentes marqueront chaque nouvelle année). Je pense que les premières années de nos vingt ans sont l'époque où on tombe dans des types de comportement qui vont ruiner notre existence.

Un jeudi

Parlant de combinaisons volatiles maintenant DÉSIR & SOLITUDE ont fusionné d'une manière obsédante et insupportable mon corps hurle mon âme hurle toucher être touché autour de moi il y a d'innombrables couples ciselés et parfaits dont on dirait qu'ils vont commencer une nouvelle course insupportable d'ex-stars de feuilleton télé il DOIT y avoir quelqu'un pour moi quelque part.

2 h 30 – Milieu de semaine ?

Chaque jour – même café, autre livre à lire. Je ne parle à PERSONNE & garde les yeux dans des endroits bizarres quand je commande mon café mais on connaît ma tête ici. Les clients fument tout ce qui est inflammable & le barman te demande ce que tu veux boire comme si tu pouvais être son vieil ennemi de lycée sans qu'il en soit tout à fait sûr & je m'assieds à une petite table près du radiateur en pensant : me voilà encore, je veux de nouveau être invisible et ensuite furieux d'être ignoré.

Par la grande fenêtre je regarde la vie. Quel foutu ramassis de bipèdes ! L'Australie – bipèdes qui lancent la balle. Paris – bipèdes en col roulé. Pessoa disait que l'humanité était « variable mais inaméliorable » – difficile de trouver meilleure description. Le garçon m'apporte l'addition. Je me dispute av. lui et perds rapidement. Pas étonnant que les existentialistes les plus importants aient été français. C'est naturel d'être horrifié par l'existence quand il faut payer un café 4 dollars.

Non daté

J'imagine le jour du Jugement dernier comme Dieu vous faisant venir dans une petite pièce blanche av. une chaise en bois inconfortable sur laquelle vous vous asseyez et vous enfoncez des échardes en bougeant nerveusement. Il entre en souriant comme un contrôleur de train qui vous a surpris sans billet & il dit : Je me fous du bien ou du mal que tu as fait & je me fous que tu aies ou non cru en moi ou en mon fils ou en tout autre membre de ma famille élargie & je me fous que tu aies généreusement donné aux pauvres ou que tu leur aies chichement donné les poings fermés mais voici un compte rendu minute par minute de ton temps sur terre. Il sort alors une feuille de papier de 10 000 kilomètres de long et dit : Lis ça et explique-toi. Sur la mienne il y aurait ceci :

14 juin

9 h réveillé
9 h 01 resté au lit à regarder le plafond
9 h 02 resté au lit à regarder le plafond
9 h 03 resté au lit à regarder le plafond
9 h 04 resté au lit à regarder le plafond
9 h 05 resté au lit à regarder le plafond
9 h 06 resté au lit à regarder le plafond
9 h 07 resté au lit à regarder le plafond

9 h 08 roulé sur le côté gauche
9 h 09 resté au lit à regarder le mur
9 h 10 resté au lit à regarder le mur
9 h 11 resté au lit à regarder le mur
9 h 12 resté au lit à regarder le mur
9 h 13 resté au lit à regarder le mur
9 h 14 resté au lit à regarder le mur
9 h 15 plié l'oreiller en deux, assis pour regarder par la fenêtre
9 h 16 resté assis au lit à regarder par la fenêtre
9 h 17 resté assis au lit à regarder par la fenêtre
9 h 18 resté assis au lit à regarder par la fenêtre
9 h 19 resté assis au lit à regarder par la fenêtre

Alors Dieu dirait : La vie est un cadeau & tu n'as même pas pris la peine de défaire le paquet. Alors il me châtierait.

Nuit du nouvel an
Après avoir fait le compte à rebours de Noël tout Paris fait maintenant le compte à rebours du nouvel an, prouvant que non seulement nous sommes plus obsédés par le temps que jamais mais que de surcroît nous ne pouvons pas cesser de tout compter. Nous croyons que le temps avance mais les scientifiques nous disent que nous nous trompons trompons trompons en fait ils disent que nous nous trompons tellement qu'ils sont un peu gênés pour nous.

C'est le nouvel an & je n'ai RIEN à faire PERSONNE à toucher PERSONNE à embrasser.

1er janvier
Quelle nuit ! Si quelqu'un sent de puissantes secousses quelque part dans le monde elles viennent du fait que j'ai finalement dérapé dans la poche poilue et aromatique de l'autre sexe. Oui c'est officiel – je suis un fornicateur !

Me suis assis sur un banc au cimetière Montmartre en face de la tombe de Nijinsky & fait une liste de résolutions. Le genre habituel – arrêter de fumer & se contenter de ce qu'on a & donner aux mendiants mais pas aux implorants & ne pas ramper même devant soi-même & pisser du vin & chier de l'or blablabla. Liste banale de promesses à moi-même numérotées jusqu'à cinquante & comme je la déchirais j'ai pensé que les résolutions de début d'année sont l'aveu que nous savons toujours que c'est à nous de nous en prendre et pas à d'autres si nous sommes malheureux.

Marché dans les rues jusqu'à minuit parmi les Parisiens qui se gorgeaient de joie & me suis senti stupide et médiocre dans mon malheur & il me semblait très clair que la solitude est la pire chose au monde & que les gens devraient TOUJOURS être pardonnés pour tous les compromis qu'ils font avec l'amour.

À minuit je me suis bouché les oreilles mais ça n'a rien fait – je l'entendais quand même. Le compte à rebours jusqu'au nouvel an est la pire chose que j'ai jamais entendue.

J'ai continué à marcher. La fenêtre de mon café habituel brillait à travers le brouillard dans un cercle de lumières en pointillé. À mon entrée le gros barman m'a servi un verre de champagne en souriant. Je l'ai pris & lui ai souhaité une heureuse année en français. Les habitués ont tous voulu savoir qui j'étais & m'ont abreuvé de questions & ont laissé échappé des hoquets de surprise quand j'ai dit que je venais d'Australie – mon pays n'est pas plus près que la lune pour eux. Me suis soûlé et ai répondu aux questions par des questions & découvert qui avait des enfants qui était divorcé qui avait un cancer de l'intestin qui avait gagné un petit prix littéraire pour un poème intitulé « Les Tripes de la Vie » qui avait d'énormes difficultés financières & qui était franc-maçon mais ne le dites à personne.

4 h du matin – remarqué une femme debout à l'autre extrémité du bar. Ne l'avais pas vue entrer. Elle avait un beau visage anguleux & de grands yeux bruns & portait une toque en fourrure noire & quand elle l'a enlevée ses cheveux sont tombés partout sur son visage jusque dans son champagne. Elle avait beaucoup de cheveux. Qui lui descendaient dans le creux des reins. Je suis descendu dans le creux de ses reins. Je suis entré dans son esprit. Il couvrait ses épaules & mes pensées.

Je l'ai regardée boire & ai pensé que son visage était de ceux qu'il faut gagner – il y avait toute la fatigue du monde sur ce visage comme s'il avait vu tous les actes de création & tous les actes de destruction & s'était trouvé coincé au fond de la bouteille de l'Histoire & qu'il avait rampé nu sur des kilomètres et des kilomètres de corps brisés & de débris de machines & qu'il était arrivé ici dans ce bar pour boire un rapide verre de champagne qui ferait passer le goût d'holocauste qu'il avait dans la bouche.

L'alcool m'a donné du courage & je me suis dirigé vers elle sans avoir rien préparé.

« Bonsoir, mademoiselle. Parlez-vous anglais ? »

Elle a secoué la tête comme si j'étais un policier qui l'interrogeait après un viol, j'ai donc fait machine arrière & repris ma place au bout du bar. Humilié j'ai vidé mon verre cul sec et quand je l'ai eu terminé je l'ai vue venir vers moi.

« En fait je parle anglais », elle a dit en s'asseyant sur le tabouret voisin du mien. Difficile d'identifier son accent, européen mais pas français. L'ai surprise à regarder les cicatrices sur mes oreilles, pas très discrètement & avant de dire ouf elle avait le doigt sur une cicatrice & j'ai apprécié qu'il n'y ait pas de pitié dans son regard rien qu'une légère curiosité. La pitié est l'horrible sœur égarée et ahurie de l'empathie. La pitié ne sait que faire d'elle-même alors elle dit Ooooooooooooh.

Elle m'a surpris encore plus en ne me posant pas de questions.

« Vous avez des cicatrices ? je lui ai demandé.

— Je n'ai même pas d'égratignures », elle a répondu avec douceur comme si une main était posée sur sa bouche.

Son cardigan était ouvert juste assez pour révéler un tee-shirt noir collant qui cachait de petits seins excitants pareils à des œufs durs.

J'ai balancé mon faible sourire devant elle & lui ai demandé ce qu'elle faisait à Paris.

« Rien surtout. »

Rien <u>surtout</u>. Ces mots étranges ont joué un moment dans mon esprit, se sont redistribués (surtout rien) & ont fini par y mourir.

Le désir prenant des proportions étonnantes j'ai senti mes pensées secrètes retransmises par un mégaphone. Elle m'a demandé d'où je venais & je lui ai dit & ai regardé ses yeux s'emplir de visions d'une terre qu'elle n'avait jamais vue. « J'ai toujours voulu aller en Australie elle m'a dit mais j'ai déjà trop voyagé. » Nous avons parlé de la Terre pendant un moment & et il n'y avait quasiment pas un pays que je puisse citer dans lequel elle ne s'était pas perdue. Elle m'a dit qu'elle parlait anglais, français, italien, allemand, russe. La maîtrise des langues impressionne mon cerveau australien paresseux.

Est-ce que cette femme était en train d'accepter mes avances ? Même de me les retourner ? Il y a là un plan secret, j'ai pensé. Elle a besoin de moi pour un truc banal comme de déménager des meubles.

« Vous voulez m'embrasser ? elle m'a soudain demandé.

— Pour commencer.

— Alors pourquoi vous ne le faites pas ?

— Et si vous me repoussiez et faisiez une scène ?

— Je ne le ferai pas.

— Promis ?

— Promis.

— Croix de bois croix de fer si je meurs je vais en enfer ?

— C'est ce que je désire le plus au monde.

— Mourir ou aller en enfer ?

— Mourir.

— En général ou si je vous embrasse ?

— Qu'est-ce que vous avez ?

— Je ne sais pas. Me voilà. »

Je me suis penché & elle a saisi mon visage et ses longs ongles sur ma joue étaient plus coupants qu'ils n'y paraissaient & nous nous sommes embrassés longtemps, je crois que je faisais quelque chose qu'il ne fallait pas parce que nos dents n'arrêtaient pas d'entrer en collision. Quand nous avons eu terminé elle a dit en riant : Je sens votre solitude, elle a un goût de vinaigre. »

Ça ne m'a pas plu. Tout le monde sait que la solitude a un goût de soupe de pommes de terre froide.

« Qu'est-ce que vous sentez de moi ? elle a demandé d'un ton enjoué.

— Je sens votre folie.

— Et elle a un goût de quoi ?

— De roquefort. »

Elle a ri & a applaudi puis elle m'a empoigné les cheveux ce qui m'a fait mal.

« Lâche.

— Pas avant que tu m'aies embrassé. Je veux goûter un peu plus de ta solitude », elle a dit d'une voix forte. J'étais content que personne ne parle anglais dans le bar – c'était gênant & je ne voulais pas que quelqu'un dans le café pense au goût de mon âme solitaire.

« Prenons encore un verre », j'ai proposé.

Nous avons bu pendant encore une heure & j'ai mutilé grand nombre de mes pensées les plus cohérentes en les verbalisant.

Je ne me rappelle pas comment nous nous sommes retrouvés dans son appartement. Je me rappelle ses mains sur mes bras pendant qu'elle parlait & je me rappelle que je l'ai embrassée dans la rue & ensuite j'ai entendu le son d'un sifflement immature tout proche. Je me rappelle qu'elle m'a dit d'arrêter de siffler.

Je me rappelle que le sexe était bon. Pour prolonger le moment je pensais à des charniers, & à des seringues & à la gingivite. Je ne sais pas à quoi elle a pensé ou même si elle voulait prolonger le moment.

C'était officieusement ma première fois. Officiellement aussi.

Maintenant cinq heures du matin. Elle s'est endormie avant moi & j'écris ceci très soûl & dans le lit à côté d'elle. Ô Quel Que Soit Ton Nom ! Tu dors profondément comme un beau cadavre & ton visage blanc et fantomatique repose étrangement sur l'oreiller comme un morceau de lune.

Toujours le 1er janvier – Plus tard

Me suis réveillé en sentant son souffle dans ma nuque. Toute la nuit est repassée dans ma tête en technicolor. Je me suis traîné sur les draps, me suis retourné & j'ai regardé ses sourcils noirs & ses grandes lèvres & ses longs cheveux bruns & son corps mince & ses petits seins & son beau visage anguleux encore si immobile si crayeux. Je voulais sortir du lit sans la réveiller & j'ai cherché dans la pièce un objet d'une densité approximativement identique à celle de mon corps pour me remplacer mais je n'ai vu qu'un portemanteau que j'ai rejeté par respect pour ma propre image. Je me suis levé & habillé sans faire de bruit. C'est la première femme av. qui je couche. C'est une fleur délicate, j'ai pensé tout en me glissant hors de la pièce.

Odeur de Paris dans ma bouche, menthe avec un cœur liquide. Le ciel, un vaste pays étranger. Le soleil couchant en pleine figure mais trop heureux pour cligner des yeux. Dû dormir profondément toute la journée. Le sommeil d'un corps humain délesté de sperme ? Je suis retourné au café grandi de la conquête de la veille. Moi conquis ? Elle conquérante ? La lune venait d'apparaître. Je me sens paresseux et j'ai la gueule de bois, la tiède sensation d'une fatigue agréable qui se contracte lentement. Des côtés de mon ancien moi malheureux reviennent.

Je sais que je ne la verrai jamais plus.

2 janvier (dans la nuit)

L'ai revue. Elle est entrée dans le café et s'est assise en face de moi. Mon cerveau a cherché en toute hâte des raisons pour expliquer ma sortie en douce, mais il ne semblait pas qu'elle en attendait – elle s'est contentée de parler avec son accent étrange comme si on avait rendez-vous. Au fond de ses yeux, je pouvais apercevoir qu'elle était heureuse de me voir. C'était surprenant. Puis j'ai aperçu qu'elle était malheureuse de ma surprise de la voir heureuse. Puis elle s'est installée dans un silence gêné & elle a grimacé de douleur et tenté de me fixer du regard mais ses yeux n'ont pas voulu. Elle s'est éclairci la gorge & d'une voix incertaine m'a dit que si on voulait gêner les Français il fallait leur parler d'argent. Je n'ai rien répondu et elle a dit « Je ne veux pas te déranger. Continue à lire » & elle a sorti un carnet de croquis et un crayon de son sac & s'est mise à dessiner mon visage & a commandé un café qu'elle a bu lentement tout en me fixant de ses grands yeux bizarres, en dessinant les miens.

Lui étais reconnaissant de m'avoir débarrassé de ma virginité mais celle-ci avait disparu maintenant & et je ne voyais pas à quoi elle pouvait servir. Comme de dîner avec le chirurgien après une opération réussie. À quoi bon ?

« Je ne peux pas me concentrer si tu regardes ma tête comme si c'était une sculpture. »

Ça l'a fait glousser.

« Tu ne veux pas aller te promener ? » elle a dit.

Tête a murmuré non. Bouche a prononcé oui.

En sortant elle me dit que son nom est Astrid et je lui dis le mien & me suis demandé si je n'aurais pas dû donner un faux nom mais c'était trop tard maintenant.

Jardin du Luxembourg. Froid et venteux & arbres nus, effrayants contre le ciel blanc. Elle donnait des coups de pied dans les tas de feuilles mortes qui volaient autour de nous dans le vent, un acte de joie enfantine qui semblait violent avec elle. Elle m'a demandé combien je mesurais. J'ai répondu par un haussement d'épaules et un ricanement – de temps à autre on continue à me poser cette question stupide et les gens sont ahuris que j'ignore la réponse. Pourquoi je devrais le savoir ? Pour quelle raison ? Connaître sa propre taille n'a d'autre utilité dans notre société que de pouvoir répondre à cette question.

Je lui ai posé à elle des questions personnelles elle a été évasive & son regard sur moi me donnait l'impression d'une pluie glacée. D'où venait-elle ? Sa famille n'arrêtait pas de bouger – Espagne Italie Allemagne Bucarest les Maldives. Mais où était-elle née ? Elle était née sur la route, elle a dit, les yeux mi-clos. Sa famille la traitait mal & elle ne veut pas les revoir, pas même en pensée. L'avenir est un sujet insupportable aussi. Où va-t-elle aller ? Qu'est-ce qu'elle va faire ? Elle hausse les épaules.

Puis elle a commencé, d'une voix excitée, à m'embêter avec de long discours historiques. SINCÈREMENT qu'est-ce que ça peut me faire que Louis XVI se soit coupé en se rasant le matin de son exécution ? AI-JE VRAIMENT BESOIN DE SAVOIR qu'un témoin a entendu Jeanne d'Arc au bûcher parler à Dieu à travers les flammes et lui dire : Tu peux être content ! Je ne t'ai pas renié ! & Dieu a répondu : Femme Stupide ! Que m'importe ce que pensent ces gens ? Au bout du compte alors que j'aime lire de l'Histoire, quelque chose en moi répugne à ce qu'on me la raconte comme si j'étais un écolier attardé à qui on ne fait pas confiance pour ouvrir un livre.

Comme si elle se rendait compte de mon ennui, elle s'est tue brusquement et a laissé son regard errer sur le sol & j'ai pensé qu'il y avait en elle quelque chose de trop adhésif. L'idée m'est venue que si je ne me tirais pas à la seconde il faudrait que je la repousse plus tard avec une bouteille d'alcool mentholé et un briquet, mais elle s'est invitée chez moi et j'ai accepté.

Elle est entrée et s'est plantée au centre de la pièce d'une manière qui m'a fait penser aux vaches et aux chevaux qui dorment debout. On a fait l'amour dans la chambre dans le noir, parfois la lumière de la lune éclairait son visage & je voyais ses yeux, pas seulement fermés mais serrés fort.

Après, je l'ai regardée déchirer la cellophane d'un nouveau paquet de cigarettes avec autant de délice que si elle cueillait des marguerites. Elle semblait détendue maintenant &, tout en fumant, elle s'est mise à parler avec passion de tout ce qui lui tombait sous les yeux : plafond & fenêtres & rideaux & papier mur fané, comme si elle contemplait ces objets depuis des siècles & j'ai été impressionné par sa connaissance & ses idées & j'ai demandé si son intensité était typiquement européenne. Elle a souri – « Non, c'est juste moi. »

Ensuite elle m'a demandé si je l'aimais. J'avais attendu longtemps pour le dire à Caroline avec sincérité, donc j'ai répondu non. Je voulais en dire plus, pour lui faire mal afin qu'elle ne revienne pas alors j'ai dit : « Peut-être que tu devrais partir maintenant avant que ton visage anguleux ne coupe quelque chose. »

Elle a explosé, m'a descendu en flammes, en critiquant tout de moi. Le sujet sous-jacent était clairement : tu ne m'aimes pas, même si pour ma défense – s'il faut se défendre de ne pas aimer quelqu'un – je ne la connaissais que depuis deux jours.

Elle est sortie comme une furie & je me suis demandé ce qu'elle voulait à mon existence vide. Est-ce qu'elle voulait la remplir & en la remplissant se vider ?

Quelques nuits plus tard

Voilà comment ça marche : Elle arrive sans avoir été invitée et se plante devant moi comme ces vaches somnolentes & parfois nous faisons à dîner & parfois nous le mangeons & parfois nous faisons l'amour & parfois elle pleure pendant & je déteste vraiment ça.

Souvent elle me prend le bras même quand nous marchons dans l'appartement et tandis qu'elle parle je n'arrête pas de perdre le fil. Elle parle anglais couramment mais souvent je ne comprends pas ce qu'elle dit comme si elle exprimait une abréviation de ses pensées. Parfois elle raconte des histoires en riant & même si elle a un rire vraiment charmant je n'arrive jamais à piger ce qu'il y a de drôle. Elle rit à ce que je dis aussi mais à de tels moments qu'elle pourrait tout aussi bien rire à l'article défini « le ». Son rire est si énorme et puissant que j'ai peur d'être aspiré dans sa bouche & de me retrouver du mauvais côté de l'univers.

& elle croit en Dieu ! Je n'ai jamais imaginé que je serais avec quelqu'un qui croit – par ennui je commence une petite discussion sur lui, lui balançant paresseusement le vieil argument : S'il y a un Dieu pourquoi y a-t-il tant de malheur & de mal dans le monde ? & elle m'emmerde direct av. les réponses facétieuses de Dieu à Job – Où étais-tu quand j'ai créé le ciel et la terre ? C'EST UNE RÉPONSE ?

Je pense que son amour pour moi n'a rien à voir avec moi sauf la proximité – mauvais endroit, mauvais moment. Elle m'aime comme un homme affamé aime le premier bouillon gras que tu poses devant lui – pas un compliment pour le cuisinier mais une preuve de sa faim. Je suis le bouillon gras dans cette analogie.

Je veux être amoureux d'elle mais pas. Je veux dire elle est très belle particulièrement quand elle crie de surprise ou de peur ce qui explique

que je n'arrête pas de l'effrayer en lui sautant dessus mais je ne peux pas me résoudre à l'aimer. Je ne sais pas pourquoi. Peut-être parce qu'elle est la première personne qui ne fait partie ni de la famille ni du corps médical à me voir nu et vulnérable ou peut-être parce qu'elle paraît si souvent sincèrement contente d'être juste avec moi – quelque chose en moi irrité à l'idée que j'ai la capacité de rendre quelqu'un d'autre heureux rien qu'en existant quand mon existence n'a encore rien fait pour moi.

Hier elle m'a demandé de l'appeler Pauline.

« Je prends un nouveau prénom selon le pays où je suis.

— Donc, Astrid n'est pas ton vrai prénom ?

— Il est vrai si tu m'appelles et que j'y réponds.

— Quel est ton prénom ?

— Pauline.

— Non, c'est ton prénom français. Quel est ton prénom original ?

— Il n'y a pas de prénoms originaux. Ils ont tous déjà été utilisés. »

J'ai grincé des dents & pensé qu'est-ce que je fais avec cette cinglée ? Elle parle trop & ses pleurs me frustrent puis m'ennuient & chaque jour je suis de plus en plus convaincu qu'elle a séjourné à l'asile & que sinon elle ferait bien d'y penser sérieusement.

Blablabla

Essayé de me fermer à elle mais ça n'arrange rien. Astrid ou Pauline ou quel que soit son prénom s'est mise en devoir de me comprendre en cherchant les passages que j'ai soulignés dans les livres. L'autre jour elle a trouvé celui-ci dans Lermontov : « J'étais mélancolique – les autres enfants joyeux et bavards. Je me sentais supérieur à eux – mais j'étais jugé inférieur : je devins envieux. J'étais prêt à aimer le monde – personne ne me comprenait : j'appris à haïr. » Celui-là l'a frappé particulièrement parce qu'il était souligné, entouré d'un cercle, surligné et annoté par ces mots : « Mon enfance ! Dois faire plus attention à ne pas laisser des aperçus de mon âme traîner dans tous les coins. »

Vais devoir mettre fin à cette histoire bien que je ne sache pas comment alors que c'est mon indifférence qui l'a probablement rendue encore plus amoureuse de moi – si je voulais rester elle me flanquerait probablement à la porte, mais comme elle sait que je veux partir elle se retient. Elle sait que le plaisir de mettre quelqu'un dehors est considérablement amoindri quand au plus léger coup de coude la personne se barre en courant.

Une vilaine journée

Eddie est de retour. Étais rue de Rivoli en train de me demander si le vendeur prendrait la peine de me poursuivre si je volais un unique marron chaud quand j'ai eu l'étrange sensation qu'on me parlait dans une langue non de mots mais d'énergie et de vibrations. Me suis tourné et j'ai vu son visage d'Asiatique ironique qui me fixait – nous nous sommes regardés sans bouger. Après un looong moment il m'a fait un petit signe et a fendu la foule pour serrer la main qui était dans ma poche. Il a dû la sortir. Nous avons bavardé aimablement & j'ai été surpris de voir à quel point j'étais content de voir un visage familier. La familiarité est importante dans un visage. N'aime pas le visage d'Eddie bien qu'il soit propre et étincelant comme le sol d'une salle de bains dans un hôtel de luxe. Ignore comment nous nous sommes retrouvés – quand je dis adieu à quelqu'un je m'attends à ne pas être démenti. Nous avons marché dans l'air froid et la lumière hivernale & Eddie m'a appris qu'il travaillait sur les quais & m'a demandé si j'avais un boulot & et comment j'avais fait sans ? Je lui ai dit que j'avais trouvé une femme parce que c'est la seule chose extérieure qui me soit arrivée – des choses intérieures sont arrivées mais ce ne sont pas ses affaires & de plus elles ne sont pas communicables.

« À quoi elle ressemble ? » il m'a demandé.

Je ne suis pas bon pour décrire les gens & j'ai fini par parler comme un témoin interrogé par la police. 1 m 70 cheveux bruns type européen...

Eddie m'a dit qu'il aimerait la rencontrer – il essaie de nouveau de s'immiscer dans ma vie. Je sens qu'il va me causer des ennuis – il est trop gentil trop cordial trop serviable trop amical. La poisse. Il veut quelque chose. Ne sais pas pourquoi mais je l'ai invité à dîner en pensant maintenant je ne m'en débarrasserai plus jamais.

« Te débarrasser de qui ? » a demandé Eddie & tandis que les réverbères s'allumaient je me suis rendu compte que j'avais pris l'habitude de penser tout haut.

Peut-être un jour de semaine

Changé d'avis sur Eddie. Bien qu'il continue à me glacer par la poursuite suspecte de mon amitié j'aime ses contradictions – c'est un homme au top de sa forme qui refuse de marcher & déteste tous les touristes surtout quand ils obstruent sa vue de la tour Eiffel & alors que ses vêtements sont toujours parfaitement lavés ou nettoyés il ne se brosse pas les dents. Ce que j'aime le plus en lui c'est qu'il semble sincèrement intéressé par tout ce qui me concerne & cherche toujours à connaître mes idées & opinions & rit de mes blagues & de temps à autre me traite carrément de génie. Qui n'aimerait pas un type pareil ?

Un étrange trio – Eddie & Astrid & moi. Au cours des premiers dîners je les voyais se figer quand je sortais faire quelque chose & ça me faisait rire de voir deux adultes détester rester dans la même pièce. Mais bientôt une quasi-amitié s'est développée basée sur le fait qu'ils se moquaient ensemble de ma maladresse, de mon étourderie et de mon attitude laxiste envers l'hygiène – l'amusement causé par mes défauts est leur lieu commun.

Parfois nous nous promenons tous les trois le long de la Seine. Nous achetons du jaja & du pain et du fromage & nous parlons de tout mais je tolère difficilement les opinions des autres parce que je suis sûr qu'ils répètent ce qu'ils ont entendu quelque part ou sinon qu'ils régurgitent des idées dont ils ont été gavés dans l'enfance. Écoutez, tout le monde a droit d'avoir son opinion & je n'empêcherai jamais personne de l'exprimer mais peut-on être sûr que c'est vraiment la leur ? Je ne le suis pas.

Catastrophe !

Ce soir Astrid Eddie & moi sommes allés à la laverie. Nous avons déjà fait cela plusieurs fois & pour passer le temps nous essayions de deviner l'origine des taches de chacun. Pour Astrid toutes les taches de vin étaient du sang & toutes les taches de café une éclaboussure de tuberculose. Il faisait froid & la fenêtre de la laverie était tout embuée & on ne voyait pas dehors & Eddie comme d'habitude était penché devant le sèche-linge occupé à porter les vêtements à son nez & sentir chacun avec plaisir avant de le plier méticuleusement comme s'il se préparait à envoyer ses caleçons à la guerre.

« Eh, qu'est-ce qui se passe bordel ? il a soudain crié en sentant ses vêtements, le visage déformé à chaque énorme inspiration. Il devait y avoir quelque chose dans la machine ! Ils sentent la merde ! »

Il a agité ses vêtements sous le nez d'Astrid.

« Je ne sens rien.

— Comment tu peux ne rien sentir ? Peut-être que tu ne sens pas ce que je sens mais tu dois bien sentir quelque chose.

— Je ne sens rien de mauvais.

— Martin. Tu ne sens pas la merde ? »

J'ai reniflé avec répugnance.

« Ça sent bon.

— La merde sent bon ? »

Eddie a mis la tête dans le sèche-linge pour renifler. J'ai ri & Astrid a ri & c'était un bon moment. Puis Astrid a dit je suis enceinte & Eddie s'est cogné la tête à l'intérieur du tambour.

Un bébé ! Un putain de bébé ! Un bipède défécateur informe au cerveau gros comme un pois chiche ! Un horrible homoncule sans dents ! Une incarnation d'ego ! Un serpent de besoins plein d'exigences ! Un primate chauve et geignard !

Ma vie est fichue.

Au secours !

Le sujet du moment : l'avortement. J'en suis l'avocat passionné. Je m'entends dans mes discussions av. Astrid portant aux nues les vertus de l'avortement comme si c'était une nouvelle technologie qui nous fait gagner du temps et sans laquelle nous ne pouvons nous permettre de vivre. Comme pour tout la réaction d'Astrid alterne entre le vague & confus et le carrément mystérieux. Elle dit qu'un avortement serait probablement inutile – quoi que cela signifie.

Le sexe : l'allumette qui fait partir le feu d'artifice d'humain. Dans notre palais dépourvu d'amour nous avons bâti un enfant. Soudain être presque fauché s'emplit d'un sens nouveau et intimidant combiné à la terrible découverte que je n'ai pas le cœur/la duplicité/le courage/l'amoralité nécessaires pour simplement me tirer du pays sans un mot et ne jamais revenir. À ma grande horreur les principes se sont immiscés dans le tissu de mon être. Je ne me rappelle pas un seul instant où mes parents aient montré une fibre morale, mais il n'empêche qu'elle est là en moi & je sais que je ne peux pas quitter Astrid. Je suis coincé. Désespérément coincé !

Bien plus tard

N'ai pas écrit depuis des mois. Astrid très enceinte. Le fœtus se développe de manière persistante. L'envahisseur approche. Mon explosion démographique à moi : blessure à la colonne vertébrale de mon indépendance. Est-ce que ça m'ennuierait qu'il meure ?

La seule bonne chose que je peux imaginer qu'apporte le fait d'avoir un enfant : ce que je peux apprendre de lui, pas de ses tentatives cucul pour marcher parler chier qui exaltent tous les parents au point qu'ils vous répètent leurs découvertes ad nauseam jusqu'à ce que non seulement vous méprisiez tous les enfants mais que vous découvriez en plus que vous êtes frappé d'un dégoût soudain et irrationnel pour les chatons & les chiots. Mais il me vient à l'idée que je pourrais apprendre de cet enfant quelque chose sur la nature de l'humanité. Et si j'accepte la déclaration de Harry, à savoir que je suis naturellement philosophe – alors ce bébé pourrait être un projet philosophique ambitieux ! Et si je le mettais dans un placard sans lumière ? Ou dans une pièce pleine de miroirs ? Ou de tableaux de Dali ? Apparemment les bébés sont obligés d'apprendre à sourire donc que se passerait-il si je ne lui apprenais ni ne lui montrais jamais le rire ? Pas de télévision bien sûr pas de films peut-être pas de société non plus – et s'il ne voyait pas un autre humain que moi ou pas même moi ? Qu'arriverait-il ? Est-ce que la cruauté se développerait dans cet univers en miniature ? Le sarcasme ? La rage ? Oui je pourrais vraiment apprendre quelque chose là, et pourquoi s'en tenir à un seul enfant ? Pourrais avoir un collectif ou une « famille » d'enfants & changer les variables dans l'environnement qui gouverneraient la vie de chacun pour voir ce qui est naturel ce qui est inévitable ce qui est environnemental & ce qui est conditionnant. Avant tout j'essaierai d'élever un être qui se comprenne. Et si j'encourage cet enfant à prendre conscience de soi à un âge anormalement jeune, peut-être 3 ans ? Peut-être plus tôt ? Faudrait créer les conditions optimales pour l'éclosion de la conscience de soi. Cet enfant connaîtra beaucoup la solitude c'est sûr.

Beurk

Si c'est une fille Astrid veut appeler l'enfant Wilma pour une raison que j'ignore – si c'est un garçon, Jasper. Dieu sait où elle a trouvé ces noms – peu m'importe. S'il/elle est élevé(e) comme il faut à un certain âge il/elle choisira son nom afin qu'il/elle soit le reflet de ce qu'il/elle croit être pour se sentir entièrement confortable dans sa peau – rien de pire que de s'entendre appelé par son nom & d'avoir un frisson dépourvu d'émotion ou de rester froid quand on voit son nom imprimé, raison pour laquelle la plupart des signatures sont à peine lisibles : l'inconscient se rebelle contre le nom, il essaie de l'écraser.

M'inquiète pour l'argent. Astrid aussi. Elle dit qu'elle a déjà été fauchée dans plus de pays que je ne peux en nommer dans une pauvreté telle que je ne peux pas l'imaginer mais elle ne l'a jamais fait avec un bébé & elle s'inquiète que ma paresse inhérente ne provoque notre mort par inanition. Il est clair que la critique est le nouveau feu qui ne mourra pas. Avoir un enfant est être quotidiennement empalé sur le pieu de la responsabilité.

Bon Dieu !

L'idiotie (ou est-ce la folie ?) redéfinie dans ce que j'ai vu quand je suis rentré aujourd'hui à la maison : Astrid en train de réparer les fusibles dans la cuisine les pieds dans une flaque d'eau. Je l'ai jetée sur mon épaule et balancée sur le lit.

« Tu essaies de te tuer ? » j'ai hurlé.

Elle m'a regardé comme si j'avais retourné mon visage & a dit d'une petite voix ennuyée : Si je pouvais trouver un moyen plus intelligent de me suicider, je le ferais.

Le suicide ?

« Comment peux-tu seulement penser au suicide alors que tu es enceinte ? » J'ai été moi-même surpris par ces pensées anti-avortement.

« Ne t'inquiète pas. Les suicides ratent souvent, de toute façon. Quand j'étais petite fille mon oncle a sauté d'une falaise et quand il est arrivé en bas il a agité la main, le dos en miettes. Et mon cousin a pris une overdose de pilules qui l'ont seulement fait vomir pendant une semaine. Mon grand-père a mis le canon d'un fusil dans sa bouche, a appuyé sur la détente et a réussi à rater son cerveau.

— C'est la première chose que tu me racontes de ta famille !

— Vraiment ?

— Est-ce que chaque membre de ta famille a tenté de se suicider ?

— Pas mon père.

— Qui était ton père ? Comment s'appelait-il ? Que faisait-il ? Est-il toujours vivant ? De quel pays est-il ? Où as-tu grandi ? Pourquoi tu ne parles de rien ? Pourquoi tu ne me dis rien ? Es-ce qu'il t'est arrivé quelque chose de terrible ? Qu'est... »

Son regard s'est fait froid et terne – elle était en train de disparaître rapidement. Son âme dans un train express, qui la ramenait nulle part.

Des jours étranges vraiment

Les choses av. Astrid pires que jamais. Mur de glace nous sépare. Elle ne fait rien de la journée, se contente de regarder par la fenêtre ou sa bouffissure. Les rares fois où elle dit quelque chose ses idées sont aussi lugubres et stériles que l'étaient les miennes avant que je m'en fatigue (je ne suis pas devenu optimiste simplement lassé du pessimisme et maintenant je pense de jolies pensées légères pour changer – malheureusement cela aussi devient ennuyeux, où aller ensuite ?)

Je dis : On devrait sortir un peu.

Elle dit : Pour faire quoi ?

Je dis : On pourrait aller regarder des gens dans un café.

Elle dit : Je ne peux plus regarder les gens. J'en ai trop vu.

Vie perdu son charme. Rien que je puisse suggérer pour l'arracher à sa catatonie. Musées ? Elle a été dans tous. Promenade dans le jardin ? Déjà passé sous toutes les couleurs de la feuille. Cinéma ? Livres ? Pas d'histoires nouvelles rien que des noms de personnages différents. Sexe ? Elle a pris toutes les positions un nombre de fois incalculable.

Je lui demande : Tu es triste ?

— Non, malheureuse.

— Déprimée ?

— Non, accablée.

— C'est le bébé ?

— Je suis désolée. Je ne peux pas l'expliquer, mais tu es adorable, Martin.

Merci elle dit me pressant la main & me regardant de ses grands yeux vitreux.

Une nuit elle a nettoyé tout l'appartement & sortie & revenue avec du fromage & du chocolat & un chapeau mou pour moi que j'ai porté sans rien d'autre & ça l'a fait rire de manière hystérique & j'ai réalisé à quel point son rire me manque.

Mais le lendemain matin elle était de nouveau malheureuse.

Me rappelant que le matin après le début de notre relation elle avait dessiné mon visage au crayon je suis allé acheter de la peinture & une toile, dépensant tout l'argent que j'avais dans le vain espoir qu'elle pourrait passer son malheur sur une toile vierge plutôt que sur moi.

Quand j'ai sorti le cadeau elle a pleuré & souri malgré elle puis s'est installée devant la toile près de la fenêtre et s'est mise à peindre.

Ça a provoqué quelque chose de nouveau.

Chaque tableau une représentation de l'enfer, elle avait beaucoup d'enfers & les a tous peints. Mais l'enfer n'était qu'un visage, et ce n'était que le visage qu'elle peignait. Un visage unique. Un visage terrible. Peint maintes fois.

« C'est le visage de qui ?

— De personne. Je ne sais pas. C'est juste un visage.

— Je vois bien que c'est un visage. J'ai dit que c'était un visage. Je n'ai pas dit : À qui est cette main ?

— Je ne suis pas bon peintre.

— Je n'y connais pas grand-chose à la peinture mais je crois que c'est très bon. Mais ce n'est pas de ça que je parle. Je veux savoir à qui appartient le visage.

— Je l'ai peint. Il m'appartient. »

Vous voyez qu'il n'était pas possible de lui parler comme à quelqu'un de normal. Il fallait faire preuve de ruse.

« J'ai déjà vu ce visage quelque part. Je connais ce type.

— Ce n'est pas un homme. Il n'est pas dans le monde », & mes soupçons se sont durcis en conclusion : Cette femme est folle.

Toujours des petites toiles, toujours la même peinture, seules les couleurs différaient bruns & noirs & rouges sourds. Je vois sa frénésie dans ce visage.

Ensuite je scrute les visages avec l'espoir que, dans l'état hallucinatoire où elle peint, des lapsus de son inconscient laissent tomber des indices sur la toile. Les portraits, peut-être des cartes élégamment symboliques qui me mèneraient à l'épicentre de sa condition morbide. Mes yeux se braquent sur eux, les disséquant furtivement sous la faible lumière de la lampe. Mais je ne vois rien dans ce visage que l'horreur qu'elle en a qui est devenue rapidement la mienne. C'est vraiment un visage horrible.

Hier

Les sentiments religieux qu'elle a pu accumuler intérieurement, quels qu'ils soient, se sont réveillés dans toute cette peinture. Parfois elle est perdue dans la réalisation de son terrible visage & et elle s'écrie : Pardonne-moi Seigneur ! puis se met à bavarder avec lui en demi-murmures avec de longs silences probablement pour ses réponses à Lui. Quand aujourd'hui elle a dit : Pardonne-moi Seigneur ! j'ai assumé Son rôle et j'ai répondu : D'accord. Tu es pardonnée. Maintenant la ferme.

— Il ne croit pas en Toi, Seigneur.

— Il a raison de ne pas croire en Moi. Je ne suis pas très croyable. De plus, qu'ai-Je jamais fait pour lui ?

— Tu l'as mené à moi !

— Et tu crois que tu es un cadeau ? Tu n'es même pas sincère avec lui !

— Si Seigneur, je suis sincère avec lui. Je l'aime sincèrement.

— Mais tu ne lui révèles rien de ton passé.

— Je lui révèle mes sentiments.

— Oh, putain. Va lui chercher une bière. Il a soif ! » j'ai crié & quelques secondes plus tard elle est entrée avec la bière en souriant tendrement & m'embrassant partout & je n'ai pas su quoi penser.

De plus en plus curieux

Voilà comment nous communiquons. Comment j'en apprends un peu plus sur elle. Y a-t-il vraiment une possibilité qu'elle ne sache pas que c'est moi qui joue le rôle de Dieu ?

Ce matin elle peignait tandis que je lisais à côté d'elle.

« Oh Seigneur ! Combien de temps ? elle a soudain crié.

— Quoi ?

— Encore combien de temps ?

— Encore combien de temps quoi ? Astrid, de quoi tu parles ? »

Elle ne me regardait pas elle regardait le plafond. J'ai réfléchi quelques minutes puis suis allé dans la pièce d'à côté & j'ai fermé à demi la porte & en regardant par l'entrebâillement j'ai tenté le coup et crié : « Encore combien de temps pour quoi ? Sois précise, mon enfant. Je ne lis pas dans les pensées.

— Les années ! Combien de temps vais-je encore vivre ?

— Longtemps ! » j'ai dit et j'ai regardé la lumière derrière son visage qui s'enfuyait au galop.

Je n'ai pas pu lui en tirer plus après ça.

& encore plus curieux

Ce n'est que lorsqu'elle peint ses horribles visages à vous faire vomir que ça arrive. J'étais sur le siège des toilettes quand j'ai entendu, provenant du salon : « Seigneur ! J'ai peur ! J'ai peur pour ce bébé ! »

J'ai entrouvert la porte pour qu'elle puisse m'entendre.

« C'est ridicule ! De quoi peux-tu avoir peur ? »

Incarner Dieu depuis les toilettes prêtait à la situation une certaine authenticité, l'acoustique donnait à ma voix l'écho de la Sienne.

« Sera-t-il un bon père ?

— Il fera de son mieux !

— Il ne restera pas. Je le sais. Un jour il partira et je serai seule avec ce bébé, ce bébé malade !

— Ce bébé va très bien.

— Vous savez qu'il doit être malade comme moi. »

Puis elle a ri longuement et horriblement et est retombée dans le silence.

Ces bavardages avec le Seigneur c.à.d. moi semblent prendre les proportions d'un opéra fabuleux. À l'autre extrémité de la pièce elle se confie à moi comme jamais auparavant.

« Seigneur ?

— Parle-moi.

— Ma vie est un échec.

— Ne dis pas ça.

— J'ai erré partout ! Je n'ai pas d'amis ! Je n'ai pas de pays !

— Tout le monde a un pays.

— J'ai été trop vite ! J'ai vu trop de choses ! Je n'ai rien oublié ! Je suis incapable d'oublier !

— Est-ce une si mauvaise chose ? Tu as une bonne mémoire voilà tout. Écoute, de qui peins-tu le visage ?

— De mon père.

— Vraiment !

— Le père de mon père.

— Eh bien, décide-toi.

— Le père du père de mon père.

— Écoute, Astrid. Tu veux que je te châtie ? »

Elle n'a rien dit de plus. Je lui avais inculqué la crainte de Moi.

Soupir

Eddie & moi avons parlé ce soir de ma situation financière pathétique & il a proposé de me donner de l'argent, non pas en prêt mais en cadeau. Une fierté fictive m'a fait refuser en me mordant la lèvre intérieure. Erré dans les rues en entrant au hasard dans des cafés pour leur proposer dans mon français hésitant de travailler. On m'a répondu par des ricanements sans paroles. Que vais-je faire ? L'heure tourne. Une gestation de neuf mois ne suffit pas vraiment pour se préparer. Je prie pour que le bébé ne soit pas prématuré – les gens mal cuits sont une source d'ennuis.

L'amour est un sacré boulot

J'étais dans la cuisine & Astrid dans le salon en train de peindre les restes de son âme et je l'ai entendu crier : « Dieu[1] !

— Quoi ?

— Dieu ! Vous êtes ici ? Pouvez-Vous m'entendre[1] ?

— En anglais, mon enfant.

— J'ai vu le cadavre d'un enfant aujourd'hui, ô Seigneur.

— Beurk. Où ?

— Devant l'hôpital. Un couple le portait dans ses bras aux urgences, ils couraient mais j'ai vu que l'enfant était déjà mort.

— C'est dur.

— Pourquoi l'avez-vous pris, Seigneur ?

— Pourquoi s'en prendre à Moi ? Je n'ai jamais approché ce gosse ! »

Elle a gardé le silence pendant dix minutes puis elle a demandé :

« Où êtes-vous Seigneur ?

— Dans la salle de bains.

— OÙ ÊTES-VOUS SEIGNEUR ?

---

1. En français dans le texte. (*NdT.*)

— DANS LA SALLE DE BAINS !
— Et si une fois le bébé sorti, rien ne change ?
— Tu es folle ? Un bébé change tout.
— Mais à l'intérieur de moi ? Dans mon sang.
— Astrid, tu as été chez le médecin ?
— Oui Dieu, j'ai été chez le médecin en Autriche & en Italie & en Grèce & en Allemagne & en Turquie & en Pologne et ils ont tous dit la même chose. J'ai le sang le plus sain qu'ils ont jamais vu.
— Eh bien voilà. Tu es vraiment allée chez le médecin en Turquie ? Est-ce qu'il s'est lavé les mains ?
— Je suis maudite.
— Tu te fais des idées. Tu vas très bien. Tout le monde le dit. Tu ne peux pas continuer à croire qu'il y a quelque chose qui cloche avec ton sang. C'est de la pure folie, OK ?
— OK.
— Nous sommes bien d'accord ?
— Oui Seigneur.
— Bien. Maintenant qu'est-ce qu'il y a pour le dîner ? »

Trois heures du matin
Cette nuit j'ai travaillé !
Eddie – sans me consulter – a convaincu quelqu'un de me donner du boulot.
« Je ne t'ai pas autorisé à faire ça.
— Tu n'as presque plus d'argent. Tu dois penser à ton enfant maintenant.
— Eh bien d'accord, qu'est-ce que je dois faire ?
— Tu vas travailler avec moi. À charger des caisses.
— Ça semble pas mal.
— C'est dur, on se brise les reins.
— J'ai entendu parler de ce genre de trucs », je me suis demandé pourquoi les gens se vantent toujours de faire des choses qui leur brisent les reins.
Pont-Neuf au crépuscule – pas de bateaux. Les eaux sombres de la Seine, qui ne coulent pas. On a attendu sur les berges en pierre du fleuve en regardant stagner l'eau brune.
« Qu'est-ce qu'on fait maintenant ? j'ai demandé.
— On attend. »
Bateaux et péniches passaient paresseusement. Une pluie légère tombait & la nuit est tombée avec. Les lumières colorées de la ville se réfléchissaient sur le corps du fleuve. La pluie tombait toujours.
Deux heures plus tard Eddie a déclaré :
« La voilà. »
La péniche a avancé implacablement, un cauchemar jonché de lourdes caisses. Deux hommes en sont descendus le visage visible entre là où cessaient les bonnets et où commençaient les écharpes. Nous avons travaillé en silence dans la nuit anonyme à descendre les caisses du bateau une par une et les porter jusqu'à la rue où un camion attendait. Les yeux du chauffeur du camion étaient somnolents & tandis que nous travaillions j'ai essayé de deviner ses souffrances intérieures mais je n'ai trouvé rien d'autre que « déteste travailler la nuit ». Eddie & moi

avons débarqué ces lourdes caisses pendant des heures tandis que les autres se murmuraient brutalement des ordres les uns aux autres. À la fin quand la péniche vide est repartie tout mon corps me faisait mal.

Le chauffeur du camion a donné à Eddie une enveloppe & on est partis ensemble en sueur sous la lumière froide de la lune. Eddie m'a tendu l'enveloppe, pour essayer de me faire garder tout l'argent pour nourrir ma famille soudaine et non désirée mais je lui ai donné la moitié – mon moi avide irrité contre mon moi à principes.

En rentrant j'ai été déçu de voir que je n'avais pas une tache après une nuit de labeur. J'imaginais que mon visage serait couvert de suie mais il n'y a pas de suie dans les caisses même si elles sont lourdes.

Comment c'était ? m'a demandé Astrid comme si j'avais été voir le dernier film à la mode. J'ai regardé son ventre & il m'est venu à l'esprit qu'il n'y avait rien dedans pas de bébé pas même de système digestif juste une coquille vide pleine d'air & j'ai posé la main sur son excroissance ce qu'elle a pris pour un geste de tendresse & elle a embrassé ma main ce qui m'a fait froid partout & j'ai pensé : Je suis incapable d'aimer cette femme la mère de mon enfant, et peut-être que je ne serai pas capable d'aimer l'enfant non plus. Et pourquoi suis-je ainsi ? Est-ce parce que je ne m'aime pas ? Je me plais mais est-ce suffisant ?

Une semaine plus tard, un accident

Nous travaillons chaque nuit, silhouettes silencieuses suant dans l'obscurité. Les heures se traînent & je fais passer le temps en imaginant que je suis un esclave égyptien qui construit une des plus petites pyramides. Ma rêverie est interrompue quand je me trahis en disant alors que nous laissons tomber une caisse pour la troisième fois : Allez Eddie, pour l'amour de Râ !

Ce soir quand je suis rentré Astrid était par terre.

« Ça va ? Qu'est-ce qui s'est passé ?

— Je suis tombée dans l'escalier. »

Ma première pensée a été pour le bébé – Sa tête va être bosselée et écrasée d'un côté, je me suis dit.

Je l'ai mise au lit & lui ai donné à manger & lui ai fait la lecture comme faisait ma mère bien qu'en apparence elle n'ait pas souffert de la chute. Allongée dans son lit elle regardait avec seulement le blanc de ses yeux tandis que ses pupilles étaient là comme des bouts de nuit brisés. Elle m'a dit de ne pas faire tant d'histoires. « Tu crois que le bébé n'a rien ? j'ai demandé. Est-ce qu'on devrait emmener ton ventre à l'hôpital ?

— Tu ne veux pas de ce bébé, elle a dit sans me regarder.

— Ce n'est pas vrai ! j'ai crié pour ma défense. Je ne voulais pas ce bébé mais maintenant qu'il vient j'ai accepté l'inévitable. » J'ai menti en espérant m'insuffler quelque stoïcisme. Ça n'a pas marché.

Ce soir

Quelque chose est arrivé ce soir. Je peinais comme d'habitude, une lune inutile déversant une lumière diffuse à travers un léger voile de nuages, la nuit comme une bouchée de pomme froide – elle me donnait mal aux dents. Amarré la péniche au quai & pensé que si quelqu'un pouvait mettre en bouteille l'odeur de corde mouillée & la vendre je l'achèterais.

Des cris soudains. Au-dessus de nous un groupe de quatre Arabes descendant les marches côte à côte – démarche de durs, chaloupée, hargneuse. Long manteaux noirs & visages plus longs encore. Les Arabes ont crié quelque chose & nos gars ont répondu & se sont arrêtés de travailler & ont attrapé ce qui leur tombait sous la main – tuyaux barres de fer crochets en métal. Les deux groupes se sont engueulés dans un crépitement de français et d'arabe. Je ne sais pas quel était le motif de la querelle mais on aurait pu mâcher la tension. Les deux groupes se sont rapprochés de manière menaçante & il y a eu une petite démonstration de bousculade & ils ressemblaient tellement à des supporters de foot pleins de bière que tout ça m'a donné le mal du pays.

Eddie m'a dit : « On ne devrait pas s'en mêler. Qu'est-ce que tu en penses ? »

Ne lui ai pas dit ce que je pensais parce que ce que je pensais était ceci : Tout le monde ici sauf Eddie & moi porte la barbe.

N'ai pas été capable de comprendre le sens de ces sons gutturaux – seule l'hostilité était claire. Une fois le groupe dispersé et la passerelle inclinée remontée le chef des Arabes a craché par terre, un geste qui signifie toujours pour moi. J'ai trop peur de te cracher à la gueule alors je vais juste déposer un peu de flegme à environ un demi-mètre de ta chaussure gauche OK ?

L'aube

Est-ce que je suis en train de changer ? Est-ce que le caractère d'un homme peut changer ? Imaginez un immortel. Révoltant de penser qu'il pourrait dire les mêmes conneries au cours des siècles. Penser que l'immortel le jour de son 700 522e anniversaire continue à toucher son assiette alors qu'on lui a dit qu'elle était brûlante – certainement nous avons d'importantes capacités de changement mais nos quatre-vingts ans ne nous donnent pas tant d'occasions. Il faut apprendre vite. Il faut faire tenir l'infinité dans une poignée de malheureuses décennies.

Ce matin est passé un mendiant horriblement déformé qui était en réalité un torse qui faisait tinter une sébile – était-ce vraiment moi qui lui avais donné 100 francs & dit : Prenez votre journée ? Ce n'était pas exactement moi. C'était un de mes moi, un de mes innombrables moi. Certains se moquent de moi. D'autres se rongent les ongles d'anxiété. Il y en a un qui émet des grognements de dérision. C'est comme ça qu'ils sont, les innombrables moi. Certains des moi sont des enfants & d'autres des parents. C'est pourquoi chaque homme est son propre père & son propre fils. Avec les années si on apprend assez on peut apprendre à se débarrasser de ses soi comme de cellules mortes de la peau. Parfois ils sortent de vous pour se balader.

Oui je suis en train de changer. Le changement c'est quand les nouveaux moi viennent au premier plan tandis que les autres reculent dans des paysages abandonnés. C'est peut-être ça la définition d'une vie pleinement vécue, quand chaque citoyen dans la salle des soi a l'occasion de vous faire faire un petit tour : le commandant l'amant le lâche le misanthrope le lutteur le prêtre le gardien de la morale le gardien de l'immoralité l'amoureux de la vie celui qui hait la vie l'imbécile le juge le juré le bourreau ; quand chaque âme est satisfaite à l'instant de la mort. Si seulement un des moi n'a été que spectateur ou touriste alors la vie est incomplète.

Mon commandant, la voix la plus élevée dans la hiérarchie de ma tête, est de retour – salopard tyrannique. Il m'ordonne de rester av. Astrid & de surmonter l'épreuve. Pas étonnant que je sois en pleine confusion. Je suis opprimé par l'État policier totalitaire dans lequel je vis. Il faut qu'il y ait une révolution un de ces jours. Une révolte de tous mes moi – mais je ne suis pas sûr d'avoir celui capable de conduire tous les autres : le libérateur.

Évasion !

Bébé s'est évadé ! Fluide est devenu chair. Impossible de faire demi-tour maintenant. On l'a appelé Jasper.

Une raison de se réjouir & craindre & trembler. Astrid mère pleine de fierté – moi à moitié fier. Jamais été très collaborateur. Bébé a été un projet commun & mon apport personnel est plus difficile à définir.

Aujourd'hui bébé sur une couverture en train d'agiter ses jambes grassouillettes. Ai dit à Astrid de ne pas le mettre par terre – embarrassant s'il était mangé par les rats. Penché sur bébé & regardé mais en réalité voulais voir à l'intérieur de son crâne s'il y avait du mal ou de la cruauté ou de l'intolérance ou du sadisme ou de l'immortalité. Un nouvel être humain. Ne suis pas impressionné qu'il soit à moi.

Peux pas m'empêcher de penser que dans ce bébé nous avons forgé un absurde monument à notre relation dépourvue de passion. Nous avons créé un symbole de quelque chose qui ne vaut pas la peine d'être symbolisé : un fol édifice de chair qui va grandir à mesure que notre amour déclinant va s'éteindre.

L'odeur ! L'odeur !

Il y a plus de fèces ici que dans la cellule du marquis de Sade.

Silence

Bébé ne pleure pas. Je ne sais rien des bébés sinon qu'ils pleurent. Le nôtre ne pleure pas.

« Pourquoi il est si foutrement silencieux ? j'ai demandé.

— Je ne sais pas. »

Astrid était assise dans le salon toute pâle regardant par la fenêtre. Peux pas m'empêcher de regarder ce bébé & de le voir non pas comme un enfant ou un nouvel être humain mais comme un vieil être humain. Une idée répugnante s'est emparée de moi – ce bébé est moi prématurément réincarné, alors que je suis toujours en vie. Je déteste ce gosse – je le déteste parce que c'est moi. C'est moi. Il me surpassera. Il me renversera. Il saura ce que je sais, toutes mes erreurs. Les autres ont des enfants. Pas moi. J'ai donné naissance à quelque chose de monstrueux : moi-même.

« Je crois qu'il a faim,

— Et alors ?

— Alors sors ton téton.

— Il me suce jusqu'à la moelle.

— OK, OK. Peut-être que je vais juste lui donner du lait normal.
— Non ! Ce n'est pas bon pour lui !
— Eh bien, merde, je ne suis pas expert. Tout ce que je sais c'est que le bébé a besoin de nourriture.
— Pourquoi tu ne lui fais pas la lecture ? » elle a dit en riant. La nuit dernière elle m'avait surpris à lui lire des passages de Heidegger.
« Il ne comprend pas, avait-elle hurlé.
— Moi non plus. Personne ne comprend ! »
Une très mauvaise situation. De nous trois, facile de trouver qui est celui dont le bien-être doit être préservé à tout prix, qui est le plus important.
Moi.

J'ai failli mourir cette nuit !!!!!!
La péniche n'est jamais à l'heure alors nous attendons & lisons le journal & alors elle arrive comme les quatre cavaliers de l'apocalypse en croisière à la lumière de la lune. L'obscurité brisée par les lumières dansantes de l'embarcation s'avançant vers nous & comme elle accoste les visages rigides de nos employeurs calés fermement dans l'obscurité.
Ce soir Eddie & moi déménagions une caisse particulièrement lourde qui ne voulait pas se rendre & je l'avais soulevée d'un demi-centimètre du sol quand j'ai réalisé, paniqué, que je ne pliais pas les genoux. Craignant pour la survie de ma colonne vertébrale j'ai reposé la caisse & me suis reculé & même si c'était trop tard j'ai plié les genoux.
« Qu'est-ce que tu fais ? a demandé Eddie.
— Faisons une pause », j'ai dit & j'ai sorti un livre de ma poche & me suis mis à lire *Voyage au bout de la nuit* de Céline que j'avais acheté chez un bouquiniste.
Pas lu plus d'une ligne – du coin de l'œil j'ai vu une masse sombre s'avancer vers nous, un groupe d'hommes dont on aurait dit qu'ils faisaient de la marche nordique s'ils n'avaient pas tenu des pistolets.
Un coup tiré en l'air. Nos collègues ont fui dans toutes les directions le long de la Seine. C'est drôle de regarder l'indifférence marmoréenne des gens disparaître quand leur vie est en jeu.
Notre seule issue à Eddie & moi pouvait être la Seine glacée ou l'apparition soudaine d'un escalier en or menant au ciel ; nous avons préféré nous planquer derrière les caisses.
« Dans quoi tu m'as fourré ? » j'ai demandé à Eddie, pressé de trouver un coupable.
Eddie a couru à l'avant détacher les cordes qui nous rattachaient au quai & a poussé avec son pied & m'a vite rejoint derrière les caisses. Le bateau s'est mis à dériver lentement.
Nous avons écouté les bruits de pas qui s'approchaient du bateau & les bruits de pas qui sautaient sur le bateau qui glissait maintenant sur la Seine.
« Sortez de là », a dit une grosse voix.
Peut-être que ce n'est pas à nous qu'il parle, j'ai pensé optimiste & l'obéissance automatique d'Eddie m'a chagriné. Il a dressé les mains en l'air comme s'il avait fait ça toute sa vie.

« Toi aussi, a dit la voix à quelqu'un, pas moi j'espérais. Allez, je vois ton ombre. »

J'ai regardé mon ombre & compris que c'est seulement votre tête qui vous trahit. Sinon tapi on pourrait ressembler à n'importe quel vieux sac de pommes de terre.

J'ai levé les mains en l'air mais me suis senti trop cliché et j'ai tourné les paumes vers l'intérieur.

Notre assaillant potentiel avait une barbe qui me rappelait un husky d'Alaska & il avait plusieurs générations de plus que moi & ça m'a mis en rage. J'avais toujours pensé que je serais braqué par un jeune voyou – sauvage & perdu & en colère contre la terre entière.

Il a dirigé l'arme vers moi. Puis il a regardé mes mains & penché légèrement la tête.

« Le Voyage », il a dit. J'avais oublié que je tenais mon livre.

« Céline, j'ai murmuré.

— J'adore ce livre.

— Je n'en suis qu'à la moitié.

— Est-ce que tu es arrivé au moment où…

— Eh, tue-moi mais ne me raconte pas la fin ! »

Il a baissé son arme & dit : « Tu ne le comprendras pas si tu ne le prends pas comme un tout. Ça ne fonctionne pas par épisodes. T'aimes quoi d'autre comme livres ?

— Les Russes.

— Ah ouais, les Russes. Et les Américains ?

— Hemingway, c'est pas mal.

— J'aime ses nouvelles. Pas ses romans. Tu aimes Henry James ?

— Pas beaucoup. Mais j'aime bien son frère.

— William James ! C'est un génie

— Je suis d'accord. »

Il a posé son arme & dit : « Merde ramenons cette péniche. »

Eddie & l'Alaskien & moi avons démarré le moteur et l'avons conduite jusqu'à la berge. Sauvé par un livre !

« Qu'est-ce qui se passe ? j'ai demandé.

— Nous sommes concurrents. Mon boss veut que ton boss ferme boutique.

— Eh bien, merde, ça ne veut pas dire que tu dois tuer des gens, si ?

— Si. »

Ça paraît logique : la plupart des gens sont lentement tués par leurs jobs sur des décennies & il avait fallu que j'en dégotte un qui pouvait me tuer dans la semaine.

Vie avec le bébé

Problèmes MAJEURS à la maison. Astrid dort de manière insatiable – sa fatigue est inlassable & peut-être qu'à cause de ça elle traite le pauvre bébé comme si c'était le dentier de quelqu'un d'autre. Son amour pour moi est devenu tout flasque lui aussi. Je l'irrite maintenant.

Parfois je retrouve le bébé par terre, parfois derrière le canapé, une fois je suis rentré & il était dans la baignoire vide la tête sur la bonde. D'autres fois elle assume son rôle de mère & laisse le bébé la téter, l'air absent. Je lui demande si ça fait mal & elle secoue la tête & dit : Tu ne remarques rien, imbécile ?

Impossible de la comprendre.

Il y a cinq minutes elle était sur le canapé les genoux relevés sous les bras. Je me suis contenté de m'éclaircir la gorge & elle a poussé un hurlement. Et si toutes les relations sont comme celle-ci derrière les portes closes ?

« C'était la seule chose que je n'avais pas faite, elle a dit. J'ai pensé que ce bébé changerait quelque chose en moi.

— C'est un grand changement.

— Je veux dire profondément en moi.

— Je crois que tu as changé.

— Je veux dire au plus profond du plus profond de ma moelle. »

Je ne sais pas ce qu'elle veut dire. Elle est folle. Je suis sidéré quand je pense à SES sous-fifres secrets. Quelle dissidence abrite cette femme ! Putain de pandémonium ! Je pense qu'elle est suicidaire – des extrémistes perfides d'une paroi intestinale à l'autre qui réclament la fin à grands cris.

J'ai ramassé le bébé & l'ai consolé.

Je ne sais pas quoi faire.

J'ai dit à Astrid : « J'ai entendu parler de ça. Dépression post partum. »

Elle a ri bruyamment à cette idée bien qu'elle ne soit pas si drôle que ça.

Un jour extraordinaire !

Comme d'habitude sorti traîner mes angoisses sur les boulevards jusqu'à ce que je trouve un café où m'asseoir lorsque mes angoisses ont eu besoin d'un café & d'une cigarette. Paris tout autour de moi. Un ivrogne pissant comme s'il n'était qu'une vessie coiffée d'un chapeau, son ruban d'urine serpentant à travers les pavés. Deux policiers déambulaient sur le boulevard parce que marcher rapidement ferait mauvaise impression.

Été jusqu'à la Seine et me suis assis devant elle.

Sur un banc à côté de moi une femme, les jambes croisées, attrapait une rare dose de soleil. Jolies jambes – longues et musclées. Elle m'a regardé pendant que je regardais ses jambes. J'ai combiné haussement d'épaules & sourire & avant que mon cerveau ne la reconnaisse, ma bouche l'a fait.

« Caroline !

— Marty ! »

Nous nous sommes levés d'un bond au même instant & nous nous sommes observés avec une joie et une surprise profondes.

« Je suis venu à ta recherche !

— Papa est mort !

— Je sais ! J'ai vu sa tombe !

— C'était horrible !

— Tous ceux que j'aime sont morts aussi !

— Je sais !

— Tout le monde ! Maman ! Papa ! Terry ! Harry !

— Je l'ai appris ! J'ai téléphoné au pays quand papa est mort et un oncle à Sydney m'a appris les nouvelles !
— C'était horrible !
— Je suis mariée ! C'est terrible !
— Non !
— Si !
— Eh bien moi, je suis père !
— Non !
— C'est ce que j'ai dit aussi !
— Marty, partons ensemble !
— Je ne peux pas !
— Si, tu peux !
— Je dois remplir mon devoir parental !
— Je ne peux pas quitter mon mari non plus !
— Pourquoi pas ?!
— Je l'aime toujours !
— Alors nous sommes coincés !
— Désespérément coincés !
— Tu as bonne mine !
— Tu es magnifique ! »

Nous avons fait une pause pour rire. Je n'avais jamais été aussi excité. Elle a pris mon visage dans ses mains & m'a embrassé partout.

« Qu'est-ce qu'on va faire ? j'ai demandé.
— Prenons une chambre d'hôtel pour faire l'amour.
— Tu es sûre ?
— Je suis désolée de t'avoir laissé tomber.
— Tu étais amoureuse de mon frère.
— J'étais jeune.
— Et belle.
— Prenons cette chambre. »

Un petit hôtel au-dessus d'un restaurant, nous avons fait l'amour tout l'après-midi. Je n'entrerai pas dans les détails sinon pour dire que je ne me suis pas couvert de honte du tout – la durée a été respectable & il y avait un orage dehors – nous avions laissé les rideaux ouverts – & je savais que cela resterait dans notre esprit comme un rêve à moitié oublié & que nous rentrerions ensuite dans nos vies & quand j'y ai pensé mon cœur s'est contracté douloureusement là dans l'obscurité.

« Alors tu es le père d'un enfant français. »

Bizarrement cette pensée ne m'était jamais venue & alors que j'adore les Français & suis théoriquement indifférent à mon propre pays, nos racines ont une emprise étrange. Soudainement désagréable que mon fils ne soit pas australien. Il n'y a pas meilleur pays à fuir. C'est très bien de quitter la France quand les tanks allemands font leur entrée mais par temps de paix pourquoi prendre cette peine ?

Nous étions enlacés pris de vertige elle était si mince & si douce que j'aurais pu la faire ricocher d'une rive à l'autre d'un lac & elle me serrait fort par à-coups & je n'arrêtais pas de l'embrasser pour l'empêcher de regarder l'heure tandis que le jour cédait à la nuit. Je ne pouvais pas gâcher cette chance et je ne pouvais pas supporter de me haïr une nouvelle fois donc j'ai dit que je ne m'étais pas mis délibérément sur le chemin de l'amour mais qu'il était arrivé et que donc je quitterais

Astrid et l'enfant pour que nous soyons ensemble. Elle est demeurée longtemps silencieuse le visage à peine visible dans l'obscurité. Puis elle a déclaré à voix basse : Tu ne peux pas quitter ton fils et la mère de ton enfant je ne pourrais pas supporter la culpabilité de plus j'aime mon mari (un Russe prénommé Ivan – carrément). Ces gens étaient des obstacles insurmontables elle a dit, et elle a ajouté je t'aime moi aussi, mais plus comme une pensée, après coup son je t'aime était assorti de conditions. Ce n'était pas un amour inconditionnel. Il y avait des clauses et des échappatoires. Son amour ne l'engageait pas. J'ai souri comme si ma bouche était obligée de le faire selon la tradition.

J'ai senti qu'un brutal changement d'humeur allait survenir.

Elle et Ivan rendaient visite à sa belle-famille en Russie pendant un moment six mois ou plus peut-être mais quand nous nous sommes dit adieu nous nous sommes donné rendez-vous dans exactement un an non pas au sommet de la tour Eiffel mais à côté pour voir si quelque chose avait changé. Elle a dit je t'aime encore une fois & j'ai essayé de la prendre au mot & après nos adieux j'ai marché sans but avec le sentiment que mon cœur s'était brièvement ouvert puis refermé avant que j'aie eu l'occasion de voir ce qu'il y avait à l'intérieur. J'ai marché pendant deux heures avec une terrible envie de pleurer sur l'épaule de quelqu'un mais quand j'ai atteint la Seine, à la vue d'Eddie mon seul ami, j'ai gardé mon secret pour moi.

« Où étais-tu ? Tu es en retard.

— La péniche n'est pas là, non ?

— Non », il a dit d'un ton absent en regardant la Seine silencieuse.

Un jour j'ai pensé l'histoire me condamnera ou pire me jugera avec justesse.

La nuit

Il fait nuit maintenant & je suis en train de regarder Astrid dormir & de penser à Van Gogh. Quand il a été viré de son travail, au début, il a écrit : Quand une pomme est mûre il suffit d'une légère brise pour la faire tomber de l'arbre.

L'amour est pareil. L'amour était amoncelé à l'intérieur & s'est déversé sur elle de manière arbitraire. Je dis cela parce que je réalise bon dieu que je l'aime je l'aime mais elle ne me plaît pas j'aime la fille qui ne me plaît pas. Voilà l'amour pour toi ! Ce qui prouve que l'amour a peu de chose à voir avec l'autre personne c'est ce qui est en toi qui compte – c'est pourquoi les hommes aiment les voitures les montagnes les chats leurs abdominaux c'est pourquoi nous aimons les fils de pute et les chattes exsangues. Astrid ne me plaît pas du tout je l'aime.

Peut-être que le rejet tacite de Caroline a eu le même effet sur mon amour pour Astrid que le refroidissement de l'univers sur la formation de la matière. & qui aurait deviné que le cœur est assez spacieux pour aimer non pas une mais deux personnes à la fois ? Peut-être trois ? Peut-être que je pourrai aimer mon fils aussi.

La fin !

C'est la fin !

Tout a changé de manière drastique & permanente. Le dernier grand changement – la vie ne sera plus jamais pareille.

Ça a commencé de manière plutôt ordinaire. J'étais à la librairie Shakespeare & Co. en train de feuilleter des poches d'occasion quand j'ai entendu une voix : « Hé Céline ! »

Une voix familière, une laideur familière. Le husky de l'Alaska s'avançant à grandes enjambées sans ralentir comme font les gens mais marchant à toute vitesse et s'arrêtant abruptement à un centimètre de mon visage.

« Je te cherchais. Ne va pas au quai ce soir, il a dit.

— Pourquoi ?

— Tu as terminé le Voyage ?

— Non, j'ai menti.

— Ça va être la merde ce soir. Je ne peux pas en dire plus.

— Dis-moi.

— OK. On va faire sauter votre péniche.

— Pourquoi ?

— Vous êtes nos rivaux.

— Pas moi. Je ne sais même pas ce qu'il y a dans ces caisses.

— C'est pour ça qu'il ne faut pas que tu viennes. »

Couru tout l'après-midi en essayant de trouver Eddie & écrit des notes que j'ai laissées pour lui partout à sa maison son restaurant préféré chez son coiffeur. Mots tous identiques :

Ne va pas au travail ce soir. Ils vont faire sauter la péniche en un milliard de milliards de morceaux.

Même laissé un mot chez moi sur la table de la cuisine pour Astrid lui disant de passer le message si elle voyait Eddie. Elle n'était pas à la maison. Pourquoi avais-je tellement peur qu'Eddie meure ? L'amitié est un fardeau imprévisible.

À 4 h été au ciné puis passé chez Eddie une nouvelle fois sur le chemin de la maison, mais il n'était pas là & quand je suis rentré j'ai ouvert la porte et je l'ai vu assis dans ma cuisine une bière à la main comme un jour habituel même si j'ai décelé des failles dans son inépuisable optimisme. Je l'ai surpris à soupirer avec lassitude.

« Tu viens de rater Astrid.

— Je t'ai cherché partout aujourd'hui. Dans quel pétrin tu m'as fourré !

— Tu as encore mal au dos ? Quoi qu'il en soit j'ai pensé qu'on partirait ensemble ce soir.

— Qu'est-ce que tu veux dire ? Astrid ne t'a pas parlé de mon mot ?

— Non, elle m'a dit qu'elle descendait à la Seine. »

J'ai réfléchi quelques secondes avant de piger. J'ai regardé ma montre 7 : 40.

Laissé le bébé avec Eddie & et couru dans la rue sur les trottoirs mouillés couvert d'une sueur glacée. En trébuchant, je me suis rué en direction de la Seine toute-puissante. Qu'est-ce qu'elle a dans la tête ? Couru en palpitant, mes pieds heurtant les pavés mouillés comme de petits battements de cœur. Que va-t-elle faire ? Je courais & soudain je n'ai plus été seul : j'étais accompagné par la honte d'un homme qui tout à coup découvre qu'il a été ingrat et nous avons couru tous les trois – moi & la honte & l'ingratitude courant ensemble comme les trois ombres de trois hommes courant juste devant. Je sais ce qu'elle a dans la tête. Presque à bout de souffle. Est-ce que mes poumons sont à moitié pleins ou à moitié vides ? Ne sais que faire de mes appétits. Astrid m'a aimé avec avidité & je lui ai rendu son amour à contrecœur, par petits bouts. Je pensais que je ne pouvais pas être plus petit que j'étais mais je me trompais puisque je venais de rapetisser encore à mes propres yeux. Je sais ce qu'elle va faire !

Soudain je l'ai vue juste devant moi. Une petite chose dans une robe noire elle entrait et sortait des flaques de lumière des réverbères, silhouette mince plongeant dans l'obscurité avant d'en ressortir. Bien sûr elle est folle je le sais je sais qu'elle veut se tuer de la manière originale qu'elle recherchait. Elle y court – c'est compréhensible. Personne ne marche d'un pas nonchalant à sa propre mort. On ne fait pas attendre la Mort comme ça. On ne lambine pas.

Je la perds puis je la revois qui court le long du quai de la Seine. Les réverbères couvrent le fleuve de scintillements. La péniche approche. Au-dessus je vois le type de l'Alaska qui se cache derrière un parapet. Il tient une grenade d'une main et me fait signe de m'en aller de l'autre. La péniche accoste & nos gars l'amarrent au quai. Trois Arabes descendent en courant en tirant à tout va avec des pistolets, grenades en main. Astrid saute sur la péniche. Ils lui crient quelque chose mais elle les ignore & les tueurs ne savent que faire. Ils ne veulent pas tuer une civile, on les paiera pas plus pour ça.

Elle est sur la péniche et refuse de bouger.

Un des hommes me voit. Me tire dessus & je me baisse derrière le parapet.

Une sirène.

Les hommes se consultent en hurlements gutturaux. Pas de temps à perdre. C'est maintenant ou jamais. Je regarde Astrid & son visage est petit, livide & prêt à la mort. Tout son visage est contracté comme si elle s'attend que l'explosion de la péniche ne soit pas plus qu'un grand « pop ».

« Astrid ! Sors de là ! »

Elle lève les yeux & son sourire éloquent me signifie que la misère déchirante de sa vie tire sa révérence. Il y avait un *adios* dans ce sourire, ce n'était pas un au revoir[1].

Une seconde plus tard la péniche a sauté en une série de petites explosions. Tout comme la boîte à idées de Terry. Astrid en plein milieu – un suicide tout à fait unique. Des bouts d'elle partout. Sur le quai. Dans la Seine. Elle n'aurait pas pu être plus éparpillée si elle avait été de la poussière.

Les gens bouche bée, terriblement excités d'avoir été témoins de ma tragédie.

Je suis rentré à la maison, laissant Astrid en un million de petits morceaux. Personne ne me regardait. J'étais irregardable. Mais à tous les visages je demandais pardon. Chaque visage était un maillon dans une chaîne de visages, brisée dans un visage. Les regrets sont apparus pour me demander si j'aimerais les faire miens. Les ai déclinés pour la plus

1. En français dans le texte. (*NdT.*)

grande part mais en ai pris quelques-uns juste afin de ne pas laisser cette relation les mains vides. JAMAIS aurais imaginé que le dénouement de notre histoire d'amour serait qu'Astrid saute en mille morceaux. Je veux dire métaphoriquement peut-être.

Jamais imaginé qu'elle EXPLOSERAIT RÉELLEMENT.

La mort est pleine de surprises.

Sous l'arcade je me suis arrêté & pensé Le bébé ! Je suis maintenant son seul soutien moi maudit & sale av. une âme pareille à un membre oublié sur un champ de bataille. Pensé pour la première fois que peut-être je devrais retourner en Australie. Soudain & sans bonne raison mes concitoyens assommés de soleil me manquent.

De retour à l'appartement son odeur partout. J'ai dit à Eddie de rentrer chez lui puis je suis allé dans la chambre voir le bébé endormi, inconscient que la tête, les bras et le visage de sa mère se trouvaient à différents endroits.

Rien que moi & ce bébé grimaçant.

Il s'est réveillé en hurlant de faim ou d'angoisse existentielle ; qu'est-ce que je vais faire ? Ce n'est pas comme s'il y avait des seins dans le réfrigérateur. J'ai ouvert un carton de lait & en ai versé un peu dans une verre & puis j'ai apporté la tasse à Jasper & j'ai versé un peu de lait dans sa bouche en pensant Je suis veuf en quelque sorte. Nous n'étions pas mariés, mais un bébé est un contrat plus consistant qu'une mince feuille de papier.

Trouvé un mot scotché au miroir de la salle de bains :

Je sais que tu vas t'inquiéter d'être père. Il suffit que tu l'aimes. Ne cherche pas à le protéger du mal. Aime-le, c'est tout ce que tu as à faire.

Plutôt simpliste, j'ai pensé en pliant le mot. Maintenant je comprends que c'était son plan depuis le début même si elle-même ne le savait pas. Avoir cet enfant & ensuite se débarrasser d'elle-même.

Astrid morte. Jamais vraiment connue. Me demande si elle savait que je l'aimais.

Monté à l'étage et jeté quelques vêtements dans un sac & ensuite suis retourné dans la chambre et ai regardé le bébé. C'est ce que je suis en train de faire maintenant. Regarder ce bébé. Mon bébé. Pauvre bébé. Jasper. Pauvre Jasper.

Je suis désolé je suis désolé je suis désolé quels terribles lendemains nous aurons ensemble quelle malchance ton âme est tombée dans le corps de mon fils mon fils ton père est l'infirme solitaire de l'amour. Je t'apprendrai à déchiffrer tous les visages troublés en fermant les yeux & comment te débiner quand quelqu'un prononce les mots : « Votre génération. » Je t'apprendrai comment ne pas diaboliser tes ennemis & comment te rendre peu appétissant quand les hordes s'amènent pour te dévorer. Je t'apprendrai comment hurler bouche fermée & comment voler le bonheur & que le seul vrai plaisir c'est chanter jusqu'à ne plus avoir de voix & aussi les filles nues & comment ne jamais manger dans un restaurant vide & comment ne pas laisser les fenêtres de ton cœur ouvertes quand la pluie menace & comment tout le monde a un moignon là où quelque chose de nécessaire a été amputé. Je t'apprendrai comment savoir ce qui manque.

Nous allons partir.

Nous allons rentrer en Australie.

& je t'apprendrai que si jamais tu es surpris tu es toujours vivant pour vérifier. On ne peut jamais être trop sûr d'une chose pareille.

C'était tout. La dernière entrée.

J'ai refermé le carnet, le cœur au bord des lèvres. L'histoire de ma naissance est tombée en ruine dans mon cerveau. Chaque débris réfléchissait une image de l'histoire du journal. Bon, alors, c'est de la solitude, de la folie et du suicide que je suis laborieusement né. Rien de surprenant à cela.

L'année suivante, le matin de l'anniversaire de ma mère, papa est entré dans ma chambre pendant que je m'habillais.

« Eh bien, mon pote, nous sommes de nouveau le 17 mai.

— Et alors ?

— Prépare-toi à y aller après le déjeuner !

— J'ai d'autres projets.

— C'est l'anniversaire de ta mère.

— Je sais.

— Tu ne vas pas à la tombe ?

— Ce n'est pas une tombe. C'est un trou. Je ne pleure pas devant les trous. »

J'ai remarqué que papa tenait quelque chose à la main. « Je lui ai acheté un cadeau, il a dit.

— C'est gentil.

— Tu ne veux pas le déballer ?

— Je suis en retard. » Je l'ai laissé seul dans ma chambre avec son cadeau triste et inutile.

Je me suis rendu au port pour regarder les bateaux. Au cours de l'année qui avait passé, j'avais pensé à mon corps défendant à tout ce qui se trouvait dans le journal de mon père. Aucun écrit, que ce soit avant ou après, n'a brûlé de manière aussi permanente dans ma mémoire. Tout l'art d'oublier que connaît mon esprit n'a aucune utilité ici. Je me rappelle chacun de ces mots terrifiants.

Je suis resté toute la journée à regarder les bateaux. Ou bien j'observais les rochers et la couche d'huile luisante qui flottait à la surface de l'eau. Je suis resté là jusqu'à ce que la lune se lève et qu'un rideau d'étoiles soit tiré sur le ciel et que les lumières du pont du Port brillent dans l'obscurité. Tous les bateaux acquiesçaient doucement dans la nuit.

Mon âme est ambitieuse et mercenaire dans son désir de se connaître. Le journal de papa a laissé ce besoin insatisfait, et l'histoire de ma mère est devenue plus mystérieuse que lorsque je n'en savais rien du tout. J'avais établi que ma mère était probablement folle et d'origine inconnue. Sinon, mes recherches n'avaient mené qu'à un surplus de questions. En ce qui concernait mon père, je n'étais pas surpris d'avoir été violemment non désiré. La seule chose concrète que j'avais apprise à propos de ma mère était que ma naissance était la dernière de sa liste de choses à faire, et qu'une fois pointée elle pouvait mourir. J'étais né pour dégager l'obstacle sur le chemin de sa mort.

Le froid m'a saisi. J'ai frissonné un peu.

Les rythmes de l'univers étaient perceptibles à la façon dont les bateaux me faisaient signe de la proue.

Quelques années plus tard je suis retourné au cimetière. La tombe de ma mère avait disparu. Il y avait quelqu'un d'autre à sa place, coincé entre la vieille Martha Blackman et le petit Joshua Wolf. Elle s'appelait Frances Pearlman, morte à quarante-sept ans. Elle laissait derrière elle deux fils, une fille et un mari.

Depuis que je l'avais découvert, j'avais relu le journal de papa plusieurs fois.

Ce qui me dérangeait le plus dans ce petit carnet vert déplaisant c'était qu'il disait que j'étais peut-être une réincarnation prématurée de son moi toujours vivant, que *j'étais mon père*. Qu'est-ce que tout cela signifiait ? Que, quelque part en lui, l'homme craignait que mon autonomie ne soit sa mort ?

J'ai songé à cela tout en regardant la tombe de Frances Pearlman.

Il y avait des fleurs fraîches dessus. Pas question là d'amour malformé ou de cercueil vide. J'ai pensé à mon père, et à la façon dont l'un était l'hôte, l'autre le parasite, et que je ne savais pas qui était qui. Il m'a semblé que nous ne pourrions pas survivre tous les deux. Il m'a semblé qu'un jour, inévitablement, l'un de nous devrait partir. Il m'a semblé que nous allions nous battre pour la suprématie de l'âme ; il m'a semblé que je serais prêt à le tuer pour survivre.

Des pensées qui donnent la chair de poule, mais j'étais dans un cimetière, après tout.

3

DANS LES JOURNAUX ET À LA TÉLÉ JUSTE APRÈS LA MORT DE MON PÈRE, la part belle a été faite à la période allant des débuts jusqu'au milieu des années 90, époque couvrant les pires excès de sa supposée folie. En fait, il y a eu à cette époque non seulement l'arrivée d'Anouk Furlong (ainsi qu'elle s'appelait alors) – une femme qui a beaucoup fait pour son effondrement mental –, mais aussi les épisodes mouvementés des clubs de strip-tease, de l'asile d'aliénés, de la chirurgie esthétique, des arrestations, et ce qui s'est produit quand mon père a essayé de cacher notre maison.

Voici comment tout cela est arrivé.

Un jour, sans prévenir, papa a porté un coup retentissant à notre misère paisible : il a trouvé du travail. Il l'a fait pour moi et n'a cessé de me le rappeler. « Je pourrais vivre aux crochets de l'État jusqu'à le ruiner s'il ne s'agissait que de moi, mais c'est insuffisant pour deux. Tu m'as obligé à rejoindre les rangs des travailleurs, Jasper. Je ne te le pardonnerai jamais ! »

C'était Eddie, une fois encore, qui lui avait dégotté du boulot. Une année après le retour de papa de Paris, Eddie s'est pointé à la porte de notre appartement, ce qui a surpris papa, qui n'avait jamais eu une amitié durable dans sa vie, et encore moins une qui traversait les continents. Eddie avait quitté Paris juste après nous et était retourné en Thaïlande avant de s'installer à Sydney.

Maintenant, onze ans plus tard, il avait trouvé un emploi à papa pour la seconde fois. J'ignorais si ce nouveau job entraînait la fréquentation de personnages aussi louches et s'il était aussi dangereux que le premier. Franchement, je m'en moquais. J'avais douze ans, et pour la première fois de ma vie papa n'était pas dans l'appartement. Tout à coup mon existence était allégée de sa présence pesante, et moi j'ai été libre de manger mes corn-flakes sans avoir à écouter interminablement pourquoi l'homme était la pire chose qui était arrivée à l'humanité.

Papa travaillait tout le temps, et ce n'est pas que je me sentais seul (j'étais déjà seul) durant ses longues heures d'absence, mais quelque chose semblait clocher. Bien sûr, il n'est pas inhabituel pour un père de travailler tout le temps parce qu'il doit rapporter du bacon à la maison, et il est indéniable que le bacon se trouve dans les bureaux, les mines de charbon et les chantiers de construction ; mais chez nous le lieu de récolte du bacon tenait du mystère. Je me suis mis à y penser chaque jour. « Où diable est donc notre bacon ? » J'y ai pensé parce que mes amis habitaient des maisons, pas des appartements, et que leurs réfrigérateurs étaient toujours pleins de nourriture tandis que le nôtre était plein d'espace. Papa travaillait toute la journée tous les jours, même les week-ends, mais il ne semblait pas que nous ayons plus d'argent que quand il était au chômage. Pas un centime. Un jour je lui ai demandé : « Où passe tout l'argent ?

— Quel argent ?

— L'argent que tu gagnes à ton travail.

— Je fais des économies.

— Pour quoi ?

— C'est une surprise.

— Je déteste les surprises.

— Tu es trop jeune pour détester les surprises.

— Très bien, j'aime les surprises, mais j'aime aussi savoir.

— Eh bien, tu ne peux pas avoir les deux.

— Je peux si tu me dis et qu'après j'oublie.

— Voilà ce que je te propose : je te laisse choisir. Tu peux avoir la surprise, ou je peux te dire pour quoi j'économise. À toi de voir. »

C'était un coup vache. À la fin, j'ai décidé d'attendre.

Pendant que j'attendais, Eddie a lâché que papa s'occupait d'un club de strip-tease à King Cross qui s'appelait le Fleshspot. Du strip-tease, mon père ? Comment cela était-il possible ? Gérant, mon père ? Comment Eddie avait-il pu convaincre ses relations louches de donner un tel travail à papa ? Avec des responsabilités, mon père ? Il fallait que je voie par moi-même.

Un soir je me suis retrouvé dans le Cross, parcourant des rues qui étaient de longs urinoirs, croisant les touristes anglais ivres, un couple de junkies à l'œil vitreux et un skinhead qui avait l'air fatigué de son propre personnage. Lorsque je suis entré dans le bar, une pute dans la quarantaine a crié quelque chose où il était question de pipe, sa voix rauque associant au propos une vision écœurante de lèvres desséchées. Un videur m'a attrapé par la chemise et serré le col jusqu'à ce que je lui dise que j'étais là pour voir mon père. Il m'a laissé passer.

C'est la première fois que j'entrais dans un club de strip-tease et c'était une visite de famille.

Ce n'était pas ce que j'imaginais. Les strip-teaseuses remuaient leur corps sans enthousiasme, montant et descendant au rythme d'une musique répétitive sous des spots aveuglants face à des hommes muets en costume et au regard concupiscent. Certes, j'ai été transporté de voir autant de chair lisse et flexible en un seul et même endroit, mais je n'ai pas été excité comme je m'y étais attendu. Dans la vraie vie, les femmes quasi nues qui chevauchent des barres de métal, ce n'est pas aussi sexy qu'on croit.

J'ai aperçu papa qui hurlait au téléphone derrière le bar. Tandis que je me dirigeais vers lui, il m'a interpellé avec un froncement de sourcils.

« Qu'est-ce que tu fais là, Jasper ?

— Je regarde juste.

— Ce que tu vois te plaît ?

— J'ai vu mieux.

— Dans tes rêves.

— Non, en vidéo.

— Bon, tu ne peux pas rester ici. Tu n'as pas l'âge.

— Qu'est-ce que tu fais vraiment, ici ? »

Il m'a montré. Ce n'était pas facile. Il fallait tenir le bar, et même s'il y avait des femmes nues qui ondulaient devant, il fallait le tenir exactement comme un bar normal. Papa choisissait les femmes, aussi. Elles venaient auditionner devant lui. Comme s'il s'y connaissait en danse ! Ou en femmes ! Et puis comment pouvait-il supporter toutes ces créatures souples et sexuelles qui inclinaient et étalaient jour après jour leurs courbes obsédantes ? L'élan vital est comme une patate chaude, et tandis que les pensées impures vous feront peut-être brûler en enfer pour l'éternité une fois que vous serez mort, ici dans la vie ce qui vous fait cuire et frire c'est l'impossibilité de les réaliser.

Bien sûr, je ne sais pas tout. Peut-être que papa se laissait aller à des fantasmes libidineux. Peut-être qu'il les baisait toutes. Je n'arrive pas à me le représenter, mais quel fils en serait capable ?

C'est donc en travaillant dans cette antre du péché qu'il avait choisi de faire vivre sa famille – moi – et d'économiser. Mais pour quoi ? Pour essayer de calmer ma curiosité, papa a creusé une brèche dans son compte en banque pour m'offrir un petit cadeau : quatre poissons bouffis dans un aquarium minable et minuscule. On aurait dit des poissons rouges, mais ils étaient noirs. Ils n'ont survécu que trois jours. Apparemment ils sont morts d'indigestion. Apparemment je les avais trop nourris. Apparemment les poissons sont de terribles gloutons, ils ne savent pas se contrôler. Ils ignorent quand ils en ont eu assez, et se bourrent à mort de ces flocons beiges et inoffensifs qu'on appelle – c'est original – « nourriture pour poissons ».

Papa n'a pas partagé la peine que m'a fait leur trépas. Il était trop occupé par ses strip-teaseuses. Pour un homme qui avait passé la majorité de sa vie active à ne pas travailler, il travaillait à mort. En fin de compte, j'ai dû attendre plus d'un an avant de découvrir l'objet de ses économies. Parfois je me creusais tellement la cervelle que ça me rendait fou, mais je peux être extrêmement patient quand je crois que la récompense pourra être à la hauteur de l'attente.

Elle n'était pas à la hauteur de l'attente. Vraiment pas.

J'avais treize ans quand un beau jour je suis rentré et que j'ai vu mon père avec une grande photo d'oreille sur papier glacé. Ceci, m'a-t-il expliqué, était ce pour quoi il avait économisé. Une oreille. Une nouvelle oreille pour remplacer celle qui avait été brûlée dans l'incendie qui avait consumé sa ville et sa famille. Il allait consulter un chirurgien qui le dédéformerait. C'est pour ça que nous nous étions sacrifiés ? Quelle déception ! Il n'y a rien de divertissant dans une greffe de peau.

Papa a passé une nuit à l'hôpital. Je me suis senti obligé d'acheter des fleurs même si je savais que ça ne lui plairait pas. La flore ne m'est jamais apparue comme un cadeau en rapport avec la douleur, de toute façon (pourquoi pas un flacon de morphine, plutôt ?), mais j'ai trouvé deux énormes tournesols. Ça ne lui a pas plu. Je m'en fichais. Ce qui importait était que l'opération avait été un succès. Le chirurgien était très content, m'a dit papa. Voilà un bon conseil pour vous : Ne vous fatiguez pas à demander des nouvelles du patient ; c'est une perte de temps. L'important c'est de découvrir ce que pense le médecin. Et papa était aux anges.

J'étais là quand on a enlevé les pansements. Pour vous dire la vérité, l'attente avait été telle que j'espérais quelque chose d'un genre supérieur : une oreille colossale qui aurait fait ouvre-bouteille, ou une oreille à remonter le temps qui aurait pu entendre des conversations du passé, ou une oreille universelle qui aurait pu écouter la Terre entière, ou une oreille de Pandore, ou une oreille avec une petite lumière rouge qui aurait signalé quand elle enregistrait. En gros, une oreille pour mettre fin à toutes les oreilles. Mais ce n'était pas ça du tout. C'était juste une oreille normale.

« Parle dedans », m'a dit mon père. J'ai fait le tour du lit et me suis penché vers la nouvelle venue.

« Hello. Essai. Essai. Un deux trois quatre. Une deux trois quatre.

— Bien. Elle marche. »

À sa sortie de l'hôpital, il s'est aventuré dans le monde avec l'ardent désir de se voir. Le monde lui a donné satisfaction. Papa a perdu la capacité de marcher droit : de A à B était maintenant une ligne qui passait par les rétroviseurs des voitures, les vitrines des magasins et les bouilloires en inox. Quand vous êtes obsédé par votre apparence, vous l'êtes aussi par le nombre de surfaces réfléchissantes que contient le cosmos.

Un soir, il est venu à la porte de ma chambre et est resté là à respirer bruyamment.

« Tu as envie de jouer avec mon appareil photo ?

— Tu fais un porno ?

— Pourquoi je ferais un porno ?

— Ça ne regarde que toi et ton biographe.

— Je veux juste que tu prennes quelques vues de mon oreille, pour l'album.

— L'album de l'oreille ?

— Oublie. » Papa s'est dirigé tout droit vers l'entrée.
« Attends. »

J'étais triste pour lui. Papa ne paraissait pas capable de se reconnaître. L'extérieur était peut-être plus présentable, mais l'intérieur avait rétréci d'une taille. Il m'a semblé qu'il y avait quelque chose de mauvais augure dans tout cela, comme si en s'ajoutant une nouvelle oreille il avait retranché une partie fondamentale de lui-même.

Même après l'intervention, il a travaillé tous les jours. Une fois de plus, il n'y a plus eu d'argent. Une fois de plus, nos vies n'ont pas été changées.

« OK. Qu'est-ce que tu fais avec l'argent maintenant ?
— Je fais d'autres économies.
— Pour quoi ?
— C'est une surprise.
— La dernière était nulle.
— Celle-ci te plaira.
— J'espère qu'elle vaudra le coup. »

Elle ne le valait pas. C'était une voiture. Une voiture de sport rouge aux courbes élancées. Quand je suis sorti la regarder, papa était debout à côté, et il la tapotait comme si elle venait de réussir un tour de force. Sincèrement, je n'aurais pas été plus choqué s'il avait filé l'argent à un parti politique. Mon père, une voiture de sport ? Pure folie ! Ce n'était pas frivole, c'était méticuleusement frivole. Était-ce une distraction ? Annonçait-elle sa dissolution ? Était-ce une capitulation ou une conquête ? Quelle partie de lui cela était-il supposé réparer ? En tout cas, une chose était claire : il violait ses propres tabous.

C'était comique de le voir monter dans cette voiture de sport, une MG décapotable 1979. Une fois attaché à son siège, il avait l'air aussi inquiet que le premier astronaute de l'histoire de l'humanité.

Aujourd'hui, je pense que ç'a été une courageuse tentative, un acte ingénieux de défi à lui-même et aux voix intérieures décidées à le catégoriser. Papa, dans cette voiture de sport, c'était un homme qui se réinventait depuis l'extérieur vers l'intérieur. Une renaissance vouée à la fausse couche.

« Tu viens ?
— Où ?
— À toute allure. »

Je suis monté. Je suis jeune. Je ne suis pas une machine. Bien sûr, j'aime la voiture. Je la putain d'adore. Mais il y a quelque chose là-dedans qui ne va pas, comme si vous surpreniez l'instituteur du jardin d'enfants dans un bar à putes.

« Pourquoi tu l'as achetée ?
— Pourquoi ? » il a répété en accélérant. « Il essaie de se semer dans la poussière », j'ai pensé, et à un certain niveau j'entendais déjà les tendons et les jointures de sa santé mentale se déchirer et se rompre. Son boulot,

ses heures régulières, son costume, sa nouvelle oreille, et maintenant sa voiture : il était en train de créer une tension insupportable entre les moi. « Quelque chose va craquer, j'ai conclu, et ça ne sera pas joli. »

II

Et ça a craqué. Ça n'a pas été joli.

Nous étions dans un restaurant chinois bondé et papa commandait du poulet au citron.

« Autre chose ? a demandé le garçon.

— Juste du riz et l'addition. »

Papa aimait payer avant de manger pour pouvoir partir à peine la dernière bouchée avalée. Il ne pouvait pas supporter d'être assis sans manger dans un restaurant. L'impatience le saisissait comme une accès de fièvre. Malheureusement, certains restaurants vous font payer à la fin quoi qu'il arrive. Dans ces situations, papa se levait pour montrer qu'il ne voulait plus rien avoir à faire avec la table. Puis il demandait l'addition comme s'il demandait grâce. Parfois il portait son assiette à la cuisine. Parfois il agitait de l'argent sous le nez du serveur. Parfois il ouvrait la caisse, payait, et se rendait la monnaie. Ils détestaient ça.

Ce soir-là, papa avait une table à côté de la fenêtre et regardait au-dehors, le visage figé sur « ennui incarné ». J'étais là, mais il mangeait seul. Je faisais la grève de la faim pour une cause héroïque dont je ne me souviens pas, mais c'était probablement pendant la période où nous avons dîné dehors quatre-vingt-sept fois d'affilée. Papa cuisinait, par le passé, mais il était passé, ce passé.

Nous regardions tous deux dans la rue parce que cela exigeait beaucoup moins d'efforts que de parler. Notre voiture était là, garée derrière une camionnette blanche, et à côté un couple se disputait tout en marchant. Elle lui tirait sa queue-de-cheval noire et lui riait. Ils sont venus devant la vitre se disputer comme s'ils exécutaient un numéro. C'était un spectacle culotté. Le type était penché en avant, un grand sourire sur le visage, essayant de faire lâcher ses cheveux à la fille. Ça avait l'air douloureux, de se faire tirer les cheveux comme ça, mais il n'arrêtait pas de rire. Bien sûr, maintenant que je suis plus vieux, je sais pourquoi il était obligé de continuer à rire comme ça ; je sais qu'il lui aurait fallu continuer à rire même si elle lui avait arraché toute la tête, l'avait jetée dans le caniveau, avait pissé dessus et y avait mis le feu. Même avec la brûlure de la pisse dans ses yeux mourants, il aurait été obligé de continuer à glousser, et je sais pourquoi.

Le poulet au citron est arrivé.

« Sûr que tu n'en veux pas ? » m'a demandé papa, élevant la voix de manière tentatrice.

L'odeur de citron chaud a mis mon ventre et ma tête à couteaux tirés. Papa m'a jeté un regard suffisant et victorieux, et je lui en ai renvoyé un vaniteux et triomphant. Après cinq secondes éreintantes, nous avons tous deux vivement tourné la tête vers la fenêtre, comme pour respirer.

Il y avait un entracte dans la bagarre. La fille était assise sur le capot d'une Valiant noire ; le type, debout à côté d'elle, fumait une cigarette. Je ne voyais pas ses mains parce qu'elle les avait sous les bras, mais j'ai imaginé qu'elles serraient des bouts de son cuir chevelu. Puis j'ai entendu un bruit de métal qu'on racle. Il y avait une silhouette à l'arrière-plan, derrière le couple, quelqu'un en parka rouge, penché sur la voiture de papa. La parka rouge s'est lentement déplacée le long de la voiture. Difficile de savoir exactement ce qu'elle faisait, mais on aurait dit qu'elle rayait la carrosserie avec une clé.

« Eh, regarde ! » J'ai désigné la scène à papa, mais son corps dégingandé était déjà debout, courant à la porte. J'ai suivi sa piste. Ç'a dû être ma première poursuite dans les rues de Sydney. Il y en a eu d'autres, et je n'ai pas toujours été le poursuivant, mais celle-ci a sûrement été la première, et c'est pourquoi elle garde une place particulière dans ma mémoire.

Nous ne courions pas avec élégance, bien sûr ; nous titubions plutôt à grande vitesse, le long de la rue principale, à deux doigts de nous casser la figure, heurtant des couples qui venaient en sens inverse l'air absent, ricochant sur eux. Je me rappelle avoir chantonné un air tout en courant, un air de film noir. Nous filions comme si nous étions en feu. On aurait dit que les gens n'avaient jamais vu quelqu'un courir auparavant. Peut-être que c'était le cas. Devant un cinéma, des hommes d'affaires et femmes indiscernables les uns des autres ont tenu bon en nous voyant approcher, comme si ce mètre carré de trottoir leur avait été légué par leurs ancêtres. Nous avons tranché dans le vif et sommes passés en plein milieu. Certains ont crié. Peut-être qu'ils n'avaient jamais été touchés auparavant non plus.

L'homme en parka rouge avait des semelles de vent, de bourrasques plutôt. Il a traversé une rue congestionnée, évitant le flot continu de la circulation. Je n'avais fait qu'un seul pas hors du trottoir quand la main de papa a saisi mon poignet qu'il a failli m'arracher.

« Ensemble », il m'a lancé.

Prenez garde au père et au fils à la poursuite du mystérieux bandit en parka rouge. Prenez garde au duo menaçant qui fonce en se tenant par la main. Nous avons tourné à un coin et sommes arrivés dans une rue vide. Personne en vue. J'ai eu l'impression que nous étions tombés sur un quartier lointain et oublié de la ville. Nous nous sommes accordé un moment pour reprendre notre souffle. Mon cœur cognait contre ma poitrine comme une épaule essayant d'enfoncer une porte en bois.

« Là », papa a dit.

Au milieu de la rue il y avait un bar. Nous nous sommes arrêtés devant la porte. Il n'y avait pas d'enseigne. À l'évidence le bar ne portait pas de nom. Les fenêtres étaient obscurcies et on ne voyait pas à l'intérieur. C'était le genre d'endroit où de vils personnages poignardent celui qui leur demande l'heure, où des tueurs en série viennent oublier leurs soucis, où les putains et les dealers échangent leurs numéros de téléphone et où les sociopathes rient en se souvenant des fois où on les a pris pour des naturopathes.

« Tu veux attendre dehors ?

— Je viens.

— Les choses pourraient mal tourner.

— Je m'en fous.

— OK alors. »

À peine entrés, nous nous sommes retrouvés au vestiaire : la parka rouge se balançait sur un cintre, aussi entraînante qu'un air de jazz.

Il y avait un groupe sur scène. La voix de la chanteuse donnait l'impression qu'elle mordait de l'aluminium. Derrière le bar, au-dessus des bouteilles, des instruments de musique étaient accrochés au mur – un violon, un accordéon, un ukulélé. On se serait cru chez le prêteur sur gages. Deux barmen épuisés faisaient une pause de temps à autre pour se verser un coup de tequila. Papa a commandé une bière pour lui. J'avais envie d'une bière moi aussi, mais j'ai eu de la limonade. C'est l'histoire de toute ma vie.

Papa et moi gardions un œil sur le vestiaire. Nous avons passé deux heures à nous demander qui était notre homme, mais on ne peut pas repérer un vandale dans une pièce pleine de visages, pas plus qu'on ne peut repérer un adultère ou un pédophile. Les gens portent leurs secrets dans des endroits cachés, pas sur le visage. Ils portent la souffrance sur leur visage. Et l'amertume, s'il y a de la place. Nous n'en avons pas moins fait notre choix, basé sur je ne sais quoi. Papa s'est décidé pour un petit gros à barbiche. C'est notre homme, il a assuré. Je me suis permis de ne pas être de son avis, et j'ai opté pour un type avec de longs cheveux bruns et une vilaine bouche violette. Papa lui trouvait l'air d'un étudiant, pas d'un vandale. « Qu'est-ce qu'il étudie, alors ?

— L'architecture, a décrété papa. Un jour il bâtira un pont qui s'écroulera.

— Est-ce qu'il y aura des morts ?

— Oui, un millier. »

Tandis que je considérais les mille morts, papa a commandé un autre verre et remarqué une femme aux cheveux blonds oxygénés et aux dents tachées de rouge appuyée au bar. Il lui a adressé son sourire numéro trois, celui qui généralement était destiné à lui éviter les contraventions pour excès de vitesse. Elle l'a toisé sans bouger la tête.

« Salut », a dit papa.

En réponse, elle a allumé une cigarette, et papa s'est glissé sur le tabouret voisin.

« Qu'est-ce que vous pensez du groupe ? il lui a demandé. Ce n'est pas vraiment mon genre de musique. Je peux vous offrir un verre ? Qu'est-ce que vous pensez du groupe ? »

Elle a émis un rire qui avait quelque chose du gargouillement parce qu'il ne quittait pas sa gorge. Après une grosse minute, comme rien ne se passait, papa s'est fatigué de regarder son profil et est revenu à son tabouret d'origine. Il a avalé sa bière d'une seule traite.

« Tu crois que tu te marieras un jour ? j'ai demandé.

— Je ne sais pas, mon pote.

— Tu en as envie ?

— Je ne suis pas sûr. D'un côté, je ne veux pas rester seul toute ma vie.

— Tu n'es pas seul. Je suis là.

— Ouais, c'est vrai, il a admis en souriant.

— Qu'est-ce qu'il y a de l'autre côté ?

— Quoi ?

— Tu as dit : "D'un côté, je ne veux pas rester seul toute ma vie."

— Oh, hum. Merde. Je ne me rappelle pas. C'est parti.

— Peut-être qu'il n'y a rien de l'autre côté.

— Ouais, peut-être. »

J'ai observé les yeux de papa qui ont suivi la blonde quand elle est allée du bar à une table de femmes. Elle a dû leur dire quelque chose à notre sujet, parce qu'elles ont toutes regardé dans notre direction, et il a paru plutôt évident qu'elles crachaient mentalement sur papa. Il a fait semblant de boire à son verre vide. Tout cela me rendait malade, et j'ai dirigé un œil vers le vestiaire et l'autre vers la vilaine bouche violette et meurtrière de l'étudiant en architecture, et je l'ai imaginé dans un bureau à un étage élevé, regardant les mille cadavres et les arches argentées de son pont brisé en contrebas.

La parka rouge traînait toujours, tuant le temps. Il se faisait tard. J'étais fatigué. Mes paupières avaient besoin de la fermeture.

« On peut y aller ?

— À quelle heure ferme le bar ? papa a demandé au barman.

— Aux environs de six heures.

— Merde », m'a dit papa, et il a commandé un autre verre. Il comptait rester toute la nuit si besoin était. Et pourquoi pas ? Personne ne nous attendait à la maison. Aucun front plissé d'inquiétude. Aucunes lèvres impatientes de nous embrasser pour la nuit. Personne à qui manquer si nous ne revenions jamais.

J'ai posé ma tête sur le bar. Il y avait quelque chose de mouillé et de gluant sous ma joue, mais j'étais trop fatigué pour bouger. Papa se tenait droit sur le tabouret, vigilant, surveillant le vestiaire. Je me suis endormi. J'ai rêvé d'un visage qui émergeait en flottant de l'obscurité. Rien de plus qu'un visage. Le visage hurlait, sauf que le rêve était silencieux. C'était terrifiant. Un chiffon humide contre mon nez m'a réveillé.

« Bougez votre tête, s'il vous plaît. »

C'était le barman qui nettoyait le comptoir.

« Qu'est-ce qui se passe ?

— Je ferme. »

J'avais un goût de sel sur les lèvres. Je me suis essuyé les yeux. J'avais pleuré dans mon sommeil. Ça m'a surpris. Je ne me rappelais pas que le visage était triste, seulement effrayant. Le barman m'a jeté un regard qui disait que je ne serais pas un vrai homme tant que je pleurerais dans mon sommeil. Je savais qu'il disait la vérité, mais que pouvais-je y faire ?

« Quelle heure il est ?

— Cinq heures trente.

— Vous avez vu mon…

— Il est là-bas. »

Papa était debout devant le vestiaire, sautillant sur place. En me tordant le cou, j'ai vu la parka rouge toujours suspendue. Il n'y avait plus qu'une poignée de clients : le type à la bouche violette, une femme au visage courroucé et au crâne rasé, un barbu avec une tête pleine d'anneaux, une Chinoise en combinaison, et un bonhomme doté d'un gigantesque bide.

« Je ferme ! leur a crié le barman. Allez retrouver vos femmes et vos enfants. »

Tout le monde a ri. Je n'ai pas compris ce qu'il y avait de si drôle. Je suis allé attendre avec papa.

« Tu as bien dormi ?

— J'ai mal au cœur.

— Qu'est-ce qu'il y a ?

— Qu'est-ce que tu vas faire quand tu sauras qui c'est ? »

J'ai compris au haussement de sourcils de papa qu'il jugeait ma question ridicule. Les clients commençaient à partir un par un. Enfin, la fille à la tête rasée s'est penchée par-dessus le comptoir du vestiaire.

« C'est à moi, elle a dit en désignant la parka. La rouge. »

Nous tenions notre homme – ou devrais-je dire notre femme ? La coupable. La vandale. L'employée lui a tendu la parka. Et maintenant quoi ?

« Salut », a lâché papa.

Elle a tourné la tête. Elle avait des yeux vert vif sur le visage le plus osseux que j'aie jamais vu. J'ai pensé qu'elle devrait remercier Dieu pour ces yeux ; c'était la seule chose qu'elle avait de beau. Ses lèvres étaient minces, presque inexistantes. Un visage émacié et pâle. Elle n'aurait été qu'un long squelette tendu de peau blanche sans ces yeux. Ils étaient translucides. Papa a dit salut de nouveau. Elle l'a ignoré, a ouvert la porte avec le pied. Elle est sortie.

Une fine pluie tombait d'un ciel jaune métallique. Je ne le voyais pas mais je savais que le soleil était là quelque part – son bâillement avait éclairé l'air. J'ai pris une grande inspiration. Il n'y a pas de doute, l'aube n'a pas la même odeur que le reste du jour ; elle a une certaine fraîcheur, comme quand vous croquez un morceau d'un cœur de laitue avant de le remettre dans le frigo tête en bas pour que personne ne voie rien.

La fille se tenait sous l'auvent et mettait sa fameuse parka rouge.

« Salut. » La voix de papa n'a eu aucun impact sur elle. J'ai pensé que le fait de m'éclaircir la gorge pourrait aider. Ses yeux vert vif ont dardé leur rayon sur papa et moi.

« Qu'est-ce que vous voulez ?

— Vous avez éraflé ma voiture.

— Quelle voiture ?

— Ma voiture.

— Quand ?

— Hier soir, aux environs de neuf heures moins le quart.

— Et qui dit ça ?

— Moi, a répondu papa, puis il s'est approché de la parka rouge aux phares verts. Je sais que c'était vous.

— Tirez-vous avant que j'appelle la police.

— Ha-ha, alors comme ça vous voulez appeler la police ?

— Ouais, peut-être que je vais le faire, gros plein de fric.

— Comment vous m'avez appelé ?

— Je t'ai appelé "gros plein de fric", gros plein de fric.

— Chaque fois que vous ouvrez la bouche, vous vous accusez. Pourquoi pensez-vous que je suis un gros plein de fric, si vous n'avez pas vu ma voiture ? »

Bien joué, papa. Elle est en mauvaise posture, là.

« Ton costume ressemble à ce que porterait un gros salopard plein aux as. »

Bien joué, Yeux Verts. Elle t'a eu, papa.

« Pour votre information, je ne suis pas un gros plein de fric, a dit papa.

— Je me fous de ce que t'es. »

Cet épisode ridicule semblait mener à une impasse. Papa avait croisé les bras et essayait d'impressionner Yeux Verts de son regard, mais elle aussi avait croisé les bras et lui rendait son regard furibond avec des yeux si gros qu'ils étaient carrément sans paupières. Ça y était ? On pouvait rentrer à présent ?

« Quel âge avez-vous ?

— Tire-toi.

— Je n'exige de vous que deux choses.

— Eh bien, tu ne les auras pas.

— Je veux une confession et une explication. C'est tout. »

« Voilà exactement le genre de choses qu'un célibataire peut faire à cinq heures trente du matin, j'ai pensé – voilà exactement pourquoi les gens ont des femmes et des enfants et des copines et des copains : pour ne pas devenir trop barjo. Mais laissez un homme seul pendant assez longtemps et il fera plein de trucs bizarres. Une vie vécue seul affaiblit le système immunitaire de l'esprit, et votre cerveau prête le flanc à une attaque d'idées farfelues. » « Je veux une confession et une explication », a répété papa, et il a posé la main sur l'épaule de Yeux Verts comme s'il était un vigile surprenant une voleuse à l'étalage. Elle s'est mise à hurler : « Au secours ! Police ! Au viol ! »

Alors papa a eu une autre idée douteuse : il s'est mis à appeler lui aussi la police. Il m'a donné un coup de coude. Il voulait que je me joigne à lui. Je me suis mis à beugler avec les deux autres, criant au viol, appelant les flics. Mais cela ne s'est pas arrêté là. J'ai appelé aussi l'antigang. Les hélicoptères. Satan. J'ai appelé la Terre à engloutir le Ciel. Ça a calmé la fille. Elle a quitté le trottoir et s'est retrouvée sous la pluie. Papa et moi lui avons emboîté le pas sans rien dire. De temps à autre, Yeux Verts me jetait un regard.

« Qu'est-ce que tu fais avec ce dingue ? elle m'a demandé.

— Je ne sais pas.

— C'est ton père ?

— C'est ce qu'il dit.

— Ça ne veut rien dire.

— Eh, vandale. Ne lui parlez pas. Vous avez une confession à faire.

— Tu ne peux rien prouver, gros plein de fric.

— Ah oui ? Ah oui ? Eh bien, vandale, vous avez dans votre poche une certaine clé, n'est-ce pas ? Il ne faudrait pas plus de deux secondes à la police scientifique pour identifier les traces de peinture sur votre clé comme étant celle de ma voiture. »

Yeux Verts a sorti de sa poche une clé et l'a laissée tomber dans une flaque d'eau.

« Oups, que je suis maladroite », elle a commenté en s'agenouillant à côté de la flaque pour frotter la clé et l'essuyer sur la manche de sa parka. Elle l'a remise dans sa poche. « Désolée, gros plein de fric », elle a ajouté d'une voix chantante.

Nous avons traversé Hyde Park tandis qu'il subissait une transformation de lumière et de couleurs. L'aube se dissolvait dans l'ombre des arbres. Comme Yeux Verts marchait rapidement, papa m'a pris la main et m'a pressé de garder le rythme. À l'époque, je n'ai pas compris ce qui se passait. Maintenant, quand je repense à la détermination qu'il a montrée à suivre cette inconnue, il me semble qu'il avait dû percevoir d'une certaine manière le bordel qu'elle mettrait dans notre avenir, et qu'il n'allait pas la laisser s'en tirer.

Quand nous avons atteint le sommet du parc, devinez qui nous avons vu au-dessus de Taylor's Square ? L'énorme soleil d'un orange profond, voilà qui. Yeux Verts a allumé une cigarette. Nous avons regardé tous les trois le soleil se lever en silence, et je me suis dit : « Un jour la Terre se fera aspirer par ce Soleil terrifiant, et tous les restaurants chinois et les blondes décolorées et les bars minables et les célibataires et les vandales et les voitures de sport disparaîtront en un éclair brillant et ça sera fini. » Inutile de dire que c'était un sacré lever de soleil. Je me suis senti pareil à un globe oculaire, un globe oculaire de la taille d'un garçon, un globe oculaire avec des oreilles, un nez et une langue et un millier de nerfs qui dépassaient comme des cheveux longs et touchaient tout. C'étaient tous les sens d'un coup, et c'était formidable.

Soudain j'ai été heureux qu'il n'y ait personne pour nous attendre. Les pères et les fils normaux ne peuvent pas passer la nuit debout pour regarder le soleil se lever s'il y a une épouse et mère qui s'inquiète à la fenêtre ouverte, ses longs doigts osseux hésitant au-dessus du bouton d'appel de la police. Je me suis tourné vers papa et j'ai dit : « C'est bien que tu sois seul. »

Sans me regarder, il a répondu : « Je ne suis pas seul. Tu es là. »

J'ai senti que Yeux Verts me regardait avant de regarder papa. Ensuite, elle a repris sa marche. Nous l'avons suivie dans Oxford Street puis Riley. Jusqu'à une maison de Surry Hills. « Merci de m'avoir accompagnée, gros plein de fric. Comme ça, tu sais où j'habite. Et comme ça, tu sais où habite mon copain aussi. Il sera bientôt rentré et il va te réduire en chair à pâté. Donc, va te faire foutre ! » elle a hurlé. Papa s'est assis sur la véranda et a allumé une cigarette.

« On pourrait rentrer maintenant, s'il te plaît, je l'ai supplié.

— Pas encore. »

Environ vingt minutes plus tard, Yeux Verts est ressortie vêtue d'un pantalon de jogging et d'un tee-shirt jaune. Elle tenait une carafe d'eau avec quelque chose qui flottait dedans. À y regarder de plus près, c'était un tampon hygiénique. Un tampon usagé flottant dans une carafe. Un mince filet de sang serpentait dans l'eau, se dissolvant en strates d'un rouge brumeux.

« Qu'est-ce que vous allez faire avec ça ? papa a demandé, horrifié.

— Du calme, gros plein de fric. J'arrose juste mes plantes. »

Elle a fait tourner le tampon dans la carafe puis a versé l'eau rougie sur ce qui ressemblait à des plants de marijuana posés sur la balustrade.

« C'est dégoûtant, a dit mon père.

— Ceci est ma chair, ceci est mon sang, elle a répliqué.

— Pourquoi avez-vous éraflé ma voiture ?

— Va te faire foutre, elle a craché avant de se tourner vers moi : Tu veux boire quelque chose ?

— Pas si ça sort de cette carafe.

— Non, du frigo.

— Qu'est-ce que vous avez ?

— De l'eau ou du jus d'orange.

— Du jus d'orange, s'il vous plaît.

— N'en donne pas à ton papa. J'espère qu'il va crever de soif.

— Je vois ce que vous voulez dire. »

Papa m'a filé une claque sur l'arrière du crâne. Eh ! pourquoi je ne dirais pas des choses stupides ? J'étais fatigué, gêné et ennuyé. Pourquoi papa n'était-il pas fatigué, gêné et ennuyé ? C'était une chose bizarre que nous étions en train de faire, à traîner sur la véranda d'une inconnue en attendant une confession.

La porte s'est ouverte de nouveau. « Rappelle-toi ce que nous avons dit, elle m'a recommandé en me tendant un verre de jus d'orange.

— Je ne lui donnerai pas une goutte », j'ai promis. Elle m'a adressé un sourire chaleureux. De son autre main, elle tenait un sac de sport noir. Elle s'est agenouillée à côté de papa et a ouvert le sac. À l'intérieur, il y avait des enveloppes et des lettres. « Si tu as l'intention de continuer à me suivre, tu peux au moins te rendre utile. Mets les lettres dans les enveloppes. »

Papa a pris les enveloppes sans un mot. Il s'est installé confortablement et s'est mis à les remplir et les lécher comme si c'était le truc le plus naturel du monde de lécher des enveloppes sur la véranda d'une inconnue, sa langue travaillant comme si c'était là sa raison d'être, la raison pour laquelle nous avions fait tout ce chemin jusqu'ici à six heures du matin.

« Et toi, le moucheron, tu veux nous donner un coup de main ?

— Je m'appelle Jasper.

— Tu veux lécher des enveloppes, Jasper ?

— Pas vraiment, mais d'accord. »

Nous étions tous trois assis sur la véranda, à remplir des enveloppes avec agilité et précision. Impossible de dire ce qui se passait exactement ; c'était comme si nous étions des étudiants en art dramatique en train d'improviser une pièce, et de temps à autre nous nous regardions avec un amusement à peine voilé.

« Combien vous êtes payée pour ça ? s'est informé papa.

— Cinq dollars les cent.

— C'est pas formidable.

— Non, en effet. »

Pendant qu'elle disait cela, j'ai remarqué que son visage sérieux et sévère était devenu serein et doux.

J'ai demandé : « Pourquoi vous détestez tant les riches ? »

Elle a plissé ses yeux verts et dit : « Parce qu'ils ont toutes les chances. Parce que les pauvres se démènent pendant que les riches se plaignent de la température de l'eau de leur piscine. Parce que quand les gens ordinaires ont des ennuis, la loi les baise, et quand les riches ont des ennuis, on leur facilite les choses.

— Peut-être que je ne suis pas riche, a objecté papa. Peut-être que j'ai une voiture de sport rouge mais que c'est la seule chose de valeur que je possède.

— Qui se soucie de toi ?

— Mon fils.

— C'est vrai ? elle m'a demandé.

— Je suppose. »

Quelque chose dans cette conversation ne fonctionnait pas. C'était comme si le langage nous faisait défaut au moment où nous en avions le plus besoin.

« Il nous faut une gouvernante », a soudain affirmé papa. La langue de Yeux Verts s'est immobilisée à mi-lèche.

« Vraiment ?

— Oui. Vraiment. »

Yeux Verts a posé les enveloppes, et son visage s'est durci de nouveau. « Je ne sais pas si je veux travailler pour un salaud de riche.

— Pourquoi pas ?

— Parce que je te déteste.

— Et alors ?

— Alors, ça serait de l'hypocrisie.

— Non.

— Non ?

— Non, ce serait de l'ironie. »

Yeux Verts a réfléchi un moment, et ses lèvres se sont mises à bouger sans bruit, pour nous informer qu'elle y pensait. « J'ai un petit ami, tu sais.

— Ça t'empêche de faire le ménage ?

— Et en plus, tu es bien trop vieux et bien trop moche pour moi. Je ne coucherai pas avec toi.

— Écoute. Je cherche juste quelqu'un pour nettoyer notre appartement et faire la cuisine pour Jasper et moi à l'occasion. La mère de Jasper est morte. Je travaille sans arrêt. Je n'ai pas le temps de faire la cuisine. Et pour ta gouverne, je ne suis pas intéressé sexuellement par toi. Ta tête rasée te donne un air légèrement masculin. Et en plus ton visage est ovale. Je n'aime que les visages ronds. L'ovale me fait débander. Tu n'as qu'à demander autour de toi.

— Peut-être que je le ferai.

— Alors tu veux le boulot ?

— D'accord.

— Pourquoi tu as éraflé me voiture ?

— Je n'ai pas éraflé ta voiture.

— Tu es une menteuse.

— Tu es barjo.

— Tu es engagée.

— Très bien. »

Papa a eu un drôle d'air, comme si nous avions marché toute la nuit pour arriver à une chute d'eau secrète et qu'enfin nous y étions. Nous avons continué avec les enveloppes tandis que l'aurore se transformait en matin.

Le premier soir où Anouk est venue faire la cuisine et le ménage, sa surprise m'a fait hurler de rire : elle s'attendait à la spacieuse demeure d'un homme riche et elle est entrée dans notre petit appartement dégoûtant, qui pourrissait comme la cale d'un vieux bateau. Après nous avoir fait à dîner, elle a demandé : « Comment vous pouvez vivre comme ça ? Vous êtes des porcs. Je travaille pour des porcs. » Et papa a dit : « C'est pour ça que tu nous as fait cette pâtée ? » Ç'a l'a mise en rogne, mais pour une raison que je n'ai jamais vraiment comprise (après tout, il existe d'autres boulots), elle est revenue toutes les semaines, affichant toujours une désapprobation infatigable et agressive, l'air de quelqu'un qui a sucé un plein panier de citrons. Elle entrait, ouvrait les rideaux, balançait de la lumière dans notre trou, et tandis qu'elle enjambait les livres que papa aurait dû rendre depuis longtemps à la bibliothèque et qui tapissaient le sol, elle me regardait d'un air inquisiteur, comme si j'étais un captif qu'elle songeait à libérer.

D'abord, Anouk a travaillé quelques heures les lundis et les vendredis, mais peu à peu elle a oublié les horaires et est venue quand ça lui chantait, non seulement pour faire la cuisine et le ménage mais souvent pour manger et foutre le bordel. Elle prenait régulièrement ses repas en notre compagnie, se disputait avec nous continuellement, et m'a permis de découvrir une espèce que je n'avais jamais rencontrée : la « personne spirituelle » (comme elle se définissait elle-même) de gauche et friande d'art, qui avait choisi de faire connaître ses idées sur la paix, l'amour et la nature en nous hurlant dessus.

« Tu sais quel est ton problème, Martin ? elle a lancé à papa un soir après dîner. Tu préfères les livres à la vie. Je ne crois pas que les livres sont destinés à se substituer à la vie, tu sais. Ils sont plutôt un complément.

— Qu'est-ce que tu en sais ?

— Je sais quand je vois quelqu'un qui ne sait pas comment vivre.

— Et toi tu sais ?

— J'ai quelques notions. »

D'après elle, papa et moi étions deux problèmes qui attendaient d'être résolus. Elle a essayé de nous transformer en végétariens, nous présentant fièrement des photos d'animaux mutilés et beuglant pendant que nous étions occupés à manger un steak saignant. N'obtenant pas de résultat, elle a introduit subrepticement dans nos assiettes des substituts de viande. Et puis son engagement a dépassé la nourriture : Anouk administrait toutes formes de spiritualité tel un Hun : thérapie par l'art, renaissance, massages thérapeutiques, huiles à l'odeur bizarre. Elle nous a encouragés à nous faire masser l'aura. Elle nous a traînés à des spectacles criminellement obscurs, notamment un où les acteurs ont joué dos au public du début à la fin. C'était comme si une folle possédait la clé de nos cerveaux et les bourrait de trucs du genre cristaux, carillons éoliens et brochures invitant à des conférences de gourous Gucci gauchistes en lévitation. C'est alors qu'elle a commencé à juger nos habitudes de manière de plus en plus insistante.

Chaque semaine, elle inspectait un nouveau coin de notre existence confinée et établissait un bilan. Le résultat n'était jamais positif. Jamais elle n'a levé le pouce en signe d'approbation. Toujours pouces en bas à la romaine. Après qu'elle a découvert que papa gérait un club de strip-tease, les bilans se sont faits violents, en partant de l'extérieur pour aller vers l'intérieur. Elle a critiqué la façon dont nous nous faisions passer l'un pour l'autre au téléphone et la façon dont nous étions saisis de terreur chaque fois qu'on frappait à la porte comme si nous vivions sous un régime totalitaire et imprimions un journal clandestin. Elle nous a fait remarquer que vivre comme des étudiants des beaux-arts alors que papa avait une coûteuse voiture de sport relevait de la quasi-démence ; elle a descendu en flammes l'habitude qu'avait mon père d'embrasser les livres et pas moi, tout comme la façon dont il passait des semaines sans remarquer mon existence, et des semaines sans me laisser une seconde en paix. Elle remarquait tout : la façon dont papa se vautrait dans son fauteuil, celle dont il pouvait consacrer une heure à peser les avantages et inconvénients de la douche, sa façon de s'habiller digne d'un sociopathe (c'est Anouk qui a remarqué la première que papa portait son pyjama sous son costume), la paresse avec laquelle il se rasait, laissant des touffes de poils sur son visage.

Peut-être était-ce le ton glacial et dépréciateur de sa voix, mais papa se contentait de fixer son café d'un œil maussade tandis qu'elle dévoilait le dernier rapport accablant en provenance du front. Mais c'est quand elle a critiqué les critiques de papa qu'elle lui a porté les coups les plus durs . cela l'a rendu fou. Voyez-vous, il avait passé quasiment toute sa vie à affûter son mépris d'autrui, et son verdict assassin contre la Terre entière avait presque atteint la perfection lorsque Anouk est venue le mettre en pièces. « Tu sais quel est ton problème ? elle a dit (elle commençait toujours ainsi). Tu te hais et c'est pour ça que tu hais les autres. C'est juste du dépit. Tu es trop occupé à lire et méditer de grandes choses. Tu ne t'occupes pas des petites choses de ta propre vie, et donc tu méprises ceux qui le font. Tu ne t'es jamais battu comme eux, parce que tu n'as jamais tenu à ce à quoi ils tiennent. Tu ne sais pas vraiment ce que les gens endurent. » À ces attaques de plus en plus fréquentes, papa a réagi avec un calme étonnant, prenant rarement sa propre défense.

« Tu sais quel est ton problème ? elle a demandé après que papa lui a eu raconté sa vie un après-midi. Tu ressors tes vieilles pensées. Tu t'en rends compte ? Tu te cites toi-même. » Elle a ajouté : « Ton seul ami est un flagorneur visqueux, Eddie, qui acquiesce à tout ce que tu dis, et toi tu ne confrontes jamais tes idées sur un forum de peur qu'elles puissent être remises en question, tu te contentes de les formuler pour toi-même pour ensuite te féliciter de les partager. »

Et ainsi sans fin. Au cours des mois qui ont suivi, alors que je me glissais inconfortablement dans l'adolescence et que ma relation avec papa s'effritait quotidiennement, comme si elle souffrait d'ostéoporose, Anouk ne s'est pas contentée de verser de l'acide sur ses idées, ses espoirs et son amour-propre, elle ne m'a pas épargné non plus ; elle m'a déclaré qu'avec mon physique je ne pouvais pas espérer attirer plus de vingt-deux pour cent environ de la population féminine. J'ai trouvé ce chiffre lamentable, réellement abominable. Il m'a fallu attendre d'être capable de repérer la solitude sur les visages masculins pour comprendre qu'attirer vingt-deux pour cent des femmes est un succès phénoménal. Il y a des légions – des armées, même – de sociopathes laids, atrocement seuls et désespérément stupides qui tombent dans la catégorie de zéro à deux pour cent, et chacun de ceux-là tuerait pour avoir mes vingt-deux pour cent.

Anouk m'a réprimandé aussi pour avoir négligé la seconde fournée de poissons.

Voyez-vous, le compte en banque de papa avait repris de l'ampleur et, ne se laissant pas démonter par les précédents homicides (suicides ?), il a acheté trois autres spécimens, cette fois-ci de simples poissons rouges. Peut-être a-t-il considéré que les poissons précédents étaient simplement d'une espèce trop difficile pour mon niveau ichtyologique. Pour lui, les poissons rouges étaient une espèce blindée : immortelle, impossible à trucider.

Il avait tort. J'ai fini par m'en débarrasser très facilement. Ils sont morts de faim. Mais l'identité du responsable de cette inanition est restée jusqu'au jour de la mort de papa un sujet de dispute. Je jure mes grands dieux que quand j'ai quitté la maison pour passer une semaine chez mon ami Charlie j'ai dit à papa : « N'oublie pas de nourrir les poissons. » Papa avait un souvenir très différent de la scène ; dans sa version, j'avais dit en partant : « OK, salut. » Quoi qu'il en soit, au cours de ma semaine d'absence, les poissons ont souffert cruellement de la faim et, contrairement aux humains, n'ont pas songé à recourir au cannibalisme. Ils se sont juste laissés dépérir.

Dans cette affaire, Anouk a pris le parti de papa, et j'ai remarqué que les seules fois où papa jouissait d'un cessez-le-feu, c'était quand il faisait équipe avec Anouk contre moi. Je dois avouer que leur relation me rendait perplexe. C'était un couple improbable, comme un rabbin et un éleveur de pitbulls sur une île déserte : des inconnus incompatibles obligés de traverser ensemble une période de crise, à la différence que celle que vivaient papa et Anouk n'avait ni nom, ni début, ni fin.

Elle était avec nous depuis un an quand papa a reçu un coup de fil inattendu.

« Vous plaisantez, il s'est écrié. Bon Dieu, non ! Absolument pas. Vous pouvez me violer et me torturer, je ne le ferai pas... C'est combien beaucoup ? Eh bien, d'accord alors... Oui, oui, j'ai dit oui, non ? Quand est-ce que je commence ? »

C'étaient de bonnes nouvelles ! Une maison de production américaine avait entendu parler de la vie de Terry Dean et voulait en faire un film à grand spectacle. Ils avaient besoin de papa pour être sûrs de ne pas se tromper, même si le scénario racontait l'histoire d'un joueur de base-ball américain revenant de l'enfer pour se venger de ses coéquipiers qui l'ont tué à coups de batte.

Papa pouvait donc se faire beaucoup d'argent avec ses souvenirs, mais pourquoi acceptait-il maintenant ? Il y avait déjà eu deux films australiens follement inexacts basés sur l'histoire, et papa avait refusé de coopérer dans les deux cas. Pourquoi cette reddition, ce soudain empressement à exploiter son mort à lui ? C'était un brutal retournement de plus dans une série alarmante, qui permettait à un scénariste d'offrir un joli chèque pour gratter les croûtes du cerveau de papa et voir ce qu'il y avait en dessous. Anouk, avec son don peu commun pour trouver le ver dans le fruit, a déclaré : « Tu sais quel est ton problème ? Tu vis dans l'ombre de ton frère », et quand le scénariste, qui avait vingt-deux ans et mâchait du chewing-gum, a fait une entrée pleine d'entrain dans notre appartement la semaine suivante, il n'a eu qu'à dire : « Alors, racontez-moi comment était Terry Dean quand il était enfant » pour que papa l'attrape par les manches de sa chemise et le jette à la porte avec exubérance, faisant suivre le même chemin à son ordinateur portable. Un procès plus tard, son nouveau « boulot » lui avait coûté quatre mille dollars et une presse dont il aurait pu se passer. « Tu sais quel est ton problème ? a dit Anouk ce soir-là. Tu es un fanatique, mais tu es fanatique pour tout. Tu ne comprends pas ? Tu sèmes ton fanatisme à tous vents. »

Mais vous voulez savoir quel était notre vrai problème ? Vous ne pouvez pas vous laisser glisser avec bonheur dans le brouillard quand quelqu'un à côté de vous crie : « Luxure ! Orgueil ! Paresse ! Habitude ! Pessimisme ! Jalousie ! Dépit ! » Anouk combattait l'habitude bien établie que nous avions de glander sans enthousiasme dans notre appartement claustrophobe en traînant les pieds et en respirant bruyamment. La seule façon que nous connaissions d'avancer était de nous diriger lourdement vers nos misérables désirs et d'ahaner bruyamment pour attirer l'attention. Et Anouk, dans son infini optimisme, voulait faire des surhommes de créatures telles que nous ! Elle voulait que nous soyons prévenants, obligeants, responsables, moraux, forts, compatissants, aimants, altruistes et courageux, et elle n'a jamais abandonné la partie, jusqu'à ce que peu à peu nous ayons pris la regrettable habitude de surveiller nos faits et dires.

Après qu'elle a eu passé des mois à nous tanner, nous n'avons plus utilisé de sacs en plastique, et mangé rarement quelque chose qui saignait ; nous avons signé des pétitions, participé à des manifestations sans effet, respiré de l'encens, pris de difficiles positions de yoga – tout cela afin de gravir la montagne du développement personnel. Mais les conneries, les chutes dans l'abîme n'ont pas manqué non plus. À cause d'Anouk, nous avons vécu dans la peur de nous-mêmes. Le premier qui a confondu connaissance de soi et changement n'a pas de respect pour les faiblesses humaines et devrait être traqué afin d'être mordu à mort. Je vais vous dire pourquoi : Anouk stabilotait nos problèmes, mais n'avait ni les ressources ni la connaissance pour nous aider à les résoudre. Et nous encore moins. À cause d'Anouk, non seulement nous nous sommes trouvés coincés avec la ménagerie retorse des problèmes que nous avions déjà, mais en plus nous en avons eu cruellement conscience. Bien évidemment, cela a engendré de nouveaux problèmes.

III

Il y avait quelque chose qui n'allait vraiment pas avec mon père. Il pleurait ; il était dans sa chambre, en train de pleurer. Je l'entendais sangloter à travers la cloison. Je l'entendais faire les cent pas dans le même espace restreint. Pourquoi pleurait-il ? Je ne l'avais jamais entendu pleurer auparavant ; je pensais qu'il en était incapable. Maintenant, c'était tous les soirs après le travail et tous les matins avant le travail. Cela me paraissait de mauvais augure. J'avais le sentiment qu'il pleurait de manière prophétique, non pour ce qui s'était passé mais pour ce qui allait se passer.

Entre deux sanglots, il s'est parlé : « Foutu appartement. Trop petit. Peux pas respirer. C'est un tombeau. Dois faire la guerre. Qui suis-je ? Comment puis-je me définir ? Les choix sont infinis et donc limités. La Bible parle beaucoup du pardon, mais nulle part il n'est écrit qu'on devrait se pardonner. Terry ne s'est jamais pardonné, et tout le monde l'aime. Je me pardonne quotidiennement, et personne ne m'aime. Toute cette peur et cette insomnie. Je n'arrive pas à apprendre à dormir à mon cerveau. Comment va ta confusion aujourd'hui ? Elle a pris du poids.

— Papa ? »

J'ai ouvert un peu sa porte, et dans l'ombre son visage était sévère et sa tête ressemblait à une ampoule nue suspendue au plafond.

« Jasper. Rends-moi service. Fais comme si tu étais orphelin. »

J'ai refermé la porte, suis allé dans ma chambre et j'ai fait mine d'être orphelin. Ça n'était pas si mal.

Puis, aussi brusquement qu'ils avaient commencé, ses pleurs ont cessé. À partir de là, il s'est mis à sortir le soir. C'était nouveau. Où allait-il ? Un soir, je l'ai suivi. Il a arpenté les rues d'un pas bondissant en saluant les gens qu'il croisait. Ils ne lui ont pas rendu son salut. Il est entré dans un petit pub bondé. J'ai regardé par la fenêtre et l'ai vu perché au bar, en train de boire. Et il ne boudait pas tout seul dans un coin non plus. Il bavardait en riant. Pour une nouvelle, ça, c'en était une ! Son visage était devenu rose, et après avoir vidé deux bières il s'est mis debout sur le tabouret, a éteint la télévision qui retransmettait un match de foot, et a dit quelque chose aux clients tout en riant et en agitant le poing comme un dictateur qui raconte une blague à l'exécution de son dissident favori. Ensuite, il s'est incliné (même si personne n'a applaudi) et s'est rendu dans un autre pub, criant : « Salut à tous ! » en entrant, puis : « Je vais voir ce que je peux faire ! » en sortant. Ensuite, il a fait irruption dans un bar aux lumières tamisées et a tourné en rond avant de le quitter sans avoir rien commandé. Après, une boîte de nuit ! Bon Dieu ! Était-ce là le résultat des ratiocinations d'Anouk ?

Il a disparu sur l'escalator de l'Aquarium, une discothèque en forme de saladier géant avec une plate-forme qui courait tout autour. Je suis monté sur la plate-forme et j'ai regardé à l'intérieur du saladier en verre. Au début, je n'ai vu que des gens impeccablement sculptés, illuminés par instants de lumières stroboscopiques. Puis je l'ai repéré. Il était en train de danser, putain ! Trempé de sueur, il haletait, bougeant de manière maladroite et faisant d'étranges mouvements somnolents avec les bras, comme un bûcheron qui abat des arbres dans le vide, mais il s'amusait. Vraiment ? Son sourire était le double d'un sourire normal, et il fixait d'un œil lascif des sillons mammaires de toutes tailles et religions. Comment ? Il ne dansait pas seul ! Il dansait avec une femme ! Vraiment ? Il dansait derrière elle, tournoyant dans son dos. Elle l'ignorait un peu trop facilement à son goût, et il s'est glissé face à elle et a essayé de l'attirer dans ce sourire d'un kilomètre de long. Je me suis demandé s'il allait l'inviter à venir dans notre petit appartement sale et triste. Mais non, elle n'a pas marché. Il est donc passé à une autre femme, plus petite et plus ronde. Il a fondu en piqué et l'a escortée au bar. Il lui a offert un verre et a tendu l'argent comme s'il payait une rançon. Tout en parlant, il a posé la main sur son dos et l'a attirée à lui. Elle s'est dégagée et le sourire de papa s'est fait encore plus large, lui donnant l'air d'un chimpanzé dont on aurait enduit les gencives de beurre de cacahuètes pour les besoins d'un spot télé.

Un videur sans cou et au nez écrasé, vêtu d'un tee-shirt noir moulant, est arrivé. Sa main de Goliath s'est refermée sur la nuque de papa et il l'a escorté jusqu'à la sortie. Dans la rue, papa lui a dit de baiser sa mère s'il ne l'avait pas déjà fait. C'était le comble. J'en avais vu assez. Il était temps de rentrer.

Aux environs de cinq heures du matin, il a frappé à la porte. Il avait perdu sa clé. Il était suant, jaune, et au milieu d'une phrase. Je suis retourné me coucher sans attendre la fin. C'est la seule nuit où je l'ai suivi, et quand j'ai raconté l'histoire à Anouk, elle a dit que c'était soit « très bon signe » soit « très mauvais signe ». Je ne sais pas ce qu'il a fait au cours de ses autres sorties. Sans doute des variations sur le même thème stérile.

Un mois plus tard, papa a de nouveau pleuré à la maison. Mais le pire, c'est qu'il s'est mis à me regarder dormir. Le premier soir, il est entré juste comme je m'assoupissais et s'est assis près de la fenêtre.

« Qu'est-ce qu'il y a ?

— Rien. Endors-toi.

— Quoi, avec toi ici ?

— Je vais lire un peu », il a dit en me montrant un livre qu'il tenait en main.

Il a allumé la lampe et a commencé à lire. Je l'ai regardé pendant une minute, puis j'ai reposé ma tête sur l'oreiller et fermé les yeux. Je l'entendais qui tournait les pages. Quelques minutes plus tard, j'ai rouvert subrepticement une paupière et failli sursauter. Il me fixait. Comme j'avais le visage dans l'ombre, il n'a pas vu que je le regardais me regarder. Puis il a tourné une nouvelle page. J'ai compris qu'il faisait semblant de lire, pour pouvoir me regarder dormir. Nuit après nuit, papa a fait semblant de lire dans ma chambre tandis que je restais éveillé les yeux fermés, sentant son regard sur moi et écoutant le bruit des pages dans le silence. Je vous le dis, ç'a été des nuits sinistres et sans sommeil.

Après quoi, il s'est mis à voler à l'étalage. Ça a plutôt bien commencé. Papa rentrait, son sac bourré d'avocats, de pommes et de grosses caboches de choux-fleurs. Fruits et légumes, rien de mal à cela. Puis il a volé des peignes, des pastilles pour la gorge, et des pansements. Pratique. Puis des articles farfelus dans des boutiques de cadeaux : un vieux bout de bois flotté avec les mots « Mon foyer est mon château » gravés sur une plaque, un tue-mouches en forme de tong, et un mug qui arborait cette phrase : « On ne connaît jamais le nombre de ses amis avant d'acheter une maison de campagne », ce qui peut être amusant à mettre dans une maison de campagne, si on en a une. Mais nous n'en avions pas.

Puis il a pleuré de nouveau dans son lit.

Puis il m'a regardé de nouveau dormir.

Puis il s'est tenu à la fenêtre. Je ne sais pas quand exactement il a pris position là, mais il a assumé son nouveau rôle avec sérieux. La moitié de son visage regardait par la fenêtre, l'autre moitié était enfouie dans les rideaux. Nous aurions dû avoir des stores vénitiens, accessoire parfait pour brusques crises de paranoïa. Il n'y a rien de plus évocateur que ces lames avec leurs minces barres d'obscurité qui vous tombent sur le visage. Que regardait-il par la fenêtre ? Surtout l'arrière d'appartements minables. Surtout des salles de bains, des cuisines et des chambres. Rien de fascinant. Un homme aux jambes maigres et blanches en sous-vêtements en train de dévorer une pomme, une femme qui se maquille en se disputant avec un interlocuteur invisible, un vieux couple qui brosse les dents d'un berger allemand récalcitrant, ce genre de trucs. Lorsqu'il contemplait l'extérieur, papa avait quelque chose de sombre dans les yeux. Je sais que ce n'était pas de la jalousie. Pour papa, l'herbe n'était jamais plus verte de l'autre côté de la barrière. En fait, elle était plus marron.

Tout avait pris un tournant plus sombre. Son humeur était sombre. Son visage était sombre. Son vocabulaire sombre et menaçant.

« Putain de salope, il a dit un jour à la fenêtre. Putain de connasse.

— Qui ?

— Une salope en face qui nous regarde.

— Mais tu la regardes aussi.

— Seulement pour voir si elle regarde.

— Et elle regarde ?

— Pas en ce moment.

— Alors, quel est le problème ? »

C'était ça le problème. Il était drôle, avant. Bien sûr, je sais que je me suis plaint de lui toute ma vie, mais l'ancien papa me manquait. Qu'avait-il fait de son impiété pleine de gaieté ? C'était bizarre. La réclusion est hystérique. La rébellion, une vraie rigolade ! Mais pleurer, c'est rarement drôle, et la rage sociopathe ne provoque pas le moindre rire – de ma part, en tout cas. Maintenant, il gardait les rideaux fermés, sans aucun humour, toute la journée. Pas une lumière ne pénétrait dans l'appartement. Il n'y avait plus de midis ni de matins ni de changements saisonniers d'aucune sorte. Le seul changement se produisait dans l'obscurité. Des trucs s'y multipliaient. Les champignons qui habitaient sa psyché prospéraient dans cet endroit sombre et humide. Pas marrant.

Un soir, j'ai renversé du café sur mon lit. C'était du café, je le jure, qui avait pénétré dans les draps jusqu'au matelas, mais on aurait dit de l'urine. J'ai songé : « Anouk va croire que c'est de l'urine. » J'ai arraché les draps pour les cacher. Je suis allé en chercher d'autres dans le placard, mais je n'en ai pas trouvé.

Où étaient passés tous les draps ?

J'ai demandé à papa.

« Dehors », il a dit.

Nous n'avions pas de dehors. Nous vivions dans un appartement. J'ai médité un long moment sur ce mystère avant de parvenir à une conclusion effrayante. J'ai vérifié. J'ai ouvert les rideaux. Il n'y avait pas de monde extérieur. Juste des draps ; il les avait tendus à l'extérieur des fenêtres, peut-être comme un bouclier blanc claquant au vent pour nous protéger des regards indiscrets. Mais non, ils n'étaient pas blancs. Ils n'étaient pas non plus un bouclier. Ils étaient un écriteau. Il y avait quelque chose d'écrit de l'autre côté des draps, en rouge. Les mots « Putain de salope ».

C'était moche. Je savais que c'était moche.

J'ai décroché les draps et je les ai cachés avec les autres, ceux tachés d'urine. Merde, j'ai écrit ça, non ? OK. Je l'avoue. C'était bien de l'urine (ce n'est pas par manque d'attention que les enfants mouillent leur lit, mais par crainte de leurs parents).

Pour prier, vous n'êtes pas obligé d'être croyant. Aujourd'hui, la prière est moins un article de foi qu'un héritage culturel qui nous vient du cinéma et de la télévision, comme de s'embrasser sous la pluie. J'ai prié pour la guérison de mon père comme un petit acteur : à genoux, paumes jointes, tête baissée, yeux clos. Je suis allé jusqu'à brûler un cierge pour lui, pas dans une église – l'hypocrisie a des limites – mais dans la cuisine tard un soir où ses borborygmes nocturnes avaient atteint un point culminant. J'espérais que le cierge dénouerait ce qui le liait si serré.

Anouk était avec moi dans la cuisine, en train de la nettoyer du sol au plafond tout en marmonnant qu'elle voulait être non seulement payée mais félicitée, et, crottes de souris et nids de cafards à l'appui, elle a laissé entendre qu'en nettoyant la cuisine elle nous sauvait la vie.

Papa était allongé sur le canapé du living, les mains sur le visage.

Elle s'est arrêtée et, est venue à la porte. Papa a senti qu'elle le fixait et a appuyé ses paumes plus fort sur ses yeux.

« Qu'est-ce qui t'arrive, Martin ?

— Rien.

— Tu veux que je te le dise ?

— Mon Dieu, non.

— Tu t'apitoies sur toi-même, voilà ce que je pense. Tu es frustré. OK. Tes aspirations ne se sont pas réalisées. Tu penses que tu es quelqu'un de spécial qui mérite un traitement spécial, seulement tu commences juste à comprendre que personne au monde n'est d'accord avec toi. Et en plus ton frère est célébré comme le dieu que tu crois être, et ça a fini par te précipiter dans ce genre de puits sans fin de dépression où toutes ces pensées noires te rongent, se nourrissant les unes des autres : paranoïa, complexe de persécution, probablement impuissance aussi, je ne sais pas. Mais laisse-moi te dire : Il faut que tu fasses quelque chose avant de commettre un acte que tu regretteras. »

C'était aussi atroce que regarder quelqu'un allumer un pétard puis se pencher dessus en supposant que c'est un pétard mouillé. Seulement papa n'était pas de la camelote.

« Arrête de calomnier mon âme, salope de fouineuse !

— Écoute-moi, Martin. N'importe qui se tirerait d'ici. Mais il faut bien que quelqu'un te mette du plomb dans la cervelle. Et en plus tu fais peur au gosse.

— Il va très bien.

— Il ne va pas très bien. Il pisse au lit ! »

Papa a levé la tête au-dessus du dossier du canapé de sorte que je ne voyais que son front dégarni.

« Jasper, viens ici. »

Je me suis dirigé vers le front dégarni.

« Tu as déjà été déprimé ?

— Je ne sais pas.

— Tu es toujours si calme. C'est une façade, non ?

— Peut-être.

— Dis-moi, qu'est-ce qui te ronge, Jasper ?

— Toi ! » j'ai crié, et j'ai couru dans ma chambre. Ce que je ne comprenais pas encore, c'était que son déséquilibre avait le pouvoir de me faire prendre le même chemin périlleux.

Peu après cette soirée, Anouk m'a emmené au Royal Easter Show pour me remonter le moral. Après les tours de manège, la barbe à papa et les pochettes-surprises, nous sommes allés voir le concours de bétail. Tout en regardant les bovins, j'ai feint une soudaine attaque de déséquilibre chronique, une nouvelle occupation qui consistait à se cogner aux passants, trébucher, se heurter aux vitrines, ce genre de choses.

« Qu'est-ce qu'il y a ? Anouk a hurlé en m'attrapant par les épaules.

— Je ne sais pas. »

Elle a pris mes mains entre les siennes.

« Tu trembles ! » C'est vrai, je tremblais. Le monde tournait, mes jambes étaient cotonneuses. Tout mon corps vibrait de manière incontrôlable. Je m'étais mis dans un tel état que la fausse maladie s'était emparée de moi, et pendant une minute j'ai oublié que je n'avais rien.

« Au secours ! » j'ai crié. Une foule de spectateurs s'est précipitée, dont quelques personnages officiels. Penchés sur moi, bouche bée (en cas de véritable urgence, un millier d'yeux pressés contre ton crâne ne t'aident pas vraiment).

« Donnez-lui de l'air ! s'est écrié quelqu'un.

— Il fait une crise de convulsions ! » s'est exclamé un autre.

Je me sentais perplexe et nauséeux. Les larmes coulaient sur mon visage. Puis, tout d'un coup, je me suis rappelé que je ne faisais que jouer la comédie. Mon corps s'est détendu, et la nausée a été remplacée par la crainte d'être découvert. Les yeux avaient reculé de soixante centimètres, mais la puissance de leurs regards n'avait pas diminué. Anouk me tenait dans ses bras. Le ridicule de ma position m'a sauté au nez.

« Lâche-moi ! j'ai hurlé en la repoussant. Je suis retourné au bétail. Les bêtes étaient jugées par un jury de types au cuir tanné coiffés de chapeaux à large bord. Je me suis penché par-dessus la clôture. J'ai entendu Anouk murmurer frénétiquement derrière moi, mais j'ai refusé de regarder. Après une minute, elle m'a rejoint.

« Ça va, maintenant ? »

Ma réponse a été inaudible. Nous sommes restés côte à côte en silence. Une minute plus tard, une vache brune avec une tache blanche sur le dos a gagné le prix du steak le plus appétissant du paddock. Nous avons tous applaudi comme s'il n'y avait rien d'absurde à applaudir des vaches.

« Toi et ton père vous faites une sacrée paire, a constaté Anouk. On part quand tu veux. »

Je me suis senti très mal. Qu'est-ce que je fabriquais ? Si la tête de mon père était une coquille vide dans laquelle on entendait les tourments de la mer, cela n'avait rien à voir avec mon bien-être mental ; si ses mouvements étaient devenus des oiseaux fous qui se cognaient aux fenêtres, cela signifiait-il qu'il devait en être de même des miens ?

Deux semaines plus tard, papa et moi avons emmené Anouk à l'aéroport. Elle allait se faire masser pendant quelques mois sur une plage à Bali. Juste avant qu'elle ne franchisse la porte d'embarquement, elle m'a pris à part et m'a dit : « Je me sens un peu coupable de t'abandonner en ce moment. Ton papa est sur le point de péter les plombs. »

Je pense qu'elle voulait que je lui dise : « Non, tout ira bien. Va t'amuser. »

« Je t'en prie, ne pars pas », j'ai répondu.

Mais elle est partie, et une semaine plus tard il a pété les plombs.

Soudain, papa a effectué son cycle mensuel qui consistait à pleurer, faire les cent pas, hurler, me regarder dormir et voler à l'étalage en une semaine. Puis il a parcouru le cycle entier en une journée, avec une heure environ par étape. Puis il a effectué le cycle en une heure, souriant et gémissant, marmonnant et volant (chez le marchand de journaux du coin) dans un brouillard de larmes, rentrant en courant pour arracher ses vêtements et aller et venir nu dans l'appartement, son corps ressemblant à des pièces détachées assemblées à la hâte.

Eddie est venu frapper à la porte. « Pourquoi ton père ne vient plus au travail ? Il est malade ?

— On peut dire ça.

— Je peux le voir ? »

Eddie est entré dans la chambre et a fermé la porte. Après une demi-heure, il est ressorti en se grattant le cou comme si papa lui avait filé des boutons : « Bon Dieu. Quand est-ce que ça a commencé ?

— Je ne sais pas. Il y a un mois ? Un an ?

— Comment on va le guérir ? Il va vraiment falloir se creuser les méninges. Voyons voir. Laisse-moi y réfléchir. »

Nous sommes demeurés dans un silence marécageux pendant trente bonnes minutes. Eddie se creusait les méninges. J'étais dégoûté par la façon dont il respirait par les narines, partiellement obstruées par quelque chose que je voyais. Finalement, Eddie a déclaré : « Je vais continuer à y penser chez moi. » Et il est parti. Je n'ai plus entendu parler de lui. S'il avait des idées brillantes, elles ne sortaient pas assez vite.

Une semaine plus tard, on a frappé à la porte. Je suis allé dans la cuisine me faire des toasts et me suis mis à trembler. Je ne sais pas comment je savais que l'univers avait vomi quelque chose de spécial pour moi ; je le savais, c'est tout. Les coups à la porte ont repris ; je ne voulais pas surmener mon imagination alors je suis allé ouvrir même si je n'en avais pas envie. Une femme au visage tombant et aux grandes dents marron se tenait là, avec un air de pitié. Il y avait un policier aussi. J'ai supposé que ce n'était pas pour le policier qu'elle éprouvait de la pitié.

« Vous êtes Kasper Dean ?

— Qu'est-ce qu'il y a ?

— Pouvons-nous entrer ?

— Non.

— Je suis désolée d'avoir à vous dire que votre père est à l'hôpital.

— Comment va-t-il ? Qu'est-ce qui est arrivé ?

— Il n'est pas bien. Il va devoir y rester un peu. Je veux que vous veniez avec nous.

— De quoi vous parlez ? Qu'est-ce qui lui est arrivé ?

— Nous vous le dirons dans la voiture.

— Je ne sais pas qui vous êtes et ce que vous me voulez, mais vous pouvez aller vous faire foutre.

— Viens, mon gars, a dit le policier, visiblement peu enclin à s'en remettre à ma suggestion.

— Où ?

— Il y a une maison dans laquelle tu pourras habiter quelques jours.
— C'est ici, ma maison.
— On ne peut pas te laisser seul ici. Pas avant tes seize ans.
— Oh, pour l'amour de Dieu. Je m'occupe de moi depuis toujours.
— Viens, Kasper », a aboyé le policier.

Je ne lui ai pas dit que je m'appelais Jasper. Que Kasper était un personnage inventé par mon père et qu'il avait été tué bien des années plus tôt. J'ai décidé de m'incliner jusqu'à ce que je comprenne la situation. Je savais au moins cela : je n'avais pas seize ans, et cela signifiait que je n'avais pas de droits. Les gens ne cessent de parler des droits de l'enfant, mais ce ne sont jamais les droits dont vous avez besoin quand vous en avez besoin.

Je suis monté dans la voiture de police.

En chemin, ils m'ont expliqué que papa était entré avec sa voiture dans la façade vitrée du Fleshspot. C'était un acte qui aurait pu passer pour un malheureux accident si, après avoir défoncé la façade, il n'avait pas braqué à fond pour faire le tour de la piste de danse en renversant tables et chaises, défonçant tout, détruisant le bar. Il était clair qu'il était devenu fou. Et maintenant, il était chez les dingues. Je n'ai pas été surpris. Dénoncer la civilisation tout en continuant à en faire partie n'est pas sans risques. Du haut d'une montagne, passe encore, mais papa se trouvait en plein dedans, et ses contradictions folles furieuses avaient fini par s'assommer mutuellement.

« Je peux le voir ?
— Pas aujourd'hui », a répondu la femme. Nous nous sommes arrêtés devant une maison de banlieue. « Tu vas rester ici quelque temps, jusqu'à ce que nous voyions si quelqu'un de ta famille peut venir te prendre. »

Quelqu'un de ma famille ? Inconnu au bataillon.

La maison était un truc en brique à un étage et ressemblait à un foyer normal. De l'extérieur, on ne pouvait pas deviner que c'était là qu'ils entreposaient les débris des familles brisées. Le policier a klaxonné. Une femme avec un sein énorme est sortie, arborant un sourire dont j'ai prédit que je le reverrais indéfiniment dans un millier d'affreux cauchemars. Le sourire disait : « Ta tragédie est mon billet pour le paradis, alors viens ici que je te serre dans mes bras. »

« Tu dois être Kasper. »

Un homme chauve l'a rejointe. Il n'a cessé de hocher la tête comme si c'était lui qui était Kasper mais il est resté silencieux.

« Je suis Mrs French », a dit la femme à l'unique sein, comme si elle se vantait d'être Mrs French, comme si c'était en soi un exploit.

Devant mon silence, ils m'ont emmené à l'intérieur. Ils m'ont montré un tas de gosses qui regardaient la télévision dans le salon. Par habitude, j'ai passé en revue les visages féminins. Je fais ça même parmi les morcelés. Je fais ça pour voir s'il y a une beauté qui puisse alimenter mes rêves ou me procurer du désir ; je fais ça dans les bus, les hôpitaux, aux enterrements d'amis chers ; je fais ça pour alléger un peu le fardeau ; je ferai ça sur mon lit de mort. En l'occurrence, tous ceux qui étaient là étaient laids, du moins à l'extérieur. Tous les gosses me fixaient comme si j'étais à vendre. La moitié semblait résignée à son sort ; l'autre moitié grognait d'un air de défi. Pour une fois, leurs histoires ne m'intéressaient pas. Je suis sûr qu'ils avaient tous vécu des tragédies parfaitement horribles qui pouvaient me faire pleurer pendant des siècles, mais j'étais trop occupé à vieillir de dix ans à chaque minute qui passait dans ce purgatoire pour enfants.

Nous avons poursuivi le tour du propriétaire. Ils m'ont montré la cuisine. Le jardin. Ma chambre, un placard en réalité. Ces gens étaient peut-être gentils, bons et doux, mais j'ai préféré gagner du temps et penser que c'étaient des pervers qui attendaient la tombée de la nuit.

Comme je lâchais mon sac sur le lit, Mrs French a déclaré : « Tu vas être heureux ici.

— Vous plaisantez. »

Je n'aime pas qu'on me dise quand et où je dois être heureux. Même moi, je ne peux pas en décider.

« Et maintenant ? Est-ce que j'ai droit à mon appel téléphonique ?

— Ce n'est pas la prison, Kasper.

— Nous verrons. »

J'ai téléphoné à Eddie pour voir si je pourrais habiter chez lui. Il m'a avoué que son visa était périmé, il était donc en situation illégale et ne pouvait faire les démarches pour être mon tuteur. J'ai appelé chez Anouk, et sa colocataire m'a dit ce que je savais déjà : elle bronzait toujours dans son centre de méditation bouddhiste à Bali et ne rentrerait que quand elle n'aurait plus d'argent. J'étais coincé. J'ai raccroché et suis allé pleurer dans mon petit bloc d'obscurité. Je n'avais jamais vu mon avenir de manière négative jusqu'à ce moment. Je crois que c'est ça la véritable perte de l'innocence : la première fois que vous avez un aperçu des bornes qui vont limiter votre potentiel.

Il n'y avait pas de verrou, mais je suis parvenu à coincer une chaise sous la poignée. Je suis resté là, assis, attendant ce bruit de mauvais augure. À environ trois heures du matin, je me suis endormi, et je ne peux que supposer qu'ils sont venus abuser de moi quand j'étais loin, rêvant d'océans et d'horizons que je n'atteindrais jamais.

IV

Le lendemain, accompagné par Mrs French, je suis allé voir papa. J'avoue, à ma honte, que quand nous sommes montés en voiture j'étais excité. Je n'avais jamais été dans un asile psychiatrique – est-ce que c'était comme au cinéma, avec une symphonie de hurlements aigus ? Je suis même allé jusqu'à espérer que les patients n'étaient pas trop lourdement assommés par les sédatifs pour pouvoir taper sur des poêles avec des cuillères en bois.

Dans la voiture, je suis resté silencieux. Mrs French ne cessait de me jeter des coups d'œil impatients, irritée que je ne me confie pas à elle. Le silence ne nous a pas lâchés jusqu'à l'hôpital. Elle s'est arrêtée devant le marchand de journaux et a proposé : « Pourquoi tu n'achètes pas des magazines pour ton père ? » en me donnant dix dollars. Je me suis dit : « Qu'est-ce qu'un homme qui a pété les plombs a envie de lire ? De la pornographie ? Une revue de cinéma ? » J'ai pris un magazine d'équitation que j'ai reposé. Ça ne collait pas. À la fin, j'ai choisi un livre de mots croisés, labyrinthes, anagrammes et problèmes pour faire travailler son cerveau.

En pénétrant dans l'hôpital, nous avons entendu le genre de hurlements frénétiques qu'on associe généralement à des rivières de sang bouillonnant. Lorsque je suis sorti de l'ascenseur, j'ai vu des patients qui marchaient sans but dans les couloirs, les jambes agitées de soubresauts, la langue pendante, la bouche grande ouverte comme chez le dentiste. Il y avait quelque chose de jaune dans leurs yeux. J'ai senti une odeur qui ne ressemblait à rien de ce que j'avais senti jusqu'alors. C'étaient des gens qui avaient été précipités dans l'obscurité, des restes d'humains fixant leurs cauchemars, vêtus de chemises d'hôpital en tissu blanc trop léger, sous lequel leurs psychés ressortaient comme des côtes. C'étaient les braises d'un feu mourant. Où diable auraient-ils pu trouver un endroit où on les comprendrait ?

Les médecins marchaient d'un pas pressé d'aller dépouiller les patients de leurs rires déments. J'ai étudié le visage des infirmières : comment arrivaient-elles à travailler ici ? C'était des sadiques ou des saintes. Elles ne pouvaient être rien d'autre, mais pouvaient-elles être les deux ? Elles et les médecins semblaient fatigués : vider les têtes d'idées fausses est à l'évidence une affaire épuisante.

Je me suis demandé quelle chose humaine pouvait émerger de cet édifice de cauchemars violents et dire : « OK, maintenant, au boulot ! »

L'infirmière à la réception se tenait bizarrement immobile, une expression peinée sur le visage, comme si elle s'attendait à recevoir un coup de poing en pleine figure.

« Je m'appelle Jasper Dean et je viens voir Martin Dean.

— Vous êtes parent ? »

Comme je gardais le silence, elle a ajouté : « Je vais prévenir le Dr Greg.

— J'espère que c'est son nom de famille. »

Elle a décroché le téléphone et appelé le Dr Greg. J'ai scruté le visage de Mrs French pour voir si elle réagissait au fait que je ne m'étais pas nommé Kasper. Si elle m'avait entendu, elle n'en laissait rien paraître.

Deux minutes plus tard, le Dr Greg a débarqué, l'air malin, souriant comme quelqu'un convaincu d'être toujours apprécié, particulièrement à première vue.

« Je suis content que tu sois là. Ton père refuse de nous parler.

— Et ?

— Et je me demandais si tu pouvais venir nous aider.

— S'il ne veut pas vous parler, ça signifie qu'il se moque de ce que vous pensez. Ma présence n'y changera rien.

— Pourquoi se moque-t-il de ce que je pense ?

— Eh bien, vous lui avez probablement dit des choses du genre : "Nous sommes de votre côté, Mr Dean", et : "Nous sommes ici pour vous aider."

— Quel mal y a-t-il à cela ?

— Écoutez, vous êtes psychiatre, non ?

— Et ?

— Il a lu des livres écrits par vos prédécesseurs : Freud, Jung, Adler, Rank, Fromm, et Becker. Ce genre-là. Il faut le convaincre que vous êtes de la même étoffe.

— Mais je ne suis pas Freud…

— Et c'est bien votre problème. »

Mrs French a attendu à la réception pendant que je suivais le médecin à travers des couloirs sinistres et d'innombrables portes déverrouillées puis reverrouillées. Il a ouvert celle de papa. Il y avait un lit, un bureau, une chaise, et sur une assiette des morceaux à moitié mâchés d'une nourriture indéfinissable. Papa se tenait debout à la fenêtre, nous tournant le dos. C'était comme de voir un arbre nu en hiver.

« Martin, votre fils est venu vous voir. »

Lorsqu'il s'est retourné, j'ai hoqueté de surprise. On aurait dit qu'on lui avait retiré tous les os et muscles du visage.

« Bonjour », j'ai lancé, comme si nous nous voyions pour la première fois. Il s'est avancé avec l'air perdu d'une mère qui vient d'accoucher.

S'il avait fait vœu de silence, papa l'a enfreint à ma vue. « Jasper. Écoute. On ne peut jamais vraiment tuer ses anciens moi. Ils sont là dans une fosse commune, enterrés vivants l'un sur l'autre, attendant d'être ressuscités, et alors, parce qu'ils ont jadis été morts, ils te font te conduire comme un zombie, parce qu'eux-mêmes sont des zombies. Tu vois ce que je veux dire ? Tous tes anciens échecs qui se remettent à grouiller de vie ! »

J'ai jeté un coup d'œil au Dr Greg : « Vous vouliez qu'il parle. Eh bien, il parle. »

Papa a rentré la lèvre d'un air de défi. Je me suis approché et j'ai murmuré : « Papa il faut que tu sortes d'ici. Ils m'ont mis dans une famille d'accueil. C'est horrible. »

Il est resté silencieux. Le Dr Greg aussi. J'ai observé la pièce, et songé que c'était le pire environnement possible pour un esprit délabré parce qu'on y avait tout loisir de réfléchir. Si le mal de papa avait une cause, c'était la réflexion excessive, il s'était brisé le cerveau à trop penser. J'ai regardé de nouveau le Dr Greg : il était appuyé au bureau, comme s'il regardait une pièce de théâtre dans laquelle aucun des acteurs ne sait si c'est à son tour de donner la réplique.

« Tiens. Je t'ai apporté quelque chose », j'ai dit en tendant à papa le livre de mots croisés. Il m'a jeté un regard triste, l'a pris et s'est mis à l'étudier avec des petits « hum ».

« Un crayon », il a demandé dans un murmure éraillé, avançant la main sans lever les yeux.

J'ai fixé le Dr Greg jusqu'à ce qu'il sorte à contrecœur de sa poche de chemise un crayon qu'il m'a tendu aussi délicatement que si c'était une machette. Je l'ai remis à papa. Il a ouvert le livre et a commencé à explorer le premier labyrinthe. J'ai cherché quelque chose à dire, mais je n'ai trouvé que : « Je t'en prie », bien qu'il ne m'ait pas dit merci.

« C'est fait, il a commenté pour lui-même une fois qu'il a eu terminé.

— Martin », a dit le Dr Greg. Papa a tressailli, tourné la page, et s'est attaqué au deuxième labyrinthe. D'où j'étais assis, le livre était à l'envers, et regarder papa me donnait le tournis.

Après une minute, il a dit : « Trop facile », a tourné la page, et entrepris le troisième labyrinthe. « Ils deviennent plus difficiles à mesure qu'on avance », il a déclaré à la cantonade.

Il s'attaquait maintenant aux mots croisés de manière compulsive. Le Dr Greg m'a lancé un regard comme pour dire : « Quelle idée de donner à un homme qui a l'esprit confus une collection d'énigmes ? », et j'ai reconnu que j'aurais mieux fait de suivre ma première idée en achetant un magazine porno.

« Eddie m'a dit que tu pourrais revenir travailler quand tu serais prêt », j'ai annoncé.

Sans lever la tête, papa a répondu : « Fils de pute.

— Il est plutôt gentil avec toi, je trouve, si on pense que tu as détruit son club.

— Le jour où je l'ai rencontré à Paris, il m'a donné de l'argent et il m'a proposé un boulot. Puis il m'a trouvé un boulot. Et ensuite il m'a suivi en Australie et m'a donné de l'argent pour te nourrir. Pas beaucoup, cent dollars par-ci, cent dollars par-là, mais il continue à m'aider.

— On dirait que vous avez un très bon ami, a fait le Dr Greg.

— Qu'est-ce que vous en savez ? » a répliqué papa d'un ton brusque.

Assez bavardé. Je me suis approché de papa et lui ai de nouveau murmuré à l'oreille : « Papa, il faut que tu sortes d'ici. Ils m'ont mis dans une famille d'accueil. » Sans un mot, papa a sélectionné le dernier labyrinthe du livre et entrepris de s'y frayer un chemin. « C'est dangereux. Un type m'a fait des avances », j'ai menti.

Il est demeuré muet, se contentant de faire une grimace de contrariété, pas à cause de mon mensonge de mauvais goût mais du problème qu'il n'arrivait pas à résoudre.

« Martin, a demandé le Dr Greg de sa voix enjouée, vous ne voulez pas regarder votre fils ?

— Je sais à quoi il ressemble. »

Il était clair que l'atterrante médiocrité du Dr Greg suffoquait papa. Ce médecin parcourait le terrain dépourvu d'éclairage de l'esprit de papa avec des bottes boueuses, écrasant tout, ne comprenant rien. Comme je disais, papa voulait être examiné par un Freud ou un Jung et, preuve que son esprit était dérangé, il s'attendait à ce qu'un génie méconnu de tous languisse ici dans ce taudis d'État.

Il était toujours empêtré dans le dernier labyrinthe. Son crayon s'y promenait, mais il ne cessait de tomber sur des impasses. « Qu'est-ce qui se passe, bordel ? » Il grinçait si fort des dents que nous l'entendions.

« Martin, pourquoi est-ce que vous ne posez pas ce livre pour parler à votre fils ?

— Ta gueule ! »

Soudain, papa s'est redressé et a tapé du pied. Il a saisi une chaise et l'a tenue au-dessus de sa tête, inspirant si profondément que tout son corps s'est soulevé. « Sortez-moi d'ici à l'instant ! il a hurlé en agitant la chaise.

— Posez-la ! a crié le Dr Greg. Jasper, n'aie pas peur.

— Je n'ai pas peur, j'ai dit, même si j'avais un peu peur. Papa, ne fais pas l'imbécile. »

Puis les renforts sont arrivés comme dans les films. Un infirmier est entré en courant, a saisi papa et l'a plaqué sur la table. Un autre m'a empoigné et poussé hors de la pièce. Je voyais toujours papa à travers le judas. Les infirmiers l'avaient immobilisé sur la table et étaient en train de lui planter une aiguille dans le bras. Il donnait des coups de pied et hurlait toujours ; ce qu'il y avait dans cette aiguille prenait son temps. Le métabolisme rétif et survolté de papa était lent à réagir, son agitation bien trop électrique. Puis je n'ai plus vu son visage que me cachait une infirmière, et je me suis dit que quand l'apocalypse arriverait il y aurait sûrement quelqu'un avec une coiffure volumineuse debout devant moi. Enfin, l'infirmière a bougé et j'ai aperçu papa tout bavochant et somnolent. Les médicaments le propulsaient dans l'ambivalence. Lorsque, quelques spasmes plus tard, il a sombré dans un sommeil bienheureux, le Dr Greg est venu me parler. Son visage était rouge et suant, et j'ai détecté un léger air d'allégresse derrière ses yeux, comme s'il se disait : « Et voilà le travail ! »

« Vous ne pouvez pas le garder ici !

— En fait, si. »

Il m'a montré des papiers. Il y avait tout un tas de charabia technique. Je n'y ai rien compris. C'était très ennuyeux. Même la police de caractères était barbante.

« Bon. Qu'est-ce qu'il faut faire pour qu'il sorte ?

— Il a besoin d'être mieux qu'il n'est actuellement.

— Eh bien, merde, vous pouvez être plus précis ?

— Plus équilibré. Nous devons être sûrs qu'il ne va pas nuire, à lui-même, ou à toi, ou à quiconque.

— Et comment avez-vous l'intention de faire ça ? Soyez précis, maintenant.

— En l'amenant à me parler. Et en lui administrant un traitement destiné à maintenir sa stabilité.

— Tout ça m'a l'air de prendre du temps.

— Ça ne va pas se faire du jour au lendemain.

— Alors, combien de temps ? Une estimation.

— Je ne sais pas, Jasper. Six mois ? Un an ? Deux ans ? Regarde-le… Ton père est bien bas.

— Et moi, qu'est-ce que je suis censé faire, bordel ? Vivre dans un foutu orphelinat ?

— Tu n'as pas de parents qui peuvent s'occuper de toi ?

— Non.

— Des oncles ou des tantes ?

— Morts.

— Des grands-parents ?

— Morts ! Morts ! Tout le monde est mort, putain !

— Je suis désolé, Jasper. Ce n'est pas une chose qui peut se régler rapidement.

— Il va falloir.

— Je ne vois pas comment.

— C'est parce que vous êtes un imbécile », et j'ai filé dans le couloir, sans m'arrêter pour écouter les gémissements bruyants qui provenaient des deux côtés. À la réception, Mrs French examinait studieusement ses ongles comme quelqu'un qui n'aime pas être laissé seul à ses pensées. Ces ongles étaient une échappatoire. Je l'ai laissée en leur compagnie et me suis dirigé à pas silencieux vers l'ascenseur. Tandis que je descendais, j'ai songé à tous les gens que j'avais entendus se qualifier pompeusement de fous et je leur ai souhaité beaucoup beaucoup et beaucoup de malchance.

J'ai pris le bus pour rentrer chez moi. Les passagers avaient l'air aussi fatigués que je me sentais épuisé intérieurement. J'ai réfléchi à mon problème : cet hôpital, plutôt que de mener à la santé, ne ferait qu'accélérer le délabrement du corps, de l'esprit et de l'âme. Si papa devait guérir, il fallait qu'il sorte de là, mais pour sortir de là, il fallait qu'il aille bien. Pour qu'il aille bien, il fallait que je découvre exactement ce qui l'avait fait tomber malade, les moyens par lesquels il s'était rendu inutile.

De retour à l'appartement, je me suis mis à la recherche de carnets plus récents. J'avais besoin d'une idée, et il n'y avait pas de manuel qui puisse m'être de meilleure aide que celui que papa avait lui-même écrit. Mais je ne les ai pas trouvés. Ni dans sa penderie, ni sous son lit, ni cachés dans des sacs en plastique au-dessus des toilettes – aucune de ses planques habituelles. Après une heure de mise à sac, j'ai dû admettre qu'ils n'étaient pas dans l'appartement. Qu'en avait-il fait ? J'ai de nouveau mis la chambre sens dessus dessous, ce qui a eu pour seul résultat de la faire passer d'un état de chaos à un autre. Épuisé, je me suis allongé sur son lit. L'effondrement de papa empuantissait l'atmosphère, et j'ai fait de mon mieux pour éviter de penser que ce n'était pas le début d'une fin, mais la véritable, définitive et conclusive fin – la fin de la fin.

Sur la table de nuit de papa se trouvait une carte postale d'Anouk, avec « Bali » imprimé en grosses lettres rouges sur une photo représentant la récolte du riz. Au verso, elle avait écrit : « Vous avez besoin de vacances tous les deux », rien de plus. Effectivement.

Je me suis mis sur le dos. Mon crâne a heurté quelque chose de dur dans l'oreiller. Je l'ai secoué, et un carnet noir est tombé ! Il y avait cent quarante pages, toutes numérotées. OK, j'étais le seul à pouvoir libérer papa, et ce carnet allait me dire comment. Le problème était que pénétrer dans l'univers mental de mon père impliquait un certain danger, parce que sa pensée était de celles qui se referment sur vous, non pas lentement et subrepticement, mais aussi rapidement que le claquement d'un piège à ours rouillé. Ma défense consisterait à faire une lecture ironique de ce carnet. Avec cela à l'esprit, j'ai pris mon courage à deux mains et commencé.

Ç'a été – ce qui ne m'a pas surpris – une expérience profondément inconfortable, ainsi que doivent l'être tous les voyages dans la dissolution et la folie. Je l'ai lu entièrement deux fois. Il y avait des frustrations d'ordre général, comme page 88 :

> J'ai trop de temps libre. Le temps libre fait penser, penser provoque un égocentrisme morbide ; et à moins d'être étanche et sans défaut, l'égocentrisme excessif mène à la dépression. C'est pourquoi la dépression est la deuxième maladie au monde, derrière la fatigue visuelle due à la pornographie sur le Net.

et des observations dérangeantes me concernant, comme page 21 :

> Pauvre Jasper. Tandis que je le regarde dormir tout en faisant semblant de lire, je ne pense pas qu'il ait déjà conscience que chaque jour son tas de minutes diminue. Peut-être devrait-il mourir quand je mourrai ?

et des observations le touchant :

> Mon problème est que je ne peux pas me résumer en une phrase. Tout ce que je sais, c'est ce que je ne suis pas. Et j'ai remarqué qu'il existe un accord tacite chez la plupart des gens selon lequel ils essaieront au moins de s'ajuster à leur environnement. J'ai toujours ressenti le besoin de me rebeller contre cela. C'est pourquoi, quand je suis au cinéma et que l'écran s'obscurcit, je suis saisi par l'impulsion irrésistible de lire un livre. Heureusement, j'ai une lampe de poche.

Les pensées les plus fréquentes étaient le désir de papa de se cacher, d'être seul, isolé, de n'être pas importuné par le bruit et les gens. Le délire paternel habituel. Mais, chose surprenante, il y avait aussi les indices d'une mégalomanie que je ne lui avais jamais entendu exprimer auparavant. Des passages dans son carnet faisaient allusion à un désir de dominer et de changer le monde – cela semblait être une évolution de ses pensées obsessionnelles – qui jetait une lumière nouvelle sur son besoin habituel de solitude. Je comprenais maintenant que c'était un désir d'avoir un quartier général isolé où il pourrait préparer son attaque. Il y avait, par exemple, ceci :

> On ne peut pas faire un voyage symbolique en appartement. Il n'y a rien de métaphorique dans le fait d'aller à la cuisine. Il n'y a rien à monter ! Rien à descendre ! Pas d'espace ! Pas de verticalité ! Pas de cosmicité ! Il nous faut une maison spacieuse et aérée. Il nous faut des coins et des recoins et des trous et des soupentes et des escaliers et des caves et des greniers. Il nous faut des secondes toilettes. L'idée essentielle importante qui me fera passer d'Homme pensant à Homme agissant est impossible à appliquer ici. Les murs sont trop proches de ma tête, et les distractions trop nombreuses – le bruit de la rue, la sonnerie de la porte, le téléphone. Jasper et moi devons aller habiter le bush pour que je puisse préparer ma tâche majeure qui est encore à l'état embryonnaire. Moi aussi je suis à l'état embryonnaire. Je suis un homme à mi-chemin, et j'ai besoin d'un endroit de concentration intense si je dois murmurer dans une oreille d'or les mots qui changeront la face de ce pays.

et ceci :

> Emerson avait vu juste ! « Dès l'instant où nous rencontrons quelqu'un, chacun devient une partie », a-t-il déclaré. C'est mon problème. Je suis un quart de celui que je devrais être ! Peut-être même cinq huitièmes. Il a ajouté : « Les voix que nous entendons dans la solitude s'affaiblissent et deviennent faibles et inaudibles à mesure que nous entrons dans le monde. » C'est exactement mon problème : je ne m'entends pas ! Il a dit aussi : « Il est aisé dans le monde de vivre selon l'opinion du monde ; il est aisé dans la solitude de vivre selon sa propre opinion ; mais le grand homme est celui qui au beau milieu de la foule conserve avec une parfaite douceur l'indépendance de la solitude. » J'en suis incapable !

Et puis, lors de ma seconde lecture, j'ai découvert une phrase qui était si terriblement juste que je me suis écrié : « Ha-ha ! », chose que je n'avais jamais dite auparavant et n'ai jamais dite depuis. Elle était page 101 :

> Pendant la Révolution française, tous les asiles étaient vides. Les fous avaient soudain trouvé un sens à leur vie.

J'ai refermé le carnet, suis allé à la fenêtre, et j'ai regardé les rues tortueuses et la ligne des toits et ensuite, mon regard s'est élevé vers le ciel, les nuages qui y dansaient. J'avais l'impression d'avoir donné jour à une nouvelle source de force dans mon corps. Pour la première fois de ma vie, je savais exactement ce que j'avais à faire.

J'ai pris le bus pour aller chez Eddie et emprunté l'étroite allée serpentant dans une jungle de fougères exotiques jusqu'à sa maison en grès. Je n'ai pas entendu le bruit de la sonnette. Eddie devait s'être fait beaucoup d'argent avec ses clubs de strip-tease – il n'y a que les riches qui peuvent se permettre d'amortir le bruit ainsi ; le silence est dû à l'épaisseur de la porte, et plus vous avez d'argent, plus votre porte est balèze. Ainsi va le monde. Les pauvres maigrissent et les riches grossissent.

Eddie a ouvert la porte tout en passant dans ses rares cheveux un peigne dont tombait abondamment un gel odorant. Je suis allé droit au but.

« Pourquoi est-ce que tu es toujours aussi bon pour mon père ?

— Qu'est-ce que tu veux dire ?

— Tu n'arrêtes pas de lui donner de l'argent, de l'aide et de la gentillesse. Pourquoi ? Papa dit que ça a commencé le jour où vous vous êtes rencontrés à Paris.

— Il a dit ça ?

— Oui.

— Eh bien, je ne comprends pas – qu'est-ce que tu veux savoir ?

— Cette générosité. Qu'est-ce qu'il y a derrière ? »

Le visage d'Eddie était tendu. Il a fini de se peigner tout en cherchant ses mots.

« Et pendant que tu réponds à celle-là, réponds aussi à celle-ci : pourquoi tu n'arrêtes pas de nous prendre en photo ? Qu'est-ce que tu nous veux ?

— Je ne veux rien.

— Donc, ce n'est que de la simple amitié.

— Bien sûr.

— Alors, tu pourrais nous donner un million de dollars.

— C'est trop.

— Bon, combien tu peux trouver ?

— Peut-être, je ne sais, pas, un sixième de ça.

— Ça fait combien ?

— Je ne sais pas.

— Eh bien, papa a des économies, et je ne sais pas combien il a, mais ça ne suffira pas.

— À quoi ?

— À l'aider.

— Jasper, tu as ma parole. Tu auras tout ce que je pourrai faire, ou te donner.

— Donc, tu vas nous donner le sixième d'un million de dollars ?

— Si ça peut t'aider toi et ton père.

— Tu es fou.

— Ce n'est pas moi qui suis à l'hôpital, Jasper. »

Je m'en suis soudain voulu de harceler Eddie. C'était vraiment quelqu'un de rare, et il était clair que leur amitié signifiait beaucoup pour lui. J'avais même l'impression qu'il pensait qu'elle avait une qualité spirituelle profonde qui n'était en rien diminuée par le fait que de temps à autre papa ne pouvait pas le blairer.

Quand je suis retourné à l'hôpital, papa était sanglé sur son lit dans la même chambre vert olive. Je me suis penché sur lui. Ses yeux roulaient dans leurs orbites comme des billes lancées dans une tasse. J'ai murmuré à son oreille. Je n'étais pas sûr qu'il écoutait, mais je n'en ai pas moins murmuré à m'enrouer. Ensuite, j'ai tiré la chaise près de lui, posé la tête sur son ventre qui bougeait au rythme de sa respiration et je me suis endormi. À mon réveil, j'ai réalisé que quelqu'un avait placé une couverture sur moi et qu'une voix rauque parlait. Je ne sais pas quand papa avait commencé à monologuer, mais il était déjà au milieu d'une phrase.

« ... c'est pour ça qu'on disait que l'architecture était comme de reproduire l'univers, et que toutes les églises et monastères s'attelaient à la tâche divine qui consiste à copier le paradis.

— Quoi ? Qu'est-ce qui se passe ? Ça va ? »

Je ne voyais que la forme bizarre de sa tête. Il faisait des efforts pour la tenir droite. Je me suis levé, j'ai allumé la lumière et ôté les courroies.

Il a tourné la tête de droite et de gauche, faisant craquer son cou.

« Nous allons construire un monde, Jasper, un monde à nous et où personne ne pourra entrer sans notre invitation.

— Nous allons construire un monde à nous ?

— Eh bien, une maison. Tout ce que nous avons à faire, c'est la dessiner. Qu'est-ce que tu penses de ça ?

— Je pense que c'est formidable.

— Et tu sais quoi, Jasper ? Je veux que ce soit ton rêve à toi aussi. Je veux que tu m'aides. Je veux que tu y mettes du tien. Je veux tes idées.

— OK. Ouais. Génial. »

Ça avait marché. Dans sa tempête de sable, papa avait découvert un nouveau projet. Il avait décidé de construire une maison.

V

Suivant ses instructions, j'ai acheté tous les livres sur la théorie et l'histoire de l'architecture que j'ai pu trouver, y compris de gros volumes traitant des constructions animales telles que les nids d'oiseaux, les barrages de castors, les nids d'abeilles et les trous d'araignées. Il s'est saisi des livres avec ravissement. Nous allions construire un conteneur pour nos âmes moisies !

Le Dr Greg est entré et a remarqué les piles de littérature architecturale. « Qu'est-ce qui se passe ici, hein ? »

Avec fierté, papa lui a fait part de son idée.

« Le Grand Rêve australien, a commenté le docteur.

— Pardon ?

— J'ai dit : vous allez poursuivre le Grand Rêve australien. Excellente idée.

— Qu'est-ce que vous voulez dire ? Il y a un rêve collectif ? Comment se fait-il que personne ne m'en ait parlé ? Qu'est-ce que c'est, redites-moi ?

— Avoir sa maison à soi.

— Avoir sa maison à soi. C'est *ça* le Grand Rêve australien ?

— Vous le savez bien.

— Attendez une minute. Est-ce que nous ne nous sommes pas juste approprié le Grand Rêve américain en changeant seulement le nom du pays ?

— Je ne crois pas, a répondu le Dr Greg, l'air préoccupé.

— Puisque vous le dites », a conclu papa, levant les yeux au ciel à notre intention.

Une semaine plus tard, je suis retourné à l'hôpital. Les livres étaient ouverts, et les pages arrachées et éparpillées dans toute la chambre. Sentant une présence, papa a levé la tête comme on hisse une voile. « Content de te voir. Qu'est-ce que tu penses de représenter le paradis symbolique de la matrice, une maison énorme et scintillante, et de nous enterrer à l'intérieur pour pouvoir pourrir tranquillement ?

— Ça me paraît bien, j'ai dit, débarrassant la chaise d'une pile de livres afin de m'asseoir.

— Dis-moi s'il y a quelque chose qui te tente là-dedans : château français, cottage anglais, villa italienne, château fort allemand, simplicité paysanne.

— Pas vraiment.

— Mais la simplicité géométrique, oui ? Fondamentalement simple, dépouillé, criard, prétentieux et vulgaire sans être abominablement dénué de goût.

— Ce que tu voudras.

— Surtout, je ne veux rien d'angulaire, donc peut-être qu'elle devrait être ronde.

— Bonne idée.

— Tu trouves ? Ça te plairait de vivre dans un orbe ?

— Oui, ça me paraît formidable.

— Ce que nous voulons, c'est nous fondre dans l'environnement naturel. Une synthèse organique, voilà ce que nous cherchons. Et à l'intérieur, je pense à deux chambres, deux salles de bains, un living, une cuisine, et une chambre noire, pas pour développer des photos, juste pour pouvoir rester assis dans le noir. Maintenant, quoi d'autre ? Parlons du seuil.

— Du quoi ?

— Le portail.

— Tu veux dire la porte ?

— Combien de fois devrai-je le dire ?

— Juste une suffirait. »

Les yeux de papa se sont rétrécis en minces fentes et les coins de sa bouche se sont affaissés. « Si tu dois être comme ça, on laisse tout tomber. Qu'est-ce que tu dirais de vivre dans une grotte ?

— Une grotte ?

— Je croyais que nous étions d'accord pour vivre dans un symbole utérin.

— Papa...

— Et si nous vivions dans le tronc d'un vieil arbre, comme Merlin ? Ou attends. Je sais. Nous pourrions construire des plates-formes dans les arbres. Qu'est-ce que tu en penses, Jasper... Est-ce que nous sommes des habitants des arbres ?

— Pas vraiment.

— Depuis quand refuses-tu de vivre dans une sensualité feuillue ? »

Le Dr Greg était entré. Il nous reluquait comme un juge de la Cour suprême surveillerait deux néonazis en train de laver sa voiture à un feu rouge.

« Papa, et si on avait juste une maison ordinaire ? Juste une brave maison normale et ordinaire...

— Tu as raison. Nous n'avons pas besoin d'être excessifs. OK. Qu'est-ce que tu préfères ? Une maison ordinaire cubique ou une maison ordinaire cylindrique ? »

J'ai soupiré. « Cubique.

— Tu as déjà vu la tour de Samara, en Irak ?

— Non. Et toi ?

— Bon. Voici un dilemme structurel qu'il nous faut régler. Je veux entendre l'écho de mes pas, mais je ne veux pas entendre les tiens. Que faire ?

— Je ne sais pas.

— Très bien. Parlons plafonds. Tu veux des plafonds hauts ?

— Bien sûr. Qui voudrait des plafonds bas ?

— Pour se pendre. OK ? Attends un peu. Voyons voir... » Papa a fouillé dans ses livres. « Tipi ?

— Allez, papa, qu'est-ce qui est arrivé à ton cerveau ? Tu dérailles.

— Tu as raison. Tu as raison. Nous devons nous concentrer. Nous devons être raisonnables. Nous devons être logiques. Donc soyons logiques. Quels sont les objectifs inhérents à la conception d'une maison ? Satisfaire nos besoins physiques. Manger, dormir, chier et baiser. Ce qui se traduit en confort, utilité, efficacité. Mais nos besoins psychiques – les mêmes, en réalité ? Au fond, je ne vois pas pourquoi nous devrions nous séparer de l'homme primitif qui est en nous. Notre but devrait être d'exister dans un climat compatible et de nous protéger des prédateurs.

— Formidable.

— Rappelle-toi seulement que la forme de notre habitat aura une influence énorme sur notre comportement. Il faut qu'on soit malin. Que dirais-tu d'un igloo ?

— Non.

— Une maison à roulettes ! Un pont-levis ? Des douves !

— Non ! Papa ! Tu déconnes !

— OK ! OK ! Comme tu voudras. Nous allons faire quelque chose de simple. La seule chose qui me tient vraiment à cœur, c'est que notre maison colle parfaitement au vieux proverbe italien.

— Quel proverbe ?

— Que la meilleure protection consiste à se tenir hors de portée. »

De toute évidence, cette entreprise était en train de foirer. Le Dr Greg a assisté silencieusement à la fin de cette séance de brainstorming et aux suivantes, le regard évaluateur derrière ses paupières mi-closes. Papa s'était illuminé d'idées, mais il était malencontreusement passé de maniaco-dépressif à obsessionnel compulsif.

Entre-temps, j'ai décidé de jouer le jeu du bon orphelin provisoire et je suis retourné dans la maison pour enfants perdus. Cela n'était pas bête, car si j'avais pris la fuite ils m'auraient attendu chaque fois que je rendais visite à papa, et s'introduire subrepticement dans un asile de fous est tout aussi difficile que d'en sortir de la même façon. Il fallait aussi que je retourne à l'école. Mrs French m'emmenait le matin en voiture, et j'évitais scrupuleusement de parler à qui que ce soit du pétage de plombs de papa ou du fait que lui et moi vivions séparément dans des endroits pour cinglés. Le contraire aurait signifié que j'acceptais la réalité. Je me suis comporté comme si tout était normal. Évidemment, le retour de l'école l'après-midi était un cauchemar, même si absolument personne ne tentait d'abuser sexuellement de moi d'aucune façon et s'il ne se passait rien d'intéressant, sinon que, ayant fini par céder à la curiosité qui me rongeait, j'écoutais les histoires de chacun, qui étaient bien pires que la mienne. Ainsi, ces malheureux enfants abandonnés m'ont privé de mon apitoiement sur moi-même. C'est alors que j'ai touché le fond. Sans la possibilité de pleurer sur mon sort, il ne m'est plus rien resté.

Et, pire, de temps à autre ces idiots à l'hôpital laissaient papa téléphoner. Il m'a fallu supporter des conversations telles que celle-ci :

Ma voix : Allô ?

La voix de papa : Voici un dilemme spatial : comment arranger la maison afin qu'elle soit confortable pour nous, mais qu'elle décourage les invités de rester plus de quarante-cinq minutes ?

La mienne : Sais pas.

Celle de papa : Jasper ! C'est un exercice difficile ! On ne blague pas ! Quelque chose qui reflète ma personnalité ? Non, mon dilemme, mon mensonge, qui est, évidemment, ma personnalité. Et la couleur. Je la veux blanche ! D'un blanc aveuglant !

La mienne : S'il te plaît, on ne peut pas faire quelque chose de simple ?

Celle de papa : Je suis tout à fait d'accord avec toi. Nous voulons quelque chose de simple qui puisse être érodé par les éléments. Nous ne voulons pas quelque chose de plus durable que nous.

La mienne : OK.

Celle de papa : Un espace ouvert. Non, ça décourage l'intimité. Non, attends, je veux ça. Je veux...

Long silence.

Ma voix : Papa ? Tu es là ?

Celle de papa : Une arène ! Une cathédrale gothique ! Une masure en terre !

La mienne : Tu prends tes médicaments ?

Celle de papa : Et pas de dessus de cheminée ! Ça me fait toujours penser à des urnes avec des cendres dedans.

La mienne : OK ! Mon Dieu !

Celle de papa : Qu'est-ce que tu préfères, une terrasse ou une véranda ? Quelle est la différence, de toute façon ? Allez, je m'en fous. Nous aurons les deux. Et je vais te dire autre chose : les détails ornementaux peuvent aller se faire voir. Les détails ornementaux, c'est nous !

Quand je raccrochais, je me maudissais d'avoir mis papa sur ce que je jugeais être une piste catastrophique de plus. Ces conversations ne m'ont certainement pas préparé au changement brutal qui a suivi.

Un jour, j'ai constaté, surpris, que papa avait soigneusement empilé les livres. Toutes les pages de gribouillis avaient été jetées, et quand je me suis assis dans cette chambre bizarrement organisée, il m'a tendu une feuille de papier sur laquelle se trouvait un projet épouvantablement normal pour une maison épouvantablement normale. Pas de douves, de pont-levis, d'igloos ou de stalagmites. Pas d'arènes, de toboggans intérieurs, de tranchées ou de grottes sous-marines. Juste une maison normale. La construction était claire et simple : une structure carrée classique avec un séjour central et plusieurs pièces autour. Je pourrais même affirmer qu'elle résumait la culture nationale, jusqu'à la véranda qui l'entourait.

Il avait enfin vu clairement sa situation : pour bâtir sa maison il devait sortir, et pour sortir il devait convaincre les autorités qu'il était de nouveau en bonne santé mentale et adapté à la société. Il a donc joué la comédie. Ç'a dû être extraordinairement éprouvant pour lui d'utiliser toute son énergie à faire semblant d'être normal. Il s'est donné à fond, parlant du Grand Rêve australien, de taux d'intérêt, de remboursements d'hypothèques, de sport, et du travail qu'il espérait trouver. Il s'est indigné de ce qui indignait ses concitoyens : les fellations aux ministres payées par le contribuables, l'avidité des grosses sociétés, le fanatisme des environnementalistes, les arguments logiques et les juges cléments. Il a été si convaincant dans son portrait de M. Tout-le-monde que le Dr Greg bouffi de contentement à la fin de chaque séance a avalé chaque gouttelette des foutaises suées à son profit par mon père.

C'est ainsi que, quatre mois après son entrée à l'hôpital, il a été libéré. Papa et moi sommes allés chez Eddie chercher notre prêt. En fait, papa a demandé : « Alors, tu as l'argent ? » et Eddie a répondu : « Oui. »

« Je te le rendrai, a dit papa, après un silence gêné. Le double, je te rendrai le double.

— Martin, ne t'en fais pas pour ça.

— Eddie, tu sais ce que Nietzsche disait de la gratitude…

— Non, Marty.

— Il disait qu'un homme endetté souhaite la mort de son bienfaiteur.

— OK. Tu me le rendras. »

Après notre départ de chez Eddie, papa a déchiré son dessin de maison modèle.

« Qu'est-ce que tu fais ?

— C'était une supercherie. C'était juste pour que ces salopards croient que je suis normal, il a déclaré en riant.

— Mais tu vas mieux maintenant, non ?

— Ouais. Je me sens bien. Cette idée de maison m'a vraiment remis en selle.

— Alors, si celui-ci était une supercherie, où est le vrai dessin de notre maison ?

— Il n'y en a pas. Écoute, pourquoi s'emmerder à construire notre maison ? C'est se mettre martel en tête pour des prunes.

— Alors, on ne va pas avoir de maison ?

— Si. On va juste en acheter une.

— OK. Ouais. Ça me semble une très bonne idée, papa. On va acheter une maison.

— Et puis on va la cacher », il a précisé, avec un tel sourire d'orgueil que j'ai enfin compris pourquoi l'orgueil est l'un des sept péchés capitaux. Son sourire dégageait même une telle puissance répulsive que je me suis demandé pourquoi l'orgueil n'aurait pas pu constituer les sept à la fois.

VI

Papa m'a raconté que l'idée était arrivée tout d'une pièce, complètement formée : nous allions acheter une maison et la cacher dans un labyrinthe. Elle lui était venue durant un jeu d'association verbale avec le Dr Greg.

« Santé.

— Maladie.

— Boule.

— Testicule.

— Idées.

— Complexité.

— Foyer.

— Maison. Cachée dans un labyrinthe conçu par mes soins que je construirai dans une grande propriété dans le bush.

— Quoi ?

— Rien. Il faut que je retourne un moment dans ma chambre. On peut reprendre plus tard ? »

Et pourquoi papa a eu cette idée ? Peut-être parce que les labyrinthes ont toujours été une métaphore facile pour l'âme, ou la condition humaine, ou la complexité d'un processus, ou les voies qui mènent à Dieu ? Je juge ces hypothèses trop profondes, et si je sais une chose, c'est que les hommes ne font pas les choses pour des raisons profondes – les choses qu'ils font sont parfois profondes, mais leurs raisons ne le sont pas. Non, c'est moi qui dois avoir inspiré ce plan ridicule en lui offrant ce stupide bouquin de labyrinthes. L'incapacité de résoudre une énigme enfantine l'a mis dans une telle fureur qu'elle a dû se loger dans son cerveau, et quand l'idée de dessiner et de construire une maison est venue, elle a fusionné avec l'idée du labyrinthe ou s'est enroulée autour, se confondant de sorte que les deux idées n'ont plus fait qu'une.

« Papa… Est-ce qu'on ne peut pas acheter une maison comme tout le monde sans la cacher ?

— Nan. »

Personne n'a pu le persuader du contraire, ni moi ni Eddie et surtout pas le Dr Greg, qui a appris la vérité quand papa est retourné faire un check-up. Il a dit à papa en termes sans ambiguïté que le labyrinthe n'était pas le Grand Rêve australien, ce qui est tout à fait juste, ça ne l'est pas ; mais à la fin personne ne s'est vraiment élevé contre son projet, parce que personne à part moi n'a cru qu'il le réaliserait vraiment.

Nous avons visité des propriétés un peu partout en dehors de Sydney, et chaque fois il a fait le tour du périmètre à toute vitesse, explorant le terrain, approuvant de la tête les arbres, l'espace et le potentiel de solitude. Les maisons elles-mêmes semblaient sans importance, et il n'y jetait qu'un coup d'œil superficiel. Colonial ? Fédération ? Victorien ? Moderne ? Cela lui était égal. Il fallait seulement que la maison soit entourée d'une brousse dense. Il voulait des arbres, des buissons et des rochers qui se fondent ensemble, une végétation si dense que même sans les haies d'un labyrinthe la nature soit presque impénétrable.

Tout en recherchant le site parfait, papa a accumulé des dizaines de labyrinthes de partout, depuis les livres de casse-tête jusqu'aux vieux manuscrits de l'Antiquité, de l'Égypte à l'Angleterre médiévale, les utilisant surtout pour s'en inspirer, ne se contentant pas de copier un dessin existant. Il a travaillé furieusement du crayon pour inventer une forme complexe qu'il reproduirait sur le terrain. Comme cela constituait sa première tentative importante pour changer l'univers grâce à son esprit, il était obsédé par la structure de la maison : non seulement il fallait qu'elle nous enferme dans la protection du labyrinthe, mais elle devait faire office de palais de la pensée, où il pourrait flâner et cogiter sans interruption – une base pour ses « opérations », quoi que cela signifie. Il voulait également des impasses et des passages où un intrus ou un « invité » serait obligé de faire plusieurs choix critiques entre les chemins, ce qui le mènerait à la désorientation et/ou à l'inanition et la folie. « Le chemin impraticable ! » est devenu sa nouvelle devise. « Bordel ! » la mienne. Pourquoi ? Ces dessins hantaient mes cauchemars. Il semblait que tous nos désastres futurs y étaient préfigurés, et que celui qui nous attendait dépendait de son choix. La nuit je m'absorbais dans les plans, tâchant d'y deviner les calamités qui nous menaçaient.

Un après-midi, nous sommes allés voir un terrain à une demi-heure au nord-ouest de la ville. On y accédait par une route privée, un long sentier en terre frétillant sur lequel la voiture cahotait à travers des bois calcinés dont les troncs carbonisés étaient un avertissement : habiter le bush, c'est habiter une zone de combats pendant un cessez-le-feu précaire.

La propriété semblait bâtie tout exprès pour l'objectif de papa : elle était dense, dense, dense. Des collines aux montées abruptes et aux descentes soudaines, des ravines tortueuses, de grands affleurements rocheux, des ruisseaux sinueux qu'il fallait traverser à gué, d'épaisses broussailles et une herbe qui montait jusqu'à la taille, dans lesquels on ne pouvait se déplacer que bottés. Nous nous sommes perdus à peine nous avons pénétré dans la propriété, ce que papa a interprété comme un bon signe. Depuis un terrain en pente douce, il a regardé la terre, les arbres, le ciel. Oui, il a même examiné le soleil. Il a regardé droit dedans. Il s'est tourné vers moi, le pouce en l'air. C'était le bon !

Malheureusement, la maison n'a été soumise à aucun examen. Moi, je l'aurais recalée sans pitié. Un vieux machin délabré, exposé à tous les vents – rien de plus qu'une classique boîte à chaussures à un étage. La moquette hirsute était épaisse et laide, et quand on traversait le living on avait l'impression de fouler une poitrine velue. La cuisine puait comme des toilettes. Les toilettes, couvertes de mousse, ressemblaient à un jardin. Le jardin était un cimetière de mauvaises herbes jaunies. L'escalier grinçait comme des os en train de sécher. La peinture du plafond avait séché à mi-bulles. Le couloir du premier rétrécissait à mesure qu'on avançait, si bien que son extrémité ressemblait presque à un point.

Pire que tout, pour aller à l'école il me faudrait faire un demi-kilomètre à travers le labyrinthe, puis emprunter notre longue route privée jusqu'à l'arrêt du bus qui m'emmènerait à la gare en vingt minutes, d'où le train me transporterait en quarante-cinq minutes jusqu'à la côte, où se trouvait mon école ; et le bus ne passait que trois fois par jour, une seule fois le matin, et si je le ratais, je le ratais. J'ai rejeté la suggestion que m'a faite papa de choisir une autre école, parce que je ne voulais pas prendre la peine de commencer une nouvelle collection d'ennemis. Entre deux petites brutes, celle qu'on connaît déjà est préférable.

Papa a signé les papiers l'après-midi même, et il m'a fallu accepter l'idée que cette démente sottise allait se réaliser. Je savais que je ne tiendrais pas longtemps en exil sur cette propriété, et que dans peu de temps il me faudrait partir et laisser papa seul, une pensée inconfortable qui me donnait un atroce sentiment de culpabilité. Je me demandais si lui aussi s'en rendait compte.

Il n'a pas perdu de temps pour embaucher les ouvriers, et le fait qu'il n'était pas le genre de type à se trouver sur un chantier (même si c'était le sien) ne l'a pas empêché de les exaspérer. Ils serraient les dents quand il montrait ses compositions gigantesques. Papa avait ajusté ses dessins afin que les labyrinthes s'adaptent à la configuration du paysage, et il a insisté pour qu'on préserve le plus d'arbres possible. Il avait réduit à quatre le nombre de ses labyrinthes, et plutôt que de n'en choisir qu'un, il les avait tous incorporés dans une partie de la propriété, de sorte que quatre énigmes aussi confondantes les unes que les autres devaient être appliquées de force au terrain : des labyrinthes dans des labyrinthes, et au centre notre maison plutôt ordinaire.

Je ne vais pas entrer dans les détails ennuyeux – les délimitations de zones, les permis de construire, le marquage des limites, les retards, les imprévus tels qu'averses de grêle et disparition de la femme de l'entrepreneur, imprévus sans rapport avec les autres, mais je dirai que les murs des labyrinthes ont été faits de haies, d'innombrables rochers, de pierres massives, de galets, de dalles de grès, de granite et de milliers et de milliers de briques. Comme papa éprouvait une immense défiance à l'égard des ouvriers, il a divisé ses dessins en plusieurs parties qu'il a confiées chacune à une équipe différente. Les hommes se sont fréquemment perdus parmi les innombrables allées et sentiers qui émergeaient, et Eddie s'est souvent joint à nos recherches. Il n'a pas manqué de photographier leurs visages irrités au moment où nous les retrouvions.

Mais peu à peu les hauts murs de pierre et les haies gigantesques ont été érigés, et la maison a été dissimulée. Une synthèse de maison et de coquille. Psychologiquement complexe. Complètement inaccessible. Nous y avons emménagé, victimes consentantes de l'imagination vaste et hasardeuse de papa.

À son retour de Bali, Anouk a pas été moins surprise qu'absolument furieuse d'avoir tout raté : le pétage de plombs, la famille d'accueil, l'hôpital psychiatrique et la construction de cet endroit monstrueux. Mais, chose incroyable, elle est revenue travailler comme si rien de tout cela n'était arrivé. Elle a fait installer par papa un interphone de sorte que lorsqu'elle ou un invité arrivait nous puissions le guider à travers le labyrinthe de notre propriété fortifiée. Jamais je ne comprendrai cette femme, mais si elle voulait faire la cuisine et le ménage dans un lieu d'incessantes errances, c'était son choix.

C'est donc là que nous avons vécu.

Coupés de tout, nous n'avions que les bruits du bush pour nous apaiser, nous stimuler et nous terrifier. L'air était différent, et j'ai été surpris : j'adorais le silence (contrairement à papa, qui a développé l'habitude de laisser la radio continuellement allumée). Pour la première fois, j'ai compris pourquoi le ciel commence à cinq millimètres du sol. Le matin, le bush avait l'odeur du meilleur déodorant, et je me suis rapidement habitué aux mystérieux mouvements des arbres, qui se soulevaient en rythme, comme un homme chloroformé. De temps à autre le ciel nocturne semblait inégal, plus proche par endroits, puis ramassé comme une nappe qu'on tire, puis soudain tendu. Je me levais pour voir des nuages bas en équilibre précaire sur le sommet des arbres. Parfois, le vent était si doux qu'on aurait dit qu'il sortait des narines d'un enfant, tandis qu'à d'autres moments il était si fort que les arbres paraissaient retenus à la terre par des racines aussi faibles qu'une bande de scotch double face.

J'ai senti que la promesse d'une catastrophe faiblissait, et même se brisait, et j'ai osé considérer d'un œil à nouveau optimiste nos avenirs qui mijotaient doucement.

Au cours d'une longue promenade une idée m'a envahi telle une coulée de boue : la différence la plus évidente entre mon père et moi, c'était que je préférais la simplicité alors qu'il préférait la complexité. Cela ne voulait pas dire que la plupart du temps je parvenais à obtenir la simplicité, ni même que je n'y parvenais jamais, mais seulement que je la préférais, tout comme papa aimait obscurcir tout ce qu'il pouvait, compliquant les choses jusqu'à ce qu'il ne puisse plus y voir clair.

Un soir, il se trouvait dans le jardin. C'était une nuit liquide et la lune était juste une tache floue.

J'ai dit : « À quoi tu penses ?

— C'est une surprise.

— Je n'aime pas les surprises. Je ne les aime plus.

— Tu es trop jeune pour…

— Je ne plaisante pas. Plus de surprises.

— Je ne vais pas chercher de nouveau boulot.

— Comment on va vivre ?

— On vivra très bien.

— Et la nourriture, et un toit ?

— Nous avons le toit. Eddie m'a dit qu'il n'était pas pressé que je le rembourse, et grâce à lui nous possédons cette propriété.

— Et Anouk ? Comment tu vas la payer ?

— Je lui donne la chambre du fond pour qu'elle y fasse un atelier. Elle veut un endroit où sculpter.

— Et la nourriture ? Qu'est-ce qu'on va faire pour la nourriture ?

— On va la faire pousser.

— Des steaks ? On va faire pousser des steaks ?

— Je pense à curer le bassin. »

Dans le jardin, il y avait un bassin en forme de huit avec de petits cailloux blancs tout autour. « Je pourrais y mettre des poissons.

— Merde, papa, je ne sais pas.

— Mais cette fois-ci c'est moi qui m'en occuperai, OK ? »

J'ai dit OK.

Comme promis, il a curé le bassin et y a mis trois poissons japonais rares. Ce n'étaient pas des poissons rouges. Ils étaient si gros qu'ils devaient arriver juste avant les grands requins blancs sur la liste des espèces, et papa leur donnait à manger une fois par jour, répandant les paillettes en demi-cercles comme pour une cérémonie en toute simplicité et en toute dignité.

Un mois ou deux plus tard, j'étais dans la cuisine avec Anouk et j'ai vu papa qui puisait dans une bassine de grosses cuillerées d'une substance blanche qu'il jetait dans l'étang. Il sifflotait d'un air joyeux.

Anouk a pressé son visage contre la vitre, puis m'a lancé, stupéfaite. « C'est du chlore.

— Eh bien, ça ne peut pas être bon pour les poissons.

— MARTIN ! » a crié Anouk à travers la vitre. Papa s'est tourné vivement, l'air perplexe. On voyait sur son visage, même à cette distance, que l'homme avait goûté le délabrement de son esprit et que ce goût n'avait pas quitté sa bouche. « QU'EST-CE QUE TU FAIS, ESPÈCE DE GRAND BÊTA ? » Papa a continué de la regarder comme si c'était une marionnette en bois qu'il avait fabriquée et qui le surprenait en parlant.

Nous sommes sortis en hâte. Trop tard. Nous avons regardé tous trois les poissons morts qui gisaient sur le côté, les yeux exorbités par l'incrédulité.

« Tu sais quel est ton problème ? a demandé Anouk.

— Oui, a répondu papa d'une voix douce. Je crois savoir. »

Ce soir-là, j'étais transi de froid. Le feu était en train de mourir, je suis donc monté me coucher tout habillé avant d'entasser des couvertures sur moi. Mais de mon lit, j'ai aperçu une douce lueur qui émanait du jardin. Je suis allé regarder par la fenêtre. Papa, en pyjama, tenait une lampe à kérosène qui se balançait dans l'obscurité.

Il faisait son deuil des poissons. Jusqu'à regarder ses mains, en signe théâtral de culpabilité. On aurait dit un étudiant en train de jouer

Macbeth. Je l'ai observé un moment, le fin croissant de lune jetant une pâle lumière sur son mini-royaume. Le vent filait à travers les arbres. Les cigales chantaient leur chanson monotone. Papa jetait des pierres dans le bassin. Je me sentais écœuré, mais je n'arrivais pas à détourner les yeux.

J'ai entendu un bruit derrière moi.

Il y avait quelque chose dans ma chambre : une chauve-souris, un opossum ou un rat. Je ne pourrais pas m'endormir avant qu'il ait été tué ou enlevé. Je savais que je resterais allongé dans le noir à attendre la sensation de dents pointues et irrégulières sur mes orteils. Telle était notre nouvelle maison, un endroit où de la plus petite fissure, des moindres fentes et orifices, une chose vivante sortait en rampant.

Je suis descendu m'étendre sur le canapé tout juste quand papa revenait du jardin.

« Je vais dormir ici cette nuit. »

Il a hoché la tête et cherché quelque chose à lire dans la bibliothèque. Je me suis mis sur le côté et j'ai songé que l'achèvement de son projet avait introduit un nouveau danger – il pouvait de nouveau se laisser aller à un tournage de pouces fatal. Qu'allait-il faire maintenant, avec toute cette activité cérébrale ? La maison et le labyrinthe l'avaient soutenu un temps et continueraient peut-être à le soutenir encore un peu, mais pas éternellement. Tôt ou tard il aurait besoin d'un nouveau projet, et si on songeait à la progression de la taille des projets dans lesquels il s'était déjà embarqué – la boîte à idées, le *Manuel du crime*, la construction du labyrinthe –, il était clair que le prochain devrait être colossal. Quelque chose qui, de façon ironique, le tiendrait jusqu'à sa mort et finirait probablement par le tuer.

Papa s'est installé dans la chaise longue et a fait semblant de lire. Je savais exactement ce qu'il faisait : il me regardait dormir. Avant, cette habitude glaçante me dérangeait. À présent, je la trouvais bizarrement réconfortante – le bruit des pages dans le silence, sa respiration sifflante, sa présence pesante qui remplissait la pièce jusqu'aux moindres recoins.

Il tournait les pages rapidement. Maintenant, il ne faisait pas semblant de lire, il faisait semblant de survoler le livre. Ses yeux étaient comme un sac de sable sur ma tête ; je me suis étendu de tout mon long, j'ai poussé un petit gémissement et après une période plausible j'ai fait semblant de rêver.

4

SANS DOUTE LE LABYRINTHE EXTÉRIEUR AVAIT-IL INFECTÉ tout ce qui était à l'intérieur. Sinon, pourquoi papa aurait-il laissé des bouts de papier un peu partout dans la maison avec des messages absurdes, du genre : « Remue-toi, allez, nage, grand échalas : ton amour court. Halte ! Assez. Maintenant bois remède exquis » ? Ces messages se décodaient facilement en utilisant le système de cryptologie le plus basique : la première lettre de chaque mot épelant le véritable message.

> Remue-toi, allez, nage, grand échalas : ton amour court. Halte ! Assez. Maintenant bois remède exquis.

devient :

> « Range ta chambre ! »

Puis il s'est mis à utiliser la transposition, où il faut retrouver l'ordre normal des lettres.

> Ipart xau secours. Vienser tobient.

devient :

> Parti aux courses. Reviens bientôt.

Puis un soir, quelques semaines après mon seizième anniversaire, j'ai trouvé le message suivant sur le miroir de la salle de bains :

> zlerzis a isoinrej hecz xs reuhs oim.

Il m'a fallu un peu de temps pour le décoder, parce qu'il avait réarrangé les mots aussi bien que les lettres. Après quelques minutes d'application, je l'ai déchiffré :

Rejoins-moi chez Sizzler à six heures.

Sizzler était notre endroit favori pour célébrer les bonnes nouvelles – c'est-à-dire donc que nous y avions été une fois auparavant, cinq ans plus tôt, après les quarante-six dollars gagnés par papa au loto. J'ai traversé le labyrinthe à bicyclette et pris le bus pour aller en ville et à l'hôtel Carlos. Sizzler était situé au dernier étage, mais il n'était pas nécessaire d'être client de l'hôtel pour y manger. Enfin, ça l'était peut-être, mais pour dire la vérité, une fois qu'on avait terminé son repas et payé la note, ils ne se préoccupaient pas vraiment de l'endroit où vous dormiez.

À mon arrivée, papa était déjà assis à une table près de la fenêtre, sûrement pour pouvoir regarder le paysage urbain durant les blancs inévitables de la conversation.

« Alors, comment vont tes études ?

— Pas mal.

— Tu as appris quelque chose aujourd'hui ?

— Les trucs habituels.

— Comme ?

— Tu sais... », j'ai commencé, et je suis devenu nerveux en réalisant qu'il ne me regardait pas. Peut-être avait-il entendu dire qu'on ne doit pas fixer le soleil et qu'il l'avait compris de travers.

« J'ai quelque chose à te montrer. » Il a posé une enveloppe sur la table et tambouriné dessus.

J'ai saisi l'enveloppe ouverte et sorti la lettre qu'elle contenait. L'en-tête était celui de mon lycée. Comme je la lisais, j'ai feint la confusion, mais je pense qu'il y a vu une confession.

> Cher Mr Dean,
>
> Nous vous informons par la présente que votre fils, Jasper, est l'auteur d'une agression qui a eu lieu dans un train l'après-midi du 20 avril, après les cours. Nous avons la preuve indiscutable que votre fils, vêtu de l'uniforme de l'école, a agressé un homme sans y avoir été provoqué. De plus, nous vous informons que votre fils a quitté l'école de son propre gré.
>
> Le proviseur,
> Michael Silver

« Pourquoi ont-ils écrit que tu portais l'uniforme de ton école ? Pourquoi c'est important ?

— C'est comme ça qu'ils sont. »

Papa a fait claquer sa langue.

« Je n'y retourne pas.

— Pourquoi ?

— J'ai déjà fait mes adieux.

— Et tu as attaqué quelqu'un ? C'est vrai ?

— Tu aurais dû voir ça.

— Tu te défendais ?

— C'est plus compliqué que ça. Écoute, je suis capable d'apprendre par moi-même tout ce que j'ai besoin de savoir. Je suis capable de lire des livres tout seul. Ces imbéciles ont besoin de quelqu'un qui leur tourne les pages. Pas moi.

— Qu'est-ce que tu vas faire ?

— Je trouverai quelque chose. » Comment pouvais-je lui dire que je voulais aujourd'hui ce qu'il avait voulu jadis – voyager en train et tomber amoureux de filles aux yeux noirs et aux lèvres extravagantes ? Il m'importait peu qu'à la fin je n'aie plus que des cuisses endolories pour tout bagage. Ce n'était pas ma faute si la vie de vagabond, de voyageur, était tombée en disgrâce aux yeux du monde. Tant pis s'il n'était plus acceptable de dériver avec le vent, de demander le vivre et le coucher, de dormir sur des bottes de foin et de badiner avec des filles de ferme aux pieds nus, puis de s'enfuir avant la moisson. C'était cette vie-là que je voulais, une vie passée à voleter en tous sens comme une feuille dotée d'appétits.

Malheureusement, l'idée de son fils unique flottant sans but dans l'espace et le temps, ainsi qu'il a décrit mon projet de vie, ne plaisait pas à papa. Il s'est enfoncé dans son fauteuil et a déclaré : « Il faut que tu termines l'école.

— Mais toi tu ne l'as pas terminée, si ?

— Je sais. Tu ne veux pas suivre mes traces, si ?

— Je ne suis pas tes traces. Tu n'es pas propriétaire des droits de quitter l'école.

— Bon, qu'est-ce que tu vas faire ?

— Je vais mettre mon âme sur la route. Voir ce qui arrivera.

— Je vais te dire ce qui arrivera : la folie de la route.

— Je prends le risque.

— Écoute, Jasper. Tout ce que j'ai appris, c'est comment arriver droit aux dîners de surgelés et au linge sale. J'ai quitté l'école. J'ai erré sans but de par le monde. Je ne me suis pas donné d'autre choix que de demeurer exilé de la société. Mais je t'ai remis à l'école pour une raison : pour que tu puisses avoir un pied dans les deux mondes, le nôtre et le leur. Il n'y a pas de raison de t'en aller maintenant comme si tu fuyais le lieu du crime. Reste. Termine. Ensuite, fais ce que tu veux. Tu veux aller à l'université ? Tu veux dégotter un travail et t'installer ? Tu veux faire le tour des dictatures les plus excitantes du monde ? Tu veux te noyer dans une rivière inconnue pendant la mousson ? À ta guise. Donne-toi juste la possibilité de choisir. Reste dans le système pour l'instant, OK ?

— Tu ne l'as pas fait. Combien de fois je t'ai entendu dire : “Il faut baiser le système” ? Eh bien, c'est ce que je fais. Je le baise. »

Plaignez-nous, nous enfants de rebelles. Tout comme vous, nous avons le droit de nous rebeller contre les façons d'être de nos pères. Mais comment se rebeller contre la rébellion ? Cela signifie-t-il un retour au conformisme ? Ce n'est pas une bonne chose. Si je faisais cela, alors un jour mon propre fils, en rébellion contre moi, se retrouverait à la place de mon père.

Papa s'est penché en avant comme s'il allait avouer un meurtre dont il était particulièrement fier.

« Eh bien, si tu vas mettre ton âme sur la route, j'aimerais te donner un avertissement, il a rétorqué, ses sourcils formant un arc peu attrayant. Appelle ça un panneau avertisseur. Je ne sais pas comment le qualifier. »

Il a pris sa tête de penseur. Il respirait à petites bouffées. Il s'est tourné pour faire taire le couple qui était derrière nous, et, soudain, il a lancé son avertissement.

« Les gens se plaignent toujours de ne pas avoir de chaussures jusqu'à ce qu'ils voient un homme sans pieds, alors ils se plaignent de ne pas avoir un fauteuil roulant électrique. Pourquoi ? Qu'est-ce qui fait qu'ils se transfèrent automatiquement d'un système morose à l'autre, et pourquoi le libre arbitre n'est-il utilisé que pour les détails et non les grandes lignes – non pas : "Faut-il que je travaille ?" mais : "Où faut-il que je travaille ?", et pas : "Faut-il que je fonde une famille ?" mais : "Quand fonder une famille ?". Pourquoi est-ce que nous n'échangeons pas les pays de sorte que tous les Français emménagent en Éthiopie et que tous les Éthiopiens emménagent en Angleterre et que tous les Anglais emménagent aux Caraïbes et ainsi de suite jusqu'à ce que nous ayons enfin partagé la Terre comme nous étions censés le faire et que nous soyons débarrassés de notre honteux, égoïste, sanguinaire et fanatique attachement au sol ? Pourquoi gaspiller le libre arbitre en le donnant à une créature qui a des choix infinis, mais fait comme s'il n'y en avait qu'un ou deux ?

» Écoute. Les gens sont comme des genoux frappés par un petit marteau en caoutchouc. Nietzsche était un marteau. Schopenhauer était un marteau. Darwin était un marteau. Je ne veux pas être un marteau, parce que je sais comment les genoux vont réagir. Savoir, c'est ennuyeux. Je le sais parce que je sais ce que les gens croient. Les gens sont fiers de leurs croyances. Leur fierté les trahit. C'est la fierté du propriétaire. J'ai eu mes visions mystiques et j'ai découvert que c'était du vent. J'ai vu des visions, j'ai entendu des voix, j'ai senti des odeurs, mais je les ai ignorées tout comme je les ignorerai toujours. J'ai ignoré ces mystères parce que je les ai vus. J'en ai vu plus que la plupart des gens ; pourtant ils croient, et moi pas. Et pourquoi est-ce que je ne crois pas ? Parce qu'il y a un processus en marche et que je le vois.

» Ça arrive quand les gens voient la Mort, c'est-à-dire tout le temps. Ils voient la Mort mais ils perçoivent la Lumière. Ils ressentent leur propre mort et ils lui donnent le nom de Dieu. Cela m'arrive à moi aussi. Quand je ressens au plus profond de moi qu'il y a un sens au monde, ou Dieu, je sais qu'en réalité c'est la Mort, mais du fait que je ne *veux* pas voir la Mort en face, mon esprit déclare : *Écoute tu ne vas pas mourir ne t'inquiète pas tu es spécial tu as un sens le monde a un sens tu ne le ressens pas ?* Et je continue à voir la Mort et à la sentir aussi. Et mon esprit dit : *Ne pense pas à la mort maisnonmaisnon tu seras toujours beau et spécial et tu ne mourras jamais jamaisjamaisjamais tu n'as pas entendu parler de l'âme immortelle eh bien tu en as une vraiment belle.* Et je dis : Peut-être, et mon esprit dit : *Regarde ce putain de coucher de soleil regarde ces putains de montagnes regarde ce foutu arbre magnifique d'où est-ce que cela a pu venir sinon de la main de Dieu qui te bercera à jamais ?* Et je me mets à croire aux Flaques Profondes. Qui ne le ferait pas ? C'est comme ça que ça commence. Mais je doute. Et mon esprit dit : *Ne t'inquiète pas. Tu ne mourras pas. Pas à long terme. Ton essence ne périra pas, pas ce qui vaut la peine d'être conservé.* Un jour, j'ai vu le monde entier depuis mon lit, mais je l'ai rejeté. Un autre jour, j'ai vu un feu, et dans ce feu j'ai entendu une voix qui me disait que je serais épargné. J'ai rejeté cela aussi, parce que je sais que toutes ces voix viennent de l'intérieur. L'énergie nucléaire est une perte de temps. Il vaudrait mieux chercher à canaliser la puissance de l'inconscient quand il est occupé à nier la Mort. C'est au cours de ce processus ardent que la foi est produite, et si les feux sont vraiment chauds ils produisent la Certitude – la vilaine fille de la Foi. Sentir que tu sais de tout ton cœur Qui a fait l'univers, Qui le dirige, Qui paie les frais, et cetera, c'est en fait s'en dégager. Les soi-disant religieux, les soi-disant spiritualistes, les groupes qui n'hésitent pas à renier la tradition occidentale du consumérisme mortel pour l'âme et considèrent que la mort est un réconfort croient qu'il ne s'applique qu'aux possessions matérielles. Mais si la mort est réconfort, alors cela devrait s'appliquer plus profondément encore à la mère de tous les réconforts, la *certitude* de la foi, beaucoup plus pépère qu'un canapé en cuir ou un jacuzzi d'intérieur, et plus mortel pour un esprit actif qu'une télécommande d'ouverture de porte de garage. Mais il est difficile de résister à l'attraction de la certitude, c'est pourquoi tu dois garder, comme moi, un œil sur le Processus, de sorte que quand je vois les visions mystiques du monde entier et que j'entends les voix à moitié murmurées, je peux les rejeter immédiatement et résister à la tentation de me sentir spécial et d'avoir confiance en mon immortalité, sachant que ce n'est que l'œuvre de la Mort. Alors tu vois ? *Dieu est la magnifique propagande forgée par l'Homme.* Et tu peux aimer Dieu parce que tu apprécies la beauté de sa création, mais tu n'es pas obligé de croire en un personnage parce que tu es impressionné par l'auteur. La Mort et l'Homme, les coauteurs de Dieu, sont les écrivains les plus prolifiques de la planète. Leur production est prodigieuse. L'Inconscient de l'Homme et la Mort Inévitable ont cosigné Jésus, Mahomet et Bouddha, pour n'en nommer que quelques-uns. Et ce ne sont que les personnages. Ils ont créé aussi le ciel, l'enfer, le paradis, les limbes et le purgatoire. Et ce ne sont que des décors. Et quoi encore ? Tout, peut-être. Cette association fructueuse a créé tout ce qu'il y a au monde sauf le monde lui-même, tout ce qui est sauf ce qui était là au départ quand nous l'avons trouvé. Tu piges ? Tu comprends le Processus ? Lis Becker ! Lis Rank ! Lis Fromm ! Ils te diront tout ! Les humains sont uniques dans ce monde parce que, contrairement aux autres animaux, ils ont développé une conscience si avancée qu'elle génère une conséquence terrible : ce sont les seules créatures conscientes de leur mortalité. Cette vérité est si terrifiante que, dès leur plus jeune âge, les humains l'enterrent profondément dans leur inconscient, ce qui les transforme en machines à sang rouge, en usines de chair qui fabriquent du sens. Ce qu'ils ressentent est canalisé dans leurs projets d'immortalité, tels que leurs enfants, ou leurs dieux, ou leurs œuvres d'art, ou leurs affaires, ou leurs nations, dont ils pensent qu'ils leur survivront. Là est le problème : les gens pensent qu'ils ont besoin de ces croyances pour vivre, mais sont inconsciemment suicidaires à cause de leurs croyances. C'est pourquoi quand quelqu'un sacrifie sa vie pour une cause religieuse, il a choisi de mourir non pour un dieu mais au service de la chose même dont il a peur. Tu vois l'ironie ? Alors que ces projets d'immortalité ont été conçus par l'inconscient pour faire croire à leurs propriétaires qu'ils sont spéciaux et qu'il faut parier pour la vie éternelle, la manière dont ils se tracassent pour ces mêmes projets est la chose même qui les tue. C'est là qu'il faut faire attention. Voilà mon avertissement. Mon panneau avertisseur. Le déni de la mort pousse prématurément les gens dans la tombe, et si tu ne fais pas attention, ils t'emmèneront avec eux. »

Papa s'est raidi, et son visage tempétueux m'a envoyé des torrents d'une anxiété inépuisable tout en attendant que j'exprime admiration et obéissance. Je suis demeuré muet. Parfois, il n'y a rien de plus sarcastique que le silence.

« Alors, qu'est-ce que tu en penses ?

— Je ne comprends rien à ce que tu viens de dire. »

Il a inspiré bruyamment, comme s'il venait de courir deux marathons en me portant sur son dos. En vérité, son discours avait fait sur mon esprit une impression si profonde qu'un neurochirurgien pourrait probablement en voir les rainures encore aujourd'hui. Et pas seulement parce qu'il avait planté une graine qui finirait par me faire douter de toute idée ou tout sentiment propres pouvant être considérés comme spirituels, mais parce qu'il n'y a rien de plus pénible ou inconfortable que de voir un philosophe qui s'est mis lui-même dans une impasse. Et c'est ce soir-là que j'ai vu clairement, pour la première fois, l'impasse, la terrible impasse, le triste recoin, où papa s'était inoculé l'impossibilité que quoi que ce soit de mystique ou de religieux lui arrive jamais, de sorte que si Dieu descendait pour lui faire un cha-cha-cha d'amour il ne s'autoriserait pas à le croire. C'est ce soir-là que j'ai compris que ce n'était pas juste un sceptique qui ne croit pas au sixième sens, mais un super-sceptique qui refuse de se fier, ou de croire, aux cinq autres aussi.

Tout à coup, il m'a jeté sa serviette au visage et a grogné : « Tu sais quoi ? Je m'en lave les mains de toi.

— N'oublie pas d'utiliser du savon. »

Je suppose que cela n'a rien d'inhabituel – un père et un fils, deux générations d'hommes, qui s'éloignent progressivement l'un de l'autre. Pourtant, je me suis rappelé l'époque où il m'emmenait sur ses épaules à l'école, parfois jusque dans la salle de classe. Il s'asseyait sur le bureau du professeur avec moi sur les épaules et demandait aux gosses effarés : « Quelqu'un a vu mon fils ? » Si vous comparez de tels moments à des moments comme celui-ci, ça vous rend triste, c'est tout.

Le serveur est arrivé. « Je peux vous apporter autre chose ? » il a demandé. Papa l'a fusillé du regard. Le serveur a battu en retraite.

« Allons-y, a dit papa d'un ton sec.

— Très bien. »

Nous avons pris nos vestes sur le dossier de nos chaises. Une foule d'yeux hagards nous a suivis jusqu'à la porte. Nous sommes sortis dans l'air froid de la nuit. Les yeux sont restés dans le restaurant, où il faisait chaud.

Je savais ce qui le contrariait. À sa manière paradoxale et négligente, il avait toujours fait un véritable effort pour essayer de me couler dans un moule. C'était la première fois qu'il voyait clairement que je n'avais rien à faire de son moule. Il m'avait vu cracher dedans, et cela l'avait offensé. D'autant plus que l'éducation était la première grande bataille de notre relation, un duel continuel, raison pour laquelle il vacillait toujours entre menacer de mettre le feu au système scolaire public et m'y abandonner. En quittant l'école de mon propre chef, j'avais pris une décision dont il était incapable. C'est pourquoi il m'avait tenu ce discours : après toutes les conférences confuses et contradictoires dont il m'avait bombardé durant toutes ces années, sur des sujets qui allaient de la création au jus de viande en passant par le purgatoire et les aréoles, tandis qu'il essayait les idées comme s'il essayait des chemises, il m'avait enfin révélé l'idée centrale sur laquelle était basée sa vie.

Ce qu'aucun de nous ne savait alors, bien sûr, c'était que nous étions au bord d'une suite de désastres à peine crédibles dont l'origine remontait à des événements précis. On dit que la fin est lisible dans le début. Eh bien, le début de cette fin a été mon départ de l'école.

Alors pourquoi suis-je parti en réalité ? Parce que je me retrouvais toujours assis à côté du gosse qui avait ces boutons incroyables ? Ou parce que chaque fois que j'étais en retard le professeur faisait une telle tête qu'on aurait dit qu'il déféquait ? Ou était-ce simplement la façon dont tous les adultes étaient constamment scandalisés par mon comportement ? Non, à y bien réfléchir, tout cela me plaisait. La veine qui palpitait à la base du cou d'un professeur était comique au plus haut point ! Et rien de plus drôle qu'un autre prof au bord de l'apoplexie sinon les insultes que je recevais, et qui me donnaient une formidable impression de légèreté et d'élasticité.

Non, si je suis sincère, toutes ces irritations ne faisaient que m'enfermer en un enfer accablant d'insatisfaction ; pas de raison de fuir, ce n'est que du malheur habituel qu'il faut s'estimer heureux. La véritable explication de mon départ réside dans tous ces suicides empoisonnants.

Notre école était aussi près du littoral qu'on peut l'être sans tomber dans l'eau. Il nous fallait garder les fenêtres fermées pour ne pas être distraits par le mugissement de la mer en contrebas, mais l'été, la chaleur étouffante ne nous laissait pas d'autre choix que de les ouvrir, et la voix du professeur avait du mal à rivaliser avec le choc des vagues. Les bâtiments de l'école, une série de blocs en briques rouges reliés les uns aux autres, se trouvaient haut au-dessus de l'océan, au bord des falaises du Découragement (« falaises du Désespoir » était déjà pris par un sinistre à-pic à quelques plages de là après le cap). Au bout du terrain de sport de l'école, des sentiers traîtres menaient à la plage. Si vous n'aviez pas envie d'emprunter ces sentiers, si vous étiez impatient ou que vous ne vouliez pas braver la descente abrupte, ou si vous vous méprisiez, vous et votre vie, et que vous n'aviez nul espoir d'une amélioration future, vous pouviez toujours sauter. Beaucoup le faisaient. Notre école déplorait un suicide tous les neuf ou dix mois en moyenne. Bien sûr, le suicide des jeunes n'est pas rare. Les jeunes ont toujours éternué à mort à cause de diverses grippes de l'âme. Mais il devait y avoir un appel mythico-hypnotique qui passait par ces fenêtres à moitié ouvertes, parce que nous avions vraiment plus que notre part de gosses qui se propulsaient à travers les célestes battants. Non que cette façon d'en rester là soit inhabituelle chez les adolescents, comme je l'ai déjà dit, mais ce sont les enterrements qui sont épuisants. Bon Dieu, j'en sais quelque chose. Il m'arrive encore de rêver d'un cercueil ouvert, celui qui aurait pu ne pas être là si je n'avais pas eu à écrire un devoir sur Hamlet.

Jasper Dean

La Paralysie de Hamlet

L'histoire de Hamlet nous met en garde sans ambiguïté contre les dangers de l'indécision. Hamlet est un prince danois qui n'arrive pas à décider s'il doit venger la mort de son père, se tuer, ne pas se tuer, etc., etc. Incroyable comme il ne cesse de se tracasser ! Inévitablement, ce comportement assommant rend Hamlet fou, et à la fin de la pièce tout le monde est mort, ce qui est dommage pour Shakespeare s'il avait dans l'idée d'écrire une suite. La brutale leçon de l'indécision de Hamlet est destinée à l'humanité tout entière, bien que vous puissiez la trouver particulièrement adaptée à votre propre cas si votre oncle a tué votre père et épousé votre mère.

Le nom de Hamlet est le même que celui de son père, qui s'appelle aussi Hamlet et qui est mort de manière désagréable quand son frère lui a versé du poison dans l'oreille. Dans l'oreille ! Pas sympa. Visiblement, ce qui était pourri dans le royaume de Danemark, c'était la rivalité fraternelle.

Plus tard, quand le fantôme de son papa fait signe à Hamlet de le suivre, Horatio tâche de l'en dissuader, craignant que le fantôme ne rende Hamlet fou, ce qu'il fait, et Horatio remarque également que toute personne qui regarde en bas d'une grande hauteur non protégée songe à sauter, ce qui m'a fait penser : « Bien, je ne suis pas le seul alors. »

En conclusion, le sujet de *Hamlet* est l'indécision. La vérité est que l'indécision nous affecte tous, même si nous sommes de ces gens qui n'ont pas de mal à prendre des décisions. En d'autres termes, si nous sommes d'impatients connards. Nous souffrons nous aussi. Attendre que quelqu'un d'autre prenne une décision, par exemple au restaurant quand le serveur est debout devant vous, est une des choses les pires au monde, mais nous devons apprendre la patience. Arracher le menu des mains de votre commensale en hurlant : « Elle va prendre le poulet » n'est pas une manière de combattre cette affliction, et ne vous ouvrira certainement pas le chemin de son lit.

Voilà tout. J'imagine que je n'aurais pas dû être surpris quand mon professeur d'anglais, Mr White, m'a laissé tomber. Qu'attendre de lui, ou des autres éducateurs mollassons qui hantaient cette école ? Je les vois encore aujourd'hui. Il y en avait un dont on aurait dit que non seulement on lui avait enlevé tous les organes vitaux mais qu'en plus on lui demandait une rançon qu'il ne pouvait pas payer. D'un autre, on aurait cru qu'il était allé dans une fête deux minutes après que tout le monde en était parti et qu'il entendait toujours dans la rue leurs rires qui le tourmentaient. Un troisième se tenait sur sa chaise avec un air de défi, comme une fourmi qui refuse de porter une miette de pain. Certains étaient aussi gais que des despotes, d'autres aussi étourdis que des idiots.

Et puis il y avait Mr White. Le professeur avec la petite touffe de cheveux gris qui se dressait sur sa tête comme la cendre d'une cigarette, celui qui avait souvent l'air d'avoir entrevu son avenir dans une maison de retraite pour hommes seulement. Mais, pire, *c'était le professeur dont le fils était dans notre classe.* OK, on ne peut pas compter sur le bonheur dans la vie, mais on peut prendre certaines précautions contre le malheur, non ? Au début de chaque cours, Mr White était obligé de faire l'appel. Il devait articuler le nom de son propre fils. Pouvez-vous imaginer rien de plus ridicule ? Un père sait bien si son fils est dans la pièce ou non.

« White.

— Présent », répondait Brett. Quelle farce !

Pauvre Brett.

Pauvre Mr White !

Comment l'un et l'autre pouvaient-ils supporter d'avoir à refouler leur intimité au point où l'un fait quotidiennement semblant de ne pas même reconnaître le visage de son propre fils ? Et quand Mr White réprimandait tous les élèves pour leur stupidité, quel effet cela faisait-il à Brett d'être traité ainsi par son propre père ? Était-ce un jeu pour eux ? Était-ce pour de vrai ? Pendant les tirades de Mr White, le visage de Brett était trop vide, trop figé – je dirais qu'il savait aussi bien que nous que son père était un tyran mesquin qui nous traitait comme si nous l'avions privé de ses années cruciales et qui, pour se venger, nous prédisait nos échecs puis ne parvenait pas à apparaître prophétique à nos yeux. Oui, Mr White, vous étiez sans conteste mon professeur préféré. Vous étiez le seul qui enrageait visiblement de douleur, et vous le faisiez sans honte devant votre propre fils.

Il m'a rendu mon devoir sur *Hamlet* avec un visage livide. En fait, il m'avait mis un formidable zéro. Avec ce devoir, je m'étais moqué d'une chose sacrée pour lui : William Shakespeare. Moi-même, je savais que *Hamlet* était une œuvre extraordinaire, mais quand on m'ordonne d'accomplir une tâche, je me retrouve aussi sec en train de tirer bêtement sur la laisse. Écrire des foutaises était la forme que prenait ma petite rébellion.

Ce soir-là j'ai fait l'erreur de montrer ma copie à mon père. Il l'a lue en plissant les yeux, en grommelant, en hochant la tête – en gros, comme s'il utilisait des poids et des haltères. J'étais debout à côté de lui, attendant son approbation, je suppose. Je ne l'ai pas obtenue. Il m'a rendu mon devoir en disant : « J'ai lu quelque chose d'intéressant aujourd'hui dans le *Dictionnaire philosophique* de Voltaire. Tu savais qu'avant que les Égyptiens embaument leurs pharaons ils leur enlevaient le cerveau ? Et pourtant, ils s'attendaient à ce qu'ils reparaissent dans la suite des siècles. Que pensaient-ils qu'ils feraient, sans cerveau ? »

Voilà longtemps que mon père n'essayait plus de m'éduquer. Pour compenser le fait de m'avoir abandonné à un système pour lequel il n'avait que mépris, il jetait régulièrement des tas de livres dans ma chambre avec des petits Post-it (« Lis ça ! » ou « Cet homme est un putain de dieu ! ») collé sur la couverture : Platon, Nietzsche, Cioran, Lawrence, Wittgenstein, Schopenhauer, Novalis, Épictète, Berkeley, Kant, Popper, Sartre, Rousseau, et ainsi de suite. Il semblait apprécier particulièrement tout écrivain pessimiste, nihiliste ou cynique, y compris Céline, Bernhardt, et l'ultime poète pessimiste, James Thomson, avec sa noire et effrayante *Ville de la terrible nuit*.

« Où sont les femmes ? j'ai demandé un jour à papa. Elles n'ont jamais rien trouvé d'intéressant à écrire ? »

Le lendemain soir, Virginia Woolf, George Sand, Ayn Rand, Gertrude Stein, Dorothy Parker, Simone de Beauvoir, Simone Weil, Mary McCarthy, Margaret Mead, Hannah Arendt et Susan Sontag m'attendaient sur mon oreiller.

Ainsi, j'étais plus gavé qu'éduqué, et en vérité tous ces auteurs me plaisaient plutôt. Les Grecs, par exemple, avaient des idées sur la façon de faire marcher la société qui sont encore valables aujourd'hui, particulièrement si on juge que l'esclavage est une chose formidable. Quant au reste, tous des génies incontestables, je dois avouer que leur enthousiasme pour le genre d'être humain qu'ils célèbrent (eux-mêmes) et la peur et la répulsion qu'ils éprouvent pour le genre opposé (tous les autres) me tapait sur les nerfs. Il ne suffit pas qu'ils militent en faveur de l'arrêt de l'éducation pour tous de peur qu'elle ne « ruine la pensée », il ne suffit pas qu'ils fassent tout ce qu'ils peuvent pour rendre leur art inintelligible à la plupart, il faut encore qu'ils ne cessent de dire des choses hostiles du genre : « Hourrah pour l'invention du gaz asphyxiant ! » (D. H. Lawrence) et : « Si nous voulons un certain genre de civilisation et de culture, nous devons exterminer le genre de gens qui n'y ont pas leur place » (G. B. Shaw) et : « Tôt ou tard nous devons limiter les familles des classes inintelligentes » (Yeats) et : « La plupart des hommes n'ont pas droit à l'existence, et constituent un malheur pour les hommes supérieurs » (Nietzsche). Tous les autres ou, en d'autres termes, tous ceux que je connais ne sont rien d'autre que des cadavres qui pourrissent debout principalement parce qu'ils préfèrent regarder un match de foot plutôt que lire Virgile. « Le divertissement de masse est la mort de la civilisation », disent ces intellectuels avec dédain, mais je déclare que si un homme rit de quelque chose de puéril et que son corps exulte de la joie qu'il en retire, quelle importance qu'elle ait été causée non par une œuvre d'art profonde mais par la rediffusion d'un épisode de *Ma sorcière bien-aimée* ? Sincèrement, qui s'en préoccupe ? Cet homme a vécu un moment merveilleux et, qui plus est, pour pas cher ? C'est une bonne chose pour lui, connards pompeux ! En gros, ils pensaient que ce serait merveilleux si les masses déshumanisées, qui les faisaient littéralement vomir, voulaient bien disparaître de l'Histoire ou devenir esclaves aussi vite que possible. Ils voulaient créer une race d'êtres supérieurs basée sur leurs moi snobs et syphilitiques, des hommes qui passent leurs journées assis au sommet des montagnes à se lécher le nombril jusqu'à plus soif. À mon avis, ce n'était pas tant l'« attrait plébéien pour le bonheur » des masses qu'ils détestaient que l'idée secrète et amère qu'il arrivait à la plèbe de trouver ce bonheur.

C'est pourquoi, tout comme mon père m'avait abandonné, j'ai abandonné ses amis cultivés, tous ces génies merveilleux et aigris, et à l'école je me suis mis à en faire le minimum. Je m'accordais souvent un jour de congé pour aller me promener dans la ville trépidante afin de la regarder trépider, ou au champ de courses pour regarder les chevaux traîner leurs malheureuses existences sous le cul de nabots. De temps à autre, l'administration envoyait à mon père des lettres graves et involontairement drôles à propos de mes absences.

« J'ai encore reçu une lettre, disait papa, l'agitant comme un billet de dix dollars qu'il aurait découvert dans un vieux pantalon.

— Et ?

— Et qu'est-ce que tu as à dire pour ta défense ?

— Cinq jours par semaine, c'est trop. C'est épuisant.

— Tu n'es pas obligé d'être le premier de la classe, tu sais. Contente-toi d'être passable. C'est ce que tu devrais viser.

— Eh bien, c'est ce que je fais. Je passe.

— Formidable. Fais juste en sorte d'être assez présent pour obtenir le petit bout de papier avec ton nom dessus.

— Et pourquoi ?

— Je te l'ai dit mille fois. Tu as besoin que la société croie que tu joues le jeu. Tu feras ce que tu veux plus tard, mais tu dois leur faire croire que tu es l'un d'eux.

— Peut-être que c'est le cas.

— Ouais, et je vais au bureau demain à sept heures du matin. »

Mais il ne parvenait pas toujours à rester détaché. En fait, j'avais acquis une certaine notoriété à l'école à cause des visites universellement redoutées et personnellement mortifiantes de mon père, dont le visage apparaissait soudain pressé contre le verre dépoli de la porte de la classe.

Le lendemain du jour où je lui ai montré mon devoir sur *Hamlet*, il est entré dans la classe de littérature anglaise et s'est glissé sur une chaise en bois au fond de la salle. Mr White était en train d'écrire le mot « intertextualité » au tableau noir à ce moment-là, et quand il s'est retourné il a vu un quadragénaire parmi tous ces imbéciles au frais minois, il a été surpris. Il a jeté à mon père un regard désapprobateur, comme s'il se préparait à réprimander un de ses élèves pour s'être laissé aller à vieillir spontanément en plein milieu du cours.

« Un peu léthargique ici, non ?

— Pardon ?

— J'ai dit qu'il est un peu difficile de penser, ici, non ?

— Je suis désolé, vous êtes...

— Un père inquiet.

— Vous êtes le père d'un élève de cette classe ?

— Peut-être que l'adjectif "inquiet" est un euphémisme. Quand je pense qu'il est sous votre tutelle, je commence à saigner des yeux.

— Qui est votre fils ?

— Je n'ai pas honte d'avouer que mon fils est la créature étiquetée "Jasper". »

Mr White m'a lancé un regard sévère tandis que j'essayais de me fondre dans ma chaise. « Jasper ? C'est votre père ? »

J'ai acquiescé. Que pouvais-je faire d'autre ?

« Si vous désirez parler avec moi de votre fils, nous pouvons prendre rendez-vous...

— Je n'ai pas besoin de vous parler de mon fils. Je connais mon fils. Et vous ?

— Bien sûr. Jasper est dans ma classe depuis le début de l'année.

— Et les autres ? Suffisamment pour qu'ils puissent lire et écrire. Bravo. Voilà du bon boulot. Mais est-ce que vous les connaissez ? Est-ce que vous vous connaissez ? Parce que si vous ne vous connaissez pas, vous ne pouvez pas les aider à se connaître eux-mêmes, et vous perdez probablement le temps de tout le monde ici à entraîner une armée de clones terrifiés, ce que vous autres ternes professeurs, dans cet endroit miteux géré par l'État, êtes enclins à faire, vous qui dites aux élèves quoi penser au lieu de comment, et essayez de les faire entrer dans le moule du parfait futur contribuable au lieu de prendre la peine de découvrir qui ils sont. »

Tout le monde riait de surprise.

« Silence ! » a hurlé Mr White, comme si c'était le jour du Jugement dernier et qu'il lui incombait de trier toutes les âmes. Nous l'avons fermée – ce qui n'a pas arrangé les choses : le silence qui a été ordonné demeure très bruyant.

« Pourquoi vous respecteraient-ils ? Vous n'avez aucun respect pour eux, a poursuivi papa, et aux élèves il a déclaré : Vous incliner devant une figure d'autorité, c'est vous cracher au visage.

— Je vais vous demander de sortir.

— C'est un moment que j'attends avec impatience.

— Je vous prie de partir.

— Je remarque que vous portez un crucifix autour du cou.

— Et alors ?

— Il faut vraiment que je vous mette les points sur les "i" ?

— Simon, a demandé Mr White à l'un des élèves abasourdis, auriez-vous l'obligeance de courir jusqu'au bureau du proviseur pour lui expliquer que nous avons un intrus dans la classe et qu'il faut appeler la police ?

— Comment pouvez-vous encourager vos élèves à penser par eux-mêmes avec un esprit ouvert si vous avez un système de croyance dépassé qui vous comprime la tête comme un masque de fer ? Ne voyez-vous pas ? La flexibilité de vos mouvements mentaux est restreinte par des principes dogmatiques stricts, et alors que vous croyez que vous êtes là à leur parler de *Hamlet*, ce qu'ils entendent en réalité c'est un homme qui a peur de sortir du cercle étroit qui a été tracé autour de lui par des hommes morts depuis longtemps et qui ont vendu à ses ancêtres une poignée de mensonges afin de pouvoir molester tous les petits garçons qu'ils voulaient dans le secret de leur confessionnal ! »

J'ai jeté un regard à Brett. Il était assis en silence sur sa chaise. Il avait un visage fin aux traits délicats, et je me suis dit que sans les cheveux, les yeux, le nez et la bouche, son visage aurait pu être une main de pianiste. Brett m'a surpris à le regarder, mais je ne crois pas qu'il savait que je faisais des comparaisons à propos de son visage, parce qu'il m'a souri. Je lui ai rendu son sourire. Si j'avais su que deux mois plus tard Brett mettrait fin à ses jours, j'aurais plutôt pleuré.

En fait, nous nous sommes parlé le matin de sa mort.

« Eh, Brett, tu as les cinq dollars que tu me dois ?

— Je peux te payer demain ?

— Bien sûr. »

Les gens ont une capacité étonnante à feindre le bonheur. C'est presque une seconde nature chez eux, comme vérifier si une pièce ne retombe pas dès qu'ils raccrochent dans une cabine téléphonique. Brett a été champion pour ça, jusqu'à la fin. J'ai parlé avec une fille qui avait bavardé avec lui dix minutes avant qu'il saute, et elle m'a confié qu'ils avaient parlé météo !

« Eh, Kristin, t-tu crois que c'est le vent du sud ? » Brett souffrait d'un léger bégaiement qui allait et venait selon la pression sociale.

« Comment je peux savoir ?

— Il est p-plutôt fort, hein ?

— Pourquoi tu me parles, sale boutonneux ? »

Je ne veux pas accorder à la mort de Brett plus d'importance qu'elle n'en a eu pour moi. Il n'était pas mon meilleur ami ni même mon confident. Mais nous étions alliés, ce qui d'une certaine manière nous rendait plus proches que des amis. Voici comment c'était arrivé :

Un jour à l'heure du déjeuner, une petite foule s'était formée en cercle dans la cour de récréation, et ses membres étaient si pressés les uns contre les autres qu'on les aurait dits tissés ensemble comme une vilaine couverture. J'ai grimacé d'avance. Il n'y a pas d'humiliations privées dans la cour de l'école ; elles sont toutes impitoyablement publiques. Je me suis demandé de qui c'était le tour cette fois-ci. J'ai jeté un œil par-dessus la coupe de cheveux plate du maillon le plus petit et j'ai vu Brett White à terre, le sang coulant de sa bouche. Selon plusieurs spectateurs ravis, il était tombé en fuyant un autre écolier, Harrison. Maintenant, ils riaient tous parce que leur chef riait. Ces enfants n'étaient pas particulièrement cruels ; ils avaient seulement abandonné leurs ego au sien, c'est tout, et soumis leur volonté à celle de Harrison, un mauvais choix. Les groupes ne suivent jamais l'enfant doux et gentil pour une raison évidente, mais j'aimerais que ça arrive au moins une fois. L'homme, ainsi que l'avait remarqué Freud, a une passion extrême pour l'autorité. Je crois que son secret désir d'être dominé pourrait vraiment bien fonctionner s'il se laissait juste une fois dominer par quelqu'un de vraiment sympa. Parce que la vérité est que dans la dynamique d'un groupe le chef pourrait crier : « Donnons tous à ce salopard un tendre baiser sur la joue ! », et ils se précipiteraient sur le pauvre gosse, lèvres en avant. En attendant, les dents de devant de Brett étaient sur le béton. On aurait dit des Tic-Tac. Il les a ramassées. On voyait qu'il faisait des efforts pour ne pas pleurer.

J'ai regardé les autres, désespéré qu'aucun n'ait assez de compassion pour aller s'occuper de ses propres affaires. Il était douloureux de voir tous ces petits esprits ainsi acharnés sur Brett. Je me suis penché à côté de lui : « Ris comme si tu trouvais ça drôle. »

Il a suivi mon conseil et s'est mis à rire. Il m'a murmuré : « On peut les replacer ? », et j'ai ri bruyamment moi aussi, comme s'il avait fait une blague. Une fois que je l'ai eu remis sur ses pieds, les humiliations ont continué. Il a reçu un ballon de foot en pleine figure.

« Ouvre grand la bouche, je veux tirer entre les poteaux ! » a crié quelqu'un.

C'est vrai que ses dents ressemblaient à des poteaux de but.

« C'est vraiment nécessaire ? » j'ai crié sans raison.

Harrison est sorti de la foule et, debout au-dessus de moi, a demandé : « Tu es juif, non ? »

J'ai gémi. Je n'avais dit qu'à un seul enfant que mon grand-père avait été assassiné par les nazis, mais je n'avais pas fini d'en entendre parler. En général, il n'y avait pas trop d'antisémitisme à l'école, juste les blagues habituelles sur l'argent et les nez, les nez et l'argent, les gros pifs avec de l'argent qui en tombe, les juifs qui bourrent leurs gros pifs juifs d'argent de leurs deux mains juives crasseuses. Ce genre de choses. Après un moment, on ne fait plus attention aux vilains sentiments derrière les blagues, on regrette juste qu'elles ne soient pas plus drôles.

« Je trouve que tu as une tête d'idiot, juif.

— Et je suis petit en plus », j'ai répliqué, me rappelant que papa m'avait dit un jour que la meilleure façon de confondre ses ennemis, c'est de répondre à leurs insultes par des insultes de son cru.

« Pourquoi tu es si bête ?

— Je ne sais pas. Je m'en préoccuperai quand j'aurai trouvé pourquoi je suis si laid. »

Brett s'est rapidement mis au diapason : « Je suis plus laid que toi, et j'ai une mauvaise coordination yeux-mains.

— Je ne peux pas courir sans trébucher.

— Je n'ai jamais embrassé une fille et je n'en embrasserai probablement jamais.

— J'ai de l'acné dans le dos. J'ai peur qu'elle ne laisse des cicatrices à vie.

— Vraiment ? Moi aussi. »

Charlie Mills s'est frayé un passage à travers la foule et a pris son tour. « Ce n'est rien, il a dit. Moi je suis gros, laid, puant, stupide, et adopté. »

Harrison restait là, ne sachant que faire, cherchant en vain quelque chose à dire. Nous l'avons tous regardé en éclatant de rire. Ç'a été un moment formidable. Alors Harrison s'est dirigé vers moi avec la confiance de celui qui a la nature de son côté. Il m'a poussé, et j'ai essayé de porter mon poids sur mon pied de devant, mais cela n'y a rien changé. J'ai atterri face contre le béton. C'était la deuxième fois que je rentrais chez moi ma chemise blanche éclaboussée de sang.

Eddie, papa et Anouk buvaient le thé sur la véranda, l'air épuisé. Il y avait un lourd silence. De toute évidence, je venais de rater une discussion haute en couleur. La fumée des cigarettes au clou de girofle d'Eddie flottait dans l'air. Comme j'approchais, la vue de mon sang les a ranimés.

Ils ont tous bondi au garde à vous, comme trois sages attendant depuis dix ans que quelqu'un leur pose une question.

Anouk a réagi en premier : « Est-ce qu'il y a une brute qui t'embête ? Pourquoi tu ne lui donnes pas mon numéro de téléphone pour qu'il m'appelle ? Je suis sûre que la méditation le calmerait.

— Donne-lui de l'argent, a conseillé Eddie. Retourne lui parler avec un sac en papier plein de cash. »

Afin de n'être pas en reste, papa a crié depuis son fauteuil : « Viens ici, mon gars, je veux te dire quelque chose ! » J'ai monté les marches de la véranda. Il s'est frappé le genou pour me faire signe de m'asseoir dessus. J'ai préféré rester debout. Papa a dit : « Tu sais qui d'autre se faisait emmerder ? Socrate. Exactement. Socrate. Exactement. Un jour il philosophait avec ses potes et un type qui n'appréciait pas ce qu'il disait s'est amené et lui a botté le cul si fort qu'il est tombé par terre. Socrate a regardé le type et lui a souri. Il prenait la chose avec un calme étonnant. Quelqu'un a demandé : "Pourquoi tu ne fais ou ne dis pas quelque chose ?", et Socrate a répondu : "Si une mule te donnait un coup de pied, est-ce que tu la réprimanderais ?" »

Papa a hurlé de rire. Son corps tremblait si fort que j'étais content d'avoir choisi de ne pas m'asseoir sur son genou. Il bondissait comme un taureau de rodéo. « Pigé ? Pigé ? » me demandait-il à travers des quintes de rire.

J'ai secoué la tête, même si j'avais pigé. Mais pour être honnête je réprimanderais certainement une mule de m'avoir donné un coup de pied. Il se peut même que je la fasse abattre. C'est ma mule, je peux faire ce que je veux. Quoi qu'il en soit, la morale de l'histoire c'est que j'avais pigé la morale de l'histoire, mais cela ne m'aidait pas plus que les suggestions impossibles d'Eddie ou d'Anouk. Je vais vous dire, papa, Eddie et Anouk : Les lumières que j'ai eues pour me guider à travers l'enfance n'ont fait que me mener droit dans le mur.

Quelques semaines plus tard je suis allé chez Brett. Il m'avait appâté par la promesse d'un gâteau au chocolat. Pour essayer ses dents, il avait ajouté. Comme nous quittions l'école, il m'a expliqué comment en les réinsérant dans ses gencives le dentiste était parvenu à empêcher le nerf de mourir. Pour terminer le boulot, il lui avait fait un traitement du canal dentaire en lui donnant beaucoup de gaz hilarant, mais pas assez pour que ça vaille le coup.

En arrivant chez lui, j'ai constaté, déçu, qu'il n'y avait pas de gâteau, et été choqué quand il m'a déclaré que nous devrions le faire nous-mêmes. J'ai pensé qu'il valait mieux que je lui dise la vérité.

« Écoute, Brett. Tu es OK, mais je trouve un peu bizarre de faire cuire un gâteau avec toi.

— Ne t'inquiète pas, nous ne ferons rien cuire, en fait. Nous allons juste faire la pâte et la manger. On n'utilisera pas le four. »

Ça m'a semblé satisfaisant, mais en réalité ce n'était pas très différent de la confection d'un véritable gâteau, et quand nous avons commencé à tamiser la farine, j'ai failli partir en courant. Pourtant j'ai tenu bon. Nous avons terminé le mélange, et nous avions commencé à lui faire un sort à l'aide de grandes cuillères en bois quand nous avons entendu la porte d'entrée qui s'ouvrait et une voix qui annonçait : « Je suis là ! »

Mon corps s'est figé et est demeuré ainsi jusqu'à ce que la porte de la cuisine s'entrouvre et que la tête de Mr White apparaisse.

« C'est Jasper Dean ?

— Bonjour, Mr White.

— Salut, papa », a dit Brett, ce que j'ai trouvé bizarre. J'avais bêtement pensé qu'il appelait son père « Mr White » même chez eux.

Mr White s'est avancé dans la cuisine. « Vous faites un gâteau ? il a demandé et, regardant le mélange, il a ajouté : Dites-moi quand ce sera prêt, peut-être que je pourrai en avoir un morceau ?

— Prêt ? Il est presque terminé », a répondu Brett, l'air ravi.

Mr White a ri. Première fois que je voyais ses dents. Elles n'étaient pas moches. Il est venu mettre le doigt dans le bol et a goûté l'épais chocolat.

« Alors, Jasper, comment va votre père ?

— Vous savez, il est ce qu'il est.

— Il m'en a donné pour mon argent, en tout cas, il a gloussé.

— J'en suis content.

— Le monde a besoin d'hommes passionnés, a dit Mr White avec un sourire.

— Je suppose. » Tandis que Mr White montait au premier, j'ai pensé à toutes les longues périodes catatoniques de papa durant lesquelles la passion consistait à se rappeler de tirer la chasse.

La chambre de Brett était plus ou moins une chambre typique d'adolescent, sauf qu'elle était si bien rangée que j'ai eu l'impression que ma seule respiration pouvait suffire à y mettre le bordel. Il y avait deux photos encadrées sur le bureau, dont une de Brett et de Mr White se tenant par les épaules sur un terrain de cricket – on aurait dit les acteurs d'un téléfilm à l'eau de rose à propos d'un père et d'un fils. La photo avait l'air tout sauf vraie. Au-dessus du lit de Brett était suspendu un énorme crucifix.

« Ça sert à quoi ? j'ai demandé, horrifié.

— Il était à ma mère.

— Qu'est-ce qui lui est arrivé ?

— Cancer de l'estomac.

— Aïe. »

Brett s'est dirigé vers la fenêtre à pas lents et hésitants, comme s'il marchait la nuit en terrain inconnu.

« Tu n'as pas de mère toi non plus, n'est-ce pas ? Qu'est-ce qui est arrivé à la tienne ?

— La mafia arabe.

— OK, ne me dis pas. »

J'ai considéré plus longuement Jésus accroché là-haut, avec son long visage souffrant penché de côté – comme s'il étudiait les photos sentimentales de Brett avec son père. Ses yeux calmes semblaient les contempler avec une certaine tristesse. Peut-être qu'elles lui faisaient penser à son père à lui, ou à la façon dont parfois on ressuscite au moment où on s'y attend le moins.

« Alors vous êtes croyants ?

— Nous sommes catholiques. Et toi ?

— Athées.

— L'école te plaît ? a demandé soudain Brett.

— Qu'est-ce que tu crois ?

— Ce n'est pas pour toujours. C'est ce que je me dis tout le temps. Ce n'est pas pour toujours.

— Remercie juste le ciel de n'être pas gros. Une fois que tu seras dans le monde réel, tout ira bien. Personne ne déteste les maigres.

— Ouais, peut-être. »

Brett s'est assis au bord du lit en se rongeant les ongles. J'avoue à présent que ce jour-là il devait y avoir du brouillard dans ma perception. J'ai raté tous les signes. Je n'ai pas interprété le fait qu'il se ronge les ongles comme un appel à l'aide ou une indication qu'il pourrirait bientôt bêtement en terre. Après sa mort, j'ai disséqué cet après-midi dans ma tête un nombre incalculable de fois. J'ai songé : « Si seulement j'avais su, j'aurais pu dire quelque chose, ou faire quelque chose, n'importe quoi, pour l'inciter à changer d'avis. » À présent je me demande pourquoi nous désirons que ceux que nous aimions reviennent à la vie s'ils étaient si clairement malheureux. Est-ce que nous les détestions vraiment à ce point ?

Le jour du suicide de Brett, un lundi.

C'était la récré et tout le monde évoquait avec tendresse la soirée du samedi soir. Je souriais parce que je me sentais seul et désiré par personne, et qu'il me semblait que tout le monde dans l'annuaire de A Aaron à Z Zurichman avait été invité sauf moi. J'ai imaginé à quoi ça pouvait ressembler d'être populaire rien qu'un après-midi, et décidé que ça signifierait qu'il faudrait que je salue tous ceux que je croisais dans les couloirs. Je n'aimerais pas ça. Et puis j'ai entendu une voix qui criait : « Quelqu'un a sauté ! Quelqu'un a sauté !

— Encore un suicide ! »

La cloche de l'école a sonné et refusé de s'arrêter. Nous avons tous traversé le terrain de cricket et couru en direction des falaises. Un professeur nous a ordonné de faire demi-tour, mais nous étions trop nombreux. Vous connaissez l'hystérie collective – la curiosité collective est encore plus puissante. Impossible de nous faire rebrousser chemin. Nous sommes arrivés au bord de la falaise et avons regardé en contrebas. Les vagues s'écrasaient contre les rochers, comme si elles digéraient : il y avait un corps là-bas, effectivement, un élève. Tous ses os avaient dû être fracassés sur le coup. On avait l'impression de regarder un uniforme ballotté dans une machine à laver.

« C'est qui ? C'est qui ? »

Les gens pleuraient, ils pleuraient la perte de quelqu'un. Mais qui ? Qui pleurions-nous ? Des écoliers descendaient déjà le sentier abrupt pour aller voir.

Moi, je n'avais pas besoin. Je savais que c'était Brett. Comment ? Parce que Charlie était à côté de moi au bord de la falaise, et que le seul autre ami que j'avais était Brett. J'avais personnalisé la tragédie : je savais que c'était un truc pour moi – et j'avais raison.

« C'est Brett White ! » a confirmé une voix.

Mr White était là, regardant en bas comme nous tous. Il s'est relevé et a vacillé sur ses pieds. Avant qu'il se précipite sur le sentier, patauge dans la mer pour prendre son fils dans ses bras et sanglote jusqu'à ce que la police arrache Brett de ses mains glacées et trempées, tout le monde l'a regardé bouche bée pendant un long moment tandis que, là, sur la falaise, il s'écroulait comme une ruine romaine.

II

La lettre laissée par Brett est tombée dans les mauvaises mains. Deux écoliers fureteurs l'ont découverte dans son casier, et avant qu'elle ne retourne à qui de droit elle avait fait le tour de l'école :

> Ne soyez pas tristes pour moi à moins que vous soyez prêts à être tristes toute votre vie. Sinon oubliez. À quoi bon deux pénibles semaines de larmes et de regrets si un mois plus tard vous riez de nouveau ? Non, oubliez. Oubliez tout ça.

Personnellement, j'ai trouvé que la lettre de Brett était vraiment bien. Elle allait droit au but. Il avait mesuré la profondeur du sentiment humain, l'avait trouvée faible, et le disait. Bravo, Brett, où que tu sois ! Il n'était pas tombé dans le piège de la plupart de ces lettres d'adieux – les gens désignent toujours des responsables ou demandent pardon. Il est rare que quelqu'un laisse des conseils judicieux sur la façon de s'occuper de ses animaux de compagnie. Je suppose que la plus sincère et la plus lucide que j'aie lue est celle de l'acteur anglais George Sanders, qui a écrit :

> Cher Monde, je te quitte parce que je m'ennuie. J'ai le sentiment d'avoir vécu assez longtemps. Je te laisse avec tes soucis dans ce doux cloaque. Bonne chance.

Est-ce que ce n'est pas formidable ? C'est tellement juste. C'est vraiment un doux cloaque. Et en adressant ce mot au monde, il n'a pas à s'inquiéter d'oublier qui que ce soit. Il est succinct et clair dans ses raisons d'en finir, émet une ultime pensée poétique, puis avec générosité et considération nous souhaite bonne chance. Je vous le dis, c'est le genre de mot d'adieux qui me plaît vraiment. C'est dix fois mieux que ce mot suicidaire débile que j'ai écrit un jour :

> Et même si la vie est un cadeau ? Vous n'avez jamais rendu un cadeau ? Ça arrive tout le temps.

C'était tout. Je me suis dit : « Pourquoi ne pas faire le malin grincheux jusqu'au bout ? Si j'étais soudain magnanime, ça ne sonnerait pas juste. » Mais en fait je ne suis pas même du genre suicidaire. J'ai cette habitude stupide de penser que les choses vont s'améliorer, même quand tous les indices me prouvent le contraire, même quand elles empirent et empirent et empirent.

Brett a été enterré vêtu d'un pantalon brun clair et d'une chemise bleue. Décontracté chic. Mr White avait acheté les vêtements deux jours auparavant. Ils étaient en solde, mais j'ai entendu qu'il voulait payer le prix fort. Le vendeur marchandait avec lui. « Dix pour cent de remise », il a proposé, et Mr White a refusé le rabais, et le vendeur a ri alors que Mr White jetait la somme sur le comptoir et sortait en courant, fou de douleur.

Brett était allongé dans son cercueil, les cheveux peignés en arrière. L'odeur ? Gel capillaire. Expression moulée sur son visage blanc à moitié saigné ? Sommeil paisible. J'ai pensé : « Voici venue ton éclipse éternelle. Le long plongeon glacé. Ton doux bégaiement guéri par l'oubli. Alors, pourquoi être triste ? »

Le matin des funérailles était clair et ensoleillé. Un petit vent parfumé donnait à toutes choses un air mousseux et léger, qui suggérait presque que la douleur était une exagération. Toute la classe avait matinée libre. Les écoliers des autres années pouvaient venir aussi, mais ce n'était pas obligatoire. Le cimetière n'était qu'à un kilomètre de l'école, ce qui était pratique et nous a permis de nous y rendre à pied tous ensemble, une centaine d'écoliers environ et quelques professeurs qui étaient là soit pour compatir soit pour surveiller – les deux, s'ils s'en sentaient. La plupart de ceux qui étaient présents n'auraient pas dit bonjour à Brett de son vivant, mais maintenant ils faisaient la queue pour lui dire adieu.

Nous nous sommes tous assemblés autour de la tombe en attendant que le prêtre se lance, dans un silence si silencieux qu'un raclement de gorge aurait pu nous faire mourir de peur. J'ai trouvé que nos uniformes nous donnaient l'air de postiers regroupés pour renvoyer un collègue à

Dieu. J'ai imaginé « retour à l'envoyeur » soigneusement inscrit au pochoir sur le cercueil.

Le prêtre a commencé. J'entendais les paroles de son éloge funèbre comme à travers un filtre à café. Goutte à goutte. Il a décrit Brett comme « fatigué de ce monde » (juste), « mortel et faible » (juste aussi), et « pressé de rejoindre son Seigneur, notre Sauveur » (peu probable). Enfin, il a déclaré d'un ton mélodramatique que « le suicide est un péché mortel ».

Eh, attendez un peu !

OK, Brett s'est tué, mais il a aussi répondu à la question de Hamlet sans passer par quatre chemins, et même si le suicide est bien un péché mortel, la décision doit être récompensée. Je veux dire, il faut reconnaître le mérite là où il est : Brett a répondu au dilemme de Hamlet de manière aussi directe qu'on coche une case.

☐ Être
☐ Ne pas être

Je savais que ce sermon n'était qu'une vieille tactique d'intimidation qui avait survécu à travers les âges alors que les pratiques du genre « guérison du saignement de nez par application de sangsue » avaient depuis longtemps été abandonnées. S'il y a un Dieu, je doute qu'il soit aussi inflexible. Plutôt, je l'imagine accueillant les hommes et les femmes qui se sont tués comme un commissaire de police surpris qu'un malfaiteur se rende. « Toi ! » dirait-il peut-être, moins courroucé que légèrement déçu de se voir privé de l'honneur ou de la satisfaction de sa capture.

On a descendu le cercueil, et les mottes de terre dures heurtant son couvercle l'ont fait sonner creux. Brett était mince. Je lui avais dit que personne ne déteste les maigres. Personne, sinon les vers affamés.

Le temps a passé. Le soleil tel un losange d'or s'est dissous pendant qu'il glissait dans le ciel. Je n'ai pas quitté Mr White des yeux. Il se détachait de manière aussi lumineuse que s'il avait été surligné en jaune fluo. Il souffrait l'ultime humiliation publique : par négligence ou par faute parentale, il avait perdu son fils, aussi sûrement que s'il l'avait mis sur le toit de sa voiture et qu'il était parti en oubliant de l'enlever.

Après le sermon, le directeur, Mr Silver, s'est approché et a posé la main sur l'épaule de Mr White, qui a sursauté violemment et s'en est débarrassé d'un haussement. Tandis qu'il s'éloignait, j'ai pensé : « Eh bien, Brett, voilà ton père qui s'en va, il s'en va faire une valise de tes chemises vides et de tes pantalons inutiles. »

C'est ce que je pensais vraiment.

De retour à l'école, il y a eu rassemblement spécial dans la cour. Un psychologue a parlé du suicide des jeunes. Il nous a demandé à tous de tendre la main à nos pairs flageolants et d'être attentifs aux indices. Sa description d'un adolescent suicidaire a envoyé de petites ondes de choc dans la foule. Il avait décrit chacune des personnes présentes. Cela leur a donné à réfléchir. La cloche a sonné, et tout le monde s'est rendu en classe sauf notre année. Là-haut, ils avaient décidé que nous étions trop tristes pour apprendre le calcul. J'étais déstabilisé, ce qui était compréhensible. Je sentais la présence de Brett. Je le voyais sur le podium, puis j'apercevais son visage dans la foule. J'étais sûr que très bientôt je verrais sa tête sur mon cou. Je savais qu'il faudrait que j'abandonne cet endroit, que je le laisse derrière moi sans me retourner. Je voyais le portail grand ouvert qui me tentait. Et si je me tirais en courant ? Ou même mieux : si je me tirais en marchant ?

Ma rêverie a été interrompue par une discussion métaphysique. Plusieurs écoliers débattaient de l'endroit où se trouvait Brett. Certains disaient qu'il était au ciel ; d'autres supposaient qu'il était de retour à son point de départ, dans l'obscurité subarctique, se demandant quand il pourrait prendre sa place dans la queue pour la réincarnation. Puis quelqu'un qui avait des tendances catholiques a affirmé : « Son âme brûlera éternellement, vous savez », et je ne pouvais laisser une si vilaine pensée rester là sans cracher dessus. J'ai donc répliqué : « Je crois que tu devrais trouver la personne qui pense pour toi et lui demander de se mettre à la page.

— Eh bien, qu'est-ce que tu imagines qu'il est arrivé à l'âme de Brett, alors ?

— Rien. Parce qu'il n'en a pas. Ni moi. Ni toi.

— Mais si !

— Mais non !

— Absolument !

— Absolument pas !

— Tu ne crois pas en l'existence de l'âme ?

— Pourquoi, il faudrait ? »

Vous auriez dû voir les regards qu'on m'a lancés ! Quand vous dites que vous ne croyez pas en l'existence de l'âme, c'est hilarant ! Les gens vous regardent comme si l'âme, à l'instar de la fée Clochette, avait besoin qu'on croie en elle pour pouvoir exister. Je veux dire, si j'ai une âme, est-ce que c'est vraiment le genre d'âme qui requiert mon soutien moral ? Est-elle aussi fragile que tout ça ? Les gens semblent le croire ; ils pensent que douter de l'existence de l'âme signifie que vous êtes le Sans-Âme, l'unique créature solitaire errant dans le désert privé de la matière magique de l'infinité…

III

Alors, est-ce que j'ai quitté l'école par une sorte d'allégeance magnanime à mon ami disparu ? Une protestation symbolique sortie droit de mon cœur ? J'aurais aimé.

Ça ne s'est pas du tout passé comme ça.

Je suppose que je ferais bien de lâcher le morceau.

L'après-midi des funérailles, j'ai reçu un paquet par la poste. Il contenait une rose rouge et une courte lettre. Elle était de Brett, mon ami mort et enterré.

Cher Jasper,

Il y a une fille grande et belle avec des cheveux d'un roux flamboyant dans la classe au-dessus de nous. Je ne connais pas son nom. Je ne lui ai jamais parlé. Je suis en train de la regarder alors même que je t'écris cela. Je ne la quitte pas des yeux ! Elle lit. Elle est toujours tellement plongée dans la lecture qu'elle ne lève pas les yeux, alors même que je suis en train de la déshabiller mentalement.

Maintenant elle est en sous-vêtements ! C'est rageant la façon dont elle continue à lire comme ça. Lire au soleil. Toute nue. Au soleil.

S'il te plaît, donne-lui cette rose et dis-lui que je l'aimais, et que je l'aimerai, toujours.

Ton ami,

Brett

J'ai plié la feuille et je l'ai rangée au fond d'un tiroir. Puis je suis retourné à la tombe de Brett et j'y ai déposé la rose. Pourquoi je ne l'ai pas donnée à la fille qu'il aimait ? Pourquoi je n'ai pas obéi aux dernières volontés du gosse mort ? Eh bien, d'abord, je n'ai jamais beaucoup aimé l'idée de courir à droite à gauche afin de mettre les points sur les « i » et les barres aux « t » pour les morts. Ensuite, il me paraissait déraisonnablement cruel d'impliquer cette pauvre fille dans un suicide, cette fille qui n'avait même jamais su qu'il était vivant. Qui que ce soit, j'étais sûr qu'elle avait assez de pain sur la planche sans devoir assumer la culpabilité de la mort de quelqu'un qu'elle n'aurait même pas reconnu dans une foule de deux personnes.

Le lendemain, je suis monté au plateau qui dominait l'école – la parcelle de terre desséchée et sans arbres où les écoliers les plus âgés traînaient avec arrogance. Ils se tenaient au-dessus du reste de l'école comme si arriver en dernière année était un exploit comparable à survivre à une troisième campagne au Vietnam. J'y suis allé par curiosité. Brett était amoureux d'une grande fille rousse quand il s'était tué. Était-elle la cause de sa mort ? Qui était-elle ? Était-il vraiment mort non sous les coups des petites brutes, mais sous les flèches de l'amour ? Je l'espérais secrètement, parce que chaque fois que je voyais Harrison cela me rendait malade de penser que Brett s'était suicidé à cause de lui. J'avais hâte de le remplacer par une raison plus valable de mourir. C'était ce que je cherchais : une fille qui valait qu'on meure pour elle.

Malheureusement pour moi, je l'ai trouvée.

Même si j'ai assez bonne mémoire, je suis le premier à reconnaître que certains de mes souvenirs seraient à remettre en question. Il peut m'arriver de m'illusionner avec succès, raison pour laquelle, tandis que je visualise les filles de mon lycée, je ne peux que supposer que je suis en train de romancer. Dans ma tête, elles ressemblent à des écolières-stars-putes-fantasmes de clip. Ça ne peut pas être ça. Je les vois vêtues de chemises blanches déboutonnées qui exposent un soutien-gorge en dentelle noire, de minijupes vert sombre et de longues chaussettes crème, chaussées d'escarpins à boucles d'argent. Je les vois flotter sur des jambes pâles le long d'étroits couloirs, leurs cheveux s'élevant en volutes derrière elles comme des flammes dans un vent puissant. Ça ne peut pas non plus être ça.

De quoi je suis sûr : la fille que Brett aimait était grande, avait la peau blanche, des cheveux d'un roux flamboyant qui lui tombaient jusqu'aux reins, des épaules lisses comme des œufs, et des jambes longues comme une canalisation souterraine. Mais ses yeux brun foncé, souvent cachés derrière une frange inégale, étaient son arme secrète : son regard aurait pu renverser un gouvernement. Elle avait aussi l'habitude de passer la langue sur le bout de son stylo. C'était très érotique. Un jour, j'ai volé sa trousse et embrassé tous ses stylos-billes. Je sais, ç'a l'air idiot, mais c'était un après-midi très intime, avec juste les stylos et moi. Quand papa est rentré à la maison, il a voulu savoir pourquoi mes lèvres étaient tachées d'encre bleue. « Parce qu'elle écrit en bleu, j'ai eu envie de lui dire. Toujours en bleu. »

Elle faisait quinze centimètres de plus que moi, et avec ces cheveux roux flamboyants elle ressemblait à un gratte-ciel en flammes. C'est pourquoi je l'ai appelée la Tour Infernale, mais pas en face. Comment j'aurais pu ? Ce merveilleux visage et moi n'avions pas été présentés. Je n'arrivais pas à croire que je ne l'avais jamais vue – peut-être parce que j'étais absent un jour sur trois. Peut-être qu'elle faisait de même, mais les autres jours. Je la suivais à distance, essayant de la voir sous tous les angles concevables pour obtenir l'image mentale tridimensionnelle que méritaient mes fantasmes. Parfois, comme elle traversait la cour avec légèreté, semblant peser à peine plus que son ombre, elle détectait ma présence mais j'étais trop rapide pour elle. Chaque fois qu'elle se retournait je faisais mine de regarder le ciel et de compter les nuages.

Mais merde ! Il m'arrivait d'entendre soudain la voix grinçante de mon père déclarer que je cherchais à déifier l'humain parce que je n'avais pas assez de courage pour Dieu. Ouais, peut-être. Peut-être que je faisais une tentative d'autotranscendance, me projetant dans cette grande fille succulente afin de me libérer de mon carnaval de désespoir solitaire. Très bien. Mais c'était mon droit. Je voulais juste profiter de mes mensonges comme tout un chacun.

Je ne pouvais plus penser à autre chose qu'à elle et à ses composantes. Par exemple, ses cheveux roux. Étais-je primitif au point de me laisser ensorceler par des cheveux ? Sérieusement ? Des cheveux ? Ce ne sont que des cheveux ! Tout le monde en a ! Elle les relève, elle les lâche. Et alors ? Et pourquoi toutes les autres parties d'elle me font ahaner de ravissement ? Tout le monde a un dos, un ventre, des aisselles… Cette obsession pointilleuse ne fait que m'humilier alors même que je la décris, mais je suppose qu'elle n'était pas si anormale que ça. C'était un premier amour. Voilà ce qui arrive : vous rencontrez un objet d'amour, et immédiatement un trou à l'intérieur de vous se met à vous faire mal, le trou qui est toujours là mais que vous ne remarquez pas jusqu'à ce que quelqu'un approche, le débouche et file avec le bouchon.

Pendant un moment, les rôles de notre relation ont été aisément définissables. J'étais l'amant, le fileur, l'adorateur. Elle était aimée, filée, adorée.

Deux mois se sont passés ainsi.

Après le suicide de Brett, Mr White s'est remis immédiatement à enseigner. C'était une mauvaise décision. Il n'a pas fait ce que tout le monde devrait faire après une tragédie personnelle monumentale – s'enfuir, se laisser pousser la barbe, coucher avec une fille ayant exactement la moitié de son âge (à moins d'avoir soi-même vingt ans). Mr White n'a rien fait de la sorte. Il s'est contenté de venir en classe, tout comme avant. Il n'a même pas eu le bon sens de faire enlever le bureau de Brett – il est demeuré là, vide, recueillant toutes les strates de la douleur de Mr White.

Lorsqu'il était en forme, il avait l'air de sortir d'un sommeil profond. La plupart du temps, d'avoir été tiré de sa tombe. Il ne hurlait plus. Nous avons soudain été obligés de tendre l'oreille, comme si nous essayions de prendre un pouls faible. Même s'il souffrait au point de devenir une caricature de la souffrance, il n'en a retiré (rien de surprenant à cela) que peu de sympathie de la part de ses élèves. Ils ont seulement remarqué qu'avant il était industrieusement furieux et que maintenant il était totalement absent. Un jour, il a perdu les devoirs de la classe. Il m'a désigné mollement. « Ils sont quelque part dans ma voiture, Jasper, allez les chercher », il a dit en me lançant les clés. C'était une Volkswagen couverte de poussière. À l'intérieur se trouvaient des récipients qui avaient contenu de la nourriture, des vêtements mouillés et une crevette rose, mais pas de devoirs. Quand je suis revenu les mains vides, il a adressé un haussement d'épaules exagéré à la classe. C'est comme ça qu'il était devenu. Et au son de la cloche, quand les écoliers fourraient rapidement leurs livres dans leurs cartables, Mr White rangeait ses affaires plus vite que quiconque. C'était presque comme une compétition, et il gagnait toujours. Pourtant il continuait à travailler, jour de malheur après jour de malheur.

Une fois, à la fin du cours, il m'a demandé de l'attendre. Tous les écoliers m'ont fait un clin d'œil signifiant qu'ils pensaient que j'avais des ennuis et qu'ils étaient contents de l'apprendre. Mais Mr White voulait seulement la recette du gâteau au chocolat que Brett et moi avions fait ce jour-là. Je lui ai dit que je ne la connaissais pas. Mr White a hoché la tête pendant un moment excessivement long.

« Vous croyez à la Bible, Jasper ? il m'a soudain demandé.

— De la même façon que je crois au *Chien des Baskerville.*

— Je comprends.

— Le problème, c'est que la plupart du temps, quand Dieu est censé être le héros, il se révèle être le méchant. Je veux dire, regardez ce qu'il a fait à la femme de Lot. Quel genre d'être divin change la femme d'un homme en statue de sel ? Son crime ? Avoir tourné la tête... Vous devez avouer que ce Dieu est désespérément enfermé dans le temps, il en est prisonnier ; sinon, il aurait pu confondre les Anciens en la transformant en télé à écran plat ou au moins en statue de velcro. »

À l'air de Mr White, j'ai compris qu'il ne suivait pas l'argument lucide que je plagiais, sans fierté, d'un des sermons nocturnes de papa. Bref, de quoi je parlais ? Pourquoi je haranguais un homme qui avait l'air d'une souche en décomposition ? Apparemment j'ai été capable de faire n'importe quoi pour un homme qui souffre sauf être gentil avec sa Divinité.

Voilà ce que j'aurais dû dire : « Pourquoi vous ne démissionnez pas ? Allez-vous-en ! Changez d'école ! Changez de boulot ! Changez de vie ! »

Mais je ne l'ai pas fait.

Je l'ai laissé se démener dans sa cage.

« Bon, de toute façon, je pense que vous feriez mieux d'aller à votre prochain cours », il a dit, et la façon dont il tripotait sa cravate m'a donné envie d'éclater en sanglots. C'est le problème avec les gens qui vous souffrent en pleine figure : ils ne peuvent pas se gratter le nez sans que ça ait l'air poignant.

Peu après, papa est venu me chercher à l'école. Ce n'était pas aussi rare qu'on pourrait le croire. Après avoir épuisé ses activités quotidiennes – se lever (une heure), petit-déjeuner (une demi-heure), lire (quatre heures), marcher (deux heures), regarder dans le vide (deux heures), cligner des paupières (quarante-cinq minutes) –, il venait me chercher pour « avoir quelque chose à faire ».

Quand je suis sorti, il m'attendait déjà dans ses vêtements sales, le visage négligemment rasé.

« Qui est ce type lugubre qui me regarde bouche bée ? il a demandé à mon arrivée.

— Qui ? »

Je me suis tourné, et j'ai vu Mr White derrière la fenêtre de la classe qui nous fixait des yeux, en transe, comme s'il faisait quelque chose d'étrange et de fascinant, et j'ai eu soudain l'impression que j'étais le singe attaché à l'orgue de papa.

« C'est mon professeur d'anglais. Son fils est mort.

— J'ai l'impression de le connaître.

— Évidemment. Tu l'as agressé pendant quarante-cinq minutes.

— Vraiment ? Qu'est-ce que tu veux dire ?

— Tu es entré dans la classe et tu l'as injurié sans raison. Tu ne te rappelles pas ?

— Sincèrement… non. Mais qui garde le souvenir de choses pareilles ? Tu dis qu'il a perdu son fils ?

— Brett. C'était mon ami. »

Papa m'a lancé un regard surpris. « Tu ne m'avais pas raconté ça.

— Ce n'était pas mon meilleur ami. On était juste, tu sais, détestés par les mêmes gens.

— Comment est-il mort ? Overdose ?

— Suicide.

— Suicide par overdose ?

— Il a sauté d'une falaise. »

Papa a examiné de nouveau le triste visage de Mr White derrière sa vitre. « Je crois que je vais aller lui parler.

— Non.

— Pourquoi ? Il souffre.

— Exactement.

— Exactement », a acquiescé papa, bien qu'à une idée totalement différente de la mienne, parce que le voilà parti en direction de la fenêtre. Tous deux se sont regardés à travers la vitre. J'ai tout vu. Papa a frappé à la vitre. Mr White a ouvert la fenêtre. Ils ont parlé aimablement d'abord, puis sérieusement, puis Mr White s'est mis à pleurer et papa avait un bras posé sur l'épaule de Mr White, même si l'angle manquait de décontraction et de naturel. Puis papa est revenu vers moi, les lèvres pincées comme s'il sifflait, mais il ne sifflait pas. Il pinçait simplement les lèvres.

Après cette sombre conférence, Mr White a perdu la tête en cours. Et bien sûr, après sa crise, malgré les petits cris de surprise et les « C'est incroyable », personne n'a vraiment été surpris. Ils ne voyaient même pas ce que je voyais écrit en gros sur l'éruption soudaine de Mr White : l'influence de papa.

Un matin, Mr White a débarqué en classe avec l'air d'un pouce qui a trop longtemps trempé dans l'eau. Il a commencé la leçon en fixant d'un regard pénétrant, yeux grands ouverts, certains élèves les uns après les autres sans s'interrompre. Personne n'a soutenu son regard. Impossible. Vous ne pouviez que baisser les yeux et attendre qu'il passe à un autre, tel l'ange de la mort. Il était appuyé à son bureau, homme vide aux yeux rayons X. Je me rappelle que les fenêtres étaient ouvertes. Une brume laiteuse entrait par bouffées, et l'air était si chargé de mer qu'on avait presque le goût du plancton dans la bouche. Il y avait un silence oppressant, rien que le bruit de l'océan qui se soulevait et retombait sur la grève. Les élèves observaient Mr White en retenant leur souffle.

« C'est drôle qu'il faille faire des études pour devenir médecin ou avocat mais pas pour être père. N'importe quel crétin peut le faire, sans un seul jour de cours. Vous, Simon, vous pourriez être père demain si vous vouliez. »

Tout le monde a ri, et à juste titre : Simon n'était pas quelqu'un qu'on pouvait imaginer baiser quiconque, jamais.

« Pourquoi êtes-vous ici ? Pas seulement dans cette classe, mais dans le monde ? Pensez-vous que vos parents se demandent pourquoi ils vous ont eus ? Écoutez ce que les gens disent quand ils ont un bébé : "C'est la meilleure chose que j'ai faite de ma vie", "C'est magique, blablablabla." Ils l'ont fait pour eux, pour satisfaire leurs besoins émotionnels. Avez-vous jamais remarqué cela ? Que vous êtes une projection du désir des autres ? Qu'est-ce que cela vous fait ? »

Personne n'a rien dit. C'était la chose à faire. Mr White s'est frayé un chemin à travers les tables jusqu'au fond de la classe. Nous ne savions pas si nous devions garder les yeux fixés devant nous ou les tourner vers lui ou les arracher.

« Qu'est-ce que vos parents veulent de vous ? » il a crié depuis le fond. Nous lui avons tous fait face. « Ils veulent que vous étudiiez. Pourquoi ? Ils ont de l'ambition pour vous. Pourquoi ? Ils vous considèrent comme leur putain de propriété personnelle, voilà pourquoi ! Vous et leurs voitures, vous et leurs machines à laver, vous et leurs télévisions. Vous leur appartenez. Et pas un de vous ne représente pour eux quelque chose de plus que l'occasion de réaliser leurs ambitions ratées ! Ha-ha-ha ! Vos parents ne vous aiment pas ! Ne les laissez pas vous dire : "Je t'aime" ! C'est dégoûtant ! C'est un mensonge ! C'est juste une excuse à deux sous pour vous manipuler ! "Je t'aime" est une autre façon de dire : "Tu as une dette envers moi, petit salaud ! Tu représentes le sens de ma vie parce que je n'ai pas été capable de me le donner à moi-même, alors ne fous pas tout en l'air !" Non, vos parents ne vous aiment pas – ils ont besoin de vous ! Et foutrement plus que vous n'avez besoin d'eux, je peux vous l'assurer. »

Les élèves n'avaient jamais entendu une chose pareille. Mr White est resté là à respirer bruyamment, comme à travers un tube bouché.

« Putain, je me tire d'ici », il a lâché soudain, et il a quitté la pièce.

Comme il fallait s'y attendre, au bout de quelques heures, toute l'école se régalait du scandale, qui avait subi des falsifications en cours de route : certains disaient qu'il avait attaqué ses élèves, d'autres qu'il avait essayé d'en fouetter tout un tas avec sa ceinture. Et un bon nombre a murmuré ce mot qu'il ne faut pas prononcer, que les gens détestent (lisez : adorent) mentionner ces temps-ci : « pédophile » !

J'aurais aimé que les choses se terminent là. J'aurais aimé finir sur une note gaie. Gaie ? En comparaison de ce qui est arrivé ensuite, oui. Ce qui s'est passé cet après-midi-là tient solidement dans l'histoire la place de mon premier regret officiel, et demeure numéro un jusqu'à ce jour. Tout le bien que j'avais fait dans ma vie jusqu'à cet après-midi a été sur le point d'être annihilé, et tout le bien que j'ai fait depuis a été une tentative de compenser cet acte.

J'ai suivi la Tour Infernale toute la journée. Je l'ai regardée lire au soleil, ainsi que Brett l'avait décrite, tirant compulsivement sur ses chaussettes avec ses ongles bleu cobalt. Je l'ai suivie tandis qu'elle tenait par la main une fille qui avait une tête de pelle. Au déjeuner je suis resté derrière elle à la cantine pendant qu'elle commandait une tourte à la viande, et alors que la femme avait le dos tourné elle a attrapé une poignée de sachets de sauce tomate qu'elle a fourrés dans sa poche, puis elle s'est éloigné, ayant volé de manière adorable des articles gratuits.

Dans l'après-midi j'ai suivi Mr Smart, le professeur de biologie, tandis qu'il la poursuivait à travers les couloirs qui sentaient le refermé. Quand il l'a attrapée, elle a gardé la tête haute comme si c'était un trésor.

« Pourquoi n'êtes-vous pas venue en cours ?

— J'ai mes règles », elle a répliqué d'un air de défi, avec un regard qui disait : « Prouvez que c'est faux. » Bravo ! Cassé, il a baissé les yeux, regrettant de ne pas être chez lui avec sa collection de mousses végétales qu'il avait apportée une fois en classe.

Après l'école, nous avions l'habitude de traîner pendant des heures dans les gares (essayez de faire ça quand vous avez passé vingt ans – c'est moins excitant, croyez-moi). Les employés nous disaient sans cesse de rentrer chez nous, mais il n'y a pas de loi qui empêche de rester sur le quai sans monter dans les trains. Cet après-midi-là, j'ai suivi la Tour Infernale jusqu'à l'extrémité du quai. Elle était avec sa bande habituelle et je la zieutais de derrière un poteau en pensant mes pensées obsessives habituelles : espérant qu'elle serait menacée par quelque danger afin que je puisse voler à son secours, me crachant dessus de fétichiser une fille que je ne connaissais pas, ayant hâte de lui faucher un objet qui deviendrait pour moi une sainte relique, me laissant aller à un fantasme sexuel où nous nous croisions à angles droits, et, de manière plus générale, préparant une exploration systématique de son édifice semblable à une cathédrale.

Elle et ses amis ne cessaient de reculer sur le quai, ce qui m'a obligé à sortir de ma cachette. Un de ses copains – Tony, un garçon légèrement bossu que je connaissais parce qu'il m'avait pris un paquet de cigarettes en échange du constat que mes yeux étaient trop près l'un de l'autre –, a baissé sa braguette et ondulé du bassin en direction de la Tour Infernale. Dégoûtée, elle s'est détournée et s'est trouvée piégée par mon regard. Il nous a surpris tous deux. Ensuite, un truc étrange est arrivé : elle m'a rendu mon regard. Ses yeux, grands ouverts, m'ont défié de bouger. L'instant s'est étiré à l'infini, puis a repris avec un claquement sa place d'environ une nanoseconde avant de rebondir, de sorte qu'en tout il a duré environ huit secondes et demie.

Je me suis dirigé vers une cabine téléphonique. J'ai glissé des pièces dans la fente et composé un numéro au hasard.

« Allô ?
— Allô.
— Qui est à l'appareil ?
— C'est moi. C'est toi ?
— Qui est à l'appareil ? Qu'est-ce que vous voulez ?
— Ça n'a pas d'importance. Comment ça va ?
— Qui est à l'appareil ?
— Je te l'ai dit. C'est moi. »

Je sentais toujours les yeux de la Tour Infernale sur moi. J'ai su quoi faire : j'ai secoué la tête avec véhémence et laissé échapper un énorme rire artificiel avant de m'arrêter pour hocher la tête d'un air de sagesse, comme si mon interlocuteur avait fait un commentaire drôle mais choquant qui, après mûre réflexion, s'était révélé juste. J'ai négligemment changé de position afin de lui faire face, mais elle avait tourné le dos. J'ai senti une minuscule épine me piquer l'ego.

Il commençait à faire nuit. Tout le monde est tombé d'accord sans prononcer un mot que glander sur le quai avait perdu de son charme – jusqu'au lendemain – et quand le train suivant est arrivé, nous sommes tous montés les uns après les autres.

À l'autre extrémité du wagon bondé, un tapage s'est formé et un petit cercle aussi – mauvaises nouvelles pour quelqu'un. Les cercles de gens ça signifie toujours ça. Sincèrement, il m'arrive de penser qu'on devrait interdire aux êtres humains de former cette figure. Je ne suis pas un fasciste, mais je ne serais pas contre le fait qu'on nous oblige à vivre notre vie en file indienne.

Il y a eu des cris de joie et des rires. Quelqu'un était donc bien en train de souffrir. Mon cœur a saigné pour le pauvre bougre. Heureusement, Charlie était malade et Brett était mort, de sorte que celui qu'ils humiliaient cette fois-ci n'avait rien à voir avec moi. Je me suis quand même frayé un chemin dans la foule pour savoir qui c'était.

Mr White.

Les élèves lui avaient arraché son chapeau et l'agitaient, affirmant leur pouvoir sur lui. Mr White essayait de le récupérer. Généralement, même le plus rebelle des fumeurs de crack ne peut pas agresser physiquement un professeur – émotionnellement et psychologiquement, oui ; physiquement, non –, mais Mr White était un professeur noirci par la rumeur, ce qui faisait de lui une bonne prise.

« Hé », j'ai crié.

Tout le monde m'a regardé. C'était la première fois que je m'opposais aux brutes, à la cruauté impitoyable de l'animal humain, et j'étais décidé à ne pas me décevoir. Mais alors, quatre faits m'ont sauté au nez sans temps mort.

Le premier : c'était la Tour Infernale qui tenait le chapeau.

Le deuxième : mon cri n'a pas été interprété comme un « Hé » héroïque, mais comme un « Hé, lancez-moi le chapeau ».

Elle me l'a lancé.

Il a heurté ma joue et roulé par terre, en direction de la porte. Mr White s'est mis péniblement à sa poursuite.

Le troisième : la Tour Infernale a crié « Attrape-le, Jasper ! ».

Elle connaissait mon prénom. Oh, mon Dieu, elle connaissait mon prénom ! Je me suis précipité comme un fou à la poursuite du chapeau. Je l'ai attrapé. Mr White s'est arrêté au milieu du wagon.

Puis le quatrième : l'ultime événement douloureux a été le second ordre émis par sa voix délicate et aiguë – « Jette-le dehors ! »

J'étais sous le charme. J'ai ouvert la portière suffisamment pour pouvoir passer la main au-dehors. Le bord du chapeau a dansé une valse avec le vent. Le visage de Mr White s'était figé en une sorte de nonchalance forcée.

Je me suis senti mal. Mal. Mal. Mal. Je me haïssais au plus haut point. Pourquoi je faisais cela ? « Ne le fais pas, Jasper. Ne le fais pas. Non. »

Je l'ai fait.

J'ai lâché le chapeau. Le vent l'a ramassé et jeté hors de vue. Mr White a accouru. Je me suis précipité sur la porte entre les deux wagons et la pluie m'a frappé en plein visage. J'ai ouvert la porte du wagon suivant, m'y suis engouffré et je l'ai refermée derrière moi. Mr White était arrivé sur la petite plate-forme brinquebalante entre les deux wagons, et essayait d'ouvrir la seconde porte. J'ai attaché la sangle de mon sac à la poignée, l'ai maintenue avec mon pied, et j'ai laissé la physique faire tout le boulot. En quelques instants, il a été trempé jusqu'aux os. Il jurait à travers la vitre. Enfin, il a abandonné. Mais les autres avaient bloqué l'autre porte. Il s'est mis à pleuvoir plus fort. Mr White s'est tourné vers moi, a frappé de nouveau à la vitre. Je savais que si je le laissais entrer, il me mangerait tout cru. Il était coincé. Il a plu encore plus fort, de véritables hallebardes. Mr White a cessé de hurler et s'est contenté de me regarder avec des yeux de vieux chien battu. J'ai senti quelque chose couler en moi, mais je ne pouvais rien faire. À l'arrêt suivant, nous avons tous deux regardé la Tour Infernale descendre sur le quai. À travers les vitres poussiéreuses, elle m'a adressé un sourire qui disait : « Je n'oublierai jamais ce que tu as fait pour moi, Jasper Dean, Destructeur de Chapeaux. »

Le matin suivant, j'ai emprunté les longs couloirs dépourvus d'air et les escaliers silencieux pour me rendre dans la cour où avait lieu une assemblée extraordinaire. Le directeur est monté sur l'estrade. « Hier après-midi, notre professeur d'anglais, Mr White, a été terrorisé par des élèves *de cette école* ! » Un murmure a parcouru la foule. Le directeur a poursuivi sa diatribe. « J'aimerais que les élèves concernés s'avancent. » Tout le monde a regardé autour de soi pour voir si quelqu'un se dénonçait, moi y compris. « Très bien. Ce sera à nous de vous trouver. Et nous vous trouverons. Vous pouvez disposer. Pour le moment. »

Je me suis éloigné en me disant que je n'en avais plus pour longtemps dans cette école, et moins de vingt minutes plus tard dans le laboratoire de physique-chimie la cloche a sonné et sonné et sonné, et j'ai entendu ce cri de ravissement connu : « Quelqu'un a sauté ! Quelqu'un a sauté ! » J'ai foncé dehors tandis que le cloche continuait à sonner. C'était la cloche du suicide – je pense que nous avons été la première école du pays à en avoir une ; maintenant, c'est la grande mode. Tels des moutons curieux, tous les élèves ont couru au bord de la falaise, et je n'ai pas éprouvé seulement un mauvais pressentiment, mais pire : un sentiment d'appréhension, parce que je savais qui c'était et que c'était moi qui l'y avais mis.

J'ai regardé dans le vide, et vu le corps affaissé de Mr White jeté contre les rochers par les vagues.

Cet après-midi-là, ç'a été comme si je regardais la vie à travers un journal roulé. J'avais retiré de mon cœur les dernières gouttes d'innocence qui restaient. J'avais mis un homme à terre, ou du moins aidé à sa chute, et je me suis haï pour l'avenir et au-delà. Et cela m'a paru juste. Il ne faut pas se pardonner toutes ses fautes. On ne peut pas toujours tout se passer. En fait, dans certaines circonstances, se pardonner est impardonnable.

J'étais assis derrière le gymnase, la tête dans les mains, quand un élève des grandes classes chargé de la discipline, une sorte de membre inoffensif des Jeunesses hitiériennes, est venu me dire que le directeur voulait me voir. « Eh bien, nous y voilà », j'ai pensé. Je me suis rendu au bureau du directeur et j'ai découvert que son visage malléable avait pris la forme d'une figure de l'abattement.

« Mr Silver, j'ai dit.

— Je crois savoir que vous étiez un ami de Brett.

— C'est juste.

— Je me demandais si cela vous ennuierait de lire un psaume à l'enterrement de Mr White. »

Moi, le meurtrier, lire un psaume aux funérailles de sa victime ? Comme le directeur me décrivait mon rôle dans le déroulement de la cérémonie, je me suis demandé si ce n'était pas une sorte de punition subtile, parce que je me sentais transparent, assis là, peut-être même plus pénétrable que cela – j'avais l'impression d'être un site de fouilles archéologiques, le vieux pot en terre de mes pensées révélant tout sur la civilisation qui avait régné là, d'une façon ignorante et condamnée à l'échec.

J'ai déclaré que je serais honoré de lire un psaume aux funérailles.

Que pouvais-je dire d'autre ?

Cette nuit-là, je l'ai lu avec attention. Il y avait tout ce qu'on attend d'un psaume : la lourdeur, les métaphores à assommer un cheval, et le symbolisme de l'Ancien Monde. Je l'ai arraché de la bible en décrétant : « Je ne prête pas ma voix à ces inepties accablantes. » À la place, j'ai choisi un passage de l'un des livres préférés de papa, avec lequel il m'avait terrifié deux ans auparavant, un texte qui m'avait marqué au fer rouge : *La Cité de la nuit effroyable*, le grand poème de James Thomson.

Le matin des funérailles, le directeur m'a de nouveau convoqué dans son bureau. J'y suis allé, croyant qu'il voulait que nous répétions le déroulement de la cérémonie. J'ai été surpris de voir la Tour Infernale qui attendait à la porte, appuyée contre le mur. Ainsi donc, nous avions fini par être dénoncés. C'était aussi bien.

« On est baisés, elle a dit.

— On l'a mérité.

— Je sais. Qui aurait pensé qu'il réagirait si mal ?

— On ne parle pas », a lancé Mr Silver en ouvrant la porte et nous faisant signe d'entrer. La Tour Infernale a grimacé comme si elle avait reçu une gifle, et je me suis demandé à quel âge elle avait découvert qu'elle possédait le pouvoir de convaincre les hommes de jeter un chapeau par la portière des trains. Si je lui posais la question maintenant, est-ce qu'elle se rappellerait le jour ? l'instant ? l'événement ? J'aurais donné n'importe quoi pour échanger le conte de sa puissance contre la saga de ma faiblesse !

Dans le bureau se trouvait une femme d'âge mûr, maigre, assise les mains sur les genoux, ses petits yeux se fermant de cinq millimètres à chaque pas que je faisais à l'intérieur de la pièce.

« Eh bien, vous deux, a commencé le directeur, qu'avez-vous à dire pour votre défense ?

— Elle n'a rien à voir avec ça, j'ai déclaré. C'est moi.

— C'est vrai ? » il a demandé à l'Enfer.

Elle a hoché la tête d'un air coupable.

« Ce n'est pas vrai, a affirmé la femme avant de me désigner : Il l'a fait, mais c'est elle qui commandait. »

Ça m'a vexé parce que c'était vrai. Je me suis levé et j'ai posé les mains sur le bureau du directeur. « Monsieur, prenez juste un instant pour regarder la fille que vous accusez. Vous la regardez ? » Il la regardait. « C'est une victime de sa beauté. Pourquoi ? Parce que la beauté c'est le pouvoir. Et, ainsi qu'on l'a appris en classe, le pouvoir corrompt. Donc, la beauté absolue corrompt absolument. »

La Tour Infernale me fixait des yeux. Mr Silver s'est éclairci la gorge.

« Eh bien, Jasper, c'est impardonnable ce que vous avez fait.

— Je suis d'accord. Et vous n'avez pas besoin de m'exclure temporairement parce que je m'en vais. » Il s'est mordu la lèvre. « Vous voulez toujours que je lise à l'enterrement ?

— Je crois que vous devriez », il a dit d'une voix froide et sérieuse.

Merde. Je savais qu'il allait dire ça.

Les funérailles ont plus ou moins été une répétition de celles de Brett : tout le monde debout comme si la dignité changeait quelque chose, le sourire brillant du prêtre qui vous éblouissait, la vue du cercueil qui se rapprochait de vous. La Tour Infernale me fixait de nouveau, même si je n'avais pas envie d'être fixé à cet instant. Je voulais être seul avec ma culpabilité. Mais malgré moi je la regardais, l'Ange de la Mort aux longues jambes. Sans seulement en avoir conscience, elle avait fait plus que tout autre pour détruire une famille.

J'ai jeté un coup d'œil au corps glacé de Mr White et ai silencieusement supplié : « Pardonnez-moi d'avoir jeté votre chapeau ! Je ne savais pas que votre tête était encore à l'intérieur ! Pardonnez-moi de vous avoir jeté d'un train en marche ! »

Le prête m'a fait signe de la tête, le signe d'un homme plein d'omniscience à ras bord.

Je me suis levé pour lire.

Tous attendaient le psaume. Voici ce que j'ai lu :

Qui est le plus malheureux en ce lieu de douleur ?
Moi je pense ; pourtant je préfère être
Mon moi malheureux plutôt que Lui, que Lui
Qui a formé les créatures à son horrible image.

Les choses les plus viles doivent être moins viles que Toi
Qui leur as donné la vie, Dieu et Seigneur !
Créateur de tout malheur et péché ! Abhorré,
Malfaisant et implacable ! Je jure

Que tout Ton pouvoir secret et manifesté,
Tous les temples bâtis à Ta gloire,
Ne me feront porter la honteuse culpabilité
D'avoir fait de tels hommes dans un monde tel.

J'ai levé les yeux. Le prêtre grinçait des dents tout comme dans son livre préféré.

IV

À mon retour du Sizzler, je suis resté seul dans le labyrinthe à regarder la lune qui semblait n'être que la carcasse vide d'un caillou entièrement brûlé, comme si Dieu l'avait fait pour toucher l'assurance.

« Je m'inquiète, a dit papa en arrivant derrière moi.

— De quoi ?

— De l'avenir de mon fils.

— Pas moi.

— Qu'est-ce que tu vas faire maintenant ?

— Aller à l'étranger.

— Tu n'as pas d'argent.

— Je sais que je n'ai pas d'argent. Je sais à quoi ça ressemble d'avoir les poches vides. J'en gagnerai.

— Comment ?

— Je trouverai du travail.

— Quel genre de travail ? Tu n'as aucune compétence.

— Alors je trouverai un boulot non qualifié.

— Quel genre de boulot non qualifié ? Tu n'as pas d'expérience.

— J'en acquerrai.

— Comment ? Il te faut de l'expérience pour trouver un travail.

— Je trouverai quelque chose.

— Qui t'emploiera ? Les gens n'aiment pas les velléitaires.

— Ce n'est pas vrai.

— OK. Alors, qui aime les velléitaires ?

— Les autres velléitaires. »

Papa est parti avec un soupir mélodramatique qui a laissé après lui comme une odeur. Je ne sais pas combien de temps je suis resté dans le froid à essayer de voir au-delà du voile qui recouvrait mon avenir. Serais-je boulanger ou strip-teaser ? Philanthrope ou roadie ? Génie du crime ou dermatologue ? Ce n'était pas de la tarte. J'étais pris dans une tempête sous un crâne, et les suggestions réclamaient chacune à grands cris la première place. Présentateur à la télévision ! Commissaire-priseur ! Détective privé ! Vendeur de voitures ! Chef de train ! Elles arrivaient sans être invitées, faisaient leur boniment, puis laissaient la place aux autres. Certaines des suggestions les plus persistantes essayaient de revenir en douce. Chef de train ! Présentateur à la télévision dans un train ! Vendeur de voitures ! Vendeur de trains !

J'ai passé la journée du lendemain à regarder dans le vide. L'air me donne beaucoup de joie, et si la lumière frappe les grains de poussière en suspension de sorte que vous voyez la danse tournoyante des atomes, c'est encore mieux. Pendant la matinée, papa est entré et sorti de ma chambre d'un air dégagé et il a claqué la langue, ce qui dans notre famille signifie : « Tu es un imbécile. » Dans l'après-midi, il est revenu avec un grand sourire. Il avait eu une idée brillante et brûlait de m'en faire part. Il lui était soudain venu à l'esprit de me mettre à la porte, qu'est-ce que je pensais de ce trait de génie ? Je lui ai dit que je m'inquiéterais pour lui, parce que, quand on prend ses repas seul, le bruit des couverts sur une assiette qui se répercute dans une maison vide est l'un des cinq bruits les plus déprimants du monde.

« Ne t'inquiète pas. J'ai un plan pour te mettre à la porte. Nous, toi et moi, allons te construire une cabane. Quelque part sur la propriété.

— Une cabane ? Comment allons-nous construire une cabane ? On ne connaît rien sur la construction. Ni sur les cabanes.

— Internet. »

J'ai gémi. Internet ! Depuis l'existence du web, des imbéciles totaux ont construit des cabanes, des bombes, des moteurs de voiture et réalisé des interventions chirurgicales compliquées dans leurs baignoires.

Nous avons choisi dans le labyrinthe une clairière proche d'un cercle d'arbres à gomme tendineux et à quelques mètres d'un ruisseau. Le lendemain matin, sous un ciel d'un orange cuivré, nous avons commencé à abattre des arbres comme si nous étions des créatures mythiques allemandes dans un vieux film de Leni Riefenstahl.

Je n'arrivais pas à chasser l'idée que ma vie avait pris un tournant décevant : je venais juste de quitter l'école et je faisais déjà un dur travail manuel. Chaque fois que la lame de la hache frappait le bois, je sentais ma colonne vertébrale se déplacer de deux millimètres à gauche, et ce premier jour a entièrement consisté pour moi à élever la plainte à une forme d'art. Le deuxième jour a été pire encore – je me suis déboîté l'épaule. Le troisième jour, j'ai décrété qu'il fallait que je cherche du travail et je me suis donc rendu en ville pour regarder trois films à la suite, tous mauvais, mais quand je suis rentré, j'ai constaté, stupéfait, qu'une énorme quantité de travail avait été accomplie.

Papa était appuyé sur sa hache, s'épongeant le front de la main qu'il essuyait sur son pantalon. « J'ai travaillé comme une brute aujourd'hui », il a déclaré. Je l'ai fixé du regard et j'ai immédiatement compris qu'il s'était fait aider.

« Comment s'est passée la chasse au boulot ?

— L'étau se resserre.

— Bravo. » Puis il a ajouté : « Pourquoi tu ne ferais pas un peu de construction demain ? Je vais passer la journée à la bibliothèque. »

J'ai pioché dans les économies qu'il gardait à l'intérieur d'un exemplaire évidé des *Confessions* de Rousseau et j'ai appelé un ouvrier.

« Faites-en autant que vous pourrez. »

Et c'est ainsi que la cabane a été construite. Nous avons alterné. Un jour je faisais semblant de construire la cabane tout seul, le lendemain papa faisait semblant de construire la cabane tout seul. Quelle était la signification d'un tel arrangement ? Je n'en sais rien, sinon que cela prouvait que nous avions tous deux un caractère sournois et fêlé. Le bon côté de la chose, c'est que la baraque a pris forme. Le terrain a été dégagé. La charpente dressée. Le parquet posé. Les solives établies. La porte calée sur ses gonds. Les fenêtres ont été là où les fenêtres doivent être. Avec du verre dedans. Les jours sont devenus plus longs et chauds.

Pendant ce temps, j'ai postulé pour un job dans un agence de publicité, même si le fait que la petite annonce demandait un « junior » avait quelque chose de condescendant. Je suis entré dans une baraque en ciment stérile, j'ai traversé de sombres couloirs sans joie, côtoyant une nombreuse armée de clones qui souriaient d'un air plein d'urgence. Au cours de l'entrevue, un type nommé Smith m'a déclaré que si j'avais besoin de chirurgie esthétique j'aurais droit à quatre mois de congé. Le job consistait à entrer des données. J'ai commencé le jour suivant. La petite annonce disait vrai : j'ai entré des données. Mes collègues se composaient d'un homme qui fumait des cigarettes mystérieusement tachées de rouge lorsqu'il les sortait du paquet et d'une alcoolique qui essayait très dur de me convaincre que se réveiller dans la porte à tambour de l'hôtel Hyatt était une chose dont on pouvait être fier. J'ai détesté ce boulot. Les bons jours passaient comme des décennies, les jours moyens comme des demi-siècles, mais la plupart du temps j'avais l'impression d'être congelé dans l'œil d'un cyclone éternel.

Le soir où la cabane a été terminée, papa et moi, comme les deux imposteurs que nous étions, avons fêté l'exploit qui n'était pas le nôtre sur la véranda. Nous avons vu une étoile tomber, déchirant le ciel noir d'une longue et mince bande de blanc.

« Tu as vu ça ? m'a demandé papa.

— Une étoile filante.

— J'ai fait un vœu. Tu veux que je te dise ce que c'est ?

— Vaudrait mieux pas.

— Tu as probablement raison. Tu as fait un vœu, toi ?

— J'en ferai un plus tard.

— N'attends pas trop.

— Tant que je ne cligne pas des yeux, l'étoile conserve son pouvoir. »

De mes doigts, j'ai maintenu mes paupières grandes ouvertes tandis que je réfléchissais à ce que je pouvais désirer. Le choix était facile. Je voulais une femme. Je voulais l'amour. Je voulais baiser. Précisément, je voulais la Tour Infernale. J'ai compressé le tout en un vœu unique.

Papa avait dû lire mes pensées, ou fait un vœu similaire, parce qu'il a redit : « Tu te demandes sans doute pourquoi j'ai été célibataire presque toute ma vie.

— Ça s'explique tout seul.

— Tu te rappelles que je t'ai parlé d'une fille que j'avais aimée ?

— Caroline Potts.

— Je pense toujours à elle.

— Elle est où, maintenant ?

— En Europe, sûrement. Ç'a été l'amour de ma vie.

— Et Terry l'amour de la sienne. »

Nous avons terminé nos bières et écouté le glouglou du ruisseau.

« Assure-toi de tomber amoureux, Jasper. C'est un des plus grands plaisirs qui soient.

— Un plaisir ? Tu veux dire comme un bain chaud en hiver ?

— Exactement.

— C'est tout ?

— Tu te sens en vie, réellement en vie.

— Ça m'a l'air formidable. Quoi d'autre ?

— Ça te tourne la tête au point que tu ne fais plus la différence entre ton cul et ton coude. »

J'ai réfléchi un moment. « Papa, jusque-là tu as décrit l'amour comme un plaisir, un stimulant et une distraction. Il n'y a rien d'autre ?

— Qu'est-ce que tu veux de plus ?

— Je ne sais pas. Quelque chose de plus élevé ou de plus profond ?
— Plus élevé ou plus profond ?
— Quelque chose qui ait plus de sens ?
— Comme quoi ?
— Je ne sais pas vraiment. »

Nous avions atteint une impasse, nous avons reporté notre regard sur les cieux. Le ciel déçoit, après une étoile filante. Il dit : « Le spectacle est terminé. Rentrez chez vous. »

Ce soir-là, j'ai écrit une jolie petite lettre de chantage à la Tour Infernale :

> Je songe à changer mon témoignage et à dire au proviseur que c'est toi qui as orchestré l'incident du chapeau dans le train. Si tu as envie de me persuader de ne pas le faire, viens chez moi quand tu veux. Viens seule.

Vous ne pensez quand même pas que vous pouvez obtenir l'amour d'une femme par le chantage ? Eh bien, peut-être que non, mais c'était ma dernière carte et je devais la jouer. J'ai relu le mot. C'était exactement comme ça que devait être une lettre de chantage : concise et exigeante. Mais... mon stylo gigotait dans ma main. J'avais envie d'ajouter quelque chose. OK, mais n'oublions pas que la brièveté est l'âme de l'extorsion. J'ai écrit :

> *P.-S. :* Si tu ne viens pas, ne pense pas que j'attendrai comme un imbécile. Mais si tu viens, je serai là.

Puis j'ai poursuivi un peu ; j'ai écrit sur la nature de l'attente et de la déception, sur le désir et les souvenirs, et sur les gens qui traitent les dates de péremption comme si c'étaient les dix commandements. C'était un joli mot. L'élément chantage était bref, rien que trois lignes ; le P.-S. faisait vingt-huit pages.

En allant au travail, j'ai jeté la lettre à la poste et, cinq minutes plus tard, j'ai failli me fracturer la main en essayant de la récupérer. Sincèrement, ils savaient ce qu'ils faisaient en concevant ces boîtes aux lettres – on ne peut vraiment pas entrer dedans. Je vous le dis, ces petites forteresses rouges, elles sont impénétrables !

Deux jours après, je dormais profondément, coincé dans un rêve désagréable où je participais à une compétition de natation et quand c'était mon tour de nager on vidait la piscine. J'étais sur le plot de départ, et la foule me huait parce que j'étais à poil et qu'elle n'appréciait pas le spectacle. Puis, tout d'un coup j'ai été dans mon lit. Mon lit. Dans ma cabane. La voix de papa m'avait ramené à la conscience, me sauvant des regards désapprobateurs. « Jasper ! Tu as de la visite ! »

J'ai tiré les draps sur moi. Je ne voulais voir personne. Papa a remis ça : « Jasper ! Tu es là, fiston ? » Je me suis redressé. Sa voix était bizarre. Il m'a fallu un moment pour comprendre : elle était polie. Il devait se passer quelque chose. Je me suis enveloppé d'une serviette et je suis sorti.

Le soleil m'a ébloui. Étais-je encore dans mon rêve ? Une vision baignait mes yeux dans un ravissement plein de fraîcheur. Elle était là : la Tour Infernale, chez moi, à côté de mon père. Je me suis figé. Je n'arrivais pas à mettre côte à côte ces deux silhouettes. Tout était tellement hors de contexte !

« Salut, Jasper, elle a dit d'une voix qui a parcouru toute ma colonne vertébrale en se trémoussant.

— Salut », j'ai riposté. Papa était toujours là. Pourquoi il restait là ? Pourquoi il ne voulait pas bouger ?

« Eh bien, le voilà, il a commenté.

— Entre, j'ai ajouté, mais son regard hésitant m'a rappelé que je n'étais vêtu que d'une serviette.

— Tu vas t'habiller ? a demandé l'Enfer.

— Je crois que je vais pouvoir dégotter des chaussettes.

— Il y a un feu dans la montagne, a annoncé papa.

— Nous n'irons pas. Merci du renseignement. » Je l'ai congédié en lui montrant mon dos. Comme nous avancions vers la porte, j'ai tourné vivement la tête pour m'assurer que papa n'allait pas nous suivre. Il n'a fait que m'adresser un clin d'œil conspirateur. Il m'a dérangé, ce clin d'œil. Il ne m'avait pas donné le choix. On ne peut pas refuser un clin d'œil. Puis j'ai vu papa qui regardait les jambes de l'Enfer. Il a levé les yeux et m'a vu qui le voyait regarder ses jambes. Ç'a été un moment bizarre qui n'aurait pas pu se passer autrement. Malgré moi, j'ai souri. Il a souri aussi. Puis l'Enfer a levé les yeux et nous a surpris en train de nous sourire. Nous lui avons jeté un coup d'œil et l'avons surprise à nous regarder nous sourire. Un autre moment bizarre.

« Entre », j'ai répété.

Quand elle a pénétré dans la cabane, le bruit de ses pas sur les lames du parquet m'aurait poussé à boire s'il y avait eu un bar dans ma chambre, et s'il avait été ouvert. Je suis allé dans la salle de bains pour passer un jean et un tee-shirt, et quand je suis ressorti, elle était toujours debout sur le pas de la porte. Elle m'a demandé si je vivais réellement dans cet endroit.

« Pourquoi pas ? C'est moi qui l'ai construit.

— Vraiment ? »

Je lui ai montré où je m'étais coupé en aidant l'ouvrier à placer une fenêtre. J'étais fier d'exhiber mes cicatrices. C'étaient des cicatrices d'homme.

« Ton père a l'air gentil.

— Non, pas vraiment.

— Alors, qu'est-ce que tu fabriques ?

— J'ai un boulot.
— Tu ne retournes pas à l'école ?
— Pourquoi, je devrais ?
— C'est pratique d'avoir un certificat de fin d'études secondaires.
— Si tu aimes la paperasse. »

Elle m'a adressé un demi-sourire. C'est l'autre moitié qui m'a inquiété.

Elle a demandé : « Alors, qu'est-ce que ça fait d'être un travailleur ?
— Je ne sais pas. Tu pourrais aussi bien venir me voir dans un parking de sept étages pour me demander ce que ça me fait d'être au quatrième alors qu'avant j'étais au troisième.
— J'ai eu ton message.
— Nous avons poussé un homme au suicide.
— Je n'en suis pas si sûre. »

Elle n'était qu'à quelques centimètres. Je n'arrivais pas à respirer. J'étais en train de ressentir un de ces horriblesmagnifiquesdégoûtantsmerveilleuxuniqueseuphoriquessensationnelsdérangeantsexcitantshideuxsublimesnauséeuxexceptionnels sentiments qu'il est très difficile de décrire à moins de tomber par hasard sur le mot juste.

« Tu veux venir te promener dans mon labyrinthe ?
— Je n'ai vraiment pas beaucoup de temps.
— On va faire le tour facile. »

Tout brillait violemment sous le soleil et il n'y avait pas de nuages pour gâcher le bleu sauf un en forme de tête de bouc, un nuage solitaire comme si Dieu avait essuyé le ciel et oublié un endroit. Nous avons marché jusqu'au ruisseau, que nous avons suivi en regardant les visages des rochers à moitié immergés. Je lui ai appris qu'on les appelait des pierres de gué parce que l'homme aime penser que la nature tout entière a été créée spécialement pour ses pieds.

Nous avons longé le ruisseau jusqu'à l'endroit où il se déverse infatigablement dans la rivière. Le soleil cognait tant qu'on ne pouvait pas regarder l'eau sans plisser les paupières. L'Enfer s'est agenouillée pour y tremper la main.

« Elle est chaude. »

J'ai pris une pierre plate et je l'ai lancée loin de la rivière. Je l'aurais bien fait ricocher sur l'eau, mais cette scène était trop mignonne pour moi. J'avais dépassé ce stade. J'étais à l'âge où les garçons jetteraient un corps, plutôt qu'une pierre, dans une rivière.

Nous avons poursuivi notre chemin. Elle m'a demandé comment je m'y retrouvais dans le labyrinthe. Je lui ai répondu que je m'étais perdu pendant longtemps, mais que maintenant c'était comme naviguer dans le système digestif d'un vieil ami. Je lui ai confié que je connaissais la moindre ride de chacun des rochers. Je brûlais de lui dire le nom des plantes, des fleurs et des arbres, mais je n'étais pas assez intime avec la flore pour ça. Je me suis contenté de lui désigner mes préférés. J'ai dit : « Voilà l'arbuste gris argent avec de grandes grappes de fleurs en boule d'un jaune vif qui ressemblent à des microphones à poils brillants, et le petit arbre touffu couleur bronze avec des fruits blancs globuleux que je ne mangerais pas même si on m'en défiait, et celui-ci aux feuilles brillantes comme si on les avait recouvertes de rhodoïd, et un arbuste ratatiné sauvage et emmêlé qui a l'odeur d'une bouteille de térébenthine qu'on boit à deux heures du matin quand tous les débits de boissons sont fermés. »

Elle m'a regardé d'un air étrange, debout là comme mon arbre préféré : droite et élancée, tronc mince et gracieux.

« Je ferais bien d'y aller. Indique-moi juste la direction, elle a dit en plaçant une cigarette entre ses lèvres.

— Je vois que tu fumes toujours comme un condamné à mort. »

Ses yeux se sont rivés aux miens tandis qu'elle allumait sa cigarette. Elle venait juste de prendre la première bouffée quand un affreux machin noir est descendu jusqu'à son visage et a atterri sur sa joue. Elle l'a essuyée. Nous avons regardé le ciel. De la cendre noire en tombait et tourbillonnait follement dans l'air chaud et lumineux.

« Ça m'a l'air d'être sérieux, elle a remarqué en regardant la lueur orange derrière l'horizon.

— Je suppose.

— Tu ne crois pas qu'il est près ?

— Je ne sais pas.

— Je crois qu'il est près. »

D'accord, nous vivons dans un pays inflammable, et après ? Il y a toujours un incendie, toujours des maisons perdues, des vies mal placées. Mais personne ne fait ses valises pour aller s'installer sur des pâturages plus sûrs. On se contente d'essuyer ses larmes, d'enterrer ses morts, de faire plus d'enfants et de tenir bon. Pourquoi ? Nous avons nos raisons. Lesquelles ? Ne me le demandez pas. Demandez à la cendre posée sur le bout de votre nez.

« Pourquoi tu me regardes comme ça ?

— Tu as de la cendre sur le nez. »

Elle s'est essuyée, laissant une trace noire.

« Elle est partie ? »

J'ai hoché la tête. Je ne voulais pas lui parler de la trace noire. Un silence à l'état brut et affamé s'est abattu, avalant des minutes entières.

« Bon, il faut vraiment que j'y aille. »

« Pourquoi tu n'enlèves pas ton pantalon plutôt ? » Voilà ce que j'avais envie de dire. Je me suis abstenu. Bien sûr, quand surviennent les moments décisifs qui forgent un caractère, il vaut mieux prendre les bonnes décisions. Le métal refroidit et durcit rapidement.

Nous avons traversé une petite clairière où l'herbe était si courte qu'on aurait dit du sable vert, et je l'ai conduite vers une grotte. Elle m'a suivi. Il faisait sombre et frais.

« Qu'est-ce qu'on fait ici ? elle a demandé d'un air soupçonneux.

— Je veux te montrer quelque chose. Regarde. Ce sont des peintures rupestres.

— Ah oui ?

— Bien sûr. Je les ai faites moi-même la semaine dernière.

— Ah.

— Pourquoi tu es si déçue ? Je ne vois pas pourquoi il faut avoir cinquante mille ans pour peindre sur la paroi d'une caverne. »

C'est là qu'elle s'est penchée pour m'embrasser. Tout simplement.

V

Quelques semaines plus tard, la Tour Infernale et moi étions au lit, et je me sentais aussi en sécurité que si nous étions entreposés dans une grande chambre forte. Elle était sur le côté, appuyée sur un coude infatigable, comme une tige d'acier. Son crayon était suspendu au-dessus d'un carnet de notes, mais elle n'écrivait rien.

« À quoi tu penses ? j'ai voulu savoir.

— Je pense à ce que tu penses.

— Ce n'est pas une réponse.

— Eh bien, à quoi tu penses ?

— À ce que tu penses. »

Elle a émis un petit rire nasal. Je n'ai pas insisté. Elle était secrète, comme moi : elle ne voulait pas que quelqu'un connaisse toutes ses pensées, de peur qu'il n'utilise son savoir contre elle. J'imaginais qu'elle avait découvert, comme je l'avais découvert aussi, que ce que les gens veulent de vous c'est la confirmation que vous vous conformez aux règles et que vous ne suivez pas votre propre voie ni que vous vous accordez des privilèges particuliers.

« J'essaie d'écrire une carte d'anniversaire, elle a dit. C'est l'anniversaire de Lola. Tu te rappelles Lola, à l'école ?

— Ah ouais, Lola. » J'ignorais qui était Lola.

« Tu veux lui écrire quelque chose ?

— Bien sûr », j'ai menti.

Juste avant que je pose la pointe de mon stylo sur le papier, l'Enfer m'a recommandé : « Écris quelque chose de gentil. »

J'ai hoché la tête et écrit : « Chère Lola, j'espère que tu vivras toujours. » Je lui ai rendu la carte. L'Enfer l'a lue sans faire de commentaire. Si elle savait que mon message exprimait une malédiction et non une bénédiction, elle n'en a rien laissé paraître.

Puis l'Enfer a ajouté : « Oh, j'ai failli oublier ! Brian voudrait te parler.

— Qui ?

— Il s'appelle Brian.

— Peut-être, mais je ne sais pas de qui tu parles.

— C'est mon ex-petit ami, en quelque sorte. »

Je me suis redressé et je l'ai regardée. « En quelque sorte ?

— On est sorti brièvement ensemble.

— Et tu continues à lui parler ?

— Non, je veux dire, l'autre jour je suis tombée sur lui.

— Tu es tombée sur lui », j'ai répété. Ça ne me plaisait pas. Quoi qu'on dise, je sais que les gens ne tombent pas comme ça les uns sur les autres. « Eh bien, pourquoi il veut me parler ?

— Il pense que tu pourrais l'aider à récupérer son job.

— Son job ? Moi ? Comment ?

— Je ne sais pas, Jasper. Pourquoi tu ne le rencontres pas pour le lui demander ?

— Non merci. »

Elle a paru ennuyée et a roulé de l'autre côté. J'ai passé les dix minutes suivantes à contempler son dos nu, ses cheveux roux tombant sur ses omoplates qui saillaient comme une dérive de planche de surf.

« Je vais y réfléchir, j'ai dit.

— Ne t'embête pas avec ça. »

Notre lune de miel consistait surtout à nous regarder dans le blanc des yeux des heures durant. Parfois, nous ne faisions que ça de toute la journée. Parfois son visage devenait flou. Parfois il ressemblait au visage d'une inconnue. Parfois il ne ressemblait plus du tout à un visage, mais à un bizarre condensé de traits sur un fond blanc flou. Je me rappelle avoir pensé à l'époque que nous étions liés si fort qu'il serait impossible de nous séparer sans que l'un de nous perde une main ou une lèvre.

Tout n'était pas parfait, évidemment. Elle ne supportait pas que je n'aie pas abandonné l'habitude de faire une liste mentale de toutes les actrices célèbres avec qui j'aimerais coucher le jour venu.

Je ne supportais pas qu'elle ait l'esprit trop ouvert et croie à moitié en la théorie créationniste selon laquelle Dieu avait tout réalisé d'un coup de baguette magique.

Elle ne supportait pas que je ne supporte pas les faux seins.

Je ne supportais pas la façon dont, quand elle était en colère ou soucieuse, elle m'embrassait les lèvres fermées.

Elle ne supportait pas que j'essaie tout pour les ouvrir – lèvres, langue, pouce et index.

Chaque fois que j'avais entendu quelqu'un dire : « L'amour, c'est du travail », je m'étais moqué, parce que je pensais que l'amour devait pousser librement comme un jardin à l'abandon, mais maintenant je savais que c'était du travail, et non rémunéré en plus – du bénévolat.

Un beau matin, alors que nous sortions ensemble depuis deux semaines, papa a fait irruption dans la cabane comme s'il se mettait à l'abri d'une tempête.

« Je ne t'ai pas vu depuis une paye. L'amour doit te prendre beaucoup de temps, hein ?

— Oui. »

Il avait l'air chargé jusqu'à la gueule de mauvaises nouvelles qu'il ne pourrait plus retenir très longtemps.

« Quoi ?

— Rien. Profites-en tant que ça dure.

— D'accord. »

Il est resté là comme de l'eau stagnante avant de déclarer : « Jasper, nous n'avons jamais parlé de sexe.

— Dieu merci.

— Je veux juste te dire une chose.

— Finissons-en.

— Bien que l'usage du préservatif soit aussi insultant pour les sens que le fait de fourrer sa langue dans une manche à air avant de manger du chocolat, mets-en quand même.

— Des manches à air ?

— Des préservatifs.

— OK.

— Pour éviter les procès en paternité.

— OK », j'ai dit, même si je n'avais pas besoin d'une conférence sur le sexe. Personne n'en a besoin. Un castor est capable de construire un barrage, un oiseau de bâtir un nid, une araignée de tisser sa toile du premier coup sans jamais hésiter. Baiser, c'est pareil. Nous sommes nés pour ça.

« Tu veux lire quelque chose sur l'amour ? m'a demandé papa.

— Non, je veux juste le faire.

— À ta guise. De toute façon, *Le Banquet* de Platon ne te sera pas de beaucoup d'utilité, à moins que ta copine ne soit un petit Grec de treize ans. J'éviterais Schopenhauer aussi : il veut te faire croire que tu t'es fait avoir par le désir inconscient de propager l'espèce.

— Je ne veux rien propager. Surtout pas l'espèce.

— C'est bien. » Papa a enfoncé ses mains dans les poches rapiécées de son vieux pantalon de survêtement et s'est mis immédiatement en devoir de hocher la tête, la bouche à moitié ouverte.

« Papa, tu te souviens que tu disais que l'amour est un plaisir, un stimulant, une distraction ?

— Hum-hum.

— Eh bien, il y a autre chose que tu n'as pas mentionné. C'est que si tu pouvais éviter à l'objet aimé d'avoir jamais une autre écharde dans le doigt, tu ferais le tour du monde en courant pour stratifier tous les bois, juste pour lui éviter une écharde. Voilà l'amour.

— Hum. Je vais noter ça. »

Le soir suivant, quand je me suis mis au lit, j'ai trouvé quelque chose de volumineux sous l'oreiller : treize livres, de Shakespeare à Freud. Après avoir passé toute la nuit à en parcourir au moins la moitié, j'ai appris que selon les experts on ne peut pas être « amoureux » sans crainte, mais que l'amour sans crainte est un amour sincère et mature.

J'ai compris que j'avais complètement idéalisé la Tour Infernale. Et après ? Tôt ou tard, il faut bien idéaliser quelque chose – rester tiède pour tout est inhumain. Je l'avais donc idéalisée. Mais est-ce que je l'aimais ou pas ? Était-ce un amour mature ou immature ? En fait, j'avais ma méthode de dépistage. J'ai décrété : « Je sais que j'aime et que je suis amoureux quand soudain je crains sa mort aussi violemment que je crains la mienne. Ce serait charmant et romantique de dire que je crains la sienne plus que la mienne, mais ce serait un mensonge. » De toute façon, si vous saviez combien mon désir de me perpétuer à travers les âges sans perdre la moindre particule est profond et total, vous tomberiez d'accord sur le fait que la peur de perdre ma bien-aimée était une crainte plutôt romantique.

J'ai donc appelé son espèce d'ex-copain, Brian.

« Jasper Dean à l'appareil, j'ai dit quand il a répondu au téléphone.

— Jasper ! Merci de m'appeler.

— De quoi s'agit-il ?

— Je me demandais si on pourrait prendre un verre ensemble.

— Pour quoi faire ?

— Juste pour bavarder. Tu connais le Royal Batsman, près de la gare centrale ? On pourrait s'y retrouver demain à cinq heures ?

— Cinq heures vingt-trois, j'ai répondu pour exercer un certain contrôle sur la situation.

— D'accord.

— Qu'est-ce que c'est que cette histoire que je dois t'aider à retrouver ton travail ?

— Je préfère t'en parler en face. » J'ai raccroché en pensant qu'il devait avoir soit une piètre opinion de sa voix, soit une haute opinion de son visage.

Pendant les vingt-quatre heures suivantes, mon corps a palpité de curiosité. L'idée que je pouvais l'aider à retrouver son boulot me confondait. Même si c'était possible, pourquoi supposer que je le voudrais ? La pire chose que vous puissiez dire à propos de quelqu'un dans une société telle que la nôtre, c'est qu'il ne peut pas garder un travail. Cela évoque des images de perdant pas rasé à la poigne molle qui regarde tristement le boulot lui échapper et disparaître dans le courant. Il n'y a rien que nous respections plus que le travail, et rien que nous dénigrions plus que le refus du travail, et si quelqu'un voulait se vouer à la peinture ou à la poésie, n'importe qui lui dirait qu'il ferait mieux de garder un job dans un fast-food s'il avait un peu de jugeotte.

Je venais de pénétrer dans le Royal Batsman quand j'ai vu un homme aux cheveux argentés me faire signe. Il approchait de la cinquantaine et portait un costume à rayures voyant, presque aussi voyant que ses cheveux. Il m'a souri. C'était voyant aussi.

« Désolé, je vous connais ?

— Je suis Brian.

— Tu es l'ex-copain ?

— Ouais.

— Mais tu es vieux ! »

Cela lui a arraché un sourire déplaisant. « Je présume qu'elle a un faible pour les célébrités.

— Célébrités ? Qui est une célébrité ?

— Tu ne sais pas qui je suis ?

— Non.

— Tu ne regardes pas la télévision ?

— Non. »

Il m'a observé, sidéré, comme si, à la question : « Tu ne manges pas, tu ne chies pas, tu ne respires pas ? », j'avais répondu par la négative.

« Je m'appelle Brian Sinclair. J'ai présenté le journal sur la Neuf pendant deux ans. Je fais un break en ce moment.

— Bien, et alors ?

— Une bière ?

— Merci. »

Il est allé au bar me chercher une bière et j'ai été pris d'une sorte de panique, ébloui par ses cheveux argentés et son costume assorti. J'ai dû me rappeler qu'il avait besoin de mon aide, et cela m'a placé dans une position de pouvoir dont j'étais libre d'abuser quand bon me semblerait.

« Tu as vu le match hier soir ? j'ai demandé à son retour.

— Non. Quel match ? »

Je n'ai pas répondu. Je ne savais pas lequel – je faisais seulement la conversation. Et il fallait qu'il demande quel match ? On s'en fiche de ce match ? N'importe quel match. Il y a toujours un match.

« Alors qu'est-ce que je peux faire pour toi ? j'ai lancé.

— Eh bien, Jasper, comme je te l'ai déjà dit, je présentais le journal sur la Neuf. Et j'ai été viré.

— Pourquoi ?

— Tu es sûr que tu ne sais pas ? Ça a fait la une pendant un moment. J'interviewais un père de deux enfants âgé de vingt-six ans qui non seulement ne payait pas sa pension alimentaire, mais s'était en plus mis au chômage pour pouvoir regarder la télé toute la journée. Je lui posais juste quelques questions simples, et en plein milieu de l'interview…

— Il a sorti un flingue et s'est tué.

— Eh… je croyais que tu ne regardais pas la télévision ?

— Ça ne pouvait pas se passer autrement, j'ai dit, bien qu'en vérité je regarde de temps à autre la télévision, et je m'étais soudain rappelé avoir vu un ralenti de ce suicide. Tout ça est très intéressant, mais qu'est-ce que ça a à voir avec moi ?

— Eh bien, si j'avais une information que personne d'autre ne possède, cela pourrait me redonner de la valeur.
— Et ?
— Ton père n'a jamais donné de véritable interview à propos de son frère.
— Bon Dieu !
— Si je pouvais avoir le scoop de l'histoire de Terry Dean…
— Qu'est-ce que tu fais en ce moment ? Tu travailles ?
— Dans le téléachat.
Aïe.
— C'est un boulot comme un autre, non ?
— Je suis journaliste, Jasper.
— Écoute, Brian. S'il y a bien une chose dont mon père ne veut pas parler, c'est de son frère.
— Mais tu ne peux pas…
— Non. Je ne peux pas. »
Il m'a soudain semblé que la vie avait usé Brian, littéralement, à l'aide d'une énorme lime à ongles. « D'accord. » Il a soupiré. « Et toi ? Tu sais probablement quelques trucs à propos de cette histoire.
— Probablement.
— Tu voudrais bien donner une interview ?
— Désolé.
— Donne-moi quelque chose à me mettre sous la dent… Le *Manuel du crime.*
— Oui ?
— On dit que ce n'est pas ton oncle qui l'a écrit.
— Je n'en sais rien. » Son visage s'est fermé comme un poing.

À mon retour, papa était lové sur le canapé, occupé à lire en respirant lourdement. Au lieu de dire : « Salut, fils, comment va la vie ? », il m'a montré le livre qu'il lisait : c'était *Une histoire de la conscience.* Au lieu de dire : « Salut, papa, je t'aime », j'ai ricané et cherché dans la bibliothèque quelque chose à lire.

Pendant que je fouinais, l'odeur douce et écœurante des cigarettes au clou de girofle m'est parvenue. Eddie ? J'ai entendu des voix étouffées dans la cuisine. J'ai ouvert la porte et vu Anouk et Eddie serrés l'un contre l'autre et parlant à voix basse. Ils ont paru surpris de me voir, et tandis qu'Eddie me balançait un de ses sourires éblouissants Anouk m'a attiré d'un doigt posé sur ses lèvres.

« Je viens juste de revenir de Thaïlande, a murmuré Eddie.
— Je ne savais pas que tu étais parti », j'ai répliqué de la même façon.

Il a froncé les sourcils de manière inattendue – le froncement avait surpris son propre visage.

« Jasper, j'ai de mauvaises nouvelles, a annoncé Anouk d'une voix à peine audible.

— Dis-les toutes d'un coup.
— Ton papa est de nouveau déprimé. »
J'ai dirigé mon regard vers lui. Même avec des gens dans la maison, il avait l'air d'un reclus complet.
« Comment tu vois ça ?
— Il pleure. Il regarde dans le vide. Il parle tout seul.
— Il le fait tout le temps.
— Maintenant, il se donne du "Mr Dean".
— C'est tout ?
— Tu veux que ce soit comme la dernière fois ? Tu veux qu'il retourne à l'asile ?
— Il est déprimé. Que faire ?
— Je crois que c'est parce que sa vie est vide.
— Et alors ?
— Il faut que nous l'aidions à la remplir.
— Pas moi.
— Jasper, tu devrais parler plus à ton père, a dit Eddie avec une sévérité surprenante.
— Pas en ce moment. » J'ai quitté la pièce.
La dépression de mon père pouvait attendre quelques jours. Là, tout de suite, ce qui m'intéressait, c'était de jeter un coup d'œil au *Manuel du crime* de Terry Dean (Harry West). Je pensais que puisque ma relation avec la Tour Infernale avait commencé par un chantage, peut-être que le livre contenait d'autres conseils à propos du couple. Je l'ai trouvé par terre dans un tas, au milieu d'un igloo branlant de mots imprimés. Le livre en main, j'ai traversé le labyrinthe pour rejoindre ma cabane.
Au lit, j'ai feuilleté la table des matières. Le chapitre 17 a attiré mon attention. Il avait pour titre : « L'Amour : L'Ultime Mouchard. »

> *S'il y a une chose dont le malfrat a besoin dans son stock, c'est de secrets, et s'il y a bien un ennemi des secrets, c'est l'amour.*
> Les noms de vos informateurs, les coups tordus que vous préparez, l'endroit où vous cachez vos armes, votre drogue, votre fric, l'adresse de votre planque, la liste interchangeable de vos amis et ennemis, vos contacts, vos receleurs, vos plans de fuite : toutes ces choses, vous devez les garder pour vous. Or, vous révélerez chacune d'elles si vous êtes amoureux.
> L'amour est l'Ultime Mouchard parce que vous êtes convaincu que le vôtre est éternel et immuable – vous ne pouvez pas plus imaginer la fin de votre amour que vous ne pouvez imaginer la fin de votre tête. Et parce que l'amour n'est rien sans intimité, et l'intimité n'est rien sans le partage, et le partage n'est rien sans la franchise, vous devez inévitablement lâcher le morceau, tout le morceau, parce que la déloyauté dans l'intimité n'est pas viable et empoisonnera lentement votre précieux amour.
> Quand il prend fin – et il prendra fin (même le joueur le plus téméraire ne parierait pas là-dessus) –, lui ou elle, l'objet aimé, est en pos-

session de vos secrets. Et peut les utiliser. Et si la relation se termine dans l'aigreur, lui ou elle les utilisera, vicieusement et avec malveillance, contre vous.

De plus, il est très probable que les secrets que vous dévoilez quand votre âme ôte tous ses vêtements seront la cause de la fin de l'amour. Vos révélations seront la flamme qui allume la mèche qui met feu à la dynamite qui fait exploser votre amour en mille morceaux.

« Non, dites-vous. Elle comprend pourquoi je suis violent. Elle comprend que la fin justifie les moyens. »

Réfléchissez : être amoureux est un processus d'idéalisation. Maintenant, demandez-vous combien de temps on peut attendre d'une femme qu'elle idéalise un homme qui a tenu sous l'eau avec son pied la tête d'un autre. Pas très longtemps, croyez-moi. Et par une nuit froide devant le feu, quand vous vous lèverez pour reprendre un morceau de fromage, vous n'imaginerez pas qu'elle est en train de songer à ce moment de sincérité totale où vous lui avez révélé que vous avez scié les pieds de votre ennemi, hein ? C'est pourtant ce qu'elle sera en train de faire.

Si on pouvait être sûr qu'un homme se débarrasse de sa partenaire à l'instant où leur relation se termine, ce chapitre ne serait pas nécessaire. Mais on ne peut pas. L'espoir de réconciliation maintient en vie nombre d'ex qui devraient reposer au fond d'un profond ravin.

Donc, vous qui violez la loi, qui que vous soyez, il vous faut garder vos secrets pour assurer votre survie, garder à distance vos ennemis et votre corps à l'abri du système judiciaire. Malheureusement – et telle est la solitaire responsabilité qu'il nous faut tous accepter –, la seule façon de le faire est de rester célibataire. Si vous avez besoin de vous soulager sexuellement, voyez une pute. Si vous avez besoin d'être pris dans des bras, voyez votre mère. Si vous avez besoin de réchauffer votre lit pendant les mois d'hiver, achetez un chien qui ne soit ni un chihuahua ni un pékinois. Mais sachez-le : abandonner vos secrets, c'est abandonner votre sécurité, votre liberté, votre vie. La vérité tuera votre amour, et ensuite elle vous tuera. C'est pénible, je sais. Mais pas plus que le bruit du marteau du juge qui s'abat sur une table en acajou.

J'ai refermé le livre et suis resté allongé dans mon lit à penser à la sincérité et aux mensonges, et j'ai décidé que mes sentiments étaient sincères mais que j'étais plein d'histoires et de pensées que je n'avais jamais livrées à la Tour Infernale. Pourquoi avais-je instinctivement suivi les conseils du livre, un livre écrit pour les criminels ? Eh bien, comment pouvais-je révéler tous les trucs pas très reluisants que j'avais faits, comme la fois où j'avais été coincé par des brutes et où j'avais fait semblant de dormir pendant qu'ils me filaient une raclée ? Ou la fois, une semaine après le début de notre relation, où j'étais si jaloux à l'idée que la Tour Infernale se tire en douceur pour aller coucher avec quelqu'un d'autre que je suis allé coucher avec quelqu'un d'autre juste pour n'avoir aucun droit d'être jaloux ? Non, je ne lui racontais même pas les bonnes choses, comme lorsque certains matins je sortais du labyrinthe sur la grand-route et que j'entendais les réverbères qui murmuraient encore au-dessus de ma tête, que je voyais un vent matinal chatouiller les arbres, tandis que l'odeur familière du jasmin confondait mes sens au point que mon nez semblait plein de l'odeur douce et entêtante d'une paupière rose pâle. Je me sentais si bien à sautiller sur place dans l'air chaud qu'une fois j'ai pris un nain de jardin sur une pelouse et que je l'ai déposé dans le jardin de l'autre côté de la rue. Puis j'ai pris le tuyau d'arrosage qui était à côté et je l'ai mis sur la véranda des voisins. « Nous partageons ce jour, mes amis ! Ce qui est à lui est à vous ! Ce qui est à vous est à lui ! » Ce n'est que plus tard que la chose m'a paru un peu étrange, et que j'ai empêché l'histoire de pénétrer le tympan de ma bien-aimée.

Et comme j'étais évidemment contaminé par la méfiance que papa témoignait envers tout, y compris ses propres pensées, sentiments, opinions et intuitions – ce qui me conduisait à me méfier de mes propres pensées, sentiments, opinions et intuitions –, je ne pouvais pas lui dire non plus que de temps à autre je suis saisi d'une transe rêveuse dans laquelle toutes les forces opposées de l'univers semblent se soumettre à un cessez-le-feu aussi soudain qu'inexplicable et se fondre jusqu'à me donner l'impression d'avoir entre les dents un morceau de la création. Je peux être en train de marcher dans la rue, ou simplement d'effacer les adresses de sites porno de l'historique de mon navigateur, quand soudain c'est comme si j'étais enveloppé dans une douce brume dorée. De quoi s'agit-il, exactement ? D'une période de superconscience, où le Je de Moi devient le Nous de On, où Nous est soit Moi et un Nuage, soit Moi et un Arbre, et parfois Moi et un Coucher de Soleil, ou même Moi et l'Horizon, mais rarement Moi et du Beurre, ou Moi et de l'Émail Ébréché. Comment lui expliquer ça ? Tenter de communiquer des idées incommunicables, c'est risquer de les simplifier à outrance, et l'excitation organique finira par avoir l'air d'une excitation organique à deux sous, et que penserait-elle de ces hallucinations enchanteresses et incompréhensibles, de toute façon ? Elle pourrait en conclure que je fais un avec l'univers alors que les autres ne sont pas dans mon cas. C'est comme disait papa : ces moments de conscience cosmique pourraient simplement être des réactions naturelles à une soudaine sensibilisation inconsciente à notre propre mortalité. Pour autant que je sache, le sentiment d'unité peut être la plus grande preuve de division qui soit. Qui sait ? Le simple fait que ces moments donnent l'impression d'être des appréhensions authentiques de la Vérité ne signifie pas qu'ils le sont. Autrement dit, si vous vous méfiez d'un sens, il vous faut vous méfier de tous. Il n'y a pas de raison pour que le sixième sens ne soit pas aussi trompeur que l'odorat ou la vue. C'est la leçon que j'ai apprise de mon père, les gros titres de la presse dans lesquels il se voyait : les intuitions directes sont aussi peu fiables qu'elles sont puissantes.

Alors, vous comprenez ? Comment pouvais-je lui parler de ces choses quand je n'étais pas sûr de m'être compris moi-même ? Pas plus que je ne pouvais lui dire que parfois j'avais la capacité de lire les pensées de mon père et qu'à d'autres moments je le soupçonnais de pouvoir lire les miennes. De temps à autre, j'essayais de lui dire quelque chose juste par la pensée, et je le sentais répondre par la négative. Je sentais un « Va te faire foutre » voyager à travers l'éther. Et je ne pouvais pas non plus dire à l'Enfer que plus d'une fois j'avais eu des visions d'un visage sans corps. J'avais commencé à rêver dans mon enfance d'un visage bronzé, moustachu, aux lèvres épaisses et au nez large qui sortait d'un sombre néant, ses yeux perçants dégageant une aura de violence sexuelle, sa bouche tordue par un cri silencieux. Je suis sûr que c'est arrivé à tout le monde. Puis un jour vous voyez ce visage même quand vous êtes réveillé. Vous le voyez dans le soleil. Vous le voyez dans les nuages. Vous le voyez dans le miroir. Vous le voyez clairement, bien qu'il ne soit pas là. Puis vous le sentez aussi. Et vous vous levez pour dire : « Qui est là ? » Et comme vous ne recevez pas de réponse, vous dites : « J'appelle la police. » Et qu'est-ce que cette présence, de toute façon, sinon un fantôme ? Explication la plus plausible : une idée pleinement extériorisée et manifestée. Certains trucs rampaient dans mon cerveau avec une folle envie de sortir, et, pire, ils sortaient et je ne pouvais contrôler ni où ni à quel moment.

Donc, faire connaître chacune des idées laides, négatives, dingues et idiotes qui vous passent par la tête ? Non. C'est pourquoi, quand vous êtes devant la mer et que votre amour vous demande, en vous serrant tendrement : « À quoi tu penses ? », vous ne répondez pas : « Que je déteste les gens et que je voudrais qu'ils tombent et ne se relèvent jamais. » Je vous le dis. Vous ne pouvez tout simplement pas dire ça. Je ne sais pas grand-chose à propos des femmes, mais ça, je le sais.

Je me suis endormi, et à quatre heures du matin une idée terrible m'a réveillé : je n'avais jamais dit à la Tour Infernale que Terry Dean était mon oncle.

J'ai fixé la pendule jusqu'à huit heures sans détourner un instant les yeux, puis j'ai appelé Brian.

« Qui est à l'appareil ?

— Comment tu savais que j'étais le neveu de Terry Dean ?

— Jasper ?

— Comment tu savais ?

— Ta copine me l'a dit.

— Ouais, je sais, je vérifiais juste. Donc, euh, toi et elle, alors…

— Eh bien ?

— Elle a dit que tu étais sorti avec elle juste un petit moment. »

Il n'a pas répondu. Dans le silence, je l'entendais respirer comme quelqu'un qui sait qu'il a le dessus, et j'ai fini par respirer comme quelqu'un qui se trouve coincé dessous, et ensuite il s'est mis à me parler non seulement de lui et elle, mais de choses sur elle qu'elle m'avait tenues secrètes – toute sa vie, semblait-il : comment elle s'était enfuie de chez elle à quinze ans et avait habité à Chippendale pendant deux mois avec un dealer du nom de Freddy Luxembourg, et comment elle était retournée chez elle un avortement plus tard et avait changé d'école, et quand elle avait seize ans et qu'elle avait commencé à sortir toute seule dans des bars, et c'est là qu'ils s'étaient rencontrés, et elle avait fui la maison de nouveau pour vivre avec lui pendant un an jusqu'à ce qu'elle le surprenne avec une autre femme et flippe totalement et retourne de nouveau chez elle et que ses parents l'envoient chez un psychologue qui avait déclaré qu'elle était une bombe à retardement, et comment elle l'avait appelé et avait laissé des messages étranges sur son répondeur à propos de son nouveau copain qui allait le tuer s'il reparaissait jamais dans sa vie. J'ai été surpris d'apprendre que le petit copain tueur c'était moi.

J'ai accueilli toutes ces informations avec un calme apparent, et : « Hum-hum » pour seuls commentaires, tâchant de ne pas trahir l'inquiétude qui m'envahissait devant les conclusions dérangeantes que je faisais. Le fait qu'elle ait appelé son ancien copain et lui ait laissé des messages revêches signifiait qu'elle était probablement encore accrochée à lui, et le fait qu'en retour il lui ait parlé de récupérer son job signifiait qu'il était probablement encore accroché à elle.

Je n'en revenais pas. Elle m'avait menti ! Elle, m'avait menti, à moi ! Moi ! Moi qui étais censé être le menteur dans cette histoire !

J'ai raccroché et j'ai posé mes pieds par terre comme deux ancres. Je ne me suis pas levé. Je suis resté comme ça pendant des heures, ne rompant le charme que pour me faire porter malade au bureau. Aux environs de cinq heures, je suis sorti m'asseoir sur la véranda pour vider une cigarette dans une pipe. J'ai fixé le soleil couchant parce que j'avais l'impression d'avoir vu un visage, un visage dans le soleil, ce vieux visage familier que je n'avais pas vu depuis longtemps. Tout autour de moi, les cigales faisaient un boucan de tous les diables. On aurait dit qu'elles me cernaient petit à petit. J'ai envisagé d'en attraper une pour la mettre dans la pipe et la fumer. Je me demandais si ça me défoncerait quand j'ai vu un éclair rouge monter dans le ciel. J'ai posé la pipe et me suis mis en marche dans la direction de la traînée de vapeur qui restait suspendue dans l'air. C'était elle. Je lui avais donné une fusée éclairante parce qu'elle se perdait souvent dans le labyrinthe.

Je l'ai trouvée près d'un gros rocher et je l'ai ramenée à la cabane. Lorsque nous sommes entrés, je lui ai lâché tout ce que m'avait dit Brian. Elle m'a regardé les yeux vides comme s'ils étaient morts.

« Pourquoi tu ne m'as pas dit que tu avais vécu avec lui pendant un an ? j'ai hurlé.

— Eh bien, tu n'as pas été très sincère avec moi non plus. Tu ne m'as pas dit que Terry Dean était ton oncle.

— Et pourquoi je l'aurais fait ? Je ne l'ai jamais vu ! C'était il y a longtemps. J'avais moins de deux ans quand il est mort. Ce que je veux savoir, c'est pourquoi tu ne m'as pas dit que tu étais au courant pour mon oncle.

— Écoute. Soyons sincères l'un envers l'autre à partir de maintenant.

— Oui, d'accord.
— Scrupuleusement sincères.
— Nous nous dirons tout. »

La porte était grande ouverte. Aucun de nous ne l'a prise. C'était le moment de poser des questions et d'y répondre, comme deux mouchards qui viendraient de découvrir que chacun avait passé un marché avec le procureur.

« Je vais prendre une douche, elle a dit.
— OK. »

Je l'ai regardée traverser la pièce, et quand elle s'est penchée pour ramasser une serviette, j'ai remarqué la façon dont la ceinture de son jean bâillait sur ses reins, comme un méchant sourire.

VI

Après cet incident, j'ai pris la mauvaise habitude de la traiter avec courtoisie et respect. La courtoisie et le respect sont positifs quand on s'adresse à un juge avant la sentence, mais dans les relations intimes ils sont synonymes de gêne. Et j'étais gêné parce qu'elle n'avait toujours pas oublié Brian. Ce n'était pas de la paranoïa dépourvue de fondement non plus. Elle s'était mise à me comparer à lui, de manière défavorable. Par exemple, elle disait que je n'étais pas romantique comme Brian, juste parce que j'avais dit un jour : « Je t'aime de tout mon cerveau. » Est-ce ma faute si elle n'avait pas compris à quel point le cœur s'est approprié les mérites de la tête, que les sentiments follement passionnés proviennent en fait de l'ancien système limbique qui se trouve dans le cerveau, et que je ne faisais qu'essayer d'éviter de faire référence au cœur comme à l'entrepôt véritable de tous mes sentiments quand ce n'est, après tout, rien qu'une pompe détrempée et un filtre ? Raison pour laquelle il ne faut jamais perdre son temps à offrir un conte allégorique à la race humaine – en moins d'une génération, elle en fera une vérité historique, témoins oculaires à l'appui.

Et ensuite, il y a eu le bocal.

J'étais chez elle, dans sa chambre. Nous venions de faire l'amour en silence parce que sa mère était à côté. J'aime le faire sans bruit parce que quand vous pouvez faire tout le bruit que vous voulez vous allez plus vite en quelque sorte. Le sexe silencieux vous fait ralentir.

Ensuite, comme je ramassais par terre toutes les pièces qui étaient tombées des poches de mon jean, j'ai vu le bocal sous son lit, de la taille d'un pot de moutarde, avec un liquide brumeux dedans, comme l'eau nuageuse qui sort des robinets mexicains. J'ai soulevé le couvercle et reniflé, m'attendant de manière irrationnelle à une odeur de lait caillé. Ça ne sentait rien du tout. Je me suis tourné et j'ai regardé son corps mince s'installer sur le lit. « Ne le renverse pas », elle a dit avant de m'offrir encore l'un de la longue dynastie de ses sourires parfaits.

J'ai plongé le doigt dans le bocal et je l'ai léché.

Salé.

Je pensais savoir ce que cela signifiait. Mais cela pouvait-il vraiment signifier ce que je pensais que cela signifiait ? Étais-je en train de tenir entre les mains, dans la réalité vraie, un bocal de larmes ? Ses larmes ?

« Des larmes, hein ? » j'ai lâché, comme si tous les gens que je connaissais recueillaient leurs larmes, comme si le monde entier ne faisait rien qu'ériger des monuments à sa tristesse. Je l'imaginais pressant le petit bocal contre sa joue, quand la larme inaugurale ressemblait à la première goutte de pluie glissant sur une vitre.

« Ça sert à quoi ?

— À rien.

— Comment ça, à rien ?

— Je recueille mes larmes, c'est tout.

— Allez. Il y a quelque chose de plus.

— Non. Tu ne me crois pas ?

— Absolument pas. »

Elle m'a fixé pendant un moment. « OK... Je vais te le dire, mais je ne veux pas que tu le prennes mal.

— OK.

— Tu promets que tu ne le prendras pas mal ?

— C'est une promesse difficile. Comment je saurai si je le prends mal ?

— Je te dirai.

— OK.

— OK. Je recueille mes larmes parce que... je vais les faire boire à Brian. »

J'ai serré les dents et regardé par la fenêtre. Les arbres automnaux aux feuilles tombantes ressemblaient à des haussements d'épaules brun doré. « Tu es toujours amoureuse de lui !

— Jasper ! Tu le prends mal ! »

Environ deux semaines plus tard, elle a ajouté une nouvelle insulte à la précédente. Nous étions dans ma cabane, en train de baiser, en faisant un boucan de tous les diables cette fois-ci, et comme si elle faisait exprès de confirmer mes pires soupçons, en plein milieu elle a hurlé son nom à s'époumoner : « Brian !

— Où ? j'ai demandé, surpris, et je me suis mis à le chercher dans la pièce.

— Qu'est-ce que tu fais ? »

J'ai cessé en me rendant compte de ma stupide erreur. Elle m'a lancé un regard qui combinait habilement tendresse et répugnance. Jusqu'à ce jour, le souvenir de ce regard continue à me visiter comme un témoin de Jéhovah, sans avoir été invité et sans se décourager.

Elle est sortie du lit et s'est fait une tasse de thé tout en grimaçant de culpabilité.

« Je suis désolée, elle a dit la voix tremblante.

— Je ne pense pas que tu devrais continuer à fermer les yeux pendant que tu fais l'amour.

— Hum.

— Je veux que tu me regardes sans arrêt. OK ? »

Elle s'est accroupie devant le réfrigérateur.

« Tu n'as pas de lait.

— Mais si.

— Il a tourné.

— Mais c'est du lait. »

Elle n'avait pas fini de soupirer que j'étais déjà sorti de la cabane en direction de la maison de papa. Nous n'arrêtions pas de nous voler du lait. Reconnaissons-le : j'étais meilleur voleur que lui. Il venait toujours pendant que je dormais, mais comme il était paranoïaque sur les dates de péremption, le bruit de tonnerre qu'il faisait en reniflant me réveillait.

Il faisait nuit noire. Genre noir épais et universel qui rend inopérants des concepts tels que nord, sud, est et ouest. Après avoir trébuché sur des souches et été giflé par des branches épineuses, j'ai vu les lumières de la maison de papa, accueillantes et déprimantes tout à la fois ; elles signifiaient qu'il était éveillé et qu'il faudrait que je fasse la conversation, c'est-à-dire que je l'écoute. J'ai soupiré. J'avais conscience que nous étions de plus en plus étrangers l'un à l'autre. Tout avait commencé après mon départ de l'école et avait empiré graduellement. Je ne suis pas sûr de savoir pourquoi, mais, de manière inattendue, il s'était mis à se conduire en père normal, particulièrement en ce qui concernait l'utilisation du chantage émotionnel. Un jour, il avait même employé l'expression : « Après tout ce que j'ai fait pour toi. » Puis il avait dressé la liste de tout ce qu'il avait fait pour moi. Ça paraissait beaucoup ; mais elle comprenait un grand nombre de petits sacrifices tels que « acheté du beurre bien que j'aime la margarine ».

La vérité, c'est que je ne pouvais plus le supporter : sa constante négativité, sa négligence envers nos vies, sa vénération inhumaine pour les livres au détriment des personnes, son amour fanatique de la haine de la société, l'amour artificiel qu'il me portait, l'obsession malsaine qu'il avait de rendre ma vie aussi déplaisante que la sienne. Il m'était venu à l'esprit qu'il ne m'avait pas pourri la vie après coup, mais qu'il s'était appliqué à me démanteler laborieusement, comme s'il était payé en heures sup pour le faire. Il avait un pylône en béton à la place de la tête, et je n'en pouvais plus. Il me semble qu'on devrait être capable de dire à ceux qui sont dans notre vie : « Je te dois ma survie » et : « Tu me dois ta survie », et que si on ne peut pas dire ça, alors qu'est-ce qu'on fout avec eux ? Tel que j'étais, je ne pouvais pas penser autre chose que : « Eh bien, j'ai survécu malgré tes efforts, espèce de fils de pute ! »

La lumière était allumée dans le séjour. J'ai regardé par la fenêtre. Papa lisait le journal en pleurant.

« Qu'est-ce qu'il y a ? j'ai demandé en ouvrant la porte coulissante.

— Qu'est-ce que tu fais là ?

— Je vole du lait.

— Alors, vole-le ! »

Je suis allé jusqu'à lui et je lui ai arraché le journal des mains. C'était un quotidien à sensation. Papa s'est levé et est passé dans la pièce voisine. J'ai regardé le journal de plus près. Papa lisait un article sur Frankie Hollow, le chanteur de rock qui avait été tué, tandis qu'il rentrait de tournée, par un admirateur fou qui lui avait tiré deux balles dans la poitrine, une dans la tête, et une autre pour « lui porter chance ». Depuis, l'histoire avait réussi à rester à la une quotidiennement bien que rien de nouveau ne soit apparu. Certains jours, les journaux avaient proposé des interviews de gens qui ne savaient rien et qui au cours de l'interview ne révélaient rien. Ils avaient pressé l'histoire jusqu'à la dernière goutte de sang en exhumant le passé du défunt ; et quand il n'y avait absolument, radicalement plus eu rien à raconter, ils en avaient raconté encore. J'ai pensé : « Qui imprime ces cochonneries ? » Puis : « Pourquoi la mort de cette célébrité fait pleurer papa ? » Je suis resté là avec un millier de phrases dépréciatives qui nageaient dans ma tête, tâchant de décider si je devais intervenir ou pas. Eh bien non. La mort est la mort, et le deuil est le deuil, et même si les gens choisissent de pleurer la perte d'un inconnu célèbre, on ne peut pas se moquer d'un cœur triste.

J'ai refermé le journal, encore plus perdu qu'avant. J'entendais la télévision dans la pièce d'à côté. On aurait dit que papa essayait de voir jusqu'où il pouvait pousser le volume. Je suis entré. Il regardait une série de porno soft dont l'héroïne est une policière qui résout des énigmes en montrant ses jambes rasées de près. Mais il ne regardait pas l'écran : il fixait la petite bouche ovale d'une cannette de bière. Je me suis assis à côté de lui, et nous n'avons pas parlé pendant un moment. Parfois ne pas parler ne demande aucun effort, et parfois c'est plus fatigant que de soulever un piano.

« Pourquoi tu ne vas pas te coucher ? je lui ai demandé.

— Merci, papa. »

J'ai essayé de réfléchir à une réponse sarcastique, mais quand on met deux commentaires sarcastiques côte à côte, ils ont seulement l'air méchant. Je suis retourné au labyrinthe et à l'Enfer dans mon lit.

« Où est le lait ? elle a demandé comme je me glissais près d'elle.

— Il était tourné », j'ai répondu en pensant à papa qui était encore plus tourné que le lait. Anouk et Eddie avaient raison – il était retombé dans un état dépressif. Pourquoi, cette fois-ci ? Pourquoi pleurait-il cette rock star dont il n'avait jamais entendu parler ? Allait-il se mettre à pleurer chaque mort sur la planète Terre ? Peut-il y avoir passe-temps plus prenant ?

Le lendemain matin à mon réveil, l'Enfer était parti. C'était nouveau. À l'évidence, notre relation était encore tombée d'un degré – jadis, nous nous serions mutuellement sortis d'un coma diabétique pour nous annoncer que nous partions. Maintenant elle se tirait en douce, probablement pour éviter la question : « Qu'est-ce que tu fais plus tard ? » Ma cabane ne m'avait jamais semblé aussi vide. J'ai enfoui ma tête dans l'oreiller et crié : « Elle ne m'aime plus ! »

Pour me distraire de cette réalité à l'odeur aigre, j'ai pris le journal et je l'ai parcouru, dégoûté. J'ai toujours détesté nos journaux, surtout pour leur géographie insultante. Par exemple, page 18, votre regard tombe sur un terrible tremblement de terre dans un pays comme le Pérou, avec une insulte cachée entre les lignes : vingt mille êtres humains ensevelis sous les décombres, et ensuite ils sont de nouveau ensevelis, cette fois-ci sous dix-sept pages de potins locaux. Qui imprime ces horreurs ?

Puis j'ai entendu une voix. « Toc, toc, toc. »

Cela m'a énervé. J'ai hurlé : « Ne reste pas là à dire Toc, toc, toc ! Si j'avais une sonnette, tu dirais Drinnng ?

— Qu'est-ce qui t'arrive ? m'a demandé Anouk en entrant.

— Rien.

— Tu peux me le dire. »

Devais-je me confier à elle ? Anouk avait des problèmes sentimentaux, elle aussi. Elle était au milieu d'une rupture compliquée. En fait, elle était toujours au milieu d'une rupture compliquée. En fait, elle n'arrêtait pas de rompre avec des gens dont je ne savais même pas qu'elle les connaissait. Si quelqu'un avait le chic pour flairer le début de la fin, c'était Anouk. Mais j'ai décidé de ne pas lui demander son avis. Il y a des gens qui sentent quand vous vous noyez, et quand ils s'avancent pour y regarder de plus près, ils ne peuvent pas s'empêcher de vous enfoncer la tête sous l'eau.

« Tout va bien.

— Je voudrais te parler de la dépression de ton papa.

— Je ne suis pas vraiment d'humeur à ça.

— Je sais comment combler son vide : ses carnets !

— J'ai assez fouiné dans ses carnets pour toute ma vie ! Ses écrits sont les taches des sucs qui dégouttent du pâté de tête qu'il a dans le crâne. Je refuse !

— Pas besoin. Je l'ai déjà fait.

— Tu l'as fait ? »

Anouk a sorti de sa poche un des petits carnets noirs et l'a agité comme si c'était un billet de loterie gagnant. La vue de ce carnet a produit chez moi le même effet que la vue du visage de mon père : une fatigue accablante.

« OK, écoute ça. Tu es assis ?

— Anouk, tu es en train de me regarder !

— OK ! OK ! Bon Dieu, tu es vraiment de mauvaise humeur. »

Elle s'est éclairci la gorge et a lu : « "Dans la vie, chacun fait exactement ce qu'il est censé faire. Si vous rencontrez un comptable, il ressemble exactement à un comptable ! Il n'y a jamais eu de comptable dont on pourrait dire qu'il aurait dû être pompier ; un vendeur dans une boutique de fringues qui aurait l'air d'un juge, ou un vétérinaire qu'on jurerait sorti de derrière un comptoir de McDonald's. Un jour j'ai rencontré un type dans une fête et je lui ai dit : 'Alors, comment vous gagnez votre croûte ?', et il a répondu, très fort, pour que tout le monde entende : 'Je suis arboriculteur', et j'ai reculé d'un pas pour le jauger d'un coup d'œil, et que je sois damné s'il ne correspondait pas précisément à cela – il avait l'air d'un arboriculteur même si je n'en avais jamais vu auparavant. C'est ce que je suis en train de dire : absolument tout le monde est tel qu'il devrait être, et c'est aussi le problème. On ne trouve jamais un magnat de la presse qui ait une âme d'artiste ou un multimillionnaire ayant la compassion brûlante d'un travailleur social. Mais si on pouvait murmurer à l'oreille d'un milliardaire et atteindre la compassion brûlante qui dort et demeure inutilisée là où est entreposée l'empathie, et si on pouvait lui murmurer à l'oreille et chauffer cette empathie jusqu'à ce qu'elle prenne feu, puis la nourrir d'idées jusqu'à ce qu'elle se transforme en action… Je veux dire l'exciter. Vraiment l'exciter. C'est à ça que je rêve – être l'homme qui excite les riches et les puissants avec ses idées. C'est ce que je veux – être celui qui murmure des idées passionnantes dans une énorme oreille en or." »

Anouk a fermé le carnet et m'a regardé comme si elle s'attendait à des applaudissements nourris. C'était ça qui l'excitait tant ? Pour moi, la mégalomanie de papa était une vieille histoire. J'en avais pris conscience en l'aidant à sortir de l'asile. Cette fois-là, j'avais eu de la chance. Mais prendre au pied de la lettre le contenu de ces carnets déments et l'utiliser sur son auteur était une affaire très risquée, nous allions bientôt le découvrir.

« Et alors ?

— Et alors ?

— Je ne pige pas.

— Tu ne piges pas ?

— Arrête de répéter tout ce que je dis.

— C'est la réponse, Jasper.

— Vraiment ? J'ai oublié la question.

— Comment combler le vide de ton père. C'est simple : nous allons en trouver une.

— Une quoi ?

— Une oreille en or. »

Elle a souri.

VII

Ce soir-là, comme je me rendais chez Anouk, j'ai réfléchi à son plan. L'oreille en or qu'elle avait choisie appartenait à la tête de Reynold Hobbs, qui, au cas où vous habiteriez dans une grotte où il n'y aurait pas le câble, était l'homme le plus riche d'Australie. Il possédait des journaux, des magazines, des maisons d'édition, des studios de cinéma et des chaînes de télévision qui filmaient des événements sportifs qu'il diffusait sur son réseau câblé. Il possédait des clubs de foot, des chaînes hôtelières, des restaurants, une compagnie de taxis et une chaîne de maisons de disques qui produisaient la musique qu'il vendait dans ses magasins de disques. Il possédait des stations balnéaires, des politiciens, des immeubles, des châteaux, des chevaux de course et un yacht qui avait la taille de l'île de Naru, dans le Pacifique. Reynold passait la moitié de son temps à New York, mais il était si secret qu'on ne savait jamais de quelle moitié il s'agissait. Il appartenait à cette sorte de célébrités peu commune qui n'a pas à se préoccuper des paparazzi parce qu'elle les possède. Je vous le dis : Reynold Hobbs aurait pu chier au milieu du pont du Port que vous n'en auriez jamais vu une photo dans le journal.

Je ne sais pas depuis combien de temps Anouk projetait cette mission peu prometteuse, mais elle m'a montré un article qui disait que Reynold et son fils, Oscar, allaient se rendre ce soir même au casino de Sydney afin de fêter son acquisition. Nous irions donc au casino pour tenter de convaincre Reynold Hobbs, l'homme le plus riche d'Australie, de rencontrer papa, l'homme le plus pauvre d'Australie.

À cette époque, Anouk était retournée vivre chez ses parents dans une belle maison dans un beau quartier dans une belle impasse avec un beau jardin à côté et plein d'enfants qui jouaient dans la rue et des voisins qui bavardaient par-dessus leurs barrières et de grandes pelouses et de grands jardins et des balançoires et une belle voiture familiale bien confortable dans chaque allée et des chiens qui savaient où ne pas chier et où chier et en jolis tas symétriques en plus, comme un feu de camp de scouts. C'était le genre de décor de classe moyenne que les gens adorent décortiquer à la recherche de vers – et les vers sont là, bien sûr. Et oui, la famille d'Anouk possédait un gros ver. Un ver qui refusait de disparaître. C'était Anouk.

Son père jardinait quand je suis arrivé. C'était un cinquantenaire en pleine santé, au point que chaque fois que je le voyais je prenais la résolution de faire cinquante pompes tous les matins. Muscles saillants, il était penché sur un parterre de fleurs dont il arrachait les mauvaises herbes, et même le haut de la raie de son postérieur au travail était ferme et resplendissante de rose sous des touffes de poils puissants et virils.

« Eh, Jasper, pourquoi tu t'es mis sur ton trente et un ?

— Anouk et moi allons au casino.

— Et pourquoi diable ?

— Pour faire sauter la banque. »

Il a gloussé. « On ne peut jamais avoir ces sales corrompus. Leur bazar est truqué.

— Il n'y a pas beaucoup de sales corrompus qu'on peut avoir.

— C'est bien vrai. »

La mère d'Anouk, une belle femme dont l'épaisse chevelure noire commençait à grisonner, est sortie avec un verre d'eau qu'elle destinait peut-être à son mari mais qu'elle m'a donné.

« Tiens. Eh, c'est moi qui rapetisse ou tu continues à grandir ?

— Je crois que je continue à grandir.

— Eh bien, ne t'arrête pas maintenant !

— D'accord. »

J'aimais bien la famille d'Anouk. Ils ne faisaient pas de grands efforts pour vous mettre à l'aise, ils vous regardaient seulement comme si vous aviez toujours été là. Ils étaient sincères, sérieux, enthousiastes, gais et travailleurs, et ne disaient jamais de mal de personne. C'était le genre de gens qu'il est impossible de ne pas aimer, et j'ai souvent eu envie de les balader dans les rues en mettant les passants au défi de ne pas les aimer.

« Où est Anouk ?

— Dans sa chambre. Tu peux y aller. »

J'ai traversé la maison, agréable et fraîche, j'ai monté l'escalier et je suis entré dans sa chambre. Elle y revenait toujours à l'issue de ses sorties infructueuses dans le monde – généralement après des boulots ou des amours qui avortaient. Ses parents la lui gardaient. C'était étrange de la voir ici, dans sa maison familiale, et dans la chambre d'une fille de quinze ans. Soyons clair : Anouk avait maintenant trente-deux ans, et chaque fois qu'elle partait elle jurait de ne jamais revenir, mais les choses trouvaient toujours un moyen de tourner mal, et elle ne résistait pas à repasser par là un moment, pour faire une pause.

J'avais été dans plusieurs des appartements d'Anouk, et elle était toujours en train de jeter dehors un homme qui l'avait dégoûtée, ou de laver ses draps parce que l'homme avec qui elle couchait avait couché avec une autre femme, ou d'attendre à côté du téléphone qu'un homme appelle, ou de ne pas répondre au téléphone parce qu'un homme appelait. Je me souviens d'un qui refusait de partir ; il avait essayé d'invoquer les droits de propriété par occupation du terrain sur sa chambre. À la fin elle s'en était débarrassée en jetant son portable par la fenêtre : il avait suivi de près.

Quand je suis entré, Anouk était dans son dressing en train de se changer.

« J'arrive dans une minute. »

J'ai jeté un œil discret autour de moi. Il y avait à côté de son lit la photographie d'un homme à tête carrée et lunettes noires et avec le genre de favoris qui ont tué Elvis.

« Qui c'est ce clown ?

— C'est du passé. Jette-le à la poubelle pour moi, tu veux ? »

J'ai éprouvé une satisfaction considérable à obéir.

« Qu'est-ce qui s'est passé avec celui-là ?

— Je vais te le dire. Je n'ai pas de chance. Mes relations appartiennent toujours à l'une de ces deux catégories : soit je suis amoureuse de lui et il n'est pas amoureux de moi, soit il est amoureux de moi et il est plus petit que ma grand-mère. »

Pauvre Anouk. Elle ne supportait pas d'être éternellement célibataire, et elle ne supportait pas de ne pas le supporter. L'amour était absent de sa vie de façon terriblement fascinante, et elle faisait de son mieux pour ne pas en conclure qu'elle était aux trois huitièmes d'une série noire longue de quatre-vingts ans. Elle était humiliée d'avoir rejoint la légion des femmes seules obsédées par l'effort de ne pas être obsédées par leur obsession. Mais elle ne pouvait s'empêcher d'être obsédée : elle était seule. Ce n'était pas une question d'horloge biologique. C'était une question de l'autre horloge – l'horloge numéro un, la Grande Horloge. Et alors qu'elle cherchait toujours les réponses à ses questions profond en elle-même, ainsi que le conseille le sage, elle n'en retirait absolument rien. Ce n'était pas comme si elle était coincée dans un cercle vicieux, mais plutôt dans un ensemble de cercles vicieux. Dans l'un, elle choisissait toujours le mauvais genre : – « bourgeois yuppie salaud », ou juste « salaud » ou, plus souvent, « homme-enfant » – en fait, pendant un moment, on aurait dit qu'elle ne fréquentait plus que des hommes-enfants de diverses sortes. Elle avait également l'habitude d'être l'autre femme et pas la femme. Elle était de celles avec qui les hommes aiment coucher, mais pas avoir une histoire suivie. Elle faisait partie des garçons, pas des filles. Et j'ignore quelle est la clé psychologique de tout cela, mais les pièces à conviction anecdotiques le prouvent : elle voulait trop. Alors que, même si personne ne peut dire avec certitude comment cela fonctionne, il faut juste essayer de vaincre cette force mystérieuse du trop vouloir en faisant semblant de ne pas vouloir ce qu'on veut vraiment.

Anouk était magnifique quand elle est sortie de son dressing. Elle portait une robe verte diaphane à imprimé floral sur une combinaison noire. On aurait dit qu'elle l'avait achetée exprès de deux tailles trop petite tant elle collait à ses courbes. Des courbes en épingle à cheveux. Mon Dieu, elle était voluptueuse, et si vous aviez l'imagination requise vous ne pouviez penser à autre chose qu'à coucher avec elle, même si ce n'était que pour vous la sortir de la tête. J'avoue qu'à son propos j'avais entretenu des fantasmes masturbatoires dès l'âge de quatorze ans, depuis qu'elle s'était lassée d'être la fille en colère à tête rasée Doc Martens et piercings. Ses yeux verts brillaient toujours, mais avec les années elle avait laissé pousser ses cheveux noirs. Elle avait enlevé ses piercings, de la brindille était passée à l'éponge, et elle se baladait maintenant comme un nuage cochon pris dans une robe moulante. Je sais que j'étais là pour tenter de combattre la dépression et les tendances suicidaires de mon père, mais je n'ai pu m'empêcher de penser qu'il était peut-être grand temps qu'Anouk et moi couchions ensemble. Devais-je essayer de la séduire ? Peut-on séduire quelqu'un qui nous a connu prépubère ?

« Peut-être que tu devrais laisser souffler tes amours pendant un petit moment, j'ai suggéré.

— Je ne veux pas rester célibataire. J'aime baiser. J'ai couché avec beaucoup d'hommes et je veux continuer à le faire. Je vais te dire : ceux qui disent que les besoins sexuels sont plus importants chez les hommes feraient bien de venir me voir à l'œuvre...

— Je ne dis pas que tu devrais rester seule. Tu pourrais essayer de trouver un amant, comme elles font en France.

— Tu sais que ce n'est pas une mauvaise idée... Mais où est-ce que je trouve un amant sans obligation d'achat ?

— Eh bien – et ne dis pas non tout de suite –, et moi ?

— Non.

— Pourquoi pas ?

— Parce que tu es un peu comme mon fils.

— Non. Nous sommes plus comme des cousins éloignés qui se reluquent en douce.

— Je ne t'ai jamais reluqué.

— Tu devrais y penser.

— Et ta petite amie ?

— Je crois qu'elle commence à ne plus m'aimer. Vois-tu, j'ai besoin de retrouver confiance en moi, et je pense que si nous devenions amants, ça le ferait.

— Jasper, je ne veux pas.

— C'est une raison ?

— Oui.

— Tu n'as jamais couché avec quelqu'un par bonté ?

— Bien sûr que si.

— Ou par pitié ?

— Bien trop souvent.

— Eh bien, je me contenterai d'une baise de charité.

— On peut parler d'autre chose ?

— Je ne me serais jamais douté que tu étais aussi égoïste et peu généreuse. Tu as pourtant fait partie de l'Armée du Salut pendant un an, non ?

— Pour collecter de l'argent au porte à porte, pas pour baiser avec les clodos. »

Nous étions dans une impasse. Ou plutôt, j'étais dans une impasse.

« Viens, imbécile », elle a dit.

Anouk en tête, nous nous sommes dirigés vers le casino de Sydney.

Ne mâchons pas nos mots : l'intérieur du casino de Sydney donne l'impression que Las Vegas a eu un enfant illégitime avec les dessous de Liberace, et que cet enfant est tombé dans un escalier et s'est cogné la tête sur le tranchant d'une pelle. Aux tables de black jack et devant les machines à poker se trouvaient des hommes et des femmes tendus et désespérés aux allures de droïdes, et qui ne semblaient pas jouer pour le plaisir. En les voyant, je me suis rappelé que le casino était célèbre pour ses clients qui enferment leurs enfants dans leurs voitures pendant qu'ils jouent. J'avais lu un article là-dessus, et j'espérais que tous ces gens tristes et désespérés baissaient un peu les vitres pendant qu'ils mettaient l'argent de leur loyer dans la poche du gouvernement, qui ramasse des profits énormes et en réinjecte un demi pour cent dans la communauté sous forme d'aide psychologique aux joueurs.

« Les voilà », a dit Anouk.

Elle m'a désigné un attroupement de paparazzi, d'hommes d'affaires et de politiciens. À l'évidence, Reynold Hobbs, un homme de soixante-dix ans, une tête parfaitement ronde et chauve à la Charlie Brown agrémentée de lunettes en acier carrées, avait compris qu'il serait bon pour son image d'essayer de passer pour « un type ordinaire comme vous et moi », raison pour laquelle il était penché sur la table de black jack à dix dollars minimum. À la façon dont ses épaules tombaient, on aurait dit qu'il venait de perdre sa position dans la dernière main. Anouk et moi nous sommes approchés. C'était peut-être l'homme le plus riche d'Australie, mais on n'aurait pas dit qu'il l'était devenu dans les casinos.

Son fils, Oscar Hobbs, à quelques mètres de là, tentait sa chance à la machine à poker, droit comme seul sait l'être une célébrité – un homme qui peut être photographié n'importe quand, c'est-à-dire un homme qui ne se cure pas le nez et ne se touche pas les parties génitales. Je me suis sévèrement mis en garde : « Ne compare pas ta vie à la sienne ! Tu n'as pas la moindre chance ! » J'ai cherché autour de moi une comparaison avec laquelle je puisse vivre. Là. Je l'ai vu : vieux type, pas beaucoup de dents, pas beaucoup de cheveux, un furoncle dans le cou, le nez comme une conque ; il serait mon ancre. Sinon, j'étais mal. En aucune façon je ne pouvais soutenir la comparaison avec Oscar Hobbs, parce qu'il était connu de tous qu'avec les femmes c'était le fils de pute le plus veinard qui soit. Au cours de mes lectures furtives des tabloïds j'avais vu sa collection de petites amies – une collection longue, magnifique et enviable. Si vous saviez avec quelles chéries il avait été intime, vous vous mangeriez le bras jusqu'au coude. Merde. Je ne supporte même pas d'y penser. Ce n'était pas un héritier mondain ; on ne le voyait jamais aux vernissages ou dans les bars à la mode ou aux premières de cinéma. Oh, bien sûr, de temps à autre on apercevait le coin de son menton dans les pages mondaines des journaux du dimanche, mais à la façon même dont son menton vous regardait, vous compreniez qu'il avait été pris par surprise, comme un voleur pincé par une caméra de surveillance dans une banque. Mais les femmes ! Après avoir vu leurs photos, je retournais dans ma chambre malmener mes oreillers. Plus d'une fois je les ai mis en lambeaux, littéralement en lambeaux, et c'est très difficile de déchirer vraiment un oreiller.

« Comment tu veux jouer ça ? j'ai demandé à Anouk.

— Il faut attaquer sur les deux fronts. L'un prend le père, l'autre le fils.

— Ça ne marchera jamais.

— Tu veux essayer Reynold ou Oscar ?

— Aucun, mais je suppose que je vais essayer Reynold. Je dois lui demander quelque chose, de toute façon.

— OK. Mais qu'est-ce que je dois dire au fils ? Quel genre d'ouverture, tu penses, marcherait ?

— Je ne sais pas. Fais comme si tu le connaissais.

— Il va croire que je le drague.

— Alors insulte-le.

— L'insulter ?

— Dissèque-le comme tu fais toujours. Dis-lui ce qui cloche dans son âme.

— Comment je saurais ce qui cloche dans son âme ?

— Invente. Dis-lui que son âme a une tache qui s'étend quand on essaie de la nettoyer.

— Non, ça ne va pas.

— Bien. Alors, dis-lui qu'il est tellement riche qu'il est coupé de la réalité. Ça le fera tiquer. Les riches détestent ça.

— Mais c'est vrai, il est tellement riche qu'il est coupé de la réalité.

— Anouk, crois-le ou non, les difficultés financières ne sont pas l'unique réalité officielle.

— Ne discutons pas. Agissons, c'est tout.

— OK. Bonne chance. »

Je me suis dirigé vers la table sur laquelle Reynold Hobbs était penché, mais il n'y avait pas de siège libre. Je suis resté debout, respirant dans la nuque des joueurs. Un garde m'a zyeuté d'un regard soupçonneux, et non sans raison effectivement. J'agissais de manière suspecte, marmonnant à moi-même : « Que diable vais-je raconter à ce géant des médias ? Comment le convaincre de voir mon père ? Lui démontrer qu'il accomplirait un acte charitable ? Reynold Hobbs est un philanthrope célèbre, certes, mais ses actions charitables se font plutôt par téléphone. »

Un journaliste assis à côté de Reynold a terminé son interview, s'est levé et lui a serré la main. J'ai saisi l'occasion et me suis glissé à côté de lui. Reynold m'a adressé un sourire cordial, mais il était mal à l'aise. Il y a des gens qui ne savent tout simplement pas parler à quiconque est âgé de moins de vingt ans, et plus on est proche de zéro, plus ils sont mal à l'aise. Il s'est détourné et s'est immédiatement engagé dans une conversation avec son avocat à propos de la taille moyenne du corps du caractère utilisé pour les contrats. Reynold voulait mettre certaines clauses en Times Roman mais le réduire à quatre points. Son avocat a répliqué que, pour être « correct », tout document devait être imprimé dans un caractère au moins égal à sept points.

« Excusez-moi, Mr Hobbs ? »

Il a pivoté lentement, comme pour dire : « Tout ce que touche mon souffle se mue en or, je vous fais donc une grande faveur en me tournant dans votre direction », et quand ses yeux ont croisé les miens, ils l'ont fait avec un calme infini qui m'assurait que malgré notre proximité il était inaccessible.

« Qu'est-ce que vous voulez ?

— Vous possédez certains de nos journaux, n'est-ce pas ?

— Et ?

— Eh bien, je pensais que le pouvoir était censé corrompre, Mr Hobbs. Mais ce que vous faites n'est pas corrompu – vendre de la diarrhée n'est pas corrompu, c'est juste un incroyable gâchis de pouvoir. Avec toute l'influence que vous avez, avec les choix infinis que vous avez dans votre manche, vous pourriez imprimer n'importe quoi, et vous choisissez la sueur d'aisselle. Pourquoi ? »

Reynold a fait comme si je n'avais pas parlé. J'ai regardé comment Anouk se débrouillait. Apparemment, mieux que moi : Oscar avait l'air gêné. Je me suis demandé ce qu'elle était en train de lui raconter.

Comme Reynold observait toujours la même réserve, j'ai poursuivi : « OK, vous voulez vendre des journaux. Je pige. Vous vendez de la morve fraîche parce que le public ne se fatigue jamais de la morve fraîche. Mais vous ne pourriez pas rendre vos journaux un peu plus libérateurs ? Si vous fourriez un quart de page de sagesse tibétaine entre les gros titres réchauffés et les horoscopes quotidiens, ça ferait baisser les ventes tant que ça ? »

La main du garde du corps s'est posée sur mon épaule. « Allons-y.

— Laissez-le », a dit Reynold sans me quitter des yeux.

J'ai continué. « Prenez l'histoire de Frankie Hollow : elle est réchauffée de manière honteusement sensationnelle. Vous n'avez pas plus d'informations que vous n'en aviez le premier jour, mais cela ne vous empêche pas de la coller en première page en la tournant dans tous les sens, ici du point de vue de l'étron dans les chiottes de l'hôtel, là de celui d'un oiseau qui passait devant la fenêtre. Sincèrement, Mr Hobbs, c'est comme lire du fromage de nœuds. Comment pouvez-vous vivre avec vous-même ? Vous payez sûrement quelqu'un pour regarder dans le miroir à votre place.

— Écoute-moi, petit, qui que tu sois. Un journal est là pour donner des informations, pas pour illuminer les âmes. Les tabloïds font dans le sensationnel parce que la vie des hommes n'est pas sensationnelle. Voilà tout. La mort d'une célébrité est ce qui fait le plus vendre. Tu sais pourquoi ? Parce que c'est comme si les gros titres disaient : “Les dieux meurent aussi”. Tu me suis ?

— Bien sûr. Je peux vous emprunter trente mille dollars ?

— Pour quoi faire ?

— Pour errer sans but de par le vaste monde. Dix mille serait un bon début.

— Quel âge as-tu ?

— Dix-sept ans.

— Tu ne devrais pas demander l'aumône. Tu devrais trouver l'inspiration pour te débrouiller par toi-même.
— Le SMIC n'a rien d'inspirant.
— Ouais, eh bien, moi, j'ai commencé au SMIC. Je n'ai jamais reçu l'aumône. J'ai travaillé pour obtenir ce que j'ai.
— Voilà un beau discours. Dommage que vous ne puissiez pas faire votre propre éloge funèbre.
— OK. Ma patience a des limites. »
Il a fait signe au garde du corps, qui m'a aidé à me lever en me serrant le cou.
« Une chose encore ! » j'ai crié.
Reynold a soupiré, mais je voyais qu'il se demandait ce que j'allais bien pouvoir lui sortir. « Sois bref.
— Mon père voudrait vous rencontrer.
— Qui est ton père ?
— Martin Dean.
— Jamais entendu parler.
— Je n'ai pas dit qu'il était célèbre. J'ai juste dit qu'il voudrait vous rencontrer.
— À quel propos ?
— Pourquoi vous ne le laisseriez pas vous le dire en personne ?
— Parce que je n'ai pas le temps. J'ai du pain sur la planche.
— Vous êtes assez riche. Vous n'avez pas besoin de faire du pain. »
Reynold a fait un nouveau geste, et le garde m'a arraché à la table. Quelqu'un m'a pris en photo tandis que j'étais « escorté » jusqu'à la porte. J'ai attendu Anouk sur les marches du casino pendant une heure, et pour passer le temps j'ai fait un petit tour au parking, histoire de voir s'il n'y avait pas des enfants en train de suffoquer. Il n'y en avait pas.
Je suis revenu juste au moment où Anouk sortait. Je n'avais jamais été sidéré, je ne savais donc pas ce que l'on ressentait et je ne croyais même pas qu'on pouvait être sidéré ailleurs que dans les livres. Cela dit, j'ai été sidéré : juste derrière Anouk se trouvaient Oscar et Reynold Hobbs.
« Et voici Jasper.
— Nous nous connaissons, a dit Reynold, avec un éphémère sourire méprisant.
— Content de vous revoir. » J'ai adressé à Oscar le plus chaleureux de mon répertoire de sourires, mais ses yeux n'ont pas jugé que mon visage était digne de s'y poser, ce qui fait qu'il n'en a pas profité.
« Qu'est-ce qui se passe ? j'ai murmuré à Anouk.
— Ils viennent avec nous, elle a répondu en haussant les sourcils.
— Où ?
— À la maison. »

VIII

Dans la limousine noire, Reynold et son fils ont passé le voyage à regarder par leurs fenêtres respectives. Le profil trois quarts d'Oscar m'a fasciné presque tout le temps. Quel fardeau ! Imagine-toi monstrueusement riche et impossiblement beau. Malgré tout ça, il émanait de lui une tristesse dont je ne devinais pas la cause.

« J'ai vu votre photo dans les magazines, je lui ai dit.

— Ouais ?

— Vous avez toujours un magnifique top model pendu au bras.

— Et alors ?

— Alors, où est-ce qu'on achète un bras comme ça ? »

Oscar a ri et m'a regardé pour la première fois. Ses yeux étaient couleur café et immobiles.

« Comment tu t'appelles, déjà ?

— Jasper. »

Il a hoché la tête, comme s'il consentait à ce que mon prénom soit Jasper.

« Alors, ça fait quoi d'être constamment observé ? j'ai ajouté.

— On s'y habitue.

— Mais vous ne vous sentez pas limité dans vos actes ?

— Pas vraiment.

— La liberté ne vous manque pas ?

— La liberté ?

— Je vais le dire autrement : vous ne pourriez pas sortir votre sexe et l'agiter dans un wagon sans que cela fasse la une des journaux ; moi, je pourrais.

— Mais pourquoi je voudrais agiter mon sexe dans un wagon ? » C'était une bonne question. Qui en aurait envie ?

Reynold Hobbs a toussé, mais il ne s'agissait pas de s'éclaircir les poumons. Cette toux était censée me faire taire. J'ai souri. « Vous pouvez avoir tout l'argent du monde, Mr Hobbs, j'ai pensé, vous pourriez posséder tout l'univers et ses particules, vous pourriez avoir des intérêts dans les étoiles et toucher des dividendes de la Lune, mais je suis jeune et vous êtes vieux, et j'ai quelque chose que vous n'avez pas : un avenir. »

« J'ai entendu parler de cet endroit. C'est un labyrinthe, n'est-ce pas ? a lancé Reynold tandis que nous roulions à travers le bush.

— Comment vous en avez entendu parler ? » j'ai demandé, et il m'a regardé comme si j'étais une tête réduite dans une exposition sur l'Amazone. Ma question équivalait à demander à Dieu comment il savait qu'Adam et Ève avaient cueilli la pomme.

« Ton papa va être drôlement surpris », m'a dit Anouk en souriant.

Je ne lui ai pas rendu son sourire. Je craignais une scène. En règle générale, papa n'aimait pas les invités-surprises, ce qui n'était pas très gênant vu qu'il n'en avait jamais, mais on ne pouvait savoir comment il allait réagir. Ce qu'Anouk ne pouvait pas comprendre, c'est que papa avait peut-être écrit un jour dans un carnet qu'il voulait murmurer des idées dans une énorme oreille en or, mais que cela ne signifiait pas que deux minutes après il n'avait pas tout oublié, ou que dix minutes plus tard il n'avait pas écrit dans un autre carnet que tout ce qu'il voulait c'était déféquer dans une énorme oreille en or.

Nous sommes entrés. Par chance, il ne régnait pas à l'intérieur un désordre répugnant ; le spectacle n'était que moyennement dégoûtant : des livres, des papiers éparpillés, deux jours de nourriture pourrie, rien de très écœurant.

« C'est vraiment un génie, a dit Anouk, comme si elle les préparait à voir le genre de génie qui chie sur une table basse.

— Papa ! j'ai appelé.

— Va te faire foutre ! » Cela provenait de la chambre. Reynold et Oscar ont échangé un dialogue d'yeux silencieux.

« Tu ferais peut-être mieux d'aller le chercher », m'a conseillé Anouk.

Tandis que Reynold et Oscar s'installaient sur le canapé en refusant de s'adosser aux coussins, je suis allé chercher papa.

Il était au lit, allongé sur le ventre dans la position de l'étoile de mer.

« Reynold Hobbs et son fils sont venus te voir. »

Papa a tourné la tête dans ma direction et m'a adressé un joli ricanement. « Qu'est-ce que tu veux ?

— Je ne blague pas. Anouk a estimé que tu entrais dans une nouvelle phase dépressive suicidaire. Elle s'inquiétait pour toi, et alors nous avons lu tes carnets et trouvé le passage où tu dis que tu veux murmurer de grandes idées dans une énorme oreille en or… Elle m'a convaincu de dénicher l'oreille la plus grosse et la plus dorée de tout le pays, et par miracle elle a réussi : ils attendent dans le living.

— Qui attend ?

— Reynold Hobbs et son fils, Oscar. Ils attendent de connaître tes grandes idées.

— Tu te fous de moi.

— Non. Va voir par toi-même. »

Papa s'est levé et a jeté un coup d'œil. S'il pensait le faire sans être vu, il se trompait. Reynold a lentement tourné la tête vers nous et s'est vaguement gratté – qui sait s'il en avait vraiment besoin ou s'il jouait un rôle ? –, et quand nous nous sommes approchés il s'est protégé les yeux de la main, comme si papa et moi étions des apparitions rayonnantes trop lumineuses pour l'œil humain.

« Hé, a dit papa.

— Hé, a répondu Reynold.

— Anouk nous a dit que vous aviez des idées formidables qui pourraient nous intéresser, a ajouté Oscar.

— Nous ne sommes pas en train de perdre notre temps, au moins ? a demandé Reynold.

— Non, vous ne perdez pas votre temps. Je le jure sur la tête de mon fils.

— Papa.

— Laissez-moi juste une minute pour rassembler mes notes. Hum, Anouk, tu peux venir une seconde ? »

Papa et Anouk sont allés dans la chambre de papa et ont fermé la porte. Je voulais les suivre, mais je ne voulais pas que Reynold et Oscar pensent que je craignais de rester seul avec eux, même si je craignais de rester seul avec eux. Nous nous sommes adressé des hochements de tête, mais les hochements ça fatigue au bout de quelques secondes. Donc j'ai dit : « Je me demande ce qui les retient », et je suis entré dans la chambre, où Anouk était assise sur le lit de papa tandis qu'il était agenouillé par terre, penché sur une collection de vieux carnets noirs dont il tournait les pages frénétiquement. C'était une vision dérangeante. Je l'entendais qui sifflait : il suintait l'angoisse. Anouk m'a fait une grimace, une grimace écrasée d'appréhension.

« Qu'est-ce que tu fais planté là ? a aboyé papa sans lever les yeux.

— Tu es prêt ?

— Il n'a pas encore choisi les idées, m'a expliqué Anouk.

— Ils attendent.

— Je sais !

— Tu as juré sur ma tête, tu te rappelles ?

— Bien, est intervenue Anouk, tout le monde se calme. »

On a frappé à la porte.

« Éteins la lumière ! a murmuré papa.

— Papa, ils nous ont vus entrer.

— Qu'est-ce que ça peut foutre, de toute façon ? Tout ça est stupide. »

Papa a pris une poignée de carnets et est retourné dans le living, Anouk et moi à sa suite. Il s'est assis sur le bras du fauteuil et a feuilleté lentement un de ses carnets en faisant claquer sa langue. « Donc... oui... l'idée... j'en ai quelques-unes dont j'ai pensé qu'elles pourraient vous... »

Il est arrivé à la dernière page et a brusquement refermé le carnet – il semblait que l'idée n'était pas là finalement, parce qu'il a sorti un autre carnet noir, identique au premier. Et de nouveau il l'a compulsé à toute vitesse en claquant de la langue, les globes oculaires suant. Ce carnet non plus n'a rien donné. Une autre poche contenait un troisième petit carnet noir. « Je viens de... oh ouais, une seconde encore... une seconde encore... je jure... cinq secondes – cinq, quatre, trois, deux, un, et le gagnant est... hum, juste encore une seconde. » Un sourire aussi minuscule qu'un ascaris est apparu sur le visage de Reynold. J'aurais voulu l'écraser avec le pied d'un éléphant. Quand tout allait pour le mieux, je détestais déjà voir mon père se tortiller dans l'enfer qu'il s'était bâti lui-même, mais sous le regard méprisant d'inconnus, c'était insoutenable.

Papa tentait frénétiquement de se libérer de son indécision paralysante lorsque Reynold a claqué des doigts. Deux fois. Ça doit être la méthode des riches pour que les choses se fassent… Ça a marché. Papa a cessé, et nous a lu immédiatement ce qui était écrit sur la page qui se trouvait sous ses yeux :

« "Idée pour un restaurant cannibale, chaque plat a la forme d'une partie du corps humain." »

L'idée est demeurée en suspens. Elle était stupide. Personne n'a réagi, parce qu'il n'y avait aucune raison de le faire. Les yeux de papa sont revenus à son carnet et ont poursuivi leur recherche. Reynold n'a pas claqué une nouvelle fois des doigts. Il n'en a pas eu besoin. Papa a anticipé le mouvement et s'est arrêté au hasard.

« "Pour lutter contre la drogue : que tous les écoliers passent une semaine avec un drogué dans un squat délabré. L'enfant verra le drogué se piquer, vomir, voler sa propre famille, se couvrir de plaies et finir par mourir d'une overdose. L'enfant rédigera un compte rendu de cinq cents mots qu'il lira à l'enterrement du drogué, qui fera partie de la sortie de la classe. Chaque fois qu'un drogué meurt, la classe doit l'enterrer, jusqu'à ce que l'association héroïne/mort soit gravée dans l'inconscient des enfants." »

Il ne pensait pas. Il se contentait de vomir des idées. Et aucune n'était bonne.

« "Introduire la conscription civile afin de permettre aux SDF d'habiter les maisons des banquiers et de débarrasser les rues des malades mentaux pour les envoyer chier dans les toilettes de ceux qui sont dans l'industrie de la publicité."

— Suivante, a dit Reynold à voix basse.

— "Faire porter aux célébrités un bracelet électronique comme au bétail de sorte que lorsqu'elles marchent dans la rue…"

— Suivante.

— "Additionner émissions de gaz d'échappement, eaux usées, sprays et matériels non recyclables pour obtenir les dégâts que chaque individu cause à l'environnement afin qu'il soit condamné à réparer les dommages causés, soit en argent soit en temps." »

Les yeux de Reynold ont cillé juste assez pour vous laisser savoir qu'il était en train de réfléchir. « Comment on fait de l'argent avec ça ?

— On ne peut pas.

— Suivante.

— "Faire de chaque homme, femme et enfant de ce pays un millionnaire." »

Reynold n'a pas ouvert la bouche, mais son regard en disait long. Son dédain devenait une entité de plus dans la pièce. « Même si c'était faisable, il a demandé, pourquoi le faire ? »

Ce n'était pas une mauvaise question. Papa était sur le point d'y répondre quand Reynold a ajouté : « OK, Martin. On vous a écouté. Maintenant, je veux que vous nous écoutiez. Ça vous semble équitable ?

— Très bien.

— Nous voulons faire une émission spéciale sur Terry Dean. La véritable histoire, vous savez ? Des trucs qu'on n'a jamais entendus. Peut-être une minisérie. Sur deux longues soirées. L'histoire comme vous ne l'avez jamais entendue. »

En entendant le prénom de son frère, papa s'était raidi. Il avait l'air pris dans un bloc de glace. « Et qu'est-ce qui vous en empêche ? il a demandé, bouleversé.

— Vous. Nous avons les rapports de police et les reportages de l'époque, mais tous ceux qui étaient là sont morts dans l'incendie. Vous êtes le seul survivant. Nous ne pouvons rien faire sans vous. Il y a tant de choses que nous ignorons.

— C'est pour ça que vous êtes venus ?

— Oui. »

C'était donc ainsi qu'Anouk les avait convaincus, ces deux géants des médias, de venir écouter les inepties de mon père. Quelle erreur ! Nous sommes tous demeurés une éternité dans un silence de mauvais augure, durant lequel j'ai craint que papa n'essaie d'étrangler chacun des cous présents dans la pièce. Il a fermé les yeux, les a rouverts. Plusieurs minutes supplémentaires se sont écoulées et il est devenu évident que papa ne dirait plus un mot, alors Oscar a déclaré : « Eh bien, on s'en va. »

Après leur départ, papa s'est levé de son fauteuil comme s'il lévitait, est sorti de la maison et a disparu dans le labyrinthe. Anouk lui a couru après. Je n'ai pas bougé pendant une heure, tétanisé par des visions de mon père en train de se tuer ou de commettre une bêtise qui le ferait interner une nouvelle fois dans un hôpital psychiatrique, et j'ai honte de dire que la perspective de ces actes effroyables m'effrayait ou m'attristait moins qu'elle ne m'ennuyait à mourir. Voilà à quel point j'en avais assez de lui.

IX

Cela faisait presque une semaine que je n'avais pas de nouvelles de l'Enfer. Je jouais à qui attendrait le plus à côté du téléphone et j'ai perdu. L'objet était devenu, dans mon esprit, un bizarre substitut d'elle, une représentation en plastique. Le téléphone était silencieux parce qu'elle était silencieuse. J'ai commencé à le détester, comme si elle me l'avait envoyé en délégation parce qu'elle était trop importante pour venir elle-même.

Alors que je traînais dans le labyrinthe, j'ai décidé d'aller embêter Anouk. Peu après notre emménagement, papa lui avait donné une pièce dont elle avait fait son atelier. En plus d'être à la fois sexy et emmerdante, Anouk était une sorte d'artiste, une sculptrice. En réalité, ce qui l'intéressait, c'était de dépeindre l'assujettissement de la femme, l'émasculation de l'homme, et l'ascension conséquente du sexe féminin à un niveau de conscience supérieur. La pièce était donc pleine de vagins et de pénis disséqués. C'était un pot-pourri déconcertant d'organes génitaux : il y avait des pénis minces et mous vêtus de guenilles, des pénis ensanglantés et livides destinés à ressembler à des cadavres de soldats sur un champ de bataille, des pénis avec des nœuds coulants autour de la hampe ; des fusains de pénis terrifiés, de pénis mélancoliques, de pénis pleurant aux funérailles de pénis défunts... mais ce n'était rien à côté des vagins victorieux ! Des vagins avec des ailes, de magnifiques vagins montant au ciel, des vagins étincelants, pailletés de lumière dorée, des vagins sur des tiges vertes avec des pétales jaunes à la place des poils pubiens, des vagins avec de grandes bouches souriantes ; il y avait des vagins dansant en terre cuite, des vagins exultant en plâtre, des vagins béats en cire avec la mèche à la place de la cordelette du tampon. Les mots les plus terrifiants que vous pouviez entendre dans notre maison sortaient de la bouche d'Anouk à l'approche d'un anniversaire. « Je suis en train de te fabriquer quelque chose », elle déclarait, et il n'y avait pas de sourire assez large pour cacher les océans d'appréhension qui bouillonnaient en dessous.

Anouk était allongée sur sa méridienne, occupée à fabriquer des pancartes « SAUVEZ LA FORÊT » quand je suis entré en traînant des pieds. Je n'ai pas pris la peine de lui demander quelle forêt elle voulait sauver.

« Eh, tu es libre ce soir ? elle m'a lancé.

— Aujourd'hui, ce n'est pas le jour où me demander de prévoir quelque chose. Vu mon humeur, la destruction totale serait plus dans mes cordes.

— Ce n'est pas pour ça. Je fais l'éclairage d'une pièce de théâtre. »

Bien sûr. Anouk était la personne la plus occupée que je connaissais. Elle commençait toutes ses journées en dressant de longues listes de choses à faire, qu'elle avait effectivement faites à la fin de la journée. Elle remplissait chaque minute de sa vie par des réunions, des manifestations, du yoga, de la sculpture, du *rebirth*, du reiki, des cours de danse. Elle intégrait des organisations, avec éclat elle quittait des organisations ; elle distribuait des tracts et parvenait encore à se créer des relations désastreuses. Je n'ai jamais connu personne plus enracinée dans l'activité.

« Je ne sais pas, Anouk. C'est une pièce professionnelle ?

— Qu'est-ce que tu veux dire ? »

Ce que je voulais dire ? Je voulais dire que je respecte le droit de chacun à monter sur scène et à parler d'une voix tonitruante, mais que cela n'en fait pas pour autant une bonne soirée. D'après mon expérience, je pouvais déclarer sans préjugé que les amis d'Anouk avaient enfoncé le théâtre amateur dans des profondeurs inexplorées et incompréhensibles.

« Est-ce que papa te parle ? je lui ai demandé.

— Bien sûr.

— Je pensais qu'après l'autre soir il aurait pu être enclin à t'assassiner.

— Pas du tout. Il va très bien.

— Il va très bien ? Je croyais qu'il était déprimé et suicidaire...

— Alors, tu viens à la pièce ou pas ? En fait, je ne te laisse pas le choix : tu viens, un point c'est tout. »

Il y a le théâtre, le théâtre amateur, et puis juste un groupe de gens qui se rentrent dedans dans une pièce sombre et vous font payer le privilège d'avoir honte pour eux pendant deux heures. La pièce était de ce genre-là, et chaque seconde faisait mal.

Anouk était responsable de la manipulation d'un unique projecteur, qu'elle faisait aller et venir comme si elle cherchait un fugitif en train de faire le mur. Après quarante minutes, comme j'avais épuisé tous mes fantasmes d'apocalypse soudaine, je me suis tourné dans mon siège et j'ai regardé les spectateurs. Les visages que j'ai vus avaient l'air d'apprécier le spectacle. Mon étonnement a été indescriptible. J'ai cru que mes yeux me jouaient des tours : assis au dernier rang, perché au bord de son siège et semblant lui aussi apprécier la pièce, se trouvait Oscar Hobbs.

Un rire puissant, incroyable, poussé par l'un des acteurs, a détourné mon attention. C'était le rire le plus faux que j'aie jamais entendu, et il fallait que je voie qui en était responsable. Pendant les vingt minutes suivantes, je suis demeuré fasciné par ce personnage mineur – son sourire factice, les contorsions hilarantes de ses sourcils, puis ses sanglots sans larmes durant une scène entière –, et quand la pièce a pris fin, les lumières se sont rallumées, le public a applaudi (sincèrement peut-être), et j'ai regardé à temps pour voir Oscar Hobbs sortir discrètement par la porte de derrière.

Le lendemain matin, à l'ahurissement de tous les participants, il y a eu une critique de la pièce dans les journaux. Une pièce aussi minable dans un théâtre aussi crasseux et délabré n'attirait généralement pas tant les critiques professionnels que les SDF à la recherche d'un peu de chaleur, et les organisateurs avaient une si maigre confiance dans le professionnalisme de leur propre travail qu'ils n'avaient pas pris la peine d'alerter les médias. La chose la plus étrange et suspecte, cependant, n'était pas tant l'apparition de cette critique que son contenu : elle ne parlait que de la lumière. « Profondément atmosphérique », « lunatique et saisissante » et « hardie et ombreuse ». Tous ceux qui l'ont lue sont tombés d'accord pour dire que c'était la critique la plus stupide qu'ils avaient jamais vue. Les acteurs, le metteur en scène et l'auteur n'étaient pas mentionnés. Anouk a été surprise d'avoir été ainsi distinguée, et tout autant de la réaction malveillante et infantile de ses collègues, qui l'ont accusée d'avoir payé un journaliste pour obtenir l'article et d'« en faire des tonnes avec le projo ».

Mais si Anouk était déconcertée, moi pas : j'avais vu Oscar Hobbs dans la salle et il n'était pas difficile de lui attribuer la responsabilité de l'article. Les dieux peuvent descendre pour saliver sur les mortels comme nous tous, non ? Anouk avait un de ces corps qui provoquaient l'attention extasiée d'un homme, et Oscar Hobbs n'était qu'un homme, après tout.

C'était amusant, rien de plus, et bien que j'aime laisser dans le vague ma famille, mes amis et mes pairs, je ne peux pas garder un secret très longtemps. Donc ce soir-là, après qu'Anouk a eu raccroché à la fin d'une longue dispute avec le producteur de la pièce, je lui ai raconté ce que je savais. Elle a hurlé :

« Pourquoi tu ne me l'as pas dit ?

— Je viens de le faire. »

Son visage s'est contracté au point que ses yeux, son nez et sa bouche n'étaient pas plus gros qu'une mandarine.

« Qu'est-ce qu'il peut bien me vouloir ? » elle s'est inquiétée tout bas.

J'ai désigné son corps : « Devine.

— Mais il peut se taper qui il veut !

— C'est peut-être à cause d'un truc que tu lui as dit au casino. Qu'est-ce que tu lui as dit ?

— Rien.

— Allez.

— D'accord. Je lui ai dit que son âme avait une tache qui s'étend quand on essaie de l'effacer. »

Deux jours plus tard j'étais au travail, en train de fumer une cigarette devant l'immeuble avec mon patron, Smithy, et je pensais qu'il me faudrait bientôt quitter mon job, et que je ne me pardonnerais jamais si je ne dénonçais pas les défauts de mes collègues avant de partir. Je me demandais s'ils m'offriraient un pot de départ précipité quand j'ai vu une Porsche Spyder s'arrêter sur un emplacement interdit. C'était une belle voiture. Le genre de voiture dans laquelle James Dean a trouvé la mort. J'y mourrais bien aussi, si j'en avais les moyens.

Smithy a dit : « Reluque-moi ça.

— Je reluque. »

Oscar est sorti de la voiture et s'est dirigé vers nous. « Jasper.

— Vous êtes Oscar Hobbs ! s'est exclamé Smithy, choqué.

— Exact.

— Ce qui doit être embêtant avec la célébrité, j'ai remarqué, c'est que tout le monde vous explique qui vous êtes.

— Jasper, je peux te parler une minute ?

— Bien sûr », j'ai répondu et, me tournant vers Smithy, je me suis excusé. Smithy m'a adressé un signe de tête enthousiaste, avec toujours sur le visage cette expression choquée, celle du type qui vient de trouver un vagin parmi ses organes génitaux.

Oscar et moi nous sommes arrêtés dans une petite flaque de soleil. Il avait l'air nerveux.

« Ça me fait bizarre de venir te voir à propos de ça.

— À propos de quoi ? j'ai répliqué, me doutant de sa réponse.

— Anouk est passée à mon bureau pour m'engueuler à propos de la critique.

— Vraiment ?

— J'ai aussi fait faire un reportage sur une manifestation écologique à laquelle elle participait. Mais elle était furieuse. Je ne comprends pas... Elle me déteste vraiment, n'est-ce pas ?

— Ce n'est pas personnel. Elle déteste les riches.

— Comment je peux arriver à lui plaire ?

— Si tu pouvais lui montrer que tu es opprimé d'une certaine manière, ça serait bien. »

Il hochait la tête en rythme, comme s'il suivait un tempo.

« Pourquoi tu t'intéresses autant à Anouk, de toute façon ? Il semble que tu fais un gros effort, là. J'ai vu les femmes qui te plaisent. Anouk est gentille, et elle a son style de beauté à elle, mais je ne vois quand même pas. Tu peux avoir la surfemme quand tu veux. Qu'est-ce qu'il y a ?

— Ce qu'il y a, Jasper, c'est que le monde est plein de gens ordinaires. Certains sont beaux, certains non. Ce qui est rare, c'est l'extraordinaire, l'intéressant, l'original, et les gens créatifs qui pensent par eux-mêmes. Maintenant, en attendant cette femme extraordinaire, si je dois passer mon temps avec une femme ordinaire, à ton avis il vaut mieux que ce soit avec une femme belle et ordinaire ou avec une femme laide et ordinaire ? »

Inutile de répondre à cette question.

« Les femmes comme Anouk sont plus rares que tu ne crois », a tranché Oscar.

Après son départ, Smithy a dit, avec une nonchalance forcée : « Comment tu connais Oscar Hobbs ? », et j'ai répondu : « Tu sais, comme ça », et parce que je suis aussi lamentable que mon prochain, doté du même ego insatiable, je me suis senti important jusqu'à la fin de la journée.

Je n'en étais pas moins déconcerté. Cet homme ne courait pas après Anouk juste comme un dragon crachant des flammes : il était amoureux d'elle, et elle le rembarrait ! Le pouvoir est peut-être un aphrodisiaque, mais nos préjugés nous font débander, et ils sont évidemment les plus virils. Anouk m'avait un jour traîné à un meeting où un orateur avait déclaré que les magnats de la presse étaient dans la poche du gouvernement. Un mois plus tard, elle m'avait traîné à un autre meeting où l'orateur avait déclaré que le gouvernement était dans les poches des magnats de la presse (elle était d'accord avec les deux), et je me rappelle avoir essayé de lui expliquer que tout cela n'est qu'une apparence. Car, coïncidence, le gouvernement et les journaux se trouvent avoir les mêmes objectifs : foutre une trouille noire aux gens et les paralyser par une terreur constante. Mais Anouk s'en foutait. Elle avait décrété une haine éternelle aux deux groupes, et rien ne pouvait la persuader de changer d'avis. J'ai commencé à penser que le beau visage du riche Oscar serait un test amusant pour la puissance et la vitalité de ses préjugés.

Je suis arrivé à la maison à l'heure du crépuscule et j'ai traversé d'un pas rêveur les ombres grandissantes du labyrinthe. C'était un de mes moments favoris dans le bush – la tombée de la nuit. Comme j'approchais de ma cabane, j'ai vu la Tour Infernale qui m'attendait sur la véranda. Nous nous sommes hâtés de rentrer pour faire l'amour, et je n'ai pas quitté son visage des yeux, pour m'assurer qu'elle ne pensait pas à un autre que moi. Pour être franc, je n'aurais pas su dire.

Une demi-heure plus tard, j'ai entendu une voix qui disait à la porte : « Toc, toc, toc. »

J'ai grimacé. Cette fois-ci, c'était papa. Je suis sorti du lit et j'ai ouvert la porte. Il était vêtu d'un peignoir acheté quelques mois auparavant, avec l'étiquette toujours accrochée à la manche.

« Eh, dis-moi quelque chose à propos de ta copine...

— Chut, elle dort. » Je suis sorti sur la véranda et j'ai fermé la porte derrière moi. « Eh bien quoi ?

— Est-ce qu'elle prend la pilule ?

— Qu'est-ce que ça peut bien te faire ?

— Elle la prend ?

— En fait non. Elle est allergique.

— Génial ! »

J'ai pris une profonde inspiration, décidé à l'écouter avec autant de patience que j'en avais emmagasiné dans mes profondeurs. Son sourire a tari ce réservoir.

« D'accord. Tu as gagné. Je suis curieux. Pourquoi c'est génial que ma petite amie ne prenne pas la pilule ? J'espère que tu as de bons arguments.

— Parce que ça signifie que tu utilises des préservatifs.

— Papa... Et alors ?

— Alors... je peux t'en emprunter ?

— Des préservatifs ? Pour quoi faire ?

— Pour les mettre sur ma...

— Je sais à quoi ça sert ! Je croyais juste que les prostituées apportaient les leurs.

— Tu ne penses pas que je puisse coucher avec quelqu'un d'autre qu'une prostituée ?

— Non.

— Tu ne penses pas que je suis capable d'attirer une citoyenne normale ?

— Je t'ai déjà dit que non.

— Quel fils !

— Papa... » Je n'ai pas trouvé de fin à cette phrase.

« Bon. Tu en as ? »

Je suis allé dans ma chambre et j'ai pris deux préservatifs sur la table de nuit.

« Juste deux ?

— D'accord, prends tout le paquet. Amuse-toi. Je ne suis pas une pharmacie, tu sais.

— Merci.

— Attends… cette femme. C'est bien une femme, n'est-ce pas ?

— Bien sûr que c'est une femme.

— Elle est dans la maison en ce moment ?

— Oui.

— Qui est-ce ? Où l'as-tu rencontrée ?

— Ça ne te regarde pas », il a dit, et il s'est éloigné d'un pas légèrement dansant.

Des faits étranges étaient en train de se passer. Anouk était poursuivie par un homme que le magazine *Devinez qui* avait élu célibataire de l'année, et papa couchait avec une personne, ou plusieurs personnes, non professionnelles et inconnues. De nouveaux drames se préparaient dans le labyrinthe.

Les oiseaux du matin, ces petits réveils emplumés, m'ont tiré du néant aux environs de cinq heures. La Tour Infernale n'était pas à mon côté. Je l'entendais pleurer sur la véranda. Je suis resté allongé à écouter ces petits sanglots profonds. C'était plutôt rythmique. Soudain, j'ai compris ce qu'elle mijotait. J'ai bondi du lit et me suis précipité sur la véranda. J'avais raison ! Elle tenait pressé contre sa joue son bocal de la taille d'un pot à moutarde où elle déposait une nouvelle fournée de larmes. Il était presque plein maintenant.

« Ce n'est pas bien », j'ai dit.

Ses yeux ont cligné avec innocence. C'en était trop pour moi. Je lui ai arraché le bocal.

« Rends-le-moi !

— Tu ne le lui feras jamais boire. Qu'est-ce que tu vas lui dire ? Que c'est de la limonade ?

— Rends-le-moi, Jasper ! »

J'ai dévissé le couvercle, lui ai jeté un regard de défi, et me suis versé le contenu au fond de la gorge. Elle a hurlé.

J'ai avalé.

Le goût était horrible. Croyez-moi, c'étaient bien des larmes amères.

Elle m'a fixé avec une haine si intense que j'ai réalisé que j'avais commis un acte impardonnable qui m'attirerait une malédiction jusqu'à la fin de mes jours, comme si j'avais dérangé une momie dans sa tombe. J'avais bu des larmes qui n'avaient pas été versées pour moi. Qu'est-ce qui allait m'arriver ?

Chacun est resté dans son coin à regarder le lever de soleil et l'explosion du jour. Le bush a commencé à s'animer. Le vent s'est levé et les arbres ont murmuré pour eux-mêmes. J'entendais l'Enfer penser. J'entendais ses paupières battre. J'entendais son cœur palpiter. J'entendais les cordes et les poulies qui soulevaient le soleil. À neuf heures, elle s'est levée sans un mot et est allée s'habiller. Elle m'a embrassé sur le front comme si j'étais un enfant à qui elle devait pardonner, et elle est partie sans rien dire.

Moins de dix minutes plus tard, j'ai senti quelque chose, une agitation. J'ai prêté l'oreille et entendu des voix au loin. J'ai enfilé mon peignoir et me suis dirigé dans la direction du bruit.

C'est alors que je les ai vus ensemble.

Papa avait coincé l'Enfer dans une conversation. Papa, un labyrinthe dans un labyrinthe, lui parlait comme s'il était engagé dans une activité vigoureuse du genre concours de sciage de tronc. Devais-je faire quelque chose ? Devais-je l'arrêter ? Devais-je le chasser en lui faisant peur ? Comment ?

« Il ferait bien de ne pas lui parler de son allergie à la pilule ou de sa préférence pour les préservatifs nervurés plutôt que les aromatisés j'ai pensé. Non, il n'oserait pas… » Mais quoi qu'il ait été en train de dire, j'étais certain qu'il me faisait plus de mal que de bien. Je les ai observés avec inquiétude durant deux minutes supplémentaires, puis l'Enfer est partie alors qu'il parlait toujours. C'était la chose à faire.

Ce soir-là, nous avons été au pub, elle et moi. C'était une soirée surchargée, et quand j'allais chercher les verres, je n'arrêtais pas de recevoir des coups de coude. Tout le monde était agglutiné au bar à essayer d'attirer l'attention du barman. Certains consommateurs hardis agitaient leurs billets comme pour dire : « Regardez ! J'ai de l'argent ! Servez-moi en premier ! Les autres veulent payer en œufs ! »

Quand je suis retourné à la table de l'Enfer, elle a déclaré : « Il faut qu'on parle.

— Je croyais qu'on parlait. »

Elle n'a pas répondu, n'a pas confirmé, n'a pas nié.

« De toute façon, quel besoin as-tu de préfacer la parole en déclarant qu'il faut qu'on parle ? Tu veux parler ? Parle ! » Je commençais à m'énerver parce que je savais plus ou moins ce qui allait arriver. Elle allait rompre. L'hiver était soudain entré dans mon corps.

« Vas-y. J'écoute.

— Tu n'as pas l'intention de me faciliter les choses, hein ?

— Bien sûr que non. Je suis quoi, un saint ? Est-ce que tu trouves que je suis quelqu'un de particulièrement altruiste ? Est-ce que j'aime mes ennemis ? Est-ce que je sers des repas gratuits aux SDF ?

— Ferme-la, Jasper, et laisse-moi réfléchir.

— D'abord, tu veux parler. Maintenant, tu veux réfléchir. Tu n'as pas pensé à ce que tu allais dire ? Est-ce que tu n'as pas au moins préparé un discours dans ta tête avant de venir ce soir ? Ne me dis pas que tu improvises sur place !

— Bon Dieu ! Ferme-la juste une minute ! »

Quand je sens que quelqu'un va me faire du mal, émotionnellement parlant, il est très difficile de résister à la tentation de me comporter comme un gosse de cinq ans. À ce moment précis, par exemple, c'était tout ce que je pouvais faire pour m'empêcher de compter tout haut les soixante secondes.

« Je pense qu'on a besoin de faire une pause.

— Une pause qui veut dire une longue interruption ou une pause qui signifie une séparation ?

— Je crois qu'il faut qu'on arrête de se voir.

— Ça a quelque chose à voir avec mon père ?

— Ton père ?

— Je t'ai vue lui parler ce matin après ton départ. Qu'est-ce qu'il a dit ?

— Rien.

— Il n'a pas dit rien. Ce type n'a jamais dit rien de sa vie. De plus, tu lui as parlé pendant, genre, dix minutes. Est-ce qu'il a dit quelque chose contre moi ?

— Non... rien. Je te jure.

— Alors qu'est-ce qu'il y a ? C'est parce que j'ai bu tes larmes ?

— Jasper... je suis toujours amoureuse de Brian. »

Je me suis tu. Il ne fallait pas être neurochirurgien pour piger ça. Ni ingénieur aéronautique. Ni Einstein. Puis j'ai songé : « Je ne crois pas que les neurochirurgiens, les ingénieurs aéronautiques ni même Einstein soient si brillants que ça quand il s'agit de s'y retrouver dans les émotions. Et pourquoi choisir les neurochirurgiens, les ingénieurs aéronautiques et Einstein, de toute façon ? Pourquoi pas les architectes ou les avocats ? Et pourquoi pas, plutôt qu'Einstein, Darwin ou Heinrich Böll ? »

« Tu ne dis rien ?

— Tu es amoureuse de ton ex-petit ami. Pas besoin d'être Heinrich Böll pour piger ça.

— Qui ? »

J'ai secoué la tête, je me suis levé et je suis sorti. Je l'ai entendue m'appeler, mais je ne me suis pas retourné.

Une fois à l'extérieur, j'ai fondu en larmes. Quel ennui ! Maintenant, il allait falloir devenir riche et célèbre juste pour qu'elle regrette de m'avoir largué. Encore un truc à faire dans cette vie aussi brève qu'occupée. Bordel. Ça n'arrêtait pas de s'additionner.

Je n'arrivais pas à croire que notre liaison était terminée. Et le sexe ? Cette conjonction fortuite de nos corps, fini ! Je suppose que c'était mieux ainsi. Je n'ai jamais vraiment voulu que quelqu'un me crie : « Je t'ai donné les meilleures années de ma vie ! » Comme ça, les meilleures années de sa vie étaient encore devant elle.

Mais pourquoi ? Peut-être qu'elle m'en voulait effectivement d'avoir bu ses larmes et qu'elle était effectivement amoureuse de son ex, cependant je savais que papa lui avait dit quelque chose qui avait fait déborder le vase. « Bon sang ! Qu'est-ce qu'il lui a dit ? J'en ai marre. Je me fous de ce qu'il fait – il peut écrire un manuel du crime, fabriquer une boîte à idées, incendier une ville, mais il ne peut absolument pas toucher un cheveu de la tête de ma vie sentimentale ! »

Papa représentait le genre le plus puant et concentré de fouteur de merde qui soit au monde et je ne le laisserais plus gâcher ma vie. Si l'Enfer pouvait rompre avec moi, moi je pouvais rompre avec lui. « Je me fous de ce qu'on pourra dire, il est absolument possible de rompre avec sa famille », j'ai décidé.

Je suis rentré avec l'intention de rassembler toutes les particules d'énergie que je pourrais trouver pour les lui lâcher en pleine poire !

Je me suis dirigé droit vers sa maison. Les lumières étaient éteintes. J'ai déverrouillé la porte et me suis introduit en catimini. J'ai entendu un bruit étrange dans sa chambre. Il devait être encore en train de pleurer. Mais ce n'étaient pas de simples pleurs. C'était plutôt des sanglots. Bon, et après ? Je me suis durci contre l'attrait de la compassion. J'ai ouvert la porte, et ce que j'ai vu m'a choqué au point que je n'ai pas eu le réflexe de la refermer. Papa était au lit avec Anouk.

« Sors ! » il a hurlé.

Mais je n'arrivais pas à m'y faire. « Depuis combien de temps ça dure ?

— Jasper, tire-toi d'ici bordel ! »

Je sais que j'aurais dû, seulement il semblait que mes pieds étaient aussi éberlués que ma tête.

« Quelle blague !

— Pourquoi ce serait une blague ?

— Qu'est-ce qu'elle y gagne ?

— Jasper, laisse-nous ! » a crié Anouk.

J'ai claqué la porte. C'était vraiment insultant. Anouk n'avait pas voulu coucher avec moi et pourtant elle avait sauté au lit avec mon père. Et en plus... avec mes préservatifs ! Et que faisait-elle avec papa alors qu'Oscar Hobbs avait essayé d'entrer dans son lit ? Quel lamentable feuilleton était en train de se dérouler ? Papa était un homme dont la vie s'était passée pour la plus grande partie hors des relations humaines, et qui s'était finalement embarqué avec son unique confidente vers le point le plus ennuyeux d'un triangle amoureux où, si la logique prévalait, il la perdrait.

Eh bien, ce n'était plus mon problème.

Le lendemain matin, je me suis réveillé tôt. J'ai décidé que le truc à faire serait de partager une maison avec des drogués, quelque chose de bon marché et d'abordable, afin que je n'épuise pas mes maigres économies pour me loger. J'ai donc répondu à tout un tas de petites annonces de colocation. Il n'y en avait pas beaucoup qui ne spécifiaient pas, en lettres capitales, une FEMME. Apparemment, il était tenu pour acquis que les hommes n'avaient pas encore franchi le pas qu'il faut dans leur évolution – celui qui les rendra capables de nettoyer derrière eux. Les appartements et les maisons qui permettaient aux hommes d'y habiter n'étaient pas si mal, mais ils étaient tous occupés. Bien sûr, je le savais déjà, mais avant d'avoir été face à face avec les autres humains je n'avais plus réalisé que j'avais besoin d'être seul. Nous étions censés être polis les uns envers les autres, pas de temps à autre, mais quotidiennement. Et si je voulais rester dans la cuisine vêtu de mes seuls sous-vêtements à regarder par la fenêtre six heures durant ? Non, vivre dans une cabane au centre d'un labyrinthe m'avait rendu inapte à la cohabitation.

À la fin je me suis décidé pour un studio et j'ai pris le premier sur la liste. Une pièce, une salle de bains et, entre le séjour et la petite cuisine, une cloison qui courait le long d'un mur. Rien de très excitant. Il n'y avait pas une seule chose dont vous auriez pu dire : « Mais regarde ça ! Il y a un… ! » Il n'y avait rien. C'était juste une pièce. J'ai signé le bail, payé le loyer et la caution, et pris les clés. Je suis entré, me suis assis par terre dans la pièce vide et j'ai fumé une cigarette après l'autre. J'ai loué une camionnette, chargé toutes les possessions de la cabane qui valaient la peine d'être conservées.

Puis je suis allé à la maison. Papa était dans la cuisine, vêtu de sa robe de chambre qui avait toujours l'étiquette sur la manche. Il sifflotait un air neutre en faisant des pâtes.

« Où est Anouk ?

— Pas sûr. »

« Peut-être avec Oscar Hobbs », j'ai pensé.

La sauce des pâtes crachouillait sur le feu, et dans une autre casserole il semblait qu'il était en train de faire bouillir des légumes afin de les débarrasser de toute saveur. Il m'a lancé un regard affectueux qui n'était pas dans ses habitudes et a dit : « Je comprends que tu aies été un peu choqué. Nous aurions dû t'avertir. Mais de toute façon, tu sais maintenant. Eh… peut-être qu'on pourrait sortir ensemble tous les quatre un soir ?

— Tous les quatre ?

— Anouk, moi, et toi et ta poupée.

— Papa, je m'en vais.

— Je ne voulais pas dire ce soir.

— Non, je m'en vais je m'en vais.

— Tu t'en vas tu t'en vas ? Tu veux dire… tu pars ?

— J'ai trouvé un appartement à Sydney. Un studio.

— Tu as déjà trouvé quelque chose ?

— Ouais – j'ai payé la caution et deux semaines de loyer. »

J'ai vu un frisson le parcourir.

« Et tu déménages quand ?

— Maintenant.

— Tout de suite ?

— Je suis venu te dire au revoir.

— Et tes affaires ?

— J'ai loué une camionnette. J'ai pris tout ce qu'il me fallait. »

Papa s'est étiré de manière étrange, et d'une voix terne et artificielle il a dit : « Je n'ai pas vraiment mon mot à dire.

— Je suppose que non.
— Et ta cabane ?
— Je ne la prends pas avec moi.
— Non, je veux dire… »
Il n'a pas terminé sa phrase. Il ne savait pas quoi ajouter. Il a inspiré lourdement par les narines. Il tâchait de ne pas avoir l'air malheureux. Je tâchais de ne pas culpabiliser. Je savais qu'en me perdant il perdait la seule personne qui le comprenait. Mais j'étais coupable pour d'autres raisons aussi. Je me demandais ce qui allait arriver à son esprit. Et comment je pouvais le laisser avec cette tête. Cette tête triste, solitaire et terrifiée…
« Tu as besoin d'un coup de main ?
— Non, ça va. »
C'était comme si nous avions joué à un jeu toute notre vie et que le jeu était fini, et que nous étions sur le point d'enlever nos masques et nos uniformes et de nous serrer la main en déclarant : « Bien joué. »
Mais nous n'en avons rien fait.
Soudain, toute mon amertume et toute ma haine pour lui se sont évaporées. Je me suis senti énormément désolé pour lui. Je le voyais comme une araignée qui s'est réveillée en pensant qu'elle est une mouche sans comprendre qu'elle est prise dans sa propre toile.
« Eh bien, je ferais mieux d'y aller.
— Tu as un numéro de téléphone ?
— Pas encore. Je t'appellerai quand le téléphone sera installé.
— D'accord. Alors, salut.
— À bientôt. »
Tandis que je sortais, papa a laissé échapper un petit grognement gargouillant, pareil au bruit d'intestins dérangés.

5

AVERTISSEMENT DE L'AUTEUR : *Ma version originale de ce chapitre s'est retrouvée dans la déchiqueteuse quand j'ai découvert parmi les papiers de mon père les cinq premiers chapitres de son autobiographie inachevée. Je venais de terminer de déverser mon histoire tout entière, et j'ai été franchement ennuyé – surtout parce que son récit couvrait mieux cette période que ma version des événements. Non seulement la sienne était plus concise parce qu'elle ne contenait pas ma longue digression sur la récente avalanche de calendriers agrémentés de photos de prêtres sexy, mais le récit de papa contredisait le mien en grande partie, et même dans quelques chapitres précédents (quatre) sur lesquels j'avais vraiment peiné. Néanmoins, sous l'influence de mes deux étoiles, l'impatience et la paresse, je n'ai rien changé au chapitre 4, et décidé d'imprimer l'autobiographie inachevée de papa ici, légèrement corrigée, en lieu et place du chapitre 5. Ma version du chapitre 5 est toujours quelque part – je ne l'ai pas vraiment jetée à la déchiqueteuse. Avec un peu de chance, dans les années à venir, elle aura valeur de curiosité – pour le plus offrant.*

~~Ma vie par Martin Dean~~
~~L'Histoire d'un solitaire par Martin Dean~~
~~L'Histoire d'un perdant par Martin Dean~~
~~Le sarcasme est mon métier par Martin Dean~~
Autobiographie sans titre de Martin Dean par Martin Dean

Chapitre 1

Pourquoi écrire cette autobiographie ? Parce que c'est le privilège de ma classe. Maintenant, avant que vous vous mettiez à hurler, je ne parle pas de classe ouvrière, moyenne ou dirigeante. Je parle de la vraie lutte des classes : les célébrités contre l'andouille ordinaire. Que cela vous plaise ou non, moi je suis une célébrité, et cela signifie que vous vous intéressez au nombre de feuilles de papier toilette que j'utilise pour me torcher le cul, alors que moi ça ne m'intéresse même pas de savoir si vous vous torchez le cul ou le laissez tel quel. Vous connaissez le fonctionnement de la relation. Ne faisons pas comme s'il en était autrement.

Toutes les personnes célèbres qui écrivent leur biographie jouent le même tour au lecteur : elles vous racontent une vérité terrible et dégradante les concernant, vous incitant à les prendre pour des gens sincères, puis elles balancent les bobards. Je ne ferai pas ça. Je ne vous dirai que la vérité, même si cela doit me donner une odeur d'engrais pour pelouse. Et, juste pour votre information, je sais qu'une autobiographie doit couvrir les premières années de ma vie (c'est-à-dire Martin Dean est né le tant, est allé à telle école, a mis accidentellement enceinte telle et telle femme, et ainsi de suite), mais je ne ferai pas cela. Ma vie jusqu'à l'année passée ne vous regarde pas. Au lieu de quoi, je commencerai au moment où le grand changement a eu lieu.

J'avais quarante et un ans à l'époque, j'étais au chômage, et je vivais de l'allocation versée par l'État pour l'éducation des enfants même si visiblement j'étais le père. Certes, ce n'est pas le genre d'esprit qui a fait la grandeur de notre pays, mais c'est l'esprit qui l'a fait pour que vous puissiez aller à la plage en semaine et la voir pleine de monde. Une fois par semaine donc, je me pointais au bureau du chômage pour leur montrer une liste de boulots que je n'avais pas cherchés, et cela me prenait de plus en plus d'énergie et d'imagination. Je vous le dis, les boulots sont de plus en plus durs à ne pas trouver. Il y a des patrons qui embaucheraient n'importe qui !

En plus de tout cela, je subissais l'humiliation du vieillissement.

Où que j'aille, je rencontrais mes souvenirs, et j'avais ce vieux serrement de cœur à l'idée que j'avais trahi mon destin. J'ai perdu de nombreux mois à penser à ma mort, jusqu'à ce qu'elle commence à me faire l'effet de la mort d'un grand-oncle dont j'avais jusque-là ignoré l'existence. C'est à cette époque que je suis devenu accro aux émissions de radio réservées aux auditeurs, où j'écoutais surtout des vieux qui sortaient un beau jour de leurs maisons et ne reconnaissaient rien ; et plus j'écoutais leurs ronchonnements interminables, plus je réalisais qu'ils faisaient, à leur façon, la même chose que moi : protester contre le présent comme si c'était un avenir contre lequel on pouvait encore voter.

Il n'y avait pas deux façons de voir la chose : je traversais une crise. Mais de récents changements dans les types de comportement des différents groupes d'âge faisaient qu'il m'était difficile de déterminer le genre de la crise que je traversais. Comment cela pouvait-il être la crise de la quarantaine alors qu'avoir quarante ans aujourd'hui c'est comme en avoir vingt, que la cinquantaine correspond à la trentaine, et la soixantaine à la quarantaine ? Où je me situais, putain ? J'ai dû lire le supplément « Style de vie » des journaux du dimanche pour m'assurer que je n'étais pas en pleine puberté.

Si seulement ç'avait été le pire !

J'ai soudain réalisé avec honte à quel point il était ridicule de vivre dans un labyrinthe que j'avais conçu. J'ai craint qu'un jour ce soit la seule raison pour laquelle on se souviendrait de moi, et j'ai également été terrifié qu'on ne se rappelle pas du tout de moi, contrairement à mon putain de frère, qui est encore sur toutes les lèvres, encore l'objet de l'affection de mes concitoyens, encore le sujet de livres semi-scolaires sur les personnages typiques de l'Australie, de tableaux, de romans, de BD, de documentaires, de téléfilms et d'une thèse universitaire par-ci par-là. En fait, mon frère était devenu une industrie. À la bibliothèque, j'ai trouvé pas moins de dix-sept livres qui relatent (de manière inexacte) l'histoire de Terry Dean, et d'innombrables références à lui dans des ouvrages sur le sport australien, le crime australien, aussi bien que dans ceux qui s'attaquent à l'entreprise, aussi ennuyeuse que narcissique, de cerner notre identité culturelle. Et le pinacle de ma vie créative à moi était la construction d'un stupide labyrinthe !

Je me suis demandé pourquoi personne ne m'avait arrêté. Pourquoi mon ami Eddie m'avait prêté l'argent si volontiers, sachant pertinemment qu'un homme qui vit dans un labyrinthe qu'il a conçu ne peut manquer de devenir fou. En plus de quoi je ne l'avais pas remboursé, et depuis lors il avait continué à m'entretenir. En fait, il m'avait impitoyablement prêté de l'argent depuis que je l'avais rencontré à Paris, et pire que cela, il ne m'avait, de manière brutale et éhontée, jamais demandé de le rembourser. Jamais ! Il devait sûrement avoir une bonne raison pour cela. Cette idée m'a jeté dans une frénésie paranoïaque, et j'ai réalisé que je détestais mon meilleur ami. Mais quand j'ai pensé à ses gestes et expressions en ma compagnie, il m'est venu à l'esprit qu'il me détestait lui aussi ; il doit donc être assez banal de se haïr entre amis de par le monde et cela ne devrait pas me poser problème. N'empêche, j'ai été gêné par la soudaine conviction qu'Eddie m'abhorrait réellement. Et par la question de savoir pourquoi diable je ne l'avais jamais remarqué.

Pour couronner le tout, j'ai découvert à ma grande honte que j'avais perdu tout intérêt pour mon fils en tant que personne. Je ne sais pas pourquoi, exactement. Peut-être parce que la surprise de voir à quoi mes yeux et mon nez ressemblaient sur le visage d'un autre avait fini par s'émousser. Ou peut-être parce que je sentais qu'il y avait chez mon fils quelque chose de minable, de pleutre, d'agité et d'excité, quelque chose que je reconnaissais en moi-même. Ou peut-être parce que, bien que j'aie passé ma vie à essayer de l'influencer, il était parvenu à être totalement différent de moi. Il était devenu rêveur et positif, et prenait les couchers de soleil très au sérieux, comme si à la fin il se pouvait que le soleil ne se couche pas, mais qu'il s'immobilise juste au-dessus de l'horizon et se mette à remonter. Il paraissait amusé par les promenades dans la nature, l'écoute de la terre et les caresses aux plantes. Imaginez ! Mon fils ! N'était-ce pas une raison de s'en détourner ? Peut-être, mais pour être sincère, la raison pour laquelle j'avais cessé de m'intéresser à lui est qu'il avait cessé de s'intéresser à moi.

J'étais de moins en moins capable de lui parler, et même de l'engueuler, et de plus en plus régulièrement les intervalles de silence entre nous grandissaient ; et alors je n'arrivais pas à prononcer une seule parole sans le dégoûter, ni même à émettre un seul son, pas même « Oh » ou « Hum ». Dans chaque regard et chaque geste, je sentais qu'il m'accusait de tous les crimes possibles que peut commettre un père, l'infanticide excepté. Il refusait absolument de me parler de sa vie amoureuse, de sa vie sexuelle, de sa vie professionnelle, de sa vie sociale ou de sa vie intérieure. En fait, il y avait maintenant tant de sujets qu'il m'interdisait d'aborder que je m'attendais à ce qu'il finisse par bannir les « Bonjour ». J'ai pensé : « Ce n'est pas ma conversation qu'il trouve déplaisante, c'est mon existence même. » Si je lui souriais, il fronçait les sourcils. Si je fronçais les sourcils, il souriait. Il travaillait ardemment à devenir mon diamétral opposé. Quelle ingratitude ! Après tout ce que j'avais tenté de lui apprendre, à savoir qu'il y a quatre types de gens dans ce monde : ceux qui sont obsédés par l'amour ; ceux qui l'ont ; ceux qui se moquent quand ils sont enfants des attardés mentaux ; et ceux qui s'en moquent une fois à l'âge adulte et jusque dans leur vieillesse. Un véritable filon de sagesse, non ? Mais ce fils ingrat avait choisi de tout rejeter, absolument tout. Bien sûr, je savais qu'il ne pourrait qu'être déconcerté par les directives contradictoires que je lui avais assenées d'une voix tonitruante toute sa vie : « Ne suis pas le troupeau, j'avais prêché, mais ne sois pas aussi misérablement isolé que je l'ai été. » Où pouvait-il aller ? Nous ne le savions ni l'un ni l'autre. Mais que voulez-vous – même si vous êtes le pire père au monde, vous continuez à porter le fardeau de vos enfants, vous êtes toujours vulnérable face à leurs souffrances. Croyez-moi, même si vous souffrez dans votre fauteuil devant la télévision, vous n'en souffrez pas moins.

C'est là que je me trouvais psychiquement quand le grand changement a eu lieu.

Je ne me sentais pas bien. Rien que je puisse identifier. Je n'avais ni mal au cœur ni mal où que ce soit. Je n'avais pas d'excès de mucosités ni des fèces de couleur bizarre. C'était complètement différent à la fois de ma maladie d'enfance et de l'époque où ma mère mettait de la mort aux rats dans ma nourriture. J'étais juste un peu patraque, une sensation similaire à celle que j'avais eue quand j'avais compris que j'avais oublié mon anniversaire quatre mois plus tard. Mais n'y avait-il vraiment rien qui clochait physiquement avec moi ? À vrai dire, il y avait bien une chose, très bizarre : j'ai détecté une odeur légère et étrange qui émanait de ma peau. Très légère. Presque pas une odeur, en fait. Parfois je ne la sentais pas.

Mais à d'autres moments, une bouffée m'arrivait aux narines et je gueulais : « La revoilà ! »

Un matin, j'ai trouvé ce dont il s'agissait.

Quiconque a une imagination débordante, particulièrement si elle est perverse et négative, ne devrait être surpris par rien. L'imagination est tout à fait capable de détecter des désastres alors qu'ils sont juste en train de mitonner, particulièrement si vous gardez les narines ouvertes. Les gens qui peuvent lire l'avenir avec précision sont-ils doués pour voir ou doués pour deviner ? C'est ce que mon imagination a fait ce matin-là. J'ai vu tous les lendemains possibles, puis je les ai réduits en un bref instant à un seul. J'ai dit tout haut : « Bordel ! J'ai une maladie incurable ! »

J'en ai même deviné davantage. Ce devait être le cancer ; ce ne pouvait être autre chose que le cancer, parce que c'était toujours le cancer qui hantait mes cauchemars éveillés, depuis que j'avais vu ma mère dévorée par cette maladie. Même si on craint quotidiennement la mort, il y a certaines causes de mort que vous écartez – le scorbut, le poulpe géant, le piano qui tombe –, mais quiconque a encore une cellule nerveuse brinquebalante dans le crâne ne peut jamais écarter le cancer.

Eh bien voilà ! La mort ! J'avais toujours su qu'un jour mon corps me foutrait une raclée ! Toute ma vie j'ai eu l'impression d'être un soldat pris au piège en territoire hostile. Partout se trouvaient les ennemis de ma cause – le dos, les jambes, les reins, les poumons, le cœur – et ils finiraient par conclure que la seule façon de me tuer était une mission kamikaze. Nous étions en train de lâcher tous ensemble.

Je me suis précipité dans ma voiture et j'ai quitté le labyrinthe à toute allure. Alors que je traversais plein gaz les banlieues verdoyantes, j'ai découvert, horrifié, que tout baignait dans une magnifique lumière d'été. Évidemment : rien ne fait plus vite sortir le soleil que le cancer. Je me suis mené droit chez le médecin. Cela faisait dix ans que je n'y avais pas été et j'ai choisi le plus proche. Il me fallait n'importe quel docteur, pourvu qu'il ne soit pas trop gras (il faut se méfier des médecins obèses comme des coiffeurs chauves). Je n'avais pas besoin d'un génie non plus. J'avais juste besoin qu'il me confirme ce que je savais déjà. « Dr P. SWEENY » proclamait la plaque en cuivre. Je me suis précipité dans son cabinet. L'intérieur était obscur, le genre d'obscurité d'une pièce où tout est brun : les meubles, la moquette, l'humeur du médecin. Brun. Il était là à tambouriner des doigts sur son bureau, un homme dans la quarantaine avec une expression placide et d'épais cheveux bruns. Il faisait partie de ces hommes qui ne deviennent jamais chauves et sont enterrés avec des cheveux trop longs.

« Je suis le Dr Peter Sweeney.

— Je sais que vous êtes docteur. Pas besoin de le clamer. Ignorez-vous que ce titre n'est utile que pour la poste, afin de vous distinguer de tous les modestes messieurs Peter Sweeney du monde ? »

Le médecin a incliné la tête en arrière de quelques millimètres, comme si je venais de cracher.

« Désolé, je présume que je suis un peu à cran. Quel mal y a-t-il à ce que vous vous proclamiez docteur ? Vous avez travaillé dur pour avoir le droit de plonger la main à l'intérieur du corps humain ! Étant jusqu'au coude dans les viscères toute la journée, peut-être que vous voulez que tout le monde sache que vous êtes médecin afin qu'on ne vous propose pas des tripes ou de la panse de brebis farcie. Quel droit ai-je de juger le préfixe d'un homme ?

— Vous m'avez l'air assez remonté. Que puis-je faire pour vous ?

— Je suis sûr d'avoir un cancer. Et je veux juste que vous fassiez ce qu'il faut pour confirmer ou infirmer.

— Quel type de cancer pensez-vous avoir ?

— Quel type ? Je ne sais pas. Quel est le pire ?

— Eh bien, le cancer de la prostate est le plus commun chez les hommes de votre âge.

— Mais vous avez le même âge que moi !

— D'accord, les hommes de notre âge.

— Eh bien, mon cancer ne sera pas le plus commun. Ça, je peux vous l'affirmer. Quel est le pire ? Et je veux dire absolument le pire.

— Vous fumez ?

— De temps à autre.

— Si je fumais, le cancer que je ne voudrais pas pour moi, de crainte de devoir me mener à coups de pied jusqu'à la tombe, c'est le cancer du poumon.

— Le cancer du poumon. Je le savais. C'est celui-là ! C'est ce que j'ai.

— Vous semblez bien sûr de vous.

— Je suis sûr. »

Même s'il se cachait derrière son bureau, il a bougé comme s'il avait mis une main sur la hanche. « Très bien, il a fini par déclarer, je vais vous faire faire des examens. Ce ne sera pas agréable.

— Le cancer du poumon non plus.

— Vous avez raison sur ce point. »

Je ne détaillerai pas les semaines qui ont suivi – les examens intrusifs, les cruelles périodes d'attente, l'angoisse qui vous taraude le ventre. Bien sûr, Jasper n'a rien remarqué. Mais Anouk a senti que quelque chose n'allait pas. Elle n'a pas arrêté de me tanner, mais je suis resté muet. Je voulais être à cent pour cent sûr avant d'en parler à quiconque. Je ne voulais pas qu'ils espèrent en vain.

Un mois plus tard, je suis retourné au cabinet du Dr Sweeny pour prendre connaissance des résultats. Entre-temps, j'avais été harcelé par l'espoir, sans pouvoir rien faire pour annihiler ces sacrés sentiments d'optimisme.

« Entrez, Mr Dean. Comment vous sentez-vous ?

— Ne perdons pas de temps. C'est un cancer, n'est-ce pas ?

— Tout à fait. »

Par le passé, la profession médicale ne vous annonçait pas que vous étiez mourant. C'était considéré comme contraire à la déontologie. Maintenant, c'est l'inverse. Maintenant, ils meurent d'envie de vous l'apprendre.

« Le cancer du poumon ?

— J'en ai peur. Comment le saviez-vous ? »

Bon Dieu ! C'était vrai ! J'étais assassiné par mon propre corps ! J'ai éclaté de rire.

Et puis j'ai cessé – je me suis rappelé pourquoi j'avais commencé.

J'ai quitté le cabinet hébété. Eh bien ! Il se révélait que le pessimisme dont j'avais fait preuve toute ma vie était entièrement justifié. Imaginez si j'avais été optimiste tout ce temps ! Est-ce que je ne me sentirais pas blousé à présent ? Oui, une mort lente et violente m'attendait. Et je ne dors pas paisiblement, il était donc hors de question que je meure paisiblement dans mon sommeil. Le mieux que je pouvais espérer était de mourir fiévreusement dans mon sommeil. Oh, mon Dieu, soudain toutes les autres morts possibles avaient glissé dans l'improbable ! Combien de fois est-il arrivé qu'un homme en train de mourir d'un cancer s'étrangle soudain avec un os de poulet ? Ou se fasse décapiter en faisant des bonds sur son lit, ayant oublié le ventilateur qui tournait au plafond ? Ou meure d'empoisonnement à l'amiante ou encore d'obésité ? Non, il ne me restait pas assez de temps pour grossir réellement, mortellement. Ma maladie allait plutôt me faire maigrir.

Les semaines suivantes, je me suis écroulé. La moindre chose me faisait fondre en larmes. Je pleurais devant les pubs télé, les feuilles d'automne qui jaunissaient. Un soir, Jasper est entré et m'a surpris en train de sangloter sur la mort d'une stupide pop star dont je n'avais jamais entendu parler. Il était mort sur le coup d'une balle dans la tête, le veinard !

Ce qui provoquait mes larmes, c'était la crainte d'être incapable de me tuer quand la qualité de ma vie passerait sous la moyenne, quand ma tâche quotidienne consisterait à choisir entre douleur et analgésiques, entre ravages de la maladie et destruction par le traitement. Si j'avais médité sur la mort depuis toujours, mon existence n'en était pas moins apparue comme quelque chose de permanent et stable sur la planète Terre – quelque chose de sûr, comme une roche ignée. Maintenant que les cancers métastasaient tout leur soûl, l'athéisme semblait être une chose plutôt cruelle à m'infliger. J'ai supplié mon cerveau de réfléchir. J'ai pensé : « Est-ce que je ne survivrai pas quelque part, sous quelque forme ? Est-ce que je peux y croire ? S'il te plaît ? S'te plaît, est-ce que je peux croire à l'éternité de l'âme ? Au paradis ou aux anges ou au paradis avec seize magnifiques vierges qui m'attendent ? S'te plaît, est-ce que je peux y croire ? Écoute, je n'ai même pas besoin de seize magnifiques vierges. Il pourrait juste y avoir une femme, vieille et laide, et elle n'a pas besoin d'être vierge, elle pourrait aussi bien être la dernière des traînées de l'éternité. En fait, il pourrait ne pas y avoir de femme du tout, et pas besoin que ce soit le paradis, ça pourrait être un terrain vague – enfer et damnation, ça pourrait même être l'enfer, parce que même si je souffre les tourments d'un lac de feu, au moins je serais toujours là pour hurler : "Aïe !" Est-ce que je pourrais y croire, s'il te plaît ? »

Aucun des autres scénarios de vie future n'est réconfortant. La réincarnation sans continuité de la conscience – je ne vois pas en quoi ça peut être excitant. Et le moins réconfortant des scénarios d'éternité qui gagne chaque jour en popularité, et dont les gens n'arrêtent pas de me parler, c'est que je vais mourir mais que mon énergie perdurera.

Mon *énergie*, mesdames, messieurs.

Est-ce que mon énergie va lire des livres et aller au cinéma ? Est-ce que mon énergie va se prélasser dans un bain chaud ou rire à en avoir mal aux côtes ? Soyons clairs : je meurs, et mon énergie se disperse et se dissout dans notre bonne mère la Terre. Et je suis censé être transporté par cette idée ? Pour moi, c'est comme si vous me disiez que mon cerveau et mon corps meurent, mais que mes odeurs corporelles survivent pour empuantir les générations futures. Voyons, quand même ! Mon énergie !

Mais est-ce que je ne peux pas prolonger mon existence quelque part ? Mon existence réelle, pas une ombre chargée d'électricité positive ? Non. Je ne peux pas me convaincre que l'âme est autre chose que le nom romantique que nous avons donné à la conscience afin de pouvoir croire qu'elle ne peut être ni déchirée ni tachée.

Ainsi donc, le reste de ma vie va être une accumulation de douleurs physiques, d'angoisse morale et de souffrance. Normalement, je pourrais tenir le coup. Mais jusqu'à ce que je meure, je ne vais penser qu'à ma mort. J'ai décidé que si je ne pouvais pas passer un seul jour sans penser, je me tuerais. Pourquoi pas ? Pourquoi lutter contre ma mort ? Je ne gagnerai jamais. Et même si par quelque miracle je remportais ce round contre le cancer, que se passerait-il au suivant ? Et à celui d'après ? Je ne suis pas doué pour la futilité. À quoi bon mener un combat perdu d'avance ? Pour gagner en dignité ? Je ne suis pas doué non plus pour ça. Jamais compris à quoi elle servait, et quand j'entends quelqu'un dire : « Au moins j'ai ma dignité », je songe : « Tu viens de la perdre en le disant. »

Le lendemain au réveil, j'ai décrété que je ne penserais à rien de toute la journée. Puis j'ai pensé : « Je suis en train de penser en ce moment, non ? » Et j'ai pensé aussi : « Ma mort ma mort ma mort mon horrible douloureuse sanglotante mort ! »

Merde alors !

Il fallait que je le fasse. J'allais me tuer.

Et j'avais une idée : peut-être que je devrais me tuer en public. Pourquoi ne pas fourguer mon suicide à une cause ou une autre, prétendre mourir pour protester contre, je ne sais pas, la désastreuse politique agricole de l'OMC, ou la dette du tiers-monde, n'importe quoi ? Vous vous rappelez la photo de ce moine s'immolant par le feu ? Voilà une image durable ! Même si vous vous suicidez pour emmerder votre famille, choisissez une belle cause, appelez les médias, trouvez un bon endroit, et allez-y. Si votre vie a été totalement privée de sens, votre mort n'est pas obligée de l'être.

Le matin suivant, par hasard, j'ai entendu à la radio qu'il y avait une manifestation en ville à l'heure du déjeuner. Malheureusement, ce n'était pas contre la politique agricole de l'OMC ni pour la suppression de la dette du tiers-monde, c'étaient les instituteurs qui demandaient une augmentation et plus de vacances. J'ai essayé de voir le bon côté des choses. Il valait autant mourir pour ça que pour autre chose, non ? Je ne crois pas qu'il y avait parmi les instituteurs quelqu'un d'assez passionné pour s'immoler, mais je me suis imaginé qu'ils accueilleraient favorablement ma contribution à leur cause. J'ai trouvé un vieux sac en toile et y ai jeté un bidon d'essence, un briquet en forme de buste féminin et quelques analgésiques. Je n'allais pas essayer de tromper la mort ; j'espérais tromper la douleur.

Sydney est l'une des plus belles villes modernes du monde, mais je me débrouille toujours pour me retrouver au coin de la rue Morne et de la rue Sinistre, et toujours dans le quartier où il n'y a nulle part où s'asseoir, ce qui fait que j'ai passé la matinée à marcher et à regarder les gens en pensant : « À bientôt ! » J'allais mourir maintenant, mais à voir ces triples mentons je savais qu'ils ne seraient pas loin derrière.

Je suis arrivé à la manifestation aux alentours de midi. Ce n'était pas brillant. Quarante et quelque personnes qui brandissaient des pancartes exigeant le respect. Je n'ai jamais cru qu'on obtienne le respect en l'exigeant. Il y avait deux cameramen de la télévision aussi. Ils semblaient jeunes, probablement des débutants. Comme je n'avais pas besoin d'un journaliste aguerri qui ait échappé aux balles vietcong pour me filmer, j'ai pris place dans le cortège à côté de deux femmes à l'air furieux que je n'aurais pas voulu comme professeurs pour mon gosse et j'ai tenté de me mettre dans l'état d'esprit nécessaire à mon suicide. Tout ce que j'avais à faire, c'était à nourrir des pensées négatives sur les habitants de la planète Terre. Quand je me suis senti presque prêt, j'ai sorti les analgésiques, mais j'ai découvert que j'avais oublié une bouteille d'eau. Je me suis rendu dans un café et j'ai demandé un verre. « Il faut manger quelque chose », a dit la serveuse, et j'ai donc commandé un petit déjeuner tardif : bacon, œufs, saucisses, champignons, haricots, toast et café. J'ai trop mangé, le sommeil me guettait. Je venais de commander un second espresso quand j'ai vu quelqu'un de célèbre sortir du restaurant de l'autre côté de la rue : un vieux journaliste de la télé. Je me suis vaguement rappelé qu'il avait été déshonoré par un scandale. Lequel ? Cette question m'a harcelé. Avait-il mouillé son pantalon en direct ? Avait-il menti sur l'état du monde et déclaré sur une chaîne nationale que tout allait bien marcher pour tout un chacun ? Non, ce n'était pas ça.

Après avoir payé, je me suis dirigé vers lui, et j'allais lui demander de clarifier les détails de son humiliation publique quand une fille est sortie du restaurant à son tour, a jeté les bras à son cou, et l'a embrassé passionnément. Je me suis dit : « Bien sûr, on m'a déjà embrassé, mais personne n'a jeté ses bras autour de mon cou. Les femmes les ont posés là avec douceur ou les ont abaissés sur ma tête comme si elles enfilaient un pull-over, mais jamais jetés. » Puis la fille a reculé et je la connaissais aussi. Bon Dieu ! Incroyable, ces célébrités ! Elles joignent leurs forces afin de multiplier leur renommée par deux, c'est ça ?

Ensuite j'ai tilté. « Elle n'est pas célèbre : c'est la petite amie de mon fils ! »

Et après ? Qu'est-ce que ça pouvait me faire ? Ce n'était pas très important sur l'échelle de la tragédie. Juste un drame d'adolescents, du genre qu'on peut voir dans un feuilleton en fin de programme. Mais comme j'en étais témoin, je devenais un personnage de ce minable mélodrame. Il fallait que je joue mon rôle jusqu'au bout, jusqu'au dénouement. Comme c'était irritant ! Je voulais juste m'immoler paisiblement. Et à présent j'allais devoir m'« impliquer ».

J'ai jeté allumettes et essence d'un geste dégoûté et je suis rentré, immensément soulagé qu'un prétexte à rester en vie me soit tombé sur les genoux.

Quand je suis arrivé, Anouk était dans son studio, allongée sur la méridienne qu'elle s'était fabriquée, calée par une montagne de coussins. Je pouvais toujours compter sur Anouk pour avoir une bonne conversation. Nous avions chacun notre sujet préféré. Le mien était la crainte persistante de tomber si bas dans mon estime que, plutôt que de me reconnaître dans les miroirs, je passerais mon chemin en faisant semblant de ne pas m'être vu. Pour Anouk, c'était toujours une nouvelle histoire horrible tirée des chroniques de l'enfer des relations modernes. Elle me faisait toujours hurler de rire quand elle me racontait ses liaisons les plus récentes, et je ressentais une étrange pitié pour ces hommes, même si c'étaient eux qui l'avaient quittée. Elle se créait toujours des complications, faisant se rencontrer les gens qu'il ne fallait pas, couchant avec les ex-copains de ses copines, couchant avec les amis de ses ex, toujours juste à la limite du fair-play, chancelant sur la ligne, tombant parfois.

« Qu'est-ce que tu penses de cette fille que voit Jasper ? j'ai demandé.

— Elle est très belle.

— C'est ce que tu as de mieux à dire d'elle ?

— Je lui ai à peine parlé. Jasper nous la cache.

— C'est naturel. Je lui fais honte.

— Qu'est-ce que ça a de naturel ?

— Je me fais honte à moi-même.

— Pourquoi elle t'intéresse ?

— Je l'ai vue aujourd'hui… avec un autre homme. »

Anouk s'est redressée et a posé sur moi des yeux brillants. Parfois, je pense que l'animal humain n'a pas vraiment besoin de nourriture ni d'eau pour survivre, rien que de ragots.

« Tu es sûr ?

— Absolument.

— Tu lui as dit ?

— Pas encore.

— Ne le fais pas.

— Je crois qu'il le faut, non ? Je ne peux pas rester les bras croisés à voir mon fils ridiculisé par quelqu'un d'autre que moi.

— Je vais te dire quoi faire. Ne lui en parle pas. Parles-en à elle. Dis-lui que tu l'as vue. Qu'elle doit lui parler sinon c'est toi qui le feras.

— Je ne sais pas.

— Le dire à Jasper serait désastreux. D'abord, il ne te croira pas. Il pensera que tu es jaloux et que tu es en compétition avec lui.

— Tu crois que les pères et les fils sont en compétition sexuelle ?

— Oui, pas de manière œdipienne, juste ordinaire. »

Anouk a relevé les genoux, y a posé le menton et m'a fixé comme si elle se demandait si elle devait me dire que j'avais quelque chose de coincé entre les dents.

« J'en ai assez des aventures, elle a ajouté. Je veux faire une pause. Je crois que je suis devenue monogame en série. C'est gênant. Ce que j'aimerais vraiment, c'est un amant.

— Oui, à mon avis ça te conviendrait.

— Une baise amicale avec quelqu'un que je connais.

— Bonne idée. Tu as quelqu'un en tête ?

— Pas sûre. Peut-être quelqu'un comme toi. »

Elle l'a vraiment dit. Et je n'ai vraiment pas pigé. Lent, lent, lent. « Quelqu'un comme moi, j'ai articulé d'un ton songeur. Tu connais quelqu'un comme moi ?

— Une personne.

— Comme moi ? Je n'aimerais pas le rencontrer. Jasper ? (Ça ne pouvait pas être Jasper, n'est-ce pas ?) Qui connais-tu comme moi ?

— Toi !

— J'admets qu'il y a des ressemblances. » Je commençais doucement à piger l'allusion. L'idée me venait maintenant comme à travers un nuage épais. Je me suis avancé sur mon siège. « Tu ne veux pas dire…

— Si.

— Vraiment ?

— Oui.

— Vraiment ?

— Oui !

— Non, vraiment ? »

C'est ainsi que tout a commencé entre Anouk et moi.

L'affaire a pris une allure régulière. Au lit avec cette magnifique jeune femme, je ressentais une sorte de fierté adolescente pathétique – « C'est bien moi qui suis en train de lui embrasser le cou ! Les seins ! Ce sont mes mains usées qui cherchent leur chemin le long de ce corps sublime ! » Cette liaison m'a carrément sauvé. J'ai commencé à percevoir mes parties génitales comme les animaux imaginaires d'un poème épique écossais du XIVe siècle.

Quand vous couchez avec une amie, le plus difficile, c'est le début. Vous ne pouvez pas vous lancer dans la baise sans embrasser, et embrasser est très intime. Si vous n'embrassez pas comme il faut, ça envoie le message qu'il ne faut pas. Mais nous étions obligés de nous embrasser, pour faire chauffer le moteur, comme qui dirait. Nous ne nous embrassions jamais après le sexe, évidemment. Pour quoi faire ? On ne chauffe pas le moteur après être arrivé à destination, n'est-ce pas ? Et puis nous nous sommes mis à le faire. J'étais déconcerté. Je pensais qu'une baise amicale devait être passionnée et revitalisante. J'étais au point pour ça. Le sexe comme jeu, un péché inoffensif comme de la glace au chocolat au petit déjeuner. Mais ce n'était pas comme ça du tout. C'était tendre et aimant, et ensuite nous restions dans les bras l'un de l'autre, et parfois nous allions jusqu'à nous caresser. Je ne savais quoi en penser. Aucun de nous ne savait quoi dire, et c'est pour combler un silence gêné que j'ai confié à Anouk mon grand secret, qu'enfin j'étais réellement en train de mourir.

Elle l'a pris plus mal que prévu. En fait, elle l'a pris presque plus mal que moi. « Non ! » elle a hurlé, puis elle s'est fiévreusement lancée dans l'énonciation d'une série de thérapies alternatives : acupuncture, herbes aux noms étranges, cure terrifiante appelée nettoyage de l'âme au fil dentaire, méditation et pensée positive comme pouvoir curatif. Mais on ne peut pas penser sa mort positivement, de toute façon. Autant essayer de se convaincre : « Demain le soleil se lèvera à l'ouest. À l'ouest. À l'ouest. » Ça ne sert à rien. La nature a des lois sur lesquelles elle ne transige pas.

« Écoute, Anouk. Je ne veux pas passer le reste de ma vie à me battre contre la mort. »

Elle m'a demandé tous les détails. Je les lui ai donnés, tels que je les connaissais. Elle était si désolée pour moi que j'en ai pleuré.

Puis nous avons fait l'amour avec une frénésie carrément violente. Nous baisions la mort.

« Tu l'as dit à Jasper ?

— Pour nous ?

— Non. Pour toi. »

J'ai secoué la tête, honteux d'exulter tandis que j'imaginais mon fils en train de regretter de m'avoir méprisé. Il éclaterait en sanglots, déchiré par le remords. Cette vision m'a remonté un peu le moral. La culpabilité dévastatrice d'autrui peut être une raison de vivre.

Après cette première discussion, nous n'avons plus beaucoup reparlé de ma mort imminente, même si je voyais bien qu'elle y pensait car elle cherchait à me convaincre de donner mes organes cancéreux à la recherche. Puis, une nuit glacée, alors que nous nous réchauffions les mains aux derniers feux d'une baise féroce, elle m'a demandé : « Qu'est-ce que tu vas faire du reste de ta vie ? » C'était une bonne question : maintenant que le reste de ma vie ne supposait pas les quelques milliards d'années que j'avais espérés, qu'est-ce que j'allais effectivement faire ? Pour la première fois de ma vie, j'étais vraiment perdu. Totalement. Je n'arrivais même plus à lire. Pourquoi approfondir ma compréhension de l'univers et des connards qui l'habitaient alors que je ne pourrais plus être là pour jouir avec hargne de mes découvertes ? Je ressentais déjà amèrement ma non-existence. Il y avait tant de choses que je voulais faire ! J'ai songé à tous ceux que j'aurais pu être. Alors que je les énumérais à Anouk, chacun paraissait plus ridicule que le suivant : alpiniste, écrivain de romans d'amour historiques, inventeur crédité d'une grande découverte – comme Alexandre Graham Bell, pionnier du sexe au téléphone.

« Rien d'autre ?

— Il y a encore une chose.

— Quoi ?

— J'ai toujours pensé que j'aurais fait un très bon Raspoutine.

— Qu'est-ce que tu veux dire ? »

J'ai fouillé dans mes carnets et je lui ai montré une idée que j'avais eue : être celui qui influencerait les riches et les puissants avec ses idées en murmurant des idées spectaculaires dans une énorme oreille en or. Elle s'y est accrochée avec l'énergie d'une folle. Elle paraissait convaincue que si je réalisais rien qu'un seul de mes rêves, je marcherais à la tombe avec un sentiment de satisfaction. Y a-t-il quelqu'un qui marche à la tombe avec pareil état d'esprit ? La véritable satisfaction ne peut pas exister tant qu'il reste une démangeaison à gratter. Et, qui que vous soyez, il y a toujours une démangeaison.

Puis, par un soir vide, Jasper a fait irruption dans ma chambre avec la nouvelle invraisemblable qu'Oscar et Reynold Hobbs étaient venus me voir. Apparemment, Anouk avait ramené deux des hommes les plus puissants au monde. Une haine intense est montée en moi. Quelle cruauté, de réaliser l'ultime vœu d'un mourant ! Ne comprends-tu pas qu'il ne le désire pas ? Son désir véritable, c'est de ne pas mourir.

Je suis sorti à leur rencontre. Reynold, impérieux et résolu ; il clignait même des paupières avec autorité. Et son fils, l'héritier présomptif, Oscar – vif et sérieux, d'une beauté en contradiction avec le personnage, parfait produit de la dynastie moderne (dans les dynasties modernes, on se marie avec un top model une génération sur deux pour s'assurer que la lignée ait les pommettes hautes). J'ai ressenti une violente aversion pour ces deux hommes si sûrs de leur destin. Je m'étais enfin résolu à croire à ma mort, mais je n'arrivais pas à imaginer la leur. Ils semblaient étanches à tout.

Reynold m'a mesuré du regard. J'étais trop petit de deux tailles.

Et pourquoi se trouvaient-ils chez moi ? Pour écouter mes idées. Comment Anouk y était-elle arrivée ? C'était remarquable. C'était plus que personne n'avait jamais fait pour moi. J'ai déterré quelques vieux carnets et je leur ai lu quelques idées stupides qui m'étaient venues par le passé. L'important, ce n'est pas ce qu'elles étaient, seulement qu'elles sont tombées à plat. Pendant que je lisais, les deux hommes ont affiché un visage en bois massif. Ils n'avaient réellement rien d'humain.

Après m'avoir écouté, Reynold a brusquement allumé un cigare et je me suis dit : « Qu'est-ce que les riches ont avec les cigares ? Ils s'imaginent que le cancer du poumon est réservé à la plèbe tandis que le cancer de la langue leur fait gagner un cran sur l'échelle sociale ? » Ensuite, Reynold m'a révélé la véritable raison de leur présence. Ce n'était pas pour écouter mes idées, mais pour me brancher sur une minisérie télé qu'ils espéraient faire sur l'histoire de Terry Dean – qui d'autre ?

Je n'ai su que dire. Je ne pouvais rien dire.

Reynold a passé une main le long de sa cuisse, et soudain le fils s'est écrié : « On s'en va, maintenant ! »

Quel travail d'équipe ! Quelle super conscience !

Puis ils sont repartis.

Je me suis rendu dans le labyrinthe, furieux contre mon frère mort, suppliant le cosmos de me permettre de remonter le temps juste cinq minutes, histoire de lui cracher dans l'œil. Enfin quoi, un fantôme ne se fatiguerait-il jamais ? Il avait fait de mon passé une blessure béante, non guérie et inguérissable. Infectée et infectieuse.

Il faisait froid. J'ai pataugé dans la nuit comme dans une rivière. Ma déception n'était pas si surprenante ; bien sûr, une partie de moi voulait réussir. On ne peut pas être un raté toute sa vie, pas vrai ? En fait, si. C'était bien là le problème.

« Marty ! »

Anouk. Qui courait à ma rencontre. La voir m'a vraiment réconforté. Je ne lui en voulais plus d'avoir ranimé la flamme du fantôme de mon frère. J'avais Anouk. J'avais une passion violente sur mon CV. Nous faisions si bien l'amour qu'on aurait cru que nous étions adultères.

« Je suis désolée. Je pensais qu'ils pourraient vraiment être intéressés.

— Ils voulaient juste Terry. C'est toujours comme ça. »

Anouk m'a pris dans ses bras. J'ai senti le désir traverser les pièces de mon corps, un soleil brillant qui jetait ses rayons sur les ombres de mon cancer, et je suis devenu frais et jeune, et Anouk s'en est aperçue car elle m'a serré plus fort et a enfoui son visage dans mon cou et l'a laissé pendant une éternité.

Nous avons entendu des pas dans le bush. Je l'ai repoussée.

« Qu'est-ce que c'est ?

— Je crois que c'est Jasper.

— Et alors ?

— Alors, tu ne penses pas que nous devrions garder ça pour nous ? »

Anouk a scruté mon visage pendant un long moment. « Pourquoi ? »

Je savais que Jasper le prendrait mal. J'avais très peur que sa colère ne retourne Anouk contre moi. Elle pourrait estimer que coucher avec moi n'en valait pas la peine. C'est pourquoi deux jours plus tard j'ai entrepris la tâche bizarre et peu enviable de me mêler de la vie amoureuse de mon fils. Une partie de moi savait que, quelles que soient mes intentions, honorables ou non, cette démarche ne pouvait que se retourner contre moi. Et après ? Ce n'était pas comme si je séparais le couple le plus solide du monde. Leur incompatibilité n'était-elle pas évidente du seul fait qu'elle avait relevé le défi moral qui consiste à le tromper, ce que lui n'avait pas fait ? Je rationalise, bien sûr. En réalité, je préférais qu'il sorte de ma vie en claquant la porte plutôt que de voir Anouk me glisser des bras.

Je ne pouvais pas appeler sa copine, et il n'était pas possible que je demande son numéro à Jasper sans qu'il me fasse assigner à résidence, donc un matin je me suis levé tôt et j'ai attendu qu'elle sorte de la cabane. J'ai pu m'assurer de la fréquence, sinon du sérieux, de leurs rencontres à la façon dont elle naviguait adroitement à travers le labyrinthe. Je l'ai suivie, regardant ses courbes se balancer de côté et d'autre. Tout en marchant derrière elle, je me suis demandé comment on aborde le sujet de la trahison. J'ai décidé qu'on allait droit au but, tout simplement.

« Hé, vous ! »

Elle s'est retournée brusquement et m'a adressé le genre de sourire qui peut vraiment castrer un homme. « Bonjour, Mr Dean.

— Pas de ça avec moi. J'ai quelque chose à vous dire. »

Elle m'a regardé avec la patience la plus douce et la plus innocente du monde. Je me suis jeté à l'eau. « Je vous ai vue l'autre jour.

— Où ?

— Embrasser quelqu'un dont je ne suis pas le père. »

Elle a laissé échapper une gorgée d'air incertaine et a baissé les yeux. « Mr Dean. » C'est tout ce qu'elle a répondu.

« Alors, qu'avez-vous à dire pour votre défense ? Est-ce que vous allez en parler à Jasper ou il faut que je le fasse ?

— Il n'y a aucune raison de lui en parler. Ce qui se passe, c'est que nous sortions ensemble avant et que j'ai eu du mal à l'oublier et j'ai pensé... en fait, ce que j'ai pensé n'a pas d'importance, mais il ne veut pas de moi. Et je ne veux plus de lui non plus. Et j'aime vraiment Jasper. C'est juste que je... S'il vous plaît, ne lui dites rien. Je romprai avec lui, mais ne lui dites rien...

— Je ne veux pas que vous rompiez avec lui. Je me fiche que vous soyez ou non la petite amie de mon fils. Mais si vous l'êtes, vous ne pouvez pas le tromper. Et si vous le trompez, il faut le lui dire... Laissez-moi vous raconter une histoire. Jadis, j'étais amoureux de la petite amie de mon frère. Elle s'appelait Caroline Potts. Attendez, je ferais peut-être mieux de commencer par le commencement. Les gens veulent toujours savoir comment était Terry Dean quand il était petit. Ils s'attendent à des récits de violence enfantine et de corruption dans un jeune cœur. Ils imaginent un criminel en miniature à quatre pattes dans son parc qui perpétue des actes immoraux entre deux tétées. Ridicule ! Est-ce au pas de l'oie que Hitler allait téter sa mère ?

— Mr Dean ? Je dois vraiment y aller...

— Ah, eh bien, je suis content que nous ayons clarifié la situation. » Alors qu'elle s'éloignait, je n'aurais pas pu dire pour tout l'or du monde ce que nous avions clarifié, ou si nous avions clarifié quelque chose.

Ce soir-là, Jasper m'a trouvé au lit avec Anouk. Il a fait une drôle de tête. Je ne sais pas pourquoi il a été gêné à ce point – peut-être parce que l'œdipe est plus vivace dans les familles telles que la nôtre. Le désir du fils de tuer le père et de baiser la mère est une idée moins repoussante si c'est la mère suppléante avec qui l'enfant désire coucher. Comme pour confirmer ma théorie révoltante, Jasper a paru très peiné et même furieux. Je suppose qu'à un certain moment de la vie nous cédons à un emportement insensé qui nous prive de toute crédibilité. Le temps était venu pour Jasper de le faire. Il n'y avait pas de raison logique à ce qu'il s'oppose à notre union occasionnelle et transpirante, et il le savait aussi, mais la première chose qu'il a faite ensuite a été de venir m'annoncer qu'il s'en allait. Nous sommes demeurés silencieux une minute. C'était une grosse minute, pas longue mais large et profonde.

J'ai souri. J'ai senti le poids de mon sourire. Il était excessivement lourd.

Sa sortie menaçait de durer un siècle, mais elle a été étonnamment rapide. Il a dit : « Je t'appellerai », j'ai écouté le bruit furieux de ses pas qui décroissait, et j'ai eu envie de le rappeler pour le culpabiliser afin qu'il reste en contact avec moi.

Il était parti.

J'étais seul.

Ma propre présence pesait aussi lourd que mon sourire en béton.

Ainsi, il me laissait dans ma sombre crevasse, dans mon ouragan solitaire ! Les enfants sont un ratage complet, non ? Je ne sais pas comment les gens peuvent en tirer une satisfaction sur le long terme.

Je n'arrivais pas à croire qu'il était parti.

Mon fils !

Le sperme qui s'était échappé !

Mon avortement raté !

Je suis sorti et j'ai regardé les étoiles tatouées sur le ciel. C'était une de ces nuits magnétiques où on a l'impression que tout est attiré par son corps ou repoussé par lui. Tout ce temps, j'avais cru que mon fils tâchait d'être mon exact opposé, mais non – il était devenu mon opposé polaire, et cela l'avait propulsé au loin.

Une semaine plus tard, je me sentais perdu dans un gros nuage noir. Cela faisait deux jours qu'Anouk n'était pas venue et j'étais dans son atelier, entouré d'organes génitaux en plâtre, profondément honteux de m'ennuyer. Quel droit un homme mourant a-t-il de s'ennuyer ? Le temps me tuait et je répliquais en tuant le temps. Jasper était parti ; Anouk m'avait abandonné. La seule personne qui me restait était Eddie, mais je ne pouvais vraiment le supporter que sur de courtes périodes. Quel dommage qu'on n'aille pas voir les gens pour dix minutes seulement ! Je n'ai pas besoin de davantage pour tenir pendant trois jours, avant d'en reprendre dix minutes de plus. Mais on ne peut pas inviter quelqu'un pour dix minutes. Ils s'incrustent, et je suis toujours obligé de dire quelque chose de blessant du genre : « Allez-vous-en maintenant. » Pendant de nombreuses années, j'ai essayé le fameux : « Je ne vous retiendrai pas plus longtemps » ou : « Je ne veux pas prendre plus de votre temps », mais ça ne marchait jamais. Il y a bien trop de gens qui n'ont rien à faire et nulle part où aller et qui préféreraient passer leur vie entière à bavarder. Je n'ai jamais compris ça.

Quand j'ai entendu Anouk m'appeler, une bouffée de joie pure m'a traversé le cœur et j'ai crié : « Je suis ici ! Dans l'atelier ! » et j'ai senti le désir sexuel qui s'éveillait. J'ai immédiatement eu l'idée imprudente de me déshabiller. Je me rappelle à peine avoir enlevé mes vêtements, telle était l'ardeur de l'union qui m'animait, mais lorsqu'elle est arrivée à la porte j'étais entièrement nu, un sourire radieux aux lèvres. D'abord, je n'ai pas compris son expression contrariée, puis je me suis dit que je l'avais attendue en embuscade au milieu de la plus grande collection d'organes génitaux au monde et que le mien, en comparaison, n'était pas comparable. Pour ma défense, les organes génitaux qui m'entouraient n'étaient pas à l'échelle.

Puis elle a dit : « Hum, je ne suis pas seule. » Et qui a passé sa tête impeccable par la porte, sinon Oscar Hobbs ?

Il faut mettre au compte de son sang-froid inébranlable le fait qu'il a immédiatement pris la parole. « J'ai des nouvelles pour vous. J'aimerais vous aider à concrétiser une de vos idées. »

Je me sentais sur le point de tomber en miettes ou de me congeler. « Pour l'amour de Dieu, pourquoi ? » j'ai répliqué brusquement avant d'ajouter : « Laquelle ?

— J'ai pensé que nous pourrions en parler. Laquelle voudriez-vous le plus voir réaliser ? »

Bonne question. Je n'en avais pas la moindre idée. J'ai fermé les yeux, pris une profonde inspiration, et me suis plongé dans mon cerveau. J'y suis descendu très profondément, et en l'espace d'une minute j'ai saisi et rejeté une centaine de projets idiots. Enfin, j'ai trouvé celui que je voulais : une idée avec des poignées. Mes paupières se sont ouvertes d'un coup.

« J'aimerais commencer à rendre tous les Australiens millionnaires.

— Bon choix, j'ai su que nous nous comprenions. Comment comptez-vous y arriver ?

— Faites-moi confiance. J'ai pensé à tout.

— Vous faire confiance ?

— À l'évidence, comme vous êtes un acteur majeur dans un conglomérat multinational, je ne peux pas vous faire confiance. Il faudra donc que ce soit vous qui me fassiez confiance. Quand le temps sera venu, je vous communiquerai les détails. »

Oscar a dirigé vers Anouk un regard très bref avant de revenir sur moi.

« OK, il a lâché.

— OK ? Attendez un peu... Vous êtes sérieux ?

— Oui. »

Dans le silence gêné qui a suivi cette improbable tournure des événements, j'ai remarqué de quelle manière Oscar, généralement dépourvu d'expression, regardait Anouk comme s'il luttait contre quelque chose dans sa nature. Qu'est-ce que cela signifiait ? Anouk lui avait-elle promis des gratifications sexuelles ? Avait-elle conclu un étrange et désagréable pacte pour mon bénéfice ? Ce soupçon a compromis mon succès soudain. C'est toujours comme ça : on n'obtient jamais de victoire totale, il y a toujours une contrepartie. Cependant, je n'ai pas hésité à accepter son offre. Ce qui m'a valu un autre coup inattendu dans l'estomac, la terrible déception qui se lisait sur le visage d'Anouk, comme si en acceptant la proposition d'Oscar je m'étais révélé inférieur à l'opinion qu'elle se faisait de moi. Cela, je ne suis pas arrivé à le comprendre. C'était son idée, non ?

Quoi qu'il en soit, il fallait que j'accepte. Je n'avais pas vraiment le choix.

J'étais pauvre en temps.

Chapitre 2

Nous sommes immédiatement entrés dans le vif du sujet. D'abord il y avait la publicité ; il fallait aiguiser l'appétit du public. Oscar était malin ; il ne tournait pas autour du pot. Le lendemain, avant que nous parlions de la façon dont ce projet ridicule devait fonctionner, il a mis ma photo en première page du quotidien avec le gros titre : « Cet homme veut vous rendre riche ». Un peu bêta, pas très élégant, mais efficace. C'est ainsi que ma vie d'homme invisible a pris officiellement fin.

Mon idée était très brièvement décrite, sans précisions. Ce qui m'a rendu furieux, c'est qu'on m'a présenté au public australien comme le « Frère du fameux bandit Terry Dean ».

J'ai mis le journal en lambeaux. Puis le téléphone a sonné, et les formes les plus basses de la vie humaine se sont retrouvées en ligne : les journalistes. Dans quel pétrin m'étais-je fourré ? Devenir une figure publique, c'est comme tenter de faire ami-ami avec un rotweiller en ayant de la viande plein la poche. Ils voulaient connaître les détails, la manière dont j'allais m'y prendre. Le premier intéressé a été un producteur d'émissions de télé qui souhaitait savoir si j'accepterais d'être interviewé. « Bien sûr que non », j'ai répondu avant de raccrocher. Un vieux réflexe.

« Il faut que tu fasses connaître ton projet, m'a fait remarquer Anouk.

— Mon cul », j'ai répliqué faiblement. Je savais qu'elle avait raison. Mais comment pouvais-je parler à ces journalistes quand tout ce qui résonnait dans ma tête, noyant leurs questions, c'étaient les bruyants échos d'une vieille colère ? Apparemment, j'étais le genre de personne à garder une rancœur pendant toute une vie. J'étais toujours furieux du harcèlement que les médias avaient fait subir à ma famille à cause de Terry. Qu'est-ce que j'allais faire ? Ils n'arrêtaient pas d'appeler. Ils me posaient des questions sur moi, mon projet, mon frère. Voix différentes, même questions. Quand je suis sorti, je les ai entendus appeler depuis le labyrinthe. Des hélicoptères tournoyaient dans le ciel au-dessus de ma tête. Je suis rentré, j'ai verrouillé la porte, me suis mis au lit et j'ai éteint la lumière. C'était comme si mon univers tout entier était en flammes. Je savais bien que j'étais responsable, mais cela ne rendait pas les choses plus faciles, tout au contraire.

On a quand même parlé de mon idée dans une émission télé. Oscar Hobbs a donné une interview. Apparemment, il n'allait pas laisser ma misanthropie tout gâcher. À mon horreur, ils ont retrouvé des images de moi datant de l'époque des exploits de Terry, que je n'avais jamais vues parce que alors je ne regardais pas la télévision. On voyait notre ville qui n'existe plus, que j'avais incendiée avec mon observatoire, et sur l'écran tout le monde était vivant : ma mère, mon père, Terry, et même moi ! Même ce moi de dix-sept ans ! Il est impossible de croire que j'aie jamais été aussi jeune. Et aussi maigre. Et aussi laid. Sur l'écran, j'ai la peau sur les os et je m'éloigne de la caméra du pas assuré de celui qui se dirige vers un avenir dont il ignore qu'il le fera souffrir. J'ai établi instantanément une relation d'amour-haine avec mon ancien moi. Je m'aimais de m'avancer de manière aussi optimiste vers l'avenir, et me détestais d'y être arrivé et de l'avoir foutu en l'air.

Le matin suivant, je me suis rendu à l'immeuble Hobbs, une forteresse discrète au centre-ville, soixante-dix étages de bureaux à l'épreuve du bruit, des odeurs et de la pauvreté. Dès mon entrée dans le hall, j'ai su que j'avais vieilli à l'intérieur de ma nanoseconde d'éternité. Les gens qui couraient autour de moi étaient si jeunes et sains que j'ai eu une quinte de toux rien qu'à les regarder. C'était un nouveau genre de travailleurs, complètement différents de la race de ceux qui attendent impatiemment que les cinq coups de l'horloge les libèrent de leur servitude. Ceux-là étaient des consommateurs pathologiquement stressés qui travaillaient tout le temps, dans des industries appelées nouveaux médias, médias électroniques et technologies de l'information. Ici, les vieilles méthodes et les vieilles technologies n'étaient même pas un souvenir, et si on en parlait, c'était avec tendresse, comme si on évoquait la mort de parents gênants. Une chose était certaine : cette nouvelle culture de travailleurs aurait sacrément épaté Marx.

Contrairement à ce à quoi je m'attendais, ni le bureau d'Oscar ni celui de Reynold n'étaient au dernier étage, mais quelque part au milieu du bâtiment. En pénétrant dans la réception dépouillée mais élégante, j'allais arborer le visage du type qu'on fait attendre quand la secrétaire aux seins coniques m'a dit : « Vous pouvez entrer, Mr Dean. »

Le bureau d'Oscar était étonnamment petit et simple, avec une vue sur le bâtiment d'en face. Il était au téléphone avec quelqu'un, probablement son père, qui lui passait un savon et le faisait si fort que j'ai entendu : « Tu es complètement stupide ? » Oscar a haussé les sourcils, m'a fait signe d'avancer et de m'asseoir sur une chaise ancienne aussi belle qu'elle avait l'air inconfortable. J'ai préféré me diriger vers sa bibliothèque. Il avait une collection impressionnante de premières éditions – Goethe, Schopenhauer, Nietzsche (en allemand), Tolstoï (en russe) et Leopardi (en italien) – qui m'ont rappelé deux vers de l'exaltante poésie de ce dernier :

Quelle était cette tache amère sur le temps
À laquelle on donnait le nom de Vie ?

Oscar a raccroché avec une expression que je ne trouvais pas tout à fait claire. J'ai attaqué. « Écoutez, Oscar, je ne vous ai pas donné la permission de faire circuler le nom de mon frère. Ça n'a rien à voir avec lui.

— C'est moi qui finance ce projet. Je n'ai pas besoin de votre permission.

— Eh… c'est vrai.

— Écoutez, Martin, vous devriez m'être reconnaissant. Votre frère, même si c'était, selon moi, un dangereux maniaque que l'Australie ne devrait pas célébrer…

— C'est exactement ce qu'il était ! » je me suis exclamé, ravi jusqu'aux os. Car c'est un fait que personne n'avait jamais exprimé cette idée très évidente.

« Oui, ça crève les yeux. Mais il est vénéré dans ce pays, et votre lien de parenté vous donne les références dont vous avez besoin pour être pris au sérieux.

— OK, mais je…

— Vous ne voulez pas qu'on en discute cent sept ans. C'est votre idée, c'est à votre tour d'être dans la lumière des projecteurs, et vous ne voulez pas que votre frère vous fasse de l'ombre d'outre-tombe.

— Mon pote, c'est exactement ça.

— Après cette première semaine, Marty, vous serez reconnu pour vous-même, n'ayez crainte. »

Je devais avouer qu'Oscar Hobbs était un véritable gentleman. En fait, j'étais un peu plus charmé à chacune de nos rencontres. Il semblait me comprendre sur-le-champ. J'ai songé qu'il faudrait peut-être que les gens comprennent que le népotisme ne signifie pas nécessairement l'ascension d'un idiot.

« Bon, entrons dans les détails. Quel est votre plan ?

— OK. C'est simple. Vous êtes prêt ?

— Prêt.

— Alors, allons-y. Si tout le monde en Australie, c'est-à-dire environ vingt millions de personnes, envoyait juste un dollar par semaine à une adresse et que cet argent était divisé par vingt, vingt familles australiennes deviendraient millionnaires chaque semaine de l'année.

— C'est tout ?

— C'est tout !

— C'est votre idée ?

— C'est mon idée ! »

Oscar s'est enfoncé dans son fauteuil et a pris sa tête de penseur. La même que sa tête habituelle, juste un peu plus petite et un peu plus tendue.

Le silence me gênait. Je lui ai donné quelques détails supplémentaires pour le meubler.

« Et si, après la première semaine, les gens qui sont devenus millionnaires versent mille dollars en remerciement, cela signifie que dès la deuxième semaine nous aurons toujours un budget hebdomadaire de vingt mille dollars pour payer les frais administratifs de l'entreprise. »

Oscar s'est mis à hocher la tête en rythme. J'ai poursuivi :

« D'après mes calculs, à la fin de la première année, mille quarante familles seront devenues millionnaires ; à la fin de la seconde, deux mille quatre-vingts millionnaires ; à la fin de la troisième, trois mille cent vingt millionnaires ; et ainsi de suite. Certes, trois mille cent vingt millionnaires en trois ans c'est très bien, mais à ce rythme il faudrait en gros dix-neuf mille deux cent trente ans pour que chaque Australien devienne millionnaire, sans prendre en compte l'augmentation de la population.

— Ou son déclin.

— Ou son déclin. À l'évidence, pour que le nombre d'Australiens millionnaires croisse de manière exponentielle, il nous faut augmenter le versement de un dollar chaque année, de sorte que la deuxième année nous mettrions deux dollars par semaine, ce qui fait quarante millionnaires par semaine, ou deux mille quatre-vingts millionnaires pour l'année ; la troisième année, nous mettrions trois dollars, soit soixante millionnaires par semaine, ou trois mille cent vingt millionnaires pour l'année ; et ainsi jusqu'à ce que chaque Australien soit millionnaire.

— C'est votre idée ?

— C'est mon idée !

— Vous savez quoi ? Elle est tellement simple qu'elle pourrait bien marcher.

— Même si elle ne marche pas, que faire d'autre avec cette tache amère sur le temps à laquelle on donne le nom de vie ?

— Martin ! Ne dites pas ça dans une interview, OK ? »

J'ai hoché la tête, gêné. Peut-être qu'il n'avait pas reconnu la citation parce que je ne l'avais pas faite en italien ?

Ce soir-là, Eddie est apparu vêtu de son habituel pantalon fraîchement repassé et de sa chemise infroissable avec cette tête qui m'a fait me demander s'ils ont des mannequins asiatiques dans les grands magasins asiatiques. Il y avait un moment que je ne l'avais pas vu. Eddie disparaissait et réapparaissait sans arrêt. À le voir, je me suis soudain rappelé mon idée selon laquelle il m'avait toujours détesté. Je l'ai observé de près. Il ne se trahissait pas. Peut-être qu'il faisait semblant de m'aimer depuis si longtemps qu'il avait oublié que ce n'était pas le cas. Pourquoi ferait-il semblant de m'aimer, de toute façon ? Dans quel but sinistre ? Probablement aucun – pour adoucir sa solitude, c'est tout. Je me suis senti désolé pour nous tous.

« Où étais-tu passé ?

— En Thaïlande. Tu aimerais la Thaïlande, tu sais. Tu devrais y aller un jour.

— Pourquoi diable aimerais-je la Thaïlande ? Je vais te dire les endroits que je crois que j'aimerais : Vienne, Chicago, Bora Bora et Saint-Pétersbourg dans les années 1890. La Thaïlande, je n'en suis pas sûr. Qu'est-ce que tu faisais là-bas ?

— Est-ce que j'ai vu ta photo en première page des journaux aujourd'hui ?

— C'est possible.

— Qu'est-ce qui se passe ? »

Je lui ai raconté. À mesure que je parlais, ses yeux semblaient s'enfoncer plus profondément à l'intérieur de son crâne.

« Écoute, il m'a dit, je ne fais rien ces temps-ci. Les événements n'ont pas été terribles pour moi dernièrement, comme tu sais. Je suppose que tu n'as pas besoin d'aide pour rendre les gens millionnaires ?

— Peut-être que si, pourquoi pas ? »

C'est vrai qu'Eddie n'avait pas eu de chance récemment. Lui aussi avait bousillé sa vie. Les clubs de strip-tease dont il était propriétaire (j'en avais partiellement détruit un avec ma voiture dans un moment d'égarement) avaient été fermés par la police parce qu'il y faisait travailler des mineures. On y vendait aussi de la drogue, et une nuit est arrivé ce qui pouvait arriver de pire : un meurtre. Tout au long de ces calamités, Eddie était demeuré remarquablement calme, et je soupçonnais que ce n'était pas une façade. Il avait une façon bien à lui de rester à l'abri des perturbations. Comme si elles avaient lieu dans une réalité qu'il observait à travers des jumelles.

Donc, quand il m'a demandé s'il pouvait faire partie du projet des millionnaires, évidemment j'ai dit oui. Si quelqu'un de proche ne vous a jamais rien demandé et qu'il finit par le faire, c'est très touchant. De plus, je lui devais encore l'argent qu'il m'avait prêté et c'était une façon de le rembourser.

Comme il avait une expérience de gestionnaire, j'ai suggéré qu'il s'occupe de la partie administrative. En vérité, j'étais très soulagé. Je désirais seulement que l'idée se réalise, administrer quoi que ce soit ne m'intéressait absolument pas.

« Je ne peux pas croire que nous allons rendre les gens millionnaires ! s'est exclamé Eddie en frappant dans ses mains. C'est comme jouer à Dieu, non ?

— Ah oui ?

— Ben... peut-être pas. Pendant un instant, c'est ce que j'ai pensé. »

Si nous jouions Dieu dans le film de sa vie, est-ce que cela correspondrait à son personnage de donner de l'argent ? Enfin, je suppose qu'avec l'éternité sur les bras même Dieu finirait par manquer d'idées.

Oscar n'était pas très chaud pour qu'Eddie s'occupe de la partie administrative de l'affaire, mais il était monstrueusement occupé à diriger deux chaînes de télé, un service internet et trois journaux. Je ne pouvais m'empêcher d'être impressionné. Si vous saviez comme ces salopards bossent dur, vous ne diriez plus jamais rien de négatif contre les privilèges, et vous n'en voudriez même pas vous-même. Il a donc engagé Eddie et nous a donné à chacun un grand bureau dans l'immeuble Hobbs News. Nous pouvions choisir notre équipe, et même si nous n'avons embauché que des femmes avec un beau décolleté (une habitude datant de notre époque strip-club), nous n'avons pas fait que les idiots. Eddie s'est mis au boulot immédiatement. Il a vraiment pris la chose au sérieux. Grâce au carnet d'adresses d'Oscar, il a obtenu la liste des électeurs de chaque État, établi une base de données, et bidouillé un système où les noms seraient mélangés dans l'ordinateur, comme les balles dans une boule de loterie en plexiglas. Ensuite, l'ordinateur se débrouillerait pour choisir au hasard les vingt premiers noms. En fait, bien que je ne puisse offrir une explication précise de la façon dont ça marchait, ce n'était pas si compliqué. Rien de surprenant à cela : il y a plein de choses pas compliquées que je ne comprends pas.

Nous avons réussi. Les journaux ont publié les détails du projet, et à la fin de la semaine les pièces de un dollar sont arrivées à flots. Notre pauvre équipe s'est épuisée à ouvrir les enveloppes et compter les millions de ces dollars ronds et froids. Nous nous sommes également préparés pour la soirée d'inauguration au cours de laquelle les noms des premiers millionnaires seraient lus sur une chaîne nationale. Ce devait être une de ces soirées supers chics où les invités vous ridiculisent ou font semblant de ne pas vous voir. Je ne l'attendais pas avec impatience. Sans compter qu'il me faudrait assumer mon rôle public d'auteur génial d'une idée toute simple. Debout à côté d'Oscar, je devais lire la liste des noms, puis les nouveaux millionnaires rassemblés ce même jour par l'équipe d'Eddie monteraient sur scène et hurleraient de manière appropriée. C'était le plan. Nous étions jeudi. La soirée était prévue pour le vendredi de la semaine suivante. Oscar avait passé un accord avec toutes les autres chaînes de télé. Ce serait comme la nuit de l'alunissage. Le temps d'une soirée, il y aurait la paix entre les chaînes rivales. Oscar était incroyable, il avait préparé tout ça en plus de diriger tout le reste.

J'étais revitalisé, mais mon énergie était encore facilement épuisable, et je m'écroulais dans mon lit tous les soirs, avec Anouk qui m'attendait souvent. Nous nous épuisions rapidement l'un l'autre.

« Es-tu heureux, Martin ? Es-tu heureux ? » elle m'a demandé.

Quelle drôle de question à poser, particulièrement à moi. J'ai secoué la tête. « Heureux ? non. Mais ma vie a pris une forme bizarre qui m'intéresse pour la première fois. »

Cela l'a fait sourire de soulagement.

Le mardi précédant la soirée, j'étais assis immobile à mon bureau comme un meuble superflu quand le téléphone a sonné.

« Allô ?

— Mais qu'est-ce que tu crois que tu es en train de faire, bon sang !

— Désolé, pas d'interviews.

— Papa, c'est moi.

— Ah, Jasper. Salut.

— Qu'est-ce que tu prépares ?

— Prépares ?

— Ça n'est pas possible de rendre des gens millionnaires sans raison.

— Pourquoi tu dis ça ?

— Parce que je te connais mieux que toi-même.

— Tu crois, vraiment ?

— C'est une ruse, non ?

— Je n'aime pas parler au téléphone. Je vais te revoir bientôt ?

— Ouais... bientôt. »

Il a raccroché, et j'ai fixé le téléphone d'un air rêveur jusqu'à ce que quelqu'un me voie, après quoi j'ai fait semblant de le nettoyer. À vrai dire, Jasper me manquait : il était le seul à avoir compris que faire la fortune des gens était une manigance, un simple moyen en vue d'une fin, qui était de mettre les gens de mon côté, et ensuite d'entreprendre quelque chose qui surprendrait même la Mort. Oui, depuis le début, c'était une tactique pour gagner leur approbation et qui devait contrer leur tactique inconsciente destinée à me détruire. Jasper avait deviné que j'avais un plan simple :

1. Faire un millionnaire de tout un chacun en Australie, et gagner ainsi l'aide, la confiance et peut-être l'adoration de tout un chacun ; avoir aussi

2. Les magnats de la presse de mon côté, tout en

3. Devenant simultanément un politicien et gagnant un siège au Parlement aux prochaines élections fédérales, et alors

4. Inaugurer une réforme complète de la société australienne basée sur mes idées, et ainsi

5. Impressionner Jasper, qui demanderait pardon en pleurant, tandis que je

6. Baiserais le plus souvent possible avec Anouk et

7. Mourrais sans douleur, sachant qu'une semaine après ma mort commencerait la fabrication de

8. Statues à mon effigie destinées à être érigées sur les places publiques.

Un plan pour mettre un point d'exclamation à la fin de ma vie. Avant de mourir, j'expulserais toutes les idées de ma tête – chacune de mes idées, même les stupides –, de sorte que le processus de ma mort serait un processus d'évidement. Quand je réfléchissais aux chances de succès de mon plan, dans mes moments optimistes, l'image de ma mort se mêlait à celle de Lénine dans son mausolée ; dans les moments pessimistes, l'image de ma mort se superposait à celle de Mussolini pendu à une station Esso à Milan.

En attendant le grand soir, je traînais au bureau, légèrement ennuyé de n'avoir rien à faire. J'avais tout délégué. Il ne me restait plus qu'à peaufiner mon air de réflexion consciencieuse, demander à divers carrefours : « Comment ça se passe ? » et faire mine de m'intéresser aux réponses.

Eddie, lui, travaillait comme un malade à préparer la soirée. Je le regardais gribouiller avec application, me demandant s'il avait jamais eu l'impression d'être, comme moi, quelques molécules déplacées et vaguement assemblées pour former une personne improbable, quand j'ai soudain eu une idée géniale.

« Eddie, est-ce qu'il y a des futurs millionnaires à Sydney ?

— Trois. Pourquoi ?

— Donne-moi leurs dossiers, tu veux ? »

Le premier millionnaire vivait à Camperdown. Il s'appelait Deng Agee. Originaire d'Indonésie, il avait vingt-huit ans et une femme ainsi qu'un bébé de trois mois. La maison paraissait totalement déserte. Personne n'a répondu quand j'ai frappé, mais dix minutes plus tard je l'ai vu arriver chargé de lourds sacs de courses. À dix mètres de la maison, le sac en plastique qu'il tenait de sa main gauche a craqué et les provisions sont tombées sur le trottoir. Il a regardé ses boîtes de thon cabossées comme si on lui avait brisé le cœur, comme si les boîtes de thon avaient voulu être ses amies.

Je lui ai adressé un sourire chaleureux afin qu'il ne me reconnaisse pas d'après ma photo dans les journaux.

« Comment va la vie, Deng ? j'ai demandé d'une voix chantante.

— Je vous connais ? » Il a levé la tête.

« Ça va alors ? Vous avez tout ce qu'il vous faut ?

— Allez vous faire foutre. »

Il ne se doutait aucunement que dans une semaine il serait millionnaire. C'était hilarant.

« Vous êtes content ici, Deng ? C'est un peu un taudis, si je peux me permettre.

— Qu'est-ce que vous voulez ? Je vais appeler la police. »

Je me suis approché, et baissé, et j'ai fait semblant de ramasser un billet de dix dollars par terre. « Vous l'avez laissé tomber ?

— Ce n'est pas à moi », il a répliqué, et il est entré en me claquant la porte au nez. « Il fera un millionnaire formidable », j'ai pensé, comme s'il était nécessaire pour moi que mes millionnaires (ainsi que je les appelais en moi-même) soient incorruptibles.

La deuxième millionnaire de Sydney était professeur de biologie. Peut-être la femme la plus laide que j'aie jamais rencontrée. J'ai failli pleurer en la voyant. J'ai senti le souffle d'un millier de portes qui se refermaient devant ce vilain visage. Elle ne m'a pas vu entrer dans sa classe. Je me suis assis au dernier rang et lui ai adressé un sourire dément.

« Qui êtes-vous ?

— Depuis quand enseignez-vous ici, Mrs Gravy ?

— Seize ans.

— Et durant ce temps, avez-vous jamais obligé un élève à avaler de la craie ?

— Non. Jamais !

— Vraiment ? Ce n'est pas ce qu'ils disent au ministère de l'Éducation.

— C'est un mensonge !

— C'est ce que je suis venu élucider.

— Vous ne faites pas partie du ministère de l'Éducation. »

Mrs Gravy est venue m'observer sous le nez comme si j'étais une illusion. J'ai cherché un anneau à son doigt, mais n'ai vu que des bouts de chair nue. Je me suis levé et me suis dirigé vers la porte. L'idée que l'argent était la seule chose sur la Terre comme au Ciel qui pouvait donner du bonheur à Mrs Gravy était si déprimante que j'ai failli ne pas aller rendre visite au troisième millionnaire de Sydney ; mais comme je n'avais rien d'autre à faire je me suis adossé aux casiers scolaires, longue rangée de cercueils verticaux, et j'ai ouvert le dernier dossier.

Celui de… Miss Caroline Potts !

Je ne me rappelle pas être souvent resté bouche bée comme ils font au cinéma, mais la fiction a la manie de donner à la réalité un air fabriqué. Les gens restent bouche bée. Ce n'est pas un mensonge. Et je suis resté bouche bée en voyant ce nom, avec toutes les connotations et implications. Connotations : La mort de mon frère ; désir frustré ; désir satisfait ; perte ; regrets ; malchance ; occasions ratées. Implications : Elle avait divorcé de son mari russe ou était veuve ; elle n'était pas quelque part en Europe ; elle vivait à Sydney, peut-être depuis des années.

Bon Dieu !

Ces pensées ne sont pas arrivées l'une après l'autre mais simultanément – je ne parvenais pas à entendre où finissait l'une et où commençait la suivante. Elles parlaient toutes les unes par-dessus les autres, comme une grande famille à table. Bien sûr, la raison m'a dit qu'il pouvait y avoir jusqu'à vingt ou trente Caroline Potts habitant à quelques minutes l'une de l'autre, et que ce n'est pas un nom rare comme Prudence Bloodhungry ou Heaenly Shovelbottom. Eddie avait-il songé qu'il s'agissait d'une autre Caroline Potts ? J'ai refusé de croire que c'était quelqu'un d'autre qu'elle, parce que, dans les moments de crise, ce que vous croyez vous est révélé, et il est apparu que je croyais en quelque chose après tout : j'étais une pelote de laine et la vie une patte de chat jouant avec moi. Comment pourrait-il en être autrement ? Va ! m'a crié une voix. Va !

Dans le taxi, j'ai lu le dossier une dizaine de fois. Eddie n'avait pas été très exhaustif. Il était seulement écrit : « Caroline Potts, 44 ans. Bibliothécaire. Mère de Terence Beletsky, 16 ans. » Mère ! Et le nom de son fils : Terence. Terry. Merde ! Ça m'a gonflé. Elle avait donné le nom de Terry à son fils. Comme si ce salopard n'avait pas été suffisamment honoré !

Absolument incroyable !

Caroline habitait un de ces immeubles dépourvus d'interphone de sorte qu'on pouvait tranquillement monter dans la cage d'escalier couleur merde jusqu'à la porte de l'appartement. J'ai atteint le 4A sans avoir trop pensé à ce qui serait pour elle le plus grand choc, de me voir ou d'apprendre que dans moins d'une semaine elle serait plus riche de un million de dollars. J'ai frappé avec impatience, et nous avons vite repris notre vieille habitude de nous hurler dessus.

« Qui est là ?

— Moi !

— Moi qui ?

— Tu ne le croirais pas si je te le disais !

— Marty ! » Le fait qu'après toutes ces années elle ait si rapidement reconnu ma voix m'a désarçonné.

Elle a ouvert la porte et j'ai eu un nouveau hoquet de surprise. La Nature avait à peine porté la main sur elle. Puis j'ai vu que ce n'était pas entièrement exact : la Nature lui avait donné un plus gros derrière et des seins plus volumineux, et son visage était légèrement plus large, et ses cheveux n'étaient pas ce qu'on pourrait qualifier de bien coiffés, mais elle était encore magnifique, elle avait la même lumière derrière les yeux. À la voir, j'ai eu l'impression que les années depuis Paris n'étaient pas vraiment passées, que ces dix-huit dernières années étaient comme un après-midi absurdement long.

« Oh, mon Dieu, regarde-moi ça ! elle s'est exclamée.
— Je suis vieux !
— Pas du tout. Tu as la même tête !
— Mais non !
— Attends. Tu as raison ! Ton oreille est nouvelle !
— Je me suis fait greffer de la peau !
— Merveilleux !
— Et je perds mes cheveux !
— Moi j'ai bien un gros cul !
— Tu es toujours magnifique !
— Tu ne te moques pas de moi ?
— Non !
— J'ai vu ton nom aux infos !
— Pourquoi tu n'es pas venue me voir ?
— J'en avais envie ! Mais après toutes ces années je n'étais pas sûre que toi tu aies envie de me voir ! En plus, je suis tombée sur une photo de toi avec une femme jeune et belle qui te tient dans ses bras !
— C'est Anouk !
— Pas ta femme ?
— Pas même ma copine. C'est notre gouvernante. Et ton mari ?
— Nous avons divorcé ! Je croyais que tu étais toujours en Europe !
— Moi aussi !
— Et… nous étions censés nous retrouver à Paris un an après cette nuit à l'hôtel ! Tu te rappelles ?
— J'étais ici ! En Australie ! Ne me dis pas que tu y es allée ?
— Mais si !
— Oh, mon Dieu !
— J'en ai pas cru mes yeux quand j'ai vu le nom de famille de Terry ! On reparlait de lui ! Puis j'ai vu que c'était toi ! Qu'est-ce que c'est que cette histoire idiote dans laquelle tu t'es fourré ?
— Ce n'est pas une histoire idiote !
— Tu vas rendre tous les Australiens millionnaires ?
— Tu as raison ! Quelle idiotie !
— Qu'est-ce qui t'a donné une idée pareille ?
— Je ne sais pas ! Et attends : tu en fais partie !
— Martin !
— Je suis sérieux ! C'est pour ça que je suis venu !
— Tu as truqué les résultats !
— Pas du tout ! Ce n'est pas moi qui ai choisi les noms !
— Tu es sûr ?
— Absolument !
— Qu'est-ce que je vais faire de un million de dollars ?
— Ton dossier mentionne que tu as un fils… Où est-il ?
— Il est mort. » Ces trois mots qui avaient échappé de sa bouche semblaient venir d'un endroit différent. Elle s'est mordu la lèvre et ses yeux se

sont emplis de larmes. Je voyais ses pensées comme des sous-titres sur son visage. – « *Est-ce que je peux en parler maintenant ?* » – J'ai essayé de lui faciliter la tâche, pour qu'elle ne soit pas obligée de me raconter toute la triste histoire. Voyons voir... les adolescents meurent de seulement trois façons : suicide, alcool au volant, allergie aux cacahuètes.

« Accident de voiture », j'ai dit, et son visage a blêmi tandis qu'elle faisait un signe de tête quasi imperceptible. Nous nous sommes observés un long moment en silence, pas tout à fait prêts à remettre le souvenir dans son bocal. La douleur est une étrange entité dans des retrouvailles.

J'étais malade de n'avoir pas connu le fils de Caroline. Je l'aimais toujours, et je crois que j'aurais aimé son enfant aussi.

Elle s'est approchée pour me sécher les yeux avec sa manche. Je ne savais pas que j'avais pleuré.

Elle a émis un son triste, qui avait l'air de sortir d'une petite flûte. La minute suivante, nous nous agrippions par les hanches, et j'ai trouvé un refuge dans son étreinte et un refuge plus douillet dans son lit. Allongés ensuite dans les bras l'un de l'autre, nous avons échangé nos secrets et trouvé ainsi une façon de falsifier l'Histoire – en l'ignorant. Nous ne nous sommes occupés que du présent. Je lui ai confié mon intention de me faire élire et de transformer totalement la société aussi vite que possible avant d'être terrassé par le cancer, et Caroline m'a parlé de son fils.

La mère d'un enfant mort est-elle encore une mère ? Il y a des mots pour veuve et orphelin, mais pas pour les parents d'un enfant mort.

Les heures ont passé. Nous avons fait l'amour une seconde fois. Nous avons admis que nous n'étions plus ni jeunes ni frais, que nous montrions tous deux des signes de fatigue, mais nous étions l'un comme l'autre persuadés d'avoir été abîmés par nos tragédies de manière adorable – nos visages et nos corps pendouillants affichaient également nos peines de cœur. Nous avons décidé de ne plus jamais nous quitter, et comme personne ne connaissait nos relations, personne ne penserait que le tirage au sort avait été truqué et nous garderions notre liaison secrète jusqu'après le dîner des millionnaires. Nous nous marierions ensuite au cours d'une petite cérémonie privée au milieu du labyrinthe. En bref, ç'a été un après-midi productif.

Si vous étiez en Australie mais que vous n'avez pas regardé la télé le soir où l'on a annoncé le nom des millionnaires, c'est que des vandales vous avaient arraché les yeux ou que vous étiez mort. Caroline, Mrs Gravy, Deng et les autres millionnaires sont devenus des célébrités en un instant.

La soirée a eu lieu dans une salle de bal aux allures de caverne avec des lustres, un papier peint des années 70 et une estrade où je devais faire mon discours historique. Les portes-fenêtres donnaient sur le pont du Port avec une grosse lune jaune suspendue au-dessus. C'était le genre de soirées où j'avais toujours cru que je n'irais jamais, où les invités se congratulaient, et quand ils avaient épuisé toutes les façons de se grandir directement, ils le faisaient indirectement en diminuant tous les autres. Reynold Hobbs était là avec sa jeune épouse toute gênée. Les gens la qualifiaient cruellement de femme-trophée, comme s'il l'avait gagnée dans un concours. Ce n'était ni gentil ni juste. Il ne l'avait pas gagnée du tout ; il se l'était payée grâce à son travail et son esprit d'entreprise.

Mon attention était concentrée sur l'étude du comportement capricieux de mon ego dans des conditions instables, sous la pression des compliments et des sourires, et de sa propension à se congestionner sous les coups répétés de contacts visuels directs. J'étais si heureux que j'avais envie de plier toute l'assemblée en forme d'avions en papier et de les envoyer dans l'œil sans paupière de cette grosse lune jaune.

Il y avait trop de monde pour pouvoir faire nerveusement les cent pas. J'ai pensé que mon discours aurait certainement l'effet inverse que prévu, et aussi qu'il fallait que je parle de Caroline à Anouk. J'étais conscient qu'il était impensable qu'un homme comme moi puisse éconduire qui que ce soit, encore moins une femme comme Anouk. Comment lui dire que je ne la goûterais plus jamais, alors qu'elle me donnait le genre de gratification suprême dont on ne peut jouir qu'en libérant des esclaves ou en couchant avec une femme vraiment sexy plus jeune que soi d'une décennie ? Heureusement, je me suis rappelé que j'étais amoureux de Caroline, et j'ai donc pu m'approcher d'Anouk pour la lui désigner. Caroline se tenait dans un coin, vêtue d'une robe en mousseline rouge, feignant de ne pas me regarder. Anouk s'en souvenait parce que je lui en avais parlé un jour au cours de l'une de nos séances de confession post-coïtales, et je lui ai expliqué que nous allions nous marier deux semaines plus tard. Elle n'a rien dit. Un rien bruyant et désagréable qui a rendu mon monologue plus bruyant et incohérent.

« Après tout, j'ai ajouté, nous ne voulons pas mettre notre amitié en danger. »

Son visage est devenu une pierre voilée d'un sourire. Elle a soudain ri, d'un hideux rire exagéré qui m'a fait reculer d'un demi-pas. Avant que j'aie pu continuer dans la même veine, et ainsi m'enfoncer plus profondément dans mon trou, toute la salle scandait mon nom pour mon discours.

Le moment était venu. Il était temps de réaliser mon plan. Je suis monté sur scène. « Après tout, tu les as rendus riches. » Ma tête pesait quelque chose qui se trouvait entre une gouttelette d'eau et quatre litres d'air. « Qui n'aime pas celui qui vous a enrichi ? Tu ne peux pas perdre. » Je suis resté là, regardant bêtement la foule attentive, frappé d'une immobilité étourdissante.

J'ai cherché Caroline. Elle m'a encouragé d'un signe de tête, ce qui m'a carrément déprimé. Puis j'ai aperçu Jasper. Je ne savais pas qu'il avait eu l'intention de venir. Heureusement pour moi, il avait l'expression d'un chien à qui vous faites semblant de lancer une balle que vous gardez dans la main. Ça m'a donné le coup de fouet dont j'avais besoin.

Je me suis éclairci la voix, même si cela n'était pas nécessaire, et j'ai commencé.

« Merci. J'accepte vos applaudissements et votre adoration. Vous avez hâte d'échapper à votre prison, et vous pensez qu'en vous rendant riches je vous libère. Je ne vous ai pas libérés. Je vous ai seulement permis de quitter votre cellule pour le couloir. La prison est toujours là, la prison dont vous ignorez que vous l'aimez tant. Bien. Il vaut mieux aborder ce sujet sans attendre. Il y en a qui considèrent que je me hausse du col. Ne me coupez pas la tête, petits merdeux. Vous m'aimez aujourd'hui, mais vous me détesterez demain. Vous savez comment vous êtes – mais en fait vous ne le savez pas. C'est pourquoi j'aimerais suggérer à la nation un exercice inhabituel, et cet exercice consistera à m'aimer à perpétuité. OK ? Dans cet esprit, j'ai une annonce à faire. Mon Dieu, ma vie tout entière aboutit à cet instant. Bien sûr, il y a cinq minutes, je suis allé aux toilettes et ma vie tout entière a abouti à cet instant aussi. Mais voilà. Je me présente aux élections sénatoriales. Eh oui, Australie, je t'offre mes dons gâchés ! Mon potentiel gaspillé ! J'ai toujours mené une existence avilie, et maintenant je te l'offre. J'aimerais faire partie de ton abominable Parlement, notre canular collectif ! Je veux me retrouver parmi les porcs, et pourquoi pas ? Je suis au chômage, après tout, et sénateur est un boulot aussi bon ou mauvais qu'un autre, non ? Sachez que je ne suis affilié à aucun parti. Je serai un candidat indépendant. Et je vais être franc avec vous : je pense que les politiciens sont des chancres mous. Et quand je regarde nos politiciens à nous, je n'arrive pas à croire que tous ces gens insupportables ont vraiment été choisis. Alors, que pouvons-nous dire de la démocratie, sinon que ce n'est pas un système de suffisamment bonne qualité pour rendre les gens responsables de leurs mensonges ? Les partisans de ce système inadéquat répondent : “Eh bien alors, punissez le fautif aux urnes !” Mais comment faire quand très probablement son unique opposant fait lui aussi partie de cette longue lignée d'empotés de bandits inéligibles ? Et voilà que nous finissons par voter une nouvelle fois pour le menteur, voter les dents serrées. Bien sûr, le plus désagréable dans le fait d'être athée c'est que je sais que tous ces fils de pute ne seront pas punis dans l'au-delà, puisque tout le monde s'en tire en toute impunité. C'est très affligeant. Ce qui se passe, c'est que ce qui se passe ne passe pas.

» Vous me suivez, tous ? Nous surestimons nos élus de manière surprenante. Ne me surestimez pas ! Je ferai gaffe sur gaffe ! Mais vous devez savoir ce que je pense de certains sujets litigieux pour savoir quel genre de gaffe je vais faire. En tout cas, je ne suis certainement pas à droite. Je me fous que les gays se marient ou divorcent. Non que je sois particulièrement pour les droits des gays, je suis juste contre l'expression “valeurs familiales”. En fait, quand quelqu'un prononce ces deux mots, j'ai l'impression qu'on me gifle avec un préservatif datant de 1953. Alors, suis-je à gauche ? Certes, ce sont les premiers à signer des pétitions et à prendre le parti du plus faible dans les questions internationales, même si le plus faible est une bande de cannibales – tant qu'ils ont moins d'argent et de ressources –, et ces individus de gauche profondément engagés feront n'importe quoi pour l'amélioration de ceux qui n'ont pas le droit de vote, sauf se sacrifier personnellement. Donc vous voyez ? Je ne suis ni de gauche ni de droite. Je suis juste quelqu'un d'ordinaire qui se couche tous les soirs en se sentant coupable. Pourquoi ? Huit cent millions de personnes se sont couchées avec le ventre vide aujourd'hui. D'accord, je suis prêt à reconnaître un instant que devenir des consommateurs et des gaspilleurs de masse a semblé nous faire beaucoup de bien – nous avons minci, une bonne moitié d'entre nous s'est fait poser des implants mammaires. Franchement, nous avions l'air en forme, pourtant, au bout du compte, nous sommes tous plus gros et cancéreux que jamais, alors à quoi bon ? Le monde se réchauffe, les calottes glaciaires fondent parce que l'homme n'arrête pas de dire à la Nature : "Eh, un avenir peinard pour nous consiste à ne pas manquer de boulot. C'est tout ce que nous avons en vue. Mieux, nous poursuivrons ce but à tout prix, même si, paradoxalement, cela signifie la destruction de notre lieu de travail." L'homme dit : « Sacrifier l'industrie, l'économie et l'emploi ? Pour qui ? Les générations futures ? Je ne connais même pas ces gens ! » Je vais vous dire quelque chose qui ne vous coûtera rien : j'ai honte que notre espèce, qui a été si ennoblie par ses sacrifices, finisse par tout sacrifier pour ce qui n'en vaut pas la peine, et par ressembler à une race de gens qui aime utiliser son sèche-cheveux tout en prenant son bain. Je suis seulement désolé d'être né aux trois quarts de cette tragédie que nous nous infligeons à nous-mêmes, plutôt qu'au tout début ou à la toute fin. J'en ai foutrement marre d'assister à cette tragédie au ralenti. Ce n'est pas le cas des autres planètes, qui sont à la limite de leurs soleils. La raison pour laquelle nous n'avons pas eu de visiteurs de l'espace, ce n'est pas qu'ils n'existent pas, c'est qu'ils ne veulent pas nous connaître. Nous sommes les idiots du village de toutes les innombrables galaxies. Par une nuit silencieuse, on les entend rire. Et pourquoi rient-ils ? Permettez-moi de l'exprimer ainsi : l'humanité, c'est un type qui chie dans son froc et se balade en disant : "Alors, elle vous plaît ma nouvelle chemise ?" Où est-ce que je veux en venir ? À vous faire savoir que je suis un environnementaliste dans la mesure où je n'aimerais pas vivre dans une marmite de pisse bouillante. Croyez-moi, vouloir rester en vie n'est pas une tactique politicienne. C'est pourquoi je suis une personne apolitique qui entre dans le monde de la politique. Mais je ne suis pas parfait. Dites-moi, pourquoi avons-nous attrapé cette maladie américaine qui consiste à vouloir que nos hommes politiques soient des moines ? Il y a des décennies que la société a fait sa révolution sexuelle, mais pour une raison que j'ignore nous jugeons les gens qui dirigent notre économie sur des critères victoriens, et cela ne nous semble pas étrange. Que ceci soit clair : si j'ai une occasion d'avoir une liaison avec une stagiaire ou la femme d'un collègue, je sauterai dessus à pieds joints. En ce qui me concerne, "ne pas être inquiété" ne signifie pas que personne ne découvre rien, mais que personne ne tombe enceinte. OK ? Je ne nie rien. J'avoue tout. Et laissez-moi vous dire ceci : je ne prétendrai pas que je ne suis pas attiré par certaines lycéennes. Il y en a qui ont dix-sept ans, nom de Dieu ! Ce ne sont pas des enfants ! Ce sont de jeunes femmes sexy en plein épanouissement et dont la plupart ont perdu leur virginité à l'âge de quatorze ans ! Il y a une différence entre avoir une relation coupable avec une mineure et la pédophilie. Il est stupide et dangereux de les mettre dans le même sac.

» Quoi d'autre ? OK, je veux qu'autre chose soit clair dès le départ : si je peux donner des avantages à mon fils – un carnet de tickets de bus, par exemple, ou des vacances gratuites –, je le ferai. Et pourquoi pas ? Si vous êtes mécanicien et que votre fils a une voiture, vous la lui réparerez, non ? Vous ne lui enlèverez pas l'avantage d'avoir un père mécanicien ? Ou si vous êtes plombier, vous ne laisserez pas votre fils dans la merde jusqu'aux coudes parce que vous voulez qu'il se débrouille tout seul, si ?

» Pourquoi je vous dis cela ? Pour rendre redondantes toutes les campagnes de diffamation. Pourquoi jeter de la poussière à un homme couvert de boue ? Sachez que j'ai fréquenté des prostituées, fait un enfant illégitime – lève-toi, Jasper, et salue. J'ai perdu le contrôle de mon esprit et de ma vessie. J'ai violé des lois. J'ai bâti un labyrinthe. J'ai aimé la petite amie de mon frère. Je ne crois pas en la guerre mais dans les horreurs de la guerre ! Je ne crois pas à "œil pour œil" mais à une compensation financière généreuse pour un œil ! Je crois à l'éducation par l'humiliation sexuelle dans les écoles ! Je crois que les experts du contre-terrorisme devraient avoir le droit de regarder sous les jupes de qui ils veulent ! Je crois que nous devrions tous nous lever en silence, remercier nos hôtes aborigènes et aller nous installer dans un autre pays ! Je crois que l'inégalité n'est pas le produit du capitalisme mais le produit du fait que, dans un groupe composé de deux hommes et d'une femme, un des hommes sera plus grand et aura une meilleure dentition que l'autre, et qu'il obtiendra la femme. C'est pourquoi je ne crois pas que la base de l'inégalité soit l'économie, mais la dentition !

» Quand la démocratie fonctionne, le gouvernement fait ce que veut le peuple. Le problème, c'est que les gens veulent des trucs merdeux ! Les gens sont effrayés, avides, égoïstes et ne pensent qu'à leur sécurité financière ! Oui, la vérité, c'est qu'IL N'EXISTE PAS ENCORE DE GRANDE NATION DÉMOCRATIQUE PARCE QU'IL N'EXISTE PAS ENCORE UNE BANDE DE GENS FORMIDABLES !

« Merci. »

Voilà donc mon discours, pour lequel j'aurais dû être lynché une centaine de fois. Mais j'étais en train de les rendre millionnaires et je ne pouvais pas me tromper. Ce discours stupide, incohérent, évident et insultant a gagné leur approbation. Ils l'ont gobé avec avidité. Ont applaudi comme des fous. Ils n'avaient jamais entendu un truc pareil. Ou peut-être n'avaient-ils entendu que le ton excité de ma voix ; quoi qu'il en soit, je m'en suis sorti sans une égratignure, et le seul événement ce soir-là qui m'a fait de l'ombre ainsi qu'à ma folle diatribe, ç'a été le discours impromptu d'Oscar Hobbs qui est venu spontanément au micro annoncer qu'il épousait la femme de ses rêves : Anouk.

Chapitre 3

Les habitudes d'un homme qui a vécu seul toute sa vie sont dégoûtantes et difficiles à changer. Si personne n'est là pour l'entendre, un arbre qui tombe ne fait pas de bruit, et moi je ne ferai pas mon lit. Mais Caroline s'était installée dans le labyrinthe, et maintenant il fallait que je fasse la cuisine ! Et le ménage ! Et partager les responsabilités ! Sincèrement, je n'ai jamais su comment les gens font la vie de couple ! Franchement, quand je vais de la chambre à la salle de bains ou de la cuisine à la chambre, la dernière chose dont j'ai envie, c'est de m'arrêter pour bavarder !

Le mariage n'a cependant été qu'un parmi de nombreux changements. Comment décrire la période la plus critique de ma vie alors qu'elle me vient comme une série de photos prises depuis la fenêtre d'un train lancé à toute vitesse ? Quand j'ai vomi de la salade de poulpe, était-ce à mon mariage ou à celui d'Anouk ? Était-ce moi ou Oscar qui se tenait raide comme un piquet à l'autel ? Au mariage de qui Jasper et moi nous sommes-nous lancés dans une discussion philosophique animée à propos des lettres de remerciement ? Et je ne sais pas si c'était mon succès tout neuf ou ma nouvelle vie avec Caroline, mais j'ai été submergé d'espoirs aussi fous que dangereux et, allant à contre-courant de toutes mes croyances, je me suis mis à me battre contre la mort, j'ai entamé une lutte contre le cancer.

Je les ai laissés me sucer le sang ; j'ai pissé dans des bocaux ; j'ai été bombardé de rayons X, enterré dans des tunnels aux allures de cercueil qui émettaient des bips pour subir scanners et IRM, et j'ai suivi une coalition de chimiothérapie à haute dose par intraveineuses et de radiothérapie qui m'a laissé épuisé et essoufflé, étourdi et hébété, nauséeux, migraineux, diarrhéique et constipé. Mes mains et mes pieds étaient pleins de fourmis. Un bruit continuel dans mes oreilles noyait mes monologues intérieurs.

Les médecins m'ont conseillé de me reposer ; mais comment faire ? J'avais une nouvelle épouse et un pays à pervertir. Je me suis donc débrouillé avec tout cela du mieux que j'ai pu. Pour protéger ma peau du soleil, j'ai porté un chapeau et des lunettes. J'ai évité les aliments qui sentaient fort. Je me suis rasé la tête afin qu'on ne voie pas ma chute de cheveux. Les transfusions sanguines m'ont donné les coups de fouet nécessaires. Malheureusement, la chimiothérapie peut provoquer l'infertilité. Heureusement, je m'en foutais. Tout comme Caroline, et tandis que nous rendions d'incessantes visites au Dr Sweeney, je me rappelle avoir pensé que mon épouse était peut-être la première personne qui aurait pris une balle à ma place si je n'en avais pas voulu. N'empêche, je ne dis pas que notre relation est aussi passionnée qu'elle devrait l'être quand on parle de l'amour de sa vie. Car elle ne l'est pas, mais je ne peux pas en vouloir à Caroline. Je ne suis pas l'amour de sa vie, en réalité. Je suis un remplaçant, le substitut de mon frère. Il y a eu quelque chose d'achevé dans la façon dont j'ai été comparé à lui aux yeux de la nation, et peut-être maintenant dans notre chambre à coucher.

Vous comprendrez donc pourquoi je ne peux rien vous raconter de défini sur ces six mois quand mes souvenirs me donnent l'impression d'être des implants de mémoire bousillés. Je ne me rappelle même pas l'élection, seulement qu'à chaque coin de rue il y avait des affiches avec mon visage qui regardait le passant d'un air de reproche dépourvu d'ambiguïté. Plus que les émissions de télé et les articles de journaux, rien n'insultait plus mon anonymat d'antan que ces affiches innombrables.

L'invraisemblable résultat ? Je suis passé tout juste. Voilà ce qui est merveilleux, avec la démocratie : vous pouvez exercer une fonction publique tout en étant méprisé par 49,9 % des regards soupçonneux dans la rue.

La plupart des étrangers croient que la capitale de l'Australie est Sydney ou Melbourne, mais ce qu'ils ignorent c'est qu'en 1950 les idiots du village ont ouvert leur propre village qu'ils ont appelé Canberra. Pour chaque séance du Parlement, je me suis rendu avec Caroline dans cette ville lugubre, et c'est là que je suis devenu (je le crois à peine moi-même) dynamique. J'étais une véritable dynamo. Les faux jetons de Canberra possédaient un pouvoir répulsif, une force qui a canalisé mon chaos habituel et ma personnalité disparate en une vision. Je suis devenu visionnaire. Mais pourquoi ne m'a-t-on pas chassé à coups de fourche et à jets de chaux vive ? La réponse est simple : les Australiens continuaient à envoyer leurs dollars, chaque semaine il y avait vingt nouveaux millionnaires, et c'était à moi qu'ils le devaient. Cet appât financier emprisonnait tout le monde dans une hystérie collective, ce qui rendait chacun réceptif aux idées qui tombaient dru de mes lèvres.

Je me suis attaqué au chômage, aux taux d'intérêt, aux accords commerciaux, aux droits des femmes, aux soins des enfants, au système de santé, aux réformes fiscales, aux budgets de la défense, aux affaires indigènes, à l'immigration, aux prisons, à la protection de l'environnement et à l'éducation – et, surprise lamentable, presque toutes mes réformes ont été adoptées. Les criminels auraient la possibilité de s'engager dans l'armée plutôt que d'aller en prison ; des dégrèvements seraient accordés à ceux qui feraient preuve d'intelligence, tandis que les abrutis et les lâches seraient imposés plus lourdement ; tout politicien convaincu d'avoir manqué à une seule promesse électorale serait puni dans une ruelle discrète par un type nommé Lecogneur ; toute personne en bonne santé serait tenue de s'occuper d'au moins une personne malade jusqu'à sa mort ou sa guérison ; nous choisirions au hasard des gens pour les nommer Premier ministre d'un jour ; toutes les drogues seraient légalisées pendant une génération pour voir ce qui arriverait. Même mon idée la plus discutable a été adoptée : donner une éducation religieuse à un enfant, congeler son esprit alors qu'il est le plus vulnérable, serait considéré comme de la maltraitance. J'ai proposé tout cela, et les gens ont répondu : « OK, on va voir ce qu'on peut faire. » Incroyable !

Bien sûr, comme personnage public dont les humiliations auparavant réservées à une poignée d'ennemis proches étaient maintenant connues de tous, j'ai eu mes critiques. On a utilisé à mon propos tous les synonymes du mot « fou » et pire. En Australie, l'insulte la plus grave qu'on puisse faire à quelqu'un, c'est de le traiter de « bonne âme ». Une bonne âme – soyons clair – est quelqu'un qui fait le bien ou veut faire le bien. Soyons clairs également là-dessus, afin qu'il n'y ait pas de malentendu : pour le diffamateur, c'est une insulte, pas un compliment ; être un bienfaiteur est quelque chose de honteux – contrairement à d'autres endroits, comme le paradis, où la chose est tenue pour un plus. Ainsi, mes critiques ont employé cette « insulte » afin de me diminuer. Ce ne sont que les vilains ricanements qui déformaient leurs visages qui m'ont retenu de les remercier.

Mais la plupart des gens ont été de mon côté. Ils ont apprécié que j'aille au cœur des choses, que mes réformes principales s'attaquent à la solitude, la mort et la souffrance. Au moins jusqu'à un certain point, ils ont semblé comprendre mon idée de base : nous devenons la première société véritablement fondée sur la mort. Afin d'avoir une perspective exacte de la vie, ils ont accepté que chaque habitant du pays doive reconnaître que la mort est un problème insurmontable que nous ne pourrons résoudre ni en produisant sans cesse des individus – pour que le nom de Smith se perpétue à travers les âges –, ni en haïssant les pays voisins, ni en nous enchaînant à un Dieu par une longue liste d'interdits. J'ai presque réussi à convaincre les Australiens que si, au lieu de chanter l'hymne national, nous commencions chaque journée par un petit service funèbre pour nous-mêmes, si nous nous résignions tous à notre inévitable déclin et arrêtions de chercher à transcender héroïquement notre funeste sort, nous pourrions éviter d'aller aussi loin que Hitler, qui était si perturbé par la pensée de sa mort qu'il a essayé de la chasser en tuant six millions de juifs.

OK, je reconnais que ma révolution a été une farce, mais c'était une farce terriblement sérieuse. Si les gens ont ri ou adopté mes idées juste pour voir ce qui se passerait, peut-être était-ce parce que sous leurs gloussements ils percevaient une once de vérité. Peut-être que non. De toute façon, je sais que les utopies ne fonctionnent pas. Ma seule aspiration : une société un peu plus fluide et moins hypocrite. Aujourd'hui, je sais que ce n'était pas du tout raisonnable. Je voulais décrocher la lune. Pourtant, tout en fabriquant des millionnaires à la pelle, j'ai continué à calmer les nerfs de l'électorat et réussi à convaincre les gens que ne pas m'écouter revenait à menacer le tissu social de notre pays.

Allons-y carrément. La société était en train de changer. On le constatait n'importe où. Quelqu'un a même ouvert un restaurant à thème « cannibale » à Surry Hills. Je vous le dis, l'Australie tout entière était devenue folle. La réforme a tourné à l'obsession nationale. Je crois même qu'ils ont compris que ce n'étaient pas les idées elles-mêmes mais l'idée des idées, l'idée que nous ferions tout aussi bien d'innover sans cesse et, chaque fois que possible, de couper les liens qui nous rendent esclaves du passé. Pourquoi ? Parce que le passé est toujours la pire chose qui puisse arriver au présent.

De quelle illusion et de quel déni de la réalité n'ai-je pas été victime à cette époque ! La chimiothérapie s'est révélée efficace ; les cellules cancéreuses se sont toutes résorbées gentiment. Ma mort a reculé. Je me sentais si bien que je n'en voulais même pas aux caricaturistes cruels qui exagéraient ma bouche au point qu'elle me mangeait quasiment tout le visage. On dit que le pouvoir corrompt – et comment ! Le moi que j'ai toujours aimé, en dépit de mon autodépréciation bidon, se reflétait dans les regards qui m'entouraient. C'était le fantasme d'un égoïste ! Mon esprit planait ! J'étais à ce point pris par ma propre réforme que je ne me suis pas rendu compte que j'étais en train de perdre l'ingrédient même qui m'avait conduit au succès : ma vision inlassablement négative de l'esprit humain, une manière cynique et pragmatique de considérer son intelligence et la façon dont elle est entravée. Le succès m'avait déséquilibré, de sorte que je me suis mis à avoir foi en l'humanité, et pire : à avoir foi dans les gens. D'accord. Je vais le dire. J'aurais dû écouter mon fils, qui m'avait signifié du regard et du ton de la voix, sinon en autant de mots : « Papa, tu es en train de tout foutre en l'air ! »

Et où était mon fils respectueux durant tout ce temps ? Analysons-le un peu : si l'objectif premier, lorsqu'on assure sa propre descendance, est d'être supérieur au père, la possibilité inattendue que je puisse accéder à la gloire et à la fortune, moi qui avais été jadis l'incarnation de l'échec, avait cristallisé l'hostilité de Jasper. Plus je m'élevais, plus il lui devenait impossible de réaliser la mission qui consistait à me surpasser. En bref, mon succès l'a mis en danger de mort.

Je me rappelle qu'il m'a téléphoné juste après la soirée des millionnaires.

« Qu'est-ce que tu fous ?

— Salut, fils, j'ai répondu, sachant frapper là où ça fait mal.

— Tout ça va mal finir. Tu dois le savoir.

— Tu viens à mon mariage ?

— Tu plaisantes. Qui voudrait t'épouser ?

— Caroline Potts.

— L'ancienne copine de ton frère ? »

Le fils de pute ! Ça lui ferait mal d'être un peu plus généreux ? OK, durant notre vie commune, je ne m'étais pas privé de lui faire subir des violences morales, mais je ne l'avais pas fait par perversion, seulement par amour. Il aurait au moins pu être à mon côté dans mon unique moment de bonheur, et s'abstenir de mentionner mon putain de frère. Mais il n'était pas le seul. Tous les articles me concernant, du premier au dernier, parlaient de moi comme du frère de Terry Dean. Ils ne voulaient pas lâcher. Cela faisait vingt ans que ce connard était mort !

J'ai été tenté de demander au peuple australien de l'oublier, mais la mémoire n'est pas si malléable. Il m'a donc fallu souffrir avec un grand sourire, même quand je voyais l'air rêveur que prenait Caroline chaque fois qu'était mentionné le nom de Terry Dean.

Quand Jasper est venu à mon mariage, il a regardé Caroline comme s'il essayait de comprendre la psychologie d'une personne qui commet un attentat-suicide. Je ne l'ai pas vu pendant longtemps, après cela. Il m'a soigneusement évité dans le chaos et le désordre de ma période illustre. Pas une fois il ne m'a félicité ni n'a fait allusion à toutes mes réformes, interviews, débats, discours et quintes de toux publics. Que dalle concernant mon apparence hagarde due à la chimiothérapie, et lorsque j'ai commencé, très légèrement, à perdre la faveur du public, Jasper a carrément cessé de me téléphoner. Peut-être a-t-il compris que je souffrais d'un violent accès d'orgueil et que j'allais en payer le prix. Peut-être a-t-il eu la prémonition de ma chute inévitable. Peut-être s'est-il mis à l'abri. Mais pourquoi je n'ai rien vu venir ? Pourquoi je ne me suis pas mis à l'abri moi aussi ?

Quand plusieurs éditoriaux ont suggéré que ma tête enflait comme une citrouille, j'aurais dû prendre la première navette spatiale en partance. Et quand on m'a accusé de « vanité extraordinaire » juste parce que j'avais un miroir dans ma serviette (lorsque les yeux de la nation sont sur vous, il faut bien pouvoir vérifier que vous n'avez pas un morceau d'épinard coincé entre les dents), j'aurais dû savoir qu'un pas de travers provoquerait la curée. Je ne souffrais pas, ainsi que plusieurs personnes l'ont sous-entendu, de manie de la persécution. Non, je n'avais pas une telle manie pour ceux qui me persécutaient. En fait, j'étais fou de ne pas les voir. Est-ce que je ne l'avais pas dit tout au long de ma conne de vie, que la manière dont les gens s'inquiètent pour leurs projets d'immortalité est ce qui les tue ? Que le déni de la mort accélère la disparition des gens, qui souvent emportent leurs proches avec eux dans la tombe ?

Pas une fois je n'ai pensé à Caroline ou à Jasper. Si j'ai fait une erreur impardonnable dans ma vie, ç'a été de nier, tout le temps, qu'il y avait des gens qui pouvaient m'aimer sincèrement.

Chapitre 4

Un beau jour, je me suis rendu au bureau de Jasper. Comme je ne l'avais pas revu depuis que je m'étais soumis à la médecine, je ne lui avais même pas dit que j'avais un cancer, et j'ai songé que le lui apprendre dans un endroit aussi inapproprié que son lieu de travail pouvait éviter une scène. Il était assis dans son box à regarder par la fenêtre à l'autre bout de la pièce, comme s'il attendait que les humains atteignent le niveau d'évolution suivant. En le regardant, j'ai eu l'idée bizarre que je lisais ses pensées. Elles me parvenaient en murmures : *Pourquoi dès que nous avons perdu nos poils et avons adopté la position debout nous avons cessé d'évoluer, comme si une peau glabre et une posture correcte étaient tout* ?

« Jasper. »

Il s'est retourné vivement et m'a jeté un regard désapprobateur. « Qu'est-ce que tu fais là ?

— J'ai le grand C.

— Le quoi ?

— Le grand cliché.

— De quoi tu parles ?

— J'ai un cancer. Il s'est glissé dans mes poumons. Je suis foutu. » J'ai essayé d'avoir l'air blasé, comme si toute ma vie j'avais eu un cancer une fois par mois et que maintenant – la barbe ! – j'étais atteint encore une fois.

Jasper a ouvert la bouche, mais il n'en est sorti aucun son. Les lumières fluorescentes tremblotaient au plafond. Le vent faisait bruire les papiers sur son bureau. Jasper a dégluti. J'ai entendu la salive couler le long de son œsophage. Nous sommes demeurés immobiles. Comme les humains avant le langage, hommes du paléolithique dans un bureau.

Il a fini par parler. « Qu'est-ce que tu vas faire ?

— Je ne sais pas. »

Jasper avait compris ce que ne comprennent pas la plupart des gens : il reste encore aux mourants d'importantes décisions à prendre. Je savais qu'il me demandait si j'allais tenir jusqu'au bout ou jouer un bon tour à la mort. Et alors il m'a donné son avis. Ça m'a touché.

« Papa, je t'en prie, ne meurs pas lentement et douloureusement. Je t'en prie, suicide-toi.

— J'y pense », j'ai répliqué d'un ton sec, à la fois soulagé et irrité qu'il ait articulé l'indicible.

Ce soir-là, Jasper, Caroline et moi avons dîné tous trois en famille. Nous avions tant à nous dire que nous n'y sommes pas parvenus. Jasper m'a reluqué sans cesse. Il essayait d'attraper la mort la main dans le sac. Je suis presque certain aujourd'hui que Jasper et moi pouvons lire nos pensées respectives, et que c'est bien pire que de parler.

J'ai suggéré un tour en voiture tous les deux, même si je n'avais jamais fait de tour en voiture de ma vie. C'était une nuit noire, les étoiles étaient enterrées dans les nuages. Nous sommes allés sans but ni destination, et pendant tout ce temps j'ai débité un monologue dément à propos de la circulation qui n'était qu'une émeute dont chaque participant était doté de son arme propre dans laquelle il rêvait de mouvement perpétuel.

« Eh ! Arrête la voiture ! » a crié Jasper.

Sans m'en rendre compte, je nous avais conduits à notre premier appartement, un endroit où mon moteur mental avait calé un nombre incalculable de fois. Nous avons frappé à la porte, et Jasper a déclaré à un homme vêtu d'un caleçon taché qu'il voulait jeter un œil pour la même raison qui pousse à jeter un œil à un album de famille. Le type nous a laissés entrer. Comme nous déambulions à travers les pièces, je me suis dit que nous avions ruiné cet endroit en y habitant, que chacun de ses coins sans air était marqué par notre sombre résidu. Nous y avions exsudé l'essence de nos problèmes fondamentaux, et notre maladie de l'esprit qui flottait subtilement dans l'air avait probablement infecté chaque pauvre connard qui avait ensuite habité ici.

Nous avons repris la route, faisant la tournée des lieux que nous avions hantés, rebondissant de squats en jardins en supermarchés en librairies en coiffeurs en épiciers en hôpitaux psychiatriques en marchands de journaux en pharmacies en banques, chacun des endroits qui jadis avaient abrité notre confusion. Je suis incapable de vous expliquer le but de cette exploration non métaphorique des recoins de la mémoire, mais je peux vous dire que dans chacun de ces endroits j'ai pu voir nos moi passés, clairs comme le jour. C'était comme si nous revenions sur nos pas et retrouvions nos pieds actuels dans chaque trace évanouie. Il n'y a rien de tel qu'un voyage nostalgique pour vous faire sentir à quel point vous êtes étranger autant à votre passé qu'à votre présent. Vous voyez aussi ce qui ne bouge pas en vous, ce que vous n'avez pas eu le courage ou la force de changer, et toutes vos anciennes peurs, celles que vous continuez à porter. La déception de votre échec est palpable. C'est terrible de ne pas arrêter d'entrer en collision comme ça avec soi-même.

« C'est bizarre, non ? a dit Jasper.

— Bizarre n'est pas le mot. »

Nous nous sommes regardés et avons éclaté de rire. Le seul côté bénéfique de cette balade, c'est qu'elle a révélé que notre antagonisme n'était pas aussi inépuisable que nous le pensions. Dans la voiture, nous avons parlé, nous nous sommes rappelé, nous avons ri. C'est la seule nuit où j'ai senti en mon fils un ami.

Aux environs de trois heures du matin, nous avons commencé à nous fatiguer et à perdre de notre enthousiasme. Nous avons décidé de clore la soirée par une bière au Fleshspot, le club de strip-tease que j'avais géré et presque détruit avec ma voiture de sport rouge quelques années auparavant.

Le videur nous a dit : « Entrez ! Filles magnifiques, les gars ! Entrez ! »

Nous avons longé le couloir noir aux ampoules rouges que je connaissais bien. La salle était pleine de fumée, de cigare pour la plus grande partie, mais il y en avait aussi un peu qui sortait en volutes d'une machine placée sur scène. Les strip-teaseuses faisaient leur truc asexué habituel enroulées autour d'une barre et sous le nez des hommes d'affaires. On n'aurait jamais imaginé qu'un imbécile était jadis arrivé en MG sur la piste de danse. J'ai regardé autour de moi – le videur n'était pas le même. Même carrure, même expression simiesque, autre visage. Les filles étaient différentes elles aussi. Elles paraissaient plus jeunes que celles que j'engageais jadis. Moi ! Engager des strip-teaseuses ! Les yeux exorbités ! Moi ! Déchaîné ! Dansant la conga avec des femelles à peine vêtues vacillant sur le fil de l'âge légal ! Même si en vérité, durant les deux années où j'ai auditionné, engagé, viré et dirigé des filles, je n'ai couché avec aucune d'elles, sauf trois. Dans ce boulot, ce n'est rien.

Nous nous sommes assis devant la scène et avons siroté lentement un verre.

« Ça ne me plaît pas ici, a déclaré Jasper.

— À moi non plus. Pourquoi ça ne te plaît pas ?

— Eh bien, je ne comprends pas la logique des clubs de strip-tease. Les bordels ont un sens. Les bordels, j'en comprends l'utilité : tu veux baiser, tu vas au bordel, tu baises, tu jouis, tu t'en vas. La satisfaction sexuelle. Facile. Compréhensible. Mais les clubs de strip-tease, au mieux, si tu ne trouves pas ça dégoûtant, tu t'excites, et après, comme tu ne peux pas baiser, tu t'en vas sexuellement frustré. Où est le plaisir dans tout ça ?

— Peut-être que nous ne sommes pas aussi différents que tu crois. » Il a souri.

Sincèrement, malgré tout le bruit que fait un père pour exiger respect et obéissance, je ne crois pas qu'il en existe au monde un seul qui ne désire pas simplement une chose au fond de son cœur : que son fils l'aime.

« Oh, mon Dieu ! s'est écrié Jasper. Regarde le barman.

— Quel barman ?

— Celui-là. Ce n'est pas un des millionnaires ? »

J'ai regardé attentivement l'Asiatique mince qui se tenait derrière le bar. Je n'étais pas sûr que ce soit lui. Je ne veux rien dire de raciste du genre : « Ils se ressemblent tous », mais on ne peut pas nier les similitudes.

« Regarde-le, a dit Jasper. Il travaille comme une bête. Pourquoi un millionnaire ferait une chose pareille ?

— Peut-être qu'il a déjà dépensé tout son argent.

— En achetant quoi ?

— Comment je le saurais ?

— Peut-être qu'il fait partie de ces gens qui ont travaillé si dur toute leur vie qu'ils n'imaginent pas faire autre chose. »

Nous avons médité sur ces gens qui ont besoin du travail pour s'estimer, et nous nous sommes félicités de ne pas en faire partie. Puis Jasper s'est écrié : « Attends ! Il y en a un autre.

— Un autre quoi ?

— Un autre millionnaire ! Et celui-là sort les poubelles ! »

Celui-là, je l'ai reconnu, car il appartenait à la première fournée. C'était Deng Agee ! J'avais été chez lui ! Je l'avais personnellement tourmenté.

« Quelle probabilité y a-t-il… » Ma voix s'est éteinte. Pas la peine de parler. Nous connaissions la probabilité. Comme dans une course où il n'y a qu'un cheval au départ.

« Salopard, j'ai lâché.

— Qui ?

— Eddie. Il nous a baisés. »

Nous sommes allés directement à l'immeuble Hobbs chercher les dossiers des millionnaires. Nous les avons lus et relus, mais impossible de découvrir combien d'amis Eddie avait enrichi avec mon idée. Il m'avait baisé. Il m'avait vraiment baisé. Et la supercherie serait un beau jour révélée. Ce serpent ! C'était ça, l'amitié ? Une vraie trahison renversante. J'ai eu envie de démolir la nuit de mes propres mains.

Comme nous foncions en direction de chez Eddie, je me suis dit que mon prétendu ami m'avait laissé tomber, sans cérémonie, dans la merde sur un coup de tête. Ce que j'ignorais alors, bien sûr, c'est que c'était bien pire que ça.

Nous étions à mi-chemin de l'allée menant à sa porte, cachés derrière une jungle de fougères, quand nous l'avons vu faire signe depuis la fenêtre ; nous étions attendus. Naturellement.

« Quelle bonne surprise, il a dit en ouvrant la porte.

— Pourquoi tu as fait ça ?

— Fait quoi ?

— Nous sommes allés au club ! »

Eddie a gardé le silence pendant une minute avant de déclarer : « Tu as emmené ton fils dans un club de strip-tease ?

— On est baisés ! Et c'est toi qui nous as baisés ! »

Il est allé dans la cuisine et nous l'y avons suivi.

« Ce n'est pas la fin du monde, Marty, personne n'est au courant.

— Moi je suis au courant. Et Jasper est au courant. Et bientôt, quelqu'un d'autre sera au courant !

— Je trouve que ta réaction est excessive. Du thé ? » Eddie a branché la bouilloire.

« Pourquoi tu as fait ça ? C'est ça que je veux savoir. »

L'explication d'Eddie était mince. Il a déclaré, sans la moindre honte : « Je voulais faire quelque chose de gentil pour mes amis.

— Tu voulais faire quelque chose de gentil pour tes amis ?

— Exactement. Ces types en ont vraiment bavé. Tu ne peux pas imaginer ce que signifie un million de dollars pour eux et leurs familles.

— Jasper, tu penses qu'il y a quelque chose qui cloche dans cette explication ?

— Eddie, a enchéri Jasper, ton explication est nulle.

— Si tu en as fait des millionnaires, pourquoi ils travaillent toujours dans un club de strip-tease ? »

Eddie ne semblait pas préparé à cette excellente question. Il a allumé une cigarette et affiché une expression absorbée, comme s'il essayait d'aspirer la fumée uniquement dans le poumon droit.

« Là, tu me poses une colle. »

« Il est coupable au dernier degré, j'ai pensé, et il y a quelque chose de sinistre qu'il ne veut pas me dire. » Il mentait à l'évidence, mais pas de manière assez transparente pour qu'on voie la raison derrière.

« Réponds-moi, Eddie. Pourquoi ces millionnaires travaillent-ils tous au SMIC dans un club de strip-tease minable et décrépit ?

— Peut-être qu'ils ont déjà dépensé tout leur argent.

— Mon cul !

— Bon Dieu, Martin, je ne sais pas ! Peut-être qu'ils font partie de ces gens qui ont travaillé si dur toute leur vie qu'ils n'imaginent pas faire autre chose.

— Eddie... Vingt millions de gens envoient vingt millions de dollars chaque semaine, et quand ils découvriront que leur argent n'est pas distribué honnêtement, mais qu'il va dans les poches de tes amis, qu'ils penseront être mes amis, qu'est-ce que tu crois qui va se passer ?

— Peut-être qu'ils ne le découvriront pas.

— Les gens le découvriront ! Et nous tomberons tous !

— C'est un peu mélodramatique, non ?

— Eddie, où est l'argent ?

— Je ne sais pas.

— C'est toi qui l'as !

— Sincèrement, non. »

Aucun de nous n'a ouvert la bouche. Eddie a terminé de préparer le thé et l'a siroté d'un air rêveur. Ma colère a grossi. Il semblait avoir oublié que nous étions là.

« Comment on peut enterrer ça ? a demandé Jasper.

— On ne peut pas ! On ne peut qu'espérer que personne ne découvre le pot aux roses. »

En disant cela, j'ai compris que ma mère avait tort quand elle m'a affirmé un beau jour que même si on s'est franchement engagé sur une voie on peut toujours faire demi-tour. J'avais la sensation d'être sur une voie qui ne disposait pas de sorties, et qui n'était pas assez large pour faire demi-tour. Cette sensation était entièrement justifiée, ainsi que les faits l'ont prouvé : deux semaines plus tard, tout le monde a découvert le pot aux roses.

Chapitre 5

Nouvelle apparition de la vigueur cannibale de la presse dans ma vie : l'affaire a été dévoilée d'un coup, dans chaque journal, sur chaque radio et chaque télévision. J'ai été charcuté, et bien. Celui qui menait la curée n'était autre que Brian Sinclair, l'ancien journaliste que j'avais vu avec la petite amie de mon fils.

Caroline et moi étions en train de dîner dans un restaurant italien, à une table près de la fenêtre. Nous attaquions une énorme tranche de veau au citron quand son crâne argenté et bien coiffé a fait irruption dans mon champ de vision. Nos regards se sont croisés à travers la fenêtre. En tant qu'homme public, j'étais habitué à ce qu'un appareil photo se pointe sur moi de temps à autre comme le doigt d'un juge, mais l'avidité gluante que j'ai lue sur le visage de Brian a eu sur moi l'effet d'une dépressurisation soudaine dans la cabine d'un avion. Il a fait un geste véhément à son cameraman. J'ai pris la main de Caroline et nous nous sommes précipités en direction de la porte de service. Lorsque nous sommes rentrés à la maison, le téléphone sonnait comme un beau diable. Ce soir-là, nous avons vu nos dos disparaître aux infos de dix-huit heures trente.

Apparemment, les serviteurs du quatrième pouvoir n'avaient rien de mieux à faire alors que de la ramener comme des pêcheurs du dimanche. Brian se tenait les bras écartés, déclarant qu'il était l'auteur du scoop sur le plus gros scandale de l'histoire de l'Australie. Il n'avait pas eu de mal à faire le lien entre au moins dix-huit gagnants et le Fleshspot – barman, comptable, videur qu'on voyait sur les écrans se cacher le visage dans les mains (geste qui équivaut à une confession)... Pourtant, ce qui s'est dit ensuite ce soir-là n'était pas ce à quoi je m'attendais, principalement parce qu'Eddie ne m'avait pas révélé la véritable nature de sa magouille. Le reportage ne portait pas, comme prévu, sur les amis d'Eddie qui avaient reçu ce qui aurait dû revenir aux Australiens ordinaires. J'ai compris que c'était plus compliqué et dangereux quand j'ai fini par répondre au téléphone et que le journaliste m'a demandé à brûle-pourpoint : « Quelle relation au juste entretenez-vous avec Tim Lung ? »

« Qui ça ? »

J'ai ainsi découvert que les deux clubs précédemment gérés par Eddie, et pendant une courte période par moi-même, appartenaient à un homme d'affaires thai nommé Tim Lung. Sur les six cent quarante millionnaires, dix-huit avaient été à un moment ou à un autre employés par ce Tim Lung. Eddie avait travaillé pour lui de nombreuses années, et à l'évidence continuait. L'argent qu'Eddie m'avait prêté pour construire mon labyrinthe venait en réalité de la poche de Tim Lung. Ce parfait inconnu pour moi avait, sans que je le sache, financé ma maison. Il m'avait donné un boulot. Je ne pouvais rien dire : j'étais lié à lui. Ou plutôt, pour une raison qui m'était inconnue, il était lié à moi. C'était une pièce à conviction indirecte mais compromettante. C'était tout ? Non, ce n'était pas tout. C'était suffisant pour qu'on me pende, mais ce n'était pas tout.

L'enquête a révélé que Tim Lung avait détenu une petite flotte de chalutiers qui faisaient le trafic d'armes et de munitions de France en Afrique du Nord et qui avait été saisie par les autorités françaises. Cela signifiait que le travail que j'avais fait vingt ans auparavant à Paris, qui consistait à charger et décharger des caisses sur les quais de la Seine, avait été fait pour ce même type. Tim Lung était le responsable de la confrontation qui avait mis fin aux jours d'Astrid, il y avait si longtemps ! La tête me tournait. Je n'arrêtais pas de ressasser ces révélations : j'avais travaillé pour lui en France, il m'avait donné un boulot en Australie, il avait payé ma maison, et fini par reprendre ses billes en détournant l'argent de millionnaires. Avait-il prémédité son coup depuis le début ? Était-ce possible ? Et comment quiconque pourrait-il croire que je n'avais jamais entendu parler de lui ? Cet homme d'affaires louche se révélait être une des figures essentielles de mon existence, et c'était la première fois que j'entendais parler de lui ? Impossible à croire !

Sur internet, j'ai trouvé quelques photos pixellisées et un lien vers une vieille interview sur un site en thaï. Grand, mince, approchant de la soixantaine, il avait un bon sourire. Rien dans ses traits ne suggérait le criminel : ses yeux n'étaient ni trop rapprochés ni trop éloignés. J'ai refermé, bredouille, mon ordinateur, et peu après la police a fait une descente dans nos bureaux et emporté tous les ordinateurs. Elle a continué à exhumer des gens que j'avais connus et oubliés par choix, avec qui j'avais brièvement fait des petits boulots, des collègues de l'hôpital psychiatrique, jusqu'à des prostituées qui ont débarqué de nulle part pour apporter leur maigre contribution. Tout le monde était sur le sentier de guerre qui menait à moi.

C'était le crime en col blanc du siècle. J'étais cuit ! J'étais la personnification de tout ce que ce pays déteste le plus : un richard, encore un, qui suce le sang des braves Australiens honnêtes et travailleurs. J'étais officiellement une ordure. Un sac d'ordures ! Une merde. Un tas de merde ! Tout cela et plus. À ma surprise, on m'a identifié comme juif. Bien que je n'aie jamais eu de contact avec la communauté juive, pas plus qu'avec les amish, les journaux parlaient de l'« homme d'affaires juif Martin Dean ». Et pour la première fois on m'a correctement qualifié de « demi-frère de Terry Dean ». C'est ainsi que j'ai su que j'étais fini ; on différenciait mes crimes de ceux de mon célèbre frère. On ne voulait pas que j'entraîne l'héritage de Terry dans ma chute.

La crainte des gens que j'avais eue toute ma vie était enfin justifiée. Ils se sont révélés absolument effrayants. Le pays tout entier a été pris dans un tourbillon de haine, une haine si intense et généreuse qu'on n'arrivait pas à imaginer que quiconque puisse encore embrasser ses proches le soir avant de se coucher. C'est à cet instant que j'ai senti que mon destin – être un objet de dégoût – se réalisait, et que j'ai compris que cette histoire d'énergie négative avait quelque chose de véridique. Je ressentais les ondes de détestation, profondément, dans mes entrailles. Sincèrement, on se demande comment on a pu faire passer l'abolition de la peine de mort avec des gens pareils. J'étais pourtant habitué à voir la haine de mes compatriotes se concentrer tels des rayons de la mort : je me rappelle le ministre dont la femme s'était acheté des lunettes de soleil de marque avec l'*argent du contribuable*, ce qui avait pratiquement mis fin à sa carrière. Et la note de téléphone de son fils ! Ou la députée qui avait été obligée de nier qu'elle avait essayé d'entrer gratuitement à l'Exposition de Pâques. Les gens craignaient qu'elle n'ait pas payé ses douze dollars. Douze malheureux dollars ! Alors, imaginez ce qu'ils comptaient me faire !

Évidemment, derrière leurs mines consternées, mes adversaires politiques ont eu du mal à cacher leur ravissement ; ils adorent tout ce qui leur permet de jouer l'indignation au nom de leur électorat. Ils m'ont réduit en cendres sans le moindre effort. Nul besoin de mijoter un scandale pour me griller. Il leur a suffi de paraître choqués et de rivaliser de vitesse pour avoir l'air d'être celui qui m'avait mis au tapis.

Oscar n'a rien pu faire pour enrayer la machine, pour autant qu'il l'ait voulu. Reynold avait pris l'affaire en main. Anouk a essayé de raisonner son beau-père et lui a demandé de m'aider, mais Reynold était déterminé. « Trop tard maintenant. On ne peut pas arrêter une vague de haine une fois qu'elle a atteint le rivage. » Il avait raison. Il était inutile de protester de mon innocence. Je savais comment ça fonctionnait. J'étais déjà découpé en lamelles et en carrés dans l'esprit de tous, donc que faisais-je encore là ? On le voyait dans leurs yeux : ils étaient étonnés que je continue à respirer. Quel culot ! J'ai songé à en appeler à leur côté charitable. J'ai même songé à leur révéler que j'avais un cancer, mais j'ai laissé tomber. Je leur avais fait les poches, et rien ne pourrait les adoucir. Si on leur avait dit qu'un cuistot aveugle qui m'avait pris pour une pomme de terre géante était en train de peler ma peau, ils auraient poussé des acclamations. Des acclamations ! Il semble que dans notre société le christianisme pioche allègrement dans la réserve de l'« œil pour œil » mais qu'il ait accompli peu de progrès dans l'application du pardon.

Le comble de l'ironie dans cette histoire, c'est que ma chimiothérapie avait pris fin et qu'elle avait été efficace. De sorte qu'au moment où j'ai récupéré la vie, elle, est devenu invivable. Les bouddhistes ont raison : ceux qui sont coupables ne sont pas condamnés à mourir, ils sont condamnés à vivre.

Malheureusement, Jasper lui aussi était l'objet d'un sévère pilonnage. J'ai honte de dire qu'il a fini par payer pour les péchés du père. Il s'est mis à recevoir des messages du genre : « Sois gentil de dire à ton père que je vais le tuer ! » Pauvre vieux ! Devenir le relais des menaces de mort adressées à son propre père. Et ne croyez pas que ma femme s'en tirait mieux. Pauvre Caroline ! Pauvre petite fille perdue ! Elle a bêtement accepté de se laisser interviewer, croyant qu'elle pourrait arranger les choses. Elle n'avait pas compris qu'ils avaient clairement défini son rôle, et qu'ils ne supporteraient pas que celui-ci sorte de la trajectoire qu'ils avaient fixée. En nous opposant à ceux de nos compatriotes qui trimaient dur pour gagner leur croûte, nous avions perdu notre talent d'être australiens, de sorte que notre droit à un procès équitable nous était refusé. Ils ont réduit ma femme en chair à saucisse. Mon seul véritable mensonge a été découvert, et tout le monde a appris que Caroline et moi avions grandi ensemble.

Ainsi, qu'elle soit devenue millionnaire l'a fait paraître aussi coupable que moi. Elle a pleuré sur la chaîne nationale. Mon amour ! Les femmes lui ont craché dessus dans la rue. De la salive ! De la vraie salive ! Et parfois la salive n'était même pas blanche, mais du vert sale et sombre de la bave des vieux fumeurs. Caroline n'y était pas préparée. Au moins, moi, j'avais eu une enfance de persécutions pour m'attendre à ça, de nombreuses gorgées d'expérience amère pour me tapisser l'estomac. J'avais débuté dans la vie comme un objet de mépris, et c'est ainsi que je finissais, alors difficile de m'en faire trop.

Et maintenant, le plus triste, la tragédie : toutes mes réformes ont été démantelées de manière systématique, toutes mes innovations, tous mes drôles de progrès. Terminé ! La révolution la plus courte de toute l'Histoire ! Cette petite tranche d'histoire de l'Australie était devenue un fléau. Ils n'appréciaient plus la farce que j'avais orchestrée. C'était clair pour eux à présent : ils s'étaient fait avoir. Nous nous sommes retrouvés là où nous avions commencé. Plus loin, même. Ils m'ont rapidement réduit à une aberration insignifiante, réécrivant l'histoire à une vitesse supersonique. À chaque bulletin, toutes les trente minutes, des mois entiers ont été effacés. Chaque chaîne a montré le triste visage d'une retraitée racontant comment elle s'était sacrifiée pour envoyer son dollar hebdomadaire et tout ce qu'elle aurait pu acheter avec : du lait, du liquide vaisselle et, sans aucune ironie, des billets de loterie. Oui, la loterie nationale avait récupéré ses clients, et les gens leurs chances minables.

Dans le miroir, j'essayais de sourire ; le sourire donnait à ma tristesse une allure de défiguration perpétuelle. C'était ma faute ! Je n'aurais pas dû combattre ma nullité plus que je n'aurais dû combattre mes tumeurs. J'aurais dû chouchouter ces tumeurs jusqu'à ce qu'elles deviennent énormes et bien charnues.

Je passais la plus grande partie de mes journées allongé par terre dans ma chambre, le menton sur la moquette beige, jusqu'à avoir l'impression que mon menton était beige, et mes entrailles aussi : poumons beiges, cœur beige envoyant un sang beige dans mes veines beiges. J'étais par terre quand Jasper est arrivé en trombe, venant bouleverser ma paisible existence beige pour me faire part de toutes les menaces de mort qu'il avait reçues pour moi.

« Et qui est ce connard de Tim Lung ? » il m'a demandé.

En me retournant sur le dos, je lui ai raconté tout ce que je savais, ce qui n'était pas beaucoup.

« Alors, ma mère est morte sur l'un de ses bateaux au milieu d'une de ses guerres des gangs ?

— On peut le dire comme ça.

— Donc, cet homme a tué ma mère.

— Elle s'est suicidée.

— De toute manière, ce salopard a brisé nos vies. Sans lui, j'aurais peut-être pu avoir une mère, et tu aurais peut-être pu ne pas être le plus récent objet de la haine nationale.

— Peut-être.

— Qu'est-ce qu'Eddie raconte sur lui ?

— Eddie ne raconte rien. »

C'était vrai. Les autorités lui menaient la vie dure à lui aussi, pas seulement en tant qu'administrateur du projet. Son visa étant expiré, il outrepassait déjà la loi. On lui avait confisqué son passeport, il était convoqué tous les deux jours pour interrogatoire, mais on ne l'avait pas encore reconduit en Thaïlande, puisqu'on avait besoin de lui pour l'enquête. Ce qui ne l'empêchait pas d'être le seul à conserver son calme. Un calme naturel et impénétrable. Je l'ai soudain admiré, parce que même si je soupçonnais que cette tranquillité n'étais qu'un masque, c'était le masque le plus solide et résistant que j'aie jamais vu.

« Quel bordel, a constaté Jasper. Qu'est-ce que tu vas faire ? »

Bonne question. La fraude était de taille. Tout le monde le disait : « Martin, il va falloir te préparer à aller en prison. » Comment se prépare-t-on à pareille chose ? En s'enfermant dans un placard au pain sec et à l'eau ? En tout cas, il fallait que je fasse quelque chose. L'adversité croissait chaque jour, bêtement, l'État avait même rouvert le dossier du *Manuel du crime*. Il leur était soudain apparu qu'ils avaient quelque chose contre moi, après tout. J'étais comme un bâtiment abandonné promis à la démolition, et tout le monde s'attroupait pour assister au spectacle.

Mon seul espoir résidait dans le remboursement de l'argent, pour autant que cela apaise un peu la fureur populaire. Je soutiendrais que j'avais été autant trompé qu'eux, que je ferais tout ce qui était en mon pouvoir pour rembourser chaque centime, même si je devais y consacrer le restant de mes jours. C'était un peu faible, mais j'ai tenté ma chance. Il fallait que je vende le labyrinthe. Cela me brisait le cœur de devoir me séparer de ce que j'avais si méticuleusement conçu et mis au jour non pour concrétiser un rêve de bonheur, mais pour concrétiser un rêve de soupçon et de dégoût profonds, un rêve de cachette… Un rêve réalisé : ce labyrinthe m'avait loyalement caché pendant des années.

Le jour de la vente aux enchères, tous ceux qui m'aimaient m'ont conseillé de ne pas y aller, mais je n'ai pas pu résister à la tentation de voir qui serait le nouveau propriétaire. Jasper était là également ; après tout, sa cabane aussi allait être vendue, la cabane que nous avions fait semblant de construire de nos propres mains. Les acheteurs potentiels étaient au nombre de mille. Je ne sais pas combien étaient sérieux et combien étaient venus en simples curieux.

À mon arrivée, j'ai été pris de frissons et de nausées. Tout le monde me regardait en murmurant. J'ai gueulé que le murmure est la dégénérescence de la parole. Après cela, personne n'a plus rien dit. Je me suis abrité sous mon arbre favori, mais cela n'a pas adouci ma défaite. L'ennemi buvait du vin pétillant au milieu de la forteresse qui avait été conçue pour le tenir à distance. Cependant, les gens se sont bientôt retrouvés dans ses mâchoires, incapables de regagner la sortie. Ç'a été rejouissant de voir le nombre de ceux qu'on a dû secourir. Et cela a ralenti le processus. Quand la vente a enfin commencé, le commissaire-priseur a parlé de la maison et du labyrinthe comme du « royaume de l'un des esprits les plus controversés d'Australie », ce qui a provoqué en moi un sentiment de malaise et d'anxiété en même temps qu'une fierté perverse. J'ai croisé majestueusement les bras, même si je sais qu'on me trouvait risible et que je n'avais rien d'un roi détrôné. Ce labyrinthe trahissait l'étendue de mes craintes, de mes insécurités et de ma paranoïa, ce qui fait que je me sentais psychiquement nu. Savaient-ils qu'ils étaient tous réunis dans l'endroit qui prouvait que j'étais l'homme le plus effrayé du monde ?

À la fin, du fait de sa bizarrerie, de sa folie, de son infamie, mon labyrinthe ainsi que les deux propriétés qui y étaient cachées sont partis pour la somme ahurissante de sept millions et demi de dollars, presque dix fois leur valeur. Comme il fallait s'y attendre, cela a convaincu la presse et ses sujets, ses lecteurs, que j'étais un homme riche, ce qui évidemment a encore renforcé leur haine. J'ai appris que les acheteurs possédaient une chaîne de magasins de meubles excessivement chers et qu'ils avaient l'intention de faire de l'endroit un lieu touristique. Après tout, au train où allait l'indignité, ce n'était pas le pire.

J'ai transporté mes livres et mes affaires dans un garde-meuble, et ma personne dans un appartement qu'Anouk a loué pour Caroline et moi. Mais je n'ai même pas eu l'occasion de proposer mes sept millions et demi au peuple australien comme un bout de viande à un chien qui aurait de beaucoup préféré m'emporter le mollet : le gouvernement a saisi tous mes biens et gelé mon compte en banque. Saisi et gelé, et attendant que les autorités m'inculpent, je ne pouvais être plus impuissant.

Eh bien, si je devais tomber, je voulais entraîner quelqu'un dans ma chute. Mais qui ? Je n'ai pas pris la peine de détester mes compatriotes de me détester. J'ai gardé la moindre goutte de mon réservoir de fureur pour ma haine des journalistes, ces chiens de garde de la moralité, en chaleur, aussi bidons que satisfaits d'eux-mêmes. Pour ce qu'ils avaient fait à ma mère, à mon père. Pour leur adoration de Terry. Pour leur haine de moi. Oui, je me vengerais d'eux. Cette idée m'a obsédé. C'est la raison pour laquelle je n'ai pas craqué. Je n'étais pas encore prêt à tomber en morceaux. J'ai conçu un dernier projet. Un projet de vengeance, même si je n'ai jamais été bon en vengeance et même si c'est le plus vieux passe-temps de l'humanité. Je n'ai jamais été intéressé par la défense de mon honneur, non plus. Personnellement, je ne vois pas comment on peut prononcer le mot « honneur » sans rire. Je vous le demande : quelle est la différence entre « honneur bafoué » et « ego cabossé » ? Est-ce que quelqu'un croit vraiment encore à ces conneries ? Non, j'ai voulu me venger simplement parce que les médias avaient de manière répétée lésé mon moi, mon ça et mon surmoi, tout le bastringue. J'allais me les faire.

J'ai emprunté de l'argent à Caroline en lui disant que c'était pour les frais de justice. Puis j'ai appelé un détective privé du nom d'Andrew Smith. Il travaillait chez lui avec sa femme et son caniche, et ressemblait à un comptable, pas à un détective privé. En réalité, on aurait dit qu'il ne faisait rien de manière privée. Quand je me suis assis dans son bureau et que j'ai enlevé mon bonnet et mes lunettes, il m'a demandé ce qu'il pouvait faire pour moi. Je lui ai tout raconté. Et, en professionnel consommé qu'il était, il s'est totalement retenu de me juger pour mon petit plan mesquin et plein de haine. Il a écouté en silence, et à la fin m'a gratifié d'un sourire narquois – un côté des lèvres seulement – avant de déclarer : « Je m'y mets tout de suite. »

À peine deux semaines plus tard, Andrew Smith est venu me voir avec son quasi-sourire. Il avait été aussi efficace que je l'avais espéré : il avait violé je ne sais combien de lois sur la protection de la vie privée et me présentait une épaisse chemise. Tandis qu'il donnait à manger à son chien, j'ai parcouru les dossiers en gloussant, hoquetant, m'esclaffant même. C'était un document incroyable, et si je n'avais pas eu d'autres projets, j'aurais pu le publier comme une fiction et en faire un best-seller. Maintenant, il ne me restait plus qu'à le mémoriser.

Puis je me suis mis en devoir de faire la seule chose vraiment dégueulasse que j'aie jamais faite.

La conférence de presse a eu lieu sur les marches de l'Opéra sans aucune raison particulière. L'odeur du port et de la mêlée médiatique se sont mélangées dans l'air froid du matin. Chaque reporter, présentateur, chasseur de scoops et toutes les vedettes des médias à Sydney étaient venus, et nous étions tous là, rapetissés par la géométrie bizarre de ce théâtre iconique. Cette réunion, c'était quelque chose : moi et les médias, comme un couple divorcé se retrouvant pour la première fois depuis des années, à l'enterrement de leur enfant unique.

Dès que je suis monté à la tribune en roulant des mécaniques, ils ont commencé à poser leurs questions biaisées, comme s'ils défendaient un idéal supérieur. Je leur ai coupé la parole.

« Hermaphrodites de la presse, j'ai préparé une brève déclaration : "Vous ne reconnaîtriez pas la décence si elle venait s'asseoir sur votre visage." Voilà. Je vous avais dit qu'elle serait brève. Je ne suis pas ici pour vous expliquer pourquoi vous êtes des parodies de ce que vous êtes, je suis ici pour répondre à vos questions. Et sachant à quel point vous aimez hurler tous à la fois, sans considération pour ceux de vos camarades qui pourraient avoir une petite voix fragile, je m'adresserai à chacun de vous individuellement. Ainsi, vous pourrez poser vos questions un par un.

J'ai désigné le journaliste le plus proche. « Ah, Mr Hardy, je suis content de vous voir ici plutôt que chez votre psy où vous vous rendez les mardis, jeudis, et samedis, pour votre addiction au jeu. Quelle est votre question ? Pas de question ? Non ? »

Tous se sont consultés du regard, déconcertés.

« OK. Et vous, Mr Hackerman ? J'espère que vous n'êtes pas trop fatigué… Après tout, un homme qui a une femme et deux maîtresses doit posséder une bonne dose d'énergie. Votre première maîtresse, Eileen Bailey, étudiante en journalisme âgée de vingt-quatre ans, et votre seconde maîtresse, June, la sœur de votre épouse, vous accaparent moins qu'on pourrait le croire, à l'évidence.

» Que se passe-t-il ? Où sont les questions ? Et vous, Mr Loader ? J'espère que vous n'allez pas me frapper avec une question de la même façon que vous frappez votre femme : cinq fois, une intervention de la police. Est-ce que votre femme a abandonné les poursuites parce qu'elle vous aime ou parce qu'elle vous craint ? De toute façon, que voulez-vous savoir ? Rien ? »

Je ne les ai pas lâchés. J'ai lancé mes questions à propos de thérapies de couple, d'implants péniens et capillaires, de chirurgie esthétique. J'ai montré du doigt celui qui avait détourné la part d'héritage de son frère, les sept accros à la cocaïne, et celui qui avait quitté sa femme en apprenant qu'elle avait un cancer du sein. En les humiliant les uns après les autres, j'ai refait de cette foule une assemblée d'individus. Pris au dépourvu, ils se tortillaient en transpirant sous le feu de leurs propres projecteurs.

« Vous n'avez pas dit la semaine dernière à votre psychologue que vous aviez toujours voulu violer une femme ? » J'ai tapoté ma serviette. « J'ai l'enregistrement ici. » Que représentaient quelques accusations de diffamation et d'intrusion dans la vie privée alors que j'allais morfler pour fraude ? « Et vous, Clarence Jennings, j'ai entendu de la bouche d'un certain coiffeur que vous n'aimiez coucher avec votre femme que lorsqu'elle a ses règles. Pourquoi ? Allez, racontez-nous ça ! Le public a le droit de savoir ! »

Ils ont dirigé leurs caméras et micros les uns sur les autres. Ils auraient bien voulu les couper, mais ils ne pouvaient pas rater un scoop alors que la concurrence était là. Ils ne savaient ni que faire ni comment se comporter. Le chaos ! On ne peut pas effacer une retransmission en direct. Partout, téléviseurs et radios suintaient leurs petits secrets, et ils en avaient conscience. Ils se condamnaient mutuellement par habitude, mais maintenant c'était leur tour de se trouver exposés en pleine lumière. Ils me regardaient, se regardaient, ahuris, ridicules, pareils à des os rongés plantés à la verticale. L'un a enlevé sa veste et sa cravate. Un autre sanglotait. La plupart arboraient des sourires terrifiés. Ils semblaient hésiter à bouger d'un millimètre. Pris la main dans le sac ! Enfin ! Ces gens s'étaient depuis trop longtemps arrogé l'importance des sujets qu'ils traitaient, se pavanant comme s'ils étaient eux-mêmes des célébrités, et besognant pourtant avec l'idée que leurs vies n'appartenaient qu'à eux. Eh bien, c'était fini. Ils étaient pris dans les pièges moraux qu'ils avaient eux-mêmes tendus. Marqués par leurs propres fers implacables.

Je leur ai adressé un clin d'œil mauvais, pour qu'ils soient sûrs que j'avais pleinement joui d'avoir envahi le sanctuaire de leurs vies. La peur leur nouait la gorge, ils étaient pétrifiés. C'était magnifique d'assister à la chute de ces énormes masses bouffies d'orgueil.

« À présent, rentrez chez vous », j'ai dit, et ils se sont exécutés. Ils sont allés noyer leurs malheurs dans la bière et l'obscurité. Je suis resté seul, avec le silence qui disait tout ce qu'il dit toujours.

Ce soir-là, j'ai fêté l'événement dans l'appartement de Caroline. Elle était là, mais a refusé d'avaler ne serait-ce qu'une bulle de champagne au nom de la victoire.

« C'était puéril », elle a déclaré, debout devant le frigo en mangeant de la glace à même la boîte. Bien sûr que c'était puéril. N'empêche, je me sentais sublime. La vengeance haineuse était la seule aspiration sincère qui avait survécu intacte à ma jeunesse, et sa satisfaction, quoique infantile, méritait au moins une coupe de Moët-et-Chandon. Mais le caractère atrocement inéluctable de la situation m'est apparu : bientôt ils m'assailleraient avec une force redoublée. Je devais dès à présent choisir entre la réalité de la prison et celle du suicide. J'ai songé qu'il faudrait vraiment que je me tue, cette fois-ci. Je ne pouvais pas aller en prison. J'ai horreur de toutes les sortes d'uniformes et de presque toutes les sortes de sodomie. C'était donc le suicide. D'après les conventions de cette société, j'avais vu mon fils atteindre l'âge adulte, de sorte que ma mort serait triste mais pas tragique. Les parents mourants ont le droit de se plaindre de ne pas voir leurs enfants grandir, mais pas de ne pas les voir vieillir. Et merde ! Peut-être que je voulais voir mon fils grisonner et se voûter, même s'il fallait que ce soit à travers le verre embué et givré d'un freezer cryogénique ?

« Qu'est-ce qui se passe ? J'entends une voiture. Merde. J'entends des pas. Qui s'arrêtent. On frappe à la porte... Suicide ? Prison ? »

Eh bien voyez-vous ça : une troisième possibilité qui se présente !

Il faut que je termine rapidement. Je n'ai pas beaucoup de temps.

Lorsque je suis sorti de la chambre, j'ai trouvé Caroline lovée sur le canapé comme un long chien maigre. « Ne réponds pas », elle a dit, en articulant les mots muettement. J'ai enlevé mes chaussures et me suis approché de la porte à pas de loup. Le parquet s'est plaint sous mon poids. J'ai serré les dents, fait encore quelques pas grinçants et regardé par le judas.

Anouk, Oscar Hobbs et Eddie étaient là, avec de grosses têtes convexes. J'ai ouvert la porte. Ils sont entrés en hâte.

« OK. J'ai parlé avec un copain de la police fédérale, a déclaré Oscar. J'ai obtenu un tuyau. Ils viennent t'arrêter demain.

— Matin ou après-midi ?

— C'est important ?

— Peut-être un peu. Je peux faire beaucoup de choses en cinq ou six heures. » Ce n'était que vantardise. La vérité, c'est que je n'ai jamais rien pu faire en cinq ou six heures. Il m'en faut huit.

« Et qu'est-ce qu'il fiche là, lui ? j'ai demandé en désignant Eddie.

— Il faut qu'on se tire, il a répondu.

— Tu veux dire… s'enfuir ? »

Eddie a acquiescé avec une telle énergie qu'il s'est soulevé sur la pointe des pieds.

« Eh bien, si je décide de m'enfuir, qu'est-ce qui te fait penser que je m'enfuirai avec toi ? Et où on va aller, de toute façon ? Toute l'Australie connaît mon visage maintenant, et ce n'est pas un objet qu'ils chérissent.

— La Thaïlande, Tim Lung m'a proposé de te cacher.

— Cet escroc ! Qu'est-ce qui te fait croire…

— Tu vas mourir en prison, Marty. »

Cet argument a été le bon. Je n'étais pas prêt à aller en prison juste pour avoir le plaisir de dire à Eddie d'aller se faire mettre. « On sera arrêtés à l'aéroport. Ils ne me laisseront jamais quitter le pays.

— Tiens », Eddie m'a rétorqué en me tendant une enveloppe marron. J'ai sorti ce qu'elle contenait. Des passeports australiens. Quatre. Un pour moi, un pour lui, un pour Caroline et un pour Jasper. Nos photos étaient là, mais les noms étaient différents. Jasper et moi étions Kasper et Horace Flint, Caroline était Lydia Walsh, et Eddie, Aaron Jaidee.

« Comment tu as eu ça ?

— Cadeau de Tim Lung. »

Cédant à une impulsion, j'ai saisi un cendrier et je l'ai jeté contre le mur. Ça n'a rien changé.

« Mais c'est toujours ma tête, sur le passeport !

— Ne t'inquiète pas. J'ai tout arrangé. »

Caroline m'a prise dans ses bras, et nous nous sommes assaillis de questions murmurées, terrifiés à l'idée que nos désirs soient contradictoires.

« Tu veux que je vienne avec toi ? elle m'a demandé.

— Qu'est-ce que tu veux faire ?

— Est-ce que je te compliquerai la vie ? Est-ce que je te gênerai dans ta fuite ?

— Tu veux rester ? j'ai demandé d'un air las.

— Bon Dieu, Martin, réponds-moi oui ou non. Tu veux que je travaille sur ton affaire ici ? » elle a proposé, l'idée lui venant aux lèvres en même temps qu'elle frappait son esprit. J'ai compris que ses questions étaient des réponses à peine voilées.

« Caroline, a dit Anouk, si Martin disparaît, la police va te faire passer un mauvais quart d'heure.

— Et le public aussi », a ajouté Oscar.

Caroline souffrait. La forme de son visage semblait s'allonger comme une ombre. J'ai regardé ses pensées contradictoires jouer dans ses yeux.

« J'ai peur, elle a dit.

— Moi aussi.

— Je ne veux pas te quitter.

— Je ne veux pas être quitté.

— Je t'aime vraiment.

— Je commençais à penser que… »

Elle a posé un doigt sur mes lèvres. Normalement, je déteste qu'on me fasse taire, mais j'adore les femmes qui posent un doigt sur mes lèvres.

« Partons ensemble, elle a dit dans un souffle.

— OK, on part, j'ai dit à Eddie. Mais pourquoi as-tu pris un passeport pour Jasper ? il n'a pas besoin de fuir.

— Je crois qu'il devrait.

— Il ne voudra pas.

— La famille qui se serre les coudes… » Il a laissé sa phrase en suspens. Peut-être pensait-il que je la terminerais pour lui. Comment aurais-je pu ? Je n'ai aucune idée de ce qui arrive à une famille qui se serre les coudes.

Mes adieux à Anouk ont été peut-être le moment le plus triste de ma vie. C'était atroce de ne pas pouvoir dire que je la reverrais bientôt, ou même plus tard. Il n'y aurait pas de bientôt. Ni de plus tard. C'était la fin. Il commençait à faire sombre. Le soleil était pressé de se coucher. Tout s'est accéléré. L'air était chargé. Oscar n'oubliait pas qu'il avait pris un risque en venant ici ; il tapotait sa jambe de plus en plus vite. Le sable coulait à toute vitesse dans le sablier. Anouk était désespérée. Plutôt que de nous serrer dans les bras, nous nous sommes agrippés. C'est seulement à l'instant des adieux qu'on comprend la fonction d'une personne : Anouk avait été là pour me sauver la vie, et elle l'avait fait, à plusieurs reprises.

« Je ne sais pas quoi dire », elle a lâché.

Moi, je ne savais même pas comment dire : « Je ne sais pas quoi dire. » Je me suis contenté de la serrer fort tandis qu'Oscar s'éclaircissait la gorge une dizaine de fois. Puis ils sont partis.

Ça y est, mes valises sont prêtes et j'attends. L'avion part dans environ quatre heures. Caroline m'appelle, bien que pour une raison que j'ignore elle m'appelle « Eddie ». Eddie répond. Ils ne me parlent pas.

Je pense que je vais laisser ce manuscrit ici dans une boîte, et peut-être qu'un jour on le trouvera et que quelqu'un aura l'intelligence de le publier de manière posthume. Peut-être qu'il pourra servir à me disculper outre-tombe. Les médias et le public vont certainement prendre notre fuite pour une preuve concrète de notre culpabilité. Ils ne sont pas assez psychologues pour comprendre que la fuite ne prouve que la peur.

En route pour l'aéroport, il nous faut nous arrêter chez Jasper pour lui dire adieu. Comment vais-je dire adieu à mon fils ? Ç'a déjà été assez dur quand il a quitté la maison, mais quels mots vont former l'adieu qui signifiera que je vais vivre le restant de mes jours en Thaïlande sous le nom de Horace Flint dans un nid de criminels ? Je suppose qu'il se consolera en se disant que son père, Martin Dean, ne mourra jamais après tout, mais que ce sera Horace Flint qui occupera une tombe dans quelque cimetière marécageux de Thaïlande. Cela devrait lui remonter le moral. OK. Caroline m'appelle vraiment. Il faut partir. La phrase que j'écris maintenant est la dernière.

6

POURQUOI, OH, POURQUOI ME SUIS-JE ENFUI MOI AUSSI ? Pourquoi ai-je épousé le sort de mon père, après tout ce qui s'était passé entre nous ? Parce que je suis un bon fils ? Peut-être. J'aimais mon père, et tant pis si c'était de manière très imparfaite. Est-ce une bonne raison ? OK, la fidélité est une chose, mais ce type avait détruit ma vie, après tout. Cela aurait dû me donner le droit de le laisser se tirer sans moi. Il s'était immiscé dans mon couple de manière impardonnable. Mais bon, ce n'était pas sa faute si j'étais tombé amoureux non pas d'une fille mais d'un édifice enflammé. Et ce n'était pas sa faute non plus si elle avait choisi un homme qui n'était pas moi. Je n'avais aucun argument : j'étais moi, et de manière gênante. Ce n'était pas la faute de papa si je n'avais pas pu la forcer à m'aimer, si je n'avais pas su trouver une proposition qu'elle ne pouvait pas rejeter. C'est pourquoi elle m'avait rejeté moi, c'est tout. Était-ce la faute de mon père si cet édifice enflammé aimait son raté d'ex et nous avait sacrifiés sur l'autel de cet amour ? Non. Mais j'en ai quand même attribué la faute à mon père. C'est le grand avantage de la faute : elle va où on lui dit d'aller, sans poser de questions.

Le fait qu'Eddie ait truqué le projet des millionnaires et fourré papa dans la merde avait été un tel coup dans le dos que je mourais d'envie de le raconter à ma petite amie avant que cela ne se sache, même si, à strictement parler, elle n'était plus ma petite amie ; peut-être que la révélation des secrets de famille était juste un bon prétexte pour la voir. Et j'avais besoin d'un prétexte. L'Enfer m'avait quitté, et rétablir le contact avec quelqu'un qui vous a quitté n'est pas du gâteau. Il est très très difficile de ne pas avoir l'air minable. J'avais déjà fait deux tentatives par le passé, et les deux fois j'avais eu l'air minable. La première fois, je lui avais rendu un soutien-gorge qu'en réalité j'avais acheté dans un grand magasin le matin même. Ni cette fois-là ni la suivante elle n'avait été contente de me voir, elle m'avait regardé comme si je n'avais rien à faire dans son champ de vision.

La troisième fois, je suis allé chez elle et j'ai laissé mon doigt sur la sonnette. Je me rappelle que c'était une journée magnifique, avec des lambeaux de nuages nerveux se tordant dans le vent frais, l'air chargé d'une épaisse et lourde fragrance comme ce parfum de luxe que les femmes riches mettent sur leur chat.

« Qu'est-ce que tu veux ? elle m'a demandé, impatiente.

— Rien. Juste parler de nous.

— Je ne peux plus parler de nous parce qu'il n'y a plus de nous. Enfin, il y a un nous, en réalité, mais ce n'est pas toi et moi. C'est moi et Brian.

— On ne peut pas être au moins amis ? » (Déjà minable !)

« Amis, elle a répété lentement, avec un air de surprise sur le visage, comme si je lui avais demandé qu'on devienne des poissons.

— Viens. Allons faire un tour.

— Je ne crois pas.

— Juste autour du pâté de maisons ? »

Elle a cédé, et pendant que nous marchions je lui ai raconté tout ce qui était arrivé avec les millionnaires, la manière dont Eddie avait floué papa en se débrouillant pour que la plupart de ses amis soient gagnants, et que papa serait crucifié si la chose était découverte.

Je me rappelle qu'à l'époque la seule chose qui comptait pour moi était d'être de nouveau proche d'elle, même si ce n'était qu'un moment, et lâcher un secret qui pouvait détruire des vies semblait être le moyen d'y parvenir. Je ne suis parvenu à rien du tout. En fait, ce qui était censé être une confession cathartique s'est révélé extrêmement insatisfaisant. « Ton père est fou, de toute façon », elle a dit, comme si ça avait quelque chose à voir. Quand nous nous sommes retrouvés au point de départ, c'est-à-dire devant sa porte, elle est devenue sérieuse. Je m'en suis rendu compte parce qu'elle m'a pris la main. « J'ai encore des sentiments pour toi », elle a ajouté. J'allais dire quelque chose. Je le sais parce que j'ai ouvert la bouche, mais elle m'a coupé. « Mais j'ai des sentiments plus forts pour lui. » Je devais donc comprendre qu'il s'agissait d'une compétition pour la force relative de ses sentiments. Brian recevait tous ceux qui étaient vigoureux et j'avais les restes, les affections molles, qui respiraient à peine, à peine conscientes. Pas étonnant si je n'arrivais pas à les ressentir.

Bien sûr, je lui ai fait jurer de ne raconter à personne le secret que je venais de lui confier. Et, bien sûr, elle l'a raconté à l'homme qu'elle aimait, parce que sans y penser je lui avais donné un scoop pour sauver sa carrière journalistique en panne.

Alors, est-ce la raison pour laquelle j'ai pris la fuite avec Eddie, papa et Caroline ? Une façon de demander pardon ? Peut-être, encore que je n'avais plus de raisons de rester. Je venais de passer la pire année de ma vie. Quand la Tour Infernale m'avait laissé tomber, j'avais quitté le vaste labyrinthe paternel pour un appartement long et étroit qui n'était qu'un couloir amélioré avec une salle de bains et un espace en L à son extrémité où on pouvait fourrer un lit à une personne et tout ce qui vous tombait sous la main qui ait une forme de L. Le passage du bush à la ville avait eu un effet inattendu et sérieusement déstabilisant sur ma personne. Dans ma cabane, j'avais été proche de la voix de la Terre et n'avais jamais eu à me forcer pour me sentir à l'aise. En ville, j'avais découvert que j'étais coupé de toutes mes hallucinations préférées. Je m'étais laissé derrière. Banni de la source, j'étais en pleine mer, complètement paumé.

Puis, quand papa était devenu une figure publique adorée de la nation, je l'avoue, sa célébrité m'avait fait très mal. Comment vingt millions de personnes pouvaient-elles aimer cet homme irritant ? Enfin, franchement, six mois auparavant il n'aurait pas réussi à réunir dix amis pour un dîner ! Le monde n'avait pas encore quitté ses gonds, pourtant. Par un tiède après-midi, papa était venu me voir au bureau, vêtu d'un costume, et raide comme s'il ne parvenait pas à plier les genoux. Il était là, tout emprunté dans mon box, avec l'air d'une maison condamnée, et notre triste et silencieuse confrontation a connu son apogée lorsqu'il m'a appris l'horrible nouvelle. Il avait un cancer. Il aurait presque pu s'épargner cette déclaration. Ne me demandez pas pourquoi, mais je le savais déjà. Ne voyait-il pas que je l'avais su dès que je l'avais vu ? J'avais presque dû me protéger les yeux de l'éclat de la mort.

C'était une époque étrange et turbulente. Papa avait épousé l'ex-petite amie de son frère, et Anouk, le fils d'un milliardaire. Papa avait été trahi par son meilleur ami, j'avais été trahi par mon amour, puis papa était devenu l'objet du mépris de toute une nation. Dans les médias, les descriptions le concernant avaient été variées : homme d'affaires, escroc, juif. Je me rappelle qu'il avait souvent souffert de ne pas arriver à se définir. De le voir ainsi compartimenté m'a seulement rappelé ce qu'il n'était pas.

Tout allait mal. Des inconnus me menaçaient de mort. J'ai dû prendre un congé exceptionnel. J'étais seul. Je marchais sans fin dans les rues en essayant de me persuader que je voyais l'Enfer partout, mais il n'y a pas assez de rousses d'un mètre quatre-vingts dans Sydney, et j'ai fini par la reconnaître dans des succédanés risibles. Lorsque je rentrais chez moi, j'étais si déprimé que quand venait l'heure de manger je pensais : « Qu'est-ce que ça va m'apporter ? » La nuit je rêvais d'un visage, celui dont je rêvais enfant, l'horrible visage déformé par un cri silencieux, le visage que je vois parfois même quand je suis éveillé. Je voulais fuir, mais je ne savais pas où, et, pire, j'avais la flemme de mettre mes chaussures. C'est alors que je me suis mis à fumer à la chaîne cigarettes et marijuana, à manger des céréales à même la boîte, à boire de la vodka à la bouteille, à m'endormir à force de vomir, à pleurer sans raison, à me parler d'une voix lugubre, et à marcher dans les rues, qui étaient pleines de gens qui, contrairement à moi, n'étaient évidemment pas en train de hurler intérieurement, ni paralysés par l'indécision, ni haïs par chacun des occupants de cette ignoble île-continent.

Je me suis installé sur mon lit, entre les draps, et j'y suis resté. Un après-midi, j'ai été tiré de mon sommeil alcoolisé par une main qui me secouait, et j'ai vu les yeux d'Anouk qui dardaient sur moi leur rayon vert.

« Ça fait des jours que j'essaie de te joindre. »

Elle portait un vieux tee-shirt et un pantalon de survêtement. Le choc de sa nouvelle fortune l'incitait visiblement à la modestie vestimentaire.

« C'est très étrange, Jasper. J'ai exactement le même sentiment que j'ai eu en entrant chez ton père la première fois qu'on s'est rencontrés. Tu te souviens ? Regarde cet endroit ! C'est dégoûtant. Fais-moi confiance, les cannettes de bière transformées en cendrier sont un signe qu'on ne peut ignorer ! »

Elle a fait des allées et venues, nettoyant énergiquement, sans se laisser démonter par la nourriture pourrie et les débris de mon existence au jour le jour. « Il va falloir repeindre les murs pour se débarrasser de l'odeur. » Je me suis rendormi au son de sa voix. Les derniers mots que j'ai entendus ? « Exactement comme ton père. »

Lorsque je me suis réveillé quelques heures plus tard, l'appartement était propre et fleurait l'encens. Anouk était assise par terre, ses longues jambes croisées, pieds nus, un rayon de soleil frappant son bracelet de cheville. « Il s'est passé trop d'événements. Tu souffres de surstimulation. Viens ici.

— Non merci.

— Je t'ai appris à méditer, non ?

— Je ne me rappelle pas.

— Ton père n'a jamais été capable de débrancher son esprit – c'est pour ça qu'il n'arrêtait pas de déprimer. À moins que tu veuilles connaître la même détérioration mentale, il va falloir que tu parviennes au silence de l'esprit par la méditation.

— Laisse-moi tranquille, Anouk.

— Jasper. J'essaie seulement de t'aider. Le seul moyen que tu as de survivre à toute cette haine, c'est d'obtenir la paix intérieure. Et pour trouver la paix intérieure, il faut d'abord atteindre son moi supérieur. Et pour trouver le moi supérieur, il faut trouver la lumière intérieure. Ensuite, tu rejoins la lumière.

— Je rejoins la lumière. Pour faire quoi ?

— Non, toi et la lumière vous devenez un.

— Et qu'est-ce que je vais sentir ?

— La béatitude.

— C'est bon, alors.

— Très. »

Anouk a continué à parler de paix intérieure, de méditation, et du pouvoir qu'a l'esprit non de plier des petites cuillères mais de vaincre la haine. Je ne me faisais pas d'illusions. Elle n'était qu'une apprentie gourou, elle n'avait pas fait plus que d'entendre parler d'illumination. Mais elle s'efforçait de trouver la paix, la lumière, notre moi supérieur ou inférieur, et tous ceux qui sont entre les deux. Anouk a pensé que j'étais peut-être doué pour la méditation quand je lui ai confié que je croyais pouvoir lire les pensées de mon père et que je voyais souvent des visages là où il ne devrait pas y en avoir. Elle a pris ces révélations au sérieux, et sa voix excitée s'est faite plus insistante. Tout comme par le passé, j'ai été sans défense contre sa compassion fanatique. Je l'ai laissée m'acheter des fleurs et des carillons éoliens. M'offrir des livres sur différentes approches de la méditation. Et même me traîner à une séance de *rebirthing*. « Tu ne veux pas te rappeler ta naissance ? » elle m'a demandé d'un ton cassant, comme si elle notait, parmi d'autres traits de mon caractère, mon manque de mémoire. Elle m'a emmené dans un centre aux murs couleur gencives de vieille dame et nous nous sommes allongés en demi-cercle dans une pièce sombre, psalmodiant, régressant et tâchant de nous rappeler l'instant de notre naissance comme si nous essayions de nous souvenir d'un numéro de téléphone. Je me sentais complètement idiot. Mais j'aimais me retrouver en compagnie d'Anouk, donc j'ai tenu bon ce jour-là, et tous les jours suivants, tandis que, assis en tailleur dans des jardins et sur des plages, nous répétions nos mantras sans relâche comme des obsessionnels compulsifs. Pendant ces deux semaines, j'ai seulement observé ma respiration et tenté de vider mon esprit, mais il était pareil à un bateau qui prend l'eau : chaque fois que je me débarrassais d'un seau de pensées, il s'en déversait d'autres. Et quand je croyais être parvenu à me vider tant soit peu, je prenais peur. Mon vide n'était pas plein de béatitude mais de malveillance. Le bruit de ma respiration était vaguement sinistre. Ma posture me semblait théâtrale. Parfois, lorsque je fermais les yeux, je voyais ce visage étrange et terrible, ou sinon je ne voyais rien mais j'entendais, vague et étouffée, la voix de mon père, comme s'il se trouvait dans une boîte. Il était clair que la méditation ne pouvait pas m'aider. Rien ne pouvait m'aider. J'étais au-delà de l'aide, et pas même une soudaine averse de soleil ne pouvait pu me remonter le moral. En fait, je commençais à m'interroger sur ce que j'avais vu dans la nature tout le temps que j'avais vécu dans le labyrinthe. Elle me paraissait soudain horrible et ostentatoire, et je me demandais si c'était blasphémer que de dire à Dieu que les arcs-en-ciel sont kitsch.

Tel était donc mon état d'esprit quand papa, Eddie et Caroline se sont arrêtés devant chez moi et ont klaxonné jusqu'à ce que je descende dans la rue. La voiture était là, moteur tournant. Je me suis penché à la fenêtre. Ils portaient tous des lunettes de soleil comme s'ils partageaient une gueule de bois.

« On va m'arrêter demain, a annoncé papa. On se tire.

— Tu n'as aucune chance.

— Nous verrons. De toute façon, on est juste venus te dire adieu. »

Eddie a secoué la tête. « Tu devrais venir avec nous. »

Cela m'a paru une bonne raison pour secouer la tête moi aussi, et j'ai demandé : « Qu'est-ce que vous allez faire en Thaïlande, espèces de fugitifs déments ?

— Tim Lung nous a proposé de nous loger pendant un moment.

— Tim Lung ? » je me suis écrié. Après quoi j'ai murmuré : « Putain. »

C'est alors qu'une idée absurde et dangereuse a pénétré dans mon crâne avec un bruit presque audible. Autant j'aimais l'Enfer les poings serrés, autant je détestais Tim Lung à bras ouverts.

J'ai pensé : « Je vais le tuer. Le tuer d'une balle impersonnelle dans la tête. »

« Ça va ? » m'a lancé papa.

En cet instant, j'ai compris que je n'étais pas au-dessus de la réalisation d'un fantasme sanguinaire. Pendant des mois, j'avais accueilli des idées ignobles à propos de certaines personnes (je rêvais de leur emplir la bouche de panse de brebis farcie), et maintenant je savais que la violence réelle constituait, en toute logique, l'étape suivante. Après avoir été témoin pendant des années des dissolutions saisonnières de mon père, j'avais résolu depuis bien longtemps d'éviter une vie d'intense contemplation. Un brusque départ dans le meurtre m'a semblé être le moyen idéal. Oui, soudain je n'ai plus été dans le noir, tâtonnant le long d'infinis couloirs de jours et de nuits. Pour la première fois depuis longtemps, la vie m'a paru bien éclairée et nettement définie.

Aussi, quand papa m'a adressé son dernier adieu à l'œil sec, j'ai lâché : « Je viens avec vous. »

II

Croyez-moi : l'excitation du départ et l'anticipation du voyage sont mitigées quand on part avec un faux passeport. Nous prenions un avion privé – le célèbre visage de papa ne pouvait pas quitter l'Australie sans un copieux pot-de-vin. Cachés sous des chapeaux et derrière des lunettes de soleil, nous sommes arrivés à l'aéroport et, après avoir passé la sécurité, nous nous sommes retrouvés directement sur le tarmac. Eddie nous a appris que l'avion appartenait à un « ami d'ami », et il a tendu à des douaniers sans scrupules des enveloppes de liquide, à partager avec l'équipage au sol et les bagagistes. Franchement, tous ceux que nous avons vus n'avaient absolument pas l'air gênés par la transaction.

Comme nous attendions qu'Eddie en ait fini avec la distribution de pots-de-vin et les faux papiers, Caroline a frotté le dos de papa tandis que celui-ci repassait les rides de son propre front. Personne ne regardait ni ne parlait à Eddie. Je n'ai pu m'empêcher d'être triste pour lui. Je savais qu'il méritait ce traitement alterné de fureur et de froideur, mais son demi-sourire congénital lui donnait l'air si désarmé, si peu machiavélique, que je me serais levé pour défendre sa conduite indéfendable si le jury n'avait pas été aussi disposé à le guillotiner. « Une fois qu'on sera en l'air, tout ira bien », a dit papa, pour se calmer. Cette expression surréaliste m'est restée dans l'esprit : « Une fois qu'on sera en l'air. » Personne n'a réagi. Nous étions tous perdus dans nos pensées, sans doute les mêmes. Nous évitions de parler de l'avenir, car il était inconcevable.

Nous avons embarqué sans incident (si les suées inhumaines de papa ne comptent pas comme incident), craignant même d'éternuer, de peur de nous découvrir. J'ai pris Eddie de vitesse pour m'asseoir près du hublot : c'était la première fois que je quittais l'Australie et je voulais la saluer de la main. Les moteurs se sont mis à tourner. Nous avons décollé dans un rugissement et grimpé au ciel à la verticale avant d'adopter la position horizontale. Nous étions en l'air. Nous étions sauvés.

« C'était moins une », j'ai dit.

Eddie a eu l'air surpris, comme s'il avait oublié que j'étais là. Son regard a glissé sur moi pour s'arrêter au hublot.

« Adieu, Australie », il a lancé un peu méchamment.

Et voilà, nous avions été chassés d'Australie. Nous étions maintenant des fugitifs. Nous allions probablement tous nous faire pousser la barbe, sauf Caroline, qui se teindrait les cheveux. Nous allions apprendre de nouvelles langues et nous camoufler où que nous nous arrêtions, en vert sombre pour la jungle, en cuivre brillant pour les halls d'hôtel. Nous savions ce qui nous restait à faire.

J'ai jeté un coup d'œil à papa. Caroline avait la tête sur son épaule. Chaque fois qu'il me surprenait en train de le regarder, il me lançait un regard genre : « Est-ce que ça n'est pas excitant ? » comme s'il m'emmenait en vacances pour resserrer nos liens. Il avait oublié que nous étions déjà insidieusement liés, comme des forçats à une même chaîne. La couleur du ciel était plate, nue, austère. Quand j'ai regardé Sydney disparaître de ma vue, j'ai ressenti quelque chose qui n'était pas éloigné du chagrin.

Cinq heures plus tard, nous survolions toujours le paysage incroyablement sinistre et rébarbatif de notre pays de fous. On n'a pas idée à quel point ça n'en finit pas. Pour apprécier la beauté stupéfiante de l'intérieur du pays, il faut s'y trouver, avec un véhicule très équipé. Topographiquement, c'est incompréhensible et terrifiant. Il faut bien dire que le centre de l'Australie n'est pas le jardin d'Eden.

Puis nous avons survolé l'eau. « Ça y est, j'ai songé. La scène sur laquelle nos vies incroyables se sont jouées a disparu sous les nuages. » Ce sentiment a parcouru mon corps jusqu'à ce qu'il s'installe et se mette à l'aise. Il ne restait plus qu'à envisager l'avenir. Je le redoutais ; il n'avait pas l'air d'être du genre à durer longtemps.

« Qu'est-ce qu'il nous veut ? j'ai soudain demandé à Eddie.

— Qui ?

— Tim Lung.

— Je n'en ai aucune idée. Il nous a invités.

— Pourquoi ?

— Je ne sais pas.

— Combien de temps veut-il qu'on reste ?

— Je ne sais pas.

— Qu'est-ce que tu sais ?
— Qu'il a hâte de te connaître.
— Pourquoi ?
— Je ne sais pas.
— Bon Dieu, Eddie ! »

Nous nous en remettions au mystérieux Tim Hung. Après avoir utilisé papa pour piquer des millions de dollars au peuple australien, voulait-il le remercier d'avoir si aimablement joué les imbéciles ? Était-ce de la curiosité – est-ce qu'il désirait voir à quel point un homme peut être stupide ou y avait-il un dessein plus noir dont aucun de nous n'avait idée ?

Les lumières de la cabine se sont éteintes, et pendant que nous survolions la planète dans l'obscurité j'ai songé à l'homme que j'allais tuer. J'avais appris par les médias que des journalistes qui avaient échoué à le localiser en Thaïlande avaient déclaré qu'il était l'incarnation du mal, un véritable monstre. Il était donc clair que le monde se porterait mieux sans lui. J'étais quand même déprimé de constater que le meurtre était la seule idée utilitaire que j'aie jamais eue.

III

« Personne ne nous attend », a dit Eddie en examinant la foule.

Papa, Caroline et moi nous sommes regardés – nous ne savions pas que nous étions attendus.

« Restez ici, a ajouté Eddie. Je vais passer un coup de fil. »

Je l'ai observé tandis qu'il parlait à un interlocuteur dont j'ai supposé que c'était Tim Lung. Eddie hochait vigoureusement le chef, courbé en une posture absurdement servile, un sourire d'excuse sur le visage.

Il a raccroché et composé un nouveau numéro. Papa, Caroline et moi l'avons étudié en silence. De temps à autre, nous nous lancions des regards qui signifiaient : « Nous ne contrôlons rien, mais nous devons faire quelque chose et ces regards entendus sont précisément cela. » Eddie a raccroché et fixé le téléphone pendant un moment. Puis il nous a rejoints, se frottant les mains d'un air sinistre.

« Il va falloir qu'on passe la nuit à l'hôtel. Nous irons demain chez Mr Lung.
— OK. Prenons un taxi, a dit papa.
— Non, on vient nous chercher. »

Vingt minutes plus tard, une petite femme thaïe est arrivée, les yeux si écarquillés qu'on aurait dit qu'elle n'avait pas de paupières. Elle s'est avancée lentement vers nous en tremblant. Eddie restait là comme une vache qui rumine. La femme l'a pris dans ses bras, et comme ils s'étreignaient, des sanglots sourds se sont échappés de sa petite bouche. Je savais qu'Eddie était perdu parce qu'il a soudain cessé de paraître visqueux. Leur embrassade a tellement duré qu'elle en est devenue monotone. Nous nous sentions tous douloureusement gênés.

Puis elle s'est tournée vers nous.

« Voilà longtemps que j'attends de faire votre connaissance.

— Vraiment ? » j'ai répliqué d'une voix où perçait le doute.

Eddie est alors intervenu : « Ling est ma femme.

— Non, a fait papa.

— Si », elle a répondu.

Papa et moi en sommes restés bouche bée. Eddie, marié ?

« Depuis quand es-tu marié, Eddie ? j'ai demandé.

— Presque vingt-cinq ans.

— Vingt-cinq ans !

— Mais tu habites l'Australie, a objecté papa.

— Plus maintenant. »

Papa n'arrivait pas à s'y faire. « Est-ce que ça signifie que tu étais marié quand nous nous sommes rencontrés à Paris ? »

Eddie a souri, comme si c'était une réponse et non une question.

Nous avons quitté l'aéroport, abasourdis. Nous n'étions pas seulement dans un autre pays, mais dans une autre galaxie où Eddie était marié depuis vingt-cinq années. La chaleur nous a heurtés de plein fouet. Nous nous sommes entassés dans une Mercedes vert olive en direction de l'hôtel. Comme c'était la première fois que j'étais à l'étranger, mes yeux absorbaient tout, mais je vous épargne la description du guide touristique. C'est la Thaïlande. Vous connaissez les paysages, vous connaissez les odeurs. Vous avez lu les livres, vous avez vu les films. C'était chaud, collant, suant, ça sentait la nourriture épicée, la drogue et la prostitution, parce que, de même que la plupart des voyageurs, nous avions apporté avec nous nos idées préconçues et ne les avions pas laissées, ainsi que nous aurions dû le faire, à la douane comme matières dangereuses à mettre en quarantaine.

Dans la voiture, Eddie et Ling parlaient bas en thaï. Nous avons entendu nos noms plusieurs fois. Papa n'arrêtait pas de regarder Eddie et sa femme. Sa femme !

« Eh, Eddie. Tu as des enfants ? » a voulu savoir papa.

Eddie a secoué la tête.

« Tu es sûr ? »

Eddie s'est retourné vers Ling et a continué de parler à voix basse.

Tandis que nous remplissions nos fiches à la réception, en faisant bien attention de signer de nos nouveaux noms, l'idée m'est venue que le plus étrange pour moi n'était pas de voyager, de me retrouver soudain hors de l'Australie, mais de voyager en groupe. J'avais toujours imaginé que le fait de quitter l'Australie serait l'ultime symbole de mon indépendance, et pourtant j'étais là avec tout le monde. Je sais qu'on n'échappe pas à soi-même, qu'on emporte son passé avec soi, mais je l'avais vraiment fait.

Que je finisse par avoir une chambre pour moi seul, avec vue sur la carcasse éviscérée d'un chien, a été une maigre consolation.

Tout en faisant les cent pas dans ma chambre, je ne pensais à rien sinon que toute l'Australie devait à présent être au courant de notre fuite, et qu'en dépit de notre sortie en catimini quelqu'un retrouverait notre trace sans trop de difficulté. J'imaginais aisément la réaction des Australiens à l'annonce de notre départ, et aux alentours de trois heures du matin je me suis senti frappé par une vague brûlante de haine qui avait fait tout le chemin depuis notre patrie jusqu'aux chambres climatisées de Khe Sahn Road.

Je suis sorti dans l'idée d'acheter une arme. Il me semblait que ce ne serait pas trop difficile. J'étais dans une métropole sordide, une Sodome et Gomorrhe où la cuisine était excellente. Je me trouvais dans un état semi-délirant, ne regardant que les visages, et plus précisément les yeux. La plupart étaient innocents, ce qui m'irritait beaucoup. Seuls quelques-uns vous cautérisaient. C'étaient ceux-là que je cherchais. Je pensais au meurtre et aux meurtriers. Mr Lung, ma victime, était un criminel lui aussi. Qui le pleurerait ? Plein de monde peut-être. Et il se pouvait qu'il soit marié lui aussi ! Cette pensée m'a fait sursauter. Et pourquoi pas ? Il n'était pas célèbre pour être laid et asocial, mais seulement pour être amoral. Dans certains milieux, c'est attirant.

Il était quatre heures du matin, il faisait toujours une chaleur oppressante et je n'avais pas encore trouvé le moindre flingue. Je marchais en me disant : « Tim Lung, dois-je te tuer directement sans même te proposer un apéritif ? » J'ai allumé une cigarette. Classique : la cause de mort évitable numéro un au monde.

J'étais fatigué et je me suis appuyé contre un poteau. J'ai senti une paire d'yeux sur moi. Il y avait quelque chose d'effrayant et toutefois d'étrangement revigorant dedans. C'étaient les yeux que je cherchais.

Je me suis approché du jeune homme. Nous avons parlé en même temps.

« Vous savez où je peux acheter un revolver ?

— Vous voulez voir un sex-show ?

— Oui, s'il vous plaît. »

Il m'a emmené à Patpong. Les Occidentaux entraient à flots dans des clubs de strip-tease et j'ai tout de suite pensé à Freud, qui croyait que la civilisation se développe en contraste de plus en plus aigu avec les besoins de l'homme. De toute évidence, Freud n'était jamais allé à Patpong. Ici les besoins de l'homme étaient scrupuleusement pris en compte. Tous, même ceux qui le rendent malade.

Je suis entré dans le premier bar, me suis assis sur un tabouret, et j'ai commandé une bière. Une jeune femme est venue s'installer sur mes genoux. Elle ne devait pas avoir plus de seize ans. Elle a mis la main entre mes cuisses et je lui ai demandé : « Tu sais où je pourrais acheter un revolver ? » J'ai compris immédiatement que j'avais fait une erreur. Elle a sauté à terre comme si je l'avais mordue. Je l'ai vue parler avec excitation à deux costauds derrière le bar. J'ai pris la poudre d'escampette : j'avais visiblement glissé dans une irréalité où on peut vraiment se faire mal. Après quelques rues, j'ai cessé de courir. En fait, les Thaïs n'étaient pas plus criminels que les gens du coin de la rue à Sydney, et il était tout bonnement impossible de leur acheter une arme. Donc, quand je rencontrerais Tim Lung, il me faudrait improviser.

En descendant au restaurant le matin, j'ai compris que papa et Caroline n'avaient pas dormi eux non plus. Ils avaient des visages éreintés par le manque de sommeil. Des visages pincés par le souci. Devant un copieux petit déjeuner tout sauf exotique – bacon, œufs et croissants rassis –, nous avons badiné, essayant de vaincre notre humeur sombre. Ce qui nous attendait, nous préférions l'affronter le ventre plein.

Eddie est entré sans son expression affable habituelle.

« Vous êtes prêts ?

— Où est ta femme ? a demandé papa.

— Ta gueule, Martin. J'en ai ma claque de toi. J'en ai vraiment, vraiment assez. » Cela nous a tous fait taire.

IV

Pour arriver chez Tim Lung, nous avons dû embarquer dans une pirogue amarrée dans un canal malpropre et puant. Tandis que nous longions des canots chargés de fruits et légumes multicolores, je me suis protégé le visage par crainte d'être éclaboussé d'eau boueuse. Mes premières impressions de la Thaïlande étaient correctes, mais je savais que mon système immunitaire n'était pas de taille contre ses bactéries. Après avoir dépassé cette flotte misérable, nous nous sommes retrouvés seuls sur le canal. De chaque côté, penchées sur les rues poussiéreuses, des maisons semblaient à moitié achevées ou à moitié en ruine. Des femmes coiffées de grands chapeaux de paille lavaient leur linge dans l'eau marron, à l'évidence indifférentes à l'idée que l'encéphalite puisse nicher dans leurs sous-vêtements. Puis nous avons dépassé de longues rues désertes et poussiéreuses plantées d'arbres immenses aux branches tentaculaires. Je sentais que nous approchions. J'ai essayé de déchiffrer l'expression d'Eddie. Elle était illisible. Papa m'a jeté un regard qui sous-entendait : « Nous nous sommes échappés, mais pour nous retrouver où ? »

Le bateau s'est arrêté. Nous avons gravi les marches d'un petit embarcadère qui donnait sur une grande grille en fer. Avant qu'Eddie ait pu appuyer sur le bouton de l'interphone, une voix brusque a dit quelque chose en thaï, et Eddie y a répondu en me regardant. J'ai eu l'impression que nous étions engagés sur une voie où faire demi-tour serait suicidaire et où aller de l'avant le serait probablement tout autant. J'étais couvert de chair de poule. Caroline m'a pris la main. La grille s'est ouverte. Papa a dit quelque chose à propos de l'état de ses tripes que je n'ai pas vraiment compris.

La maison de Tim Lung sentait l'argent de la drogue à plein nez. Elle était imposante, avec d'immenses murs blancs entourés de piliers incrustés, de toits en tuiles orange et vertes brillantes, et un énorme bouddha allongé niché dans une bambouseraie. J'ai été définitivement convaincu que nous étions dans un repaire de brigands quand j'ai vu des hommes en chemises à manches courtes et pantalons longs cachés à l'ombre des arbres, et armés de fusils semi-automatiques qui nous reluquaient comme si nous étions venus leur vendre un produit qu'ils savaient inefficace. Je les ai désignés à mon père, et sa réponse ne m'a pas surpris : « Je sais, des pantalons longs, par une chaleur pareille !

— Par ici », a dit Eddie.

Nous avons descendu un escalier raide qui menait à une cour rectangulaire. Des têtes de cochon fichées sur des piquets avaient des bâtons d'encens plantés dans le front. Chouette ! Un mur était occupé par une grande fresque représentant une ville dévastée par un incendie. Prometteur... Au bout, de larges portes coulissantes, ouvertes. Je m'attendais à tout : dobermans écumants, tables croulant sous les tas de cocaïne et les sacs d'argent, prostituées vautrées sur des canapés en cuir blanc, et traînée de sang menant aux cadavres de policiers mutilés. Ce à quoi je ne m'attendais pas était la dernière chose au monde à laquelle j'aurais pu m'attendre.

Papa l'a vu le premier. Il a crié : « Qu'est-ce que c'est que ça, putain ? »

Sur les deux murs, encadrées ou collées au papier adhésif couleur bronze, il y avait des centaines et des centaines de photos de papa et moi.

J'ai renchéri : « Qu'est-ce que c'est que ça, putain ? »

V

« Marty, il y a des photos de toi ! s'est écriée Caroline.

— Je sais !

— Et de toi aussi, Jasper !

— Je sais !

— C'est toi bébé ? Qu'est-ce que tu étais mignon ! »

Nos photos prises à diverses époques nous regardaient de toutes parts. Cette exposition perverse rassemblait toutes les photographies prises par Eddie ces vingt dernières années. Il y avait des images d'un jeune papa à Paris, mince et élancé, avec tous ses cheveux, et une barbe bizarre sur le menton et le cou qui ne voulait ou ne pouvait pas monter jusqu'au visage. Papa avant qu'il ait commencé sa collection de cellules graisseuses, fumant de fines cigarettes dans notre premier appartement. Et il y en avait tout autant de moi, bébé puis faisant mon chemin à travers l'enfance et l'adolescence. Mais c'étaient les photos de Paris qui m'intéressaient le plus : des photos et des photos de papa avec une jeune femme pâle et belle au sourire démoralisant.

« Papa, c'est… ?

— Astrid.

— C'est ta mère, Jasper ? Elle est magnifique ! a roucoulé Caroline.

— Qu'est-ce que c'est que ça ? » a crié papa, éveillant des échos dans toute la maison. Le paranoïaque bon teint qu'il était venait de découvrir, après toutes ces années, qu'il y avait vraiment une conspiration contre lui.

« Venez », a dit Eddie, nous entraînant à l'intérieur.

Mais papa et moi étions figés. Cela avait-il quelque chose à voir avec le suicide d'Astrid ? Avec le fait que ma mère était morte sur un bateau appartenant à Tim Lung ? Voilà que nous étions obligés d'assumer le rôle de détectives afin d'enquêter sur nos propres vies, et nos voyages mentaux dans le passé étaient vains. Nous ne pigions pas ; nous étions à la fois affaiblis et exaltés. Un cauchemar de paranoïaque ! Un rêve de narcissique ! Devions-nous nous sentir flattés ou violés ? Peut-être les deux. Et nous nous posions des milliers d'autres questions à tombeau ouvert. À l'évidence, Eddie avait provoqué chez ce grand patron du crime une obsession pour papa et moi, mais que lui avait-il dit au juste ? Je l'ai imaginé en fin de nuit, après d'innombrables verres : « Tu ne croirais pas ces types. Ils sont cinglés. Ils ne devraient pas avoir le droit de vivre ! »

« Mr Lung vous attend », a insisté Eddie en désignant des doubles portes en bois au bout du couloir. Il a eu le culot colossal de nous adresser un petit sourire narquois.

Brusquement, papa l'a attrapé par le col. Comme s'il allait lui passer la chemise par-dessus la tête. Son premier acte officiel de violence. Caroline lui a fait lâcher prise. « Dans quoi tu nous as fourrés, salopard ? » il a hurlé, pas de manière aussi menaçante qu'il l'aurait voulu. La fureur mêlée d'une véritable curiosité se manifeste de manière étrange.

Un garde armé a émergé d'une embrasure pour voir ce qui se passait. Eddie l'a congédié. Déçu, le garde a disparu de nouveau dans l'ombre. Apparemment, Eddie avait un signe de tête irréfutable. C'était nouveau pour nous. Nous avons poursuivi notre chemin en direction des doubles portes, éberlués, examinant encore d'autres photos. Jusqu'alors, je n'avais jamais réalisé à quel point papa ressemblait à un chien qu'on pousse dans une piscine. Et moi, soudain, mon identité me paraissait chose moins solide : il m'était quasiment impossible de faire le lien avec notre histoire picturale. Nous avions l'air de reliques endommagées d'une civilisation ratée et ne paraissions pas du tout compréhensibles.

Et ma mère ! Mon cœur avait failli exploser à sa vue. Sur toutes les photos, elle paraissait silencieuse et immobile. Toute l'action se passait derrière ses yeux, le genre d'yeux dont on dirait qu'ils reviennent des coins les plus reculés de la Terre juste pour vous recommander de ne pas prendre la peine d'y aller. Son sourire était pareil à un escalier qui ne mène nulle part. À moitié obscurcie par l'ombre des cadres, cette triste beauté vous fixait, la tête posée sur les mains, d'un regard embué. Peut-être était-ce une coïncidence, mais de photo en photo elle semblait de plus en plus loin de l'objectif, comme si elle rapetissait. Ces images m'ont fait éprouver pour papa un respect neuf. Elle semblait être la femme distante et imposante avec qui aucune personne sensée n'entrerait en relation. J'ai décroché un cadre du mur et brisé le verre pour sortir la photo en noir et blanc prise dans une laverie automatique. Ma mère était assise sur une machine à laver, les jambes pendantes, ses yeux immenses fixant l'objectif. D'un coup, j'ai su que ce mystère avait quelque chose à voir avec elle ; c'est ici que j'aurais le premier indice de qui elle était, d'où elle venait. C'était clair : l'énigme de l'existence de ma mère trouverait sa réponse derrière cette porte.

Papa l'a ouverte. Je l'ai suivi.

VI

Nous avons pénétré dans une grande pièce carrée au sol jonché de tant de coussins qu'une partie de moi n'a plus pensé qu'à s'allonger pour se faire gaver de grappes de raisin. De grandes fougères m'ont donné l'impression que nous étions de nouveau dehors. Les murs ne montaient pas tout à fait jusqu'au plafond, et la lumière se déversait dans l'espace au-dessus d'eux – excepté pour le mur du fond, en verre, qui donnait sur le bouddha pléthorique dans le jardin. Devant ce même mur se tenait un homme qui nous montrait son dos, regardant le bouddha. Ils avaient la même corpulence. Dans la vive lumière qui parvenait de la fenêtre, nous ne voyions que la silhouette géante de cet homme. Enfin, je supposais que c'était un homme. Il y ressemblait plus ou moins, en plus gros.

« Mr Lung, a déclaré Eddie, permettez-moi de vous présenter Martin et Jasper Dean. Et Caroline Potts. »

L'homme s'est retourné. Il n'était ni thaï, ni chinois, ni asiatique du tout. Il avait des cheveux blonds en bataille et une barbe broussailleuse qui couvrait une peau pâteuse et blême, et il portait un short et une chemise coupée en pilou. On aurait dit un explorateur revenant juste à la civilisation. Mais cette description ignore le plus important, à savoir qu'il était réellement l'homme le plus énorme que j'avais jamais vu ou devais jamais voir, un ahurissant phénomène de foire. Soit il souffrait d'un désordre hormonal, soit il avait mangé comme un fou pendant des décennies avec l'ambition d'être le plus gros homme en vie. La forme de son corps était irréelle, sa hideur suffocante. Je ne pouvais pas plus tuer cette monstruosité avec une balle qu'entailler une montagne en lui collant une beigne.

Il nous a fixés sans ciller, alors même qu'il éteignait sa cigarette pour en allumer une autre. Il était clair qu'il avait l'intention de nous impressionner. Ça marchait. Je me sentais excessivement humble, ainsi que fantastiquement maigre. J'ai regardé papa pour voir si lui aussi se sentait humble. Non. Il regardait cet homme gigantesque, les yeux mi-clos, comme si c'était un de ces dessins qui cachent une image.

Papa a parlé le premier, comme dans son sommeil. « Bordel », il a lâché. J'ai tout de suite compris.

Mais Caroline l'a dit avant tout le monde : « Terry. »

Terry Dean, mon oncle, nous a regardés tour à tour, et nous a fait le plus grand sourire imaginable.

VII

« Surpris ? Bien sûr. » Il a ri. Sa voix tonnante a paru provenir du fond d'une grotte. Il s'est avancé vers nous en boitant. « Vous auriez dû voir vos têtes. Vraiment. Vous voulez que je vous apporte un miroir ? Non ? Qu'est-ce qu'il y a, Marty ? Tu es sous le choc ? Compréhensible, très compréhensible. Nous allons rester ici jusqu'à ce que le choc s'atténue pour faire place à la colère et au ressentiment. Je ne m'attends pas à ce qu'aucun de vous prenne ça facilement ; ce n'est pas un truc dont on peut rire tout de suite, mais plus tard, quand le temps aura passé. Ne t'inquiète pas, le temps passera. Tu auras très vite du mal à te rappeler un seul jour où je n'ai pas été en vie. Allons, dis-moi, est-ce que tu t'en es douté ? Même un tout petit peu ? Mais à quoi je pense ? Tu es là, devant ton frère mort après toutes ces années, et non seulement il a l'effronterie d'être vivant, mais en plus il ne t'a même pas proposé une bière ! Eddie, donne-nous des bières, veux-tu, mon pote ? Et toi, Jasper ? Ça fait longtemps que j'ai envie de faire ta connaissance. Tu sais qui je suis ? »

J'ai fait oui de la tête.

« Mon neveu ! Tu as le nez de ta grand-mère, ton papa ne te l'a jamais dit ? Je suis si content de te voir ! Eddie m'a tout raconté sur toi. Tu dois être un roc pour avoir vécu avec ton papa sans t'être pulvérisé. Mais apparemment, tu t'en es bien tiré. Tu as l'air si normal, sain et adapté ! Comment se fait-il que tu ne sois pas fou ? C'est fou que tu ne sois pas fou ! Encore que tu l'es peut-être. C'est ce que j'ai hâte de découvrir… Et Caroline ! Te voir est un peu un choc pour moi, je dois l'avouer. Bien sûr, Eddie m'a appris que vous étiez mariés… »

Terry l'a fixée pendant un long moment avant de se forcer à détourner le regard.

« Je sais, vous êtes tous pris au dépourvu. Buvez vos bières, vous vous sentirez mieux. J'attendrai que vous soyez plus calmes. Nous avons le temps… Bon Dieu, s'il y a une chose que nous avons, c'est du temps. Marty, tu me fous les jetons avec ton regard. Toi aussi, Caroline. Mais pas toi, Jasper, hein ? Peut-être parce que tu es encore jeune. Quand on vieillit, on est surpris de pouvoir encore être surpris. Je me demande ce qui vous étonne le plus : que je sois si incroyablement vivant, ou que je sois si incroyablement gros ? Vous pouvez le dire… Je m'en fous. J'aime bien être gros, je suis gros à la manière de Henri VIII. À la manière de Bouddha. Réglons la question une fois pour toutes : je suis un gros lard. Je vais enlever ma chemise pour que vous voyiez à quel point… Vous voyez ? OK ? Je suis une baleine. Mon ventre est implacable ! Invincible ! »

C'était vrai. Il était si énorme qu'il donnait l'impression d'être indestructible, qu'il pourrait survivre à n'importe quel cataclysme. Le zoo de tatouages d'animaux que papa m'avait décrit il y a bien des années s'était distendu en des tourbillons de couleurs informes.

Papa s'était raidi ; il semblait vouloir dire quelque chose, mais sa langue refusait de coopérer. « Vivant… gros », c'est tout ce qu'il est parvenu à articuler.

Terry lui-même avait l'air quelque peu décontenancé, il ne savait qui regarder. De temps à autre, il me jetait un regard inquisiteur, croyant peut-être avoir plus de chances de trouver en moi un amour et une acceptation immédiats. Mais il ne pouvait pas l'obtenir, car malgré la nouvelle incroyable qu'un membre de la famille si totalement mythologisé était vivant, j'étais avant tout amèrement déçu que cela n'ait, en fin de compte, rien à voir avec ma mère.

« Personne ne vient m'embrasser ? »

Personne n'a bougé.

« Alors, qui est Tim Lung ? a fini par demander papa.

— Tim Lung n'existe pas. Pas plus que Pradit Bandthadthan ou Tanakourn Krikkiat.

— De quoi tu parles ?

— Je l'ai faite, Marty. J'ai fini par la faire.

— Quoi ?

— La coopérative démocratique du crime. »

Papa a été parcouru d'un spasme comme si on l'avait démarré avec des fils électriques. « Tu as fait quoi ? » C'était sa première réaction émotive.

« La première fois, j'ai tout fait capoter, hein, mon pote ? Mais pourtant Harry avait trouvé quelque chose. Ce truc marche comme pas un.

— Je ne le crois pas ! Putain, je ne le crois pas ! »

Cette histoire de coopérative choquait apparemment plus papa que le fait que Terry soit vivant.

Caroline a demandé : « C'est quoi, la coopérative…

— Ne me demande pas, l'a interrompue papa. Oh, mon Dieu ! »

Terry a frappé l'une contre l'autre ses énormes paluches d'un air ravi et sautillé sur ses énormes jambonneaux. Comme il était différent du jeune renégat qui était si souvent apparu dans mon esprit ! Ce gros bonhomme, le héros, le fugitif, le justicier adoré par la nation ?

Soudain, ses genoux se sont coincés et il a semblé gêné.

« Eddie m'a appris que tu avais été malade ?

— Ne change pas de sujet, a répliqué papa, la voix toujours secouée par l'émotion. J'ai dispersé tes cendres, tu sais.

— Vraiment ? où ?

— Je les ai mises dans des flacons de poivre de Cayenne dans un petit supermarché. J'ai jeté le reste dans une flaque.

— Eh bien, je ne peux pas dire que je méritais mieux ! » Terry s'est esclaffé et a posé la main sur l'épaule de papa.

« Ne me touche pas, gros fantôme !

— Mon vieux, ne sois pas comme ça. Tu es fâché pour l'affaire des millionnaires ? Il ne faut pas. Je n'ai pas pu résister. Dès que j'ai appris cette histoire, Marty, j'ai su ce que j'avais à faire. Toute ta vie, je t'ai sauvé d'un drame ou d'un autre. Et t'aider a fait de moi qui je suis. Et je ne le regrette pas. J'adore qui je suis, et prendre ces millions de cette façon si évidente était pour moi la manière la plus simple de te sauver une dernière fois. Vois-tu, mon pote, je voulais que tu viennes ici. J'ai pensé qu'il était grand temps que nous nous retrouvions, et voilà belle lurette que j'aurais dû faire la connaissance de Jasper. »

Je voyais que la rage intérieure de papa n'allait pas tarder à s'extérioriser. Une tempête s'amassait en lui, et elle avait tout à voir avec Caroline. Il remarquait qu'elle n'exprimait aucune colère ; elle était calme, continuant à fixer Terry bouche bée d'horreur et de stupéfaction. Terry, entretemps, a dirigé de nouveau ses yeux souriants vers moi.

« Eh, neveu. Pourquoi tu ne dis rien ?

— Comment vous êtes sorti du mitard ? »

Pendant un instant, le visage de Terry a paru vide, mais il a fini par s'exclamer : « L'incendie ! Bien sûr ! Tu lui as tout raconté, Marty... C'est bien ! Bonne question, Jasper : tu commences au commencement.

— Est-ce que tu y étais vraiment ?, a demandé papa.

Nous nous sommes rapprochés, concentrés sur ce que Terry allait nous raconter.

« Bien sûr ! J'ai eu chaud. J'ai failli rôtir. Au mitard, il n'y a pas de fenêtres, évidemment, mais j'ai entendu des hurlements, les gardiens qui criaient des ordres, et quand la fumée est passée sous la porte j'ai su que j'étais foutu. Il faisait nuit noire dans cette cage en ciment, plus chaud qu'en enfer. J'étais terrifié. Je me suis mis à hurler : "Ouvrez ! Ouvrez !" Mais personne n'est venu. J'ai tapé contre la porte et je me suis brûlé le bras. J'étais impuissant, et j'ai dû sacrément prendre sur moi pour me mettre à attendre calmement une mort aussi inévitable que désagréable. Puis il y a eu des pas dans le couloir. C'était un gardien, Franklin. J'ai reconnu sa voix. “Qui est là ?” il a crié. “Terry Dean !” j’ai répondu. Bon vieux Franklin ! C’était un homme bien qui faisait partie de mes admirateurs car il adorait le cricket. Il a ouvert la porte et m’a dit : “Viens !” et dans la panique il a baissé la garde. Je l’ai assommé, j’ai pris ses vêtements, l’ai jeté dans la cellule et j’ai refermé la porte à clé.

— Tu as tué l’homme qui était venu te sauver ? »

Terry s’est interrompu un instant et a lancé à papa un regard étrange, comme pourrait le faire un homme qui se demande s’il doit ou non expliquer un phénomène naturel complexe à un enfant. « Après, ç’a été facile. Toute la prison était en feu et je n’ai même pas eu besoin d’utiliser les clés que j’avais volées : toutes les portes étaient ouvertes. Je suis sorti tant bien que mal, j’ai vu la ville en flammes et j’ai disparu dans la fumée. Voilà tout.

— Donc, c’est Franklin qui a brûlé dans ta cellule.

— Ouais, je suppose que ce sont ses cendres que tu as ramassées.

— Et ensuite ?

— Ah ouais… Je t’ai repéré dans l’incendie. Je t’ai appelé, mais tu ne m’as pas vu. Je me suis aperçu que tu te précipitais dans un piège. J’ai crié : “À gauche, tourne à gauche !”, alors tu as tourné et tu as disparu.

— Je t’ai entendu ! J’ai cru que c’était ton putain de fantôme, espèce de bâtard !

— J’ai passé quelques jours planqué à Sydney. Attrapé un cargo pour l’Indonésie. Fait le tour du monde pour voir ce que les autres continents avaient à offrir, et je me suis arrêté ici en Thaïlande. C’est là que j’ai commencé la coopérative démocratique du crime.

— Et Eddie ?

— Eddie a travaillé pour moi dès le début. J’ai essayé de retrouver ta trace, Marty, mais tu avais déjà quitté l’Australie. Le mieux à faire, c’était d’envoyer Eddie près de Caroline. J’avais son adresse par une lettre qu’elle m’avait envoyée en prison, et Eddie a pris une chambre à côté de la sienne pour attendre que tu te pointes.

— Comment tu pouvais être si sûr que j’irais voir Caroline ?

— Je n’en étais pas sûr. Mais j’ai eu raison, pas vrai ?

— Pourquoi tu n’as pas demandé à Eddie de m’apprendre que tu étais en vie ?

— Je trouvais que je t’avais causé assez d’ennuis comme ça. À l’époque, tu t’occupais bien de moi, Marty, et tu croyais probablement que je ne le remarquais pas, mais je savais que tu te faisais un sang d’encre à mon sujet. J’ai pensé que tu en avais eu assez.

— C’est toi qui as dit à Eddie de faire de Caroline une millionnaire ?

— Bien sûr ! » Se tournant vers Caroline, Terry a ajouté : « Je suis désolé pour ton fils. »

Papa l’a coupé court.

« Continue, Terry.

— C'est tout. Je t'ai fait surveiller par Eddie. Quand il m'a appris que tu étais avec une dingue que tu avais mise enceinte et que tu n'avais pas d'argent, je lui ai ordonné de t'en donner, mais tu as refusé. Je ne savais pas comment t'aider, alors je t'ai procuré un boulot. Malheureusement, c'était une mauvaise période, tu es arrivé en plein milieu d'une petite guerre des gangs. Je ne savais pas que ta copine givrée allait monter sur la péniche pour se faire sauter. Une drôle de façon de se flinguer, non ? Désolé, Jasper.

— Quoi d'autre ?

— Quand tu as emmené Jasper en Australie, j'ai dit à Eddie de te suivre. Il m'a envoyé des drôles de rapports. Je t'ai donné un nouveau job, celui de gérant d'un de mes clubs de strip-tease, que tu as bousillé avant de te retrouver à l'HP. Après, je t'ai filé de la fraîche pour que tu puisses construire ton labyrinthe. Ensuite, tu as débauché toute l'Australie avec tes idées bizarres, et nous voilà réunis ici. »

Tandis que papa absorbait l'histoire de son frère, son être tout entier m'est apparu comme une façade de décor de cinéma, de sorte que j'ai eu l'impression que si je faisais un pas de côté je découvrirais qu'il avait un centimètre d'épaisseur.

« Quand j'étais dans cette cellule et que je pensais que ma mort était imminente, j'ai clairement vu que ma croisade pour un sport propre était foutrement dénuée de sens. J'ai compris que, sauf accident, j'aurais pu vivre quatre-vingts ou quatre-vingt-dix ans, et que j'avais tout foutu en l'air. J'ai été furieux contre moi-même ! Furieux ! J'ai essayé de piger pourquoi j'avais fait ça, et j'en ai conclu que j'avais essayé de laisser une trace pour qu'après ma disparition je sois encore là d'une certaine manière. Tout est résumé dans cette stupide “certaine manière”. Et vous savez ce que j'ai compris au bord de la mort ? Que je m'en foutais complètement. Je ne voulais pas ériger une statue de moi-même. Alors, j'ai eu une révélation. Vous en avez déjà eu une ? C'est génial, non ? J'ai découvert que je m'étais tué parce que je voulais vivre éternellement. J'avais bousillé ma vie au nom d'un stupide je-ne-sais-quoi...

— Projet », j'ai dit. Papa et moi nous sommes regardés.

« Projet. Ouais. Bref, je me suis juré que si je m'en sortais je vivrais dans l'instant, que je baiserais tout le monde, que je laisserais mes congénères faire ce qu'ils voulaient, et que je suivrais le conseil de Harry de rester anonyme jusqu'à la fin de mes jours. »

Terry s'est alors tourné vers Caroline, la fixant d'un regard clair, empreint de sérieux.

« J'avais envie de t'appeler, mais chaque fois que j'étais sur le point de le faire, je me rappelais cette cellule, cette chambre de la mort, et je comprenais que la façon dont je t'aimais était possessive et que, comme mon aventure sportive, c'était une façon de me protéger contre, je ne sais pas... la mort. C'est pourquoi j'ai choisi de n'aimer que des prostituées. Là, pas de risque d'être piégé par la vieille routine de la jalousie et de la possessivité. Je me suis sorti de la compétition, comme disait Harry. Je suis libre, et je l'ai été depuis ce jour. Et vous savez ce que je fais maintenant ? Quand je me réveille chaque matin, je me dis une dizaine de fois : "Je suis un animal mourant dépourvu d'âme et pourvu d'une durée de vie ridiculement courte." Et, qu'il pleuve ou qu'il vente, je m'occupe d'accroître mon confort. Dans la coopérative, nos profits ne sont pas gigantesques, mais nous gagnons décemment notre vie, et nous pouvons vivre comme des rois parce que la vie en Thaïlande ne vaut rien ! »

Un long silence a suivi. Nul ne savait plus où poser son regard.

« L'Australie t'adore, a fini par dire papa.

— Et elle te déteste », lui a répondu Terry.

Malgré leurs chemins divergents – deux routes peu fréquentées et diamétralement opposées –, les deux frères étaient arrivés à la même conclusion. Terry naturellement, par sa révélation et l'expérience cathartique de son traumatisme, et papa au moyen de la réflexion et de ses pensées obsessives touchant à la mort. Terry l'inculte, dont papa nous avait dit un jour qu'il n'aurait pas été capable d'écrire son nom dans la neige avec sa pisse, avait deviné les pièges de la crainte de la mort et les avait facilement esquivés, comme des crottes de chien dans une rue brillamment éclairée. Papa, de son côté, avait reconnu ces pièges de manière intellectuelle mais n'en avait pas moins réussi à tomber dans tous. Oui, je le voyais sur son visage : papa était accablé ! Terry avait vécu la vérité de la vie de papa, et papa ne l'avait jamais fait, même si c'était sa vérité à lui.

« Et maintenant ? a demandé papa.

— Vous restez avec moi. Tous. »

Nous nous sommes regardés, sachant que c'était une mauvaise idée, mais que nous n'avions pas le choix. Personne n'a bougé. On aurait dit une tribu d'hommes néandertaliens dont la caverne vient de s'écrouler. J'ai observé mon père et son frère en songeant : « Ces dingues sont ma famille. » Et : « Le criminel et le philosophe de carrière ont beaucoup en commun, ils sont tous deux en conflit avec la société, ils vivent leur vie sans compromis et selon leurs propres règles, et ils font tous deux des parents déplorables. » Quelques minutes ont passé, et même si personne n'a bougé j'ai senti que les deux frères avaient commencé à me mettre en pièces.

VIII

La vie en Thaïlande était facile. On l'appelle l'île des sourires. Ce n'est pas du chiqué : les Thaïs n'arrêtent pas de sourire, à tel point qu'au début j'ai cru que nous avions atterri dans un pays de débiles. La plupart du temps, le chaos de Bangkok était en harmonie avec mon état d'esprit. Il n'y avait qu'une seule chose dont je devais me méfier, en dehors de l'eau du robinet et de ces sourires suspects : les Thaïs ont un tel respect des têtes et une si piètre opinion des pieds que tout le monde ne cessait de me dire que je ne devais pas pointer mes petons en direction de la caboche des gens ; ils devaient craindre que je le fasse.

Un guide touristique m'a appris que les étrangers peuvent devenir moines bouddhistes et j'ai songé que ça ferait bien dans mon CV, mais j'ai découvert que les moines ne peuvent pas tuer les insectes (même s'ils envahissent votre pyjama), voler, mentir, baiser, vivre dans le luxe, et ingurgiter des boissons alcoolisées, bière et doubles espressos compris. Quoi qu'il en soit, j'étais trop plein de haine pour devenir moine. Dans ma tête, j'écrivais à la Tour Infernale des lettres où figuraient des syntagmes figés tels que « espèce de sale pute » et « connasse de mes deux », et des malédictions telles que : « J'espère que tu tousseras si fort que tu rendras l'utérus par la bouche. » Les bouddhistes ne pensent généralement pas comme ça.

J'ai parlé à Terry de mon projet de tuer Tim Lung, ce qui nous a bien fait marrer. Cette entrée en matière a largement contribué à briser la glace entre nous. Après cela, nous avons passé de nombreux jours et de nombreuses nuits ensemble, et je suis allé me coucher les oreilles épuisées mais bourdonnantes. Comme son frère, Terry était porté à se soûler de paroles, sous forme de monologues sur tous les sujets concevables. Il lui arrivait de les interrompre pour des moments d'introspection. Alors, il levait un doigt comme pour faire taire l'univers, il se balançait sur ses énormes jambonneaux dans un silence bouche bée, ses pupilles rétrécissaient comme si je lui avais braqué une torche sur le visage, et des minutes passaient ainsi avant que son doigt ne redescende et qu'il ne reprenne la parole. Il faisait cela n'importe où : restaurants, marchés aux légumes, champs de pavot et sex-shows. Plus je passais de temps en compagnie de Terry, plus je voyais derrière son sourire malicieux une force intérieure et quelque chose qui était sans âge. Même les miettes de poisson pané dans sa barbe paraissaient sans âge, comme si elles avaient toujours été là.

Il avait des habitudes incroyables. Il aimait traîner dans les rues pour voir si on allait essayer de le voler. Souvent, il se laissait faire les poches pour rire de ce qu'on lui avait pris. Parfois il arrêtait les pickpockets pour leur expliquer la bonne méthode ; parfois il passait la soirée dans des auberges pour routards à parler avec l'accent allemand. Et il ne manquait jamais un coucher ou un lever de soleil. Un après-midi, alors que nous regardions un soleil orange sombre saigner à l'horizon, il m'a dit : « Voilà un coucher qu'embellit la pollution d'une ville embouteillée. Il faut que quelqu'un le dise et autant que ce soit moi : l'œuvre de la Nature en est éclipsée. Idem pour les destructions massives. Un jour, nous nous dorerons au soleil d'un hiver nucléaire et, bon Dieu, ce sera la plus belle chose qu'on ait jamais vue ! »

En plus du trafic d'héroïne et de la prostitution, la coopérative démocratique du crime tirait le plus gros de ses profits des paris sur les matchs de boxe thaïlandaise, le sport national. Terry m'emmenait quand il allait graisser la patte aux boxeurs pour qu'ils se couchent. Je me rappelle avoir pensé à l'héritage qu'il avait laissé en Australie, son combat contre la corruption dans le sport, et à la façon dont aujourd'hui il chiait sur tout ça. Souvent, en nous rendant aux matchs, Terry essayait de prendre un tuk-tuk rien que pour foutre la trouille aux chauffeurs qui refusaient tous un pareil mammouth, alors nous étions obligés de marcher. Jamais il ne se fâchait ; il était content de pouvoir s'arrêter à un étal pour acheter une botte de coriandre à suspendre à son cou (« Bien meilleure odeur que n'importe quelle fleur ! »). Pendant les matchs de boxe, il me demandait de lui parler de moi : ce que j'aimais, ce que je n'aimais pas, quels étaient mes espoirs, mes craintes, mes aspirations. Bien que les prostituées, le jeu et la drogue soient son gagne-pain, Terry était le genre d'homme qui vous portait à la sincérité. Je me suis ouvert à lui comme jamais je ne l'avais fait. Il écoutait mes confessions avec sérieux, et quand je lui ai raconté l'histoire d'amour/horreur avec la Tour Infernale, il a déclaré qu'à son avis je l'avais « aimée sincèrement, mais pas vraiment ». Je n'ai pas su quoi lui répliquer.

Mais ce qui me plaisait le plus dans mon oncle, c'était qu'il parlait du monde réel : prisons, bains de sang, ateliers clandestins, famines, abattoirs, guerres civiles, rois et pirates modernes… C'était un merveilleux soulagement de se trouver pour une fois hors du domaine de la philosophie, de l'univers oppressant et suffocant des culs-de-sac et des toilettes à l'extérieur imaginés par papa. Terry parlait de ses expériences en Chine, en Mongolie, en Europe de l'Est et en Inde ; de ses incursions dans des territoires lointains et dangereux ; des assassins qu'il avait rencontrés dans des tripots ; de la façon dont il les avait recrutés pour la coopérative démocratique du crime. Il parlait de ses lectures et de ses débuts en la matière avec les ouvrages favoris de papa, de ses difficultés pour commencer, puis de son histoire d'amour avec les ouvrages, et de ses lectures voraces dans les déserts et les jungles, les trains et à dos de chameau. Il m'a raconté le moment où il avait décidé de manger de manière prodigieuse (c'était en République tchèque, une soupe de boulettes de pommes de terre froide). Pour lui, la nourriture était son lien avec l'humanité. Au cours de ses voyages, il avait été partout invité dans les familles et il avait partagé les repas de toutes les races de manière rituelle, goûtant chaque culture et coutume de par le monde. « Être gros, c'est aimer la vie », m'a-t-il affirmé, et j'ai compris que son ventre n'était pas une fortification impénétrable contre le monde, mais une façon d'aller vers lui et de le prendre dans ses bras.

Presque tous les soirs, des putes venaient à la maison, parfois trois ou quatre en même temps. Leur professionnalisme fondait à la vue du corps énorme de Terry, leurs fameux sourires thaïs se muaient en grimaces sur leurs visages jeunes et frais. Nous ne pouvions nous empêcher de plaindre ces prostituées tandis qu'elles conduisaient Terry à sa chambre, tels des gardiens de zoo s'apprêtant à administrer un tranquillisant à un gorille agité. Mais lorsqu'elles réapparaissaient, il était vengé. Les filles étaient heureuses, exaltées. Elles semblaient avoir gagné en force, en jeunesse même. Et il avait aussi ses putes préférées, celles qui revenaient soir après soir. Elles dînaient souvent avec nous, et elles souriaient et riaient tout le temps. On ne pouvait nier qu'il les aimait passionnément. Il les comblait d'affection et d'attentions, et je crois sincèrement qu'il n'était pas dégoûté à l'idée que lorsqu'elles partaient elles allaient baiser et sucer d'autres hommes. Son amour était vraiment sans complication ni possessivité. Un véritable amour. Et je ne pouvais m'empêcher de comparer son amour pour les prostituées à mon amour pour la Tour Infernale, si embourbé dans les questions de propriété qu'on aurait aisément pu dire que ça ne ressemblait en rien à de l'amour.

Papa a passé ses premiers mois en Thaïlande distant et maussade. Chacune des rares fois où nous nous sommes risqués dans des restaurants fréquentés par des touristes australiens, son nom a surgi dans la conversation, et s'entendre dénigrer à la troisième personne lui a donné la nausée. Il achetait souvent les journaux australiens et les lisait en grinçant des dents, après quoi il leur écrivait de longues lettres que je le suppliais de ne pas envoyer. Quant à moi, je fuyais la presse comme la peste et je me suis juré de continuer à le faire. J'en suis venu à la conclusion que le fait de lire le journal équivaut plus ou moins à boire sa propre pisse. Certains disent que c'est bon pour la santé, mais je ne le crois pas.

Peut-être que les vagues de haine venues d'Australie ont fini par avoir raison de lui, car papa s'est remis à mourir. Le cancer avait réapparu dans ses poumons et il s'est propagé. En quelques mois, son corps est devenu le clou d'un spectacle d'horreur. On l'aurait dit mangé de l'intérieur, passant de la chair à l'os. Il a pâli comme si du méthane avait été mêlé à son essence. Il a fini par éviter les miroirs. Il a cessé de se raser, et il errait dans la maison de Terry comme un paria si maigre qu'il nageait dans ses vêtements. Puis, tout aussi brusquement, sa trajectoire en direction de la mort a suspendu sa chute. Sans que son état s'améliore, il a cessé de se dégrader. Il était clair pour moi qu'il attendait quelque chose, de *faire* quelque chose, et qu'il n'allait pas mourir avant de l'avoir fait. Il y a beaucoup à dire sur le pouvoir de l'obstination. Les gens demeurent souvent en vie par la seule force de la volonté ; les infirmes marchent et les morts bandent. Regardez autour de vous. Ça arrive.

Au début, Terry et Caroline ont passé leur temps à le supplier de voir des médecins et de refaire de la chimiothérapie. Mais papa a refusé. Je savais que j'avais peu de chances de le persuader de faire quoi que ce soit, mais je ne pouvais m'empêcher de penser à Anouk et à sa croyance obsessive dans les pouvoirs de la méditation. J'ai tenté de le convaincre qu'il lui serait peut-être possible avec d'intenses efforts de concentration de vaincre le cancer tout seul. Pour me faire plaisir, il a essayé un après-midi. Nous nous sommes assis au pied du bouddha. Je lui ai déclaré qu'il fallait mettre en œuvre des efforts surhumains pour obtenir la forme la plus extrême de contrôle de l'esprit, mais papa n'a jamais été capable de chasser le scepticisme de son cerveau. Au beau milieu de notre méditation, il a ouvert un œil et lancé : « Tu sais ce que Mencken a dit à propos du corps humain ? "Toutes les erreurs et les incompétences du Créateur atteignent leur apogée en l'homme. En tant que mécanisme, c'est le pire de tous ; à côté de lui, même un saumon ou un staphylocoque est une machine efficace. Il a les pires reins que connaisse toute la zoologie comparative, et les pires poumons, et le pire cœur. Son œil, vu le travail qu'il est appelé à faire, est moins efficace que celui du ver de terre ; un fabricant d'instruments d'optique qui aurait créé un tel instrument serait lynché par ses clients."

— Je suis assez d'accord.

— Eh bien alors, qu'est-ce qui te fait penser que la méditation peut vaincre la fragilité congénitale du corps ?

— Je ne sais pas. C'était juste une idée.

— Une idée inutile. Tu te rappelles qu'Héraclite dit que le caractère de l'homme est son destin ? Ce n'est pas vrai. C'est son corps qui est son destin. »

Papa s'est levé en s'appuyant sur les orteils du bouddha, et il est parti en titubant. Caroline nous observait depuis le seuil.

« Comment ça s'est passé ? je l'ai entendue lui demander.

— Génial. Je suis guéri. Je vais vivre encore sept milliards d'années. Je ne sais pas pourquoi je n'avais jamais essayé avant. »

Caroline a répondu d'un signe de tête soucieux, puis l'a accompagné à l'intérieur.

Pauvre Caroline. En plus de son rôle d'infirmière en chef, elle avait ses propres problèmes. Elle se surprenait à succomber à des accès d'émotion et des crises de larmes. Elle avait été profondément ébranlée par les événements en Australie. Elle s'était toujours considérée comme une femme dure, insouciante et sans complexes qui aimait la vie et n'en prenait aucun aspect au sérieux, surtout l'opinion publique. Mais la haine dont elle avait été l'objet avait eu un effet déstabilisant aussi grave que permanent. Elle était devenue prudente et introvertie, elle en était consciente et ne s'aimait plus. Pour couronner le tout, l'apparition de Terry, son amour d'enfance, avait mis en question son mariage avec papa. Je ne dormais pas bien, et j'étais souvent témoin de leurs feuilletons à l'eau de rose du milieu de la nuit. Caroline, les yeux larmoyants, allait se faire une tasse de thé à la cuisine. Papa la suivait discrètement et l'observait en passant le bout du nez par la porte. Sa respiration épaisse le trahissait à tous les coups.

« Qu'est-ce que tu fais ? elle demandait.

— Rien. Je me dégourdis les jambes.

— Tu m'espionnes ?

— Je ne t'espionne pas. Tu me manquais, c'est tout. C'est pas romantique, ça ?

— Qu'est-ce que tu croyais que j'allais faire ? Tu crois que j'attends que tu sois endormi pour… quoi ?

— Qu'est-ce que tu veux dire ?

— Tu sais ce que je veux dire ! »

Franchement, jamais vous n'entendrez autant de sous-entendus de toute votre vie !

Caroline et papa partageaient la chambre voisine de la mienne. J'entendais souvent les portes coulissantes s'ouvrir à trois heures du matin. Je m'asseyais sur mon lit et regardais par la fenêtre la mince silhouette de Caroline qui traversait la pelouse en direction du bouddha allongé. Dans la lumière de la lune, je voyais tout. Parfois elle posait la tête sur l'épaule du bouddha, et si la nuit était calme et les oiseaux endormis, j'entendais le doux son de sa voix qui pénétrait dans ma chambre. « Il est gros et dégoûtant. Et c'est un criminel. C'est un gros criminel dégoûtant. Et il est mort. Il est gros et il est mort et il aime les putes. » Une nuit elle a constaté : « Et moi, je suis qui ? Regarde mon corps. Je ne suis pas un cadeau. »

Les moments les plus douloureux étaient ceux du coucher. Nous étions avachis par terre sur des coussins, alourdis et enivrés par le dîner. Soudain, la conversation se muait en dialogues mort-nés.

Papa : Je suis fatigué.
Caroline : Eh bien, va te coucher.
Papa, avec un regard légèrement sinistre à Terry : Dans un moment.
Caroline : Eh bien, moi, je vais me coucher.
Terry : Moi aussi.
Papa : Moi aussi.

Papa faisait tout ce qu'il pouvait pour ne pas laisser Caroline et Terry seuls. C'était difficile, même si je soupçonnais qu'il chérissait en secret l'idée d'être cocufié par son frère. Être trahi par son frère était un mélo minable aux dimensions bibliques et ç'aurait été un cadeau pour le mourant, un cadeau qui aurait montré que la vie n'avait pas oublié de l'inclure dans ses comédies douteuses. Puis, une nuit, j'ai vu Caroline sortir de la chambre de Terry, les cheveux en désordre, le chemisier à moitié boutonné. Elle s'est immobilisée en me voyant. Je lui ai lancé un regard las. Qu'est-ce que j'étais censé faire, un clin d'œil ? Cependant, je ne pouvais lui en vouloir. Ç'a été une situation intenable du début à la fin. J'aurais juste préféré qu'elle attende : le moment n'était pas loin où papa allait lui laisser la voie libre. Les cœurs brisés sont un excellent terrain pour le cancer, c'est un vautour qui attend que vous abandonniez la chaleur humaine. Papa parlait souvent de la honte d'une vie non vécue, mais c'était la honte de sa vie non aimée qui le tuait en réalité.

Je n'étais pas sûr que Terry était conscient de son rôle dans ce triangle ; que, d'une manière générale, il se rendait compte qu'il avait réussi à concrétiser ce que papa n'avait fait que rêver ; et que, ce faisant, il avait irrévocablement coupé papa de lui-même. S'il l'avait compris, peut-être qu'il ne l'aurait pas harcelé autant.

Quelques mois après notre arrivée, Terry s'est convaincu de pouvoir faire des derniers jours de papa un émerveillement et une joie constants, et il m'a recruté pour l'aider. Il nous emmenait nous baigner nus dans la rivière, regarder les formations de nuages, parier à un combat de chiens, nous vautrer dans le stupre et l'alcool. Ces empêchements à le laisser mourir en paix horripilaient papa, qui jetait à Terry d'odieux regards pleins de haine. Quant à moi, j'étais soulagé de faire quelque chose. Peut-être était-ce la soudaine liberté de voir quelqu'un d'autre s'inquiéter pour papa, mais depuis notre arrivée en Thaïlande, je me sentais une énergie folle, et plus fort aussi, comme si j'avais pu terrasser un taureau. Je me levais tôt chaque matin, passais la moitié de la journée à arpenter Bangkok en tous sens, et me couchais tard tous les soirs. Apparemment, j'avais besoin de très peu de sommeil. C'est à moi que profitaient les activités censées profiter à papa.

Par un après-midi d'une chaleur obscène, après être resté debout pendant plusieurs heures d'affilée, je me suis allongé dans le hamac, j'ai regardé l'énorme bouddha, et dressé une sorte d'inventaire mental de mes expériences pour voir si elles formaient un tout homogène sans que je m'en sois aperçu à l'époque. Si je pouvais décoder l'ordre du passé, je pourrais peut-être déduire l'avenir ?

Je n'ai pas pu m'y consacrer. Une ombre s'est abattue sur moi. J'ai levé les yeux sur le torse nu de Terry. C'était toujours impressionnant de le voir ainsi. Je me demandais chaque fois s'il n'avait pas inversé la chronologie habituelle de l'illumination et acquis sa sérénité bouddhique en partant de l'extérieur.

« Tu es prêt ? il a demandé.

— Pour quoi ?

— On va faire redémarrer le moteur de ton père. »

Je l'ai suivi dans la chambre de papa, qui était couché sur le ventre. Il nous a ignorés.

« Dis, Marty, tu ne trouves pas que tu es un sacré poids ?

— Ça te va bien de dire ça.

— Tu ne voudrais pas plutôt être une feuille qui volette, ou une goutte de pluie, ou un nuage léger ?

— Peut-être que oui. Peut-être que non.

— Il faut que tu renaisses. Il faut que tu meures pour renaître.

— Je suis trop vieux pour renaître. Et pour qui tu te prends, d'ailleurs ? Tu es un meurtrier à la puissance dix, un trafiquant de drogue et d'armes, un proxénète, et tu te prends pour un visionnaire et un sage ! Comment se fait-il que ton hypocrisie ne te fasse pas vomir ?

— Bonne question. C'est une aimable contradiction, voilà tout. »

Dieu que ces discussions étaient interminables et peu édifiantes !

Terry a sorti papa de son lit et nous a emmenés dans un stand de tir. Ni papa ni moi n'étions très fans d'armes à feu, et le recul a envoyé papa valdinguer. Terry s'est penché sur lui et papa a levé les yeux, bouche ouverte, tremblant de tout son corps.

« Marty, dis-moi quelque chose... Où t'a mené toute cette méditation sur la mort ?

— Putain, si je le sais !

— Jasper prétend que tu es un philosophe qui s'est mis dans une impasse.

— Vraiment ?

— Parle-moi de cette impasse. À quoi elle ressemble ? Comment tu t'y es retrouvé ? Et qu'est-ce qui pourrait t'en tirer, tu crois ?

— Aide-moi d'abord à me lever. »

Une fois sur ses pieds, papa a commencé : « En bref, voici ce qui se passe. Comme les êtres humains nient leur mortalité au point de devenir des machines à sens, je ne peux jamais être sûr, quand quelque chose de surnaturel ou de religieux arrive dans la nature, que je n'ai pas fabriqué ma relation à elle par désespoir de ne pouvoir croire en mon caractère unique, et aussi par désir de me perpétuer.

— Peut-être parce que tu n'as jamais eu d'expériences mystiques.

— Mais si, j'ai dit. Un jour, il a vu tout dans l'univers simultanément. Mais il n'a pas poursuivi.

— Alors, Jasper, tu comprends la nature de mon impasse maintenant ? m'a répondu papa. Si les hommes ne cessent de fabriquer du sens pour nier la mort, comment puis-je alors savoir que je n'ai pas fabriqué cette expérience ? Je ne peux pas en être certain, donc je dois supposer que je l'ai fait.

— Mais de toute ta vie tu n'as jamais pris ton âme au sérieux, a commenté Terry.

— Arrête de parler de l'âme. Je n'y crois pas, et Jasper non plus. »

Terry s'est tourné vers moi. J'ai haussé les épaules. En vérité, je n'arrivais pas à me décider. Mais papa avait raison : l'âme immortelle n'était pas pour moi. Sa durée de conservation en stock me paraissait surestimée. Je croyais plutôt en l'âme mortelle qui, à partir de l'heure de la naissance, s'use sans cesse et s'éteindra le jour de la mort. Quels que puissent en être ses défauts, une âme mortelle me semblait encore parfaitement sublime, quoi qu'on en dise.

« Écoute, Marty. Laisse tomber l'esprit qui veut résoudre les mystères de l'univers. C'est fini. Tu as perdu.

— Non, toi écoute, Terry, a rétorqué papa d'une voix lasse. Si j'ai mal vécu, si j'ai commis des bourdes et j'en commettrai encore, je pense que le fait de maintenir le statu quo de ma personnalité déficiente serait beaucoup moins tragique que de changer à la onzième heure. Je ne veux pas être le mourant qui apprend à vivre cinq secondes avant sa mort. Je suis heureux d'être ridicule, mais je ne veux pas que ma vie prenne un caractère tragique, non merci. »

J'ai rechargé mon fusil, visé la cible, et, pour la première fois ce jour-là, atteint le centre. Je me suis tourné vers papa et Terry, mais aucun des deux ne l'avait vu. Deux frères côte à côte, sans réaction, et vivant dans des mondes très différents.

Cette nuit-là, je me suis profondément enfoui entre les draps. Il semblait que les coups que Terry destinait à papa manquaient la cible pour venir me toucher. La position sans compromis que papa tenait face à la mort serait très certainement la mienne un jour. Malgré mon désir d'être son opposé diamétral, il me fallait reconnaître qu'il y avait entre nous des ressemblances dérangeantes. Mon esprit aussi posait sans cesse des questions pour résoudre les mystères de la création, et, comme papa, je ne savais pas comment échapper à cette investigation vaine et sans fin. Je me demandais si Terry ne me déstabilisait pas sciemment. Il devait savoir que papa n'était pas prêt à changer un atome de sa personnalité, et c'est pourquoi il tenait à m'emmener dans ces sorties. Il me visait et tapait dans le mille. Je savais que quelque part en moi il y avait une inclination spirituelle qui manquait à papa, mais elle était encore vague et irrésolue. Il ne m'en faudrait pas beaucoup pour me réveiller un beau jour et découvrir que j'avais dérivé de mon centre et que je me retrouvais à marcher dans les traces de mon père comme un zombie.

On a frappé à la porte. Je n'ai pas répondu, mais la porte s'est ouverte quand même. Terry est entré dans ma chambre en se dandinant.

« Foutues portes étroites. Eh, Jasper, j'ai besoin de tes lumières. Que faire pour rendre les derniers jours de ton père merveilleux ?

— Putain, Terry. On peut pas. Laisse-le tranquille.

— Je sais ! Peut-être qu'on devrait faire un voyage.

— Tous ? Ensemble ?

— Oui ! À la campagne ! Rendre visite à Eddie, voir comment il s'en tire.

— Je ne crois pas que ce soit une idée si fameuse que ça.

— Ton père ne va pas fort. Se retrouver avec son plus vieil ami pourrait être ce dont il a besoin. Et puis, la campagne pourrait le rafraîchir.

— Tu ne peux pas le rafraîchir. Il est en train de se putréfier.

— Je vais prévenir tout le monde.

— Attends ! Et la coopérative ? Tu n'as pas des putes à maquereauter ? de l'opium à faire pousser ? des armes à vendre ?

— Les autres peuvent s'en occuper jusqu'à mon retour.

— Écoute, Terry. Papa ne s'oublie pas dans la beauté de la nature. Les phénomènes naturels le font plonger dans la pire des introspections. Ce qu'il lui faut, c'est une distraction, pas un voyage dans son intériorité. De plus, tu couches avec sa femme et il le sait.

— Mais non !

— Allons, Terry. Je l'ai vue sortir de ta chambre.

— Écoute, Jasper. Caroline est frustrée. Ton père ne sait pas faire les câlins, c'est tout. Il n'utilise qu'un bras ! »

Inutile de parler à Terry. Il avait pris sa décision. Nous irions tous dans un village perdu dans la montagne où nous habiterions chez Eddie pendant deux semaines. Je me suis arraché les cheveux en l'entendant annoncer la nouvelle à papa et Caroline, et même si cette idée a fait l'unanimité contre elle, le lendemain matin il nous a tous embarqués dans sa jeep.

IX

Pendant le voyage, j'ai ruminé ce que Terry m'avait raconté de l'histoire d'Eddie. Son père était l'unique médecin du village de montagne où ils vivaient, et Eddie était censé suivre ses traces : ses parents rêvaient qu'il reprenne la clientèle de son père à sa retraite, et leur volonté était telle que c'est aussi devenu le rêve d'Eddie. Ils se sont saignés aux quatre veines pour l'envoyer à la faculté de médecine, et il s'y est inscrit avec gratitude et enthousiasme.

Malheureusement, les choses se sont gâtées dès le jour où il a ouvert ses livres. Même s'il désirait poursuivre « son » rêve et satisfaire ses parents, il a découvert qu'il ne supportait pas la pâtée qui emplissait le corps humain. Eddie a donc passé l'essentiel de son internat à avoir des haut-le-cœur. Il ne supportait pas la moindre partie de l'anatomie humaine : les poumons, le cœur, le sang, les intestins étaient non seulement de repoussants symboles de l'animalité de l'homme, mais ils étaient si fragiles et prédisposés à la maladie et à la déchéance qu'Eddie ne comprenait pas comment les gens pouvaient survivre d'une minute à l'autre.

Au cours de sa deuxième année, il a épousé une magnifique étudiante en journalisme séduite malhonnêtement : il s'était vanté de son avenir de médecin et leur avait prédit une vie prospère. Ce qui aurait dû être un événement heureux a torturé secrètement Eddie. Il avait de sérieux doutes sur l'avenir que lui avaient réservé ses parents, mais ne pensait pas être suffisamment aimable « tel quel ». Son mariage, basé sur un mensonge, est devenu un second sujet de confusion et de culpabilité.

C'est alors qu'il a rencontré l'homme qui allait changer sa vie. Il était deux heures du matin quand Terry Dean est entré aux urgences d'un pas chancelant, un canif planté dans les reins à un angle tellement peu commode qu'il n'arrivait pas à l'enlever tout seul. Tandis qu'Eddie le soignait, les manières ouvertes et franches de Terry, combinées au silence de la nuit, l'ont incité à confier à son patient la confusion dans laquelle il se trouvait, comment il se sentait écartelé entre le dégoût et le devoir, entre l'obligation et la crainte de l'échec. En gros : voulait-il être, ou non, un putain de médecin ? Il a avoué détester cette profession qui, selon toute probabilité, le mènerait au suicide, mais comment s'en sortir ? Comment faire de l'argent autrement ? Terry l'a écouté d'une oreille compatissante et lui a proposé sur-le-champ un boulot très bien payé quoique inhabituel : voyager aux quatre coins du globe en surveillant son frère, pour l'aider en cas de besoin. En bref, être l'ami et le protecteur de Martin Dean.

Même si cela brisait le cœur de ses parents et compromettait sa relation avec sa jeune épouse, Eddie a accepté le job et est parti à Paris attendre près de Caroline que papa fasse son apparition.

Le plus ahurissant, à mes yeux, c'était que toutes ces années à partir du moment où Eddie avait rencontré papa à Paris, il ne l'avait jamais supporté. Toutes ces années il avait détesté mon père, et cette haine ne l'avait jamais quitté. C'était incroyable. Plus je pensais à la tromperie d'Eddie qui avait feint l'affection pour un homme pendant vingt ans, plus je trouvais qu'elle frisait la virtuosité. Mais les gens ne faisaient-ils pas semblant d'aimer leur famille, leurs amis, leurs voisins et leurs collègues toute une vie ? Vingt ans, après tout, ne relevait pas de l'exploit.

Il y avait beaucoup de circulation pour sortir de Bangkok, mais une fois la ville quittée, elle est devenue plus fluide. Terry conduisait vite, sur une route entre des rizières. Nous dépassions de minuscules mobylettes chargées de plusieurs générations de familles et des bus qui semblaient sur le point de quitter la route à tout moment. Pendant un temps, nous avons été coincés derrière un tracteur conduit par un agriculteur qui roulait tranquillement une cigarette de ses deux mains. Puis nous avons commencé à gravir la montagne en lacet. Comme pour terminer l'histoire qui me trottait dans la tête, Terry nous a appris ce qui était arrivé à Eddie depuis son retour en Thaïlande.

La jubilation éprouvée par Eddie d'avoir achevé une mission longue de vingt années s'est dissipée comme les événements tournaient presque immédiatement au vinaigre. Après une séparation de deux cent quarante mois à cause de son travail, il a suffi de six semaines de réunion pour détruire son mariage. Eddie a quitté l'appartement de sa femme à Bangkok pour retourner dans son village natal. Une terrible erreur : où qu'il aille, les fantômes de ses parents lui reprochaient de leur avoir brisé le cœur. Alors, qu'a fait cet imbécile ? Il a repris le fil de son vieux rêve. Les rêves peuvent être aussi dangereux que n'importe quoi. Si vous traversez les années, changeant avec l'âge et l'expérience, et que vous oubliez de réviser vos rêves, vous pourrez vous retrouver dans la position peu enviable d'Eddie : un homme de quarante-sept ans qui poursuit le rêve d'un homme de vingt ans. Dans son cas, c'était pire : il avait oublié que ce n'étaient pas ses rêves à lui, mais ceux qu'on lui avait fournis. Et maintenant, de retour dans son village abominablement isolé, avec l'intention d'ouvrir une boutique, il découvrait que le remplaçant de son père, qui avait à ce jour soixante-cinq ans, était solidement installé.

C'est un peu avant le coucher du soleil que nous sommes arrivés devant la maison d'Eddie, une demeure délabrée au centre d'une petite clairière, dont les collines avoisinantes étaient couvertes d'une jungle épaisse. Quand Terry a coupé le moteur, j'ai entendu le murmure d'une rivière. Nous étions vraiment au milieu de nulle part. Cet isolement m'a rendu vaguement malade. Ayant vécu dans une cabane dans le coin nord-ouest d'un labyrinthe, je n'étais pas étranger à l'austérité et à la solitude, mais là, c'était autre chose. La maison me faisait frissonner. Peut-être que j'avais trop lu ou vu trop de films, mais quand on considère sa vie sous l'angle de ses qualités dramatiques, ainsi que j'avais l'habitude de le faire, tout se charge instantanément de sens. Une maison n'est pas qu'une maison, c'est un décor où se joue un épisode de votre vie, aussi je me suis dit que cette maison isolée était un environnement absolument parfait pour une scène inquiétante et peut-être, si nous restions trop longtemps, un dénouement tragique.

Terry a klaxonné, et Eddie est sorti en agitant les bras d'une manière absolument démente.

« Qu'est-ce qui se passe ? Qu'est-ce que vous voulez ?

— Tu ne lui as pas dit que nous venions ? j'ai demandé à Terry.

— Pourquoi ? De toute façon, maintenant, il le sait… Eddie ! nous sommes venus voir comment tu vas. Prépare nos chambres, tu as des invités.

— Je ne travaille plus pour toi, Terry. Tu ne peux pas me dire… tu ne peux pas venir ici comme ça et t'attendre… Écoute, je suis médecin à présent. Je ne veux rien de louche ici.

— Mes espions m'ont dit que tu n'avais pas un seul patient.

— Comment est-ce que tu as… Ils se méfient un peu des étrangers. Et je ne vis plus ici depuis de nombreuses années. Il faut du temps pour construire une réputation. De toute façon, qu'est-ce que cela a à voir avec toi ? Tu ne peux pas rester. Ma position est assez précaire comme ça. La dernière chose dont j'aie besoin, c'est que tu me fasses une mauvaise réputation.

— Mon Dieu, Eddie, on n'a pas l'intention de courir partout dans le village en sous-vêtements, on veut seulement un peu de paix et de tranquillité, voir un peu de paysage, et de toute façon, qu'y a-t-il de si d'étrange pour un médecin que d'accueillir un mourant et sa famille pour quelques semaines ?

— Semaines ? Tu as l'intention de rester plusieurs semaines ? »

Terry a ri bruyamment et donné une tape dans le dos d'Eddie.

« Lui aussi ? » a demandé Eddie à voix basse en regardant papa, qui lui a retourné un regard sans vie et glacé. Puis Eddie m'a observé avec un demi-sourire qui s'apparentait à la chaleur sans en être vraiment. J'avais récemment expérimenté au contact des Australiens le concept de haine par association, et j'ai pu ainsi en reconnaître la taille et l'odeur. Terry a saisi son sac et est entré dans la maison. Nous l'avons suivi avec prudence. Je me suis arrêté à la porte. Eddie n'avait pas bougé. À côté de la jeep, il se tenait parfaitement immobile. On aurait dit qu'il ne supportait aucun de nous. Et on ne pouvait pas lui en vouloir : individuellement, nous étions des gens tout à fait charmants, mais ensemble nous étions insupportables.

Je ne sais pas ce qui dans ma peau attire les moustiques de toutes races et religions ; je peux seulement dire que j'ai plongé mon corps dans un liquide antimoustiques, allumé un millier de bougies à la citronnelle, et que cela ne les a pas empêchés d'arriver. J'ai détaché la moustiquaire et m'en suis enveloppé comme d'un linceul. À travers le filet diaphane, j'ai considéré mon environnement. Dire que l'ameublement était réduit au minimum serait une litote : quatre murs blancs, un fauteuil grinçant avec un pied cassé, une table bancale, et un matelas fin comme du papier à cigarette. Une fenêtre donnait sur l'épaisse végétation de la jungle. J'avais voulu la chambre la plus éloignée. Il y avait une seconde porte, parfaite pour entrer et sortir sans être obligé de voir quelqu'un.

J'ai senti un moustique sur mon bras. Ils se frayaient un chemin à travers le filet. Dégoûté, je l'ai déchiré en me demandant ce que j'allais bien pouvoir faire ici. À Bangkok, entre les sex-shows et les temples bouddhistes, j'avais toute l'occupation désirée. Chez Eddie, la mort de papa allait rendre toutes les pensées non-mort-de-papa pratiquement impossibles. Que faire, à part le regarder se détériorer ?

Après un dîner silencieux au cours duquel nous avons tous échangé des coups d'œil soupçonneux, où l'air était épais de désirs secrets et où personne ne disait l'indicible de sorte qu'il n'y avait pas grand-chose à dire, Eddie m'a fait faire le tour du propriétaire.

Il n'y avait pas grand-chose à voir non plus. Le père d'Eddie avait été peintre amateur en plus d'être médecin et avait, malheureusement, trouvé un moyen de combiner ses deux centres d'intérêt. Les murs étaient ornés de peintures atrocement réalistes d'intestins, de cœur, de poumons, de reins, et d'un fœtus avorté qui, en dépit de sa malchance, semblait arborer un sourire mauvais. Je n'ai pas pris la peine de faire semblant d'apprécier les tableaux, ce qu'Eddie n'attendait pas de moi. Je l'ai suivi dans son cabinet, grande pièce immaculée aux volets en bois. Elle témoignait de l'ordre et de la méticulosité de gens extrêmement minutieux ou de ceux qui n'ont absolument rien à faire de leur temps. Comme je savais qu'Eddie attendait ici depuis des semaines son premier patient, il n'y avait pas de questions à se poser sur le genre auquel il appartenait.

« C'était là que mon père recevait ses patients, faisait ses recherches et évitait ma mère m'a expliqué Eddie. Tout est exactement tel qu'il l'a laissé… Pourquoi je viens de dire ça ? C'est faux : quand il est mort, ma mère a tout mis dans des cartons, et j'ai réarrangé le tout d'après mes souvenirs. »

Le cabinet était standard : un grand bureau, un fauteuil bien rembourré pour le médecin, une chaise inconfortable à dossier droit pour le patient, une table d'examen, une bibliothèque garnie de manuels aux milliers de pages, et, sur une desserte, des instruments chirurgicaux non seulement de ce siècle, mais aussi des deux précédents, parfaitement rangés. Malheureusement, il y avait encore des tableaux d'organes aux murs, des toiles qui semblaient vouloir diffamer le corps humain. L'atmosphère de la pièce était lourde, à cause de la mort du père qui y subsistait, ou de la frustration du fils qui l'occupait.

« Quand j'ai accepté l'offre de ton oncle, mes parents ont coupé tout contact avec moi. Maintenant, les voilà.

— Qui ?

— Mes parents. » Eddie a désigné deux urnes en céramique que j'avais prises pour des serre-livres.

« Leurs cendres ?

— Non, leurs esprits.

— Moins salissant. »

Les esprits de ses parents décédés étaient conservés sur une étagère en hauteur. Hors de la portée des enfants.

« J'attends ici tous les jours, Eddie a avoué. Il n'est pas venu un seul patient. Je me suis présenté partout, mais ils ne sont absolument pas intéressés par essayer quelque chose de nouveau. Je ne sais même pas s'ils consultent, d'ailleurs. Ces gens ne vont pas voir le médecin pour de petits bobos, et à peine pour les vraies maladies. Mais je suis décidé à tenir bon. Après tout, j'ai fait des études de médecine, non ? Alors, pourquoi je ne serais pas médecin ? Franchement, dis-moi, qu'est-ce que je suis censé faire ? Une croix sur ces cinq années d'études ?

Eddie ne paraissait pas avoir conscience de ce qu'il y avait d'étrange dans sa conception du temps perdu, en choisissant de se focaliser sur cinq ans de faculté plutôt que sur vingt passés à nous chaperonner, papa et moi…

Il s'est assis au bord du bureau et s'est curé les dents d'un doigt. Il a posé sur moi un regard solennel, comme si se curer les dents était une pratique apprise à la faculté.

« Il y a tant de choses que j'ai voulu te dire pendant toutes ces années, Jasper, et que je n'ai jamais pu dire parce que mon travail me l'interdisait !

— Comme ?

— Eh bien, par exemple, mais tu l'as peut-être deviné, je hais ton père. Et le fait que les Australiens aient avalé ses bobards ne serait-ce qu'une minute les dégrade en tant que nation, et dégrade tous les peuples du monde.

— Je suppose.

— Bref, je hais ton père. Non, je l'exècre.

— C'est ton droit.

— Mais ce que tu ne sais peut-être pas, c'est que je ne t'aime pas beaucoup non plus.

— Non, je ne savais pas.

— Tu vois ? Tu ne me demandes pas pourquoi. C'est ça que je n'aime pas chez toi : tu es suffisant et condescendant. En fait, tu es suffisant et condescendant depuis que tu as cinq ans.

— Et c'est mon droit. »

Eddie m'a lancé un regard menaçant. Maintenant qu'il ne faisait plus semblant de nous aimer, j'avais l'impression qu'il était devenu funeste du jour au lendemain.

« Tu vois ? Suffisant et condescendant. Je t'ai observé toute ta vie. Je te connais probablement mieux que toi. Tu t'enorgueillis de connaître les gens et leurs pensées. Mais tu ne te connais pas toi-même, hein ? Tu sais ce que tu ne connais pas, en particulier ? Que tu es une extension de ton père. Quand il mourra, tu deviendras lui. Je n'ai aucun doute là-dessus. Les gens peuvent hériter des pensées, ils peuvent même hériter d'esprits entiers. Tu crois ça ?

— Pas vraiment. Peut-être.

— Lorsque j'ai rencontré ton père, il était juste un peu plus âgé que toi aujourd'hui. Et tu sais ce que je vois en toi ? Le même homme, exactement. Si parfois tu ne l'aimes pas, c'est parce que tu ne t'aimes pas. Tu te crois très différent de lui. C'est là où tu as tort. Je suis sûr que chaque fois que tu t'entends dire quelque chose qui est un écho de ton père tu penses que ce n'est qu'une habitude. Non. C'est lui en toi, qui attend de sortir. C'est ça ton angle mort, Jasper. »

J'ai tout avalé malgré moi. L'angle mort. Le putain d'angle mort. Tout le monde en a un. Même les génies. Même Freud et Nietzsche avaient un angle mort d'un kilomètre de long qui a fini par corrompre certains éléments de leur œuvre. Alors, c'était ça le mien ? Mon atroce similarité avec mon père, le fait que je devenais comme lui, que j'allais hériter non seulement de son comportement antisocial mais également de sa façon de penser détraquée ? Moi qui craignais déjà que ma dépression en Australie n'ait comporté des échos de la sienne !

Eddie s'est assis sur sa table d'examen et a donné des coups de pied dans le vide.

« C'est tellement agréable de dire ce qu'on pense ! C'est épuisant de garder des secrets. Je voudrais te dire la vérité, pas seulement sur toi, mais sur moi et ce que toi, ton père et ton oncle avez fait de ma vie. Pour que tu saches. Il est important que tu saches. Parce que quand j'aurai fini de parler, tu comprendras pourquoi tu dois convaincre tout le monde de quitter cette maison immédiatement. Je me moque de la façon dont tu t'y prendras, mais tu dois tous les faire partir. Avant qu'il ne soit trop tard.

— Trop tard pour quoi ?

— Écoute. Lorsque Terry m'a proposé le boulot qui consistait à m'occuper de ton père, je l'ai accepté comme un moyen d'échapper à un avenir dont je n'étais pas sûr. “Aide-les quand ils en ont besoin, assure-toi qu'ils n'ont pas d'ennuis, et prends des photos d'eux autant que tu pourras”, m'avait ordonné Terry. C'était ma mission. Elle n'avait pas l'air trop dure. Comment j'étais censé savoir que j'allais gâcher ma vie ? C'est ma faute, je dois l'admettre : j'ai pactisé avec le diable. Tu as remarqué que dans les livres et les films on attribue toujours de l'humour au diable, alors que Dieu est mortellement sérieux ? Je crois que dans la réalité ça serait l'inverse, non ?

— Probablement.

— Je ne peux pas te dire combien de fois j'ai voulu abandonner. Mais vous regarder vivre, c'était comme regarder un accident au ralenti. C'était fascinant. Quand j'étais loin de l'Australie, loin de ton père et de toi, j'avais l'impression de rater des épisodes de ma série télé préférée. C'était à vous rendre fou. J'étais en train de faire l'amour à ma femme et je pensais : “Qu'est-ce qu'ils fabriquent maintenant ? Dans quel pétrin ils se sont fourrés ? Je rate ça, bordel !” Et j'ai découvert que j'inventais des prétextes pour repartir de plus en plus tôt, afin d'écouter les diatribes de ton père, insipides et interminables mais dont je n'arrivais pas à me détacher. J'étais accro. Un drogué, tout simplement, désespérément accro à vous. »

Eddie agitait à présent ses jambes en tous sens en faisant des bonds. Je n'aurais pas pu l'arrêter si j'avais voulu. Je n'avais plus qu'à subir sa crise.

« Pendant vingt ans j'ai essayé de m'en aller, de me sevrer de cette drogue qu'était votre famille. Mais je n'ai pas pu. Quand je n'étais pas avec vous, j'étais personne, j'étais rien. Quand je revenais en Australie et que je vous voyais empêtrés dans un épisode ridicule, je me sentais vivre. J'éprouvais une telle gaieté qu'elle me sortait pratiquement par les yeux. Ma femme voulait un enfant, mais comment faire, alors que j'en avais déjà deux ? Oui, je vous aime autant que je vous déteste, plus que vous ne le saurez jamais. Je peux te le dire, une fois que je vous ai déposés sur les genoux de Terry, j'ai été anéanti. Ma mission était accomplie. Je savais que dès que je rentrerais à la maison je ne pourrais pas supporter de rester avec ma femme. Et j'avais raison. Elle ne pouvait pas comprendre pourquoi j'étais irritable, pourquoi j'étais vide. Je ne pouvais pas partager mon vide avec elle et je ne l'aimais pas suffisamment pour qu'elle l'emplisse d'amour, alors je l'ai quittée et je suis venu ici. Tu vois ? Je suis complètement vide et je suis venu ici pour essayer de m'emplir. Maintenant, tu comprends pourquoi vous devez partir ? Je suis venu ici pour me retrouver, pour découvrir qui je suis. Je me reconstruis de zéro. Ton père n'arrête pas de parler de projets. Vous étiez mon projet. Et désormais il m'en faut un autre. C'est pourquoi j'ai besoin de patients. Je reprends ma vie là où je l'ai interrompue, et à l'évidence je ne peux pas le faire tant que vous êtes ici. C'est pourquoi il faut que tu persuades ton oncle de vous emmener hors d'ici.

— Pourquoi tu ne nous jettes tout simplement pas dehors ?

— Eh bien, Mr Suffisant, Mr Condescendant, je ne peux pas. Tu penses peut-être que ton oncle est un rigolo, mais j'ai été témoin de la violence dont il est capable.

— Terry est plutôt buté. Je ne crois pas que j'aurais beaucoup de chances de le convaincre de quoi que ce soit.

— Je t'en prie, Jasper. S'il te plaît. Ton père est mourant. Et il va faire une dernière folie, et c'en sera une grosse. Tu dois savoir ça, toi aussi. Tu la sens venir, n'est-ce pas ? C'est comme une tempête qui approche. Ça va être quelque chose de dingue, d'inattendu, de dangereux et de stupide. Je n'en dors pas la nuit rien que d'y penser. Qu'est-ce qu'il va faire ? Tu le sais ? Qu'est-ce que c'est ? Il faut que je le sache. Mais c'est impossible. Tu vois ? Vous devez partir !

— Je vais essayer de parler à Terry.

— N'essaie pas, fais-le. Que crois-tu qu'il se passera quand ton père mourra ? C'est toi qui hériteras de son don pour faire des trucs fous et incroyables. Et tu te révéleras un spectacle encore plus énorme que ton père. Et c'est pourquoi je te promets que si tu ne pars pas immédiatement, je te suivrai comme un chien pendant toute ta vie jusqu'à ce que tu aies un fils, et alors moi aussi j'aurai un fils juste pour que mon fils puisse suivre ton fils. Tu ne vois pas ? C'est une addiction qui peut se poursuivre sur des générations ! Des siècles ! Nous sommes arrivés à un point crucial, Jasper. Si tu ne pars pas immédiatement, je serai enchaîné à toi pour l'éternité. »

C'était une idée désagréable.

« Bon. Voilà. Va parler à ton oncle. Si tu restes, je ne sais pas ce que je ferai. Je vous trancherai la gorge dans votre sommeil, probablement. » Cette idée l'a fait rire, de ce rire où on ne montre pas les dents. « Laisse-moi maintenant. Il faut que je fasse ma prière à mes parents. »

Eddie a disposé par terre des fleurs aux couleurs vives, s'est agenouillé devant elles et s'est mis à murmurer. Il priait tous les jours pour obtenir la réussite, ce qui était une mauvaise nouvelle : quand le médecin de votre quartier prie pour avoir des clients, il faut espérer que ses dieux n'écoutent pas.

J'ai passé la tête par l'entrebâillement de la porte de la chambre de Terry avant de regagner la mienne. Bien que j'aie frappé et qu'il m'ait répondu d'entrer, il n'avait pas pris la peine de se couvrir. Il était nu, debout, au centre de la pièce.

« Eh, Jasper ! Qu'est-ce qui se passe ?

— T'inquiète. Bonne nuit. »

J'ai refermé la porte. Je n'étais pas d'humeur à parler avec un homme gros et nu. Mais je n'étais pas non plus d'humeur à me faire égorger dans mon sommeil. J'ai rouvert la porte. Terry n'avait pas bougé.

« Bordel, tu peux pas frapper ?

— Eddie est devenu fou. Il menace de nous couper la gorge dans notre sommeil.

— Ça manque un peu d'hospitalité, pas vrai ?

— Je ne crois pas qu'il veuille nous tuer, plutôt que notre présence, à papa et à moi, risque de le faire craquer.

— Et alors ?

— Alors, on devrait partir, non ?

— Probablement.

— Bien.

— Mais nous n'allons pas le faire.

— Pourquoi ? »

Il fronçait les sourcils, la bouche ouverte comme s'il allait parler dans la seconde suivante. Ou encore la suivante.

« Terry. Ça va ?

— Bien sûr que oui. Je suis un peu agité, c'est tout. Je ne suis pas habitué à être agité. Tu sais, cela fait si longtemps que j'ai été séparé de ma famille que de vous avoir ton père et toi ici me fait un drôle d'effet. Je ne me sens pas tout à fait moi-même. Je ne me sens pas tout à fait aussi... libre. Je me suis mis à m'inquiéter pour vous deux, si tu veux savoir la vérité. Et ça fait longtemps que je ne me suis pas inquiété pour quelque chose ou pour quelqu'un.

— Et Caroline ? Tu t'inquiètes pour elle aussi ? »

Le visage de Terry a viré au cramoisi en un éclair. Puis ses yeux sont devenus tout bizarres. J'ai eu l'impression d'être devant une maison et de regarder quelqu'un éteindre et allumer les lumières.

« Tu es un type sacrément intuitif, Jasper. Qu'est-ce que ton intuition te dit ? La mienne me dit que quelque chose va arriver dans cette maison. Je ne sais pas quoi. Ce pourrait être une bonne chose, même si j'en doute. Ce sera probablement une mauvaise. Peut-être même une très mauvaise. Et peut-être que nous devrions partir, mais je suis follement curieux. Pas toi ? La curiosité est un de mes trucs préférés. La curiosité intense ressemble à un orgasme tantrique, un long plaisir exaspérant et retardé. Voilà ce que c'est. »

Je lui ai souhaité bonne nuit, j'ai refermé la porte et l'ai laissé seul dans sa nudité, tout en pensant aux familles normales qui ont des problèmes normaux comme l'alcoolisme, le jeu, la violence conjugale et la drogue. Je les enviais.

Je me suis réveillé tôt le lendemain matin. Ma gorge n'était pas tranchée. À six heures trente, le soleil brûlait déjà. De ma fenêtre, je voyais la brume qui s'élevait de la jungle. Nous étions en altitude, et elle cachait les sommets. J'avais mal dormi, le discours d'Eddie me trottant dans la tête. Je savais qu'il avait raison : papa préparait quelque chose à coup sûr, même de manière inconsciente. J'avais l'impression de savoir quoi, mais je n'arrivais pas à le voir vraiment. C'était dissimulé quelque part dans mon esprit, dans un endroit sombre et lointain. En fait, j'ai soudain compris que je connaissais l'avenir mais que je l'avais oublié, et que tous les habitants de la planète connaissaient l'avenir, mais qu'eux aussi l'avaient oublié. Les voyantes et autres astrologues n'étaient pas doués de capacités surnaturelles, ils avaient juste une bonne mémoire.

Je me suis habillé et je suis sorti par la petite porte pour ne pas tomber sur quelqu'un.

Derrière la maison, à l'orée de la jungle, il y avait un cabanon. J'y suis entré. Sur des étagères branlantes étaient posés des pots de peinture et des pinceaux, et un certain nombre de toiles noires étaient rangées contre une paroi. C'était donc là que le père d'Eddie avait peint ses œuvres dégoûtantes. L'endroit avait vraisemblablement été un poulailler. Il n'y avait plus de poules, mais des plumes, et quelques coquilles d'œuf brisées. Par terre se trouvait une toile à moitié achevée qui représentait deux reins ; le père d'Eddie s'était évidemment mis en tête d'utiliser du jaune d'œuf pour obtenir la nuance qu'il recherchait.

J'ai pris un pinceau. Les soies, séchées par la peinture, étaient raides comme du bois. Devant le poulailler il y avait une auge pleine d'eau de pluie boueuse, comme si elle était tombée du ciel marron, et glouglouteuse. J'ai rincé le pinceau et l'ai secoué d'un coup de poignet. J'ai vu Caroline qui descendait la pente. Elle marchait vite et pourtant tous les deux trois pas elle s'immobilisait avant de se remettre en route, comme si elle était en retard à un rendez-vous qu'elle redoutait. Je l'ai suivie du regard jusqu'à ce qu'elle disparaisse dans la jungle.

Je suis retourné dans le poulailler, j'ai trempé le pinceau dans la peinture et attaqué une toile. J'ai laissé mon pinceau se promener librement dessus, découvrant à mesure ce qu'il peignait. Il semblait aimer les yeux. Des yeux vides, des yeux pareils à des prunes juteuses, des yeux comme des microbes vus au microscope, des yeux dans des yeux, des yeux concentriques, des yeux qui empiétaient les uns sur les autres. La toile en a été dégoûtée. J'ai été obligé de détourner le regard ; ces yeux épais me scrutaient d'une manière plus que simplement dérangeante : on aurait dit qu'ils remuaient quelque chose en moi. Il m'a fallu une minute supplémentaire pour découvrir que c'étaient les yeux de mon père. Pas étonnant s'ils me rendaient malade.

J'ai remplacé la toile par une autre. Le pinceau s'est remis à peindre. Cette fois-ci, c'est un visage entier qui est apparu. Un visage suffisant, satisfait, aux grands yeux moqueurs, avec une moustache broussailleuse, une bouche marron tordue et des dents jaunes. Le visage d'un propriétaire d'esclaves ou d'un gardien de prison. J'ai été pris d'angoisse devant mon œuvre, sans comprendre pourquoi. Comme si un fil flottait dans mon cerveau, mais que je craignais de tirer dessus de peur de défaire tout mon être. Puis j'ai compris : ce visage était celui dont je rêvais enfant. Flou et immuable, je l'avais vu toute ma vie. En peignant, je me rappelais des détails que j'ignorais avoir déjà vus : les poches sous les yeux, les dents de devant légèrement écartées, des rides aux coins de la bouche qui souriait. J'ai eu la prémonition qu'un jour ce visage descendrait du ciel pour me donner un coup de boule. Soudain, la chaleur dans le cabanon est devenue insupportable. Je me suis senti oppressé. Se trouver à l'intérieur d'un poulailler humide avec ce visage arrogant et un millier de reproductions des yeux de mon père me suffoquait.

L'après-midi de ce même jour, j'ai écouté la pluie, allongé sur mon lit. Je me sentais sans fondations. Avoir utilisé un faux passeport signifiait probablement que je ne pourrais jamais retourner en Australie. Cela faisait de moi un sans-nation. Et, pire, je n'aimais pas le faux nom qui figurait sur mon passeport, en vérité, il me rendait malade, et à moins de me faire fabriquer un autre faux passeport, je serais Kasper jusqu'à la fin de mes jours.

Je suis resté au lit tout l'après-midi, incapable de me sortir de la tête les mots d'Eddie et sa supposition que j'étais en train de devenir mon père. *Si parfois tu ne l'aimes pas, c'est parce que tu ne t'aimes pas. Tu te crois très différent de lui. C'est là où tu as tort… c'est ça ton angle mort, Jasper.* Pouvait-il avoir raison ? En tout cas, cela recoupait la vieille idée de papa selon laquelle j'étais en fait lui prématurément réincarné. Et maintenant que j'y pensais, il existait déjà une preuve effrayante ! Depuis que papa avait commencé à mourir de nouveau, j'étais devenu plus fort physiquement. Étions-nous sur une sorte de bascule : il descend, je monte ?

On a frappé à ma porte. C'était Caroline. La pluie l'avait surprise et elle était trempée de la tête aux pieds.

« Jasper, tu ne veux pas que ton père meure, n'est-ce pas ?

— Eh bien, je n'ai pas de date précise à l'esprit, mais je n'aime pas l'idée qu'il vive éternellement. Donc, si on voit les choses de cette façon, je suppose que je veux qu'il meure. »

Elle est venue s'asseoir au bord du lit. « Je suis allée au village. Les gens du coin sont très superstitieux, et peut-être pas pour rien. Nous avons peut-être encore des moyens de le guérir.

— Tu veux qu'il arrive en retard au rendez-vous avec son destin ?

— Je veux que ton père se frotte tout le corps avec ça. » Elle m'a tendu un petit pot contenant une substance visqueuse de la couleur du lait.

« C'est quoi ?

— De l'huile de graisse de menton d'une femme morte en couches. »

J'ai regardé le pot. Je n'arrivais pas à voir s'il contenait effectivement ce qu'elle avait dit, et je ne pensais pas à la pauvre femme morte en couches non plus. Je pensais à la personne qui avait fait fondre la graisse du menton.

« Où est-ce que tu as eu ça, mais, surtout, combien tu l'as payé ?

— C'est une vieille femme du village qui me l'a procuré. Elle m'a assuré que c'était formidable pour le cancer. »

Formidable pour le cancer ?

« Pourquoi tu ne le fais pas toi-même ?

— À l'heure actuelle, ton père ne m'écoute pas. Il ne veut pas de mon aide. Je ne peux même pas lui offrir un verre d'eau. Il faut que tu le persuades de se frotter tout le corps avec cette huile.

— Comment je suis censé rendre excitante l'idée de s'enduire de la graisse du menton d'une inconnue ?

— C'est ce que tu dois trouver.

— Pourquoi moi ?

— Tu es son fils.

— Et toi sa femme.

— En ce moment, ça ne va pas très fort entre nous. » Elle n'est pas entrée dans les détails. Elle n'en avait pas besoin, je connaissais parfaitement le triangle amoureux aux bords coupants qui menaçait de nous tailler tous en pièces.

J'ai traîné dans le couloir pendant un moment avant de me résoudre à entrer dans la chambre de papa. Il était penché sur son bureau, sans lire ni écrire, penché tout simplement.

« Papa. »

Il ne paraissait absolument pas conscient de ma présence. Des bougies à la citronnelle étaient disposées dans toute la pièce. Il y avait une moustiquaire au-dessus du lit, et une aussi sur le fauteuil dans le coin.

« Les insectes te dérangent ? je lui ai demandé.

— Tu crois que je les accueille en vieux copains ? il a rétorqué sans se retourner.

— C'est juste que j'ai un produit anti-insectes, si tu en veux.

— J'en ai déjà.

— Mais celui-ci est nouveau. Apparemment, c'est ce qu'utilisent les gens d'ici. »

Papa s'est tourné vers moi. Je me suis approché et j'ai posé le pot de graisse de menton fondue dans sa main.

« Il faut s'en enduire tout le corps. »

Papa a dévissé le couvercle et reniflé.

« Papa, tu trouves qu'on se ressemble ?

— Physiquement, tu veux dire ?

— Non, je ne sais pas. En tant que personnes.

— Ce serait ton pire cauchemar, n'est-ce pas ?

— J'en ai un ou deux pires encore. »

Nous avons entendu un bourdonnement sans parvenir à en découvrir la provenance. Papa a ôté sa chemise, puisé généreusement dans le pot, et commencé à s'enduire la poitrine et le ventre.

« Tu en veux ?

— Non, ça va. »

J'avais la nausée en pensant à la femme morte en couches. Je me demandais si l'enfant avait survécu, et si un jour il ne regretterait pas de n'avoir pas pu hériter de la graisse du menton de sa mère.

« Eddie n'était pas le type qu'on croyait, pas vrai ? » a constaté papa tout en s'enduisant les aisselles.

J'ai été tenté de lui rapporter le monologue psychotique d'Eddie et ses menaces, mais je ne voulais pas stresser un peu plus son corps déjà très stressé.

« C'était quand même bien pour toi d'avoir un ami, même si tout ça n'était qu'un mensonge.

— Je sais.

— Eddie a été le premier à me dire quelque chose d'utile à propos d'Astrid.

— Vraiment ?

— Il m'a fait découvrir ton journal parisien.

— Tu l'as lu ?

— D'un bout à l'autre.

— Ça t'a rendu malade ?

— Extrêmement.

— Eh bien, ça t'apprendra à fouiner. »

En disant cela, il a enlevé ses sandales et fait pénétrer de la graisse de menton entre ses orteils. Cela a produit un bruit de succion.

« Tu as écrit que tu pensais que j'étais peut-être ta réincarnation prématurée. »

Papa a incliné la tête, fermé les yeux un instant, les a rouverts. Il m'a regardé comme s'il venait d'exécuter un tour de magie censé me faire disparaître et qu'il était fâché de ne pas avoir réussi. « Qu'est-ce que tu veux dire ?

— Tu le penses encore ?

— Je pense que c'est hautement probable, même si tu prends en considération que je ne crois pas à la réincarnation.

— Ça n'a pas de sens.

— Exactement. »

J'ai senti une vieille fureur monter en moi. « Pourquoi cet homme est-il si irritant ? » Je suis sorti en claquant la porte. Puis je l'ai rouverte.

« Ce n'est pas un produit contre les insectes.

— Je sais. Tu crois que je suis incapable de reconnaître de la graisse de menton ? »

Je suis resté là, médusé.

« J'ai écouté à la porte, petit imbécile.

— Alors, qu'est-ce qui t'arrive ? Pourquoi tu te mets cette cochonnerie sur le corps ?

— Je suis en train de mourir, Jasper ! Tu ne piges pas ? Qu'est-ce que ça me fait, ce que je me mets sur le corps ? Graisse de menton, graisse d'estomac, crottes de bique. Et après ? Quand tu meurs, même le dégoût perd tout son sens. »

Papa courait à sa perte, impossible de le nier. Il avait l'air chaque jour physiquement plus ravagé. Mentalement aussi. Il n'arrivait pas à se débarrasser de la crainte que Caroline ne veuille se remettre à la colle avec oncle Terry, ou bien que nous en parlions derrière son dos. Il croyait qu'on n'arrêtait pas de parler de lui. Cette crainte paranoïaque est bientôt devenue un sujet de conversation brûlant entre nous autres. C'est ainsi qu'il insufflait de la vie à ses propres illusions avant de les lâcher dans la nature.

Nos dîners ont continué à être aussi silencieux que le premier. On n'entendait que les bruyants soupirs poussés par papa entre deux cuillerées de soupe épicée. Lisant entre les soupirs, je savais qu'il était de plus en plus furieux de ne pas inspirer plus de pitié autour de lui. Il n'en voulait pas beaucoup : le minimum lui aurait suffi. Terry n'était d'aucune aide en l'occurrence – il était toujours décidé à procurer à papa plaisir et stimulation. Caroline encore moins, elle faisait semblant d'avoir complètement cessé de croire à sa mort. Elle s'appliquait à la tâche peu enviable qui consistait à essayer d'inverser le cours de son cancer, en trempant dans toutes sortes de sorcelleries : guérison psychospirituelle, visualisation, réparation karmique. Papa était entouré par une forme haïssable de positivisme, le pire ennemi du mourant. Et, probablement parce que Caroline était obsédée par l'idée de sauver sa vie et Terry son âme, papa est devenu obsédé par le suicide, prétendant que mourir de cause naturelle était pure paresse. Plus ils tentaient de le sauver à l'aide de méthodes étranges, plus il insistait pour s'occuper lui-même de sa mort.

Un soir, je l'ai entendu hurler. En arrivant dans le salon, j'ai vu Terry qui lui courait après avec un oreiller.

« Qu'est-ce qui se passe ? j'ai demandé à papa.

— Il essaie de me tuer !

— Je ne veux pas que tu meures, a protesté Terry. C'est toi qui veux mourir. J'essaie juste de t'aider.

— Ne m'approche pas, salopard ! J'ai dit que je voulais me suicider. Pas que je voulais être assassiné. »

Pauvre papa. Ce n'est pas qu'il n'avait pas les idées claires, c'est juste qu'il en avait trop, et comme elles se contredisaient, elles s'annulaient mutuellement. Papa ne voulait pas être étouffé par son frère, mais il ne pouvait pas se résoudre à s'étouffer lui-même.

« Laisse-moi m'en occuper, a insisté Terry. J'ai toujours été là pour toi, et je le serai toujours.

— Tu n'étais pas là pour moi quand notre mère a essayé de me tuer.

— De quoi tu parles ? »

Papa a regardé Terry un long moment. « De rien, il a fini par dire.

— Tu sais quoi ? Tu ne sais pas comment mourir parce que tu ne sais pas qui tu es.

— Eh bien, qui suis-je ?

— C'est à toi de me le dire. »

Après quelque hésitation, papa s'est décrit comme un « prophète aux révélations limitées ». J'ai trouvé ça génial, mais d'après Terry papa était tout à fait différent : une figure christique qui n'avait pas le courage de se sacrifier, un Napoléon qui ne supportait pas les batailles, et un Shakespeare qui n'était pas doué pour écrire. Il était clair que nous approchions d'une définition de papa.

Mon père a laissé échapper un profond soupir et regardé le sol. Terry a posé sa main épaisse et large sur son épaule.

« Je veux que tu reconnaisses qu'en dépit d'avoir vécu si longtemps sur cette Terre tu ne sais pas qui tu es. Et si tu ne sais pas qui tu es, comment peux-tu être ce que tu es ? »

Papa n'a pas répondu avec des mots mais avec un nouveau soupir, comme un animal qui vient de rendre visite à ses parents à la devanture d'une boucherie.

Je suis allé me coucher en me demandant si je savais qui j'étais, moi. « Oui : je suis Kasper. Non, je veux dire Jasper. En tout cas, je ne suis pas mon père. Je ne suis pas en train de devenir mon père. Je ne suis pas une réincarnation prématurée de mon père. Je suis moi, c'est tout. Personne de plus, personne de moins. »

Cette pensée m'a soulevé le cœur, et j'ai eu l'impression que cela modifiait la forme de mon visage. Je suis sorti du lit pour me regarder dans la glace. Je n'avais pas l'air mieux ou moins bien, simplement différent. Bientôt, il se pourrait que je ne puisse plus me reconnaître du tout. Il était en train d'arriver quelque chose de bizarre à mon visage, quelque chose qui n'était pas simplement le vieillissement. J'étais en train de devenir quelqu'un qui n'était pas moi.

Il y a eu un grand bruit au-dehors. Quelqu'un ou quelque chose était dans le poulailler. J'ai regardé par la fenêtre, mais n'ai rien vu d'autre que le reflet de mon visage légèrement bizarre. J'ai éteint la lumière, mais même avec la clarté de la lune il faisait trop noir. Le bruit continuait. Je n'allais certainement pas sortir voir ce que c'était. Qui savait quelles créatures peuplaient les jungles de la Thaïlande et à quel point elles étaient affamées ? Je n'ai pu que fermer les yeux et m'efforcer de m'endormir.

Le lendemain matin, je me suis assis sur mon lit et j'ai regardé par la fenêtre. Le poulailler était toujours là – je n'aurais pas été surpris de le trouver suspendu à une immense gueule baveuse. Je suis sorti par la porte de derrière.

L'herbe sous mes pieds était froide et humide. L'air avait un drôle de goût, comme un vieux bonbon à la menthe qui a perdu tout son arôme. J'ai marché avec précaution, prêt à retourner sur mes pas si un animal me bondissait dessus. L'intérieur du poulailler était un véritable chaos. Les pots de peinture avaient été ouverts, leur contenu vidé sur le sol et sur mon tableau, le visage flou, qui avait été déchiré en petits morceaux. Qui l'avait détruit ? Et pourquoi ? Il n'y avait rien d'autre à faire que de retourner me coucher.

Je n'y étais pas depuis cinq minutes quand j'ai entendu une respiration. J'ai fermé les yeux et fait mine de dormir. Ça n'a pas aidé. La respiration s'est approchée jusqu'à ce que je la sente sur mon cou. J'espérais que ce n'était pas Eddie. C'était Eddie. Je me suis retourné et je l'ai vu penché sur moi. J'ai sursauté.

« Qu'est-ce que tu veux ?

— Jasper, qu'est-ce que tu fais aujourd'hui ?

— Je dors, avec un peu de chance.

— Je vais voir si je peux trouver des clients.

— OK. Bonne journée.

— Ouais. Toi aussi. »

Eddie ne bougeait toujours pas. Même si ça m'épuisait, j'étais désolé pour lui. Je ne vois pas comment le dire autrement : il avait l'air malade d'amour. Et ce n'était pas joli à voir.

« Je suppose que tu n'as pas envie de m'accompagner. Me tenir compagnie ? »

C'était une proposition décourageante. Passer la journée avec Eddie ne m'attirait pas particulièrement, et aller voir des malades encore moins, mais il n'y avait rien que je puisse imaginer de plus désagréable que de rester à la maison avec la mort tonitruante de papa.

Nous avons parcouru les côtes et les descentes à une allure d'escargot sous le soleil impitoyable. Et moi qui trouvais qu'il faisait chaud en Australie ! L'humidité des montagnes était incontrôlable, je sentais des gouttes de sueur se former dans ma vésicule biliaire. Nous ne parlions pas beaucoup. Quand Eddie était silencieux, j'avais l'impression d'être le seul être vivant au monde – même si j'avais également cette sensation quand il parlait. Où que nous allions, les gens nous observaient. Ils ne pouvaient pas comprendre qu'un homme ayant passé la quarantaine puisse vouloir devenir médecin : ils le voyaient comme une violation de l'ordre naturel. Eddie tentait de faire avec, mais à l'évidence cela le minait. Il n'avait que des mots méchants et agressifs pour les habitants bien portants et pacifiques de ce village paisible. Il ne supportait pas leur satisfaction. Il résistait même à la coutume thaïe qui consiste à sourire comme un idiot dans toutes les situations concevables, même s'il aurait dû s'y soumettre pour attirer le chaland. Son sourire n'occupait qu'une moitié de son visage. Je voyais l'autre moitié, la vraie, les lèvres abaissées par la fureur, et la rage homicide retenue dans son œil agité de clignements.

Nous avons déjeuné sur le bord de la route. Je ne sentais pas le vent, mais les branches des arbres bougeaient de temps à autre. Après le déjeuner, Eddie a demandé : « Tu as parlé à Terry ?

— Il veut que nous restions. Il pense que quelque chose de mal va arriver dans ta maison et il veut savoir ce que c'est.

— Il pense ça, hein ? Voilà une mauvaise nouvelle pour nous. »

Avant qu'Eddie ajoute quoi que ce soit, nous avons entendu le rugissement d'une moto lancée à pleine vitesse.

« Regarde qui c'est, a fait Eddie.

— Qui ?

— Ce croulant de médecin. Regarde-moi cette suffisance ! »

La moto fonçait sur nous en hurlant, soulevant la poussière. Il était difficile de croire qu'un croulant puisse aller aussi vite. Comme le médecin s'arrêtait, Eddie a rectifié sa posture. Pas facile d'avoir l'air d'un gagnant quand de toute évidence on est le perdant, mais la posture joue un rôle.

Le médecin pouvait avoir dans les soixante ans, mais il avait le physique d'un nageur olympique. Je ne savais pas ce qu'ils se disaient, mais j'ai vu les yeux d'Eddie s'agrandir d'une manière qui a obscurci son visage. J'ai été soulagé de ne pas pouvoir comprendre leur langue. Une fois le médecin reparti à la même allure, j'ai demandé à Eddie : « Qu'est-ce qu'il a dit ? Il prend sa retraite bientôt ?

— Mauvaises nouvelles. Putain ! Horribles nouvelles ! Le médecin a déjà un jeune apprenti prêt à prendre sa relève. »

Eh bien, c'était la fin. Eddie n'avait absolument aucune utilité dans ce village, et il le savait.

Je ne voulais qu'une seule chose : dormir, mais à l'instant où j'ai remis les pieds dans ma chambre, j'ai su que cela serait impossible, principalement parce que Caroline était assise au bord de mon lit.

« Je suis allée au village aujourd'hui.

— Je t'en prie, plus de graisse de menton. »

Elle m'a tendu une petite bourse en cuir fermée par une ficelle. J'en ai sorti un collier auquel pendaient trois objets bizarres.

« Un bout de défense d'éléphant et une sorte de dent, j'ai supposé.

— Une dent de tigre.

— D'accord. Et c'est quoi le troisième ?

— Un œil de chat séché.

— Chouette. Et je dois faire porter ça à papa, je présume ?

— Non, c'est pour toi.

— Pour moi ?

— C'est une amulette. » Elle me l'a passée autour du cou et a reculé pour me considérer comme si j'étais un chiot aux yeux tristes dans une vitrine.

« C'est pour quoi ?

— Pour te protéger.

— De quoi ?

— Comment tu te sens ?

— Moi ? OK, je suppose. Un peu fatigué.

— J'aurais aimé que tu connaisses mon fils.

— Moi aussi. »

Pauvre Caroline. On aurait dit qu'elle voulait entretenir plusieurs conversations mais ne savait laquelle choisir.

Elle s'est levée brusquement. « Bien », elle a dit, et elle est sortie par la porte de derrière. J'ai failli enlever l'amulette mais je ne sais pourquoi la peur de m'en trouver privé m'a submergé. J'ai songé qu'après tout ce qui rend l'homme fou ce n'est pas la solitude ni la souffrance, c'est d'être maintenu dans un état de crainte perpétuelle.

J'ai passé les quelques jours suivants devant le miroir, à homologuer mes traits par le toucher. Nez ? Ici ! Menton ? Ici ! Bouche ? Dents ? Front ? Ici ! Ici ! Ici ! Ce stupide appel du visage était le seul moyen que j'avais trouvé pour tuer le temps. Ailleurs dans la maison, Caroline, papa et Terry se tournaient autour comme des chiens enragés. Je restais soigneusement à l'écart.

J'ai tenu compagnie à Eddie de longues heures dans son bureau. Il me semblait que c'était lui, et pas moi, qui avait acquis les qualités d'un accident au ralenti, et je ne voulais pas rater le spectacle. De plus, le cadeau de Caroline m'avait mis dans la tête des doutes sur ma santé, et j'ai jugé préférable de laisser Eddie m'examiner. Il m'a inspecté des pieds à la tête. Il a ausculté le battement sourd de mon cœur, mes réflexes mous ; je l'ai même laissé me prendre du sang. Non qu'il y ait eu un laboratoire dans le coin où il aurait pu l'envoyer : il s'est contenté de remplir un flacon qu'il m'a donné en souvenir avant de me déclarer que tout allait bien.

Nous étions dans son cabinet en train d'écouter la radio avec le stéthoscope quand une chose extraordinaire et inattendue est arrivée : une patiente ! Une femme visiblement triste et agitée. Eddie a affiché une mine solennelle qui pouvait être sincère. Je suis resté assis sur le bord de mon siège tandis que la femme baragouinait. « Le médecin est très malade, a traduit Eddie. Mourant peut-être. » Puis il m'a fixé un long moment, juste pour me montrer qu'il ne souriait pas.

Nous nous sommes entassés tous trois dans la voiture d'Eddie et avons foncé chez le médecin. À notre arrivée, nous avons entendu le hurlement le plus terrible qu'on puisse imaginer.

« C'est trop tard. Il est mort, a dit Eddie.

— Comment tu le sais ?

— Le gémissement. »

Eddie avait raison. Ce gémissement n'avait rien d'ambigu.

Il a coupé le moteur, saisi sa sacoche et s'est passé les doigts dans les cheveux.

« Qu'est-ce que tu vas faire ? Il est mort...

— Je vais le déclarer mort.

— Tu ne crois pas que ce hululement cauchemardesque a réglé la question ?

— Même dans un village aussi isolé que celui-ci, il y a des règlements. Le mort doit être officiellement déclaré mort. » J'ai inspiré profondément, et j'ai suivi Eddie et la femme à l'intérieur.

Une dizaine de personnes environ étaient assemblées autour du lit du médecin, venues le pleurer ou arrivées plus tôt pour le voir mourir. Le médecin qui quelques jours auparavant filait dans la campagne au guidon de sa moto était à présent parfaitement immobile. L'homme dont j'avais envié le physique de statue avait clamsé. Son corps semblait avoir été aspiré de l'intérieur : cœur, cage thoracique, colonne vertébrale, tout. Franchement, on n'aurait même pas dit qu'il n'avait que la peau et les os, mais rien que la peau.

J'ai jeté un œil sur Eddie : il s'était donné un air inoffensif et sincère, ce qui n'était pas une petite prouesse vu les viles pensées qu'il avait en tête. Le médecin du village avait disparu, maintenant ça se passait entre Eddie et le jeune successeur. Je le voyais se dire : « Il ne devrait pas être trop difficile à discréditer. » Eddie s'est redressé, prêt à séduire l'assistance. C'était sa première déclaration en tant que médecin.

Les endeuillés se sont tous adressés à Eddie à voix basse ; après quoi il s'est tourné vers moi et j'ai vu une lueur de folie, de cruauté, d'obstination et de sournoiserie. C'est ahurissant la complexité qu'on peut percevoir sur un visage à l'instant propice. Eddie m'a pris à part pour m'expliquer que l'apprenti était là au moment de la mort et avait déjà constaté le décès.

« Il n'a pas perdu de temps, le petit salaud, il a murmuré.

— Où est-il maintenant ?

— Il est allé se coucher. Apparemment, il est malade lui aussi. »

Cette fois-ci, Eddie a été incapable de contenir sa jubilation. Il a demandé le chemin de la maison du jeune médecin avec dans l'idée, j'en étais sûr, de le soigner d'une manière aussi négligente et bâclée que possible.

Il conduisait vite. Je l'ai surpris qui répétait son sourire le plus doux dans le rétroviseur... Il se préparait à jouer les tyrans.

Le jeune médecin vivait seul dans une hutte haut dans la montagne. Eddie s'est précipité à l'intérieur. Il a fallu que je m'accroche pour le suivre. Le jeune médecin était étendu tout habillé sur son lit. Lorsque je suis entré, Eddie était penché sur lui.

« Il va bien ? »

Eddie a fait le tour du lit comme s'il effectuait la danse de la victoire.

« Je ne crois pas qu'il va tenir le coup.

— Qu'est-ce qu'il a ?

— Je ne suis pas sûr. C'est un virus, mais rare. Je ne sais pas comment le traiter.

— Eh bien, si le vieux médecin l'avait et que maintenant le jeune l'a, ça doit être contagieux. Je sors d'ici, j'ai dit en me couvrant la bouche.

— Ce n'est probablement pas contagieux.

— Comment tu le sais ? Tu ignores ce que c'est.

— Possible que quelque chose ait pénétré dans leurs corps et déposé ses œufs dans leur intestin.

— C'est dégueulasse.

— Ou sinon, c'est quelque chose qu'ils ont mangé tous les deux. Je ne crois pas que tu doives t'inquiéter.

— Laisse-moi décider quand et où je m'inquiète. » Je me suis dirigé vers la sortie.

Le jeune médecin est mort deux jours plus tard. Eddie n'avait pas quitté son chevet. En dépit du fait qu'Eddie était persuadé que le virus n'était pas contagieux, j'ai refusé de remettre les pieds dans la chambre mortelle. Mais j'ai appris immédiatement la mort du jeune médecin, parce que les gémissements à vous tordre les boyaux que j'avais déjà entendus ont empli le village. Franchement, j'avais des doutes quant à la sincérité de cette douleur, et j'ai fini par décider que ce n'était qu'un tic culturel, comme les sourires. Ce n'était pas une douleur incontrôlable, mais le simulacre d'une douleur incontrôlable. Tout à fait différent.

Et voilà comment Eddie est devenu le médecin du village. Il avait eu ce qu'il voulait, mais cela ne l'a pas adouci. Je m'étais trompé en m'imaginant le contraire. Et Eddie se trompait en s'imaginant que devenir le médecin du village par défaut le rendrait sympathique aux villageois. Nous sommes allés frapper aux portes. Certains la claquaient au nez d'Eddie ; c'étaient ceux qui pensaient qu'il avait jeté un sort aux deux médecins et avait maudit leurs maisons. Eddie avait l'air d'un pilleur de tombes. Nous avons pourtant fait notre tournée. Aucune touche. Ces gens semblaient ne jamais tomber malades.

J'aurais cru la chose impossible, mais Eddie est devenu encore plus désagréable. Toute cette santé le minait. « Pas un patient ! Tout ce que je demande, c'est que quelqu'un tombe malade ! Gravement malade ! Ces gens sont immortels ou quoi ? Ils auraient bien besoin d'une petite sclérose latérale amyotrophique. Ça leur apprendrait un peu la vie. » Eddie était plein de malveillance. Son cœur était mal placé.

Dieu merci, les accidents de travail existent ! Après quelques amputations involontaires ou autres, Eddie a fini par rassembler quelques patients. Les gens avaient peur des hôpitaux, de sorte qu'Eddie devait faire dans des rizières ce que je ne me serais pas laissé faire dans l'environnement le plus stérile qui soit. Mais cela ne paraissait pas les déranger.

Tandis qu'il entamait sa carrière officielle de médecin, toutes ces années après avoir quitté la faculté, je suis retourné à la maison pour affronter les drames dont j'étais sûr qu'ils avaient progressé en mon absence pour atteindre le point d'ébullition.

« Je suis amoureuse du frère de mon mari », m'a déclaré Caroline comme si elle était dans une émission de télé et que j'ignorais les noms des intéressés. Elle a redressé la chaise que j'avais utilisée en vain pour tenter de coincer ma porte.

« Je sais que c'est dur, Caroline. Mais tu ne peux pas tenir encore un petit peu ?

— Jusqu'à la mort de ton père ? Je me sens si coupable ! Je compte les jours. Je voudrais qu'il meure. »

Sa culpabilité expliquait les efforts fiévreux qu'elle faisait pour prolonger la vie de papa. J'avais le sentiment que quand il finirait par mourir, elle le regretterait plus que nous tous. En fait, il était probable que la mort de mon père la détruirait. J'ai résolu d'en parler à papa, avec prudence bien sûr, pour le supplier de la « donner » à Terry pendant qu'il était encore en vie. Je savais que c'était un sujet douloureux, mais pour Caroline, pour l'image de ses yeux tristes et fous, il me fallait aborder le sujet.

Papa était au lit, toutes lumières éteintes. L'obscurité m'a aidé à trouver le courage d'accomplir cette tâche peu enviable. Je me suis jeté à l'eau, comme si Caroline ne m'avait rien dit et que j'avais déduit tout cela de moi-même. « Écoute, je sais que ça doit être douloureux, et je sais dans quel état tu es... La dernière chose que tu veuilles faire au seuil de ta mort, c'est accomplir un acte noble – mais le fait est que Caroline sera détruite par ta mort si, pendant que tu meurs, elle le désire en secret. Si tu l'aimes vraiment, il faut que tu la donnes en cadeau à ton frère. Il faut l'offrir pendant que tu es encore en vie. »

Papa est resté silencieux. Tandis que je faisais cet abominable discours, j'ai songé que si quelqu'un me disait cela, je lui planterais sûrement un couteau à beurre dans la langue.

« Laisse-moi tranquille », il a fini par dire dans le noir.

Le lendemain, Terry a décidé que papa devait voir un oiseau mort qu'il avait repéré au cours de sa promenade matinale, et il m'a emmené avec eux. Il pensait qu'en voyant l'oiseau immobile papa serait content d'être en mouvement. C'était une idée enfantine. Mon père avait déjà vu beaucoup de choses mortes, et elles ne l'avaient jamais rendu heureux d'être en vie. Elles l'invitaient muettement à les rejoindre dans la mort. Moi, je le savais, je me suis demandé pourquoi Terry l'ignorait.

« Je crois que tu devrais me débarrasser de Caroline, a déclaré papa, accroupi au-dessus de l'oiseau immobile.

— De quoi tu parles ? a répliqué son frère.

— Je ne crois pas qu'elle puisse poursuivre cette mascarade plus longtemps que moi, a ajouté papa d'une voix fatiguée. Nous aurions pu nous en tirer si tu étais resté mort, comme un gentil garçon, mais il a fallu que tu te ressuscites, hein ?

— Je ne sais pas ce que j'ai à voir avec ça.

— Ne fais pas l'idiot. Tu la prends. OK ? »

Le corps de Terry a eu un sursaut inattendu, comme s'il avait posé la main sur une barrière électrifiée.

« En admettant que j'accepte cette proposition démente, qu'est-ce qui te fait dire qu'elle sera d'accord ?

— Arrête, Terry. Tu ne t'es jamais gêné pour te servir, espèce de salaud, alors pourquoi ne pas poursuivre la tradition et reprendre la femme que tu aimes – qui, de manière incompréhensible, te rend ton amour ? J'ai toujours attribué mon fiasco auprès des femmes au manque de symétrie de mes traits… et voilà que tu la possèdes de nouveau, toi, l'homme le plus gros du monde !

— Alors, qu'est-ce que tu veux ?

— Tu t'occupes d'elle, OK ?

— Je ne sais pas de quoi tu parles », a affirmé Terry, et sa bouche a pris plusieurs formes étranges, même si aucun son n'en sortait. On aurait dit qu'il tâchait de mémoriser une équation longue et difficile.

Caroline était assise sous un arbre pour se protéger de la pluie quand papa et moi nous sommes approchés. Je savais qu'elle était en train de se tourmenter en toute tranquillité. J'avais l'impression d'entendre ses pensées, entièrement formulées, dans ma tête. Elle pensait au mal, qu'elle incarnait ou dont elle était possédée. Elle voulait être bonne. Elle ne pensait pas qu'elle l'était. Elle pensait être victime des circonstances, et que tous ceux qui font le mal sont peut-être également victimes des circonstances. Elle pensait non seulement que papa avait un cancer, mais qu'il était le cancer. Elle souhaitait qu'il tombe amoureux de quelqu'un d'autre avant de mourir paisiblement dans son sommeil. Elle avait l'impression que papa s'était chargé de l'histoire de sa vie à elle, et qu'il la réécrivait d'une écriture négligée afin qu'elle devienne illisible. Elle pensait que sa vie était devenue illisible et incohérente.

Voilà ce que j'étais sûr de l'entendre penser. Je la plaignais au point que j'aurais voulu que la terre s'ouvre pour l'engloutir.

Papa l'a rejointe et a craché le morceau. J'aurais dû deviner que sa première tentative d'accomplir un acte noble lui éclaterait au visage. La vérité, c'est que sa générosité d'esprit avait des limites et que, tout en se sacrifiant avec magnanimité sur l'autel de leur amour, il a été incapable de ne pas afficher une expression de douleur qui a tout gâché. C'est son expression douloureuse qui a fait exploser Caroline.

« Non ! Comment peux-tu dire ça ? C'est toi que j'aime ! Toi ! C'est TOI que j'aime ! »

Papa a insisté : « Écoute. Terry était ton premier amour, et je sais que tu n'as jamais cessé de l'aimer. Ce n'est la faute de personne. Quand tu as accepté de m'épouser, tu croyais qu'il était mort depuis vingt ans. Comme nous tous. Alors, pourquoi faire semblant ? »

Papa a exposé avec chaleur des arguments convaincants. Si convaincants que ce qui semblait inconcevable est devenu concevable, et a semé le trouble chez Caroline.

« Je ne sais pas. Qu'est-ce que tu veux que je fasse ? C'est parce que tu ne m'aimes plus ? Oui, peut-être que c'est ça. » Et avant que papa réponde, elle a ajouté : « Je ferai tout ce que tu veux. Je t'aime, et tout ce que tu veux que je fasse je le ferai. »

C'est là que la résolution de papa a été mise à l'épreuve. Pourquoi ne cessait-elle pas de le tourmenter ainsi ? Comment pouvait-il poursuivre ?

« Je veux que tu avoues.
— Quoi ?
— Que tu es amoureuse de lui.
— Martin, c'est…
— Avoue-le !
— OK ! Je l'avoue ! D'abord j'ai pensé : "Pourquoi est-ce qu'il faut qu'il soit vivant ? Pourquoi est-ce qu'il ne pouvait pas rester mort ?" Et plus je passais de temps avec Terry, plus je comprenais que je l'aimais encore. Puis j'ai pensé : "Pourquoi est-ce qu'il faut que Marty soit en vie ? Pourquoi meurt-il si lentement ?" Comme il est injuste que quelqu'un qui aimait la vie, comme mon fils, ait dû mourir si soudainement alors que quelqu'un qui veut mourir, comme toi, n'arrête pas de vivre ! Chaque fois que tu parles de suicide, mon espoir grandit. Mais tu ne le fais jamais. Tu ne fais que parler ! Pourquoi tu promets tout le temps de te suicider si tu ne le fais pas ? Tu me rends folle avec toutes ces promesses ! Fais-le et n'en parle pas, mais arrête de me donner comme ça de l'espoir ! » Soudain Caroline s'est tue, a mis la main devant la bouche et s'est penchée. Le vomi est passé à travers ses doigts. Quand elle s'est redressée, son visage était déformé par la honte. Tous ses traits en ont été exagérés – ses yeux étaient trop ronds, sa bouche trop grande, ses narines ont pris la taille qu'avait sa bouche précédemment. Et avant que quiconque ait pu dire quelque chose, elle s'est enfuie dans la jungle.

Papa a vacillé sur ses jambes maigres, et son teint est devenu granuleux, voilà comment je pourrais le qualifier. « Ma vie a été une série injuste et humiliante de tentatives ratées, se lamentait son visage. L'amour aura été celle qui devait me perdre définitivement. »

C'est alors que Terry est sorti de la maison. « J'ai entendu des cris…
— Elle est toute à toi.
— Qu'est-ce que tu veux dire ?
— Caroline, elle est toute à toi. C'est fini entre nous.
— Tu es sérieux ?
— Oui. Vous pouvez vous mettre ensemble, à présent. Je m'en fous. »

Tout le sang a quitté le visage de Terry, et on aurait dit qu'on venait de lui apprendre que son avion atterrissait en catastrophe et en piqué dans un volcan.

« Eh bien… mais je ne peux pas abandonner mes prostituées. Et je te l'ai dit : L'amour ne fonctionne pas sans possessivité. Non. Pas question. Je ne peux pas tourner le dos à ma vie maintenant, après si longtemps. Non, je ne peux pas reprendre Caroline.
— Tu ne l'aimes pas ?
— Laisse-moi tranquille ! Qu'est-ce que tu essaies de me faire ? » et Terry s'est enfoncé dans la jungle, mais dans la direction opposée à celle de Caroline.

Le triangle s'était finalement disloqué. Chacun se retrouvait seul. Les trois côtés étaient redevenus des lignes parallèles.

Oups. Ma faute.

Je n'ai pas assisté à la scène qui a eu lieu plus tard ce jour-là entre Terry et Caroline, mais je l'ai vue, elle, ensuite, qui marchait comme si elle était sous tranquillisants. « Ça va ? » j'ai crié. De temps à autre, elle s'arrêtait pour se donner des coups de poing sur le crâne. « Caroline ! » Elle a levé vers moi des yeux emplis de désespoir. Alors, Terry est apparu devant ma fenêtre, avec l'air d'être passé sous un bulldozer. Il m'a informé que nous retournions à Bangkok le lendemain matin. Enfin de bonnes nouvelles ! Je me suis demandé si la curiosité de Terry à propos du terrible événement qui devait avoir lieu dans la maison d'Eddy avait été satisfaite par l'explosion du triangle amoureux. Mais de toute façon, j'étais impatient de partir et je ne pouvais pas passer le reste de la journée dans cette maison. Il fallait que je sorte.

Comme je n'avais pas le choix, j'ai accompagné Eddie dans sa tournée. Il a paru content de cette compagnie et m'a débité goulûment un monologue terrifiant où les médecins étaient comparés à des dieux. Nous sommes allés voir quelques paysans à qui il avait fini par découvrir des maladies chroniques. Après ses consultations, à mon grand dégoût, il s'est attaqué à leurs filles devant eux, des enfants qui ne pouvaient pas avoir plus de seize ans. N'ayant pas une connaissance suffisante de la culture locale, je n'étais pas sûr des périls qu'encourait Eddie, mais la façon dont il essayait de séduire, intimider et acheter ces pauvres filles faisait dresser les cheveux sur la tête. Je ne suis plus arrivé à voir ses bons côtés. L'homme avec qui j'avais grandi avait disparu. Comme nous nous en allions, il s'est mis à inventer des qualificatifs pour ces filles, parmi lesquels « baisadélicieuses » et « branladorables » revenaient souvent. Chacun de ses mots et gestes semblait saturé de frustration et de fureur. De retour sur la route, j'ai songé : « Cet homme est une grenade sur le point d'exploser, et j'espère que je ne serai pas là pour voir ça. »

Puis il a explosé.

Et j'étais là pour le voir.

Le front contre la vitre de la voiture, je rêvais que la jungle qui nous entourait était en fait le décor d'un magnifique hôtel, et que je pouvais monter quand je voulais à ma chambre pour me glisser entre des draps propres et commander à manger au service d'étage avant de prendre une overdose de somnifères. C'était tout ce que je désirais.

« Qu'est-ce que c'est que ça ? » s'est exclamé Eddie, me tirant de ma songerie.

Une fille d'environ quinze ans courait sur la route en agitant les bras pour nous faire signe de nous arrêter. « Voilà les ennuis qui commencent », j'ai pensé.

Eddie s'est arrêté et nous sommes sortis de la voiture. Elle a fait signe à Eddie de la suivre. D'après ce que j'ai compris, son père était malade. Très malade. Paniquée, elle voulait qu'Eddie vienne tout de suite. Il a pris sa posture la plus professionnelle et m'a traduit les symptômes à mesure qu'elle les décrivait : fièvre, vomissements, douleurs abdominales, délire, insensibilité des jambes et des bras. Eddie grognait et soupirait à la fois. Puis il a secoué la tête d'un air obstiné. La fille s'est mise à crier d'une voix suppliante.

Qu'est-ce qu'il manigançait ?

Elle s'est tournée et m'a pris le bras. « S'il vous plaît, s'il vous plaît.

— Eddie, qu'est-ce qui se passe ?

— Je ne crois pas pouvoir, aujourd'hui. Peut-être demain, si j'ai une minute.

— Vous pas comprendre ? elle a dit en anglais. Mon père. Il est en train de mourir !

— Eddie, qu'est-ce que tu fabriques ?

— Jasper, tu peux aller te promener un peu ? »

Pas besoin d'être un génie pour imaginer ce qui allait s'accomplir à l'issue du chantage le plus ignoble qui soit.

« Je ne pars pas. »

Il m'a lancé un regard de haine concentrée, écrasante. L'épreuve de force avait commencé. « Jasper, il a fait derrière ses dents serrées, je te dis de foutre le camp d'ici.

— Pas question. »

Il s'est mis à m'injurier de toute la puissance de ses poumons. Il a tout tenté pour m'obliger à décamper afin de lui permettre de violer et piller. J'ai refusé de bouger. « La voilà, j'ai pensé, ma première confrontation physique avec le mal. » J'étais impatient de triompher.

Je n'ai pas triomphé.

Il m'a poussé. Je l'ai poussé à mon tour. Lui aussi. Cela devenait lassant. Je lui ai lancé mon poing au visage. Eddie l'a esquivé. Puis il m'a lancé son poing au visage. J'ai essayé moi aussi de l'éviter, et au lieu de me frapper à la mâchoire, son poing a atterri sur mon front. J'ai reculé un peu en titubant, et, profitant de ce que j'oscillais, il m'a balancé par surprise un coup de pied qui m'a atteint à la gorge. Je suis tombé, et ma tête a cogné contre terre. J'ai entendu la portière claquer, et lorsque je me suis remis sur pied la voiture s'éloignait.

Eddie, ce salopard dégueulasse ! Ce voyou en rut, visqueux et rance ! Je me sentais coupable de ne pas avoir réussi à protéger cette pauvre fille, mais si quelqu'un que vous connaissez depuis l'enfance est décidé à commettre un crime au point de vous donner un coup de pied dans la gorge, que pouvez-vous faire ? Quoi qu'il en soit, il était trop tard. Ce monstre était parti avec la fille et m'avait laissé en rade au milieu de nulle part. Sinon à l'endroit exact où toute la chaleur de Thaïlande s'était donné rendez-vous…

J'ai marché durant des heures. Des nuées de moustiques surexcités me pourchassaient avec assiduité. Il n'y avait personne en vue, aucun signe de vie humaine. Il était facile d'imaginer que j'étais le seul être vivant, mais je ne souffrais absolument pas de la solitude. C'est exaltant d'imaginer que tous les hommes sont morts et d'avoir le pouvoir de démarrer ou pas une nouvelle civilisation. J'ai songé que je choisirais de ne pas le faire. Qui veut subir l'humiliation d'être le père de la race humaine ? Pas moi. Je pouvais me voir en roi des fourmis, ou en chef d'une société de crabes, mais Eddie m'avait sérieusement dégoûté de l'humanité. Il suffit d'une personne…

J'ai poursuivi ma route, suintant d'humidité, mais plus ou moins satisfait dans mon fantasme de dernier homme sur Terre. Je ne me préoccupais même pas vraiment d'être perdu dans la jungle. Combien de fois cela m'arriverait-il dans ma vie ? De nombreuses fois. Aujourd'hui c'est la jungle, la prochaine fois ce sera l'océan, puis le parking d'un grand magasin, jusqu'à ce que je finisse par être irrémédiablement perdu dans l'espace. N'oubliez pas ce que je viens de dire.

Mais ma solitude a été de courte durée. J'ai entendu des voix en bas d'une colline : un groupe d'environ vingt personnes, des paysans pour la plupart, entourait une fourgon de police. Rien dans cette scène ne me suggérait qu'elle me concernait en quoi que ce soit, mais quelque chose m'a dit de ne pas descendre. Je suppose que c'est un pressentiment classique quand on se sent perpétuellement coupable sans raison.

Je me suis mis sur la pointe des pieds pour mieux voir. C'est alors que j'ai aperçu une ombre qui avançait furtivement vers moi. J'ai fait volte-face. Une femme, la cinquantaine environ, un panier de pommes à la main, me regardait – ou plutôt elle lançait des regards sombres et subreptices à l'amulette qui pendait à mon cou.

« Ne vous levez pas. Ne vous faites pas voir », elle a dit avec un accent aussi épais que la jungle qui nous entourait.

Elle m'a poussé à terre de ses longs bras musclés. Nous sommes restés allongés côte à côte sur la pente herbue.

« Je vous connais.

— Oui ?

— Vous êtes l'ami du docteur, non ?

— Que se passe-t-il ?

— Il a des problèmes… »

Ils savaient donc qu'il avait obligé la pauvre fille à coucher avec lui.

Très bien. Je me fichais complètement qu'ils le mettent en prison pour qu'il s'y fasse sodomiser le restant de ses jours. Il l'avait mérité.

« … On a déterré les corps. »

De quels corps parlait-elle ?

« De quels corps parlez-vous ?

— Le vieux médecin, et le jeune aussi.

— On les a déterrés ? Qui est-ce qui les a poussés à faire une chose aussi dégoûtante ?

— On a pensé que ça pouvait être la peste ou un nouveau virus. Il y a quelques années, on a eu une épidémie de grippe aviaire. Maintenant, on fait attention quand on a affaire à plusieurs morts dont les causes sont incertaines. »

Intéressant, mais quel rapport avec le chantage et le viol ?

« Et ?

— On a fait une autopsie. Et je suppose que vous savez ce qu'on a découvert.

— Un hideux chaos d'organes décomposés ?

— Du poison, elle a lâché en épiant ma réaction.

— Du poison ? Du poison ? Et donc on pense… » Je n'ai pas pris la peine de terminer ma phrase. Ce qu'ils pensaient était évident. Et il était évident qu'ils avaient raison. Eddie. Voilà ce qu'il avait fait, le méprisable salopard : afin de réaliser le rêve de ses parents disparus de le voir devenir médecin, il avait tué le vieux médecin et le jeune apprenti !

« Alors, la police va l'arrêter ?

— Non. Vous voyez ces gens là-bas ? » Pourquoi voulait-elle que je réponde à cette question ? Ils étaient sous mon nez.

« Oui ? »

Tandis qu'elle parlait, les deux policiers sont rentrés dans leur fourgon et ont démarré. La foule a empli l'espace précédemment occupé.

« Ils ont dit à la police que votre ami le médecin était déjà parti pour le Cambodge. »

J'aurais bien voulu qu'elle évite de parler d'Eddie comme de « mon ami médecin », même si je comprenais que cela clarifiait les choses, puisqu'il y avait trois médecins dans cette histoire. Mais faisais-je preuve d'une colossale stupidité ? Pourquoi les paysans avaient-ils dit à la police qu'Eddie était parti pour le Cambodge ? Et pourquoi cela l'excitait-elle tellement ?

« Vous ne voyez pas ? Ils vont faire justice eux-mêmes !

— Ce qui veut dire ?

— Ils vont le tuer. Et pas seulement lui. Vous aussi.

— Moi ?

— Et les autres Australiens qui sont venus l'aider.

— Attendez une minute ! Ces Australiens sont ma famille ! Ils n'ont rien fait. Ils n'en savaient rien ! Je n'en savais rien.

— Vous feriez bien de ne pas retourner chez vous.

— Mais je n'ai rien fait ! C'est Eddie ! C'est la deuxième fois qu'Eddie attire sur nous les foudres de la foule. Mon Dieu, mon père avait raison ! Les gens sont tellement obnubilés par leurs projets d'immortalité que cela provoque leur perte et celle de leurs proches ! »

Elle m'a jeté un regard vide.

Que faire ? Je ne pouvais pas perdre un temps précieux à chercher la police ; il fallait que je rentre pour prévenir tout le monde qu'une foule déchaînée allait venir les mettre en pièces.

Quelle calamité, ce voyage !

« Eh, pourquoi vous m'aidez ?

— Je veux votre collier. »

Pourquoi pas ? J'avais fait preuve d'une superstition stupide en acceptant de le porter par désespoir, je suppose. J'ai enlevé la répugnante amulette et je lui ai donnée. Elle est partie avec en courant.

Si vous ne vous méfiez pas, il suffit qu'on vous affirme qu'il a des propriétés magiques pour que vous mettiez votre confiance dans un grain de sable.

Le groupe des paysans s'est enfoncé à pied dans la jungle. Je les ai suivis, pensant à Eddie, à ma famille et à leur stupeur quand la foule assoiffée de sang apparaîtrait pour les tuer. Nos routes ne devaient pas converger. Il était peu vraisemblable, n'étant pas thaï, que je puisse me fondre dans leur groupe : je serais avalé tout cru, en amuse-gueule. J'ai donc gardé mes distances. Mais j'ignorais le chemin, il fallait donc que je les suive. Un sacré dilemme : comment arriver en avance pour prévenir tout le monde qu'une foule meurtrière était en chemin quand il me fallait la suivre pour y parvenir ?

Encore une question de vie ou de mort. Bof.

À mesure que le groupe progressait, il était rejoint par d'autres gens formant spontanément une foule mobile, puis une meute, un vigoureux réceptacle de vengeance. C'était une sorte de tsunami humain, gagnant en vitesse et en volume. C'était un spectacle pétrifiant. Bizarrement, ils semblaient se préparer à un massacre silencieux. Ce n'était pas une meute beuglant des cris de guerre, mais un groupe muet, qui progressait comme une vague silencieuse. Tout en courant, je me suis rappelé à quel point je détestais toutes les masses. Je déteste les masses d'amateurs de sport, les masses de manifestants écologiques, je déteste même les masses de top models, voilà à quel point je déteste les masses. Je vous le dis, l'humanité n'est supportable que lorsqu'elle est toute seule.

Chose intéressante, c'était une foule démocratique. Chacun pouvait s'y joindre pour aller mutiler Eddie et ma famille. Il y avait même quelques enfants, ce qui m'a surpris. Et de vieux messieurs également, qui, bien que timides et frêles, n'avaient aucun effort à faire pour garder le rythme. C'était comme s'ils avaient été absorbés par la masse qui leur communiquait son énergie, et que leurs corps maigres et faibles étaient devenus les doigts agiles d'une main puissante. Ces gens étaient censés être bouddhistes… Eh bien, les bouddhistes peuvent être poussés à bout comme n'importe qui, non ? À leur décharge, Eddie avait troublé leur sérénité intérieure par le poison, le meurtre, le chantage et le viol. La sérénité est sans défense devant de pareils assauts. Incidemment, aucun d'eux ne souriait comme le Bouddha. Ils souriaient comme un serpent, comme un dragon à quarante têtes.

Même le soleil avait l'air menaçant. Il tombait rapidement. Naturellement, ce spectacle de carnage ne devait pas se produire sous une lumière crue. Il devait se dérouler dans l'obscurité.

Soudain, la foule a accéléré ! J'étais déjà vanné, et maintenant je devais courir à fond de train. Que c'était agaçant ! Mon premier marathon, et j'avais espéré le dernier, remontait à l'époque où je m'étais battu pour arriver à l'ovule en tête devant deux cents millions de spermatozoïdes. Et voilà que je devais remettre ça. En vérité, c'était assez excitant. Pour le penseur impénitent que j'étais, l'action avait un attrait surprenant. « Voilà une foule meurtrière en chemin – qu'est-ce que tu vas faire ? »

La tombée du jour a insufflé au ciel un rouge doux et sirupeux : un rouge de blessure à la tête. J'aurais bien aimé avoir une machette, ce n'était pas facile de me frayer un chemin à travers cette végétation dense. Je me suis furtivement glissé à travers des fougères hirsutes, où les derniers rayons du soleil ne parvenaient plus qu'à jeter çà et là de faibles éclaboussures. La jungle avec ses habituels bruits menaçants produisait un son Dolby stéréo digne des meilleurs home cinema.

Une demi-heure plus tard, j'étais distancé. Merde. Qu'est-ce que j'allais faire à présent ? Qu'est-ce que je pouvais faire ? J'ai couru, suis tombé, j'ai vomi, me suis relevé. Pourquoi étions-nous venus ici ? Putain de Thaïs. Quand une foule australienne vous met une belle raclée, vous pouvez rentrer chez vous, même si c'est à quatre pattes. Ici il était question de meurtre ! De massacre, oui ! Mon père ! Et Caroline ! Et Terry ! Tout seuls là-haut, isolés et pris au dépourvu. J'ai continué à courir, au bord de l'épuisement. Et la chaleur. Et les moustiques. Et la peur. « Je n'y arriverai pas. Comment les prévenir ?

Je suppose que je pourrais...

Non.

À moins que... »

J'ai eu une idée. Folle, désespérée, impossible. Je devais avoir perdu l'esprit. Ou peut-être que mon imagination me jouait des tours. Mais c'était une idée. Papa et moi avions des liens plus profonds que ceux qui unissent un père et un fils, et je soupçonnais depuis longtemps que nous lisions de temps à autre nos pensées respectives de manière non délibérée. Donc, si je me concentrais avec suffisamment d'intensité, si je faisais juste un petit effort psychique, peut-être que je pourrais lui envoyer un message. Absurde ou génial ?

Seul hic : il était difficile de parvenir à cette concentration tout en courant... Mais si je m'arrêtais et que ça ne marchait pas, je perdrais définitivement le groupe, et avec lui mon chemin. Et ce serait la fin pour tout le monde !

Allions-nous vraiment pouvoir communiquer ainsi ? Le risque en valait-il la chandelle ? Il devenait de plus en plus difficile de courir à travers la végétation ; lorsque j'écartais une branche, elle me revenait à la figure. La jungle se faisait agressive. La foule s'éloignait. Mon cœur s'épuisait. Ma famille allait mourir.

Et merde.

Je me suis arrêté. La populace meurtrière a disparu derrière une colline. J'avais mal au cœur. J'ai respiré profondément pour l'apaiser.

Établir le contact avec papa exigeait un état de méditation profonde. Je n'avais pas de temps à perdre, bien sûr, mais on ne peut pas brusquer le calme absolu. Il faut prendre le temps de le cajoler. Impossible de transformer les qualités essentielles de son esprit comme si on courait pour attraper un bus.

J'ai adopté la position idoine. Assis en tailleur, je me suis concentré sur mon souffle et j'ai répété mon mantra : « Wow. » Mon esprit était plutôt calme, mais, pour être sincère, je me sentais un peu limité. J'avais une certaine clarté, suffisamment pour aller jusqu'aux confins de la conscience, mais pas plus avant. J'éprouvais un chouïa de béatitude aussi, mais il fallait que j'aille plus loin que je n'avais jamais été, et je m'appliquais à ne pas brûler les étapes. J'avais appris qu'il y avait un processus à suivre : comment s'asseoir, comment respirer, comment se concentrer sur sa respiration. Mais cette routine semblait être à l'opposé du véritable état méditatif dont j'avais besoin. J'avais l'impression que je pourrais tout autant être en train d'encapsuler des bouteilles de Coca Cola dans une usine. Mon esprit était apaisé, hypnotisé, engourdi. Ce n'était pas suffisant.

Le fait que j'essayais de calmer l'excitation de mon esprit signifiait qu'un conflit se déroulait dans ma tête. Il consumait l'énergie essentielle qui m'était indispensable pour communiquer télépathiquement avec mon père. Peut-être alors valait-il mieux que j'arrête de me concentrer. Mais comment obtenir la paix de l'esprit sans se concentrer ?

Au lieu de rester assis en tailleur, je me suis levé et adossé à un arbre comme James Dean dans *La Fureur de vivre*. Puis j'ai écouté non pas mon souffle, ainsi qu'Anouk l'enseignait, mais les bruits environnants. Je n'ai pas non plus fermé les yeux. Je les ai ouverts tout grands.

J'ai observé les arbres humides et hirsutes dans la lumière de fin d'après-midi sans me concentrer. J'ai rendu mon esprit étonnamment alerte, en maîtrisant mon souffle et en gardant un œil sur mes pensées. Elles tombaient comme une averse d'étincelles. Je les ai regardées un long moment. Je les ai poursuivies, non là où elles allaient mais là d'où elles venaient, dans le passé. Je voyais comment elles me maintenaient en un seul morceau. Je voyais comment ces pensées me liaient, les véritables ingrédients de la sauce Jasper.

Je me suis mis à marcher et le silence de mon esprit m'a accompagné, même si ce n'était pas un silence silencieux mais colossal, assourdissant et visuel. Personne ne m'avait jamais parlé de ce genre de silence vraiment bruyant. Et tandis que je marchais dans la jungle, je suis parvenu sans effort à maintenir cette clarté.

Puis mon esprit est devenu silencieux. Vraiment, vraiment silencieux. C'est arrivé brusquement. Je me suis retrouvé libéré de la friction intérieure. Libéré de la peur. Cette liberté a aidé, j'ignore comment, tous mes obstacles invertébrés à fondre. J'ai songé : « Le monde gonfle, il est ici, il éclate dans ma bouche, il coule dans ma gorge, il emplit mes yeux. » Bizarrement, cette immense chose est entrée en moi, bien que je n'en sois pas sorti plus grand pour autant. J'étais plus petit. Je me sentais bien d'être petit. OK, je sais de quoi ça a l'air, mais croyez-moi, ce n'était pas une expérience mystique. Et je ne me raconte pas de blagues non plus. Je ne suis pas un saint : même si on m'offrait sur un plateau toutes les poitrines de Californie, je ne purifierais pas les lésions des lépreux avec ma langue comme saint François d'Assise, certainement pas ! Mais – et c'est là que je veux en venir – j'ai éprouvé quelque chose que je n'avais jamais expérimenté auparavant : l'amour. Bien sûr, ça semble fou, et pourtant je pense que j'ai aimé vraiment mes ennemis : Eddie, ma famille, la meute en route pour massacrer ma famille, jusqu'à la virulence des récents accès de haine des Australiens. Mais ne nous laissons pas emporter : je n'ai pas adoré mes ennemis, et si je les ai aimés, je n'étais pas amoureux d'eux. N'empêche, ma répulsion instinctive à leur égard s'était évaporée. Cet excès de sentiment m'a un peu effrayé, cette frénésie d'amour qui traversait le beurre de ma haine. Ainsi donc il semblait qu'Anouk avait tort ; le véritable fruit de la méditation n'était pas la paix intérieure mais l'amour. En fait, quand vous voyez la vie dans sa totalité pour la première fois et que vous ressentez un amour véritable pour cette totalité, la paix intérieure paraît un but bien mesquin.

Tout cela était bel et bon, mais je ne communiquais toujours pas avec mon père. J'ai failli abandonner, et je commençais à me demander où en était cette meute furieuse quand soudain, sans même le chercher, le visage de papa m'est apparu, puis son corps courbé. Il était dans sa chambre, penché sur son bureau. J'ai regardé de plus près. Il écrivait une lettre à un journal de Sydney. Je n'arrivais à lire que la formule de politesse du début. « Chers cons » était barré et remplacé par : « Mes chers cons ». J'ai eu la certitude que ce n'était pas mon imagination, mais l'image réelle de papa en ce moment même, dans le présent. « Papa ! Papa ! C'est moi ! Une bande vient assassiner Eddie et tout le monde dans la maison ! Va-t'en ! Fais-les tous sortir ! » J'ai essayé de lui envoyer une image de la meute déchaînée pour qu'il sache à quoi s'attendre quand ils arriveraient. Je lui ai envoyé une image de la foule comme un corps commun approchant de la maison, armé d'outils aratoires archaïques. Ils tenaient des faux, pour l'amour de Dieu !

Sans ma permission, la vision s'est évanouie. J'ai rouvert les yeux. Il faisait nuit noire, avec un ciel couvert, si sombre que j'aurais pu me trouver sous terre. Tout autour de moi, la jungle poussait de formidables gémissements. Cela faisait combien de temps que j'étais là ? Impossible à dire.

Je me suis remis en marche, repoussant les branches, les yeux encore pleins de visions, le nez plein d'odeurs déplacées (cannelle et sirop d'érable), ma langue de goûts déplacés (pâte dentifrice et confiture de fraises). J'avais la sensation d'être au monde comme jamais auparavant.

Tout en avançant, je me suis demandé si la foule allait trouver la maison vide. Papa avait-il entendu mon avertissement ? Ou bien est-ce que je n'avais pas juste abandonné mes efforts pour sauver ma famille ? Je marchais sans savoir où j'allais. Je laissais mon instinct me guider à travers la jungle, piétinant des plantes appétissantes qui exhalaient une odeur sucrée et entêtante. Je me suis arrêté pour boire la délicieuse eau glacée d'une petite cascade. Puis j'ai repris mon chemin, gravissant d'un pas trébuchant la dense végétation des collines.

Je n'éprouvais aucune peur. Je me sentais faire tellement corps avec la jungle que les animaux auraient été grossiers de s'aventurer hors de leur tanière pour me dévorer. Puis je suis arrivé dans une clairière à flanc d'une longue colline où j'ai vu la lune se lever. Tous les yeux des fleurs, les bouches des arbres et les mentons des rochers ont semblé me dire que j'étais sur le bon chemin. Ç'a été un soulagement, parce qu'il n'y avait pas de sentier. Pour une raison inconnue, la masse silencieuse des vengeurs avait laissé tout intact, comme s'ils avaient flotté dans la jungle pareils à une substance ancienne dépourvue de forme.

Quand j'ai fini par arriver devant chez Eddie, les lumières étaient allumées. Le vent frappait violemment aux fenêtres et aux portes. La vue de la maison a fait immédiatement disparaître mon état d'union avec la nature. Le monde a de nouveau été désespérément fragmenté ; le lien absolu entre moi et toutes les choses vivantes avait disparu. Maintenant, elles m'étaient indifférentes. Je m'en fichais complètement. Les cloisons entre nous étaient aussi épaisses que des colonnes d'os et de cartilages. Il y avait moi et il y avait elles. N'importe quel imbécile était capable de voir ça.

Caché derrière un arbre, je sentais les cellules sanguines qui traversaient mon cœur à toute vitesse. Je me suis rappelé quelque chose que papa m'avait jadis promis de m'apprendre : comment se rendre peu appétissant quand les hordes arrivent pour vous manger. Je me suis pris à espérer qu'il maîtrisait réellement cette technique essentielle.

Évidemment, je suis arrivé trop tard. La porte était grande ouverte, et les vengeurs s'en allaient déjà, un par un, armés de faux, de marteaux et de fourches. Ça ne servait à rien de s'opposer à la meute ou à sa forme décristallisée, car il était probable qu'elle avait déjà commis ce qu'elle était venue faire. Il n'y avait rien à gagner à me laisser hacher menu à mon tour.

Ils avaient le visage et les mains couverts de sang, et leurs vêtements étaient tachés à tel point qu'ils étaient bons à jeter. J'ai attendu que le dernier intrus sorte puis j'ai encore patienté quelques instants. J'ai regardé la maison en essayant de n'éprouver aucune peur. Même après tout ce que papa m'avait appris, je n'étais pas prêt pour un tel moment. Rien ne m'avait préparé à entrer dans un endroit où ma famille avait été massacrée. J'ai tâché de me rappeler quelque pépite de sagesse glanée dans mon enfance qui pourrait m'éclairer sur la manière de procéder, mais en vain, et je suis entré émotionnellement, psychologiquement et spirituellement désarmé. Bien sûr, je les avais souvent imaginés morts (dès que j'éprouve un attachement pour quelqu'un, j'imagine sa mort, pour ne pas avoir à être déçu plus tard), mais dans mon esprit c'étaient encore des cadavres relativement propres, tout à fait soignés en fait, et jusque-là il ne m'était pas venu à l'esprit de me représenter le cerveau de mes proches répandu sur les murs, leurs corps allongés dans une mare de sang/merde/entrailles, et cetera.

Eddie a été le premier corps que j'ai découvert. On aurait dit qu'un champion de patin à glace lui avait passé un millier de fois dessus. Son visage était si couvert de coupures que j'ai eu du mal à le reconnaître, sinon grâce à ses yeux – avec un air de surprise figée caractéristique du Botox, et de la mort soudaine : ils fixaient les pots en terre cuite contenant l'esprit de ses parents, ceux qui veillaient sur lui. Son regard exprimait aussi le reproche. Bon vent et bon débarras, Eddie ! Tu as poussé ta médiocrité à ses limites et elle t'est retombée dessus. Pas de bol.

Par un effort surhumain, je suis parvenu jusqu'à la pièce suivante. Là j'ai vu oncle Terry à genoux, de dos. Il m'a rappelé l'arrière d'une Beetle prête à se garer en marche arrière dans un espace restreint. La sueur coulait des plis graisseux de son cou. Je l'ai entendu pleurer. Il s'est tourné pour me regarder, puis a repris sa position initiale et a levé ses bras grassouillets pour désigner la chambre de papa.

J'y suis allé.

Papa, à genoux aussi, se balançait doucement au-dessus du corps mutilé de Caroline ; ses yeux étaient écarquillés comme si ses paupières étaient maintenues par des allumettes. L'amour de sa vie était sur le dos, le sang coulant d'une douzaine d'entailles, le regard fixe, insupportable. J'ai dû détourner le mien. Il y avait quelque chose de dérangeant dans ces yeux. Comme quand quelqu'un dit quelque chose de blessant et veut le retirer. Plus tard, j'ai découvert qu'elle était morte en essayant de protéger Eddie… oui, Eddie ! Elle avait été tuée par inadvertance, et c'était sa mort qui avait partagé la meute en deux factions, ceux qui pensaient que c'était OK de tuer une quadragénaire et ceux qui trouvaient que ça faisait désordre. Cette dispute avait mis fin à leur déchaînement et provoqué leur départ.

Nous avons enterré Eddie et Caroline dans le jardin. Il s'était remis à pleuvoir, aussi nous avons seulement pu leur offrir une inhumation humide et fangeuse, appropriée peut-être pour Eddie. Mais voir le corps de Caroline disparaître dans la boue a fait mal au cœur à chacun de nous. Papa respirait avec difficulté, comme si quelque chose bloquait ses voies respiratoires – son cœur peut-être.

Nous sommes repartis à Bangkok en silence, perdus dans la douleur qui rend ensuite tous les sourires moins sincères. Papa n'a pas bougé, même s'il émettait des petits bruits pour nous faire savoir que chaque minute lui restant à vivre serait une torture intolérable. Je sais qu'il se reprochait sa mort, et qu'il la reprochait à Terry aussi, pour avoir employé Eddie ; et non seulement à Terry mais au sort, au hasard, à Dieu, à l'art, la science, l'humanité, la Voie lactée. Rien n'y échappait.

Quand nous sommes arrivés chez Terry, nous nous sommes retirés chacun dans notre chambre pour songer à la rapidité étonnante avec laquelle le cœur de l'homme se ferme et pour nous demander comment il peut jamais se rouvrir. Ce n'est que deux jours plus tard, poussé peut-être par le meurtre de Caroline, ou par le chien noir qui aboyait dans le fumier de son cœur, ou par le deuil qui étouffait sa raison, ou peut-être parce que même après une vie de réflexion sur la mort il n'arrivait toujours pas à accepter l'inévitabilité de la sienne, que papa a émergé soudain de son hypnose provoquée par la douleur et a annoncé son dernier projet. Ainsi qu'Eddie l'avait prédit, c'était le plus cinglé. Et après une vie passée à regarder papa prendre décision improbable sur décision improbable, ce qui m'a surpris le plus, c'est que je puisse encore être surpris.

7

« JE NE VEUX PAS MOURIR ICI, A LANCÉ PAPA.

— Qu'est-ce qu'il y a ? lui a demandé Terry. Ta chambre ne te plaît pas ?

— La chambre est très bien. C'est ce pays. »

Nos étions en train de manger des laksas au poulet en regardant le soleil se coucher sur la métropole polluée. Comme d'habitude, papa avait des nausées, et parvenait à faire croire que son état était dû non à celui de ses intestins mais à la qualité de la compagnie.

« Allons, nous ne voulons pas que tu meures non plus, n'est-ce pas, Jasper ?

— Non, j'ai dit, et j'ai attendu trente bonnes secondes avant d'ajouter : Pas pour le moment. »

Papa s'est essuyé les coins de la bouche avec ma manche et a annoncé : « Je veux mourir chez moi.

— Quand tu dis chez toi, tu veux dire…

— En Australie. »

Terry et moi avons échangé un regard terrifié.

« Eh bien, mon pote, a répondu Terry avec lenteur, ce n'est pas vraiment pratique.

— Je sais. N'empêche, je rentre chez moi. »

Terry a pris une grande inspiration et s'est adressé à papa avec calme et circonspection, comme s'il reprochait gentiment à son fils adulte mais débile d'avoir étouffé le chat en le serrant trop fort.

« Marty. Tu sais ce qui arrivera à la seconde où l'avion atterrira sur le sol australien ? Tu seras arrêté à l'aéroport. » Papa n'a rien répliqué. Il savait que c'était vrai. Terry a poursuivi : « Tu veux mourir en prison ? Parce que c'est ça qui va arriver si tu rentres.

— Non, je ne veux pas mourir en prison.

— Voilà qui est réglé, alors. Tu mourras ici.

— J'ai une autre idée », a avancé papa.

Immédiatement, toute lueur d'espoir s'est éteinte, et j'ai su qu'une mort agréable, silencieuse et paisible suivie de funérailles intimes et d'une période respectable de deuil maîtrisé étaient maintenant hors de question. Ce qui s'annonçait allait être dangereux, bordélique et frénétique, et me mènerait au bord de la folie.

« Bon, Marty, qu'est-ce que tu suggères ?

— Qu'on retourne en douce en Australie.

— Quoi ?

— Par bateau. Terry, je sais que tu connais les passeurs.

— C'est de la folie ! j'ai crié. Tu ne peux pas vouloir risquer ta vie juste pour mourir en Australie ! Tu détestes l'Australie !

— Écoute, je suis conscient que c'est de l'hypocrisie de niveau international. Mais je m'en fous. J'ai le mal du pays ! Le paysage et son odeur me manquent. Même mes compatriotes et leur odeur me manquent !

— Fais attention, j'ai rétorqué. Ton ultime action sera en contradiction directe avec tout ce que tu as jamais pensé, dit et cru.

— Je sais », il a répondu presque gaiement, sans s'en soucier le moins du monde. En fait, cela semblait le ragaillardir. Il était sur pied à présent, tanguant un peu, son regard nous mettant au défi d'élever d'autres objections, prêt à les flinguer.

« Tu ne m'as pas dit que le nationalisme est une maladie ? j'ai demandé.

— Et je persiste. Mais c'est une maladie que j'ai contractée, apparemment, avec le reste. Et je ne vois pas l'intérêt d'essayer de me guérir d'une affection mineure alors que je suis sur le point de mourir d'une majeure. »

Je n'ai pas répondu. Il n'y avait rien à répondre.

Il fallait que je sorte l'artillerie lourde pour venir à ma rescousse. Heureusement, papa avait emporté une valise pleine de livres, et j'ai trouvé la citation qu'il me fallait dans son exemplaire fatigué de *Société aliénée et société saine* de Fromm. Je suis entré dans sa chambre, mais il était aux toilettes, et je la lui ai lue à travers la porte de la salle de bains : « Eh, papa. "Celui qui ne s'est pas libéré des liens du sang et du sol n'est pas encore complètement né en tant qu'être humain ; sa capacité à aimer et à raisonner est inhibée ; il ne s'appréhende pas dans sa réalité humaine, pas plus qu'il n'appréhende son prochain dans cette même réalité."

— Ça ne fait rien. Quand je mourrai, mes échecs et mes faiblesses mourront avec moi. Tu vois ? Mes échecs sont en train de mourir eux aussi. »

J'ai poursuivi : « "Le nationalisme est notre forme d'inceste, notre idolâtrie, notre folie. Le 'patriotisme'… est son culte… Tout comme l'amour pour un individu qui exclut l'amour pour les autres n'est pas l'amour, l'amour du pays qui ne fait pas partie de l'amour pour l'humanité n'est pas de l'amour, mais de l'idolâtrie."

— Et alors ?

— Et alors tu n'aimes pas l'humanité, n'est-ce pas ?

— Non. Pas vraiment.

— Eh bien, voilà ! »

Papa a tiré la chasse et est sorti sans s'être lavé les mains.

« Tu ne pourras pas changer mon esprit, Jasper. C'est ce que je veux. Les mourants ont des envies de mourants même si ça irrite les vivants. Et mon envie, c'est d'expirer dans mon pays, avec les miens. »

Caroline. De toute évidence, papa était sous l'emprise d'une douleur incessante. Il avait toute sa vie résisté à son bien-être, et cette mission en Australie était un ordre résultant de la tristesse qui devait être obéi.

Mais pas seulement puisque avec cette idée de rentrer en Australie en douce comme cargaison humaine au cours d'une opération de contrebande risquée papa avait trouvé un ultime projet stupide qui ne pouvait qu'accélérer sa mort.

II

Les passeurs dirigeaient leur vilaine entreprise depuis un restaurant ordinaire dans une rue embouteillée semblable aux soixante-dix autres que nous avions déjà empruntées. À la porte, Terry nous a prévenus : « Il faut faire attention, avec ces types. Ils sont cent pour cent brutaux. Ils commencent par vous couper la tête et posent ensuite seulement des questions, principalement pour savoir où envoyer votre tête. » Avec cela à l'esprit, nous avons pris une table et commandé des curries et de la salade de bœuf. J'avais toujours imaginé que les couvertures des activités criminelles n'étaient que des façades, mais derrière celle-ci ils servaient réellement de la nourriture, et elle n'était pas mauvaise.

Nous avons mangé en silence. Papa toussait entre chaque cuillerée, et entre chaque toux demandait une bouteille d'eau au serveur. Terry avalait des pelletées de crevettes et respirait par le nez. Le roi me jetait un regard désapprobateur depuis son portrait accroché au mur. Deux routards anglais à la table voisine parlaient des différences physiques et psychologiques entre les prostituées thaïes et une fille prénommée Rita qui habitait le Sussex.

« Alors, Terry, j'ai demandé, qu'est-ce qui se passe maintenant ? Nous restons ici jusqu'à la fermeture ?

— Laisse-moi faire. »

Nous l'avons laissé faire. Toute la communication s'est nouée en silence, selon des règles préétablies : Terry a fait un signe de tête entendu à un serveur, qui à son tour en a fait un au chef à travers le guichet de la cuisine. Le chef a alors transmis le signe de tête à un homme hors de notre champ de vision, qui sans doute l'a transmis aux vingt hommes supplémentaires qui se tenaient sur l'escalier en spirale menant à la mezzanine de l'enfer. Après quelques minutes anxieuses, un homme à la tête chauve légèrement malformée est venu s'asseoir, se mordant la lèvre et nous fixant d'un regard menaçant. Terry a sorti une enveloppe débordant d'argent qu'il a poussée sur la table. Cela a adouci un peu le passeur. Saisissant l'enveloppe, il s'est levé. Nous l'avons suivi, nos pas résonnant de manière prolongée tandis que nous parcourions un couloir qui menait à une petite pièce sans fenêtre où deux hommes armés nous ont gratifiés de regards glacés. L'un d'eux nous a brutalisés, à la recherche d'armes, et après qu'ils ont fait chou blanc un quinquagénaire flasque vêtu d'un costume coûteux est entré et nous a brièvement observés. Son immobilité intimidante m'a donné l'impression de me trouver dans un roman de Conrad, comme si nous regardions au cœur des ténèbres. Bien sûr, ce n'était qu'un homme d'affaires, avec le même amour du profit et la même indifférence aux souffrances humaines que ses homologues occidentaux. J'ai songé que ce type pourrait être cadre moyen chez IBM ou conseiller juridique pour l'industrie du tabac.

Sans crier gare, un des gardes du corps a abattu la crosse de son arme sur la tête de Terry. Son corps massif s'est écroulé. Il a perdu connaissance. Je voyais son torse soulevé par une respiration lente et lourde. Quand ils ont pointé leurs armes sur moi, je me suis dit que c'était exactement le genre de pièce où j'avais toujours imaginé mourir : petite, sans air, et bourrée d'étrangers qui assistaient au spectacle avec indifférence.

« Vous êtes police, a dit le chef.

— Non. Pas police, a protesté papa. Nous sommes des criminels recherchés. Comme vous. Enfin, pas comme vous. Nous ne savons pas si vous êtes recherchés. Peut-être que personne vous recherche.

— Vous êtes police.

— Non. Bon Dieu, écoutez ! J'ai un cancer. Le cancer, vous savez. Le grand C. La mort. » Papa a alors entrepris de leur raconter toute l'histoire absurde de sa déchéance et de sa fuite d'Australie.

Je croyais couramment admis que plus une histoire est ridicule plus elle semble vraie, mais les passeurs ont paru sceptiques. Tandis qu'ils délibéraient de notre sort, je me suis rappelé qu'Orwell décrivait l'avenir comme une botte écrasant sans fin un visage humain, puis j'ai pensé que tout autour de moi se trouvaient des bottes, des gens si terribles que l'humanité tout entière devrait être punie de ne rien faire pour limiter leur existence. Le boulot de ces passeurs était de recruter des désespérés, les dépouiller de leur dernier centime, leur mentir avant de les enfourner dans des bateaux qui coulaient régulièrement. Chaque année, ils envoyaient des centaines de personnes à une mort dans la terreur. Ces exploiteurs pur jus représentaient les troubles fonctionnels intestinaux du cosmos, et en regardant ces hommes comme s'ils étaient des exemples de tous les hommes, j'ai décidé que je serais heureux de disparaître si cela signifiait qu'eux non plus ne pourraient plus exister.

Le chef parlait bas en thaï juste au moment où Terry a repris conscience. Nous l'avons aidé à se relever, ce qui n'était pas une tâche aisée. En se frottant la tête, il nous a déclaré : « Ils ont dit que ça coûterait vingt-cinq mille.

— Cinquante mille, j'ai dit.

— Jasper, a murmuré papa, tu as une idée de comment fonctionne le marchandage ?

— Moi aussi, je repars. »

Papa et Terry ont échangé un regard. Celui de papa était sombre et muet tandis que celui de son frère était rond et étonné.

« Beaucoup de ces bateaux coulent avant d'arriver en Australie, a remarqué Terry d'un air inquiet. Marty, c'est non ! Mille fois non ! Tu ne peux pas laisser Jasper venir avec toi.

— Je ne peux pas l'en empêcher. » J'ai décelé dans la voix de papa qu'il prenait plaisir à jouer avec ma vie maintenant que la sienne était finie.

« Jasper, tu es un imbécile. Ne fais pas ça, a protesté Terry.

— Il le faut. »

Terry a soupiré, et marmonné que je ressemblais de plus en plus à mon père. L'affaire a été conclue par une poignée de main et cinquante mille dollars en liquide sec et froid, et une fois la transaction terminée, les passeurs ont semblé se décontracter et nous ont offert une bière. À les regarder, j'ai supposé qu'ils s'étaient séparés du tronc de l'humanité à une époque reculée de l'évolution et avaient évolué en secret, parallèlement à l'homme, mais toujours à part.

« Dis-moi une chose, Jasper, m'a demandé Terry tandis que nous sortions du restaurant. Pourquoi tu pars ? »

J'ai haussé les épaules. C'était compliqué. Je ne voulais pas que les passeurs, ces putain de vampires, jettent papa à la mer à une demi-heure des côtes. Mais ce n'était pas un accès d'altruisme, c'était une frappe préventive. Je ne voulais pas que le ressentiment de papa me hante par-delà la tombe, ni que des vaguelettes de culpabilité viennent lécher ma future sérénité. Et, par-dessus tout, ce devait être un voyage sentimental : s'il devait mourir, en mer ou parmi « les siens » (quels qu'ils puissent foutrement être), je voulais le voir de mes yeux contre les siens sans vie. Toute mon existence, j'avais été poussé au-delà des limites de la raison par cet homme, et l'idée que je puisse être à ce point impliqué dans le drame de son existence et ne pas être présent pour l'apothéose m'était insupportable. Il avait peut-être été son pire ennemi, mais il était aussi le mien… Que je sois damné si j'allais attendre patiemment sur la rive, comme dans le proverbe chinois, que son cadavre passe devant moi ! Je voulais le voir mourir, l'enterrer, et tasser la terre de mes propres mains.

C'est un fils aimant qui parle.

III

Notre dernière nuit en Thaïlande, Terry a préparé un festin, qu'a gâché la disparition de papa. Nous avons fouillé la maison de fond en comble, particulièrement les salles de bains et les toilettes, tous les trous dans lesquels il aurait pu tomber, mais il est resté introuvable. Finalement, nous avons découvert un petit mot sur son bureau : « Chers Jasper et Terry. Suis allé au bordel. À plus tard. »

Terry a pris comme un affront le fait que son frère l'évite pour leur dernière nuit ensemble ; et je ne suis pas totalement parvenu à le convaincre que chaque mourant doit procéder à son propre rituel primitif. Certains tiennent la main de leurs proches ; d'autres préfèrent le sexe exploiteur et non protégé du tiers-monde.

Avant de me coucher, j'ai préparé quelques affaires pour le voyage. Nous avions emporté très peu de choses d'Australie, et j'en ai pris encore moins pour le retour – vêtements de rechange pour chacun, brosses à dents, un tube de dentifrice et deux fioles de poison pleines d'un liquide trouble que Terry m'avait offertes, les mains tremblantes, au cours du dîner. « Tiens, neveu. Au cas où le voyage s'éterniserait ou se terminerait au fond de la mer, et que vos seules perspectives soient la mort par inanition ou par noyade, voilà une troisième possibilité ! » Il m'avait assuré que c'était un poison rapide et relativement peu douloureux. J'ai médité quelque temps le terme « relativement », incapable de trouver une consolation à l'idée que nous hurlerions de douleur moins longtemps qu'avec d'autres substances toxiques. Puis j'ai caché les tubes en plastique dans une poche zippée sur le côté de mon sac.

Je n'ai pas fermé l'œil de la nuit. J'ai songé à Caroline et au fait que je n'avais pas été capable de la sauver. Comme mon cerveau avait été décevant ! Après tout ce dont j'avais été témoin dans ma vie, je m'étais presque convaincu que la roue de l'histoire personnelle est mue par la pensée, et que donc mon histoire avait été confuse parce que ma pensée avait été confuse. Je me disais que tout ce que j'avais vécu était selon toute probabilité la matérialisation de mes peurs (particulièrement de ma peur des peurs de papa). En résumé, j'avais brièvement cru que si le caractère d'un homme est son destin, et que si ce caractère est la somme de ses actions, et que ses actions sont le résultat de ses pensées, alors le caractère, les actions et le destin d'un homme dépendent de ce qu'il pense. Maintenant, je n'en étais plus aussi sûr.

Une heure avant l'aube, alors qu'il était temps de partir, papa n'était toujours pas rentré. J'ai imaginé qu'il était perdu dans Bangkok, fatigué d'avoir passé la nuit à marchander avec des prostituées ; ou en train de prendre un long bain moussant dans un hôtel de luxe, ayant décidé, sans nous prévenir, de ne plus partir.

« Qu'est-ce qu'on fait ? a demandé Terry.

— Allons au port. Peut-être qu'il y sera. »

Il y avait une demi-heure de route jusque-là, à travers la ville entassée et les banlieues délabrées qui ressemblaient à un énorme château de cartes abattu. Nous nous sommes garés le long d'un quai interminable. Le soleil, qui émergeait au-dessus de l'horizon, brillait à travers le brouillard. Au-dessus de nous, nous pouvions tout juste apercevoir des nuages en forme de têtes coupées.

« Le voilà », a dit Terry.

Quand j'ai vu le chalutier, notre cercueil en puissance, un bateau en bois merdique qui ressemblait à une vieille relique restaurée à la hâte pour une expo, j'ai été pris d'une crise d'arthrite aiguë, et j'ai songé que nous allions y être entreposés comme les foies de morue que nous sommes.

Peu avant les chercheurs d'asile, les Clandestins ont commencé à apparaître en groupes craintifs de deux ou trois. Hommes, femmes, enfants. Je les ai comptés tandis qu'ils s'accumulaient sur le quai : huit... douze... dix-sept... vingt-cinq... trente... Il n'arrêtait pas d'en arriver. On ne voyait pas comment ce petit bateau pourrait nous contenir tous. Les mères serraient fort leurs enfants contre elles. J'ai eu envie de pleurer. Impossible de ne pas être ému à la vue d'une famille qui risque la vie de ses enfants pour leur donner une existence meilleure.

Ils étaient là, les Clandestins. Ils affichaient une expression à la fois de désespoir et d'espoir, serrés les uns contre les autres, en examinant le chalutier avec une profonde méfiance. Ils ne se faisaient pas d'illusions : ils savaient qu'ils jouaient leur vie à pile ou face, ayant du mal à croire que ce rafiot rouillé tiendrait ses engagements.

Je les ai observés en me demandant si nous aurions recours au cannibalisme avant la fin du voyage... Est-ce que je dévorerais la cuisse de cet homme et étancherais ma soif avec le liquide cérébro-spinal de cette femme à l'aide d'une pipette ?

J'ai attendu sur le quai à côté de Terry. Les passeurs ont surgi de nulle part, tous en kaki. Le capitaine, un homme mince au visage fatigué, est sorti du bateau. Il se frottait sans cesse la nuque comme si c'était la lampe d'Aladin. Il nous a ordonné de monter.

« Je ne pars pas sans papa, j'ai décrété, énormément soulagé.

— Attends ! Le voilà. »

Merde. C'était bien lui qui avançait en titubant vers nous.

Un jour, quelqu'un a dit qu'à cinquante ans on a la tête qu'on mérite. Eh bien, je suis désolé, mais personne à cet âge-là ne mérite la tête qu'avait mon père tandis qu'il s'approchait. C'était comme si la gravité était devenue folle et attirait cette tête à la fois vers la Terre et vers la Lune.

« C'est ça ? c'est le bateau ? le putain de bateau ? Il est étanche ? Il m'a l'air plutôt perméable.

— C'est bien lui.

— On dirait qu'il ne pourrait même tenir sur cales.

— Je suis d'accord. Il n'est pas trop tard pour renoncer.

— Non, non. On continue.

— D'accord. »

Putain.

Le soleil se levait. C'était presque le matin. Le capitaine nous a de nouveau ordonné de monter à bord. Terry a posé la main sur son épaule, qu'il a pressée comme un citron.

« D'accord. Rappelle-toi ce que je t'ai dit : Si ces deux hommes n'arrivent pas en Australie en parfait état, je te tuerai.

— Et s'il ne vous tue pas, a ajouté papa, mon fantôme viendra vous filer un coup de pied dans les couilles.

— C'est entendu, alors, a insisté Terry. Tu as pigé ? »

Le capitaine a acquiescé d'un air las. Il semblait habitué aux menaces.

Terry et papa se tenaient face à face comme deux lutteurs prêts à engager le combat. Papa a essayé de sourire, mais sa figure n'a pas pu supporter cette soudaine tension. Terry a soufflé un peu, comme s'il montait un escalier, et donné une petite tape sur le bras de papa.

« Bon. C'étaient de sacrées retrouvailles, non ?

— Je suis désolé que la mort fasse une telle merde de moi. » Gêné, papa a posé la main sur sa tête comme s'il craignait qu'elle ne s'envole. Puis ils se sont souri. On voyait toute leur vie dans ce sourire : leur enfance, leurs aventures. Le sourire disait : « Est-ce que nous ne sommes pas devenus deux créatures différentes et amusantes ? »

« Je te souhaite une mort pépère, a déclaré Terry, et essaie de ne pas emporter Jasper avec toi.

— Ça ira pour lui. » Papa s'est détourné de son frère et est monté dans le bateau qui cognait doucement contre le quai.

Terry m'a pris par les épaules, a souri et s'est penché en avant. Il sentait la coriandre et la citronnelle. Il a planté un baiser sur mon front. « Prends soin de toi.

— Qu'est-ce que tu vas faire ?

— Je crois que je vais quitter la Thaïlande. Peut-être pour le Kurdistan ou l'Ouzbékistan, un de ces endroits que je suis incapable d'épeler, pour y monter une coopérative. Toute cette histoire avec ton père et Caroline m'a un peu secoué. J'ai besoin d'un long voyage difficile. Pour voir ce qui se passera. J'ai l'impression bizarre que le monde va bientôt partir en fumée. La guerre a commencé, Jasper. Crois-moi. Ceux qui n'ont rien s'organisent. Et ceux qui ont tout vont passer un sale quart d'heure. »

J'ai reconnu que les événements semblaient évoluer dans ce sens.

« Est-ce que tu sortiras jamais de l'ombre pour retourner en Australie ?

— Un jour, je reviendrai leur foutre la trouille de leur vie.

— Allez, on rentre à la maison », a crié papa depuis le pont.

Terry a levé un doigt pour dire qu'il lui fallait une minute de plus. « Jasper, avant de partir, j'aimerais te donner un conseil ou deux.

— Parfait.

— En t'observant ces derniers mois, j'ai découvert qu'il y a quelque chose que tu désires par-dessus tout. Tu veux ne pas être comme ton père. »

Voilà quelque chose que je ne cachais pas, même à papa…

« À l'heure qu'il est, tu as probablement compris que si tu as des pensées courageuses tu pourras traverser la rue sans regarder, mais que si tu as des pensées sadiques et vénales, tu te retrouveras à tirer la chaise chaque fois que quelqu'un voudra s'asseoir. On est ce qu'on pense. Donc, si tu ne veux pas devenir comme ton père, ne te positionne pas dans une impasse comme lui – pense au grand air, et la seule façon d'y arriver c'est d'être heureux, de ne pas vouloir savoir si tu as tort ou raison et jouer le jeu de la vie sans essayer d'en comprendre les règles. Cesse de juger les autres, sois futile, ne laisse pas les meurtres t'enlever tes illusions, rappelle-toi que ceux qui jeûnent survivent et que ceux qui ont faim meurent, ris en voyant tes illusions s'écrouler, et, par-dessus tout, bénis chaque minute qui passe de cette stupide saison en enfer. »

Je ne savais pas quoi répondre. Je l'ai remercié, l'ai serré contre moi une dernière fois et j'ai embarqué.

Comme nous partions, à travers un épais nuage de fumée noire, j'ai agité la main jusqu'à ce que Terry disparaisse de ma vue. J'ai regardé papa pour voir s'il était triste. Tourné de l'autre côté, il regardait l'horizon, arborant un sourire d'un optimisme déplacé.

IV

Ô terrible océan ! Semaines et semaines d'océan !

Le capitaine a été dans l'incapacité de contrôler le bateau. De grosses vagues nous ont menacés de tous bords. Le chalutier, horriblement secoué, non content de tanguer et de rouler, semblait tourbillonner, décrivant dans l'air des cercles déments.

Sur le pont inférieur, les hublots condamnés étaient recouverts de goudron, et les planchers moquettés de cartons sales. Les passagers dormaient sur des matelas minces comme des draps. À mon arrivée en Thaïlande, tout le monde m'avait recommandé de ne pas pointer mes pieds en direction d'une tête. Maintenant, dans cet espace exigu, les gens étaient si proches qu'on finissait par mettre ses pieds non pas en direction de la tête d'inconnus, mais carrément sur leur figure, jour et nuit. Papa et moi étions blottis dans un coin, pris en sandwich entre de gros sacs de riz et une famille de Chine du Sud dont tous les membres fumaient cigarette sur cigarette.

Dans cette cage brûlante et suante, le seul oxygène que nous avons inhalé a été celui qu'exhalaient d'autres passagers. Se trouver ici, c'était nager en plein cauchemar. Les membres et les torses squelettiques entassés les uns contre les autres étaient oppressants, particulièrement dans l'obscurité suffocante, où les voix – sons étranges, glaçants et gutturaux – composaient des conversations dont nous étions exclus. Pour sortir prendre l'air, impossible de se déplacer normalement parmi les passagers :

on était roulés impitoyablement d'une extrémité à l'autre de la coque jusqu'à la sortie.

Parfois, papa et moi dormions sur le pont supérieur au plancher dur et strié avec, en guise d'oreiller, les rouleaux d'une corde humide et lourde, gainée par la boue des grands fonds. Ce n'était pas beaucoup mieux à l'air libre ; les jours étaient abominablement chauds, il pleuvait continuellement… Qui aurait imaginé que des moustiques puissent arriver si loin en mer ? Ils nous dévoraient sans répit, mais nous nous entendions à peine jurer contre Dieu à cause du bruit du moteur qui rotait des nuages continus de fumée noire.

La nuit, étendus sur le dos, nous regardions le ciel, où nageaient les étoiles en formations. Les sanglots, les hurlements et les cris de délire, émis par papa pour la plupart, leur donnaient une allure quelque peu menaçante.

Les étapes terminales d'un cancer n'ont rien de plaisant. Confus, délirant, convulsif, papa a souffert de terribles maux de tête, de vertiges, de difficultés d'élocution, de nausées, de vomissements, de tremblements, de suées, d'insupportables douleurs musculaires, de fatigue extrême, et de sommeils lourds comme des comas. Je devais le nourrir de pilules dont le flacon portait une étiquette illisible. Il me disait qu'il s'agissait d'opiacés. Les divers projets d'immortalité de papa avaient cédé la place à un projet de mortalité plus important : mourir en souffrant le moins possible.

À bord, personne n'appréciait le malade. Tout le monde était conscient que le voyage exigeait force et énergie, sans compter que, quelle que soit la religion, un mourant est un mauvais présage. Peut-être à cause de cela, les Clandestins étaient peu disposés à partager leurs provisions avec nous. Et ce n'était pas seulement la santé de papa qui les incommodait : nous exhalions l'odeur de l'étranger. Ils savaient que nous étions des Australiens qui avaient payé une somme énorme pour entrer illégalement dans notre pays. Comment comprendre une chose pareille ?

Un nuit, sur le pont, j'ai été réveillé par un aboiement en forme de question : « Pourquoi vous ici ? » Ouvrant les yeux, j'ai vu le capitaine qui nous toisait en fumant une cigarette. Son visage était un roman de gare que je n'avais pas l'énergie de lire. « Je ne crois pas qu'il arrive, a insisté la voix du capitaine tandis qu'il poussait du pied le ventre de papa. Peut-être on le jette par-dessus bord.

— Peut-être que je te jette par-dessus bord », j'ai répondu.

Un des Clandestins a crié dans mon dos quelque chose au capitaine dans une langue que je n'ai pas reconnue. Le capitaine a reculé. Je me suis retourné. Ce Clandestin avait environ le même âge que moi, de grands yeux magnifiques, beaucoup trop grands pour son visage émacié, de longs cheveux bouclés et de longs cils bouclés. Il n'était que longueurs et boucles.

« On dit que vous êtes australiens.

— C'est vrai.

— J'aimerais avoir un prénom australien. Vous pouvez m'en trouver un ?
— OK. Bien sûr. Pourquoi pas… Ned ?
— Ned ?
— Ned.
— D'accord. Maintenant, je suis Ned. Vous voulez bien m'appeler par mon nouveau prénom et voir si je me retourne ?
— OK. »
Ned m'a présenté son dos et j'ai crié : « Shane ! » Il ne s'y est pas laissé prendre. Après quoi je l'ai appelé Bob, Henry, Frederick et Chaudlapin sans qu'il bronche. Puis j'ai crié : « Ned ! » et il s'est retourné, affichant un immense sourire.
« Merci, il a dit poliment. Je peux vous poser une question ?
— Allez-y.
— Pourquoi êtes-vous ici ? Nous aimerions tous savoir. »
J'ai regardé derrière moi. D'autres avaient émergé de la cabine pour laver leurs poumons crasseux dans l'air de la nuit. Papa était suant et fiévreux, et Ned a brandi un chiffon mouillé afin que je l'inspecte.
« Je peux ? il m'a demandé.
— Allez-y. »
Ned a pressé le chiffon contre le front de papa, qui a poussé un long soupir. Puis les passagers ont crié leurs questions à Ned, et il leur a répondu de la même manière avant de les inviter à s'approcher d'un geste. Ils se sont assemblés autour de nous et nous ont inondé les oreilles d'éclaboussures de mauvais anglais. Ces étranges personnages auxiliaires, appelés à la dernière minute pour figurer dans l'épilogue d'une vie, voulaient comprendre.
« Quel est votre nom ? Ned a lancé à papa.
— Martin. Lui, c'est Jasper.
— Alors, Martin, pourquoi vous allez en Australie comme ça ?
— Ils ne veulent pas de moi, a répondu papa d'une voix faible.
— Qu'est-ce que vous avez fait ?
— J'ai commis de graves erreurs.
— Vous tuer quelqu'un ?
— Non.
— Vous violer quelqu'un ?
— Non. Rien de ce genre. C'était une… imprudence financière. » Il a grimacé. Si seulement papa avait violé et tué… Ces crimes auraient au moins rendu sa vie légitime, et peut-être la mienne aussi.

Ned a traduit aux autres l'expression « imprudence financière » et, comme un signe, un épais rideau nuageux s'est ouvert, permettant à la lune d'illuminer leurs expressions ébahies. En les voyant nous regarder, je me suis demandé s'ils avaient la moindre idée de ce qui les attendait en Australie. J'imagine qu'ils savaient qu'ils vivraient une vie souterraine, exploités dans des bordels, des usines, des immeubles, des restaurants, et par l'industrie du textile qui les ferait coudre jusqu'à ce qu'ils s'usent les doigts jusqu'à l'os. Mais je doutais qu'ils soient conscients de la rivalité puérile opposant les dirigeants pour voir qui aurait la politique d'immigration la plus dure, celle qu'on n'aimerait pas croiser la nuit dans une ruelle sombre. Ni que l'opinion publique était déjà dressée contre eux, parce que même si on court pour sauver sa vie ça n'empêche pas qu'il faut faire la queue ; ils ne savaient sans doute pas non plus que l'Australie, comme partout ailleurs, excellait à faire passer pour importantes les distinctions arbitraires entre personnes.

Et s'ils savaient cela, ils n'avaient pas le temps d'y réfléchir. Survivre au voyage était l'unique priorité, et ce n'était pas du gâteau. Les choses ont empiré avec régularité. Les vivres ont commencé à manquer. Le vent et la pluie ont cinglé le bateau. D'énormes vagues menaçaient de nous faire chavirer à tout moment, et parfois on ne pouvait pas lâcher le bastingage sous peine d'être jeté par-dessus bord. Nous ne nous sentions pas plus proches de l'Australie que le jour de notre départ, et il est devenu difficile de croire que notre pays puisse même exister, ou n'importe quel pays d'ailleurs. L'océan s'étendait. Il couvrait la Terre entière. Le ciel s'étendait, il était même monté plus haut, s'étirant à se rompre. Notre bateau était la plus petite chose dans la création, et nous étions infinitésimaux. La faim et la soif nous ont fait encore rapetisser. La chaleur était une combinaison de sudation que nous portions tous ensemble. Beaucoup tremblaient de fièvre. Une ou deux fois nous avons aperçu la terre, et j'ai hurlé dans le tympan du capitaine : « Débarquons ici, pour l'amour de Dieu !

— Ce n'est pas l'Australie.

— Quelle importance ? C'est la terre ! La terre ferme ! Au moins, on ne s'y noiera pas ! »

Nous avons poursuivi, traçant un sillage d'écume dans un océan bouillonnant de mauvaises intentions.

Surprenant à quel point l'animal humain mourant peut être placide au milieu d'un pareil cirque ! Je ne l'aurais jamais cru. Je pensais que nous nous écharperions, que nous boirions le sang de nos frères, mais absolument pas : tout le monde était trop fatigué. Certes, il y avait des pleurs et pas mal de frustration amère, mais c'était une frustration tristement amère et silencieuse. Nous étions de minuscules créatures ratatinées, trop frêles pour protester de manière sérieuse.

La plupart du temps, papa restait allongé sur le pont sans bouger, avec l'air d'une de ces peluches à faire peur qu'on offre aux gosses à Halloween.

Je lui ai doucement caressé le front, mais il a rassemblé juste assez d'énergie pour me repousser.

« Je suis en train de mourir », il a dit d'un ton amer.

Je l'ai réconforté :

« Dans deux jours, moi aussi je serai en train de mourir.

— Désolé. Je t'avais dit de ne pas venir », il a fait, sachant pertinemment que ce n'était pas le cas.

Papa a essayé d'avoir l'air d'éprouver du remords pour avoir égoïstement aligné mon destin sur le sien. Mais je n'étais pas dupe. Je savais quelque chose qu'il n'aurait jamais admis : il ne s'était jamais débarrassé complètement de son ancienne illusion démente selon laquelle j'étais sa réincarnation prématurée. Et maintenant, il se disait que si je mourais il pourrait peut-être continuer à vivre.

« Jasper, je suis en train de mourir, il a répété.

— Bon Dieu, papa ! Regarde autour de toi ! Tout le monde est en train de mourir ! Nous allons tous mourir ! »

Cela l'a mis en rogne. Il était furieux que sa mort ne soit pas considérée comme un spectacle tragique unique. Mourir parmi les mourants, simple numéro sur une liste, était vraiment une source d'irritation. C'était surtout les prières incessantes qui le rendaient fou. « Si ces idiots pouvaient seulement la fermer...

— Ce sont de braves gens, papa. Nous devrions être fiers de nous noyer en leur compagnie. »

Bêtises. Je disais des bêtises. Mais papa était bien décidé à quitter la Terre dans un état belliqueux, et il n'y avait rien que je puisse faire pour l'en dissuader. Même avec ses valises bouclées et son passeport tamponné, il rejetait la religion une énième fois.

Nous étions les seuls à ne pas prier, et le positivisme des Clandestins nous faisait honte. Ils continuaient à croire que de jolies choses s'agitaient dans l'atmosphère. Leur vol extatique leur faisait tourner la tête et ils étaient ravis que leurs dieux ne soient pas du genre intérieur, donc incapables de vous aider à vous sortir d'un problème tangible et non passager comme le naufrage d'un bateau ; leurs dieux étaient à l'ancienne, de ceux qui adaptent la nature tout entière aux désirs de l'individu. Quelle chance ! Leurs dieux écoutaient vraiment les gens, et parfois intervenaient. Leurs dieux accordaient des faveurs personnelles ! C'est Qui-tu-sais ! Voilà pourquoi ils n'éprouvaient pas notre terreur glacée : pas de pouce ni d'index descendant des cieux pour nous tirer d'affaire.

Je m'occupais de papa dans une sorte de transe. Dans le noir, il exposait d'innombrables idées sur la vie et la manière de la vivre. Mais elles étaient légèrement plus confuses et puériles que ses diatribes habituelles, et j'ai compris que lorsqu'on tombe la seule chose à quoi on peut se raccrocher c'est soi-même. Quand il parlait, je faisais semblant d'écouter. S'il voulait dormir, je dormais moi aussi. Quand papa gémissait, je lui administrais des analgésiques. Je n'avais rien d'autre à faire. Il souffrait, ses yeux lointains encore plus lointains que jamais. Je savais qu'il pensait à Caroline.

« Martin Dean, quel idiot c'était ! » Cela le réconfortait de parler de lui à la troisième personne du passé.

Parfois Ned me remplaçait. Il donnait de l'eau à papa et faisait semblant lui aussi d'écouter son discours ininterrompu. En ces occasions, je rampais sur les corps de mes compagnons à moitié conscients pour aller prendre un peu d'air frais sur le pont. Au-dessus de moi, le ciel s'ouvrait comme un crâne fendu. Les étoiles brillaient comme des gouttes de sueur. J'étais éveillé, mais mes sens rêvaient. Ma propre sueur avait le goût de mangue, puis de chocolat, puis d'avocat. C'était un désastre ! Papa mourait trop lentement et trop douloureusement. Pourquoi il ne se tuait pas tout simplement ? Pourquoi les athées forcenés supportent-ils des agonies aussi futiles ? Qu'est-ce qu'il attendait ?

Un soir, je me suis soudain rappelé le poison.

Je suis descendu quatre à quatre, j'ai enjambé les matelas humains et lui ai murmuré à l'oreille : « Tu veux le poison ? »

Papa s'est redressé et m'a fixé de ses yeux brillants. La mort peut être contrôlée, chantaient ses yeux. Nos pouvoirs vitaux se rechargeaient à l'idée du poison.

« Demain à l'aube, il a dit. On le fera ensemble.

— Papa, moi je n'en prends pas.

— Non, bien sûr que non. Je ne voulais pas dire que tu en prendrais. Seulement que je le prendrais et que tu regarderais. »

Pauvre papa. Il avait toujours détesté la solitude, et maintenant il faisait face à la forme la plus profonde et concentrée de solitude qui soit.

À l'aube, il pleuvait, et il ne voulait pas se suicider sous la pluie.

Quand la pluie a cessé, il faisait trop chaud.

Le soir il a voulu pousser son dernier souffle sous le regard brûlant du soleil.

En bref, il n'était jamais prêt. Il vacillait, interminablement. Il trouvait toujours une nouvelle excuse pour ne pas le faire : trop de pluie, trop de nuages, trop de soleil, trop de houle, trop tôt, trop tard.

Deux ou trois jours d'angoisse se sont écoulés ainsi.

Finalement, c'est arrivé juste après le coucher du soleil, au cours de notre deuxième ou troisième semaine en mer. Une vague d'écume s'est écrasée sur le pont inférieur. Elle nous a à moitié noyés. Les cris n'ont aidé en rien. Lorsque l'océan s'est apaisé, papa s'est assis dans le noir. Il avait soudain du mal à respirer. Je lui ai donné de l'eau.

« Jasper, je crois que ça y est.

— Comment tu le sais ?

— Je sais, c'est tout. Je n'ai jamais cru dans les films quand les personnages savent que leur heure est venue, mais c'est vrai. La mort frappe à la porte. Elle frappe vraiment.

— Je peux faire quelque chose ?

— Emmène-moi en haut, attends que je sois mort et pousse-moi dans l'eau.

— Je croyais que tu ne voulais pas d'une tombe marine.

— Non, mais ces salauds me reluquent comme si j'étais une grosse côtelette d'agneau.

— Le cancer ne t'a pas rendu spécialement appétissant.

— Ne discute pas. Une fois que je serai mort je ne veux pas passer une minute de plus sur ce bateau.

— Compris. »

Les Clandestins ne nous quittaient pas des yeux. Ils ont échangé des paroles à voix basse, avec des airs de conspirateurs, tandis que Ned m'aidait à sortir papa.

Sur le pont, il s'est mis à mieux respirer. L'air du Pacifique a semblé lui faire du bien. Le vaste mouvement de l'océan l'a apaisé. Du moins j'aimerais le penser. C'étaient ses derniers moments, et je voudrais croire qu'à la fin il avait cessé de trouver son insignifiance cosmique blessante, que finalement il avait trouvé quelque chose de loufoque au fait que son existence ne signifiait rien, que c'était même amusant en quelque sorte d'être un accident dans l'effroyable terrain vague de l'espace-temps. J'ai eu l'espoir que, en regardant la majestueuse performance en bleu houleux de l'océan et en faisant face au vent fou marin, il pigerait que le spectacle universel était un drame trop vaste pour qu'il ait jamais pu espérer y obtenir un rôle important. Mais non, il n'a pas du tout mis son existence en perspective – il a fait preuve de manque d'humour jusqu'à la fin. Il a embrassé la mort en martyr de sa propre cause secrète, refusant de se dénoncer.

Je rends compte de ses dernières minutes dans le triste esprit d'un biographe trop proche de son sujet :

La nuit était silencieuse, hormis les craquements du bateau et le doux clapotis des vagues. La lune brillait au-dessus de l'horizon. Nous nous dirigions droit dessus. Le capitaine nous conduisait dans la lune. J'ai imaginé une écoutille qui s'ouvrait. Je nous ai imaginés y pénétrant. Je l'ai imaginée se refermant derrière nous tandis que résonnait un rire dément. J'ai imaginé ces choses pour me distraire de la réalité de la mort de mon père.

« Regarde, Martin, regarde la lune, a dit Ned. Regarde comme elle a été peinte sur le ciel. Dieu est vraiment un artiste. »

Cela a redonné de l'énergie à papa. « J'espère que non, pour notre bien à tous, il a répliqué. Sincèrement, Ned, tu as jamais rencontré un artiste ? Ce ne sont pas des gens sympathiques. Ce sont des gens égoïstes, narcissiques et vicieux qui passent leurs meilleurs moments en dépression suicidaire. Dis-lui, Jasper. »

J'ai soupiré. Je connaissais ce discours par cœur : « Les artistes sont des gens qui trompent leurs maîtresses, abandonnent leurs enfants légitimes, et font horriblement souffrir ceux qui ont le malheur de les connaître pour les efforts qu'ils font afin de leur être agréables. »

Papa a levé la tête vers Ned pour ajouter : « Tu qualifies Dieu d'artiste et tu t'attends à ce qu'il s'occupe de toi ? Bonne chance !

— Tu n'as pas la foi.
— Tu t'es jamais demandé pourquoi ton Dieu exige la foi ? Est-ce parce que les places sont limitées au paradis et que l'obligation d'avoir la foi est la façon dont il restreint le nombre d'entrées ? »
Ned l'a regardé avec pitié, a secoué la tête et n'a pas répondu.
« Papa, laisse tomber. »
Je lui ai redonné des analgésiques. Après les avoir avalés, il a hoqueté et est tombé dans l'inconscience. Dix minutes plus tard, il s'est mis à délirer.
« Des centaines... des millions... de chrétiens qui salivent... paradis un hôtel de luxe où... on ne tombera pas sur des musulmans et des juifs devant la machine à glace... les musulmans et les juifs... pas mieux... inébranlables... homme moderne... bonnes dents... faible capacité d'attention... censés être... chaos de l'aliénation... pas de vue d'ensemble religieuse... névrose... folie... pas vraie... toujours la religion chez les créatures... qui... meurent.
— Ne gaspille pas ton énergie », a lancé Ned. Il aurait dit : « Ta gueule » que je ne lui en aurais pas voulu.
La tête de papa est retombée sur mes genoux. Il ne devait plus avoir deux minutes à vivre et il n'arrivait toujours pas à le croire.
« C'est vraiment incroyable », il a lâché, et il a inspiré profondément. J'ai vu à son expression que les analgésiques faisaient leur effet.
« Je sais.
— Mais vraiment ! La mort ! Ma mort ! »
Il a sombré dans le sommeil pendant quelques minutes, puis ses yeux se sont rouverts brusquement avec une expression vide, aussi neutre que celle d'un bureaucrate. Il essayait peut-être de se convaincre que le jour de sa mort n'était pas le pire de sa vie, juste un de ces jours pas terribles. Mais il n'y est pas parvenu et il a gémi une nouvelle fois à travers ses dents serrées.
« Jasper.
— Je suis là.
— Tchekhov pensait que l'homme deviendrait meilleur si on lui montrait comment il est. Je ne crois pas que ce soit vrai. Ça l'a juste rendu plus triste et plus seul.
— Écoute, papa, ne te sens pas obligé de sortir un mot de la fin philosophique. Inutile de te forcer. »
— J'ai dit beaucoup de conneries dans ma vie, non ?
— Ce n'étaient pas que des conneries. »
Papa a pris quelques inspirations sifflantes tandis que ses yeux se révulsaient comme s'ils cherchaient quelque chose dans un coin de son crâne.
« Jasper, il a dit d'une voix rauque, il faut que je t'avoue quelque chose.
— Quoi ?
— Je t'ai entendu.
— Tu as entendu quoi ?
— Dans la jungle. Quand ils sont venus. Je t'ai entendu me prévenir.

— Tu m'as entendu ? » j'ai crié. Je ne pouvais pas le croire. « Tu as entendu ça ? Alors, pourquoi tu n'as rien fait ? Tu aurais pu sauver la vie de Caroline !

— Je n'ai pas cru que c'était vrai. »

Nous sommes restés silencieux un long moment. Nous regardions tous deux les ondulations de la mer.

Puis la douleur est revenue. Il s'est mis à hurler. J'ai eu peur. Puis la peur s'est transformée en panique. J'ai songé : « Ne meurs pas. Ne me laisse pas. Ne nous laisse pas. Tu résilies un partenariat. Tu ne comprends pas ça ? Je t'en prie, papa. Je suis absolument dépendant de toi, même si je ne suis que ton contraire – particulièrement en tant que ton contraire –, parce que si tu es mort, qu'est-ce que ça fait de moi ? Est-ce que le contraire de rien est tout ? Ou rien ?

Et je ne veux pas en vouloir à un fantôme non plus. Ça n'en finirait pas.

« Papa, je te pardonne.

— Pour quoi ?

— Pour tout.

— Quel tout ? Qu'est-ce que je t'ai fait ? »

Qui est le type agaçant ?

« Ça ne fait rien.

— OK.

— Papa, je t'aime.

— Moi aussi, je t'aime. »

Voilà. On l'a dit. Bien.

Ou peut-être pas si bien que ça. Plutôt bizarrement insatisfaisant. Nous venions de dire : « Je t'aime. » Père et fils, sur le lit de mort du premier, à nous dire que nous nous aimons. Pourquoi n'était-ce pas réconfortant ? Parce que je savais quelque chose que personne ne savait ni ne saurait jamais : quel homme étrange et merveilleux c'était. Et c'est ça que je voulais vraiment dire.

« Papa.

— J'aurais dû me tuer », il a marmonné entre ses dents, et il l'a répété comme si c'était son mantra. Il ne se pardonnerait jamais de ne pas s'être suicidé. Il avait raison : tout le monde sur son lit de mort devrait ne jamais se pardonner de ne pas s'être suicidé, même un jour plus tôt. Se laisser assassiner par la main de la Nature est la seule véritable apathie.

Sa mort a été rapide. Soudaine, même. Son corps a tremblé un peu, ensuite il a eu un spasme de frayeur, il a haleté, ses dents ont claqué comme s'il essayait de mordre la mort, la lumière de ses yeux a vacillé et s'est éteinte.

Voilà tout.

Papa était mort.

Papa était mort !

Incroyable !

Et je ne lui avais jamais dit que j'avais de l'affection pour lui. Pourquoi je ne l'ai pas fait ? « Je t'aime », blablabla... C'est pas difficile de dire : « Je t'aime », si ? Ce sont des putain de paroles de chansons. Papa savait que je l'aimais. Il n'a jamais su que j'avais de l'affection pour lui. De l'admiration même.

Il lui restait de la salive sur les lèvres qu'il n'avait pas avalée. Ses yeux, privés de vie ou de conscience, parvenaient encore à manifester l'insatisfaction. Son visage, déformé par la mort, maudissait le reste de l'humanité d'un rictus. Il était impossible de croire que le long tumulte sans gloire avait pris fin dans son crâne.

Deux Clandestins sont venus avec l'intention de m'aider à le jeter par-dessus bord.

« Ne le touchez pas ! » j'ai crié.

J'étais décidé à m'occuper tout seul des funérailles. C'était une idée sans intérêt, mais j'y tenais. Je me suis agenouillé à côté du cadavre et j'ai glissé mes bras en dessous. Il s'est fait tout nerveux entre mes mains. Ses longs membres sans vie se sont balancés sur mes épaules. Les vagues ont gonflé, comme si elles se léchaient les babines. Tous les visages passifs et creusés des Clandestins étaient empreints de respect. La cérémonie muette les réveillait de leur propre agonie languide.

Dans un effort final, j'ai jeté le corps de papa par-dessus bord et je l'ai inhumé dans le rugissement des vagues. Il a flotté un moment à la surface, dansant sur l'eau comme une petite carotte jetée dans un ragoût bouillant. Puis il a coulé, entraîné par des mains invisibles, et s'est hâté pour rejoindre d'étranges contrées marines.

C'était fini.

« Adieu, papa. J'espère que tu savais ce que je ressentais pour toi. »

Ned a posé la main sur mon épaule. « Il est avec Dieu maintenant.

— C'est une chose terrible à dire.

— Ton père n'a jamais compris à quoi ça ressemble de faire partie de quelque chose de plus grand que soi. »

Ça m'a sérieusement énervé. Les gens disent toujours : « C'est bon de faire partie de quelque chose de plus grand que soi », mais c'est déjà le cas. On appartient à une chose immense : le *tout de l'humanité*. C'est énorme. Mais on est incapable de le voir, alors on choisit... Quoi ? Une organisation ? une culture ? une religion ? Qui n'est pas plus grande que nous. Mais beaucoup, beaucoup plus petite !

La lune et le soleil avaient déjà commencé à se partager le ciel quand le bateau s'est approché du littoral. J'ai saisi le regard de Ned, et fait un geste majestueux des bras en direction du bush qui entourait la baie. Ned m'a fixé d'un œil vide, sans réaliser que j'étais soudain submergé par le sentiment irrationnel que j'étais son hôte et que, tout fier, je voulais lui faire faire le tour du propriétaire.

Le capitaine est sorti de l'obscurité et a renvoyé tout le monde dans la cale. Avant de disparaître, je me suis arrêté au sommet des marches. Il y avait des silhouettes sur la grève. Elles étaient figées en groupes le long de la plage, figures sombres plantées tels des poteaux dans le sable mouillé. Ned m'a rejoint au bastingage et m'a serré le bras.

« Ça pourrait être des pêcheurs », il a dit.

Nous les avons observées en silence. Les statues humaines ont grandi. Il y en avait trop pour que ce soient des pêcheurs. Ils avaient des torches aussi, et ils les dirigeaient droit sur nos visages. Le bateau était arrivé, mais nous étions faits.

V

La plage grouillait de policiers fédéraux et de gardes-côtes. Ils n'ont pas perdu de temps pour nous rassembler. Les gardes-côtes se pavanaient et échangeaient des cris comme des pêcheurs de truites surpris d'avoir attrapé une baleine. Leur spectacle me faisait mal au cœur, et je savais que mes compagnons de voyage étaient partis pour un cauchemar bureaucratique dont ils pourraient ne jamais s'éveiller. Être pauvre, étranger, illégal et à la merci de la générosité d'un peuple occidental opulent, c'est se trouver sur des sables mouvants.

Maintenant que papa était parti pour de bon, qu'il n'était plus là pour faire de ma vie un enfer, j'ai repris automatiquement son rôle. Ainsi que je l'avais toujours craint et que l'avait prédit Eddie, papa mort, c'était à moi de maltraiter mon avenir. C'est pourquoi il m'a semblé parfaitement naturel, sur cette plage à l'aube, de ne pas faire ce que je n'ai pas fait.

J'avais toute latitude de m'exprimer afin d'expliquer que j'étais australien et que j'avais le droit d'aller où je voulais. J'aurais dû me désolidariser des Clandestins. Après tout, il n'y a pas de loi qui empêche un Australien de revenir dans son pays sur un bateau qui prend l'eau. Théoriquement, je pourrais revenir d'Asie propulsé par un lance-pierres géant si c'était faisable, mais j'ai choisi de ne rien dire. J'ai simplement gardé la bouche fermée et me suis laissé embarquer avec les autres.

Comment ont-ils pu me prendre pour un Clandestin ? Les cheveux noirs et le teint olivâtre hérités de mon père ont collé merveilleusement avec l'incapacité de mes propres compatriotes à se débarrasser de l'idée que nous sommes de purs Anglo-Saxons. Tout le monde a pensé que je venais d'Afghanistan, du Liban ou d'Irak, et personne n'a songé à se demander si tel était le cas.

Et nous voilà partis.

C'est ainsi que je me suis retrouvé dans l'étrange prison entourée d'un désert apparemment infini. On appelle ça un centre de détention, mais essayez de dire à un prisonnier qu'il n'est que détenu et voyez si cette distinction le réconforte.

Ils ont eu des difficultés à me cataloguer parce que je refusais de parler. Dès le premier jour, ça les a démangés de m'expulser, mais ils ne savaient pas où. Divers interprètes m'ont harcelé en de nombreuses langues. Qui étais-je, et pourquoi je refusais de le leur dire ? Ils ont fait des suppositions, pays après pays, à l'exception d'un seul. Personne n'a deviné que mon origine et ma destination ne faisaient qu'un.

Pendant des semaines, quand je n'étais pas en cours d'anglais à faire semblant de me débattre avec l'alphabet, j'écrivais mon histoire sur des pages volées en classe. D'abord, j'ai écrit accroupi sur le sol derrière la porte de ma cellule, mais j'ai bientôt compris qu'entre les grèves de la faim, les tentatives de suicide et les émeutes récurrentes, on me remarquait à peine. Ils me croyaient simplement déprimé. On était autorisé, sinon encouragé, à traîner dans sa cellule. Pour eux, je n'étais qu'une triste énigme indésirable et irrésolue.

Quand Ned a reçu un de ces visas temporaires si convoités, il n'a pas arrêté de me tanner pour que je révèle mon identité. Le jour de son départ, il m'a supplié de partir avec lui. Pourquoi je ne l'ai pas fait ? Qu'est-ce que je fricotais dans cet endroit abominable ? Peut-être que j'étais seulement fasciné : on ne savait jamais quand quelqu'un se tailladerait, avalerait du détergent ou des cailloux. Et il y a eu trois bonnes grosses émeutes pendant ma détention. Une explosion d'énergie furieuse forçait les Clandestins à tenter l'impossible, comme abattre la clôture avant d'en être arrachés par les puissantes pognes des gardiens. Après que la dernière émeute a été calmée, l'administration a construit des murs plus résistants et une clôture électrique à voltage plus puissant. J'ai pensé à ce que disait Terry : que ceux qui n'ont rien se préparaient à passer à l'action. J'aurais aimé qu'ils se dépêchent.

De temps à autre, j'ai essayé de me convaincre que je me trouvais dans cette prison pour protester contre la politique du gouvernement, mais j'étais conscient que je ne faisais que chercher une justification. En réalité, le manque d'existence de papa me terrifiait. C'était une solitude qui exigeait du temps pour s'y ajuster. Je me cachais ici pour éviter d'avoir à faire face à l'étape suivante. Je savais que c'était pervers, éhonté et lâche. Mais malgré tout je n'arrivais pas à partir.

Comme d'habitude, Dieu est arrivé dans de nombreuses conversations. À l'intention des gardiens, les Clandestins faisaient d'innombrables proclamations : « Dieu est grand ! », « Dieu vous punira », et : « Attendez que Dieu apprenne ça. » Écœuré par le traitement qu'on faisait subir aux Clandestins ici et chez eux, un soir j'ai parlé à leur Dieu : « Hé ! Pourquoi tu ne dis jamais : "Si un homme de plus souffre aux mains d'un autre, tout est fini. J'y mettrai fin." Pourquoi tu ne dis jamais : "Si un homme de plus hurle de douleur parce qu'un autre homme lui écrase la poitrine, je débranche tout" ? Comme j'aimerais que tu dises ça, et que tu t'y tiennes !

La politique du carton rouge, c'est ce dont la race humaine a besoin pour se reprendre. Il est temps de sévir, ô Seigneur. Plus de demi-mesures. Plus de déluge ambigus et de glissements de boue pas clairs. Tolérance zéro. Carton rouge, on est virés. »

J'ai dit tout cela à Dieu, mais ensuite il y a eu un silence colossal, un silence glacé qui semblait coincé dans ma gorge, et je me suis soudain entendu murmurer : « C'est le moment. » Ça suffisait. J'étais en cours d'anglais, dans une petite pièce brillamment éclairée avec des pupitres rangés en U. Le professeur, Wayne, était au tableau noir en train d'expliquer les propositions. Les élèves étaient silencieux sans que le respect y soit pour quelque chose. C'était le silence ébahi d'un groupe de gens qui ne comprennent pas vraiment ce qu'on leur enseigne.

Je me suis levé. Wayne m'a regardé comme s'il se préparait à enlever sa ceinture pour m'en frapper. J'ai lancé : « Pourquoi prenez-vous la peine de nous apprendre les propositions ? Nous n'en avons pas besoin. »

Il a pâli et rejeté la tête en arrière comme si je venais de grandir d'un mètre. « Vous parlez anglais ? il a demandé bêtement.

— N'y voyez pas une preuve de vos talents pédagogiques.

— Vous avez l'accent australien.

— Ouais, mon pote. Maintenant, dites à ces bâtards de venir, j'ai quelque chose à leur annoncer. »

Wayne a ouvert de grands yeux, puis a fait un bond exagéré hors de la pièce comme un tigre de dessin animé. Les gens agissent de manière puérile quand on les surprend, et les salauds ne font pas exception.

Dix minutes plus tard, ils sont arrivés en courant, deux gardes aux pantalons collants. Eux aussi avaient l'air surpris, mais le leur commençait déjà à passer.

« Il paraît que tu débites des conneries, a déclaré l'un d'eux.

— On va voir ça, a renchéri l'autre.

— Je m'appelle Jasper Dean. Mon père était Martin Dean. Mon oncle était Terry Dean. »

Leur air surpris est remonté à la surface instantanément ; ils m'ont traîné à travers de longs couloirs gris, jusqu'à une pièce nue garnie d'une seule chaise. Était-elle pour moi, ou faudrait-il que je reste debout pendant que je serais cuisiné par un inquisiteur tranquillement installé ?

Je ne détaillerai pas les sept jours d'interrogatoire. Tout ce que je vous dirai, c'est que j'ai été comme un acteur coincé par contrat dans une mauvaise pièce au long cours. Je n'ai pas cessé de réciter mon texte. Je leur ai raconté l'histoire par le menu, tout en taisant qu'oncle Terry était vivant. Ça ne m'aurait fait aucun bien de le ressusciter. Le gouvernement a beaucoup insisté pour que je leur indique où se trouvait papa. Il avait des arguments en sa faveur. J'avais commis deux délits : voyagé avec un faux passeport et fréquenté des criminels, bien que le second ne soit pas vraiment un délit mais plutôt une mauvaise habitude, raison pour laquelle ils l'ont abandonné. J'ai été harcelé par des groupes de détectives et d'agents de l'ASIO, notre modeste agence d'espionnage, dont les Australiens savent peu de choses parce qu'elle ne fait l'objet d'aucun film ni d'aucune émission télé. Pendant des jours j'ai dû supporter tous les trucs usés jusqu'à la corde de leur répertoire : les questions à la mitraillette, le numéro du bon et du méchant flic avec ses variantes (le méchant flic et le flic pire, le flic pire et Satan en costume-cravate), si mauvais que j'avais envie de siffler. On ne torture pas les gens dans notre pays, ce qui est une bonne chose à moins que vous soyez un interrogateur pressé d'obtenir des résultats. Je voyais qu'il y en avait un qui aurait tout donné pour pouvoir m'arracher les ongles. J'ai surpris le regard d'un autre qui jetait sur mon bas-ventre un regard mélancolique tout en rêvant d'électrodes. Eh bien, dommage pour eux. De toute façon, ils n'ont pas eu besoin de me torturer. J'ai joué le jeu. J'ai parlé jusqu'à perdre ma voix. Ils ont écouté jusqu'à devenir sourds. Bientôt, nous avons tourné à vide. De temps à autre, ils me laissaient aller et venir en criant des choses du genre : « Combien de fois faut-il que je le dise ? » C'était gênant. Je me sentais ridicule. J'avais l'air ridicule. Mon intonation était ridicule. C'était ringard, franchement. Les films ont rendu la vraie vie ringarde.

Ils ont fouillé ma cellule et trouvé ce que j'avais écrit, les deux cents pages sur nos vies. Je n'en étais qu'à ma petite enfance, âge auquel j'ai appris l'histoire de Terry Dean. Ils ont étudié intensément ces pages, les ont lues attentivement à la recherche d'indices, mais ils traquaient les crimes de papa, pas ses défauts, et à la fin ils ont jugé que ce n'était que de la fiction, une histoire de mon père et de mon oncle exagérée pour me servir astucieusement en manière de défense ; ils ont conclu que j'avais décrit papa comme un fou pour qu'on ne puisse pas le juger responsable. Croire à son personnage leur était impossible. Ils ne concevaient pas qu'un mégalomane puisse *aussi* être un raté. Je ne peux qu'en conclure qu'ils ne comprenaient rien à la psychologie.

Ils ont fini par me rendre les pages ; puis ils ont interrogé tous mes compagnons de voyage pour voir si ce que je racontais sur la mort de papa tenait la route. Les Clandestins ont confirmé. Ils ont tous raconté la même histoire. Martin Dean était sur le bateau, il était très malade et il était mort. J'avais jeté son corps à la mer. J'ai bien vu que cette nouvelle était une terrible déception pour les autorités : ils ne m'avaient pas pris à mentir. Papa aurait été pour eux le trophée ultime. Le peuple australien aurait adoré qu'on leur serve mon père sur un plateau. Sa mort faisait un gros trou dans leurs vies, un vide important qui demandait à être comblé. Qui diable allaient-ils haïr maintenant ?

Au bout du compte, ils ont décidé de me relâcher. Ce n'est pas parce qu'ils n'avaient rien pour m'inculper : ils voulaient que je me taise. J'avais vu comment les Clandestins étaient traités dans les centres de détention, et le gouvernement ne tenait pas à ce que je parle des mauvais traitements systématiques dont étaient victimes hommes, femmes et enfants ; ils ont acheté mon silence en laissant tomber les charges contre moi. J'ai accepté. Ma complicité ne me gêne pas. Je ne pense pas que les faits importent aux électeurs. Je n'arrive pas à imaginer pourquoi le gouvernement était d'un avis contraire. Je suppose qu'il avait plus foi que moi dans les électeurs.

En échange de mon silence, ils m'ont donné un petit deux pièces crasseux dans un immeuble crasseux appartenant au gouvernement dans une petite banlieue crasseuse. La police fédérale m'a emmené en avion jusqu'à Sydney et m'y a largué, avec les clés de mon minuscule taudis et une caisse de papiers saisie dans mon ancien appartement : mon vrai passeport, mon permis de conduire et quelques notes de téléphone que selon eux je devrais payer. Une fois seul, je me suis assis dans le salon et j'ai regardé l'appartement d'en face par la fenêtre munie de barreaux. Apparemment, je ne m'étais pas bien débrouillé. J'avais fait chanter l'État pour un petit endroit merdique et un revenu minimum d'insertion de trois cent cinquante dollars par quinzaine. Il m'a semblé que j'aurais pu faire beaucoup mieux.

Je me suis vu dans le miroir de la salle de bains. J'avais les joues creusées, les yeux enfoncés. J'étais devenu si maigre que j'avais l'air d'un javelot. Il fallait que je me remplume. À part ça, quels étaient mes projets ? Qu'est-ce que j'allais faire à présent ?

J'ai essayé de joindre Anouk, la seule personne de mes relations qui me restait sur Terre, mais cela s'est révélé beaucoup plus difficile que prévu. Il n'est pas aisé d'entrer en contact avec la femme la plus riche du pays, même si jadis elle nettoyait vos toilettes. Son numéro privé était évidemment sur liste rouge, et ce n'est qu'après avoir appelé le Groupe Hobbs et parlé à plusieurs secrétaires que j'ai fini par avoir l'idée de demander Oscar. J'ai reçu quelques refus avant qu'une jeune femme s'informe : « C'est une blague ou quoi ?

— Non, ce n'est pas une blague. Pourquoi je ne peux pas lui parler ?

— Vous ne savez vraiment pas ?

— Quoi ?

— Où est-ce que vous avez passé les six derniers mois ? Dans une grotte ?

— Non, une prison au milieu du désert. »

Long silence. « Il est mort », elle a fini par lâcher. Ils sont morts tous les deux.

Mon cœur a manqué un battement.

« Qui ?

— Oscar et Reynold Hobbs. Leur avion s'est écrasé.

— Et Mrs Hobbs ? » j'ai dit en tremblant. « Je vous en supplie, faites qu'elle ne soit pas morte. Je vous en supplie, faites qu'elle ne soit pas morte ! » À cet instant, j'ai compris que de toutes les personnes que j'avais connues dans ma vie, Anouk était celle qui méritait le moins de mourir.

« J'en ai peur. »

J'ai senti que tout me quittait. L'amour. L'espoir. Le courage. Il ne restait plus rien.

« Vous êtes toujours là ? » a ajouté la femme.

J'ai hoché la tête. Pas de mots à dire. Pas de pensée à penser. Pas d'air à respirer.

« Ça va ? »

Cette fois, j'ai secoué la tête. Comment pourrai-je jamais aller bien ?

« Attendez. De quelle Mrs Hobbs voulez-vous parler ? »

J'ai dégluti.

« C'est la femme de Reynold, Courtney, qui était dans l'avion, elle a précisé.

— Et Anouk ? j'ai haleté.

— Non, elle n'était pas avec eux. »

J'ai profondément inspiré de nouveau tout cet amour, cet espoir et ce courage dans mes poumons. Merci !

« C'est arrivé quand ?

— Il y a environ cinq mois.

— Il faut que je lui parle. Dites-lui que Jasper Dean veut entrer en contact avec elle.

— Jasper Dean ? Le fils de Martin Dean ?

— Oui.

— Vous n'avez pas fui le pays ? Quand êtes-vous revenu ? Votre père est avec vous ?

— LAISSEZ-MOI JUSTE PARLER À ANOUK !

— Je suis désolé, Jasper. Elle est injoignable.

— Comment ça ?

— Elle voyage en ce moment.

— Où ?

— Nous pensons qu'elle est en Inde.

— Vous pensez ?

— Pour être franche, personne ne sait où elle est.

— Qu'est-ce que vous voulez dire ?

— Après l'accident d'avion, elle a disparu. Il y a beaucoup de gens qui aimeraient lui parler, comme vous pouvez imaginer.

— Eh bien, si elle appelle, vous pouvez lui dire que je suis rentré et que j'ai besoin de lui parler ? »

J'ai laissé mon numéro de téléphone et j'ai raccroché. Pourquoi Anouk était-elle en Inde ? Elle faisait sans doute son deuil à l'abri des projecteurs. Compréhensible. Le projecteur est le dernier endroit devant lequel on veuille pleurer ses proches. Anouk était sans doute bien consciente qu'en tant que veuve, si vous n'êtes pas une hystérique qui fait couler son mascara, le public vous prend pour une meurtrière.

Je me sentais accablé, irréel. Papa était mort, Eddie était mort, maintenant même les indestructibles Oscar et Reynold étaient morts, et rien de tout ça ne me donnait particulièrement l'impression d'être en vie. En vérité, je ne sentais pas grand-chose. C'était comme si j'avais été anesthésié de la tête aux pieds, de sorte que je ne percevais plus le contraste entre la vie et la mort. Sous la douche, je n'étais pas même certain de reconnaître la différence entre l'eau chaude et l'eau froide.

Ma nouvelle vie était vieille d'un jour et je la détestais déjà. Il n'y avait aucun moyen que je devienne autre chose que dégoûtant en permanence dans cet appartement dégoûtant. J'ai décidé de me tirer. Où ? Eh bien, à l'étranger. Je me suis rappelé mon plan initial : errer sans but dans le temps et l'espace. Pour cela, j'avais besoin d'argent. Seul hic : je n'avais pas d'argent et j'ignorais comment en gagner rapidement. Tout ce que j'avais à vendre, comme tous ceux qui n'ont pas de capital, c'était mon temps ou mon histoire. N'ayant pas de talent exploitable, je savais que mon temps ne me rapporterait pas plus de un dollar au-dessus du salaire minimum. En revanche, avec non pas un mais deux hommes de mauvaise réputation dans ma proche famille, mon histoire pourrait me rapporter plus que d'autres. Bien sûr, j'aurais pu aller à la facilité et accepter une interview à la télé, mais je ne serais jamais arrivé à faire rentrer toute l'histoire dans vingt minutes de télévision. Non, il fallait que je continue à l'écrire pour être sûr qu'elle soit racontée comme il faut, sans rien omettre. Ma seule chance était de terminer le livre que j'avais commencé, trouver un éditeur et prendre la mer avec une confortable avance. C'était mon plan. J'ai sorti les pages que mes interrogateurs avaient prises pour de la fiction. Où en étais-je ? Pas très loin. J'avais encore beaucoup à écrire.

J'ai acheté quelques ramettes de papier A4. J'aime les pages blanches, elles me font tellement honte que je me sens obligé de les remplir. Le soleil était une main de lumière qui me giflait. En regardant les gens, j'ai songé : « Quelle vie exténuante ! » Maintenant que je ne possédais plus aucun proche, je devrais me débrouiller avec certains de ces inconnus, en transformer quelques-uns en amis ou en maîtresses. Quel boulot que la vie quand on repart toujours de zéro !

Les rues de Sydney me donnaient l'impression de me trouver en pays étranger. Les effets secondaires toxiques du centre de détention continuaient à me ronger : j'avais découvert que, même si j'avais besoin des individus, la foule me terrifiait, produisant une anxiété physique intense qui me poussait à m'agripper aux réverbères. De quoi avais-je peur ? Elle ne me voulait aucun mal. Je suppose que je craignais son indifférence. Croyez-moi, vous n'avez pas intérêt à tomber devant quelqu'un. Il ne vous ramassera pas.

Je suis passé devant un kiosque à journaux, et mon cœur a fait un bond : tout était révélé. Papa était déclaré officiellement disparu. J'ai décidé de ne lire aucun des articles des journaux populaires. « Le salopard est décédé ! », « Chouette ! Il est mort ! » et « La fin d'une ordure ! » ne me semblaient pas valoir un dollar et vingt cents. De toute façon, je connaissais l'histoire. Comme je m'éloignais, l'idée m'est venue que ces gros titres avaient quelque chose d'irréel, comme un déjà-vu prolongé. Je ne sais pas comment l'expliquer. J'ai eu l'impression d'être à la fin de quelque chose que j'avais cru sans fin ou au début de quelque chose que j'aurais juré commencé longtemps auparavant.

Après ça, j'ai écrit jour et nuit devant la fenêtre à barreaux, me rappelant la vilaine tête pontifiante de papa et riant de manière hystérique jusqu'à ce que les voisins tapent aux murs. Le téléphone n'arrêtait pas de sonner – les journalistes. Je l'ai ignoré et j'ai continué à écrire pendant trois semaines, déversant à chaque page avec le plus grand soulagement un nouveau contingent de cauchemars.

Une nuit, j'étais allongé sur le canapé, me sentant aussi déplacé qu'une paupière coincée sur un œil, quand j'ai entendu les voisins se disputer de l'autre côté du mur. Une femme criait : « Pourquoi tu as fait ça ? » et un homme répondait en criant aussi : « Je l'ai vu à la télé ! Tu ne vois pas ce qu'il y a de drôle ? » J'utilisais ce qui me semblait être mon dernier neurone cérébral pour deviner ce qu'il avait fait quand on a frappé à la porte. J'ai ouvert.

Un jeune homme aux cheveux prématurément clairsemés, vêtu d'un costume rayé croisé, se tenait là dans une pose avantageuse. Il a déclaré s'appeler Gavin Love, ce que j'ai pris pour argent comptant : je ne voyais pas de raison pour que quelqu'un déclare s'appeler Gavin Love si ce n'était pas son nom. Il a ajouté qu'il était avocat, ce qui donnait d'autant plus de poids à son histoire de Gavin Love. Il avait des papiers à me faire signer.

« Quel genre ?

— Les affaires de votre père se trouvent dans un garde-meuble. Elles vous appartiennent. Il faut juste signer.

— Et si je n'en veux pas ?

— Qu'est-ce que vous voulez dire ?

— Si je n'en veux pas, je suppose qu'il n'est pas nécessaire de signer.

— Eh bien… » Son visage était sans expression. « J'ai seulement besoin de votre signature, il a continué d'une voix hésitante.

— Je comprends. Mais je ne suis pas sûr de vouloir vous la donner. »

Sur-le-champ, sa confiance s'est évaporée. Je voyais que cela allait lui attirer des ennuis.

« Mr Dean, vous ne voulez pas de votre héritage ?

— Il avait de l'argent ? C'est de ça que j'ai besoin.

— Non, je crains que non. Son compte en banque est vide. Et tout ce qui avait quelque valeur aura été vendu. Ce qui reste de ses biens est probablement, eh bien…

— Sans valeur.

— Mais vaut un coup d'œil quand même, il a répliqué, essayant d'être positif.

— Peut-être », j'ai dit d'un ton de doute. De toute façon, je ne savais pas pourquoi je torturais ce pauvre type. J'ai signé ; ce n'est qu'ensuite que je me suis rendu compte que j'avais signé Kasper. Il n'a pas semblé le remarquer.

« Alors, où est ce garde-meuble ?

— Voici l'adresse. » Il m'a tendu un bout de papier. « Si vous voulez y aller maintenant, je peux vous déposer. »

Nous sommes arrivés devant un bâtiment officiel à l'air isolé, situé à côté d'entrepôts de meubles et de marchands en gros d'aliments emballés. Un gardien dans une petite guérite peinte en blanc avait carte blanche sur la montée et la descente de la barrière en bois qui fermait l'entrée du parking. Gavin Love a baissé sa vitre.

« C'est Jasper Dean. Il vient réclamer la succession de son père.

— Je suis venu réclamer rien du tout. Juste jeter un coup d'œil.

— Papiers d'identité », a ordonné le gardien.

Je lui ai tendu mon permis de conduire. Le gardien l'a examiné en tâchant de comparer le visage sur le document avec celui qui était greffé sur mon crâne. Ils ne se ressemblaient pas trait pour trait, mais il m'a accordé le bénéfice du doute.

Nous avons poursuivi notre chemin jusqu'à l'entrée de l'immeuble.

« Vous en aurez probablement pour un certain temps, a déclaré Gavin Love.

— Ne vous inquiétez pas, je ne vous demanderai pas de m'attendre. »

Je suis sorti de la voiture et Gavin m'a souhaité bonne chance, ce qu'il a semblé trouver plutôt chouette de sa part. Un petit homme gras vêtu d'un uniforme gris a ouvert la porte. Son pantalon était remonté plus que de coutume.

« Que puis-je faire pour vous ?

— Je m'appelle Jasper Dean. Les affaires de mon père sont fourrées dans une de vos pièces sans air. Je suis venu fouiner.

— Son nom ?

— Martin Dean. »

Les yeux de l'homme se sont agrandis un peu, puis se sont contractés. Il a pénétré dans le bureau et en est ressorti avec un grand livre bleu.

« Dean, Dean... Voilà, pièce...

— 101 ? J'ai demandé, en pensant à Orwell.

— 93. Par ici. »

Je l'ai suivi jusqu'à un ascenseur. Il est entré avec moi. Nous n'avions pas grand-chose à nous dire ; nous avons regardé les chiffres s'illuminer les uns après les autres, et j'ai vu qu'il articulait chacun d'eux en silence. Au quatrième étage, nous avons déambulé dans un long couloir brillamment éclairé. À environ la moitié du chemin, il a annoncé : « Nous y voilà » et s'est arrêté devant une porte.

« Il n'y a pas de numéro sur ces portes. Comment savez-vous que c'est la 93 ?

— C'est mon boulot. »

Un boulot, ça ? Il a sorti un trousseau de clés, a déverrouillé la porte et l'a entrouverte.

« Vous pouvez refermer derrière vous si vous le voulez.

— Ça ira. » Ce n'était pas le genre d'endroit dans lequel on avait envie d'être enfermé.

La pièce était sombre et bondée, et je n'en voyais pas la fin. J'ai imaginé qu'elle s'étendait à l'infini jusqu'au bord de l'existence. Je n'arrivais pas à comprendre comment ils avaient réussi à tout faire entrer : livres, lampes, cartes, photographies, meubles, cadres vides, machine à rayons X portable, gilets de sauvetage, télescopes, vieux appareils photo, rayonnages, pipes et sacs à patates pleins de vêtements. L'espace était entièrement occupé par les affaires de papa, le tout sens dessus dessous – papiers par terre, tiroirs de commode vidés et retournés. À l'évidence, les autorités avaient cherché des indices de l'endroit où se trouvait papa et où il avait laissé l'argent. Chaque mètre cube poussiéreux était occupé par les cochonneries de papa. J'ai éprouvé une sorte de douleur diluée à naviguer dans ce labyrinthe de bric-à-brac. Tous les objets avaient conservé l'anxiété qu'il leur avait insufflée. Partout je sentais son intense frustration. J'étais pris par l'illusion que je me promenais dans la tête de mon père.

C'était vraiment un no man's land. J'avais l'impression d'avoir découvert par hasard des continents inexplorés… Par exemple, un grand carnet de dessin bleu m'a captivé pendant des heures. Il renfermait des dessins et des croquis de bidules incroyables : une guillotine en kit à monter soi-même, une grosse bulle en plastique gonflable à porter sur la tête pour pouvoir fumer dans les toilettes des avions, un cercueil en forme de point d'interrogation. J'ai découvert aussi un carton plein de trente ou quarante romans à l'eau de rose ainsi que l'autobiographie inachevée de papa, et en dessous un manuscrit de sa main intitulé : « L'amour au déjeuner », une histoire sirupeuse d'amour malheureux écrite pour des filles de treize ans… J'ai perdu pied. C'était comme si je faisais brusquement la connaissance de nouveaux papas bien cachés jusqu'alors. Même avant d'avoir l'idée d'écrire un livre sur lui, même avant d'en avoir écrit une ligne, je m'étais considéré comme son biographe involontaire. La seule chose dans laquelle j'étais expert, c'était mon père. Maintenant, il semblait qu'il avait eu une vie que je n'avais pas connue. De cette manière, il se moquait de moi outre-tombe.

Le gardien est apparu dans l'encadrement de la porte et m'a demandé : « Comment ça se passe là-dedans ? » Je n'ai pas vraiment su quoi lui répondre, même si je lui ai dit que ça se passait bien.

« Je vous laisse, alors. » Et il est reparti.

Qu'est-ce que j'étais censé faire avec toutes ces cochonneries ? Ses journaux intimes valaient d'être conservés, certainement. Sans eux, je ne pourrais sans doute jamais prouver à quiconque que ma vie avec lui avait été aussi démente que je me le rappelais. Mais pas seulement pour les étrangers : pour moi-même aussi. Je les ai pris ainsi que son autobiographie, je les ai posés par terre et j'ai poursuivi mon investigation.

Sous un duffle-coat mangé aux mites j'ai découvert une grande caisse en bois pourrie aux coins, abîmée par l'eau et le temps. Un cadenas y pendait et un pied-de-biche était posé par terre : les autorités, à la recherche des millions manquants, avaient forcé cette caisse et l'avaient fouillée. Je me suis penché pour l'examiner. Sur le côté se trouvait une étiquette jaunie écrite en français, avec le nom de papa et, en dessous, une adresse en Australie.

J'ai ouvert la caisse.

Sur le dessus, il y avait une toile. Dans la semi-obscurité, difficile de bien voir, mais une fois que j'y suis parvenu, j'ai été tellement surpris qu'il est possible que j'aie dit un truc du genre : « Bon Dieu, qu'est-ce que... ? ».

C'était la toile que j'avais peinte dans le poulailler en Thaïlande ! Le visage sans corps qui avait hanté toute ma vie. Le tableau qui avait été détruit !

Saisi de vertige, j'ai dû me forcer pour le regarder de nouveau. C'était mon œuvre, sans aucun doute. Comment était-ce possible ?

Je l'ai soulevé pour voir ce qu'il y avait en dessous. D'autres portraits du même visage. C'était étrange ; je n'en avais peint qu'un seul. Mais alors j'ai compris.

Ce n'étaient pas mes tableaux. C'étaient ceux de ma mère !

J'ai inspiré profondément et j'ai réfléchi. Je me suis rappelé le carnet vert de papa, son journal parisien. Papa avait acheté de la peinture, des pinceaux et des toiles pour Astrid, et elle était devenue obsédée de peinture. Les mots de son journal étaient gravés dans mon esprit. Il avait écrit : « Chaque tableau une représentation de l'enfer, elle avait beaucoup d'enfers & les a tous peints. Mais l'enfer n'était qu'un visage, et ce n'était que le visage qu'elle peignait. Un visage unique. Un visage terrible. Peint maintes fois. »

La seconde de terreur s'est prolongée jusqu'à une bonne minute et ainsi de suite. J'ai regardé de nouveau le visage ; on aurait dit un énorme bleu, violet et mou. Puis j'ai contemplé attentivement chaque tableau. C'était indéniable. Les cils des paupières inférieures, recourbés comme des doigts ; les poils du nez comme des fibres nerveuses ; les yeux en état de transe ; la proximité oppressante du nez écrasé ; le regard dérangeant. On aurait dit que le visage menaçait de sortir de la toile pour entrer dans la pièce. Et j'avais le sentiment inconfortable que je le sentais – son odeur se déversait par vagues.

Ma mère et moi avions peint le même visage, ce même visage vampirique. Qu'est-ce que cela signifiait ? Avais-je contemplé ces tableaux dans mon enfance ? Non. Le journal disait qu'elle avait cessé de peindre après ma naissance, et comme papa et moi avions quitté Paris juste après sa mort, il était impossible que je les aie regardés. Astrid avait vu un visage et l'avait peint. J'avais vu le même et l'avais peint moi aussi. J'ai examiné de nouveau les toiles. Avec ses angles aigus et ses lignes horizontales brisées pour réaliser une tête géométriquement déconcertante, d'une couleur verte horrible avec d'épaisses rides ondulées noires, rouges et brunes, ce n'était pas un visage passif qu'elle avait peint, c'était un visage comme fonction – celle de faire peur.

Je me suis détourné et j'ai essayé de comprendre. Il était parfaitement rationnel de supposer que *a)* ma mère était hantée par le visage de la même manière que je l'étais ou que *b)* ma mère ne l'avait pas vu flotter dans les nuages mais avait réellement connu la personne à qui il se rattachait.

Je me suis frayé un chemin dans ce foutoir et suis tombé sur un meuble de rangement cassé. Dans le tiroir inférieur j'ai découvert un paquet de Marlboro à moitié vide et un briquet en forme de buste féminin. J'ai allumé une cigarette mais j'étais trop préoccupé pour la porter à mes lèvres. Je suis resté là, perdu dans mes pensées, jusqu'à ce que la cigarette me brûle les doigts.

Mes yeux se sont ouverts brusquement. Je ne m'étais pas rendu compte qu'ils étaient fermés. Une idée avait fait son chemin dans mon cerveau. Mais quelle idée ! Quelle idée ! Pourquoi n'y avais-je pas pensé tout de suite ? J'ai fait le tour de la pièce en criant : « Oh, mon Dieu ! oh, mon Dieu ! » comme quelqu'un qui a gagné le jackpot à la télé. J'ai regardé les tableaux encore une fois. Un éclair de génie pour la première fois de ma vie ! Incroyable ! « Pourquoi penser que je suis en train de devenir mon père, j'ai crié, alors qu'il y a autant de chances pour que je sois en train de devenir ma mère ? » J'ai frappé des pieds pour ébranler tout le bâtiment. Cette idée était libératrice, absolument. Pourquoi m'étais-je inquiété pendant tout ce temps ? Même si j'étais en train de devenir mon père, ce n'était pas moi tout entier, seulement une partie ou une sous-partie. Peut-être qu'un quart de moi se transformerait en lui, un autre quart en ma mère, un huitième en Terry, ou qu'il deviendrait le visage, ou tous les autres moi que je n'avais pas encore rencontrés ? L'existence de ces tableaux suggérait une étendue de mon être que je ne m'étais pas représentée jusqu'alors. Vous pouvez imaginer ma joie indescriptible. La période pendant laquelle mon père menaçait de me dominer – l'Occupation – était un mirage. Jamais ça n'avait été rien que lui et moi : j'étais un foutu paradis de personnalités ! Je me suis assis sur un canapé et j'ai refermé les yeux. Je ne voyais rien clairement. Magnifique ! C'est comme ça que ça devait être ! « Je suis une image floue qui essaie constamment de devenir nette, et juste au moment où, pendant un instant, je me saisis en parfaite netteté, j'apparais comme une silhouette sur mon propre fond, duveteux comme une peau de pêche. »

J'ai soudain compris la signification de tout cela. Ma mission était claire : partir en Europe à la recherche de la famille de ma mère. Le visage était le point de départ. C'était le premier indice. « Si je trouve le visage, je trouverai la famille de ma mère. »

Hébété, j'ai pris autant de toiles que j'ai pu porter et j'ai appelé un taxi pour rentrer chez moi. J'ai scruté les tableaux toute la nuit. J'éprouvais un mélange de sentiments si antagonistes qu'ils risquaient de me déchirer : une profonde affliction pour la perte de ma mère ; un réconfort à l'idée que nous étions proches en pensée, en esprit, en psychose ; une horreur et une répulsion pour le visage ; la fierté d'avoir découvert un secret ; et la frustration furieuse de ne pas pouvoir comprendre le secret que j'avais découvert.

Vers minuit, le téléphone a sonné. Je ne voulais pas répondre. Les journalistes ne me laisseraient pas tranquille. Le téléphone a cessé de sonner et j'ai poussé un soupir de soulagement. Un soupir de courte durée : une minute plus tard, le téléphone a sonné de nouveau. Ça allait durer toute la nuit. J'ai décroché.

« Mr Dean ? » a dit une voix d'homme.

J'ai supposé que je ferais mieux de m'habituer à ce genre d'appel téléphonique. « Écoutez, je ne donne ni interviews, ni citations, ni commentaires, ni bruitages, alors pourquoi ne partiriez-vous pas à la chasse au joueur de foot violeur en série ?

— Je ne suis pas journaliste.

— Vous êtes qui alors ?

— Je me demandais si nous pourrions nous rencontrer.

— Et je me demandais qui vous êtes.

— Je ne peux pas vous le dire. Votre téléphone est probablement sur écoute.

— Pourquoi mon téléphone serait-il sur écoute ? » J'ai jeté un regard soupçonneux au téléphone. Impossible de savoir s'il était sur écoute ou non.

« Est-ce que vous pourriez venir devant la gare centrale à neuf heures demain matin ?

— Si le téléphone est sur écoute, est-ce que celui qui écoute n'y sera pas aussi ?

— Pas besoin de vous inquiéter de ça.

— Je ne suis pas inquiet. Je pensais que vous pourriez l'être.

— Alors, vous y serez ?

— D'accord. »

Il a raccroché. J'ai regardé le téléphone un moment, dans l'espoir qu'il se mette à parler pour m'expliquer tout ce que je ne comprenais pas. Peine perdue.

À neuf heures le lendemain matin j'étais à la gare centrale, attendant Dieu sait qui. Je me suis assis sur un banc et j'ai observé les gens qui entraient en hâte pour attraper leur train et les gens qui sortaient en hâte pour s'éloigner du leur. Deux côtés d'une même pièce.

Une voiture a klaxonné. Je me suis retourné et j'ai aperçu une Mercedes noire aux vitres teintées. Le chauffeur, par la fenêtre, me faisait signe de l'index d'approcher. Je ne l'ai pas reconnu. Comme je ne bougeais pas, il a abandonné l'index et s'est mis à me faire signe de la main. Je me suis approché. Même près de la voiture, je ne suis pas arrivé à voir qui se trouvait sur la banquette arrière.

« Mr Dean, vous voulez bien monter ?

— Pourquoi ?

— Jasper ! Monte ! » a lancé une voix. J'ai souri instantanément, ce qui m'a fait bizarre parce qu'il y avait longtemps que je n'avais pas souri. J'ai ouvert la portière et plongé à l'intérieur, et tandis que la voiture démarrait, Anouk et moi nous nous sommes étreints pendant dix minutes sans parler et sans nous lâcher.

Cela fait, nous nous sommes fixés des yeux, la bouche à demi ouverte. Il y avait simplement trop à dire pour savoir où commencer. Anouk ne ressemblait pas à une riche veuve. Elle portait un sari en soie d'un rouge profond et s'était de nouveau rasé la tête. Ses énormes yeux verts au regard dément semblaient les symboles d'une ancienne catastrophe. Son visage paraissait à la fois vieux et jeune, étranger et familier.

« Tu dois croire que je suis devenue paranoïaque. Mais c'est horrible, Jasper. Tout le monde veut que je fasse bonne figure, et il n'y a pas moyen. Je n'ai qu'une figure bouleversée. Après Oscar et maintenant ton père, c'est la seule qui me reste. »

J'ai tenté de parler. Je me suis contenté de lui serrer la main.

« J'ai tout, Jasper. Je ne sais pas comment c'est arrivé. Je suis la femme la plus riche d'Australie.

— La femme la plus riche du monde, a corrigé le chauffeur.

— Arrêtez d'écouter !

— Désolé, Anouk.

— Je ne permets à personne de m'appeler Mrs Hobbs. Enfin, c'est une autre histoire. Mais est-ce que ce n'est pas drôle que je sois si riche ? »

C'était plus que drôle. C'était plus qu'ironique aussi car je n'avais pas oublié comment nous nous étions rencontrés : elle avait éraflé la voiture de sport de papa avec une clé parce qu'elle détestait les riches.

« Tu es si maigre ! elle s'est exclamée. Qu'est-ce qui t'est arrivé ? Je n'ai entendu que des bribes de l'histoire. »

J'ai demandé au chauffeur de s'arrêter, ce qu'il a fait dans une impasse. Anouk et moi sommes sortis, et, à côté d'un poivrot endormi qui serrait contre lui un téléviseur, je lui ai tout raconté sur Eddie, Terry, la coopérative démocratique, la Thaïlande, le poison, le lynchage, Caroline et les passeurs. Lorsque j'en suis arrivé au voyage en bateau, elle s'est mordu la lèvre inférieure, et lorsque j'ai décrit la mort de papa, elle a creusé les joues. Pendant le restant de l'histoire, elle a gardé les yeux fermés et conservé sur son visage un sourire triste et doux-amer. Je n'ai pas parlé des toiles de ma mère, parce que j'avais besoin de garder quelque chose pour moi.

« Quant à moi, elle a dit, je me cache. Tout le monde veut que je prenne une décision. Est-ce que je vais ou non accepter la direction de cette affaire colossale ?

— Tu en as envie ?

— D'une certaine façon, ça peut être cool : ça devrait être marrant de diriger un studio de cinéma. J'ai produit un court-métrage une fois, tu te rappelles ? »

Je me rappelais. C'était un abominable tissu prétentieux d'images abstraites et de symbolisme grossier à propos d'un homme riche qui convainc une femme pauvre de lui vendre son sein et, une fois qu'il l'a acheté, il s'assied dans son fauteuil préféré, le caresse, l'embrasse, essaie de faire durcir le téton, mais comme le téton ne durcit pas, frustré et désespéré, il jette le sein dans le barbecue et le mange avec de la sauce tomate.

« Qu'est-ce que tu en penses, Jasper ? Tu crois que je pourrais diriger un studio de cinéma ?

— Absolument.

— Je donne beaucoup de mes biens à des amis – les sociétés de production musicales, les librairies, les restaurants, les chaînes hôtelières, les bateaux de croisière –, et papa a toujours voulu une île, mais je vais attendre son anniversaire.

— Tu ne gardes rien ?

— Bien sûr que si. Je ne suis pas idiote. Je garde les journaux, les magazines, les radios, les stations câblées et hertziennes, et le studio de cinéma. Tu peux croire ça, Jasper ? Les machines de propagande les plus puissantes de toute l'histoire de la civilisation, et elles sont tombées entre nos mains !

— Qu'est-ce que tu veux dire avec : "nos mains" ?

— C'est de ça que je veux te parler. Qu'est-ce que tu comptes faire, maintenant ?

— Je veux partir en Europe à la recherche de la famille de ma mère. Mais j'ai besoin d'argent. Anouk, je peux avoir de l'argent ? Je ne te rembourserai pas. »

Anouk a regardé autour d'elle, et je me suis dit que quiconque est l'objet d'une attention excessive, qu'il soit criminel ou célèbre, devient parano. Elle s'est penchée en avant et a déclaré solennellement : « Bien sûr, Jasper. Je te donnerai tout ce que tu veux.

— Vraiment ?

— À une condition.

— Ha-ha.

— Il faut que tu m'aides.
— Non.
— Tu auras beaucoup de pouvoir.
— Du pouvoir ? Beurk.
— Je t'en prie.
— Écoute. En fait je veux juste quitter le pays et passer le restant de mes jours à flotter dans un brouillard anonyme. Je ne veux pas t'aider pour… Pour quoi tu veux que je t'aide ?
— Les médias.
— Quels médias ?
— Tous.
— Je vais en Europe ; je ne veux pas me trouver coincé dans un bureau.
— Nous sommes au XXIe siècle, donc si tu veux…
— Je sais dans quel siècle nous sommes. Pourquoi les gens n'arrêtent pas de me dire dans quel siècle nous sommes ?
— … si tu veux continuer à bouger, tu peux. Tu auras un ordinateur portable, un assistant, un téléphone portable. Tu peux tout faire en voyageant. Je t'en prie, Jasper. Je n'ai confiance en personne d'autre. Tu n'as jamais vu tant de gens qui veulent tant de choses de manière aussi ouverte. Ils ont tous les mains tendues, même mes vieux amis. Et personne ne me donne sincèrement son opinion. Tu es le seul sur qui je puisse compter. Et en plus, je crois que ton père t'a préparé toute ta vie pour une chose comme ça. Peut-être pour cette chose précise. Peut-être qu'il a toujours su. On dirait le destin, tu ne trouves pas ? Toi et moi, nous ne sommes absolument pas les gens qu'il faut pour occuper cette position, c'est ça qui est formidable.
— Anouk, c'est de la folie. Je ne connais rien aux journaux ou à la télévision !
— Et moi, je n'ai aucune idée de ce qu'il faut faire pour être un magnat des médias, et pourtant je suis là ! Comment est-il possible que je me retrouve dans cette fonction ? Pourquoi ? Je ne me suis pas battue pour en arriver là. Je suis tombée dedans. Je sens que je suis censée faire quelque chose.
— Comme quoi ? »

Elle a revêtu une expression très dure et sérieuse, celle qui donne à son interlocuteur une expression dure et sérieuse rien qu'à la regarder.

« Jasper, je crois que la vie est basée sur l'amour. Et que l'amour est la loi fondamentale de l'univers.
— Tu parles de quel univers et où se trouve-t-il ? J'aimerais passer dire bonjour. »

Anouk s'est assise sur le bord d'un tonnelet de bière vide. Elle irradiait la joie et l'enthousiasme. Oui, elle faisait semblant de détester cette étrange tournure des événements qui l'avait transformée en une veuve riche et puissante, mais je ne marchais pas.

« Je crois que les pensées des gens se manifestent souvent en événements, ou, si tu préfères, que nous faisons exister les choses auxquelles nous pensons. Non ? Eh bien, réfléchis à cette maladie, devenue épidémique dans le monde occidental, qui est l'addiction aux informations. Les informations des quotidiens, les informations sur Internet, les chaînes d'information qui diffusent vingt-quatre heures sur vingt-quatre. Et c'est quoi, les informations ? C'est l'Histoire en train de se faire. Donc l'addiction aux informations est l'addiction à l'Histoire. Tu me suis, jusque-là ?

— J'ai pigé. Continue.

— Ces deux dernières décennies, les informations ont été mises en scène comme du divertissement. Donc la dépendance aux informations est l'addiction à leur fonction divertissante. Si tu combines le pouvoir de la pensée avec cette dépendance, alors une partie du public, quelques centaines de millions de gens qui veulent la paix sur la Terre, est éclipsée par la partie qui veut connaître le prochain chapitre de l'Histoire. Toute personne qui met la télé ou la radio pour les informations et découvre qu'il n'y a rien de nouveau est déçue. Les gens regardent ou écoutent les informations trois ou quatre fois par jour, ils veulent du drame. Et le drame signifie non seulement la mort, mais la mort par milliers ; et dans le secret de son âme, chaque accro à l'information espère une calamité toujours pire – plus de morts, plus de guerres spectaculaires, plus d'abominables attaques de l'ennemi –, et ces vœux se répandent quotidiennement dans le monde. Tu ne vois pas ? En ce moment même, plus qu'à tout autre moment de l'Histoire, le désir universel est un désir funèbre. »

Le clodo dans le ruisseau s'était réveillé et faisait aller furtivement ses yeux à moitié ouverts d'Anouk à moi, un sourire las sur le visage, comme s'il avait déjà entendu cette théorie. C'était peut-être le cas.

« Alors, qu'est-ce que tu veux faire ?

— Nous devons guérir les gens de leur dépendance, sinon, ce sera l'enfer.

— Nous…

— Oui, Jasper. »

J'ai regardé le poivrot pour m'assurer que je ne rêvais pas. Est-ce que je voulais aider Anouk ? Bien sûr, je pourrais prendre le contrôle des journaux et mettre des gros titres marrants du genre : « Ce journal rend impossible la pensée indépendante », et poursuivre le but d'Anouk de combattre cette dépendance à l'information en rendant l'information sèche et ennuyeuse, en limitant la diffusion et en relatant des événements banals et positifs (grands-mères plantant de nouvelles fleurs, stars du foot dînant en famille…), et en ne donnant pas aux tueurs en série la place qui leur revient au tableau d'honneur des célébrités.

Mais la dernière chose que je voulais, c'était assumer un rôle public. Les gens étaient encore enclins à devenir verts de rage à la seule mention du nom de mon père, et ils me haïraient quoi que je fasse ; tout ce que je voulais, c'était me mêler aux vastes foules non anglophones pour butiner les femmes aux goûts divers qui emplissaient des tee-shirts moulants dans toutes les villes du monde. Pas très compatible avec le désir d'Anouk que le département de l'information soit sous ma direction…

« Anouk, je vais te dire : commence sans moi. Je t'appellerai dans six mois pour voir comment tu te débrouilles, et alors peut-être que je viendrai t'aider. Mais c'est un gros "peut-être". »

Elle a émis un drôle de bruit de gorge et a respiré avec difficulté. Ses yeux se sont arrondis. J'ai failli lâcher prise. C'est déjà assez difficile de se décevoir à chaque seconde de la journée, et décevoir les autres est éprouvant aussi. Voilà pourquoi il ne faut jamais répondre au téléphone ou à la porte. Pour ne pas avoir à dire non à celui qui est de l'autre côté.

« OK, Jasper. Mais je veux que tu fasses un truc avant de partir.

— Quoi ?

— Écrire pour ton père une notice nécrologique que je publierai dans le journal.

— Pourquoi ? Les gens s'en foutent.

— Moi pas. Et toi non plus. Et je sais que tu… que tu ne t'es probablement pas autorisé à pleurer ton père. Je sais que c'était un sacré emmerdeur, mais il t'aimait, et il a fait de toi ce que tu es. Tu lui dois ainsi qu'à toi d'écrire quelque chose sur lui. Ça ne fait rien que ce soit flatteur ou insultant, tant que c'est vrai et que ça vient du cœur, pas du cerveau.

— OK. »

Nous sommes remontés en voiture, et le clodo nous a regardés avec des yeux souriants qui disaient sans ambages qu'il avait entendu une conversation entre deux personnes se prenant trop au sérieux.

La voiture s'est arrêtée devant mon immeuble. Nous nous sommes fait face sans quasiment ciller ni bouger.

« Sûr que je ne peux pas te convaincre de rester en Australie pendant quelques mois ? »

Évidemment, ce dont elle avait besoin plus que tout, c'était d'un visage ami, et je me sentais mal parce que je m'apprêtais à embarquer le mien en Europe.

« Désolé, Anouk. C'est une chose que je dois faire. »

Elle a hoché la tête puis m'a fait un chèque de vingt-cinq mille dollars. Je lui en ai été éternellement reconnaissant, mais pas au point de regretter qu'il ne soit pas plus gros.

Nous nous sommes embrassés et j'ai failli craquer en regardant la Mercedes noire disparaître, mais je me suis repris par habitude. J'ai déposé le chèque sur mon compte. Il fallait que j'attende trois jours avant de pouvoir disposer de l'argent pour m'acheter un aller pour ailleurs. Trois jours me semblaient trop longs.

Je me suis allongé sur le divan, j'ai fixé le plafond et essayé de ne pas penser aux poils de chat sur le canapé qui n'étaient pas là la veille.

N'ayant pas de chat, je n'avais pas d'explication. Encore un de ces mystères de la vie sans fond et sans intérêt.

J'ai tenté de m'enfoncer dans le sommeil, mais comme j'ai constaté que je n'y arrivais pas, j'ai tenté d'enfoncer le sommeil en moi. Ça n'a pas marché non plus. Je me suis levé et j'ai bu deux bouteilles de bière avant de me rallonger sur le canapé. Mon esprit a pris la relève et déterré quelques images fragiles, prêtes à se craqueler si j'y pensais assez fort. J'ai décidé d'envisager plutôt l'avenir. Dans trois jours, je m'envolerais vers l'Europe, tout comme l'avait jadis fait mon père, à peu près au même âge, quand presque tous ceux qu'il connaissait étaient morts. Eh bien, parfois il faut mettre ses pas dans ceux des autres. On ne peut pas être original en tout.

Aux environs de minuit, je me suis mis à travailler sur la notice nécrologique de mon père qu'Anouk m'avait demandée. Après avoir fixé une page blanche pendant deux jours, j'ai commencé.

Martin Dean, 1956-2001

Qui était mon père ?
Les abats de l'univers.
La couenne.
Un ulcère sur la bouche du temps.
Il regrettait de n'avoir pas eu un nom historique comme le pape Innocent VIII ou Laurent le Magnifique.
C'est le premier homme à m'avoir dit que personne n'achèterait une assurance vie si elle s'appelait assurance mort.
Il pensait que la meilleure définition de la complétude c'est de faire enterrer ses cendres.
Il pensait que les gens qui ne lisent pas de livres ne savent pas qu'un certain nombre de génies décédés attendent leur appel.
Il pensait qu'apparemment il n'y a pas de passion pour la vie, seulement pour le style de vie.
À propos de Dieu, il pensait que quand on habite dans une maison on se fiche, ou presque, de connaître le nom de l'architecte.
À propos de l'évolution, il pensait qu'il était injuste que l'homme soit à l'extrémité de la chaîne alimentaire alors qu'il continue à croire aux gros titres.
À propos de la douleur et de la souffrance, il pensait qu'on peut tout supporter. C'est seulement la crainte de la douleur et de la souffrance qui est insupportable.

J'ai fait une pause pour relire ce que j'avais écrit. Tout était vrai. Pas mal. Ça venait bien. Mais il fallait être plus personnel. Après tout, il n'avait pas été seulement un cerveau dans un bocal qui crachait des idées, c'était aussi un homme avec des émotions qui le rendaient malade.

Il n'est jamais parvenu à une solitude dénuée d'isolement. Sa solitude était terrible pour lui.

Il n'a jamais pu entendre une mère appeler son fils dans le jardin sans l'appeler aussi, malade à l'idée qu'il pourrait être arrivé quelque chose au petit Hugo (ou qui que ce soit d'autre).

Il a toujours été fier de ce qui faisait honte aux autres.

Il avait un complexe christique plutôt complexe.

Sa vision du monde semblait être quelque chose du genre : « Cet endroit est nul. Remeublons-le. »

Il avait une énergie incroyable mais il lui manquait les passe-temps qui exigent de l'énergie, raison pour laquelle il lisait souvent des livres tout en marchant et regardait la télé en faisant l'aller-retour entre deux pièces.

Il était capable d'une empathie totale avec tout le monde, et s'il découvrait qu'il y avait dans l'univers une personne qui souffrait, il était forcé de rentrer se coucher.

OK. Quoi d'autre ? Ah, il était temps d'arriver au cœur de l'homme.

Le concept de la mort qu'il avait a gâché toute sa vie. L'idée même l'a terrassé comme une crise de malaria.

Mon Dieu. Ce sujet a alourdi tout mon corps. De même que Terry avait compris que la terreur de la mort avait failli le tuer, papa avait souvent répété sa conviction que c'était la cause de toutes les croyances humaines. Je voyais maintenant que j'avais développé une vilaine mutation de sa maladie, à savoir la terreur de la terreur de la mort. Oui, contrairement à papa et à Terry, je ne crains pas tant la mort que la peur de la peur qu'elle inspire. La peur qui fait que les gens ont la foi, et s'entretuent, et se tuent eux-mêmes. J'ai peur de cette peur qui pourrait me faire concevoir inconsciemment un mensonge réconfortant ou aveuglant sur lequel je baserais ma vie.

Est-ce que je ne partais pas pour chasser le visage de mes cauchemars ?

Est-ce que je ne partais pas pour un voyage afin d'en savoir plus sur le visage ? Et ma mère ? Et moi-même ?

Vraiment ?

Papa a toujours soutenu que les gens ne partent pas en voyage, mais passent leur vie à rechercher et accumuler des preuves pour rationaliser les croyances qu'ils chérissent depuis toujours. Ils ont de nouvelles révélations, certainement, mais elles mettent rarement à mal la structure de leur croyance – elles s'y amalgament. Papa croyait que si la base demeure intacte, peu importe ce que vous construisez dessus, ce n'est pas du tout un voyage. Ce n'est qu'une couche de plus. Il ne croyait pas que quiconque ait jamais commencé à partir de rien. « Les gens ne cherchent pas des réponses, disait-il souvent. Ils cherchent des faits pour corroborer leurs convictions. »

Cela m'a fait penser à son voyage. Qu'en était-il ? Il avait peut-être fait le tour du monde, mais il n'avait apparemment pas été bien loin. Il s'était peut-être trempé dans différents étangs d'expérience, mais son esprit avait gardé le même goût. Tous ses plans, complots et machinations avaient été centrés sur l'homme en relation à la société, ou, en plus grand, à la civilisation ou, en plus petit, à la communauté. Il aspirait à changer le monde autour de lui, mais pour lui son être était solide et inaltérable. Tester ses limites intérieures ne l'intéressait pas. Jusqu'où peut-on s'étendre ? Peut-on découvrir et augmenter notre essence ? Le cœur peut-il avoir une érection ? Notre âme peut-elle se déverser dans notre bouche ? Une pensée peut-elle conduire une voiture ? Ces questions ne semblaient pas l'avoir effleuré.

Finalement, je savais comment me révolter contre mon père ! La nature de mon anarchie était claire : à l'instar de Terry, je vivrais aux limites de la mort, et tant pis pour le monde. La Civilisation ? La Société ? On s'en tape. Je tournerais le dos au progrès, et à l'inverse de mon père je concentrerais mon attention non pas sur l'extérieur mais sur l'intérieur.

Descendre au fond de moi-même. Descendre au fond de la pensée. Aller au-delà du temps. Comme tout le monde, je suis saturé de temps, je baigne dedans, je me noie dedans. Annihiler ce profond tour de passe-passe universel me permettrait de vraiment posséder une carte maîtresse.

J'avais réussi à communiquer mes pensées à papa lorsque j'étais dans la jungle en Thaïlande, même s'il avait préféré ne pas le croire. Cela signifie que la manipulation de la pensée existe. C'est pourquoi il faut faire attention à ce qu'on pense. C'est pourquoi la plupart des médecins reconnaissent discrètement que la dépression, le stress et la douleur affectent notre système immunitaire, tout comme la solitude. En fait, la solitude est partiellement responsable des maladies cardiaques, des cancers, des suicides et même des morts accidentelles, ce qui signifie que se sentir seul peut conduire à une maladresse fatale. Si la solitude persiste, consultez votre médecin.

Nous cédons sans le savoir à des pensées négatives, ignorant que ressasser : « Je suis nul » est probablement aussi cancérigène que se taper une cartouche de Camel sans filtre. Alors, je devrais peut-être inventer une machine pour m'envoyer un petit choc électrique chaque fois que j'ai une pensée négative ? Est-ce que ça fonctionnerait ? Et l'autohypnose ? Même dans mes fantasmes, croyances, idées et hallucinations, est-ce que je peux empêcher mon esprit de retomber dans ses vieilles ornières ? M'émanciper ? Me renouveler ? Me remplacer comme de vieilles cellules de la peau ? Est-ce que c'est trop ambitieux ? Est-ce que la conscience de soi peut être débranchée ? Je n'en ai aucune idée. Novalis a dit que l'athéisme consiste à ne pas croire en soi. En quoi je suis probablement agnostique, mais, de toute façon, est-ce mon projet ? Tester les limites du pouvoir de la pensée pour voir à quoi ressemble réellement le monde matériel ? Et après ? Est-ce que je peux être du monde et dans le monde même une fois que j'ai traversé le mur du temps et de l'espace ? Ou dois-je vivre au sommet d'une montagne ? Je n'en ai vraiment pas envie. J'ai envie de rester en bas pour soudoyer des gosses de sept ans afin qu'ils m'achètent des places de cinéma à moitié prix. Comment faire avec des désirs aussi incompatibles ? Et je sais que pour atteindre à l'illumination je suis censé assister à la dissolution de mes besoins, mais j'aime mes besoins, alors comment faire ?

Dans mes bagages, j'ai emporté mon manuscrit et une photo d'Astrid, ma mère. Elle était remarquablement belle. J'ai ça de mon côté. La société tire la langue à la vue d'un joli visage. Il ne me reste plus qu'à remonter de la langue à la bouche, qui me dira tout ce que j'ai besoin de savoir. Cette femme a touché des vies, et pas seulement celle de mon père. Certains seront morts. Certains seront trop vieux. Mais quelque part il y aura des amis d'enfance, des petits copains, des amants. Quelqu'un se la rappellera. Quelque part.

Ni papa ni moi n'avions beaucoup d'amour pour la religion, parce que nous préférions le mystère au miracle, mais papa n'aimait pas non plus vraiment les mystères. Ils étaient comme un caillou dans sa chaussure. Eh bien, je n'ignorerai pas les mystères comme il l'a fait. Mais je n'essaierai pas de les résoudre non plus. Je veux juste voir ce qui se passe quand on regarde dans leur cœur. Je vais suivre mes propres pas, stupides et incertains. Je vais errer sur la Terre un bout de temps pour trouver la famille de ma mère et l'homme qui appartient au visage dans le ciel pour voir où ces mystérieuses affinités vont m'amener – plus près de comprendre ma mère ou vers un mal inimaginable.

J'ai regardé par la fenêtre. C'était l'aube. Je me suis fait un café et j'ai relu une dernière fois la notice nécrologique. Il me fallait une conclusion. Mais comment conclut-on une vie comme la sienne ? Qu'est-ce qu'il a voulu dire ? Quelle idée pourrait terminer ça ? J'ai décidé que je devais m'adresser à tous ces gens décervelés et ignorants qui avaient traité papa de salaud sans même savoir que c'en était réellement un.

Martin Dean était mon père.

Le fait d'écrire cette phrase m'a coupé le souffle. Tout à coup, j'ai ressenti une chose que je n'avais jamais ressentie auparavant – je me suis senti privilégié. Soudain meilleur qu'un milliard d'autres fils, privilégié d'avoir eu la chance d'être élevé par un véritable ragoût d'idées ambulant, bizarre et intransigeant. Et même si c'était un philosophe qui s'était mis dans une impasse, c'était aussi un homme d'une empathie innée qui aurait préféré être enterré vivant plutôt que laisser ses imperfections blesser sérieusement quiconque. C'était mon père. C'était un imbécile. C'était mon genre d'imbécile.

Il n'y a pas moyen de le résumer. Comment le pourrais-je ? Je n'étais qu'une partie de lui, comment pourrais-je jamais savoir de quoi lui était une partie ?

J'ai continué à écrire :

Mon père a été qualifié d'un grand nombre d'épithètes abominables par les gens de ce pays. OK, ce n'était ni un Gandhi ni un Bouddha, mais, sincèrement, ce n'était pas non plus un Hitler ou un Staline. Il était entre les deux catégories. Mais ce que je voudrais savoir c'est ce que dit de vous la façon dont vous voyez mon père.

Quand quelqu'un vient au monde et atteint les pires fonds qu'un humain puisse toucher, on le traitera toujours de monstre ou de mauvais, ou d'incarnation du mal ; mais personne n'émettra jamais l'idée qu'il y a quelque chose de réellement surnaturel ou d'éthéré dans cet individu. Il est peut-être un homme mauvais, mais c'est seulement un homme. Pourtant quand une autre personne opérant de l'autre côté du spectre, celui du bien, monte à la surface, comme Jésus ou Bouddha, immédiatement nous l'élevons au statut de Dieu, de divinité, nous la mettons en relation avec le divin, le surnaturel, l'éthéré. C'est un reflet de la façon dont nous nous voyons. Nous n'avons pas de mal à croire que la pire créature qui a fait le plus de mal est un homme, mais nous ne pouvons absolument pas croire que la créature la meilleure, qui essaie d'inspirer l'imagination, la créativité et l'empathie, puisse appartenir à l'humanité. Nous n'avons pas une si bonne opinion de nous-mêmes, mais nous sommes ravis d'en avoir une si mauvaise.

Ça devrait faire l'affaire. Une conclusion déroutante et hors sujet. Bien joué. J'ai posté cette nécro à Anouk au département Presse de Hobbs, me suis rendu à la banque vérifier que l'argent était sur mon compte, puis j'ai pris un taxi pour l'aéroport. Cette fois-ci, je quittais le pays sous mon propre nom.

« Je voudrais un billet pour l'Europe, j'ai dit à la femme revêche au comptoir.

— Où, en Europe ?

— Bonne question. Je n'y ai pas réfléchi.

— Vraiment ? » Elle s'est calée dans son siège et a regardé par-dessus mon épaule. Je crois qu'elle cherchait une caméra de télévision.

« Quel est le prochain vol qui m'amène dans la Communauté européenne ? »

Elle m'a fixé quelques secondes avant de taper à la vitesse de l'éclair sur le clavier de son ordinateur. « Il y a un vol pour la République tchèque qui part dans une heure et demie. »

La République tchèque ? Je ne sais pas pourquoi, mais j'avais pensé qu'elle allait dire : « Paris », et j'aurais répondu : « Je crois que Paris est ravissant à cette période de l'année. »

« Vous voulez le billet ou pas ?

— Bien sûr. Je crois que la République tchèque est ravissante à cette période de l'année. »

Après avoir acheté le billet et enregistré mes bagages, j'ai mangé un samosa végétarien à dix dollars qui était pire qu'un repas de sept plats de timbres-poste. Puis j'ai consulté un annuaire pour voir si Strangeway

Publications existaient toujours, et si Stanley, l'homme qui avait publié le *Manuel du crime* de Harry West il y avait si longtemps, était encore à leur tête.

Elles existaient toujours, noir sur blanc. J'ai appelé le numéro.

« Allô ?

— Salut. C'est Stanley ?

— Ouais.

— Vous publiez toujours des livres ?

— Des magazines pour hommes.

— J'ai écrit un livre qui pourrait vous intéresser.

— Des magazines pour hommes, j'ai dit. Vous êtes sourd ? Je n'édite pas de livres.

— C'est une biographie.

— Je m'en fous. De qui ?

— Martin Dean. »

J'ai entendu l'inspiration à l'autre bout de la ligne. Elle était si brutale qu'elle a failli m'aspirer dans le combiné.

« Qui êtes-vous ?

— Son fils. »

Silence. Puis m'est parvenu le bruit de quelqu'un qui remue des papiers sur un bureau, et qui agrafe quelque chose ne ressemblant pas à du papier.

« Jasper, c'est ça ?

— Exactement.

— Vous voulez venir me voir ?

— Je vais juste mettre mon manuscrit à la poste, si ça ne vous dérange pas. Je pars à l'étranger et je ne sais pas combien de temps je serai absent, ni même si je reviendrai jamais. Faites-en ce que vous voulez.

— D'accord. Vous avez mon adresse ?

— Oui.

— J'ai hâte de le lire. Eh, désolé pour votre père. »

J'ai raccroché sans répondre. Pour être franc, je ne savais pas s'il était désolé que mon père soit mort ou juste qu'il ait été mon père.

En ce moment même, je suis au bar de l'aéroport, en train de boire une coûteuse bière japonaise sans bonne raison. À la table d'à côté, il y a une femme avec un chat dans un petit panier à chat. Elle parle au chat en l'appelant John. Les gens qui donnent des prénoms humains à leurs animaux me dépriment horriblement. Plus je l'écoute, pire c'est. Le chat ne s'appelle pas seulement John, mais John Fitzpatrick. C'en est trop.

Maintenant que je vous ai raconté mon histoire et tous ses détails à se mordre les poings, se tordre les boyaux, rester le cul au bord de la chaise, se ronger les ongles, se mordiller les lèvres, fumer clope sur clope et grincer des dents, je me demande : « Est-ce que c'était bien la peine ? » Ce n'est pas que je veuille provoquer une révolution ou en achever une qui n'en finit pas de se traîner. Je n'étais pas écrivain avant d'avoir commencé, mais écrire un livre fait de vous un écrivain. De toute façon, je ne sais pas si je veux être écrivain. Hermann Hesse a dit un jour : « Le véritable pouvoir créatif isole et exige quelque chose qui doit être soustrait du plaisir de vivre. » Ça ne me paraît pas très gai.

On vient d'annoncer l'embarquement de mon vol. Je vais écrire quelques derniers mots avant de jeter le manuscrit dans la boîte aux lettres pour Stanley. Sur quelle pensée appropriée terminer ?

Peut-être que je devrais conclure par une observation semi-profonde traitant de ma vie.

Ou de la façon dont les poissons pas rapides sont parfois assommés par une ancre qu'on mouille.

Ou du nombre de fois où le fait d'avaler sa salive revient en réalité à supprimer un violent désir.

Ou de la façon dont les gens pleurent les morts récents mais jamais les morts de long terme.

Ou de la façon dont les idiots savants surprennent leur médecin, dont les losers rejettent la faute sur leurs pères, et les ratés sur leurs enfants.

Ou de la façon dont, en écoutant bien, on découvre que les gens ne sont jamais vraiment *pour* quelque chose, mais seulement *contre* son contraire.

Ou de la façon dont, quand on est enfant, pour vous empêcher de suivre la foule, on vous sert le refrain : « Si tout le monde sautait d'un pont, tu le ferais aussi ? », alors que lorsqu'on est adulte et que soudain être différent devient un crime, les gens semblent dire : « Eh, tout le monde saute d'un pont. Pourquoi toi tu ne le fais pas ? »

Ou de la façon dont Dieu accueille les femmes qui ont eu intensivement recours à la chirurgie esthétique avec surprise, en déclarant : « Je n'ai jamais vu cette femme de ma vie. »

Ou devrais-je finir sur une note positive, et dire que même si vous n'avez plus aucun proche à enterrer, il vaut mieux être optimiste et garder une pelle sous la main, juste au cas où ?

Non, rien de tout cela ne semble approprié. De toute façon, je n'ai plus le temps. Mon avion embarque dans dix minutes. Ce paragraphe devra être le dernier. Désolé, qui que vous soyez. Eh, voilà une question : Qui va lire ça si Stanley le publie ? Quelqu'un ? Il doit sûrement y avoir sur les six milliards une personne minable qui a quelques jours à perdre. Une âme qui s'ennuie sur le nombre choquant d'humains encombrant la petite boule bleu-vert qui est la nôtre. J'ai lu quelque part qu'en l'an 2050 il y aura un milliard d'habitants en plus. Quelle éruption vaniteuse d'humanité ! Je vous le dis : pas besoin d'être misanthrope pour frissonner à l'idée de tous les gens qui se bousculeront dans la rue, mais ça aide.

Collection « Littérature étrangère »

ADDERSON Caroline
La Femme assise

AGUÉEV M.
Roman avec cocaïne

ALI Monica
Sept mers et treize rivières
Café Paraíso

ALLISON Dorothy
Retour à Cayro

ANDERSON Scott
Triage
Moonlight Hotel

AUSLANDER Shalom
La Lamentation du prépuce

BAXTER Charles
Festin d'amour

BENIOFF DAVID
24 heures avant la nuit

BLOOM Amy
Ailleurs, plus loin

BROOKNER Anita
Hôtel du Lac
La Vie, quelque part
Providence
Mésalliance
Dolly
États seconds
Une chute très lente
Une trop longue attente
Fêlures
Le Dernier Voyage

BROOKS Geraldine
Le Livre d'Hanna

CAÑÓN James
Dans la ville des veuves intrépides

CONROY Pat
Le Prince des marées
Le Grand Santini

COURTENAY Bryce
La Puissance de l'Ange

CUNNINGHAM Michael
La Maison du bout du monde
Les Heures
De chair et de sang
Le Livre des jours

DORRESTEIN Renate
Vices cachés
Un cœur de pierre
Sans merci
Le Champ de fraises
Tant qu'il y a de la vie

DUNANT Sarah
La Courtisane de Venise

DUNMORE Helen
Un été vénéneux
Ils iraient jusqu'à la mer
Malgré la douleur
La Faim
Les Petits Avions de Mandelstam
La Maison des orphelins

EDELMAN Gwen
Dernier refuge avant la nuit

ELTON Ben
Nuit grave

FLANAGAN Richard
La Fureur et l'Ennui

FREY James
Mille morceaux
Mon ami Leonard

FRY Stephen
Mensonges, mensonges

L'Hippopotame
L'Île du Dr Mallo

GALE Patrick
Chronique d'un été
Une douce obscurité
Tableaux d'une exposition

GARLAND Alex
Le Coma

GEE Maggie
Ma bonne

GEMMELL Nikki
Les Noces sauvages
Love Song

GILBERT David
Les Normaux
Les Marchands de vanité

HAGEN George
La Famille Lament
Les Grandes Espérances du jeune Bedlam

HOMES A. M.
Mauvaise mère
Le torchon brûle

HOSSEINI Khaled
Les Cerfs-Volants de Kaboul
Mille soleils splendides

JOHNSTON Jennifer
Ceci n'est pas un roman
De grâce et de vérité
Petite musique des adieux

JONES Kaylie
Céleste et la Chambre close
Dépendances

KAMINER Wladimir
Musique militaire
Voyage à Trulala

KANON Joseph
L'Ultime Trahison
L'Ami allemand
Alibi

KENNEDY Douglas
La Poursuite du bonheur
Rien ne va plus
Une relation dangereuse
L'homme qui voulait vivre sa vie
Les Désarrois de Ned Allen
Les Charmes discrets de la vie conjugale
La Femme du Ve
Piège nuptial

KLIMKO Hubert
La Maison de Róża

KNEALE Matthew
Les Passagers anglais
Douce Tamise
Cauchemar nippon
Petits crimes dans un âge d'abondance

KUNKEL Benjamin
Indécision

LAMB Wally
Le Chant de Dolorès
La Puissance des vaincus

LAWSON Mary
Le Choix des Morrison
L'Autre Côté du pont

LEONI Giulio
La Conjuration du Troisième Ciel
La Conspiration des miroirs

LISCANO Carlos
La Route d'Ithaque
Le Fourgon des fous
Souvenirs de la guerre récente

LOTT Tim
Frankie Blue
Lames de fond
Les Secrets amoureux d'un don Juan
L'Affaire Seymour

MADDEN Deirdre
Rien n'est noir

Irlande, nuit froide
Authenticité

MARCIANO Francesca
L'Africaine
Casa Rossa

MARCOSSIAN Gohar
Pénélope prend un bain

MCCANN Colum
Les Saisons de la nuit
La Rivière de l'exil
Ailleurs, en ce pays
Danseur
Le Chant du coyote
Zoli

MCCOURT Frank
Les Cendres d'Angela
C'est comment l'Amérique ?
Teacher Man,
un jeune prof à New York

MCGARRY MORRIS Mary
Mélodie du temps ordinaire
Fiona Range
Un abri en ce monde
Une douloureuse absence

MILLS Jenni
Le Murmure des pierres

MORTON Brian
Une fenêtre sur l'Hudson
Des liens trop fragiles

MURAKAMI Haruki
Au sud de la frontière,
à l'ouest du soleil
Les Amants du Spoutnik
Kafka sur le rivage
Le Passage de la nuit
La Ballade de l'impossible
L'éléphant s'évapore
Saules aveugles, femme endormie

O'DELL TAWNI
Le Temps de la colère
Retour à Coal Run
Le ciel n'attend pas

O'FARRELL Maggie
Quand tu es parti
La Maîtresse de mon amant
La Distance entre nous
L'Étrange Disparition
d'Esme Lennox

OWENS Damien
Les Trottoirs de Dublin

PARLAND Henry
Déconstructions

PAYNE David
Le Dragon et le Tigre :
confessions d'un taoïste
à Wall Street
Le Monde perdu de Joey Madden
Le Phare d'un monde flottant
Wando Passo

PEARS Iain
Le Cercle de la Croix
Le Songe de Scipion
Le Portrait

PENNEY Stef
La Tendresse des loups

RAVEL Edeet
Dix mille amants
Un mur de lumière

RAYMO Chet
Le Nain astronome
Valentin,
une histoire d'amour

ROSEN Jonathan
La Pomme d'Ève

SANSOM C. J.
Dissolution
Les Larmes du diable
Sang royal
Un hiver à Madrid

SAVAGE Thomas
Le Pouvoir du chien
La Reine de l'Idaho
Rue du Pacifique

SCHWARTZ Leslie
Perdu dans les bois

SEWELL Kitty
Fleur de glace

SHARPE Tom
Fumiers et Cie
Panique à Porterhouse

SHREVE Anita
Le Poids de l'eau
Un seul amour
Nostalgie d'amour
Ultime rencontre
La Maison du bord de mer
L'Objet de son désir
Une lumière sur la neige
Un amour volé
Un mariage en décembre

SHRIVER Lionel
Il faut qu'on parle de Kevin

SOLER Jordi
Les Exilés de la mémoire
La Dernière Heure du dernier jour

SWARUP Vikas
Les fabuleuses aventures d'un Indien malchanceux qui devint milliardaire

ULINICH Anya
La Folle Équipée de Sashenka Goldberg

UNSWORTH Barry
Le Nègre du paradis
La Folie Nelson

VALLEJO Fernando
La Vierge des tueurs
Le Feu secret
La Rambla paralela
Carlitos qui êtes aux cieux

VREELAND Susan
Jeune fille en bleu jacinthe

WATSON Larry
Sonja à la fenêtre

WELLS Rebecca
Fleurs de Ya-Ya

WEST Dorothy
Le Mariage

ZHANG Xianliang
La mort est une habitude
La moitié de l'homme, c'est la femme

ZWEIG Stefan
La Guérison par l'esprit
Le Monde d'hier, souvenirs d'un Européen

Cet ouvrage a été imprimé en France par

à Saint-Amand-Montrond (Cher)
en décembre 2008

Composé par Nord Compo Multimédia
7, rue de Fives, 59650 Villeneuve d'Ascq

N° d'édition : 4400. — N° d'impression : 083856/1.
Dépôt légal : janvier 2009.

R.C.L.
OCT. 2010
G